照顾知知

解决麻烦我

宠知知

赚钱养知知

穿越时光治愈你

CHUANYUE
SHIGUANG
ZHIYU NI

美人无霜
著

上 册

青岛出版集团 | 青岛出版社

图书在版编目（CIP）数据

穿越时光治愈你/美人无霜著. —青岛:青岛出版社,2022. 5
ISBN 978-7-5736-0047-9

Ⅰ. ①穿… Ⅱ. ①美… Ⅲ. ①言情小说—中国—当代 Ⅳ. ①I247. 5

中国版本图书馆CIP数据核字（2022）第038072号

CHUANYUE SHIGUANG ZHIYU NI

书　　名　**穿越时光治愈你**
作　　者　美人无霜
出版发行　青岛出版社
社　　址　青岛市崂山区海尔路182号
本社网址　http://www.qdpub.com
邮购电话　18613853563　0532-68068091
责任编辑　郭红霞
校　　对　耿道川
装帧设计　千　千
照　　排　梁　霞
印　　刷　三河市良远印务有限公司
出版日期　2022年5月第1版　2022年5月第1次印刷
开　　本　16开（640mm×920mm）
印　　张　36. 5
字　　数　598千
书　　号　ISBN 978-7-5736-0047-9
定　　价　69. 80元（全2册）

编校印装质量、盗版监督服务电话　4006532017　0532-68068050

目录 上册

第一章　欺负他乖　1

第二章　他喜欢她夸他　32

第三章　收拾坏蛋　63

第四章　压榨小太阳　89

第五章　她还是消失了　121

第六章　他有点贪心　149

第七章　怪姐姐是我的　178

第八章　他的生日　211

第九章　他设计自己　238

第十章　知知丢下他了　264

目录（下册）

第十一章　他想知知　293

第十二章　下次依然用命护你　322

第十三章　宠知知，养知知　351

第十四章　嗯，我只要你　380

第十五章　陆绝吃醋了　407

第十六章　救下魏星的女朋友　430

第十七章　送给知知的礼物　453

第十八章　陆绝忘记她了　481

第十九章　知知只会嫁给我　513

第二十章　谢谢知知，为他而来　541

番 外 一　婚　前　568

番 外 二　病情治愈前　574

第一章
欺负他乖

镜子里，女孩的五官精致，每一处都长得恰到好处，原本是明艳漂亮的样子，却给人一种普通的感觉，就连皮肤也泛着黄，如同明珠蒙尘，失去了光泽，变得灰蒙蒙的。

宁知照完镜子，目光再次落到手机上，里面有原主以前的照片，照片里的女孩明眸皓齿，肤色白皙，任谁看一眼都不舍得移开视线。

宁知皱眉。

五官没有变化，为什么现在的样子看起来跟以前相差那么大？

宁知按下心里的疑问，看着车子开进别墅里。

把小镜子和手机放回包包，她准备下车，下一秒，车门已经被人打开。

“二少夫人。”管家神色着急，语速很快，“太太让你赶紧过去。”

宁知刚才在车上已经接到了电话，知道管家口中的“二少爷”，也就是原主的丈夫突然发病了。

她点点头：“嗯，进去吧。”

房间里，陆母脸色苍白，看着不断用头撞墙的儿子，急得像热锅上的蚂蚁。

“宁知回来了吗？”她精致的眉头皱得死紧，满眼愁色。

用人赶紧应声："管家已经在院子里等着二少夫人了。"

话音刚落，宁知进来了。

用人惊喜地说道："太太，二少夫人回来了。"

陆母看见宁知，语气着急："你快去阻止小绝，别让他伤着自己。"

除了宁知，陆绝根本就不让其他人触碰他。哪怕对宁知有再多的不满，现在的情况，陆母也只能寄希望在她的身上。

在宁知的记忆里，面前这位举止优雅、保养得当的女人是陆绝的母亲宋雅，她很疼爱陆绝，最在乎的人也是陆绝。一直以来，她从没有因为小儿子有自闭症，而对他有过半点儿的嫌弃和抱怨。

宁知看向那个用头撞墙的男人。

对方身形修长，身上穿着一件红色的卫衣，背对着她，动作刻板地一下一下撞向墙面。

显然对方有过不少次这样的行为了，以至于房间的墙全部贴上了墙面软包，软包外面覆盖着米白色的真皮，而里料应该是软棉花或者塑料，厚厚的一层，并不会让撞墙的陆绝受伤。

"你别站着发呆，赶紧阻止小绝。"陆母催促着。

宁知回想了一下，陆绝有自闭症，从小接受康复训练，病情应该不严重，但不知道为什么，陆绝的自闭症一直没有好转，甚至在经历过一次绑架后更严重了。他越发孤僻冷漠，完全拒绝所有人的触碰，将自己封闭在冷冷的硬壳里，就连陆母也没有办法与陆绝交流。

对于陆绝的情况，陆母看在眼里，急在心上。

陆母发现，自从原主出现，陆绝的目光会停留在原主的身上，也允许原主靠近和触碰。

陆母又惊又喜。

后来，原主嫁给了陆绝。

陆绝性格冷漠孤僻，不会跟人交流，对身边任何人都不感兴趣，也不会关心身边的人，更不会在意别人对他的心意和看法，只活在自己的世界里。

这样的人根本就不适合一起生活，更不适合过一辈子。

原主对陆绝的不喜欢和嫌弃，陆母看在眼里，却又无能为力，喜不喜欢这个问题是个人感受，陆母再强势，也勉强不了原主。

过了好一会儿，宁知敛了敛心神，确定在记忆里陆绝病发时并没有发狂或者伤人的行为，这才安下心，走向陆绝。

男人像感觉不到痛，一下一下地用力撞向墙面。就算墙面上贴了软包，这样不断地撞头，正常人也会晕，陆绝却毫无所觉。

宁知无意中在网上看过一些关于自闭症的资料，大部分的自闭症患者会有痛觉迟钝的症状，对疼痛不敏感，但这对他们来说是很危险的。

她走向陆绝，尝试伸手去拉他的手。

他的手指修长，手很凉，宁知刚握上，就看见陆绝的头顶突然弹出了一个白色的气泡形状的显示框，里面有一朵形状可爱的黑云。

宁知以为自己眼花了，用力眨了眨眼。

然而，她几次闭眼、睁眼后，陆绝头顶上的气泡显示框依旧没有消失，黑云依然飘浮在气泡里。

这是什么？

宁知转过头向陆母看去，对方神色焦急地看着她，头顶上什么都没有——只有陆绝有这样的情况。

"这是心情框。"

宁知的脑海里突然响起小男孩奶声奶气的声音，她惊愕地瞪圆了眼：谁在说话？

小奶音继续在她的大脑里响起："黑云代表陆绝不开心，带闪电的黑云代表生气，小太阳代表开心。"

宁知震惊了，陆绝的心情竟然能被显示出来？！

小奶音很认真地告诉她："陆绝的自闭症变成了重度，他随时会自残，严重威胁他的人身安全。而你被林恬恬选定为夺取光环的目标，身上的光环值已经是零。光环值为零，意味着你的样貌会变成最丑的状态，同时也会失去生命。"

宁知问："你说林恬恬选定我作为夺取目标，把我的光环全部夺走了？"

她知道在书里林恬恬是女主角，而原主和陆绝都是炮灰，最后都会死，但这光环值是怎么回事？

"你已经死过一次，如果在三天后，你的光环值还是零，会再一次死亡。"

她听明白了，原主的光环被女主角抢夺完导致原主死掉，她成为了原主。

宁知一阵无语。所以，她只有三天的活命时间？

小奶音继续告诉她："只要你收集一颗小太阳，就可以从林恬恬身上夺回原本属于你的百分之一的光环。"

宁知问它："我收集小太阳，夺回光环，就不会死，同时可以恢复美貌？"

小奶音说："对的。"

宁知又问："如果要收集小太阳，就要哄陆绝开心？"

小奶音听上去很激动："对！"

宁知皱眉，如果陆绝是正常人，这个任务并不难，但对方是自闭症患者，别说哄他开心，就连和他沟通都是难题。

小奶音说："收集小太阳，还可以帮陆绝治病。"

"治自闭症吗？"宁知这回更震惊了，自闭症只能通过康复训练缓解症状，并不能被治愈，"你有办法治好陆绝？"

小奶音说："是你可以帮助陆绝。我的名字叫霸王，主人有问题可以随时呼叫我。"

说完，它就消失了。

宁知有点儿想笑，它奶声奶气的声音跟"霸王"这个名字完全不搭。

这时，陆绝被她握着的手挣了挣，他停止撞墙，茫然地看向她。

宁知这才看清陆绝的长相。

陆绝长得很好看，眉目清秀，鼻梁挺直，就是脸色有点儿苍白，形状极好的薄唇微抿着。

察觉宁知的靠近，陆绝的目光在她脸上停留几秒，又快速移开。

宁知有点儿错愕，陆绝长了一双漂亮的桃花眼，本该含情的眼睛却很干净、清透，目光跟正常人不一样，有点儿散，像是没有焦距。

原主并不喜欢陆绝，甚至在心底有点儿嫌弃他，所以一直以来跟他接触得并不多。

宁知握紧陆绝的手。他不再挣扎，目光下移落在自己被握住的手上，像有软软的东西包裹着他的手背，很舒服。

宁知试图与陆绝沟通："不要撞墙。你哪里不舒服，能告诉我吗？"

陆绝头顶那个显示框里弹出的是黑云，霸王刚才说，黑云代表陆绝不开心。

书里对陆绝这个男配角的描写并不多，只提及陆绝有自闭症，男主角很关心这个弟弟的病情。一年后，陆绝自闭症严重，整天只待在角落里，不吃不喝至死。

而原主，如果不是因为被林恬恬夺取全部光环提前死去，她也会在一年后跟其他男人逃离陆家。陆家人认为她的逃跑导致陆绝自残死亡，以至于原主被陆家打击报复，落得个悲惨的下场。

陆绝低着头，没有应声。

陆绝现在是她续命的工具人，于情于理，宁知都不能不管他。

宁知转过头，问陆母和用人："陆绝病发前在做什么？有什么人接触过他，或者发生过什么？"陆绝突然自残撞墙，应该是受到了什么刺激。

用人赶紧回答："平常没有太太的允许，大家不能随意进二少爷的房间。不过，两点左右，小玲在走廊里打扫过卫生，她应该没有胆子进入房间打扰二少爷的。"

闻言，陆母厉声道："让她过来。"刚才她担心儿子的情况，根本没有关注其他事情。

在陆母的审问下，年轻用人告诉陆母，当时她用吸尘器在走廊里清洁地毯。

宁知沉默了一下才开口："你把吸尘器拿来。"

接着，吸尘器运作的声音响起，陆绝挣开宁知的手，双手捂住耳朵，头再次撞向墙壁。

"快关掉，快关掉！"陆母神色慌乱地让年轻用人停止吸尘器的运作。

宁知拉住了陆绝，在他停顿的时候伸出双手，分别捂住他两侧的耳朵："不怕。"

自闭症患者对别人说话的声音置若罔闻，但有时候会对某些声音很敏感，产生焦虑情绪。宁知听说过有些自闭症患者会害怕雨声，有些对吹风机的声音很敏感，还有些害怕汽车鸣笛声。

而陆绝对吸尘器的噪声很敏感。

吸尘器发出的声音停止了。宁知直视陆绝，松开捂着他耳朵的手："没事了，原来你不喜欢吸尘器的声音，以后我不会让它吵到你了。"

陆绝眼帘微颤，飞快地看了一眼宁知，又垂下眼帘。

宁知看见陆绝头顶上的黑云消失了，只剩下白色的气泡显示框。

她有点儿惊讶：黑云这么容易就消失了？那哄他开心呢？小太阳会出来吗？

想到这儿，宁知故意放柔声音："陆绝，你现在还感觉哪里不舒服吗？"

这具身体的声音很好听，刚开口的时候宁知就发现了。她的声音轻轻柔柔的，尾音带着钩子，让人酥了骨头。

可惜的是，她现在失去光环的样貌配不上这样勾魂的声音。

陆绝没有反应。

宁知凑近他，温柔的声音往他的耳朵里钻："你笑一笑，好不好？"

陆绝抬起眼帘。

男人穿着红色的卫衣，衬得肤色越发苍白。他眉目清秀，每一处都生得恰到好处，完全长在宁知的审美标准上。

宁知用期待的目光看着陆绝的头顶，想看看小太阳是什么样的。

"变丑你。"陆绝的声音很低沉，或许是因为很少开口说话，声音还有点儿沙哑。

宁知先是一愣，随即反应过来，他的意思是"你变丑"？

他在嫌弃她丑？

以前的宁知的外貌绝对是漂亮的，她哪里被人嫌弃过长得丑？

她瞪了陆绝一眼，小呆子迷迷糊糊、傻里傻气的，还知道她变丑了？

另一边，看见儿子被宁知劝阻，还回应了，陆母喜上眉梢，果然，当初她让宁知嫁给陆绝是对的。

交代宁知好好照顾陆绝后，陆母离开了。

房间里一片安静。

宁知看了一眼沉默不语的陆绝，开始打量周围。

房间很大，四面墙壁都贴了米白色的墙面软包，室内摆放的家具很少，白和灰的色调显得冷冷清清，明明有女主人却没有半点儿温馨的气息。

显然，原主没有把这里当作自己的家。

房间外还有个大阳台，下午的阳光落在阳台上，抹掉几分清冷之意。

宁知发现房间隔壁还有一个衣帽间，陆绝的衣服不在这里，而是放置在另外的衣柜里。

从玻璃门看去，衣帽间里只挂着一些女式的衣服，数量并不多，宽大的衣帽间显得空荡荡的。

她突然有点儿怀念自己塞满当季流行新款的裙子、包包、鞋子还有首饰的衣帽间，那都是她的心头肉。

宁知打量完房间，正好看见陆绝往外走去，连忙跟上去。

房间隔壁是一个书房，宁知跟在陆绝身后，发现他长得很高。

她现在的身高大概是一米六八，陆绝比她高太多了。他肩宽腰窄，穿着黑色裤子，两条长腿简直是行走的“凶器”，让人难以忽视。

陆绝走到书架前，书架上面摆放着很多盒子，他拿起其中一个。

他走到书桌前，从盒子里倒出很多拼图，堆满书桌。宁知看了一眼盒子，上面标注着一千块拼图。

宁知拿起拼图的原图，图上是一片深蓝色的星空，上面是密密麻麻的小星球，放眼看去，像发光的小蚂蚁，让她眼花缭乱。

陆绝低头闷声，开始拼拼图。

宁知虽然没有玩过这些，也能看得出这幅拼图的难度，陆绝能拼出来吗？

宁知对拼图不感兴趣，她的目光落在陆绝的侧脸上，看拼图还不如看他的脸。棱角分明的轮廓好似大师用心一笔一笔勾勒而出的，就连微抿的薄唇也正符合宁知的审美。

小呆子长得这么好看，也难怪他嫌弃她现在的颜值。

宁知摸了摸脸。她现在的五官很精致，看上去却很普通，像蒙上了一层纱，灰蒙蒙的，完全不起眼。

还没有见到林恬恬，对方在她心里已经是死敌了。

对女孩子来说，样貌可重要了，林恬恬不仅夺取了她的样貌，还夺取了她的寿命，宁知只要想到林恬恬这个名字就忍不住想要骂人。

她现在只剩下三天时间，如果在限定时间内没有收集到一颗小太阳，取回百分之一的光环，她就要死了。

这样一想，宁知再看向陆绝的目光炙热又明亮。

他哪里是工具人？他是她的救命恩人！

可惜原主对陆绝并不关注，在记忆里，并没有关于陆绝的兴趣爱好或者是喜欢吃的食物的信息。

看着陆绝专心拼拼图的样子，宁知搬来一把椅子。

她坐在陆绝的身旁，笑盈盈地说：“陆绝，我和你一起拼吧，两个人合作，效率会高很多。”他一个人多无聊啊，她陪着他，他肯定会开心。

陆绝低着头，神色专注，并没有回应宁知的话。

宁知随手拿起一块拼图，对比着原图，想要找这块拼图应该放的位置。然而这个星空图看上去哪儿都一样，这块拼图好像放在哪里都行。

宁知找了个大概的位置，把拼图放下去。

“错了。”男人沙哑、沉闷的声音响起。

陆绝将她放下的拼图拿开，放到另一个位置。

宁知又拿起一块拼图，再三确认，才把它放在一个角落的位置。

“错了。”陆绝又去纠正宁知的错误。

她放下第三块拼图，又一次被陆绝纠正。

宁知瞪圆了眼。

“你怎么知道我放错了？明明都一样。”宁知的话音刚落，转眼看到陆绝头顶上的显示框里弹出了一朵小黑云。

宁知哪里还敢有意见？为了活命，她立刻谦卑下来：“对，是我放错了。”

小太阳没有出来，反而被她招来了一朵黑云。

陆绝没有吭声，也没有理会宁知，继续拼拼图。宁知只能无聊地玩自己的头发。

原以为自己要在书房里陪着陆绝耗费几个小时，结果出乎她的预料，才一个小时，陆绝就把拼图完全拼出来了。

宁知震惊。

刚才拼拼图的时候，陆绝没有看原图一眼，宁知对比了一下原图和拼好的拼图，就连最复杂的几个地方，陆绝也没有出错。

这样的星空图，就算是对照着原图拼，一千块的数量，已经很有难度了，陆绝却没有看原图一眼。

陆绝把原图记下来了？

宁知难以置信地看着他。他苍白的侧脸线条分明，唇角微微抿紧，严肃又刻板。

她想起，在自闭症患者中，有一部分患者的智商惊人，被称为“沉默的天才”。

陆家的宅子面积很大，装潢奢侈华丽，却一点儿都不俗气，能看得出陆家的世家底蕴。

用人赶紧上前去接林恬恬手里的外套：“大少夫人，晚饭已经准备好了。”

林恬恬点点头：“宁知呢？”

用人语气恭谨：“今天二少爷病发了，二少夫人在照顾他。”

“病发？”林恬恬没想到，最近陆绝病发得这么频繁，“我先上楼休息。”

“好的，吃晚饭的时候，我会通知大少夫人的。”

看着林恬恬离开，用人满脸露出艳羡之色，忍不住对着另外一个用人惊叹：“大少夫人太好看了，她刚才看着我，我差点儿忘记呼吸。”

“大少夫人对我笑了一下，我也看直了眼。”旁边的用人附和着，“不过，你有没有发现，大少夫人不光皮肤变白了，五官越看越觉得精致，就连身材也前凸后翘，比以前丰满了很多。”

“大少夫人嫁给大少爷，过得幸福，自然变得越来越漂亮了，反倒二少夫人嫁给二少爷，整天死气沉沉的，一点儿气质也没有了，越看越普通。”

“你说得对，就是这样……”

吃晚饭的时候，宁知陪着陆绝下楼。

她终于看到了书里的女主角——林恬恬。

对方坐在对面的椅子上，嘴角含笑，仪态优雅，一张脸漂亮又耐看。

宁知眯了眯眼，走过去。

在她的记忆里，女主角林恬恬以前的样子只是清秀，但后来，逐渐变得漂亮，皮肤越来越白，五官变得更精致，整个人美得惊人。

近看，现在的林恬恬比起以前的她，像是在清秀容貌的基础上开了十级美颜滤镜。

虽然林恬恬现在的样子依然比不上原主原本的美貌，但原主以前的颜值是顶级，就算林恬恬拿走一半，也足够漂亮了，更不要提林恬恬把原主的光环全部夺走了。

对于这些改变，众人以为是林恬恬过得幸福，还花了大价钱装扮和保养的效果。

这就是光环的作用。

与林恬恬相反，宁知如同被夺取了养分的鲜花，逐渐枯萎，皮肤变黄了，原来精致的五官让人怎么看都觉得普通，一点儿也不起眼。

穿来前，宁知不光一张脸完美，浑身上下每一处都是美的，就连头发丝也被她保养得油光水亮。刚才，她发现她的发尾竟然枯得分叉了！

这对于漂亮爱美的她来说简直是晴天霹雳。

宁知把霸王喊了出来："你说我是女主角夺取光环的目标，如果我收集到小太阳夺回光环，下一秒女主角又把我的光环抢走怎么办？那我岂不是白忙活？"

霸王赶紧解释："通过小太阳换回来的光环，林恬恬是没有办法再次夺取的。"

宁知又问："林恬恬夺取不了我的光环，会不会更换夺取目标，祸害其他人？"

"林恬恬只有一次绑定目标的机会。她选定了你，是不能更换目标的。"

宁知已经无力吐槽："我从陆绝的身上收集小太阳，会不会对他造成什么伤害？"

宁知自认不是善良的人，但也不愿意像林恬恬那样，为了私欲对其他人造成伤害。

霸王义正词严地说："收集小太阳不会伤害陆绝，反而以后对陆绝有很大的帮助。"

宁知这才放下心。

"小知，我听说陆绝下午又病发了，你没事吧？"林恬恬打量着宁知。

今天她最后一次夺取了宁知身上的光环。她看得出，宁知的肤色再次变得黯淡无光，脸色发黄，就连以前漂亮的黑眸也失去了神采。而她的美貌更盛，就连皮肤也变得光滑细腻，旁人看了都艳羡不已。

这些以前全部都是宁知的，她记得在梦里自己多希望成为美得耀眼的宁知。以前她只能在心里暗暗羡慕，现在不一样了，她成了众人羡慕的对象。

林恬恬很开心，喜悦溢上眉梢，一张脸越发光彩照人。

宁知只觉得她碍眼，语气很淡："我会有什么事？"

林恬恬递了一个她什么都明白，什么都懂的眼神给宁知："小知，你辛苦了，今天有什么不开心的事，你今晚可以找我倾诉。”

每次宁知对陆绝产生厌恶之情，忍受不了在陆家的生活，就会找林恬恬倾诉。

宁知觉得好笑，原主就是这样被林恬恬几句话哄得把她当亲姐妹，当最信任的人的吗？

宁知再次问霸王：“林恬恬是通过什么办法夺取我的光环的？”

霸王说：“主人好聪明。你看到她脖子上的项链了吗？就是它帮林恬恬从你身上吸取光环，你过得越不好，越不开心，它越能吸取你的光环。”

宁知看向林恬恬，对方的脖子上戴着一条红绳，跟她精致的穿着很不搭，红绳上绑着一小块温润的白玉莲花吊坠，吸取光环的应该就是这块玉。

霸王的小奶音很骄傲：“主人放心，只要你把光环全部拿回来，她的玉没有光环滋养就会碎了。”

宁知嘴角翘起：“好。”

晚饭后，林恬恬想要找宁知谈心：“小知，我明天没有工作安排，今晚有很多时间，你有什么要向我倾诉的吗？”

她最喜欢听宁知抱怨。

“我和你没有什么好说的。”宁知懒得搭理她，跟着陆绝回房。

夜色渐浓。

宁知把枕头从沙发上挪到了大床上。原主嫌弃陆绝，这么久一直不愿意跟陆绝同床，而是睡在沙发上。

宁知躺在灰色的大床上。她不想像原主那样，每晚睡沙发。

以前的她家世好，从小被娇养，根本委屈不了自己睡沙发。而且，小呆子不愿意跟她说话，更不愿意多看她一眼，她完全不需要担心他会对她做什么。

这时，洗手间的门打开，陆绝穿着一身红色的睡衣走了出来。

宁知眼前一亮。

陆绝肤色白皙，眉清目秀，加之身材修长，穿着这一身红色的真丝睡衣，帅得惊天动地。

“你洗完澡了？”

宁知刚开口，转眼看见陆绝走到床边。

他看着被人霸占的大床，英俊的脸板着，薄唇抿紧，直愣愣地看着她，头顶上的显示框里，弹出一朵大大的带着闪电的黑色的云。

他生气了。

宁知发现了这个显示框的好处：能随时知道陆绝的心情。

“从今天开始，我要睡在床上。”宁知看着陆绝的眼睛，只见对方很快又垂下眼帘，“我跟你一起睡。”

陆绝的唇抿得紧紧的，头顶上的黑云好像变大了一点儿。

他这是更加生气了？

对部分自闭症患者来说，他们不愿意自己的领域被侵占。一直以来陆绝都是一个人睡，对于宁知的突然靠近，他一时之间很难适应和接受。

宁知挪动枕头，让出大部分的位置：“陆绝，沙发硌得我浑身发疼，每晚都睡不好，我要睡床上。”

所以，她不会委屈自己，就算他生气，她也会坚持睡在床上。

陆绝长得帅气，却顶着这样的闪电黑云，很可爱。宁知哄他：“我们一人睡一半床，我睡觉很安分的，不会碍着你。”

陆绝低垂着眼帘，浑身散发着很冷的气息，像是在抗拒。

他还是不愿意吗？

宁知眨了眨眼，钻进另一条被子里。床有点儿硬，没有她以前的床柔软，她调整了最舒适的姿势：“我要睡了。”

既然不习惯，那就逼迫他习惯好了。

宁知闭上眼睛，觉得自己有点儿坏，像是欺负乖孩子的恶人。

房间里很安静，柔和的灯光落在身影孤单的陆绝身上。

过了好一会儿，宁知感受到身旁的床垫微微下陷，耳边响起衣服和被子摩擦的细碎声音。

她侧过头看去。

陆绝在床上躺下来，盖上被子，身体躺得笔直，然后闭上眼睛。

灯光下，陆绝眼帘微颤。他的眉目清秀，眼帘薄薄的，很好看，而他头顶上带闪电的黑云还没有消失。

宁知有点儿想笑，就让他生闷气吧，明天醒来再哄他。

也不知道过了多久，窗外一片静谧。

身旁传来淡淡的馨香，陆绝缓慢地睁开眼睛，漂亮的桃花眼茫然地看着天花板，安静地闻着，胸口处有点儿暖，还有点儿痒，感觉很奇怪。

他喜欢这种香味。

安静的夜里，宁知没有看见，陆绝头顶上带闪电的黑云消失了。

灰蒙蒙的天被朝阳掀开一角，金色的光洒落在窗上。

宁知被洗手间开关门的声音吵醒，睁开眼，看见陆绝洗漱完回来。他额前的刘海儿杂乱地往上翘起一缕，显得呆呆的。

陆绝走到衣柜前，打开了柜门。

宁知望去，看见满衣柜都是红色的衣服，只有一两件黄色的，扎眼得很。

宁知："……"

他是有多爱红色？

但她不得不承认，陆绝很适合红色，他的肤色白皙，穿着红色的衣服确实好看。

陆绝低头解睡衣的纽扣。

他的手指修长，动作缓慢，一颗一颗解着纽扣，配上一张清秀的脸，给人一种视觉上的享受。

睡衣被脱下，陆绝上身光着。

眼前一亮，宁知瞬间没有了睡意。

陆绝看起来瘦弱，脱掉衣服后，身体却很结实。

哪怕只从侧面看去，她也能看到他身上隐约的肌肉线条。

陆绝从衣柜里拿出一件红色的T恤衫，从头上套进去。

宁知丝毫没有偷窥别人的羞耻感，不光男人喜欢看美女的身体，女人也喜欢欣赏帅哥的身体。陆绝不仅身材好，还有颜值，简直让她赏心悦目。

宁知看得入神。下一瞬，陆绝脱下裤了，她的日光顺势向下，她吓得赶紧移开视线。

陆母起得很早，宁知下楼的时候发现她已经坐在沙发上了。

陆母穿着得体，一头鬈发梳得很整齐，白皙的手上戴着火红的宝石戒指，手腕上戴着一只润泽的帝王绿手镯，雍容华贵。

此时的她，与昨天担心儿子、神色慌乱的母亲形象完全不同。

宁知走过去，没有在客厅里看到陆绝。

宁知很快进入角色，在陆母斜对面的沙发上落座："妈，早。"

“起来了？华嫂在准备早餐，待会儿就好。”经过昨天下午的事，陆母对宁知的态度少了几分冰冷。

宁知的生命只剩下两天，她不得不抓紧时间哄陆绝开心。

这样想着，她挪动位置，走到陆母身旁坐下：“妈，我有些问题想请教你。”

从小到大，宁知长得漂亮，小嘴巴甜，还会哄人，深受长辈们喜爱，所以并不害怕跟长辈打交道。

“你有什么想问的？”陆母放下手里的杯子，惊讶于今天宁知的反常。往日宁知都是冷着脸不吭声，一副对陆家有深仇大恨的模样，更别说这样温和地和她说话了。

“我想问问，陆绝平常喜欢吃什么？我想为他做点儿吃的。”宁知对陆绝的爱好一无所知，只能请教陆母。

听到宁知的问话，陆母更惊讶了，不由得看向她。宁知眼里含笑，一脸真诚，仿佛是认真的，并不是在开玩笑。

当初陆母选定宁知嫁入陆家，不光因为宁知能接触陆绝，也因为她长了一张绝美的脸，跟陆绝很相配，两个人以后的孩子必定是最好看的。

然而，宁知嫁过来后，模样越看越普通，也没有尽妻子的责任，整天对陆绝冷着脸，不得不说，陆母对宁知很失望。

“为什么突然想给他做吃的？”陆母不放过宁知脸上的任何表情，“陆家有这么多厨师，不需要你进厨房。”

宁知很会看眼色，当然知道陆母对她的态度。

她并没有退却，而是有点儿不好意思地说道：“昨晚我惹陆绝生气了，想亲手做点儿吃的哄他开心。”

她没有撒谎，小呆子对她睡他的床可生气了。不过今早她发现他头顶上带闪电的黑云已经消失，他自己生闷气，又自己消了气，可爱得不行。

陆母再三认真观察宁知的神色，觉得她并不像在演戏。

“也不知道陆绝喜不喜欢吃甜的。”宁知低喃。

闻言，陆母脸上带了笑意：“他喜欢吃甜的，但不能经常吃。”

不管宁知有什么目的，她愿意亲近陆绝，为陆绝花心思，这都是陆母愿意看到的。

宁知笑着开口：“正好我会做一款小点心，我会控制甜度。”

陆母点点头："小绝有很多东西不能吃，需要忌口，你做之前问一问李师傅，小绝的主要饮食都是由他负责。"

宁知笑着说道："太好了，我去请教李师傅。"

这时，穿着红色T恤衫的陆绝从门外走进来，现在刚开春，早晨还带着凉意，而他的额上却挂满了汗珠。

"这孩子，怎么出这么多汗？赶紧上楼换衣服，免得感冒了。"看见儿子晨跑回来，陆母着急地上前对他说。

陆绝对陆母视而不见对她的心意和话语，听而不应，直接走上楼。

陆母像是已经习惯了一般，注视着儿子上楼的背影，直到看不见，才坐回原位。

宁知收回目光。虽然陆绝有自闭症，但他的母亲丝毫没有减少对他的爱。

她突然想到霸王的话，它说过，陆绝的自闭症能治，也不知道是不是真的。

宁知是在书房找到陆绝的。

穿着红色卫衣的陆绝坐在电脑屏幕前，神色专注地敲打键盘。宁知发现，陆绝不光一张脸长得好看，就连他的手也长得很好看，手指修长，骨节分明。

屏幕上全是代码，只一眼，宁知确定这是她看不懂的东西。

记忆里，陆绝不喜欢跟人接触，却很喜欢跟电脑打交道。原主对陆绝的关注不多，宁知只知道陆绝参与过陆氏集团的产品研发，之前每天会去陆氏集团上班，那里有他个人专用的办公室。

但从陆绝的自闭症加重后，他不愿意外出了。

为了讨好陆绝，宁知花费心思做了些玫瑰糕。糕点小小的一块，呈漂亮的花朵形状，晶莹剔透，中间夹着红色的玫瑰花酱，小巧精致，软糯香甜。

这是她唯一会做的甜点。

陆绝面无表情地看着电脑屏幕，对她的出现没有任何反应。

宁知耐心得很，凑近陆绝，声音低低的，很悦耳："陆绝，我特意为你做了小点心，你要尝尝吗？"

陆绝敲打键盘的手停下。

宁知唇角翘起。她没有猜错，他喜欢耳边的轻柔声音。她放轻了声音，在陆绝耳边低语，他才有反应。

“尝尝我？”陆绝沙哑的声音响起，垂下的眼帘微颤着。

如果没有上网了解过自闭症患者说话的方式，听到陆绝的话她必定要误会了！

“对，你可以尝尝。”宁知拿起小银叉，叉起一块玫瑰糕放在陆绝的眼前，“你自己吃，还是希望我喂你？”

陆绝抿唇，好一会儿才回道：“自己，自己。”

“好。”宁知把小银叉塞到他的手里，收回手时，故意用指尖坏坏地在他的手掌心画了一下。

她就是欺负他乖，欺负他呆，欺负他不会反抗。

陆绝的唇抿得更紧了。

宁知忍住笑：“快吃啊。”

陆绝闷声把那一小块玫瑰糕放进嘴里。

玫瑰糕晶莹透亮，软软糯糯的，中间的玫瑰花酱不会甜得发腻，咀嚼间，满嘴全是花香。

宁知用期待的目光看着他：“好吃吗？”

陆绝不应声。

宁知凑近他，低声问：“陆绝，好吃吗？”她伸出指尖，把沾在陆绝唇边的玫瑰花酱蹭去。

陆绝被惊得一愣。

转眼间，宁知看到他头顶上的显示框里弹出了一个小太阳。

小太阳发着金色的光！

太阳小小的，有点儿像天气预报里的小太阳图标，但比那更可爱。如果小太阳是实物，宁知恨不得伸手去戳一戳。

出现小太阳是因为她做的点心太好吃，陆绝觉得很满意吗？

终于看到小太阳，宁知要开心疯了！

她赶紧把霸王喊出来：“我要怎么收集陆绝的小太阳？”

霸王同样激动：“主人，你只要碰一下陆绝的身体，小太阳就会属于你。你可以把小太阳收藏起来，也可以用小太阳交换被林恬恬夺取的光环。”

“交换光环！”她只剩下一天就要死了，必须拿回光环，可惜的是，一个小太阳只能换回百分之一的光环。

接着，宁知再次凑到陆绝的耳边，声音轻柔，还带着一股甜意：“你喜欢吃的话，以后我常做给你吃。”话音刚落，她的唇无意地触碰了一下陆绝的耳朵。

一瞬间，陆绝头顶上又弹出了一个小太阳。

小太阳竟然变成了两个！

宁知按住狂喜的心，看来陆绝超级喜欢她做的玫瑰糕。

“好吗？”她又轻轻碰了一下他的耳朵。

转眼，两个小太阳出现在她的脑海里。

宁知弯了弯唇，把小太阳交给霸王：“我要换百分之二的光环。”

得到小太阳的霸王比宁知还要激动，小奶音颤抖着：“好的，主人！”

宁知走到镜子前，死死地盯着镜子里的自己。

一眨眼的时间，她脸上的肤色好像白了一点儿，眼睛好像也有神了，不再那么呆滞。

宁知看了看头发，就连发尾的分叉也少了。

果然有效果！

她不停地打量着镜子里的自己，恨不得一次把光环全部夺回来。

过了好一会儿，她确定其他地方没有变化，心里才踏实了。

回到书房里，再看向眼帘微颤，耳朵透红，安安静静地吃点心的陆绝，宁知眼睛晶亮——能让她恢复美貌，还能让她不死，这是什么人间宝藏？

离开书房，宁知下楼时碰见了林恬恬。

对方身上穿着明黄色的裙子。林恬恬现在皮肤白，完全能驾驭这样颜色鲜艳的衣服。

在宁知的记忆里，林恬恬还没有夺取她的光环时，原本的肤色也算白皙，但没有这样光滑白嫩，净透无瑕。

光环真的是好东西。

难怪林恬恬要夺取光环，而且贪心地把原主的光环全部夺走。

“小知。”林恬恬目光落在宁知的手上，看见她手里拿着一个白瓷碟子，开口道，“我听用人说，你去厨房为陆绝做吃的？”

“有什么问题吗？”宁知打量着林恬恬。她刚才拿回了百分之二的光环，对方好像不知道。

“你这两天怎么了？我怎么觉得你对陆绝的态度好像变了？”宁知看她的眼神好像也变了，这样的宁知让她心里没底。

“你也变了。”宁知凑近林恬恬，笑着说道，“我发现你今天变黑了一点儿。”

她拿回一点儿光环，林恬恬的美貌程度就少一点儿，只是变化太小，林恬恬才看不出来。

林恬恬嘴角的笑意淡了几分：“小知，别胡乱开玩笑。”她温和地告诉宁知，“昨天有一个大牌护肤品的商家打电话给经纪人，想找我做代言人。”

她就是要用实力打宁知的脸。

宁知最近是没有照镜子吗？她没有发现自己现在的样子与她相比，差得有多远吗？

宁知笑了。

对上林恬恬疑惑的目光，她开口：“我突然想起了一件好笑的事：一个小偷跑到主人面前，炫耀她偷来的珍宝有多好看，有多好用，还嘲笑被偷了东西的主人笨，护不住珍宝。”

林恬恬不明所以：“你在说冷笑话吗？”

“不是冷笑话。”宁知意味深长地看了林恬恬一眼，“是真实事件。”

林恬恬总觉得宁知的话别有深意。

看着宁知离开，她摸着颈项处的吊坠，温润的触感让她提起的心安稳了下来。

宁知现在上大学三年级。因为原主的要求，陆家暂时没有对外宣布半年前她跟陆绝在国外登记结婚的事情，学校里的人不知道她嫁入了陆家。

大三的课程比较少，宁知庆幸原主的专业跟她穿来前的一样，一个下午下来，她还算轻松。

放学时，陆家的司机早已在学校门口等待。

宁知上了车，问司机：“陈叔，今天陆绝没什么事吧？”

虽然她知道陆绝真有什么事陆母会打电话过来，但还是多嘴问了一句，毕竟一个人的改变体现在细节中。

陈叔有点儿惊讶，宁知主动关心二少爷，而且好像变得比之前开朗了："陆绝少爷今天很好。"

车子经过一家甜品店时，宁知示意陈叔停车。

再回到车上的时候，她手里提着两个精致的小盒子。

今天陆家来了客人，陆母的一个妹妹带着小儿子来陆家做客。

面对大方问好的宁知，陆母的妹妹宋柔也微微吃惊。等宁知上楼后，她笑着问陆母："你是不是调教了一番这个小儿媳妇？"

宋雅抿了一口茶："我像会给儿媳妇立规矩的人吗？"

"我知道姐姐不是这样的人。"

宋雅跟宋柔从小感情好，也不怕被她看笑话："你也知道宁知嫁过来的情况不一样。虽然说她是收了钱才愿意嫁过来的，但当初我也跟她家的长辈协商好了，如果两年内小绝的病情还没有好转，两个人又没有孩子，陆家就放宁知离开。"

宋柔不赞同："能嫁入陆家是宁知的福气，否则依照她无父无母的背景，哪有机会嫁入陆家？连沾边的机会都没有。"

"当初她嫁给小绝就不是真心的，再说，现在小绝的自闭症越来越严重，她的心根本不在陆家，强留着也没有用。"

一直以来，陆母都知道儿子的情况，当初宁知是她唯一的希望。

现在半年过去了，陆绝的自闭症并没有好转，宁知对着她儿子生厌，现在两个人都没有睡在同一张床上。

她尝试过敲打宁知，但没有效果，毕竟这是宁知和陆绝的事。

宋雅叹息："如果小绝的病情更严重了，总不能让宁知在陆家白耗一辈子。"

宋柔知道自己的姐姐看起来高冷，喜欢端架子，实际上她比谁都通情达理。

宁知并不知道陆母在谈论自己。她提着小盒子上楼，直接去了书房。

这两天她发现，陆绝每天都会按照时间，做重复、固定的事情。像现在这个时间，他肯定是在书房里用电脑。

"霸王龙，我们不能跟傻子玩，跟傻子玩会变笨的。"书房的门虚掩着，里面传来小男孩稚嫩的声音。

"傻子不会说话。"

"傻子没有人喜欢。"

"傻子蠢，蠢，蠢。"

“傻子笨，笨，笨……”

宁知一把推开门，打断小男孩的哼唱声。

她走进去，看见一个长得微胖的小男孩站在陆绝的书桌前，手里拿着一只绿色的霸王龙玩具，肉乎乎的脸上全是对陆绝的鄙夷之色。

“你刚才说谁是傻子？”宁知知道这个小男孩应该就是宋柔的儿子，也就是陆绝的表弟。

小男孩叫叶智高，可机灵了，知道自己对陆绝说的话并不是好话，现在被大人问话，当然不愿意回答。

宁知故意虎着脸：“你叫椰汁糕？你刚才说傻子不会说话，你不应声，我就当你是傻子了。”

叶智高小嘴巴一噘，奶声奶气地说道：“我不是，他才是。”他小手指头一伸，指向陆绝。

电脑前，穿着红色卫衣的陆绝一点儿反应也没有，仍旧不断地敲打着键盘，屏幕的光落在他白皙英俊的脸上，帅气又迷人。

宁知拍开叶智高指着人的小手：“小孩子不许没礼貌，不许乱说话，他是你表哥。”陆绝若是傻子，那她作为他的妻子，算是什么？

叶智高抱紧霸王龙玩具，告诉宁知：“大家都说他是傻子，他跟我班上的傻子一样，不会说话，也没有同学愿意跟他做朋友。”

宁知觉得这个小家伙真是一点儿也不可爱。

她走到书架前，把其上摆放的一个魔方拿下来。

宁知故意打乱魔方，问叶智高：“你知道这是什么吗？”

小家伙点点头：“魔方，老师教过我们怎么玩。”

幼儿园的老师教过他们玩魔方。

宁知把魔方递到陆绝眼前，凑到他的耳边柔声道：“陆绝，你能帮我把这个魔方还原吗？”

敲打键盘的手停顿，陆绝薄唇微抿，接过了宁知手里的魔方。

下一瞬，在宁知与叶智高还没有反应过来的时候，陆绝修长的手指快得出现残影，前后不到二十秒的时间，魔方已经被还原。

陆绝声音沙哑，道：“魔方还你。”

魔方被还原了，给你。

宁知被惊到了。她看见书架上有魔方，知道陆绝肯定会玩，但没想到他竟然是玩魔方的大佬。

她敛了敛神，转眼见到叶智高惊得张开的小嘴巴。

宁知居高临下，得意地问小家伙：“你的老师玩魔方有这么厉害吗？”

叶智高摇摇头。

“你也看见了，你的表哥比老师还要厉害，怎么会是傻子？”宁知对小家伙说道，“你表哥不爱说话，不是因为他傻，而是因为他太聪明了，不愿意跟笨蛋说话。

“他不跟你说话，是因为觉得你笨。”

叶智高觉得很委屈，小嘴巴噘得老高：“我不笨。”

“你看，你被人说笨会难受。”宁知手痒，捏了捏他肉肉的小脸蛋，“你骂你表哥是傻子，他也会难受。”

叶智高低下小脑袋。

宁知把书房的门锁上。

然后，她打开刚才在甜品店买的两个小盒子，里面分别装着精致的小蛋糕。

香甜诱人的气息在书房里飘散，叶智高的目光被蛋糕吸引住了。

宁知把一份蛋糕放在陆绝的面前，告诉他：“我放学后经过这家甜品店，看到好多人在排队，特意买回来想让你尝尝。”

她今天要上学，没有时间给他做吃的，只能去买，也不知道能不能让他开心，收集到小太阳。

陆绝飞快地看了她一眼。

“你快吃。”宁知把小叉子塞到他的手里。

陆绝闷声吃着蛋糕。

对面的小家伙吸了吸口水，一双黑溜溜的大眼睛盯着蛋糕，移不开视线。

宁知笑弯了眸子：“这家甜品店的蛋糕很出名，奶油甜甜的，带着香浓的巧克力味，还有果脆……”

小家伙又吸了吸口水，小胖手紧紧地抱着霸王龙玩具。他好想吃蛋糕啊，霸王龙肯定也想吃。

宁知故意用小叉子叉起一小块蛋糕，在叶智高面前晃了晃：“香吗？”

小家伙诚实地点点头：“香。”

宁知坏得像魔鬼：“香也不给你吃。”

叶智高抱着霸王龙玩具，傻眼了。

“想哭吗？”宁知问他。

叶智高抿紧小嘴巴。

宁知比魔鬼还险恶：“哭也不给你吃。”

她可护短了，谁让他骂陆绝是傻子。

书房里飘着淡淡的、甜甜的蛋糕香味。

宁知往陆绝的头顶看去，显示框里空荡荡的，并没有弹出小太阳。

她凑到陆绝的耳边，柔声道：“我排队等了很久，脚都站累了。”她骗他的，甜品店里的客人确实不少，但并不需要排队。

宁知哄骗他：“陆绝，你喜欢吃的话，我可以天天去排队买给你吃。”

她盯着陆绝头顶的显示框，然而无事发生。

他不喜欢吃蛋糕，还是蛋糕不好吃？

听到她这样辛苦地为他买蛋糕，他也没有半点儿开心的感觉吗？

陆绝摇摇头：“不喜欢，不排队。”

他不喜欢吃蛋糕，也不想让她排队。

宁知明白他的意思，看来这次是拿不到小太阳了。

她这才看向紧紧抱着霸王龙玩具，小嘴巴高高噘起的小家伙：“椰汁糕，过来。”

叶智高吸了吸鼻子，两只小脚不安地互蹭了几下，没动。

宁知觉得好笑，小家伙还有点儿气性：“想不想吃蛋糕？”

叶智高抱着霸王龙玩具走过去，声音稚嫩，义正词严地说道：“不是我想吃蛋糕，是霸王龙想吃。”

“你向表哥道歉，我就把蛋糕给你吃。”

宁知又伸手捏了捏他肉乎乎的脸蛋：“还有，以后再也不能骂别人傻子，不管是对你的表哥，还是你班上的那位同学，如果被我发现了，我就把你绑起来，在你面前放十个大蛋糕，让你只能看不能吃。”

宁知坏极了：“哦，还要把你的霸王龙丢掉。”

叶智高赶紧抱住自己的霸王龙玩具：“不能丢龙龙。”

他抿了抿小嘴巴，小声地对陆绝说道：“对不起。”

宁知说：“你说话这么小声，我一点儿也没有感受到你道歉的诚意。”

叶智高委屈地提高声音，声音还带着奶气：“对不起。”

宁知把那份没有动过的小蛋糕推给他：“吃吧。”

小家伙黑溜溜的大眼睛一亮。

宁知凑近陆绝，极力邀功："椰汁糕骂你，我帮你教训他了。"看见他的唇有点儿干，她把旁边的水杯递到他手里，"以后谁骂你，我都帮你教训回去。"

她碰到陆绝的手，他指尖凉凉的，没有回应她，头顶上却弹出一个小太阳。

宁知又惊又喜，陆绝太可爱了。

傍晚的时候，宋柔和叶智高留在陆家用餐。

宁知陪着陆绝来到饭厅，等他在固定的位置坐下，她才在他旁边落座。

用餐时，宋柔特意关注宁知的用餐仪态，发现宁知的礼仪和举止很端正有度，像是长久培养出来的。

听说宁知的父母在世时，家里也算是小有家产？

宁知当然注意到了对面投来的打量的目光，她并没有在意，而是心情愉悦地享用美食，准备待会儿用小太阳换光环。

啪嚓一声，碗落在地面上，瞬间碎裂，米饭撒了一地。

宁知赶紧看向旁边的陆绝。

他抿着唇，直接低下头，往饭桌上面撞。

"小绝。"陆母脸色发白。

宁知立刻放下筷子，起身伸手去拉陆绝。

陆绝一把将她推开，宁知没有防备，被推得往后退了几步。

宁知有点儿蒙。

平常陆绝安静又乖，但发病的时候他很难自控。

"呜——"对面的叶智高被吓哭了，"怕怕。"

宋柔赶紧抱住小儿子的头，不让他看发病的陆绝。

陆母眼睛泛红，想让用人上前强行制止陆绝用头撞桌子的举动。

宁知再次上前，将手挡在陆绝的面前："陆绝，刚才我被你推得差点儿摔倒了。"

陆绝停下来。

"但我知道你不是故意的。"宁知的手抚上陆绝的额头，那里已经被撞得通红。

陆绝低垂着眼帘，突然开口："血流出来。"

嗯？

宁知低头，发现刚才自己踩到了地面上的碎瓷片，脚被划伤，流血了。

陆绝的手主动握上宁知的手，他再次开口："血流出来。"

宁知说："对，我的脚流血了，你能陪我回房间擦药吗？"

陆绝站起来："能，走。"

陆母赶紧让人把药送上楼。

房间里，宁知小心翼翼地擦药水。她一向怕疼，刚才注意力都在陆绝身上，才没有察觉脚上的痛，现在，她觉得伤口疼得厉害。

陆绝直愣愣地站在宁知面前，认真地看宁知清理伤口："对不起。"

宁知惊讶地抬头去看他。

陆绝低垂的眼帘微颤，像是很不安。

桌上的饭菜已经被撤掉，叶智高被吓哭了，宋柔只好先带他离开。

宁知下楼的时候看到陆母坐在沙发上，眼睛泛红。

"小绝怎么样了？"陆母脸上的担忧之色还没有退去。

宁知在陆母身旁坐下："陆绝没事了，正在书房看书。"

陆母点点头，接下来开口说的话却让人揪心："小绝从小到大，我的心就一直没有安稳下来。他上幼儿园时，老师没有察觉，他从楼梯上滚下来摔断了肋骨。"

她看着宁知说道："正常的孩子早就号啕大哭了，但小绝一声不吭，直到夜里发起高烧，被送去医院做身体检查，我才知道怎么回事。"

部分自闭症患者感受不到疼痛，是因为他们的大脑皮层没有办法接收到这种信号。

感受不到疼痛，对人来说是一件很危险的事。

宁知安静地听着陆母的话。

"从楼梯上滚下来之后，他变得更加抗拒被人拥抱。正常的孩子喜欢向父母撒娇，而小绝只喜欢一个人安静地待着，没有正常孩子对父母的依恋之情……"

宁知能想象出小小的陆绝一个人待在角落的画面。

陆母的语气里满是自责之意："是我的疏忽，我没有派人好好保护小绝。经历过那一次绑架后，小绝整个人变得更沉默了，完全把自己封闭起来。现在他只要受到一点儿刺激就容易失控。"

他们救回陆绝的时候，他满身都是伤。

陆母不敢想象那些凶徒是怎么折磨他的。

夜色渐深。

宁知听完陆母的倾诉回到房间的时候，陆绝已经洗好澡，身上依然穿着一身红色的睡衣。

他的刘海儿被打湿了贴在前额上，看起来有点儿乖，清秀的眉目透着几分青涩的感觉。

宁知走到床边，然后躺在床上。

陆绝抿着唇，无声地看她，显然还是不喜欢她睡他的床。

“我的脚受伤了。”宁知把贴了止血贴的脚抬起，“我要睡床上。”

过了好一会儿，发现陆绝的显示框里没有弹出带闪电的黑云。

宁知这才满意地收回脚。

陆绝不再理会宁知，笔直地躺在床上，闭上眼睛。

宁知没有睡，问霸王：“你之前说陆绝的自闭症有办法治愈，是真的吗？”

霸王说：“主人，我是从来不会撒谎的。”

“怎么治愈？”

陆绝失控的次数越来越频繁，再这样下去，她会越来越难收集小太阳，甚至她可能还没有收集完小太阳，他就自残死了。

毕竟在书里，陆绝的结局就是自残而死。

霸王说：“陆绝的自闭症越来越严重是有原因的，用小太阳，主人你有机会治愈他。”

宁知迟疑：“我要用小太阳救陆绝？”

“对，主人现在有一个小太阳，你是要帮助陆绝，还是要换取百分之一的光环？”

宁知侧过头，看向眼睛紧闭的陆绝：“我选择救陆绝。”

她的话音刚落，眼前突然一黑。

再睁开眼睛的时候，宁知发现自己站在客厅里。

她刚才不是躺在床上吗？霸王还有帮她瞬移的功能？

陆母走过来，她的身上穿着一条精致的裙子，显得很年轻。

“妈。”宁知开口向陆母打招呼，然而对方直接从她身边经过，像是看不到她一般。

宁知又开口叫了一声，对方还是没有回应。

陆母走到楼梯那边，弯下腰，宁知这才看见一个长相可爱的小男孩坐在楼梯旁，安静地玩着地面上的拼图。

“妈妈抱你，好不好？”陆母伸出双手，把孩子抱起来。

宁知满脸震惊之色。

那是陆绝？对，是小时候的陆绝。

原来，陆绝从小时候就喜欢穿红色的衣服。

他身上穿着一件红色的小T恤衫，外面是一条牛仔的背带裤，胸前有一个大口袋，加上小陆绝长得很可爱，五官精致漂亮，白白嫩嫩的小脸蛋板着，又萌又酷，可爱得让人心醉。

小家伙被陆母抱起，呆呆的，在陆母的怀里待了一会儿便开始挣扎，不愿意被抱着。

宁知才反应过来，眼前的陆母不是因为穿着打扮显得年轻，而是现在就是陆母年轻的时候。

宁知意识到，自己好像被霸王送到了陆绝的小时候。

宁知问霸王：“我现在真的在陆绝的小时候吗？”

过了好一会儿，她都没有得到霸王的回应。

她反复试图跟霸王沟通，然而霸王都没有响应。

宁知皱眉，这是怎么回事？

陆母抱着挣扎的小陆绝走到沙发那边，用人端来一碟子洗干净的草莓，每一颗都是通红的，水灵灵的，看上去很新鲜。

陆母拿起一颗大草莓，放在小陆绝的小手上。

宁知确定周围的人都看不见她，走到沙发对面坐下，看着小陆绝握着比他小拳头还大的草莓，低头闷声地吃着。

草莓的果汁沾在他浅粉色的小嘴上，他一双黑溜溜的大眼睛干净漂亮，乖巧地坐着，宁知的心肝被萌得发颤。

陆母显然也被儿子萌到了，忍不住低头想要亲亲小陆绝的脸蛋，他却闪躲开了。

陆母叹了口气，只能摸摸他的小脑袋。

宁知无聊地托着下巴，看着安静地吃草莓的小陆绝发呆。霸王说她能治愈陆绝，然而它送她来陆绝的小时候是什么意思？

对面，小陆绝吃完两个大草莓就不吃了。

他从沙发上下来，自己向洗手间走去，陆母没有跟上他。她从小就开始让他学习自立。

宁知起身，光明正大地跟在小陆绝的身后。

小陆绝迈着两条小短腿，小身板挺得直直的，往洗手间里走。看着面前刚到她大腿处的奶萌“小矮墩”，宁知有点儿想笑。

成年后的陆绝个子很高，她看他需要抬头。现在，她竟然是低头才能看到他，简直不可思议。

小陆绝走进了洗手间，努力地踮起脚尖，开始洗手。

宁知站在他身旁。面前有一面大镜子，她随意地扫了一眼，惊得整个人愣住了。

镜子里，她皮肤白皙光滑，五官精致，嘴唇红润，一双黑眸干净清透，像溢满了水、缀满了星，而眼尾微微上翘，纯真中透着妩媚的感觉，美得惊心动魄。

镜中的人就连一头长发也柔顺黑亮。

宁知摸了摸自己的脸，细嫩的触感是真实存在的。

她的光环回来了？

不对啊，她还没有拿到小太阳，没有办法换取光环。

宁知眯了眯眼。还是说脱离现实她就能恢复原本的样子？

不管怎么样，她现在就是变美了。

宁知认真地打量着镜子里面的自己，越看越生气，因为她发现，林恬恬拿走的不光是她的容貌，还有她的身材。

林恬恬太过分了！

现在恢复身材，她胸部丰满，腰身纤细，就连一双腿也细长白皙，漂亮娇嫩得就连脚趾头都泛着浅粉色。

宁知爱得不行，不断上下打量自己的身体，越看越满意，恨不得立刻把全部光环从林恬恬身上拿回来。

宁知旁边的小陆绝洗完小手，转身绕过她，走出洗手间。

宁知傻了眼：小陆绝能看见她，还是碰巧？

她赶紧跟出去。

小陆绝的腿短走得慢，她走两步就追上他了。

小家伙的小脸蛋肉乎乎的，还有奶膘，完全不像长大后那样轮廓分明。

宁知捏了捏手，到底没有忍住，伸出手用指尖在小陆绝白嫩的脸蛋上戳了戳，他的小脸蛋上瞬间出现一个小坑。

啊，她竟然能触碰到他！

宁知一激动，直接捏住了小陆绝的脸蛋，软软的——她真的能触碰到他！

“小绝绝，你能看到我吗？”宁知问他。

小陆绝抬眸，黑白分明的大眼睛茫然地看着面前的宁知，然后举起小手，一把拍开了宁知捏他脸蛋的手。

小奶娃哪里有什么力气？宁知根本就不会被他打痛。

他真的能看见她！

宁知一脸惊喜之色：“你能看到我，对不对？”

小陆绝沉默着，酷酷的，完全不理会她。

宁知尝试着走到陆母的面前，对方却没有任何反应。她伸出手去触碰陆母，然而她的手直接穿过了陆母的身体。

宁知确定了，只有小陆绝能看见她，她只能触碰小陆绝。

吃晚饭的时候，宁知坐在小陆绝旁边的位置。

面对着一桌子的菜肴，宁知很想吃，但她没有感觉到饿，就像是不属于这个世界的人，并不会受到这个世界的拘束。

坐在陆母旁边，长相俊朗又威严的男人是陆父陆东周，之前宁知觉得陆绝的眉目像陆母，现在突然觉得，陆绝长得更像陆父。

从陆父看陆母的眼神，还有夹菜的举动，宁知能看出陆父很疼爱妻子。

晚饭后，宁知跟着小陆绝上楼，走进房间时，感到哭笑不得。

现在陆绝的房间的装潢还是儿童的风格，墙面是天蓝色，周围摆放着很多男孩子喜爱的玩具，就连摆放在房间中间的床也是一张儿童床。

这是一个充满童趣的房间。

小陆绝不爱说话，但他的动手能力很强，早已学会自己洗澡。

宁知现在就像小陆绝的尾巴，他走到哪里，她跟到哪里。她对小陆绝充满了兴趣，毕竟谁会有这样的机会，能亲眼看到丈夫的小时候？

洗手间里，用人早已给小陆绝准备好洗澡水还有衣服。

用人关上门，守在门外。

小陆绝自己脱掉衣服，转身时，看见站在洗手台旁的宁知，随即小脸一板，抿紧嘴巴，不高兴了。

“洗澡我，不看。”小陆绝的小奶音比霸王的声音还可爱，脆生生的，稚嫩得不行。

宁知笑弯了眸子，故意逗他：“你喊一声姐姐，我就出去；不喊，我就要看你洗澡。”

小陆绝绷紧小脸。

宁知捏捏他细嫩柔软的小脸蛋：“喊吧，你喊了姐姐，我就离开。”

小陆绝低头，小奶音低低地喊道：“姐，姐。”

啊，宁知要被他的可爱萌“萌死”了！

宁知没有继续欺负小陆绝，夜里她是在沙发上睡的。

她原以为自己在沙发上睡了一晚腰会不舒服，然而早上醒来的时候，她一点儿不舒服的感觉也没有。

对面的儿童床上，穿着红色印有卡通图案睡衣的小陆绝醒来了。不需要用人照顾，他自己洗漱，自己换衣服，一本正经，像小大人一样。

宁知之前听陆母说过，陆绝的自闭症发现得及时，很早就开始做康复训练。现在的小陆绝除了不爱说话，不喜欢跟人亲近，不喜欢被人抱，其他方面都跟正常的小孩一样。

换上红色幼儿园校服的小陆绝自觉地下楼，用人拿着他红色的小书包，跟在他身后。

宁知慢悠悠地走在他们身后。

哦，她的丈夫要去幼儿园了。

吃过早餐，陆父去公司，陆母亲自送小陆绝上幼儿园。

宁知赶紧上车，身体穿过车子，坐在副驾驶座上，而此时车后座上的小陆绝抬眸看了她一眼。

怪姐姐。

车子停在幼儿园门口，因为是上学时间，周围停满了其他家长的车子，放眼看去，大多是豪车。

显然，这是一所私立幼儿园。

陆母看着儿子被老师带进学校里，才不舍地离开。

宁知一路跟着小陆绝来到了班上，其他小朋友也来得很早，在教室里追逐、嬉闹，笑声不停。

与周围的小朋友不一样，小陆绝放好自己的小书包后，回到自己的座位上安静地坐着，一声不吭，也不去看附近的同学。

宁知突然想起“椰汁糕”的话，他班上也有一个像陆绝一样不爱说话的同学，大家都笑那个同学是傻子。

那么小陆绝呢？

其他小朋友会觉得他不合群，笑他吗？会欺负他吗？

只要想到其他小朋友可能欺负小陆绝，宁知就觉得他们看起来一点儿也不可爱。

上课的时候，宁知没有待在教室里，而是无聊地站在教室窗外看小陆绝。其他小朋友在老师提问的时候会积极举手，而小陆绝神色呆呆的，一点儿反应也没有。

班上的孩子多，老师并不能面面俱到，所以，老师没有看到坐在小陆绝身旁的那个小男孩偷偷地掐小陆绝。

宁知气得咬牙。

她赶紧走进教室，直接伸过手去想要把小男孩拉开，但她的手穿过小男孩的身体，根本触碰不了对方。

宁知看着小陆绝白嫩的小胖手被那个小男孩掐出了一个红红的指甲印：“小绝绝，你快告诉老师。”

小陆绝一点儿反应也没有，不吭声，也不觉得疼。

宁知眉头皱得死紧，幸好小男孩只掐了小陆绝一下就收手了。

她极度不爽地瞪了小男孩一眼。

第二节课，两个老师带着班上的孩子到教室外面活动。

其他小朋友撒开腿跑来跑去，爬滑梯，玩跷跷板，而小陆绝一个人腆着小肚子，安静地站在楼梯口。

老师像是已经对他这样独自一个人待着的行为习以为常。

之前还不觉得，现在看着那么多笑得欢快的孩子，宁知再看向小陆绝的时候，觉得心里酸酸的。

他有一个小硬壳，把自己的小身体藏在里面，他不出来，谁也不能进去。

宁知收回思绪，转眼看到小陆绝已经走上楼梯，而他的身后跟着刚才在教室里掐他的小男孩。

小男孩的五官让她觉得熟悉，好像在哪里见过。

还没有来得及回想，宁知看见小男孩从后面伸手去拉小陆绝。

小男孩的个子比小陆绝高，小陆绝被拉了一下，站不稳，整个身体往后倒下去。

宁知震惊，突然想起陆母说过的话。

陆绝小时候在幼儿园里，从楼梯上滚下来摔断了肋骨。

第二章

他喜欢她夸他

眼看着小陆绝从楼梯上滚落，宁知直接扑上前。

软软的小身体落在她的怀里。

在摔落地面的那一刻，她将人抱得紧紧的，将自己的身体垫在底下。

换了正常的小孩子遇到这样的事情，早已吓得号啕大哭，或者躲在大人的怀里求安慰。

而小陆绝眨着大眼睛，一脸呆呆的表情，一点儿哭的意思都没有。

“小绝绝，有没有受伤？”宁知顾不上跑掉的小男孩，赶紧检查小陆绝的身体，他摔下来的时候被她接住，这一次应该没有摔断肋骨。

小陆绝小手突然指着宁知的脚：“红，红。”

宁知低头，才发现自己刚才着急扑过来救人，脚扭了一下，膝盖磕在台阶上，现在已经红肿了。

放在平时，膝盖这样脆弱的地方受伤，早就让她痛得直流泪了，然而现在她一点儿痛感也没有，就像她在这个世界不会感到饿一样。

“我的脚为了救你受伤了，好痛。”宁知无耻地开始欺骗小陆绝，“以后我跟你说话，你不能不应我，知道吗？”

小陆绝黑溜溜的大眼睛飞快地看了她一眼，好一会儿之后，她点了点头。

宁知忍不住又捏捏他的小脸蛋——小陆绝真好哄。

那头，老师找来的时候，发现小陆绝呆呆地坐在地面上："陆绝，你怎么坐在地上？"

小陆绝直接转过头，小脑袋靠在宁知的怀里，不看老师。

小陆绝的身体带着一股奶香味，还肉乎乎、软绵绵的，抱着很舒服。

宁知凑到他耳边，柔声哄着："姐姐脚痛，要休息一下。小绝绝要听老师的话，先去跟老师玩。"

黑溜溜的大眼睛眨呀眨的，小陆绝低头去看宁知撞伤的膝盖，奶声奶气地说道："呼呼我。"

我呼呼。

宁知忍不住笑了，故意逗他："小绝绝要姐姐呼呼吗？"

说着，她低头在小陆绝的耳边温柔地吹了一口气。

轻柔的风钻进耳朵，小陆绝痒得动了动小脑袋，语气有点儿急："呼呼我。"

不得不说，现在的小陆绝比长大后的陆绝好沟通多了，不会被问十句才回应一句。

"谢谢小绝绝啊，姐姐不用呼呼。"小陆绝太可爱，宁知恨不得亲亲他。

小陆绝抬起头。

奇怪的姐姐在他眼前逐渐变得透明，然后不见了。

小陆绝眼睛里全是茫然的神色："姐，姐。"

一旁的老师听见小陆绝在自言自语并没有惊讶，毕竟这个孩子有自闭症："陆绝，起来，老师带你回教室……"

再睁开眼睛，宁知发现自己躺在床上，旁边的人是陆绝，是长大后的陆绝。

她回来了？

宁知赶紧摸了摸自己的脸，皮肤没有了细嫩光滑的触感，手上的皮肤也不再白皙，头发依然干枯分叉。

她还摸了摸胸前，软软的，但大小明显又变回去了。

宁知心中一阵惋惜。她还暗暗奢望回到现实的时候也能保持美貌。

她赶紧联系霸王："我好像什么都没有做，怎么突然回来了？那陆绝的自闭症治愈了吗？"

霸王说："主人你忘记了？你救了滚下楼梯的陆绝，至于他的自闭症，当然还没有治愈。"

宁知皱眉："你不是说只要一个小太阳，就能治愈他吗？"

霸王赶紧解释："主人这一次救下陆绝，已经让他的病情减轻了，再多救几次，主人就能看出效果了。"

"你的意思是，我之后还要继续回去救陆绝？"

霸王说："主人好聪明。"

宁知也猜到治愈陆绝的病没那么容易，毕竟在现实中，自闭症根本就不能治愈。

早上，天色放亮。

宁知醒来的时候，看见穿着红色运动服的陆绝晨跑回来。

他小时候的奶膘没有了，一张脸轮廓分明，两条小短腿也变成了大长腿，肉乎乎的小身板变得壮实有力，脸上的表情永远冷冷的。

果然，还是小陆绝可爱。

宁知下楼的时候看见陆母在客厅里插花，笑盈盈地走过去。

"妈，早啊，我有点儿事想问你。"

陆母今天的穿着依然精致。她很注重打扮，不管是手链还是戒指，又或者是佩戴的胸针，每天都是认真搭配的："什么事？"

"昨晚你跟我提起陆绝小时候从幼儿园的楼梯上滚下来，那他——"

宁知的话还没有说完，陆母就打断了她的话，疑惑地说道："我听不懂你在说什么。我怎么可能说那样的话？小绝小时候从来没有滚下楼梯过。"

"你昨晚……"宁知反应过来：她救了小陆绝，这件事就不存在了。

宁知赶紧解释："对不起，我睡糊涂了，那是我昨晚做的梦。"

宁知有点儿好奇，既然她救小陆绝的事成了现实，那陆绝还记得她救他的事情吗？

转眼，宁知想到，对她来说救陆绝只是昨晚的事，但对陆绝来说这件事却过了将近二十年，他必定不记得。

化妆室里。

经纪人满脸喜色地说道："方导演刚才打电话过来，他新戏的女主角是你。恬恬，你的运气真好，随手帮了一个老人家，对方竟然是方导演的母亲。”

她感叹：“原本还有几个女演员要争这部戏的女主角，很早之前就下功夫了，现在角色却被你轻松拿下，真是躺赢啊。”

经纪人发现，林恬恬的运气好得惊人，别人求都求不来的机会，每次都能被她捡去。

林恬恬笑了笑。自从得到宁知的光环后，她已经习惯这样被上天眷顾的日子。

摸着脖子上的项链，昨晚她又做梦了。

在梦里，宁知依然明媚动人，在娱乐圈光芒四射，而且嫁入陆家受尽宠爱。

而她是宁知的对照。

梦里，她嫁给初恋男友，婚后男友换了一副嘴脸，虚伪又花心。她每天都有做不完的家务，还要被嫌弃。

每天做完家务空闲下来，她只能坐在电视机前，暗暗羡慕屏幕里光彩照人的宁知。

醒来后，梦里的画面让她觉得，她真的经历了这样的一辈子。

幸好，她有了这条项链，得到了宁知的所有光环。

她变美了，进了娱乐圈，还嫁入了陆家，而宁知却没有了美貌，嫁给了患有自闭症的陆绝。

现在，她是宁知羡慕的对象。

这时，林恬恬接到陆家用人打来的电话，对方向她汇报，陆绝昨晚再次失控，还弄伤了宁知的脚。

她能想象到现在的宁知心情有多糟糕。

林恬恬对电话那头的用人说道：“以后你不用向我汇报宁知的事了。”宁知身上已经没有光环，她没有必要花费精力关注宁知了。

林恬恬没发现，在她挂了电话没多久，身上的光环又被宁知拿回了百分之二。

车子里。

宁知看着旁边头顶显示框里弹出一朵黑云的陆绝，觉得好笑。

部分自闭症患者每天会按照固定的习惯重复做相同的事情，如果被人打断或者阻止会感到不开心、不安。

陆绝每天早上都晨跑，下午在固定的时间拼图、玩电脑、看书，就像设置了闹钟，行为刻板又无趣。

宁知带着他外出，打破了他固定的程序，陆绝不开心了。

带陆绝外出这件事，宁知先征求过陆母的意见。陆母虽然惊讶，但是立刻同意了，毕竟陆绝已经很久没有踏出过家门，她希望儿子能多接触外人，多与其他人沟通可以缓解病情。

宁知有能力让陆绝外出，她当然很开心。

两个人出门时，陆母派了几名保镖护着，还给了宁知一张卡，那是陆绝的副卡。

管家提醒了宁知一句，卡没有限额。

宁知是聪明人，知道管家的提醒肯定是陆母的意思。

一张没有限额的卡，她能随意刷，花了陆绝的钱就需要好好照顾陆绝。

对陆母来说，只要宁知对陆绝好，她就能对宁知好，没有什么能比儿子更重要。

宁知做梦都没有想到还有这样的好事，就算陆母不说，她本来就要对陆绝好，要哄陆绝开心。

车子停在了商场门口。

宁知先下车，陆绝抿着唇，也下来了。

他身上依然穿着红色的卫衣，下身是一条黑色的休闲长裤。他个子高，容貌出众，哪怕安安静静地站在车子旁，也很吸引路人的目光。

“我们进去吧。”现在陆母把陆绝的卡给她，宁知恨不得立刻把她空荡荡的衣帽间填满。

商场门前行人来来往往，陆绝低着头，不吭声。

宁知看见他头顶上的小黑云像是吃了催化剂一般慢慢增大。

他更不开心了？

陆绝的个子高，宁知必须抬起头，微微踮起脚，才能凑到他耳边：“不用怕，我会牵着你的手，你跟在我身边就好。”

她伸手去牵陆绝垂在身侧的大手。

他的手有点儿凉，手指修长，骨节分明，与他的长相一样，很好看。

“走吧。”

陆绝的目光落在手上，软软的触感很奇怪，但他不讨厌。

宁知牵着陆绝往商场里走，身后跟着的几名保镖太显眼，她交代他们不用跟得太近。

商场里的人比较多，宁知明显感受到陆绝的手在收紧，身体还往她身旁靠。

显示框里的小黑云变得更大了。

宁知握紧他的手，没有带他走进人群。她接受他的与众不同，不会强行让他适应这个世界。

商场二楼都是大牌服饰店。

宁知带着陆绝走进其中一家，知道陆绝不喜欢陌生人，没有让销售员靠近。

"陆绝，我买衣服送给你，你会开心吗？"宁知打着好算盘，刷陆绝的卡，买礼物给他，哄他开心，好棒！

宁知语气大方："你喜欢什么衣服？随便挑。"

陆绝闷声走到一件红色的衬衫前，飞快地看了宁知一眼。

果然，小呆子一如既往地喜欢红色衣服。

"你喜欢这件？那你去试一试。"宁知吩咐销售员去拿那件红色衬衫。

陆绝被宁知推着走进试衣间。

"你换吧，我在外面等你。"说着，宁知关上门。

宁知坐在沙发上等陆绝，接过销售员端来的水，慢慢喝着。看着试衣间紧闭的门，宁知突然有种等待小男友换衣服给她看的刺激感。

过了好一会儿，门被打开。

看着从试衣间里走出来的陆绝，宁知双眼放光。

红色真丝衬衫在灯光下闪着莹莹的光泽，因为亲肤，真丝面料贴着陆绝的身体，衣领敞开，露出陆绝白皙的皮肤，配着他那张英俊的脸，简直像是出现了幻觉。

"这件衣服太适合先生了。"旁边的女销售员眼里全是惊艳的神色，很少有男人穿红色衬衫，而且男人若没有一定的颜值和身材，只会将红色衬衫穿出油腻感。

宁知点点头，不得不承认面前的陆绝很耀眼。

小呆子就是一个百宝箱，偷偷打开一条缝隙，里面就会透出光。

她走近陆绝，指尖缠上他的纽扣，细心地帮他扣上："陆绝，你真好看。”

陆绝低垂的眼帘微颤着，唇抿得紧紧的，头顶的显示框里弹出了一个小太阳。

宁知惊喜：哦，原来他喜欢她夸他？

宁知还想继续夸他，陆绝却突然转身走到另一排衣服前：“好看。”

他指着一件花哨的短袖衬衫，宁知怀疑那是四五十岁大叔才会穿的款式。

“好看。”陆绝重复了一遍。

“你喜欢这件？”宁知有点儿不确定。

陆绝破天荒地点点头，嘴角竟然悄悄上扬，脸上露出了一个羞涩的小梨窝！

宁知震惊了。

离开服装店的时候，陆绝身上穿着那件自己挑选的印着一朵朵大红玫瑰花图案的衬衫。看着他头顶上冒出来的第二个小太阳，宁知突然觉得这件衣服也不算太辣眼睛。

拿到两个小太阳，宁知立刻把霸王喊出来：“我有两个小太阳，一个换百分之一的光环，另外一个用来救陆绝。”

霸王的小奶音有点儿虚：“主人，第二次救陆绝，需要三个小太阳。”

宁知皱眉：“不是一个？”

霸王解释道：“难度加大，消耗就大，需要的小太阳就多。”

宁知生气地说道：“为什么你之前没有告诉我？”

霸王吓得小奶音发颤：“因为主人没有问。”

宁知问：“之后呢？”

霸王说：“第三次需要消耗五个小太阳，第四次是十个小太阳……”

这是要玩死她啊。

宁知牵着陆绝往回走。

见陆绝神色茫然，她笑盈盈地对他说道：“你不是喜欢花哨和红色的衣服吗？我全部买给你，只要你开心。”

花钱的感觉真爽，花别人的钱更爽。

宁知一共拿到了五个小太阳，心满意足。可惜的是，后面不管她买多少衣服给陆绝，他头顶都没有再冒出小太阳了。

就像之前她第一次给陆绝做玫瑰糕，拿到两个小太阳，后来她再给他做，竟然一个小太阳也没有拿到。

宁知立刻用两个小太阳换取百分之二的光环，留下另外三个用来救陆绝。

跟霸王交换光环的那一刻，发现自己手上的肤色肉眼可见地白了一点儿，她赶紧去摸自己的脸，感觉脸上皮肤的触感细滑了不少。

喜悦之色溢上眉梢，宁知心情瞬间好了起来。

上一次，她已经拿回百分之二的光环，现在再换取百分之二的光环，这意味着她已经从林恬恬身上拿回了百分之四的光环。

宁知转过头，微微踮起脚，凑到穿着花哨衣服的陆绝身旁："陆绝，你怎么这么棒？"

两个人回到陆家的时候，天色已经暗了下来。

宁知带着陆绝往屋子里走，看见陆父坐在沙发上。

眼前的陆父气质更威严、沉稳，脸上有岁月留下的痕迹，但他看陆母的目光并没有变。

陆父斜对面坐着一个身材高大，气质高冷的男人。在她的记忆里，对方就是书里的男主角陆深远，陆家的养子，他现在帮陆父打理着陆氏集团。

"你们回来了？快过来坐吧。"陆母看见陆绝和宁知回来，神色喜悦："小绝，你爸爸和大哥都回来了，过来打招呼。"

陆父和陆深远之前在国外开拓新项目，今天才回来。

看着陆绝身上的衣服，陆父虽然嘴上没有说，脸上到底还是露出了失望的神色："你们今天出去了？"

宁知牵着陆绝走到沙发那边坐下："对，我带陆绝到处走走。"

陆父有点儿惊讶，小儿子已经半年多没有踏出陆家了。

陆母看着用人把一个个人礼袋提进来："这些都是你们买的？"

"全是我和陆绝的衣服。妈，我才发现陆绝最喜欢的不是红色衣服，而是花的。"

陆母哪里不知道儿子喜欢什么？但就算她疼爱儿子，她的品位也让她没有办法给他买那些花哨的衣服。

陆母脸上带着笑意，语气里多了几分亲近之意："他最喜欢花哨的衣服，从小就喜欢，下次你不要任由他自己选。"

陆绝从小就喜欢花哨的衣服吗？

宁知看了旁边穿着花哨的陆绝一眼。她能想象出小陆绝穿着一件花衬衫，白白嫩嫩，肉乎乎的奶萌小模样。

浑厚的男声响起，陆深远用关切的语气说："小绝今天外出，没有出现什么状况吧？"

宁知说："他很好。"

书里提及过，男主角很关心弟弟陆绝的病情。

陆深远告诉陆母："在国外的时候，我打探到一位很厉害的心理医生，已经安排对方尽快过来，到时候给小绝治病。"

陆母点点头。最近小儿子的病情加重，她很着急，陆深远找到医生，确实让她松了半口气。

陆绝一直低着头，沉默着。

宁知转过头，能看到他又翘又长的睫毛正微微颤动。

她悄悄握住他的手，指尖坏坏地在他手掌心轻挠着。其实，他乖乖地在他的小硬壳里待着也没关系，她可以偷偷进去。

晚饭后，宁知去了陆母的房间。

"妈，你找我有事吗？"宁知发现陆父陆母的房间比陆绝的房间小一点儿。

看来，陆家把最好的房间给了陆绝。

"来，你坐在我身旁。"灯光下，陆母的表情温柔。

宁知乖乖地坐过去，好奇陆母找她有什么事。

过了好一会儿，陆母才开口："你现在和小绝睡同一张床？"

之前宁知一直睡沙发没有跟陆绝同床的事，陆母一直都知道。她虽然没对宁知多说什么，但心里总归是不舒服的。但今天用人趁着陆绝不在去房间收拾的时候，看见宁知的枕头和被子都在床上，显然两个人夜里是睡在一起的。

听到用人的汇报，陆母心情复杂又惊喜，这是不是代表宁知开始接受陆绝了？

陆母不是心里喜欢藏事的人，所以，直接问宁知。

宁知没想到陆母问的是这件事。她现在和陆绝是夫妻关系，睡在一起很正常，而且这个世界上没有比陆绝更安全的男人了，于是她点点头："我和陆绝睡在一起。"

闻言，陆母神色一喜，也没有多说什么，直接取下自己手腕上的玉镯，往宁知的手上戴。

“妈，这个我不能要。”宁知以前喜欢收藏珍宝首饰，当然能看出这只玉镯的价值，极品帝王绿，有市无价。

“你戴着，早晚都是要给你的。”陆母叮嘱宁知，“你好好照顾小绝。”

玉镯温润的触感简直让宁知爱不释手，拒绝不了陆母，宁知大方收下镯子，小嘴甜得不行：“妈，你放心，我会好好照顾陆绝的。”

陪着陆母聊了好一会儿，宁知准备离开，转身时，看到了挂在墙壁上的合照。

她看到中间穿着红色衣服，呆萌的小陆绝被陆母抱着，他抿着小嘴，神色有点儿不情愿，陆父站在陆母身旁，而他的另一旁站着一个小男孩。

看着小男孩的样子，宁知满眼错愕之色。

宁知指着照片里的小男孩问陆母：“妈，这个小男孩是谁啊？”

“你怎么没有看出来？这是深远，小绝的大哥。”陆母笑着说道，“这是我们收养深远这孩子第一年时拍的合照。”

宁知皱眉。怪不得她在幼儿园看见那个小男孩的时候会有一种熟悉感，她的熟悉感来源于记忆，原主见过陆深远。

照片里的小陆绝比幼儿园时期大一点儿，也就是说，当时她在幼儿园见到的陆深远还没有被陆家收养。

那为什么他要欺负小陆绝？是觉得小陆绝容易欺负吗？又或者那只是小孩子的打闹？

不管是什么原因，哪怕对方那时候还小，还不懂事，宁知对这个男主角也没有了什么好印象，就算对方将来出色，有能力，掌控整个陆氏集团，成了厉害的陆总。

“深远是东周朋友的孩子，父母因为车祸过世了，考虑到小绝的情况，东周决定收养他，这样陆家的家业有人帮忙打理，小绝也能多一个依靠。”陆母再不愿意承认，也知道陆绝的病情注定他不能管理陆家的企业。

陆母脸上带有宽慰的神色：“深远这孩子很懂事，从小就听话，也有能力，最重要的是他很关心小绝，是一个好哥哥。”

宁知几乎忍不住撇嘴。陆深远小时候哪里懂事了？他把小陆绝从楼梯上拉下来。

因为她救下了小陆绝，现实已经改变，这件事只有她知道，在陆母的记忆里，已经没有小陆绝滚下楼梯这件事。

从陆母的房间离开，宁知上楼的时候正好碰见陆深远。

陆深远一直跟陆父在商场摸爬滚打，浑身散发着沉稳的气息，他的外貌俊朗，气质冷酷，确实符合男主角的形象。

如果陆深远是狡猾的猎人，那么陆绝就像是躲在小硬壳里不敢见人的小兽，浑身都散发着干净、纯洁的气息。

陆深远停下脚步："我听管家说，最近几天小绝经常失控，是你安抚好了他。"

宁知安静地等待对方的下文。

"你能安抚好小绝，我希望你能一直好好照顾他。"不管语气还是神色，陆深远都符合一个好大哥的形象。

宁知这才点点头。

房间里，陆绝已经洗完澡，宁知发现他就像设置好了闹钟一样，很准时。

他身上穿的是今天她给他买的新衣服，是一套花哨的、蓝底印着大红花图案的睡衣。

买这一套衣服的时候，陆绝的头顶上立刻冒出一个小太阳，宁知确认，他肯定很喜欢。

宁知只看了他一眼，那红红的大花朵扎眼睛得很。她赶紧收回目光。

难怪那么疼爱陆绝的陆母也只给他准备一柜子的红衣服，他穿花衣服的样子实在太刺眼。

"陆绝，我和你商量一件事情。"宁知不希望睡觉前、睡醒后，看见一个穿着花哨的人躺在她的身旁。

穿着蓝色印有大红花睡衣的陆绝抬眸，漂亮的桃花眼眼尾微翘，神色茫然，呆呆萌萌的。

啊，宁知突然觉得自己罪孽深重。她就不该为了贪图他的小太阳，放任他的天性，给他买这么多辣眼睛的花衣服。

唇颤了颤，她试图整理语言，尽量不伤害他弱小的心灵："你的衣服……"

陆绝难得主动地回应她："好看。"

宁知："……"

她放柔声音，哄着他："太花了，不适合你，今天给你买的那件红色衬衫就很好看，你还是穿红色的吧。”

陆绝斜了她一眼，又飞快地移开目光，薄唇抿得紧紧的。

哪怕他英俊的脸上没有什么表情，宁知看见他头顶上弹出的两朵黑云也知道他很不高兴了。

宁知挣扎：“那我们商量一下，你晚上可以穿花衣服，白天还是穿红衣服好不好？我觉得你穿红衣服最好看了。”

陆绝低着头，不出声。

宁知小心肝一颤：他做错了什么？他只是喜欢花哨的衣服而已！他没错，错的是她！错的是她的这双眼睛！

陆绝抿紧唇，过了好一会儿，从喉咙里挤出声音：“嗯。”

然后，他就不理她了。

陆绝躺在床上，闭上眼睛。

宁知脱掉鞋，钻进被窝里，悄悄地伸过手去钩陆绝的手指：“陆绝。”

他没有反应。

宁知挪动身体，向他靠近，指尖又钩了钩他的手，头凑到他的耳边，柔声道：“你不要生气，你喜欢鲜艳的，我明天送好多花内裤给你。”

她哄着他：“你穿在里面，谁也不给看。”

陆绝睁开眼睛，眼睛微亮：“内裤给你看。”

想到他下身的样子，宁知脸一热，赶紧挪回原位，远离他：“我不看！”

夜色浓浓。

旁边传来陆绝细微的呼吸声，宁知睁开眼睛。

她今天得到五个小太阳，其中两个已经换取百分之二的光环，剩下的这三个小太阳，她打算用来救陆绝。

宁知联系霸王，把三个小太阳交给它：“这一次我过去后是不是依然不能和你沟通？”

霸王说：“对的。”

宁知问：“我救了陆绝就会自动被送回来？”

这样的话，她要做好心理准备，起码离开前跟小陆绝好好道别一下，上次她离开得匆忙，还没有来得及亲亲他的小脸蛋。

霸王说：“主人很聪明。”

宁知大概清楚了规则："好吧，你送我过去吧。"反正她回去救陆绝就像在梦里进行一样，在梦里过了很长的时间，醒来发现前后不到十分钟。

眼前变得明亮，宁知睁开眼睛发现自己出现在陆家的花园里。

宁知低头去看自己光着的脚，两只脚雪白又精致，直接踩在地面上却不会沾到任何灰尘。

也不知道下次她穿着鞋子过来的时候，脚上会不会也穿着鞋子。

走在阳光下，宁知看见自己手上的皮肤白得发光，忍不住摸了摸自己的脸，细嫩光滑的触感让她爱不释手。

她的美貌又恢复了。

宁知心情愉悦，准备去找小陆绝。

而这时，她看见陆母穿着精致的服饰从屋子里走出来。管家已经让人备好了车子，今天是周末，陆母有一个聚会需要参加。

陆母从宁知的身旁走过。

不得不说陆母年轻的时候确实是明艳的大美人。

看着陆母走远，宁知收回目光，期待看到小陆绝，也不知道现在与她上一次救他之间隔了多长时间？他还记不记得她？

宁知往屋子里面走去。

这时，一个小男孩从楼上走下来，对方比她上次在幼儿园看见他的时候，长高了不少。

陆深远五官长得端正精致，身上穿着白色的T恤衫，干干净净的，但宁知对他根本喜爱不起来。

陆深远有礼貌地说道："冯阿姨，我妈妈今天要去参加聚会，劳烦你照顾小绝了。"

他想起什么似的继续交代："我约了同学去图书馆，不能陪小绝一起做作业，冯阿姨你帮我告诉小绝，监督他好好做作业。"

冯阿姨语气亲切："大少爷要注意安全，我会告诉小少爷的，你放心吧。"

陆深远高兴地离开。

宁知在陆家没有见过这个姓冯的中年女用人，估计是已经退休了。

她走在女用人身后，跟着上楼找小陆绝。

中年女用人推开陆绝房间的门，宁知率先走进去。

她看见小陆绝身上依然穿着红色衣服，乖巧地坐在桌子旁。

比起上幼儿园的时候，小陆绝长大了很多，现在已经是七八岁的男孩子。

他的五官长开了一点儿，脸上的肉少了，但奶膘还在，一双大眼睛又黑又亮，红色的衣服衬得他更加白嫩，像刚出锅的大包子。

“小绝绝。”宁知走过去，愉悦地跟他打招呼。

“小少爷，你该做作业了。”女用人也走进来。

小陆绝神色专注地拼拼图，完全没有反应。

女用人语气里多了几分不耐烦的意味：“小少爷。”

小陆绝没有理会她。

女用人一把推开桌面上的拼图，手指狠狠地戳着小陆绝的太阳穴：“你是聋子吗？听不见我跟你说话？”

“住手！”

宁知被用人突然的动作惊得一愣，随即冲上前，伸手想要一把拍开女用人的手。

下一秒，她的手穿过女用人的身体，根本触碰不了对方。

“我让你回答我，听到了吗？”女用人的手扯起小陆绝的耳朵，狠狠一拧。

宁知看到那小小的耳朵瞬间被拧得通红。她要被气死了，这个老巫婆！

小孩子的耳朵很脆弱，用人这样拧很容易造成撕裂伤。

宁知转身想要拿起旁边的书狠狠地打这个“老巫婆”，然而根本触碰不了实物。

“你放手，你放手！”宁知看得心疼死了。

小陆绝的耳朵被拧得通红，而他像没有感觉到疼一样，又翘又长的睫毛微微颤动。

女用人早就知道不管她怎么骂他，怎么整治他，他都不会说话，不会叫喊，也不会痛哭，所以她的胆子才这么大。

女用人松开手，小陆绝的耳朵已经红得像要出血。

宁知赶紧凑近小陆绝，蹲在他身旁：“小绝绝你赶紧喊出声，不能再被她再欺负。”

她伸出手，轻轻地碰了碰他的耳朵，那小小的耳朵被拧得红红的，还发着热。

宁知一颗心既心疼又气愤，很难受。

她轻轻地给他吹吹耳朵："疼不疼？姐姐给你呼呼，呼呼就不疼了。"

耳朵被拧成这样，哪里能不疼？他只是接收不到痛感而已。

女用人一巴掌拍到小陆绝的头上，骂道："打你也不会哼一声，果然是傻子，我是上辈子倒了什么霉，现在要伺候你这样的傻子。"

宁知试图挡在小陆绝的身前，然而女用人的手穿过她又落在他的头上。

这时，敲门声响起。

女用人赶紧停手，走过去开门，外面站着另一位年轻的女用人。

"冯姐，太太吩咐过糖水煮好了要给小少爷喝。"

中年女用人赶紧接过托盘："你给我吧，小少爷在做功课，我会让他喝的。"

"谢谢冯姐，那就交给你了。"

关上门，女用人瞥了安静坐着的小陆绝一眼，端着糖水走到另一边，自己喝了起来。

宁知气得咬牙切齿。

她伸手轻轻地摸小陆绝被打过的地方："姐姐继续给你呼呼。"

温柔的风落在小陆绝被打红的额头上，轻轻地，让他有点儿痒。

小陆绝抬起眼帘，大眼睛茫然地看向面前的宁知，声音稚嫩："呼呼我。"

"嗯，姐姐帮小绝绝呼呼。"

小陆绝的耳朵被拧得红红的，宁知查看了一下，幸好没有被撕裂。

她心疼坏了，柔声在小陆绝耳边说道："小绝绝，你要告诉大人那个'老巫婆'打你了，不能任由坏人欺负你。"

那个女用人就是欺负小陆绝不爱说话，被打了也不喊痛，也不会哭，才这样肆意妄为的。

宁知教他："你要学会告状！"

小陆绝板着小脸蛋，没有应声。耳朵被吹得痒痒的，他动了动小脑袋。

宁知没有办法，只能使劲地瞪那边美滋滋地喝着糖水的女用人。

对方喝完后，再次走了过来。

宁知赶紧站起来，挡在小陆绝的身前，怒目瞪着对方。

女用人喝完糖水心情好了不少。她虽然不懂货，但也知道刚才自己吃的是燕窝，入口滑溜溜、甜滋滋的，是她吃不起的珍品。

她检查了一下小陆绝被她打的地方，确定只是红了没有留下痕迹，才放心地端着空碗离开。

门被关上，宁知舒了口气。她真害怕这个女用人再动手。

她回过头，小陆绝端坐在小椅子上发呆，奶包子一样的小脸上没有任何表情。

他的世界很安静。

宁知试图撬开他的小硬壳硬闯进去："姐姐陪小绝绝一起玩拼图好不好？"

小陆绝看着地面上的拼图，小声地说道："掉了。"

宁知捡不起这些拼图，只能哄着他："你把它们捡起来，我陪你玩。"

小陆绝茫然地眨了眨大眼睛，然后真的乖乖地蹲在地上，开始捡撒在地面上的拼图。

他的手小小的，手背上还有小肉窝，让人想要用指尖戳一戳。

宁知也蹲下来陪着他。

等他把拼图都捡起来，她坐在他身旁："姐姐玩拼图好厉害的，可以教小绝绝。"她开始指导他，"这个拼在这里。"

小陆绝没有听她的。

"小绝绝，你把这个放在那里。"

"哎呀，姐姐看错了，应该放在左边。"

"这两块拼图怎么一样？"

小陆绝抿了抿小嘴，好一会儿才轻声说道："笨笨，你。"

宁知："……"

她被小家伙嫌弃笨了？

他长大后嫌弃她丑，小时候竟然嫌弃她笨！太可恶了。

宁知忍不住伸手去捏他软乎乎的小脸蛋，好一顿揉搓，不得不说手感超级好："快，夸姐姐聪明，夸姐姐漂亮。"

小陆绝的脸被宁知的手捏着，小嘴巴噘起，一双大眼睛黑溜溜的，安安静静地看着她。

啊，宁知觉得自己的小心肝要被萌化了。

"怪……姐姐。"小家伙嘴巴被夹起，稚嫩的声音含混不清，更加奶气。

宁知没有听清楚，松开手问："什么？"

"怪姐姐。"小陆绝低下头，不理会宁知，继续拼拼图。

宁知错愕。她哪里怪？她现在这么绝美漂亮，怎么看都是天使姐姐啊。

小家伙从小审美就不行！

晚上陆母参加聚会回来，第一时间去二楼看望儿子。

冯嫂正不情愿地给小陆绝准备洗澡水，看见陆母进来赶紧笑着迎上去："太太，你回来了。"

"小绝今天怎么样？"自己的儿子乖巧，不会出什么状况，陆母反倒希望他能像其他孩子那样活泼一点儿，就算是捣蛋闯祸也没有关系。

宁知看到陆母回来了，赶紧用手拍了拍旁边的小陆绝："快告诉你妈妈，你被'老巫婆'打了。"

小陆绝安静地看着自己的书，没有应声。

宁知凑到他的耳边，语气凶凶的："快告状，像姐姐刚才教的那样，告诉你妈妈，你被打了。"

小陆绝抿着小嘴巴，没有吭声。

"你不听话，姐姐要咬你的小耳朵了！"宁知凶巴巴地威胁他。

小陆绝抬起小脑袋，开口："咬姐姐，耳朵。"

那头陆母听到儿子突然开口说话，一阵惊喜，赶紧走过去："小绝，你刚才在说什么？"

"不是这句，是'老巫婆'打你。"宁知赶紧教他。

小陆绝眨了眨大眼睛："打'老巫婆'。"

"什么？"陆母没有听明白儿子的话。

冯嫂听到他的话，心中一个激灵，赶紧上前："太太，水已经放好了。"

"先等一下，小绝在跟我聊天。"哪怕儿子只说了一句话，陆母也高兴得不行，"乖儿子，你刚才在说什么？能再说一遍吗？"

宁知在一旁很着急，凑到小陆绝的耳边，逐字逐句地教他："小绝绝，你快告诉你妈妈，'老巫婆'打你，还拧你的耳朵。"

小陆绝低下头："打我，'老巫婆'，拧耳朵。"

陆母脸上的笑容僵住了："有人打你，拧你的耳朵？"

她不知道自己有没有听错儿子的话，赶紧倾身过去检查儿子的耳朵，小小的，白白嫩嫩的，没有伤痕，也没有红印。

旁边的冯嫂吓得身体一颤，震惊地看着小陆绝，完全不敢相信他在告状。

陆母赶紧又去看儿子的身体，什么都没有发现："小绝，你刚才的话是什么意思？"在陆家，谁敢打他？

"冯嫂。"陆母喊了一声旁边的用人，"今天是你看着小绝，有发生什么事吗？"

冯嫂的脸上挤出笑容，赶紧回答："太太，今天小少爷一直乖乖地在房间里玩，我守着他，什么都没有发生。"

宁知恨不得暴打面前这个"老巫婆"一顿，她还真是不要脸："小绝绝，快说，是她打你。"

小陆绝像是坏了的复读机："小绝，打你。"

陆母愕然了一下，摸摸儿子的头："水已经放好了，妈妈带小绝去洗澡。"

旁边的冯嫂绷紧的身体这才放松下来。她觉得好笑，一个小傻子还学人告状了。

夜里。

小陆绝洗过澡后，换上了红色的卡通图案睡衣。

"明天姐姐再帮你想办法对付坏人。"他不会告状，她只能想其他办法。

小陆绝躺下来，闭上眼睛。

柔和的灯光下，他的肤色更加白皙，胖乎乎的小脸蛋像嘴里含了两块糖，软乎乎的，萌得不行。

宁知越看越喜爱，低头在他的小脸上亲了一下。

脸上被什么东西轻轻地碰了碰，有点儿热，小陆绝睁开眼睛，茫然地看着宁知。

宁知摸了一下他的头："睡吧，小绝绝晚安。"

小陆绝又闭上眼睛。

早上的时候，宁知依然坐在副驾驶座上跟着小陆绝去学校。

车上，小陆绝和陆深远都在后座，陆母坐在一旁。她坚持每天送孩子们去学校。

宁知从陆母和陆深远两个人的聊天内容中知道，陆深远在重点班，小陆绝在普通班，两个人不在同一个班级。

虽然陆母希望他们二人在同一个班，这样小陆绝就能有哥哥照顾，但她并不是自私的人，不会耽误陆深远的前途让他照顾小陆绝。

车子停在学校门口。

陆深远下车后，礼貌地跟陆母挥手说再见。

而另一旁，小陆绝背着他的红色小书包，闷声地往学校里走去。

陆母叹了一口气，看着儿子走远，才上车离开。

宁知跟着小陆绝来到班上，他的位置在窗边。

直到上课的时候，宁知才发现小陆绝旁边的位置一直空着——他没有同桌。

全班同学都有同桌，只有他是单独一个人坐的。

窗外的光透过玻璃落在他的小身板上，他安静又孤单。

宁知在他旁边的位置坐下，凑近他，笑盈盈地说道："小绝绝，今天我是你的同桌。"

小陆绝看了她一眼，又移开目光。

在宁知惊讶的目光中，他把一支笔放在她的桌面上，然后又拿过一个新本子，还有一本书。

宁知笑弯了眸子，他真把她当同桌啊？

宁知笑着打趣他："谢谢你，小陆绝同学。"

跟丈夫一起上小学，她感觉有点儿刺激。

上体育课的时候，宁知跟着小陆绝到教室外面上课，一群小萝卜头欢快地玩游戏、打球，而小陆绝安安静静地坐在树底下。

体育老师知道班上这个特殊学生的存在，没有理会他。

宁知蹲在小陆绝身旁："小绝绝，你不去打球吗？打球多好玩啊。"

小陆绝转过身，不理她。

宁知凑到他耳边，轻声说道："哦，小绝绝不想跟他们玩吗？"

小陆绝抿着小嘴巴。

宁知看了一眼远处笑意浓浓、到处玩闹的小孩们，心里蓦地有点儿酸。

她哄着小陆绝："姐姐疼小绝绝，陪你玩好不好？"

说着，她拉住小陆绝的手，带他走到身后的沙池旁。

“小绝绝想知道你长大后的样子吗？”宁知捏捏他的脸蛋，“姐姐可以告诉你。”

小陆绝眨了眨大眼睛：“告诉我。”

宁知握着他的手，捡起一根小树枝，用自己的手包裹着他的手，带动他在沙池上画画。

小陆绝一直看着宁知，任由她牵着他的手。

过了好一会儿，宁知松开他的小手：“好了，你看，这就是你长大后的样子。”

小陆绝的眼里有了好奇之色。

他往沙池上看去，上面画着一个卡通的猪头。他一把丢开手里的树枝，抿了抿小嘴巴：“猪，你。”

你才是猪。

宁知笑弯了眸子。

这两天，宁知一直陪在小陆绝的身边。

在宁知靠近的时候，他会抬头看她。

宁知在他耳边说话的时候，他会摸摸耳朵。

在宁知笑的时候，他茫然的大眼睛里映出她的样子。

因为之前小陆绝向陆母告状，这两天冯嫂并不敢对他动手。

但宁知没有打算放过她。

趁着没有人注意的时候，宁知带着小陆绝去陆母的房间拿走了一只玉镯，然后偷偷地放在冯嫂的口袋里。

夜里，陆母从冯嫂口袋里找出手镯的时候，宁知捂住了小陆绝的眼睛。

“姐姐是坏蛋，小绝绝什么都没有做。”坏事是她做的，小陆绝是清清白白的。

如宁知所愿，陆母决定辞退冯嫂，不光是因为手镯，还因为这两天她发现冯嫂看小陆绝的眼神怪怪的，让她不舒服。

陆母不会让任何潜在的危险出现在儿子身旁。

冯嫂的问题解决后，宁知知道自己要回去了。

她捂着小陆绝的眼睛，俯身凑近他的耳边：“小陆绝，姐姐要走了，我们以后再见。”

话音刚落，小陆绝感觉到自己的耳朵有点儿热，像是被人亲了一下。

眼前亮了起来，他睁开眼睛，发现怪姐姐不见了。

看着室内的布置，宁知逐渐回过神。她回来了。

她看向旁边的陆绝，他睡觉很规矩，躺得笔直，不像她，喜欢抱着被子睡，还喜欢乱蹭。

宁知看了一眼时间，这一次她在那边待了几天，这边才过去了十几分钟。她换算了一下，在那边过去一天，对这边来说，大概只过了五分钟。

如果她在那边待一个月，这里就会过一百五十分钟。

宁知觉得，每一次救小陆绝不知道要耗费多少时间，在夜里过去是最好的选择。

第二天，灰蒙蒙的天空才放出第一缕阳光，宁知便醒来了。

旁边，陆绝也准时起床。他神色呆呆的，一双桃花眼里全是朦胧的睡意，还泛着水光，配着他那绝顶精致的五官，还真是秀色可餐。

宁知目光下移，落在他红蓝两色的睡衣上，不由得移开了视线。

这身衣服太扎眼了。

陆绝毫无所觉地掀开被子，或许是看见自己的睡衣有点儿皱，爱惜地拉了拉褶皱的地方，才起床去洗漱。

宁知觉得好笑。

长大后的陆绝还是很可爱。

宁知带陆绝出来时，他极不情愿地换掉了那身花哨的衣服，穿上红色的卫衣。

看着他头上显示框里的黑云，宁知笑着告诉他：“我待会儿带你去买内裤，买花的。”

显然，陆绝记得这件事，听到宁知的话，又翘又长的睫毛微颤，头顶的黑云消失了。

陆绝抬起眼帘，飞快地看她一眼，声音低沉又好听：“我买你。”

你买给我。

宁知勾唇，故意逗他：“你要买我？我好贵的。”

陆绝抿唇，过了好一会儿才慢声回她：“丑，不要。”

闻言，宁知气得想咬他。她没有嫌弃他呆，他竟然又嫌弃她丑？

到了店里，宁知直接让销售员把印花的或者颜色鲜艳的男士内裤拿出来。

看着那么多款式，宁知才知道男人也很闷骚。

“你喜欢的都可以买。”宁知大方地对陆绝说道。

接着，销售员看到那个穿着红色卫衣，长相出众的男人挑选了一条绿色底，印着大红玫瑰花图案的内裤。

宁知已经有了一定的承受能力，看到陆绝头上突然弹出的小太阳，极温柔地对他说道：“还有喜欢的吗？都买给你。”

然后，陆绝还挑了橙红的、明黄的、印着各式水果图案的。

宁知站在一旁，脸上的笑容灿烂，陆绝头上弹出一个小太阳，她的眼睛就更亮一分！

销售员思绪凌乱。

之前她还质疑老板拿了这些花哨的男士内裤回来能不能卖得出去。

现在看着帅气男人挑得愉快的劲头，听着女客人不停夸男人选得好的话，销售员觉得自己的审美出现了问题。

走出店铺，宁知脸上、眼里都溢满了笑容。

“主人、主人，你要换取光环吗？”霸王知道宁知这一次竟然得到五个小太阳，比她更激动。

宁知没有想到给陆绝买花内裤，他会这样高兴，她能得到这么多小太阳。

她豪爽地说道：“我要全部换取光环。”

说着，她转过头去看旁边头顶五个小太阳的男人，啧，小太阳发着金灿灿的光，让宁知觉得现在的陆绝更帅了！

“陆绝，我们回家吧。”宁知主动牵住陆绝的手。

两只手触碰的那一刻，金光闪闪的小太阳争先恐后地冲进宁知的脑海里。

宁知立刻把小太阳给霸王，换取了百分之五的光环。

换取成功那一刻，宁知看到她握着陆绝的手瞬间白了一个度。

她赶紧从包包里掏出小镜子。

镜子里，她的脸是被掀掉了一层薄薄的灰纱，露出了些许靓丽之色，如果说之前是普通，现在她的样子与清秀沾边了。

想起穿回陆绝小时候救他时，自己那明艳动人、漂亮得让人移不开视线的脸，宁知心情极好。

快了，快了，她只要把陆绝哄开心，美貌就能回来。

回到陆家的时候，宁知发现林恬恬在客厅陪陆母聊天。

“小知，你回来了？”林恬恬知道丈夫陆深远从国外回来，第二天就从剧组赶回了陆家。

她的目光落在宁知的脸上，不知道为什么，她觉得宁知的肤色好像比之前白了一点儿。

“嗯。”宁知对林恬恬的态度很冷淡。

林恬恬笑得温柔：“我最近太忙了，小知你在生气我没有陪你吗？”

宁知身上的光环都被她拿走后，林恬恬就没有打算再花心思在宁知的身上，所以进组这几天完全没有与宁知联系。

宁知反问：“我为什么要生你的气？”

她懒得跟林恬恬表演姊妹情深，只希望林恬恬别来烦她。

“小知这几天都在陪小绝。”陆母笑着开口，“今天你带小绝去哪里了？”

她很乐意看到宁知带陆绝外出，也乐意看到宁知陪着陆绝。

宁知笑着对陆母道：“去买礼物了，之前我答应陆绝的。”

陆母脸上的笑意更浓，连带着看向宁知的目光也柔和起来：“什么礼物？”她看见儿子手里提着的纸袋，有点儿好奇。

宁知眨了眨眼，对陆母说道：“这是我和陆绝的秘密。”

闻言，陆母笑得更开心了，这是她最希望看到的情景：“你们小两口还有了秘密。”

林恬恬在一旁听着，神色震惊。

她比谁都清楚宁知对陆绝的厌恶，现在宁知竟然开始亲近陆绝？

林恬恬的目光落在宁知的手腕上，看到宁知戴着陆母的那只帝王绿手镯，那绿得夺目的颜色刺痛了她的眼。

一瞬间，林恬恬反应过来，宁知对陆绝改变态度是为了讨好陆母。

“小知，周日是我妈妈的生日，她希望你能回去吃饭。”林恬恬迟疑地开口，“她还希望你能带上陆绝。”

感受到陆母的目光，林恬恬赶紧解释：“妈妈说小知结婚半年了还没有带陆绝回去吃饭……”

陆母知道宁知很小就寄居在林家，林恬恬的妈妈也就是宁知的小姨，想要跟外甥女和外甥女婿吃饭也是正常的事。

陆绝的情况特殊，当初宁知和陆绝在国外登记结婚后，陆绝就一直没有上门拜访过宁知那边的长辈。

陆母并不反对宁知带着陆绝回去，有宁知在，就算陆绝情绪失控她也能安抚。

林恬恬又说道："深远说周日有时间陪我回去，有他在，带着陆绝应该不会有什么问题。"

在记忆里，原主的小姨对原主很好。

宁知点点头："既然是小姨的意思，我带陆绝一起回去吃饭。"

比起陆家，开着一家小公司的林家生活算是富裕，却完全称不上是豪门。

自从林恬恬无意中救过陆深远，嫁入陆家后，林家发展的道路像是开了绿灯，一路畅通。

后来，让人没有想到的是，就连寄居在林家的外甥女也嫁入了陆家。这下亲戚们都知道林家与陆家彻底绑在一起，地位完全不一样了。

今天林母生日，不少人想要找机会攀附林家，好听的话更是百听不厌。

林家有机会与陆家那样的顶级豪门结亲，简直让人妒忌得不行，不少人更是暗恨自家的女儿怎么就没有机会嫁入陆家。

房间里。

宁知拿着一套黑色的西装："你试试好不好？"

陆绝抿着唇，根本不看眼前定制的黑色的纯手工衣服。

宁知叹了口气，让用人把之前准备好的另一套西装拿出来。

纯红色的西装，笔挺精致，夺人眼球。

陆绝这才抬起眼帘。

宁知已经知道他的品位："穿这套吧。"

陆绝没有应声，但也没有拒绝。

宁知也去换礼服，耍了点儿小心机，挑了黑色的礼服——她现在的肤色不够白，不能自曝缺点选浅色的裙子。

她有点儿庆幸那天一口气把五个小太阳全部换取了光环，起码现在穿着黑色礼服，她的肤色被衬得白了一点儿。

宁知只让化妆师给她化了一个淡妆。

“宁小姐，你的五官比例真好。”化妆师心里暗暗惊讶。

这位宁知小姐的五官每一处都长得很精致，是她接触的那么多千金、豪门夫人，甚至是明星里最好的一位。

奇怪的是，对方的样子看起来很普通，精致的五官凑在一起，一点儿也不亮眼，却有种说不出的违和感。

她总觉得，这位宁知小姐应该是耀眼且明媚动人的大美人。

宁知笑了笑，看着镜子里化了淡妆肤色又白了一点儿的自己，满意地点点头，装扮后的她总算是清秀了。

化妆师看见宁知换上黑色的小礼服，又夸赞道：“宁小姐，你的身材真好，纤秾合度，好多女明星每天减肥，就是想要这样的身材呢。”

“你觉得我现在的身材好？”

宁知看着全身镜里面的自己，腰纤细，腿也很长，却没有让人惊艳的感觉，还是因为失去了光环。

“当然好。”化妆师诚实地点点头。

宁知知道自己恢复美貌的样子——窈窕有致，一双长腿白皙光滑，就连腰也纤细柔软。而现在她的身材干瘪，像被风吹干的花枝。

宁知穿上黑色绑绳的高跟鞋，笑着道：“我现在的身材不算好。”等她以后把光环全部拿回来了，那才是真好。

化妆师觉得宁知太谦虚了。

装扮好，宁知去看陆绝。

走进房间，看到里面穿着一件花色衬衫，外面搭配红色西装的陆绝，宁知觉得自己的眼睛被刺痛了一下。

这打扮太扎眼了。

“里面不能穿花色的。”宁知拿着原本和西装配套的黑色衬衫走向陆绝，“要换这个。”

陆绝背过身，无声地拒绝。

宁知拍了拍他的背，没有得到回应。

像是想到了什么，宁知走到他身旁。

她抬头凑到他耳边，用温柔的声音说着极坏的话：“你不换，待会儿我把你的花内裤全部丢了。”

陆绝高大的背影一震，显然听进去了。

他抬起头，一双漂亮的桃花眼里带着难以置信又委屈的神色看向宁知，像是控诉她的残忍行径。

宁知小心肝控制不住地颤了颤，有点儿心虚：“你快点儿换上。”

陆绝的唇紧紧地抿着，他极不情愿地接过宁知手里那件纯黑色衬衫，不满地哼了哼：“丑。”

宁知看见陆绝头上的显示框里弹出了一朵黑云。

他动作缓慢地把心爱的蓝底粉色桃花图案的真丝衬衫脱下，小心翼翼地放在床上，还爱惜地叠整齐，然后，表情嫌弃地套上了那件做工精美的纯黑色衬衫。

陆绝每天清早都会起来晨练，他的身材很好。

健壮的胸膛上，覆盖着薄薄一层匀称、结实的肌肉，动作间，肌肉绷紧，鼓鼓的，像充满了无尽的力量。

穿上黑色的衬衫，他俊美的一张脸上多了几分冷淡，酷得不行。

陆绝扣好纽扣，把黑衬衫束进裤子里，结实的腰身显得更加挺拔有力。

尤其当陆绝穿上红色的西装外套，极致的黑和极致的红相碰撞，这男人就是一个妖孽。

宁知看得舍不得眨眼。

宽肩，窄腰，长腿，还有一张完美的脸，啧，这个小呆子真是每一处都长在她的审美标准上。

如果面前的男人不是患有自闭症，恐怕仅凭着他的外貌，就足以让不少人迷恋。

“走吧。”宁知主动牵上他的手，指尖穿插在他的指缝间，扣紧。

她还故意用软软的指腹摩挲他的指骨：“待会儿我们去吃饭，周围会有很多人，但你不用怕，我会一直在你身旁。如果你觉得待在那里不开心，要告诉我，我会带你离开，好不好？”

陆绝觉得手指有点儿痒，像被软软的东西轻挠着，飞快地看了宁知一眼，任由她牵着他的手。

他的头顶上，黑云消失了。

林家很早以前在富人区附近买了一套小别墅。

这一次林母生日，特意让人装饰了一番，屋子里的装潢处处精致豪华。她邀请了不少亲戚好友来林家参加宴会。

林恬恬早已回到林家。

她今天特意装扮了一番，身上穿着一条精美昂贵的白色裙子，皮肤白皙，整个人美得像是会发光。

林母今天的心情好，拉着女儿一直打量。

她发现，女儿每次回家都比上一次漂亮，优雅高贵得她几乎认不出来。这是她原本样貌一般，肤色一般，身材瘦弱的女儿吗？

看见女儿站在长相俊朗、容貌出众的陆家大少身旁，林母满脸的骄傲之色："午宴还没有开始，恬恬你带深远去坐一会儿，你爸爸也在沙发那边。"

"妈，这是深远给你准备的生日礼物。"林恬恬把礼物递给林母。

这会儿，林母脸上的笑容越发收不住了。

周围的宾客看得一脸的艳羡之色，也不知道林家上辈子做了什么大善事，修来的好福气，竟然攀上了陆家。

宾客一阵攀谈，知道林家的女儿和外甥女分别嫁给了陆家的两位少爷，纷纷拿她们做比较。

"太太，午宴已经准备好了。"用人对林母说道。

林母看了看时间，还没有见到宁知："不用等了，上菜吧，别让陆大少久等。"虽然陆深远是她的女婿，但林母可不敢对他摆起岳母的架子。

那边，林父林大海一直陪着陆深远聊天，句句都在夸赞他年轻有为。

旁边，林恬恬满脸娇羞之色，挽住陆深远的胳膊对林父道："爸爸，现在是吃饭时间，深远难得休息，你就不要跟他聊公事了。"

林大海大笑："好好好，不说了。"

几人融洽的气氛引得周围的亲戚朋友更羡慕了。

林恬恬注意到周围人不断向她投来羡慕的目光，脸上笑意浓浓，这些都是她的梦里，只有宁知才有的光环。

而现在，众人羡慕的对象变成了她。

这时，她听到附近有宾客低声惊呼。

顺着众人的目光，林恬恬看到宁知牵着陆绝的手走了进来。

陆绝穿着一身红色西装。这样颜色极致浓烈的衣服，身材不够标准，样貌不够帅气的男人穿了都会显得又丑又土。

然而陆绝不光身材颀长，还生了一张绝顶帅气的脸，穿着红色西装的他就像是贵气又让人不敢直视的王子。

宁知穿了一条黑色的裙子。

两个人一黑一红，极为相衬。

宁知牵着陆绝的手，在众人的目光中走到了主桌旁。

林恬恬心下一紧，仿佛又看到了梦里那个高高在上、让人羡慕的宁知。

手无意识地抓紧，掌心的刺痛感让林恬恬看清了宁知现在的长相，与梦里不一样，现在的宁知在外貌上很普通。

“小知，你怎么现在才来？”林母示意用人添加两副碗筷。

她的目光落在宁知旁边的男人身上，如果不是对方低垂着眼帘不看人，她还真看不出这位陆二少爷有自闭症。

“不好意思，路上有点儿堵车。”宁知牵着陆绝的手，在林恬恬对面的空位坐下。

“来了就好，你这么久没有回来看小姨，知不知道我天天挂念你，也不知道你在陆家过得好不好？”林母打量着宁知，自己的女儿变得越来越漂亮，外甥女却越来越失色了。

林母的话问出，不少人的目光都偷偷投过来。他们震惊：陆家二少爷竟然长得这么帅气出众，就连陆家大少爷也被比了下去。

不是说陆二少爷是傻子吗？怎么现在看，完全不像？

宁知眼尾微翘，嘴角带着笑：“我在陆家过得很好，小姨不用担心我。”

“我怎么看你好像瘦了很多？”

宁知笑道：“我最近减肥。”

林母的目光又落在一直安安静静不看人的陆绝身上，不管外表怎么出色，只要用心观察一会儿就能发现陆绝跟正常人不一样。

其他人也察觉到了这一点，忍不住小声议论。

宁知听到“傻子”“智力有问题”“精神病”之类的字眼，嘴角的笑容不变，眼里却含着冷光。

林母笑着摇摇头：“你这孩子，已经这么瘦了，哪里还需要减肥？”

旁边的宾客听到林母对宁知亲近的语气，笑着说道：“林太太真的疼爱外甥女。”

林母说道：“小知在林家这么多年，我对她跟对恬恬一样，都是当女儿养，当然疼她。”

“小知，今天是妈妈的生日，你怎么让陆绝穿成这样……”林恬恬让宁知带陆绝来，原本是想让大家看宁知的笑话。她嫁给陆深远，而宁知却嫁给了有自闭症的陆绝。她没有想到，宁知会让陆绝穿得这么招摇，吸引了全场人的目光。

宁知倒了一杯果汁给陆绝，听到林恬恬的话，勾了勾唇：“他穿成这样有什么问题吗？小姨生日是喜庆的日子，穿红的正合适。”

林恬恬一顿，用教导的口吻指责宁知：“穿一身红衣，未免盖过妈妈这个寿星的风头。”

宁知沉下嘴角，语气淡淡的：“刚才小姨说把我当亲生女儿疼，原来只是随便说说？”

林母瞥了林恬恬一眼，笑着对宁知开口：“我们长辈现在没有这么多讲究，恬恬就是太知规矩了。”

宁知一向聪明，哪里听不出林母话里的意思？

刚才她还不确定要用什么态度对林母，现在清楚了。

“在陆家，也没有这么多派头。”宁知挨近陆绝，笑盈盈地说道，“而且陆绝穿红色衣服最好看，你们见过比他穿红色衣服更好看的人吗？”

她语气里是骄傲之意。

林恬恬觉得自己幻听了，宁知是在炫耀陆绝？

宁知的话突然一转：“如果真要装模作样，讲究规矩，你穿着一身白裙，不是更不合适？这是生日宴会，可不是……”

林恬恬脸色发白，没想到宁知像变了个人似的，态度这么强硬，说话也这么难听。

“不聊这些话题，先吃饭吧。”林母的脸色不太好看，她勉强保持着笑容让众人用餐。

接下来，话题都围绕在陆深远的身上，林父林母把陆绝当作空气。

不知道是因为这两次带着陆绝外出起了效果，还是因为救了陆绝两次，宁知发现，面对周围这么多人陆绝依然能安安静静地坐着，没有像之前那样害怕人群死死地拽紧她的手。

宁知给他夹了一些菜，但不合他的口味，他吃得很少。

陆绝很挑食。

在陆家，有专门的大厨为他烹制食物。如果菜肴不符合口味，陆绝宁愿吃白饭，也不会碰那些美食一口。

宁知也应付着吃了几口菜。反正宴会也没有什么意思，她准备带陆绝离开。

林母注意到宁知不耐烦了，开口道："小知，待会儿吃完饭你先别离开，我这里有些东西要交给你。"

宁知问："是什么？"

林母告诉她："之前你父母的一些遗物，我一直帮你保管着，现在你已经嫁去陆家，也该给你让你自己保管了。"

遗物？宁知点头应下。

陆绝一身红衣，加上他的外表实在是夺目，宾客们时不时地打量着这位传闻中的陆家二少爷。

他一直安静地坐着，他们根本看不出什么。

宁知凑到陆绝的耳边："陆绝，我要去一趟洗手间，你乖乖地在这里等我，我很快回来，好吗？"

陆绝眨了眨眼，茫然地看着她，从喉咙里挤出了一声："嗯。"

宁知发现一楼的洗手间里正好有人只能上二楼。

过了好一会儿，等她回到原位，宁知发现陆绝竟然在喝酒，而且酒杯快见底了。

宁知一把夺去他手里的酒杯，冷声质问："谁让他喝酒的？"

对面，林恬恬开口："他自己拿起杯子就喝，我们都没有察觉他在喝酒。"

她一脸为难之色："你也知道陆绝有自闭症，就算我们知道他喝酒也劝不住啊，毕竟他不会听旁人的话。"

"哎呀，我刚走开让人添菜，怎么二少爷就喝上酒了？"林母走过来，"二少爷不会有什么事吧？他能喝酒吗？"

宁知捧住陆绝的脸，他神色茫然，看不出什么。

"要不你先带他上楼，去你的房间休息一会儿。你的房间我一直让人每天打扫，很干净。"林母说道，"待会儿我招待完客人就把东西拿给你。"

宁知点点头，冷着脸牵着陆绝的手上楼。

根据记忆，她找到了自己的房间。

房间并不大，室内的装修风格是少女喜欢的。

宁知拉着陆绝往床边走去，比起陆绝房间的床，面前的这张床显得很窄小，尤其陆绝身高腿长，一坐下来床显得更小了。

“你喝了多少酒？头晕吗？”宁知担心地问他。

陆绝的薄唇沾了酒，唇色润泽，苍白的脸上像是泛了红晕。

他修长的手指开始解自己的外套。

宁知问：“你要睡吗？”

陆绝脱掉了红色的西装外套，又开始解黑衬衫的纽扣。

“睡觉不用脱这件衣服。”宁知按住他的手。

“热。”陆绝声音低沉，微抿着唇，“热，我。”

宁知愣住了：“热吗？”

陆绝伸手去脱红色的西装长裤。

宁知看见长裤里面露出一点儿花色图案，急急忙忙地再次按住他的手：“不能脱。”

陆绝抿着唇，头上弹出了一朵黑云。

宁知呼吸一窒：“算了，你脱上衣吧，裤子不能脱。”

陆绝指着自己的脸：“热。”

宁知伸手摸摸他的脸，手感超好，比起小陆绝那软软的带着奶膘的脸一点儿也不差。脸确实有点儿热，他不会是喝酒上头了吧？

陆绝把脸完全贴在宁知的手上，贪恋着她手上的凉意，觉得很舒服。

或许是觉得不够，陆绝主动抱住了宁知，把头搁在宁知的肩上，小可怜似的，不断地用脸蛋去贴她脖子处的皮肤。

宁知听到他低沉的声音：“贴我。”

宁知一愣，低笑出声：“嗯，给你贴。”

她没有看见，抱着她的陆绝头顶上的小黑云消失了，一个个金闪闪的小太阳弹了出来。

第三章

收拾坏蛋

宁知不是第一次抱陆绝，但以前她抱的是小陆绝，身体小小的，还长了不少肉，带着一股奶香味。

而现在，她怀里的是长大后的陆绝。

与小时候完全不一样，他的身体健壮、结实，气息清冽，热热的脸贴着她的脖子，宁知觉得那里的皮肤要烧起来了。

“你要喝水吗？”宁知抿了抿唇，觉得自己有点儿渴了。

陆绝的头在宁知的肩上蹭了蹭，他像是不安分的小虫子，动个不停：“凉，你。”

他是觉得她凉吗？

宁知觉得奇怪：“陆绝，你刚才喝了多少酒？”

陆绝漆黑的眸子变得湿润，神色呆呆的：“二。”

他喝了两杯？

宁知忍不住皱眉。

她不喝酒，刚才用人给众人倒酒的时候，她让用人直接略过她和陆绝，他们的位置上根本就没有酒杯。

有人故意让陆绝喝酒？

宁知的脸色沉了下来。

这时，陆绝放在她腰间的手收紧，恨不得整个人都贴紧她。

宁知被抱得几乎喘不过气，轻声哄着他：“很热吗？除了热，还有哪里不舒服？”她试图脱离他的怀抱，“我陪你睡一会儿，醒来酒气就散了。”

陆绝没有应声。

宁知只好伸手去捧他贴在她脖子上的头，刚扶起，就看到陆绝头顶的显示框里，三个金灿灿的小太阳。

在她的注视下，他头顶又弹出了一个小太阳。

宁知瞪圆了眼。

四个小太阳了！

她根本不知道发生了什么事，难道陆绝喜欢喝酒？

宁知捧住他的脸仔细打量，白皙的皮肤上泛了红潮，桃花眼变得黑亮，小呆子这回不害怕看她了，干净湿润的眸子里映着她的身影。

“贴我。”陆绝声音低沉，好像不满意她没有让他抱着。

看着他头顶的小太阳，宁知心情很好，但想到他是因为喝酒而开心，不得不开口教导他：“喝酒是不好的行为，以后你不能碰酒了。”

幸好这一次她在他身旁，要是下次他喝醉了，有心的坏人轻而易举就能将他拐走。

宁知操碎了心：“男孩子在外面也要好好保护自己！”她用手摸了摸陆绝过分出众的脸，“知道吗？”

两个人接触的瞬间，四个小太阳齐齐飞向了宁知。

宁知瞬间笑弯了眸子。

感受到她指尖的凉意，陆绝开心地用脸蹭了蹭，活脱脱一只哼哼唧唧的小奶狗。

她松开手，他的脸追着要贴上来。

宁知觉得好笑。她坏极了，故意问他：“你还想要我抱？”

陆绝看着她。

宁知逮着机会想要使劲欺负陆绝：“求我，你求我，我才会抱你。”

“快求求我。”不用照镜子，宁知也知道现在的自己肯定是一副流氓坏人相。

陆绝沉默着，过了好一会儿，才从喉咙里挤出了几个字：“抱我，求求。”

求求你抱我。

陆绝黑色的衬衣解开了两颗纽扣，露出了线条完美的下颌，还有性感凸出的喉结，明明是一张清雅禁欲的脸，偏偏带着呆萌、茫然的神色。

她不再继续逗他了，主动抱上他的腰。

隔着薄薄的一层衬衫，宁知感受到了他身体里冒出来的热意，烫着她的手掌心。

陆绝紧紧地挨着她，贪恋着她身上的凉意。

也不知道是不是感觉舒服，宁知看到他刚被收割完小太阳的显示框里又开始弹出小太阳了。

第一个！

第二个！

第三个！

…………

因为宁知正抱着陆绝，小太阳刚在显示框弹出来，就争抢着飞向宁知。

霸王忍不住冒头，小奶音激动得发颤："主人……你暴富啦！"

它觉得自己太幸运了，跟了一个随时能暴富的主人，相比之下，它的兄弟富贵可太惨了，每次都要求着它的主人去收集金棉花糖。

看着陆绝头顶弹出的一个又一个小太阳，宁知也觉得自己要暴富了。

陆绝哪里是小呆子啊？他是财神爷！太阳矿！

她是不是可以考虑，下次再让陆绝喝一点点酒？

这时，门突然被敲响。

宁知只能松开陆绝。

她打开门，看见门外站的是林母。

"陆二少怎么样？他喝了酒没事吧？"林母抽空上来问问，唯恐陆绝发生什么事陆家会追究。

"他喝醉了。"

"喝醉了？"林母惊讶，"不是才喝了一点儿酒吗？我让厨房煮点儿解酒汤，待会儿让人送来。"

宁知仔细打量林母脸上的神色，不像是装的："不用了，我让他休息一会儿就好。"

她的目光落在林母手上拿着的小盒子上："这是什么？"

"里面装的是你父母的遗物。"林母把小盒子递给她，"当时你还小，我一直替你保管着，也不希望你看见了难过。"

宁知接过小盒子打开，盒子里放着一张照片，是原主父母还有原主小时候的合照，照片下面还放着一枚玉质的印章，白玉的小印章上刻着一个“宁”字。

林母叹了口气：“你收好吧。”她一直疼爱宁知这个外甥女。

宁知长得漂亮出众，她一直打算让宁知嫁入豪门，对林家有帮助，还能让宁知过上好日子，虽然带了点儿私心，但也是真心实意。

依照宁知的身份，本来是没有资格嫁入陆家的，这还是恬恬的提议。恬恬让宁知去陆家找她玩，没想到陆母还真的看中了宁知。

在她看来，没有哪个豪门比得上陆家，虽然恬恬已经嫁过去，但再加一个宁知，林家就会彻底和陆家绑在一起。

“妈。”林恬恬突然出现，看着站在房门前的两个人笑着开口，“你和小知在聊什么？”

目光落在了宁知的手上，林恬恬看见宁知拿着一枚小玉饰。

“我把小知父母留下的东西给她。”林母问她，“你怎么上来了？不用陪深远？”

林恬恬撒着娇：“爸爸霸占着他，我在他们两个面前都插不上话。”

林母笑了：“深远难得来一趟，你爸爸肯定跟他有聊不完的话。”她转头对宁知说道：“小姨先去招待宾客，你这边有什么问题就找用人。”

林母离开后，林恬恬走向宁知：“小知，我想跟你谈谈。”

“谈什么？”宁知扯了扯嘴角，“谈你让人倒酒给陆绝？”

“怎么可能？”林恬恬一脸震惊之色，“我怎么会做这样的事？这对我有什么好处？”

她认真地打量着宁知：“你为什么会有这样奇怪的想法？我觉得你最近对我的态度变了。”

宁知目光带着冷意：“你不用解释，我知道是你。”

就算没有证据，她也知道针对她的人是林恬恬。

理由很简单，对方想让陆绝出丑，想让她在众人面前难堪。

霸王说过，她过得越不好，越不开心，她的光环就越容易被林恬恬夺取。以前林恬恬不就是暗中用手段设计原主的吗？

“小知，你这是怎么了？”林恬恬皱眉。

酒是用人倒的，在场的每一位嘉宾都有，宁知的位置上有一杯，陆绝的位置上也有一杯，酒的度数很高。

在林恬恬的想象中，陆绝喝了两杯酒，肯定会失控发疯，在宴会上大闹起来。

嫁给了一个这样的丈夫，宁知会颜面尽失，心里越发讨厌陆绝，越发觉得在陆家的日子难过。

遗憾的是，她没有想到宁知回来得这么快，还将陆绝拉走了。

林恬恬不相信宁知会找到什么证据，毕竟这些都不是她刻意安排的。她知道，无心胜有心，不着痕迹的事才会显得真实。

而且，她不会傻乎乎地在林家的宴会上设计陆绝，留下把柄。

宁知懒得跟她争辩："我很小心眼儿，别人伤我一分，我喜欢还两分。"她勾唇，"让我想想，你最在意什么？"

林恬恬听得一阵蒙。

而宁知根本不理会她的反应，当着林恬恬的面把门关上。

林恬恬最在意的是她的光环和那张虚假的脸。

宁知看着她脑海里那十几个金灿灿的小太阳，"霸王，我要换取百分之十光环！"

霸王的小奶音充满了愉快的情绪："好的，主人！"

宁知一口气兑换了十个小太阳，转眼就看见自己手上的皮肤瞬间白起来。

而门外，林恬恬带着一肚子气走下楼，回到陆深远身旁，脸色依然不太好看。

"发生什么事了？"陆深远看了身旁的妻子一眼，微微错愕。

林恬恬看到他眼里的惊讶之色，压下对宁知的不满之情，脸上带着娇羞之意："你怎么这样看着我？"

"你的脸……"

"我的脸怎么了？"林恬恬知道自己长得美，有时候陆深远对着她的脸会看愣了神。

她笑着掏出一面小镜子。看见镜子里的人的瞬间，她愣住了。

她继承了林母的脸形，两侧的颧骨高，脸显得方，但自从夺取了宁知的光环后，她的脸自动修正，逐渐成了漂亮的瓜子脸形。

而现在，她脸两侧的颧骨竟然凸出来了，虽然没有以前明显，但她的脸看上去没有了以前的小巧精致。

对上陆深远疑惑的目光，林恬恬慌了，赶紧捂住脸，解释道："我最近吃胖了。"

林恬恬心里一团乱。这是怎么回事?

宁知换取了光环后，走回到床边。

看着躺在床上，光着上身，下身只穿着一条花内裤的陆绝，她差点儿喷血!

“你把衣服穿上! ”宁知一把扯过旁边的被子盖在陆绝的身上。

对上陆绝干净又湿润的目光，宁知叹了口气，知道自闭症患者对性没有意识，也没有羞耻感。

陆绝抿着唇，头顶的显示框已经停止弹出小太阳。

他想要掀开被子。

宁知赶紧上前按住被子的一角:“你先穿上衣服。”

陆绝的眼皮薄，现在浸着酒意，竟然泛着红，他的长睫毛微颤着:“热我。”

我热。

宁知神色温柔，说出口的话却残忍极了:“忍着，等酒气散去就好了。”

本来宁知想让他受点儿苦，感受一下人间的险恶，看他下次还敢不敢随意喝酒。但她想到小陆绝常常被欺负，他已经感受过太多恶意，于是摸摸他发烫的脸:“下次我去哪里都会带着你。”

陆绝抿紧唇，像是不舒服似的哼了哼。

被子显示出床上的人体轮廓，宁知隐约看到被下之人在颤动。

宁知转过头，听着耳边细碎的摩擦声，红晕从她的脖子处蔓延而上，她的耳朵也红了。

她感到羞耻极了。

她按着被角的手没有松开，直到身旁传来低沉的声音才转过头。

对上陆绝茫然又干净的目光，她好像被烫了一下，赶紧松开按住被角的手站了起来，抿了抿发干的唇:“时间不早了，我们要回去了，你赶紧把衣服穿好。”

陆绝的额上沁了汗，漆黑的眸子里透着欲望，又透着茫然之色。听到宁知的话，他没有吭声，安静地把衣服穿上。

他们回到陆家的时候，陆母刚从拍卖会回来。

看见儿子安安静静地站在宁知身旁，陆母满心欢喜。最近，儿子跟着宁知外出的次数多了，不再像以前那样只待在家里，不愿意出去。

看见儿子穿着一身红色西装，既帅气又精神，陆母脸上的笑意变得更浓。

陆母赶紧让人倒茶，想拉儿子去沙发那边坐，然而她的手还没有触碰到他，陆绝已经躲开了。

他低着头，往楼上走去。

宁知察觉到陆母眼里的落寞之色，牵了陆母伸出的手："妈，我正好累了，陪你坐会儿。"

陆母拍了拍宁知的手："都说女儿是贴心的小棉袄，还是养女儿好。"

"我不是小棉袄。"宁知陪着陆母坐到沙发上，卖乖道，"我是甜甜的棉花糖。"

陆母一愣，随即被逗得笑了起来。宁知有张能说的小嘴，难怪陆绝能把她的话听进耳。

"今天去参加宴会，小绝的情况怎么样？"陆母最关心的就是儿子。

"他现在好像没有那么害怕去人多的地方了。刚开始他可能还是会紧张，但身边有熟人在会慢慢放松下来。"

虽然宁知没有说，但陆母也知道宁知说的熟人只能是她自己："辛苦你了。"

宁知说："不辛苦，我很乐意照顾陆绝。"

对于宁知发生的变化，陆母看在眼里，却不想深究，只要宁知对陆绝好她就对宁知好。

"妈，我想多了解一些陆绝小时候的事情，你能跟我讲讲吗？"宁知觉得多知道一些陆绝的事有利于救他。

做母亲的很愿意跟别人分享孩子的事情，陆母笑着说道："你想知道什么？"

"陆绝小时候有没有被人欺负，或者受伤、生病之类的事情？"

陆母有点儿惊讶，宁知怎么突然问这样的问题？

她像是在回忆般，慢慢地开口："小绝情况特殊，跟其他孩子不一样，我记得他小时候有一阵子喜欢把自己关在衣柜里，我怎么喊他，他也不愿意出来。医生说这是自闭症患者的自我保护行为。"

陆母又说道："还有一次，他差点儿走丢，我担心得一整晚没有睡。"

宁知了解过，自闭症患者很容易走丢。

因为他们不懂得与其他人沟通，迷路后不会向别人求助。他们甚至不会闪躲路上的车辆，这是很危险的。

陆母提起这些回忆时，语气里没有怨气。她从不觉得陆绝是包袱。

而这时，林恬恬从门口进来，目光不经意地落在宁知的脸上，突然发现宁知竟然变白了。

宁知变白虽然不是很明显，但是没有谁比她更清楚宁知的外貌变化，林恬恬想起自己的脸形突然发生变化，心里一慌：这两件事是不是有什么联系？

林恬恬跟陆母打了声招呼就匆忙回房了。

她解下脖子上的项链，吊坠的玉泛着光泽。因为得到了宁知的全部光环，最近她没有再关注这块玉。

现在仔细打量，她才发现白玉上竟然出现了一条细微的裂痕。

这是什么时候出现的？

难道这是在她不小心的时候，磕碰了裂开的？

现在她两侧的下颧骨凸出了不少，而宁知又白了一点儿，肯定与玉上面的裂痕有关系。

想到这儿，林恬恬一阵后怕。如果玉真的坏了，她是不是就会被打回原形？

林恬恬心疼地看着玉上面的小裂痕，这一次她警惕起来，以后一定要好好保护这块玉。

她小心翼翼地把项链戴上，然后放进衣领里贴身藏着。

对于宁知变白的事情，林恬恬没有太在意，只要她再次把光环夺过来就好。

夜里。

林恬恬又做梦了。

她梦见宁知拿着一枚小玉章去了一个地方，好像是富人的别墅。

然后，宁知把小玉章交给了一个老者。

梦断断续续。

林恬恬看到宁知更耀眼了，被众星捧月，活成了所有人羡慕的样子。

而她只能站在门边远远地看着，看宁知成为被宠爱的公主，就算没有父母宁知还有疼爱她的……

林恬恬突然惊醒，想起白天妈妈交给宁知的那枚小玉章。

林恬恬看不清梦里的人，但知道那枚小玉章很重要，她不能让宁知得到。

她要想办法把它拿过来。

林恬恬看了一眼旁边安静睡觉的陆深远，放轻脚步走出房间。

她准备下楼，正好在走廊里遇到端着一杯牛奶的宁知。

“小知，这么晚了你还没有睡？”林恬恬上前。

宁知挑眉：“你不也一样？”

林恬恬像是没有察觉到宁知的冷淡态度，笑着开口：“今天我看见妈妈交给你一枚小玉章，看着很精致，我最近喜欢上收藏漂亮的玉，能不能——”

“不能！”

宁知直接打断她的话：“那是我父母的遗物，你别打它的主意。”她不知道林恬恬为什么盯上她的东西。

林恬恬咬了咬唇：“我只想看一眼。”

“看也不行。”宁知喝了口牛奶，冷笑道，“不如把你脖子上的项链借给我看看？”

林恬恬下意识地捂住脖子上的项链：“这个开过光，不能随意让人碰的……”

宁知的眼里是毫不掩饰的嘲笑之色：“驰名双标？”

林恬恬脸色发白。

回到房间，宁知赶紧把装着遗物的小盒子藏得更隐秘，还特意锁上了。

确定安全，她才躺到床上。

陆绝已经睡着了，想到今天他在被子里做的事，宁知脸上有点儿发烫。

收敛心神，宁知让霸王出来：“这一次回去救陆绝，要多少小太阳？”

霸王赶紧告诉她：“主人，这一次回去要五个小太阳。”

宁知花掉五个小太阳救陆绝，一眨眼，她只剩下一个小太阳。

霸王赶紧收好宁知给它的五个小太阳，小奶音充满兴奋之意：“祝主人成功，祝主人一路顺风。”

再次睁开眼，宁知打量着自己的双手。她现在的皮肤雪白细嫩，手指纤细，指尖还泛着淡淡的樱花粉色，看来是恢复了原来的样貌。

她的一双脚依然光着，踩在地面上不会沾到任何灰尘。

看着陌生的景物，宁知开始打量四周，这一次，她穿来的地方不是陆家。

难道小陆绝在附近？

“快跑，要上体育课了。”

“那个傻子会不会向老师告状啊？”

“才不会，他像哑巴一样，都不会说话。”

“傻子的胆子很小，他肯定被吓哭在厕所里面了。”

“下次我们把他关在里面的时候，装鬼吓死他。”

…………

宁知听到身后几个小男孩的话，立刻转身。听到他们话里提及“傻子”，她第一时间反应过来，他们在说陆绝。

他们把陆绝关在厕所里？

这时，铃声响起，周围瞬间变得安静下来，不少小孩匆匆忙忙地跑回教室。

那几个小男孩也撒腿跑掉了。

宁知皱眉，赶紧去找厕所。

沿着那几个小男孩走来的方向，宁知看到了洗手间的指示牌。

站在男厕门口，宁知探出身子往里看了看，发现里面没有人。

她这才往里走去。

一个个隔间都是空的，直到宁知走到最后的隔间，看见门板被绳子从外面缠着。

“小绝绝，你在里面吗？”宁知伸手想要去解绳子，然而她的手穿过了门，触碰不了绳子。

宁知直接穿过门走进去。

洗手间最后一个隔间的空间很小，通常是清洁工放置清洁用具的，垃圾桶、垃圾袋、拖把、扫把、水桶堆满一侧。

小小的小陆绝蹲在这个隔间里，低着头，安安静静地抱着膝盖。

宁知的心瞬间酸了起来，像被夹子狠狠地拧了一下。

她蹲下来凑到他的耳边，柔声道：“小绝绝，姐姐来了。”

小陆绝抬起头，眨着黑溜溜的大眼睛，神色呆呆的。

和上一次相比，小陆绝又长大了。

宁知看见他脸上的奶膘已经消失，脸上只有一点儿婴儿肥，五官精致，是个漂亮的小男孩。

对上小陆绝茫然的眼神，她伸手捏捏他的脸蛋，依然是软乎乎的，手感超级好：“还记得我吗？”

小陆绝黑溜溜的大眼睛看了一眼宁知，目光移开了。

宁知也没有计较小陆绝没有认出她，距离他们上一次见面已经过去好几年，小家伙必定是忘记她了。

宁知开始检查他的身体，发现他没有受伤，才舒了口气："小绝绝怕吗？我带你出去。"

如果是正常的小孩被关起来，早已吓得拍门喊叫，呼救，或者害怕得大哭起来，小陆绝却不会。

被关了，他只会安静地待着。

这样沉默寡言的性子，很容易吃亏，也很容易被欺负。

宁知站起来想要带小家伙离开时突然想起来，虽然自己能直接穿过门板，但门依然锁着，她没有办法带小陆绝出去。

她很懊恼，接触不了实物让她受到了很大的限制，每一次施救都很困难。

宁知叹了口气，现在是上课时间，洗手间周围都没有人，只能等下课的时候有人来了才能呼救。

"小绝绝。"宁知重新蹲下来跟小陆绝聊天，也不知道在她穿来前，他被关过多少回。

小陆绝没有反应。

宁知双手捧起他的脸，他眼帘微颤，不敢看她。

"不用怕，我在这里陪着你。"

小陆绝看她一眼，又飞快地垂下眼帘。

宁知开始念叨："下次如果有坏人欺负你，你要大声呼喊别人救你，不能任由他们欺负，他们人多你打不过，记得回家告诉妈妈。

"小绝绝这么乖，这么可爱，不是让坏蛋欺负的。

"回家一定要告诉你妈妈。小绝绝，你要学会告状，他们就是欺负你太乖了，还欺负你不会哭。

"对，你还要哭，谁欺负你，你就大哭，让大家都知道你委屈。"

…………

"怪姐姐。"

突然，小陆绝开口。

他的声音还有点儿奶气，稚嫩清脆，哪怕声音很小，宁知也听到他在喊她。

宁知的双眸瞬间亮起来："你记得我？"

小陆绝抿着小嘴巴，又不应声了。

他应该是认出她了？

宁知惊喜得忍不住对着他软乎乎的脸蛋好一顿揉搓：“小绝绝有没有想姐姐？”

过了好一会儿，小陆绝才慢吞吞地开口：“想我。”

我想。

宁知笑弯了眸子。她现在恢复了美貌，漂亮的黑眸里缀满了星子，眉目弯一弯，闪亮的星星像要跑出来了：“对对对，我也想小绝绝了，姐姐天天都在想你。”

闻言，小陆绝抬眸看宁知，眨了眨黑溜溜的大眼睛，再次开口：“怪姐姐。”

宁知纠正他：“我这么漂亮，是天使姐姐，而且是专属你的天使姐姐。”

小陆绝坚持：“怪姐姐。”

宁知忍不住捏了捏他肉肉的小脸蛋，嫌弃地说道：“你现在的审美就不行，长大后更差了。”

“老师，就在里面。”这时，外面传来了小女孩的说话声，“我看见他们把陆绝同学带进去了。”

男人的声音响起：“老师进去看看，你先回去上课。”

“老师，陆绝肯定被他们欺负了。上一次下课的时候，我看见他们翻陆绝的书包，然后丢在地上踩，他们好坏啊，班上的小朋友都不敢告诉老师。”小女孩不断地向老师告状。

“好，老师会查清楚，如果是真的，我会教训他们。”

听到有人走进来的脚步声，宁知惊喜地说道：“小绝绝，有人来了，你快喊开门。”

宁知听到对方推门板的声音，转头看见小家伙抿着小嘴不出声，直接握住小陆绝的手，拍向门板。

一下又一下的拍门声响起。

外面，男老师听到最后的隔间里传来了声响，赶紧走过去：“陆绝，是不是你在里面？”

宁知握住小陆绝的手，又拍了拍门。

“等一下，老师帮你开门。”男老师推了推门，发现门把手被绳子绑住了，看来真的是学生们搞恶作剧，把陆绝关在了里面。

男老师快速解开绳子，推开门，看见蹲在隔间里的陆绝。

孩子小小的身体蹲在那里，很是可怜。

“别怕，老师带你出去。”男老师想要扶起小陆绝，然而，他的手还没有碰到小陆绝的身体，小陆绝已经闪躲开了。

男老师知道这个孩子患有自闭症：“好，老师不牵你，你自己起来。”

宁知在一旁赶紧伸手去扶起小陆绝，对他柔声说道：“我们跟着这个老师出去。”

男老师看见他站起来了，才转身往外走：“我会把这件事告诉你的班主任。”

他只是体育老师，没有权力教育那些搞恶作剧的学生，只能向他们的班主任反映。

回到班上，小陆绝安安静静地坐着，脸上没有什么表情。如果换了其他的孩子，现在必定是哭着鼻子去找老师告状了。

宁知坐在他的身旁，用指尖轻轻戳了戳他的小手：“小绝绝，我又成为你的同桌了。”她故意逗他，“你要多多照顾我。”

也不知道小陆绝是不是听懂了她的话，他下意识地挺了挺小胸膛，腰身坐得直直的。

而这时，一个小女孩走了过来，拍了一下桌面：“刚才你被关在厕所里，是我找老师去救你的，我现在是你的救命恩人了，你以后不能不理睬我。”

宁知听出了小女孩的声音，刚才在洗手间门外的人应该就是她。

小女孩长得很可爱。她继续对小陆绝说道：“刚才我看见梁栋他们几个被班主任喊去办公室了，他们肯定要被老师批评。”

“陆绝，你怎么还不理我啊？”小女孩双手撑在小陆绝的桌面上，不满意地噘起了小嘴巴，“我救过你，你不是应该和我做朋友吗？”

宁知单手托着下巴，啧，小陆绝这么可爱，小同学都喜欢跟他做朋友。

她凑近他的耳边：“小绝绝，你不能这么冷漠，要多交一些朋友，这个女孩子刚才帮过你，你可以答应跟她做朋友。”

“陆绝，你再不理我，我就生气了。”小女孩穿得干净漂亮，看得出在家里是被娇宠的。

小陆绝低垂的眼帘颤了颤，抬起头对小女孩说道：“不喜欢。”

小女孩受到打击，跺了跺脚，气愤道："那我以后也不喜欢你，也不去救你，你被人欺负我也不管你了。"

说完，小女孩跑回座位。

宁知觉得现在孩子的思想真是早熟，她上小学的时候，脑子里想得都是该穿哪一条漂亮的裙子，还有吃什么甜点。

"小绝绝，你可以跟那个小女孩做好朋友……"对上小陆绝茫然的目光，宁知放弃解释。算了，这个小呆子懂什么啊？

放学的时候，陆母来了。

她身上穿着精致的套装，上身是一件浅蓝色的小西装外套，下身是配套的半身裙子，大方又优雅。她一出现就吸引了不少家长还有学生的目光。

陆母带着小陆绝和陆深远上车，宁知再次穿进车子，坐在副驾驶座上。

宁知转头去看陆母，发现她神色没有什么异样，老师没有把小陆绝被关在洗手间的事情告诉她？

宁知皱眉，是老师还没有来得及说吗？

一行人回到陆家。

小陆绝背着自己的小书包安静地上楼，完全不理会陆母关切的眼神。

陆深远乖巧有礼貌地告诉陆母，他要回房做作业。

"等一下。"陆母喊住了陆深远，"今晚我和你爸爸去参加一位老爷爷的生日宴会，我们会带你一起去参加宴会，你房间里已经放了准备好的衣服。"

陆深远稚嫩的脸上布满开心之色，懂事地问道："弟弟呢？他不跟我们一起去吗？"

陆母叹了口气："弟弟不喜欢去人多的地方。"

"那我现在回房间换衣服。"陆深远的声音轻快。

"去吧。"

宁知看到陆母转身，交代管家今晚给小陆绝准备晚餐的事。

他们不带小陆绝去吗？

宁知知道小陆绝去人多的地方会害怕，情绪会失控，让他安静地待着是最好的。

她心里有股莫名的酸涩的感觉。

宁知上楼，来到小陆绝的房间时没有看到他的身影。

“小绝绝？”他不是回房了吗？

宁知到洗手间、阳台去找，没有发现人，外面的走廊、影音厅、书房，都没有找到小陆绝。

小家伙是不是藏起来了？

最后，宁知只能回到房间。她刚坐在椅子上，目光不经意地看到衣柜门夹着的衣服角，上面绣着小小的卡通图案，是今天小陆绝穿的衣服。

宁知走过去，站在衣柜门前，想起陆母说过有一天突然找不到小陆绝，后来发现他藏在衣柜里，躲在里面不愿意出来。

光从门缝投进衣柜，照亮了一张白嫩呆萌的小脸。

宁知穿过衣柜门，看见穿着红色衣服的小陆绝安静地缩着两条小短腿，坐在衣柜里。

小陆绝飞快地看了宁知一眼，又低下头。

“小绝绝，原来你在这里，我找了你很久。”

宁知没有责怪他躲藏起来，俯身也坐进了衣柜里：“衣柜里这么黑，我进来陪你。”

衣柜的空间窄小，宁知钻进去后，空间就显得更小了。

她关上衣柜的门，柜子里的光线一下子暗了下来。

漆黑，幽静。

陆绝的小硬壳里就是这样的。

宁知眨了眨眼，敛去眼里的酸涩感：“小绝绝，我怕黑，你能牵我的手吗？”

旁边的小陆绝没有应声。

宁知低声道：“是今天的那些坏蛋欺负你，让你害怕了吗？”她哄着他，“没关系，我比那些坏蛋厉害，我会帮你收拾他们。”

柜子里放的都是小家伙的衣服，布料软软的，带着一股奶香味。

宁知还想要逗一逗他，突然，一只软软的小手伸了过来，抚上她的手腕，然后钻进她的手掌心里。

小手试图握住她的手，宁知听到小陆绝稚嫩的声音：“握你。”

宁知一愣，下意识地握紧那只小小的手。

小陆绝又开口：“胆小你，怕黑。”

莫名地，宁知在小家伙的语气里听出了一分嫌弃，还有两分小骄傲的意味。

她笑弯了眼眸："对，我胆子小，小绝绝可勇敢了。"

光从衣柜的缝隙透进来，柜子里没有了寂静和黑暗。

"小绝绝，你握紧一点儿。

"有你在，姐姐突然不怕黑了。

"小绝绝，你坐得累吗？要不我抱抱你？

"小绝绝，姐姐腿麻了。"

…………

管家是在衣柜里找到小少爷的。他听到小少爷自言自语的声音从里面传出。

打开衣柜门，管家看到他独自坐在衣柜里："小少爷，你怎么藏到衣柜里去了？"

刚才用人找不到小少爷，他们急得差点儿打电话给太太和先生。

"太太和先生今晚都不在，厨房已经准备好晚餐，小少爷，你该用餐了。"管家的态度极为温和。

小陆绝没有理会管家。

宁知哄他："小绝绝，我们出去吧，姐姐坐得腿麻了。"

她牵着他的手。

小陆绝没有抵抗，顺从地被宁知从衣柜里带了出来。

看着管家把衣柜门合上，宁知告诉小陆绝："以后你不要藏在衣柜里了，我怕下一次很难找到小绝绝。"

小陆绝没有应声。

过了好一会儿，宁知才听到身旁的小家伙开口："不藏。"

宁知忍不住摸摸他的小脑袋："小绝绝怎么这么乖啊？"

小陆绝低垂的眼帘微颤，软软的小耳朵红了。

第二天早上。

宁知陪着小陆绝一起来到学校。

上课前，她看到了昨天那几个欺负陆绝的小男孩。

其中一个长得微胖的小男孩走到陆绝的座位旁，凶巴巴地对陆绝说道："昨天是不是你向老师告状了？"

小胖子长得比其他小孩都要高，是班上的小霸王。他把小陆绝放在桌面上的文具盒丢到地上。

啪的一声，里面的笔全部散落在地上。

“我妈妈说了，主任是我的舅舅，老师也怕我舅舅。”小胖子踩着地上那个彩色的文具盒，“我才不怕老师。”

“你向老师告状，我待会儿还要把你关在厕所里。”小胖子和其他几个小男生商量好了，要把他锁在厕所后，装鬼吓哭他。

宁知听着小胖子恶劣的话，拳头都硬了。很显然，这个小胖子是被家长宠坏的熊孩子，竟然连老师也不怕。

果然，在小陆绝去洗手间的时候，宁知看到小胖子带着几个小男生跟了上去。

她赶紧追进去。

小胖子凶巴巴地揪着小陆绝的衣领，一声一声地喊他“傻子”“哑巴”。

小陆绝低着头不吭声。

宁知看见他的两只小手紧握着。

她恨不得上前揍这些熊小孩一顿，他们怎么学得这么坏？

“我们把他关进去吧。”有个小男孩提议。

他们胆子大，但不敢打人，最多就是把他关起来，或者把他的书弄烂。

宁知伸手去牵小陆绝：“别怕，姐姐在。”

小手被握着，暖暖的，小陆绝松开小拳头，抬头看向突然出现的宁知，闷声道：“怪姐姐。”

“傻子又开始自言自语了。”

“快把他关起来，要上课了。”

“要是老师又发现是我们做的，怎么办啊？”

小胖子不怕老师：“你们都是胆小鬼，我来关他。傻子，你自己进去，把门关上。”

宁知恨不得找抹布塞住这个小胖子的嘴巴。

她使劲地拉着小陆绝，但他还是被小胖子推动了。宁知很着急，一点儿也不想看到他再被关进去。

宁知懊恼自己穿过来，很多时候却无能为力，眼看着小陆绝再被欺负，也阻止不了。

如果她能现身，或者能触碰其他实物，就不会像现在这样无能为力。

“啊，有鬼！”一个小男孩看向小陆绝身旁，吓得惊叫出声。

小胖子回头，看见突然出现的穿着白色裙子，有着长头发的女人，瞬间吓哭了，腿一软坐在地面上：“妈妈，有女鬼！呜，女鬼要吃小孩子了！”

宁知看到几个小孩突然惊恐地看着她，指了指自己：“你们看得见我？”

小胖子颤着两条腿大哭：“别吃我！哇，女鬼来了！”

宁知不知道这是怎么回事，但她的反应很快：“刚才我看见你们在欺负小陆绝？”她低下头，长长的黑发往前垂下，还真有点儿吓人，“谁敢欺负小陆绝，我就揍他。”

小胖子哪里还有刚才那副嚣张的小霸王样儿？

他眼泪鼻涕直流，看来是真的害怕了：“我不敢了，别打我，呜呜呜……”

宁知转向另外两个小男孩。

“我们没有打陆绝，以后也不敢了，我要回家。”小男孩被吓得浑身颤抖，脸都白了。

宁知重重地哼了一声：“以后谁敢欺负小陆绝，我会在夜里去他家，等他睡着了就吃人。”

“我不欺负他了，别来我家！”小胖子哭得好伤心啊，一定害怕极了。

宁知看见几个小孩快要被吓晕了，才让他们离开。

“小绝绝，他们走了，以后也不敢再欺负你了。”宁知不知道几个小孩为什么会突然看见她，伸手去拧水龙头，水一下子流出。

她能触碰到实物了？

这是怎么回事？

而且，宁知发现她脑海里仅存的一个小太阳不见了。

宁知收敛起思绪，牵上小陆绝的手：“我这么漂亮，明明就像天使，那几个小坏蛋竟然把我认作鬼，眼光太差了。”

小陆绝抬起头：“怪姐姐。”

宁知捏捏他的小脸蛋：“你的眼光也挺差！”

宁知陪着小陆绝走出去，原本她还担心自己从男洗手间走出去会引起别人的注意，但她发现外面的人像是看不到她一般。

这是怎么回事？

为什么刚才那几个小男孩能看见她？还有，她的那个小太阳怎么突然消失了？

这两天，宁知从陆母的口中听说小学闹鬼，小陆绝班上的几个小男生被吓病了。

陆母虽然不相信鬼神之说，但还是去求了平安符给小陆绝和陆深远戴上。

宁知发现小陆绝被班上的孩子欺负的事情陆母一直不知道，显然，老师并不打算告知陆母。

宁知现在又不能触碰实物了，但她想到了一个办法。

书桌前，她坐在小陆绝的身旁，握着小陆绝的手，开始在白纸上写字："陆绝妈妈，您好，班上的几个男同学欺负陆绝，还把他关在学校的洗手间里。这件事老师也知道，那几位同学不怕老师，您要好好保护陆绝同学。"

宁知尽量模仿小学生的字迹，写完后，握着小陆绝的手把信叠起来。

用人在大门口捡到了一封信，看清上面写的收信人后拿着信往屋子里走去。

宁知跟在用人身后，期待用人赶紧把信件交给陆母。

"大少爷。"用人碰到了陆深远。

陆深远穿着一件蓝色格子的小衬衫，小小的年纪已经很有礼貌："华阿姨，你手里拿着的是信吗？"他看见上面写的收信人是陆太太。

"对的，不知道是谁从门外丢进来的，我准备拿去给太太。"

陆深远很贴心："妈妈在房间休息，你把信给我，我拿去给妈妈吧。"

"麻烦大少爷了。"用人觉得大少爷真的很好，小小的年纪不光懂事，还很有礼貌，这样的孩子谁看见了都会喜欢。

陆深远接过信，等用人离开，把信纸从没有粘上的信封里掏出来。

一旁，宁知看着陆深远的举动。

"弟弟被欺负了啊。"陆深远看完了信，抬头看了看周围。

宁知皱眉，有种不好的预感。

接着，她看见陆深远把信纸撕成了两半。

宁知瞪圆了眼！

她有点儿难以置信地看着面前还是个孩子的陆深远——他竟然把信纸撕了？！

这时，宁知听到高跟鞋踩在地面上的声音，是陆母来了。

陆母从房间里出来，看到陆深远慌张地站在茶几旁："发生什么事了？"

陆深远到底是个小孩子，做了坏事突然被发现，吓得没有来得及藏好撕坏的信纸。

宁知看到陆深远慌乱又小心翼翼地开口："妈妈，刚才华阿姨捡到了一封信，我不小心把信纸掉出来，还弄坏了。"

陆母问："谁的信？"

"不知道是谁写给妈妈的，我忍不住看了，上面说有人欺负弟弟。"陆深远双手把信交给陆母，"妈妈，这是真的吗？谁那么坏，欺负弟弟。"

陆母赶紧接过信，快速地看了上面的内容，稚嫩的字体有些歪扭，陆母并没有在意。

看完信，她脸上的表情不太好。

宁知看到陆母开始打电话，听到她对对方的称呼，明白对方是陆绝的老师。

宁知没有再听下去。她知道陆母会查明真相，处理小陆绝被欺负的事情，也不会允许这样的事再发生。

夜里，宁知听说陆母下午出去后还没有回来。

她牵着小陆绝的手走到阳台上。

夏天的夜，漆黑的天上有很多星星。

宁知陪小陆绝坐在阳台的摇椅上，悠闲地摇晃着。

"小绝绝，姐姐快要走了。"陆母解决完这件事就要回去了。

宁知捏捏他肉乎乎的小脸蛋："你会想我吗？"

小陆绝身上穿着一件印着彩色卡通图案的红色T恤衫，小脸蛋显得白嫩嫩的。听到宁知的话，他眨了眨大眼睛，过了好一会儿才开口："想我。"

我会想你的。

宁知笑弯了眼眸："我也会想你。"

小陆绝两道小淡眉皱起，黑溜溜的大眼睛里有了情绪："不走你。"

破天荒地，小陆绝主动伸手拉住了宁知的裙摆。

宁知的眸子发亮。

她伸手再一次捂住小家伙的大眼睛，凑在他耳边柔声叮嘱："如果小绝绝被欺负了，要学会告状。我们下一次见。"

其实，宁知更想让他活泼一点儿，随意一点儿。

温热的气息落在耳朵上，小陆绝觉得自己的耳朵好痒。

眼前黑黑的，他闻到宁知手上馨香的味道。

很快，他耳朵不痒了，鼻子前的香气没有了。

小陆绝低下头，茫然地看着自己的小手，被他握着的裙摆也消失了。

怪姐姐又走了。

早上，天色放亮，周围一片静谧，晨风吹过，浅蓝色的窗纱轻轻拂动。

宁知醒来的时候，第一时间把霸王喊出来。

“为什么昨天在我穿过去的时候，突然能触碰到实物，而且突然出现在其他人面前？最重要的是我仅有的一个小太阳消失了。”

她昨晚就想问它了。

霸王说：“主人，因为你消耗一个小太阳就能触碰实物或者现身，时间是一分钟。”

宁知惊了：“消耗一个小太阳可以现身，还可以触碰实物？”

霸王说：“对的。”

她咬了咬牙，气愤地质问：“这样重要的事情，为什么之前你没有告诉我？”她还一直烦恼受这么多限制，很难救陆绝。

霸王的小奶音弱了下来：“主人，你没有问。”

如果霸王有实体，她恨不得把这家伙揪出来暴打一顿。

霸王一阵心虚，提醒道：“主人，下一次你穿过去需要十个小太阳。”

宁知：“……”

她现在就缺小太阳，其他什么都不缺。

霸王还告诉她：“主人，消耗小太阳有利也有弊。你穿回去，不是那个世界的人，所以，除了陆绝这个例外，你在那个世界不会受伤也不会感到疼痛。”

这一点宁知是知道的，就像她光着脚在那个世界行走，脚上不会沾到半点儿灰尘。

“一旦消耗了小太阳，在相对应的时间内如果你受到伤害，会感到疼，会流血。如果你在那段时间里死了，也就真的死了，不会再回到现在。”

宁知一愣，看来小太阳还是要慎重使用：“你还有什么要告诉我的？”

霸王赶紧道：“主人，暂时没有了。”

这时，陆绝从洗手间出来。

他身上穿着蓝底大红花的睡衣，花哨得不行。

“早啊。”宁知笑着跟他打招呼。

陆绝掀起眼帘，一双桃花眼里神色茫然，像是从喉咙里挤出了声音：“早。”

宁知问他：“你昨晚做梦了？”

陆绝眨了眨眼，什么都想不起。他没有应声。

宁知也不指望陆绝会记得她，毕竟她每一次穿过去都是在他的小时候，估计他只记得“怪姐姐”这个称呼。

陆绝刚才洗过脸，宁知凑近他，指尖轻轻地蹭掉了他脸上还没有擦干的水珠：“你真可爱。”他额前的一缕头发往上翘起，神色呆呆的，可爱得不行。

下一秒，陆绝头顶的显示框里弹出了五个小太阳！

看着眼前金闪闪的光，宁知双眸瞬间放光。她握上陆绝微凉的手，五个小太阳纷纷奔向她，要多可爱有多可爱。

宁知笑盈盈地再次开口夸他：“小绝绝，你怎么这么棒！简直就是绝世大宝藏。”

转眼，他头顶上又冒出了一个小太阳。

看着脑海里六个可爱的小太阳，宁知小嘴巴甜甜的，夸赞陆绝的话如同喷涌的趵突泉一般不停地往外冒。

她不光夸陆绝聪明，还使劲地夸他。

“小绝绝你是吃可爱多长大的吗？

“小绝绝你不是人，你是下凡的天神。”

…………

然而，不管她怎么夸，陆绝头上的显示框再也没有弹出小太阳。

宁知得到小太阳的美好心情在下楼碰见林恬恬时消失了。

“早啊。”林恬恬主动对宁知打招呼。

她觉得自己昨晚受到梦的影响太大，突然找宁知要她父母的遗物，宁知必定会不愉快。

是她冲动了。

小玉章的事情她能先放在一旁，现在最重要的是她样貌的问题，林恬恬发现自己夺取不了宁知身上的光环了。

她不知道这是怎么回事。

她脸形改变了，还有宁知比之前白了一点儿，这些都说明她项链上的玉出现小裂痕可能导致光环返还到宁知的身上。

但是，为什么她不能重新把光环夺取过来？

林恬恬暗暗打量宁知的脸，发现宁知此时的气色很好，眉目间没有了以前积聚的怨气和愁苦之色。

“你挡着我的路了，有事？”宁知挑眉。

林恬恬回过神，现在的宁知跟以前很不一样，对她疏离、冷漠，更重要的是宁知变得好像不再讨厌陆绝，不再抱怨跟陆绝生活在一起无趣。

林恬恬缓了缓神，脸上带着笑意：“没事。”

宁知不知道林恬恬又想打什么坏主意，想了想，拿出刚才得到的六个小太阳与霸王换取百分之六的光环。

换取成功的一瞬间，宁知发现自己的皮肤瞬间变白了。

她现在的皮肤虽然称不上雪白光滑，但也算是白皙。

宁知摸了摸头发，感觉柔软顺滑，一点儿分叉也没有。

她还掏出小镜子照了照，脸上的五官变得清晰立体不少，像是又撕下了一层灰色的纱，透出一点儿亮色。

化妆间里。

林恬恬今天有几个镜头要补拍，化妆师正在给她做造型。

“恬恬姐，最近你是不是吃多了？”化妆师是林恬恬团队聘请的，因为合作了很长一段时间已经相熟起来，所以与林恬恬说话时没有那么多顾忌。

“嗯？”林恬恬闭着眼睛，靠在椅背上任由化妆师上妆。

“你的脸好像变胖了。”化妆师经常给林恬恬化妆，当然清楚林恬恬的五官、脸形和肤色。

之前，林恬恬的五官精致，瓜子脸形，就连皮肤也白皙无瑕，简直让人心生羡慕。

重要的是林恬恬的脸没有整过容，每一处都是纯天然的，在娱乐圈里，她有“素颜大美人”的称号。

但今天，林恬恬的脸好像突然变了？就连鼻子也……

听到化妆师的话，林恬恬立刻睁开眼睛，看向镜子。

她的古装造型是把头发全部梳起来，脸上要干干净净，不能有任何的头发遮脸，就连妆容也要很淡。

这样苛刻的要求也只有她能抗住。

此时，她看着镜子里的自己，惊得神色一愣。

昨天她脸两侧的下颧骨凸了出来，瓜子脸变得有点儿方，而现在，她脸上的肉变多了，就连鼻子也塌了一点儿，没有之前那样精致挺翘。

林恬恬下意识地去看自己脖子上的项链，白玉上的小裂痕好像长长了一点儿。

这是怎么回事？

她明明贴身收藏着，玉为什么又裂开了？

林恬恬心头一阵慌乱。

下午，宁知回到家的时候，发现陆家来了客人。

“回来了？”陆母脸上的笑容还没有收敛，“我给你介绍一下，这位是霍晓月，霍家的千金，这几天刚从国外回来。”

陆母转头向霍晓月介绍：“她就是我刚说的小儿媳妇，宁知。”

宁知在陆母斜对面坐下：“霍小姐，你好。”

霍晓月上下打量着宁知，眼里透出些许不满意和不服气的神情：“就是你嫁给了陆绝啊。”

宁知听出了对方语气的不善之意，有点儿惊讶，才刚照面，她得罪对方了？

陆母说道：“一直都是小知在照顾小绝，小绝不愿意让其他人近身。”

“我也可以照顾陆绝。”霍晓月小声道。

陆母拍了拍她的手，语气温和：“哪里需要你照顾他啊？而且你也不行。”

陆母对宁知说道：“晓月从小学开始就和小绝同一个班，他们做了好多年的同学，而且，在小学的时候晓月救过小绝。”

宁知来了兴趣，这个女孩竟然救过陆绝？

陆母说：“在小学的时候，小绝被班上的几个男同学欺负，被关在厕所里，幸亏晓月帮忙找老师救他。”

陆母的语气里依然带着感激之情：“那位老师只是口头教训了几个学生，这件事我一直不知道，幸好晓月写了信告诉我这件事，不然，小绝还会一直被那几个男同学欺负。”

霍晓月就是那个找老师来救陆绝的小女孩？

宁知惊愕。

宁知打量着对方，小女孩当初圆圆的脸蛋现在长开了，五官也精致了不少，隐隐还能看出她小时候的影子。

但那封信是怎么回事？

信明明是她握着小陆绝的手写的，怎么会变成霍晓月写的？

“陆阿姨，我只记得我去找老师帮忙，事情过去太久，我也忘记有没有写信给你了。”事情过去太久，霍晓月已经记不清了。

陆母笑道：“不管怎么样，阿姨还是要感谢你。”

她转头对宁知说道：“晓月今天来是想看看小绝，你带她上楼吧，有你在小绝才不会发脾气。”

宁知应下了：“好。”

霍晓月走在宁知的身侧，坦白又真诚地开口：“我喜欢陆绝，如果我不是出国上学，肯定是我嫁给他。”

宁知仿佛看到了小时候的霍晓月，觉得有点儿好笑：“这个世界上没有如果，再说了，陆绝又不喜欢你，就算你不出国也嫁不了他。”

“我小学的时候就认识陆绝了。”霍晓月下巴微微抬起，千金小姐的气势很足，“小学、初中、高中我都跟他同一个班，我几乎是陪着他长大的。”

“你现在是要比谁先认识他？”宁知的唇角翘起，“他上幼儿园的时候，我就认识他了。”

霍晓月不相信：“不可能！”

“随你信不信。”宁知毫不在意。

霍晓月直接戳宁知的死穴：“你长得这么丑，配不上陆绝。”

宁知觉得霍晓月小时候还挺可爱的，长大后怎么这么让人讨厌！

“不管我长得怎么样，陆绝喜欢就行。”宁知的脸皮超厚，哪里会这么容易被对方的几句话击倒。

霍晓月咬了咬唇，看面前的宁知哪哪都不顺眼。

如果不是她妈妈反对，她是真的想嫁给陆绝。

此时，陆绝在书房。

宁知推开门，一眼便看到穿着红色运动服，坐在电脑前的陆绝。

霍晓月眼睛一亮，小跑过去：“陆绝，好久不见，我从国外回来了。”

陆绝对她的话充耳不闻，对她这个人视而不见。

霍晓月壮着胆子想要触碰陆绝的手，却瞬间被他闪开。

霍晓月叹了口气，已经习惯了。反正从小学开始，就是她追在陆绝身后。

“陆绝，你是不是瘦了？好像还长帅了？”霍晓月不断地打量着陆绝。她庆幸自己的目光真好，果然陆绝是最帅的。

宁知不爽了。她突然有种自己的东西被人偷窥，被人觊觎的感觉。

她走到陆绝身旁，俯身凑到他的耳边。

她的唇故意碰到陆绝的耳朵：“小绝绝，你的老同学来看你，你跟她打声招呼吧。”

她的话音刚落，只见陆绝头顶的显示框里弹出一排金灿灿的小太阳！

一个、二个、三个……

她数了数，竟然一共有七个！

宁知更不爽了，他看到霍晓月这是有多高兴？

第四章

压榨小太阳

霍晓月惊愕地看着宁知靠近陆绝，甚至看到宁知的唇碰到了陆绝的耳朵。

陆绝没有拒绝，也没有闪躲！

真的像陆母说的那样，陆绝只让宁知靠近。

霍晓月从小学的时候就开始关注陆绝，清楚地知道陆绝有多不喜欢别人的触碰。

他从不会搭理人，身边也没有朋友。

一直到高中毕业，她都以为陆绝以后也会是独自一个人。

他一辈子都是安安静静的，一辈子都是独自一个人。

如果之前没有发生那件事，她不出国，会争取嫁给陆绝，毕竟她再也找不到像陆绝这么高颜值的人了。

而现在，陆绝不仅结婚了，好像和老婆相处得还可以。

霍晓月不得不感到震惊。

耳朵上热热的，还有点儿痒，陆绝低垂的眼帘微颤着，又翘又长的睫毛也随着扇动。

没有得到回应，宁知在他的耳边轻哼了一声，用手拍了拍他的肩膀，七个小太阳快乐地冲向她，转眼就被她收起来了。

陆绝不看霍晓月一眼，嗓音沙哑、沉闷："不认识我。"

我不认识。

"不认识？"宁知上一秒还堵在胸口的不爽的感觉一下子就消失了。她看向霍晓月。对方瞬间像点了火的炸药，气鼓鼓的像是随时会爆炸。

"虽然你叫陆绝，但也不用这么绝情冷漠，我和你从小学到高中做了多少年同学，你竟然还不认识我？"霍晓月恨不得上前摇摇陆绝的脑袋，质问他怎么就没有把她装进脑子里。

就算他不喜欢她，这么多年的同学情谊也不能说不认识。

看见霍晓月气得涨红了脸，宁知忍住了嘴角的笑意，开口："对不起啊，你也知道陆绝的情况特殊，请你别介意，很感谢霍小姐今天来探望他这个同学。"

霍晓月质问宁知："你在暗暗得意？"

宁知勾了勾唇："我不明白霍小姐在说什么。"

霍晓月怎么看宁知都觉得不顺眼，觉得对方长得只是清秀，跟陆绝在一起一点儿也不般配："就算你能靠近陆绝，能触碰陆绝，也不代表什么，他又不是喜欢你。"

自闭症患者缺乏情感认知和社交能力，就算对父母也不理不睬，冷漠对待，更何况对其他人。

霍晓月不认为陆绝会喜欢上宁知。

"他喜不喜欢我，不需要你操心。"宁知慢悠悠地回道，"反正，陆绝肯定不喜欢你。"

霍晓月气得脸色都变了："你说话怎么这么让人讨厌？"

宁知语气轻飘飘地继续扎刀："陆绝就是喜欢听我说话。"

下一秒，她听到霍晓月气急败坏地说道："我哥哥救过陆绝的命。"

宁知一愣，霍晓月的哥哥救过陆绝？

霍晓月说完就后悔了，心中一阵懊恼，怪自己多嘴。

"你哥哥也救过陆绝？"宁知想了解这是怎么回事，刚才陆母好像没提及这件事。

"你不需要知道，与你无关。"霍晓月不愿意多说什么，又看了陆绝一眼，"我走了。"

霍晓月落寞地走了出去。

看着对方离开，宁知低头去问陆绝："你真的不认识霍晓月？"

陆绝抬眸看她，一双桃花眼里带着茫然之色：“谁？”

宁知勾唇，继续问道：“那霍晓月的哥哥救过你？”

陆绝抿唇，过了好一会儿才应声：“不知道。”

宁知得不到答案，索性换了话题：“为什么刚才听到我说霍晓月来看你，你那么开心？”

竟然还弹出七个小太阳，他是有多开心。

不对，陆绝刚才说不认识霍晓月。

宁知眯了眯眼，低声问他：“还是说你开心是因为我这样低声跟你说话？”

她盯着他的头顶，没有小太阳弹出。

宁知想到了什么，像刚才那样，唇轻轻地碰上陆绝的耳朵。

下一秒，陆绝头顶上立刻弹出了三个小太阳！

而他的耳朵，瞬间红晕蔓延。

看着三个闪着金光的小太阳，宁知怔住了，所以他刚才不是因为听到霍晓月来了而高兴，是因为她的唇碰到了他的耳朵？

宁知伸手握住他的手，三个小太阳齐齐飞向她，但陆绝的头顶没有再弹出小太阳。

握着他的手没有效果。

宁知像做试验一般，第三次用唇轻轻地、若有似无地碰了陆绝的耳朵，问他：“陆绝，你喜欢我这样贴着你？”

显示框里再次弹出一个小太阳。

宁知再碰了碰，没有小太阳出来了。

她一共得到了十一个小太阳，金闪闪的，可爱得不行！

面前的陆绝低垂着眼帘，薄唇紧抿，面无表情，耳朵通红。宁知好奇，为什么他会因为她触碰他的耳朵而高兴。

她可不相信他喜欢她，估计他连喜欢是什么都不清楚。

陆绝的耳根通红，他动了动唇，过了好一会儿才开口：“贴我。”

宁知想起上一次陆绝喝醉酒的时候，他头顶上也弹出了很多小太阳，所以，当时他不是因为喝酒高兴，而是因为她贴着他。

宁知记得有些自闭症患者会通过触觉认识人，他们喜欢用身体接触的互动，哪怕有时候他们会抗拒亲吻和触碰。

弄清楚原因后，宁知觉得以后她又多了一条赚小太阳的途径！

可惜的是效果越来越差，只有第一次作用最大。

离开陆家后，霍晓月回到了自己家。

她走到了一扇房门前，敲了敲门。

里面传来男人清朗的声音："进来。"

霍晓月推开门，一眼便看到落地窗前坐着轮椅的哥哥。

"哥哥，你今天没有去公司？"霍晓月语气故作轻快，走到霍晓阳的轮椅旁。

"今天没有什么事。"

霍家的基因好，霍晓月长得清丽可爱，霍晓阳长相斯文温雅。他戴着金色边框的眼镜，显得更加英俊。

霍晓月在霍晓阳的轮椅旁蹲了下来，合上他腿上的书，仰头看着他："哥哥，我刚才去陆家看陆绝了。"

霍晓阳嘴角的笑容淡淡的："嗯。"

"他还是那样，呆呆的，还说不认识我，他怎么这么气人？"霍晓月靠在哥哥的腿边，"我以为我不嫁给陆绝，他这辈子会孤独终老了，没想到他现在都有妻子了。"

霍晓阳安静地听着妹妹的话。

"那个女人竟然能靠近陆绝，还能触碰他。"霍晓月嘟囔，"明明她没有我好看，陆绝的眼光不行。"

霍晓阳无奈地摇了摇头，他这个妹妹最大的缺点就是只喜欢好看的人。

"我原本以为看到陆绝跟其他人结了婚会很伤心。"霍晓月吸了吸鼻子，"但我没有。

"哥哥，对不起。"

如果不是她任性，她哥哥的腿就不会因为救陆绝而废了。

"腿受伤的人应该是我才对。"霍晓月后悔了，她的任性导致哥哥一辈子只能坐在轮椅上，明明她的哥哥那么优秀。

如果不是因为她任意妄为害了哥哥，他在学校又或者在公司，都是最耀眼的存在。

所以，妈妈一直对她有怨气，不想看到她是对的。

霍晓阳轻轻地拍了拍她的头："不用愧疚，当初是我主动选择救陆绝，后果我自己承担。"

“明明是我太任性。”霍晓月红了眼睛，“要不是我作妖，你也不会出车祸。”

她被宠坏了，被惯得从不替别人着想。

霍晓月重重地吸了吸鼻子：“如果有机会重来，我一定不会做那样的蠢事，哥哥你就不会出车祸，不会一辈子坐轮椅。”

霍晓阳安抚地摸了摸妹妹的头：“这个世界上没有如果。”

“哥哥你怎么说话跟那个宁知一样？”

霍晓阳疑惑：“宁知？”

“她是陆绝的妻子，说话可气人了。”

霍晓阳笑了笑，妹妹从小就被娇惯，很少有人能说服她。如果不是他出了车祸后，她像是一夜长大，性子收敛了很多，她依然会是骄横傲气的千金小姐。

晚饭的时候，宁知看见林恬恬回来了。

坐在饭桌上，她仔细地打量对面林恬恬的脸。

之前她换取了百分之六的光环，林恬恬好像变丑了一点儿。现在林恬恬两侧的下颌角凸出，脸上的肉也变多了，不再是之前完美的瓜子脸，就连鼻子也变塌了不少。

宁知眼里浮现了笑意。

之前是光环的作用，林恬恬变美这么多，大家都觉得是理所当然。

现在，林恬恬因为缺失了部分光环而变丑，这样的变化被别人看在眼里，也不知道她会怎么解释。

对面，林恬恬同样在打量宁知，当然也看到宁知变白了！

果然，项链出现了裂痕，导致光环回到了宁知的身上。

林恬恬不知道她的玉为什么无缘无故地出现裂缝，但她已经拿去修补了。

修补后，她应该能把光环再次夺取回来。

“小知。”旁边的陆母突然开口，“后天有个慈善晚会，你陪我出席。”

闻言，宁知和林恬恬同时一愣。

林恬恬变了脸色。以前陆母都是带着她出席宴会的，而最近宁知讨好陆母后，陆母明显对宁知有了改观，现在竟然还带宁知出去露脸。

林恬恬笑着开口：“妈，小知没有参加宴会的经验，我后天正好没有通告，可以陪着你们一起去，以免小知在宴会上出错。”

宁知挑眉："你的意思是妈妈没有能力带着我？"

"我不是这个意思。"林恬恬解释，"小知，我是好意帮你。"

宁知笑了："不需要你帮忙，宴会上我会全程跟着妈妈。"

陆母点点头："小知跟着我就行，慈善宴会上没有那么多规矩，不用太谨慎。"

林恬恬沉默下来。她知道，陆母没有带她去的意思。

既然林恬恬开口了，宁知可不会轻易放过她："怎么今天看你的样子怪怪的？"

林恬恬心下一紧，听到宁知说："你的鼻子好像比以前塌了。"

林父和林母的外貌都不算出众，他们两个人的鼻子也不高挺，林恬恬继承了他们的基因，原本的鼻头有点儿圆，看起来有点儿塌。

林恬恬现在最讨厌别人关注、提及她的脸，听到宁知的话，恨得暗暗咬牙："我今天在片场不小心撞到鼻子了。"

宁知一脸惊讶之色，故意问道："你的鼻子是整过容的？"

林恬恬压着怒气："我没有整容。"

宁知装无辜："不是整的，为什么撞一下，鼻子就塌了？"

林恬恬嘴角的笑意几乎维持不住："小知越来越爱开玩笑了。"

宁知继续插刀："你也越来越会说瞎话了。"

看着林恬恬眼里藏不住的怒火，宁知暗暗得意，气死你。

她转过头，对着旁边闷头吃饭的陆绝小声说道："还是你可爱。"

夜里。

宁知早早地躺在床上。适应了一段时间后，陆绝已经不会因为她睡他的床而生气了。

宁知将脑海里的小太阳数了一遍又一遍，总共有十一个，想到下一次穿过去就要用掉十个，她觉得自己还是很穷啊。

这时，陆绝洗完澡出来。

他身上穿着红底蓝色大花的睡衣。

别人穿这种睡衣会很俗气，陆绝个子高，身材好，还有顶级颜值，这样的花色竟然被他穿出了几分时尚感。

他洗了头，头发湿答答的，水珠不断地顺着他高挺的鼻梁和棱角分明的脸颊滚下来。

宁知赶紧起身拿了一条干毛巾，笑意盈盈地开口："陆绝，我帮你擦头发。"

水珠滴落，滑过陆绝性感的喉结，没入他花色的衣领。

陆绝坐在床边，没有理会宁知。

宁知赶紧阻止陆绝躺下来的动作："先别睡，头发还湿着。"

"我帮你擦干头发，你坐着不要动。"宁知靠近他，把毛巾放在他的头上。

她动作轻柔地擦着他的头发："陆绝，这样舒服吗？你喜欢我帮你擦头发吗？"

他不是喜欢她触碰他吗？现在她就为他服务。

宁知服务的态度殷勤至极，就差没有问一句"老板，满意我的服务吗？"

陆绝安静地坐着，任由宁知把他的头发弄得乱糟糟的。

过了好一会儿，一直没有小太阳弹出来。

宁知有点儿失望。她这样热心地为他服务，他竟然也不开心？

陆绝的心，海底的针。

她的手心下，陆绝的头发很柔软。

他微抿着唇，面无表情，英俊的脸被花色的衣服衬得越发白皙，眉目间透着稚气。

宁知的心有点儿软，这样的陆绝跟他小时候很像。

过了好一会儿，摸到陆绝的头发差不多干透了，宁知才丢开毛巾："睡吧。"

陆绝笔直地躺到床上，闭上眼睛。

宁知关掉房间的灯。

借着台灯微弱的光，她回到床上，想了想，还是有点儿不甘心。

宁知挪到了陆绝的身旁。

她凑近他的耳边，用唇碰了碰他的耳朵。

陆绝一下子睁开了眼。

还是没有小太阳。

宁知伸出手，直接落在陆绝的胸膛上，掌心贴着他的身体。

依然没有小太阳。

宁知皱眉，难道她猜错了？

手移动着，她碰了他的脸、手、腿，都没有小太阳出现。

宁知放弃了，收回手，手从陆绝的腹部滑过。

转眼，小太阳弹出来了。

一个小太阳！

宁知一阵惊喜，把刚收回的手赶紧放回去，轻轻地在那结实的胸膛上摸了摸。

五个小太阳！

宁知笑弯了眼眸："原来你喜欢我触碰你这里啊？"

陆绝每天都坚持晨跑，身材很好。

宁知觉得手掌心下的触感也很好。她贴着他的身体，两次冒出来的六个小太阳立刻冲向她。

她的手紧紧地贴着他的腹部，还试图扩大活动范围，在附近挪动。

陆绝的手微凉，腹部的温度却很高。也不知道是不是因为她手的挪动刺激到他了，他的肌肉绷得紧紧的。

她能触碰到他腹部隐隐的肌肉线条。

快，再弹出一个小太阳啊！

宁知的手胡乱地挪动。

不经意间对上陆绝茫然的目光，宁知脸一红，突然觉得自己做了什么罪孽深重的事。

"我的手凉。"宁知厚着脸皮，手不敢乱动了，解释道，"我只是暖暖手。"

这话说出来，她自己都不信。

陆绝抿着唇。昏暗的暖色灯光下，他又翘又长的睫毛颤了颤，安静的房间里，他那低沉的声音闷哼了一声。

宁知的脸发热，她默默地收回手："谢谢啊，我的手暖和了。"

陆绝有点儿舒服，又有点儿不舒服，漂亮的桃花眼里透着不解之色。

被子下，陆绝把自己的手放在了刚才宁知放手的位置，没有任何感觉。

他转过身，面对宁知："再贴，暖你手。"

再贴一次，我帮你暖手。

宁知："……"

这是多单纯、多天真的孩子啊。

“你主动给我暖手？”宁知觉得现在的自己像极了教唆好孩子干坏事的恶人。

陆绝又翘又长的睫毛轻轻颤了一下，像是从喉咙里挤出了一声：“嗯。”

为了小太阳，宁知厚着脸皮再次靠过去，手从自己的被窝里钻进了陆绝的被子里，轻易地从他的睡衣下摆探了进去。

手贴上他肌肤的那一刻，她感受到他的肌肉瞬间绷紧。

宁知抬眸去看陆绝，只见他的眼眸湿润、明亮，头顶上又弹出了五个小太阳！

看来，他真的喜欢她触碰他这里。

她的手轻轻地挪动了一下，他的头顶再次弹出一个小太阳！

而陆绝重重地哼了一声，像是难受，又像是舒服。

宁知的脸发热，她觉得掌心下的肌肤也烫手得很。

她摸了一会儿，陆续又得到两个小太阳，之后就没有小太阳弹出来了。

之前得到了六个小太阳，加上现在的八个，宁知没想到摸摸陆绝的腹部竟然能拿到十四个小太阳。

宁知算了算，加上今天在书房得到的十一个小太阳，她现在竟然有二十五个小太阳。

她暴富了！

没有小太阳了，宁知收回手。

感受到那软绵绵的，像是没有骨头的小手离开了他，陆绝飞快地看了宁知一眼，像是很疑惑。

宁知把工具人陆绝用完就丢开：“谢谢你，我的手暖和了，睡吧。”

工具人陆绝抿着唇，又看了宁知一眼才闭上眼睛。

周日这天，宁知陪同陆母参加慈善晚会。

最近她的皮肤变白了，宁知不担心穿浅色衣服会显黑，特意挑了一条裸色带闪钻的星空款的礼服。

她脸上的皮肤也好了不少，上了浅浅的底妆，五官一下子更立体了，柔顺的头发垂在身后，显得特别温婉。

“好看吗？”宁知装扮好后，在陆绝身前晃了晃。

这个时间点陆绝午休刚睡醒。

陆绝每天作息都很规律，晨跑，吃早餐，看书，午休，玩拼图，玩电脑，看书。他像是设置好了程序一般，作息固定又准时。

陆绝抬眸，低沉的声音闷闷的："丑。"

宁知拉扯裙摆的动作一顿，气得恨不得上前咬他："我就不该问你。"

宁知换上高跟鞋，准备离开："今晚我回来得比较晚。"

陆绝面无表情，没有应声。

宁知只是告诉他一声，没有期待他会回应。

慈善晚会是在酒店举办，拍卖所得钱款全部捐到慈善基金会，帮助有需要的人。

宁知以前跟着父母参加过不少次慈善晚会。她觉得比起单纯吃喝玩乐的聚会，这样的宴会虽然同样无聊，至少有意义。

"待会儿你跟着我，如果有什么喜欢的就拍下。"

陆母一向保养得当，加上她年轻的时候是大美人，现在盛装打扮，风韵犹存。

她笑着提醒宁知："不用担心钱的问题，之前给你的卡是小绝的副卡，你是他的妻子，花他的钱是应该的。"

陆母没有说陆氏集团的大部分分红全在陆绝的卡里，担心庞大的数额会吓到宁知。

陆母也不担心宁知随意花陆绝的钱，毕竟那些钱就算宁知随意挥霍一辈子，也花不完。

几次收到陆母送的昂贵首饰，宁知已经知道这位婆婆很大方，只要她好好对陆绝，陆母就会对她无限包容。

听到陆母的话，宁知笑着应下。

陆母刚带着宁知出现，不少豪门太太纷纷上前打招呼。

陆母向众人介绍宁知。之前宁知和陆绝的婚讯没有正式公开，宁知这是第一次在这个圈子里露脸。

几位围过来的太太仔细打量宁知，虽然嘴上不断夸着，眼里却对宁知多少有几分轻视之色。

宁知出身普通家庭，长相虽然称得上清秀，但与在场的长相貌美靓丽的千金相比，眼前的宁知显得很普通。

如果那位陆二少爷不是患有自闭症，依照陆家的家世，娶一个优秀的千金绝对没有问题，而现在，从不露脸的陆二少爷只能娶一位普普通通的女人。

宁知又不傻，当然听得出众人话里的敷衍和虚假之意，但她并不在意。

宴会上，陆母惊讶地发现，宁知举止得体，与其他豪门太太聊天竟然完全不怯场。

宁知没有因为对方的身份贵重就上赶着攀附，将分寸拿捏得恰到好处，甚至游刃有余，逗得对方忍不住发笑。

宁知像是原本就属于这样的场合。

陆母还记得第一次带林恬恬出席宴会时的场景，尽管林恬恬努力掩饰，还是遮掩不了她的小家子气。与其他宾客打交道时，她把姿态放得极低，上赶着结交，惹了不少笑话。

现在的宁知让陆母眼前大亮，她当然希望宁知越优秀越好。

“你刚才对王太太说了什么，让她这么开心？”陆母好奇地问。

宁知喝了几口红酒，放下手里的酒杯：“王太太手上戴着一枚粉钻的戒指，世界上只有十五颗粉钻超过十克拉，王太太手上的这颗是其中一颗，而且是粉钻级别中的最高等级 Fancy Vivid Pink（鲜彩级，美国宝石协会对天然粉色钻石颜色的评级），同时，是无暇 FL 钻石净度的最高级别净度。”

宁知对陆母眨了眨眼，露出几分调皮之色：“我刚才对王太太说，这样珍贵的少女色粉钻与她很相配。”

王太太笑着回头对陆母说道：“陆太太，你这个小儿媳妇的眼光真好。”

陆母不知道宁知怎么会鉴别钻石，但听到她被夸赞，陆母自然是开心的。

宁知笑了笑，穿来前，她的爱好就是花钱，其中买首饰是支出之一。

在她的保险箱里，有一颗同样是 F 级别，比王太太这颗更大的粉钻。

拍卖会上，宁知没有看中的物品，而陆母又相中了一条项链，拍下后送给了宁知。

陆母觉得这些漂亮的小玩意儿很适合宁知。

拍卖会结束时天色已深，宁知回到陆家的时候已经是晚上九点多。

打开房门，宁知破天荒地看见已经换上花睡衣的陆绝竟然靠在床头，安静地坐着。

陆绝的作息时间很固定，现在他应该睡了才对。

“你还没有睡？”宁知惊讶地问。

陆绝的薄唇抿着，他抬眸看了她一眼，没有应声，躺到床上闭上眼睛睡觉。

宁知突然意识到：他是在等她回来吗？

宁知清楚陆绝的行为有多固执、多刻板。

平常他喝完水，杯子一定会放回原来的位置，就连他衣柜里的衣服也会叠得整齐，按照他自己定义的顺序摆放。

自闭症患者的常规如果被打破，他们会生气。

想到这儿，宁知不敢确定了。

她脱掉高跟鞋，光着脚走到陆绝的床边。灯光下，陆绝的眼帘微微颤动，显然他还没有睡着。

宁知柔声说道：“陆绝，谢谢你等我回来。”

灯光下，陆绝又翘又长的睫毛颤了颤。

夜色渐深，房间里很安静。

宁知洗过澡后没有穿睡衣，而是换了一条漂亮的裙子，脚上还穿了一双小白鞋。

霸王说过，消耗小太阳后，她就能现身并触碰实物，所以她不能光着脚或者继续穿着睡衣穿过去了。

她把霸王喊了出来：“这一次是十个小太阳？”

霸王的小奶音充满了兴奋之意：“是的，主人。”

宁知把十个小太阳交给了霸王，瞬间，她只剩下十五个小太阳。如果把十五个小太阳都消耗掉，她在那边有十五分钟现身或者触碰实物的时间。

再睁开眼睛，宁知发现自己站在马路上，车子从她身上直接驶过。

虽然她没有感觉，但看着一辆辆车子从身边驶过，视觉上很刺激。

宁知赶紧走到马路一旁。

陆绝在附近？

宁知已经发现，每次穿过来，自己都会在陆绝的附近。

但周围这么大地方，她根本不知道陆绝在哪里。

今天的阳光很强烈，周围不少人打着伞，宁知随意地走动着，一点儿也不害怕毒辣的阳光。

阳光下，她的皮肤越发显得雪白细嫩，也只有穿过来时她才会恢复美貌，但她似乎低估自己恢复后的身材了。

身上的裙子是她按照原本的码数买的，现在身材改变后，发现衣服的上身部位竟然变窄了，勒得她有点儿难受。

宁知又爱又恨，突然发现胸大也是一种负担。

宁知四处寻找陆绝的身影，觉得奇怪——陆绝为什么会出现在这附近？

“你走路不看车子吗？小心被撞死！”

男人骂骂咧咧的声音从她身后不远处传来：“喂，我叫你让开，你是聋子？听不到我说话？”

宁知转头看去，看到一辆车子前站着一个穿红色运动服的瘦高身影。

“陆绝！”

宁知惊喜地快速跑过去。

走近了，宁知看见穿红色衣服的瘦高男孩确实是陆绝。

她赶紧上前，一把牵住了陆绝的手将他拉到路边，任由车主在背后责骂。

宁知带着陆绝走到马路边的树荫下，笑弯了眼眸：“陆绝，我找到你了。”

比起上一次看见的小陆绝，现在的他长高了不少，个头比她高一些，目测有一米七多。

退去奶气的婴儿肥，陆绝的轮廓变得立体，因为年纪小眉目间显得有些稚嫩。

上一次，陆绝的个子还不到她的胸口位置，现在，他已经是比她高的青少年了。

宁知觉得很神奇，这算是看着丈夫长大吧！

“陆绝，你还记得我吗？”宁知试探着问出口。

对她来说，上一次见小陆绝只是几天前，而对他来说，时间已经过了几年。

青少年的陆绝抬眸看了她一眼，没有应声，甚至把自己的手从宁知的手里挣脱开。

宁知一愣，小陆绝不记得她了？

宁知有点儿失落："你怎么会在这里？司机呢？"

陆绝出行都会有司机接送，现在为什么会独自一个人在马路上？

自闭症患者喜欢旋转的东西，马路上飞速转动的车轮往往会吸引他们的注意，而且他们不懂得避让车辆，让他们独自在外太危险了。

宁知皱眉："你妈妈知道你走出来吗？"

陆绝抿着唇，过了好一会儿才开口："823。"

现在的他处于青少年发育时期，嗓音沙哑，与之后低沉的声音不一样。

"什么 823？"宁知没有理解他的意思。

陆绝眼帘微垂，又翘又长的睫毛微颤，他的肤色白皙，眉头微蹙，脸上带着不满之色，神色还有几分委屈，看上去很可怜。

宁知的心像是被他用指尖轻轻戳了一下，瞬间软透了。

她放轻了声音，再次问他："你能告诉我 823 是什么意思吗？"

"823 天。"陆绝抬起眼帘，干净的黑眸安静地看着她。

宁知一时没有反应过来。

陆绝又垂下眼帘，不理会她了。

宁知还是没有弄懂他的意思，只是问他："陆绝，你出来多久了？是你自己出来的？"陆母应该不会放陆绝一个人跑出来。

"自己。"陆绝变声期的嗓音是沙哑的。

他像是知道自己的声音变得奇怪不好听了，刚回应完就立刻抿紧了唇。

他是一个人跑出来的？

宁知皱眉："我带你回陆家，家里人肯定很担心你。"

陆绝没有应声也没有拒绝。

也不知道陆绝出来多久了，现在的阳光毒辣，宁知看到他的唇很干。

"你渴吗？我去买水给你喝。"宁知突然想到自己的身上没有钱，"你身上有没有钱？"

陆绝眨了眨眼，然后从裤袋里掏出钱给宁知。

宁知没有接他手里的钱，而是拉着陆绝往前面的公园走去。

对陆绝来说，他能看到她，就算她现身也没有变化，但对马路上的人来说，突然看见一个人蹦出来肯定会被惊吓到。

公园里没有什么人，宁知消耗掉十个小太阳，换取了十分钟现身的时间。

现身的一瞬间，宁知感受到了周围温度的炽热，还有阳光的强烈。

真是不可思议，她觉得小太阳的功效很强大。

而小太阳的制造人陆绝……宁知看了他一眼，呆呆的，依然可爱。

高温袭来，宁知的唇也有点儿干，她拉着陆绝的手："走吧。"

她带他去买水。

现在是盛夏，整座城市像一个闷热的蒸炉，才走了一小会儿，宁知身上已经开始出汗了。

公园附近有一家小超市，宁知带着陆绝走到小超市门口。

她买了两瓶水。

嗑着瓜子的老板娘被面前付钱的女孩惊艳到了，也不知道这女孩怎么长的，一张脸精致小巧，眼睛又大又水润，小嘴红红的像熟透的樱桃，就连皮肤也白得像牛奶。

她不会形容，反正就觉得这女孩比电视上那些浓妆艳抹的明星还要好看。

"老板娘，找钱。"宁知当然注意到了老板娘不断打量的目光，礼貌地冲她微微一笑。

老板娘忍不住夸道："小姑娘，你长得真好看。阿姨这大半辈子还是头一回遇到长得这么美的女孩。"

她看着宁知钱递过来的手，跟她那双干粗活儿的手完全不一样，小手白皙，手指纤细，指尖还泛着浅浅的樱花粉色，一看就是被娇养的女孩的手。

也不知道是哪家养出这样漂亮的闺女，如果她有这样一个好模样的女儿，她做梦都能笑醒。

这样想着，老板娘忍不住多打量了宁知几眼，真是越看越羡慕，恨不得把家里的懒儿子换成这样漂亮的女儿。

听到老板娘的话，宁知笑得更甜了，毕竟没有哪个女孩子不喜欢被人夸奖。

宁知拿过两瓶水，正准备递给身后的陆绝，转身发现陆绝竟然不见了。

"陆绝。"

宁知看向不远处，突然发现陆绝正走向车辆川流不息的马路。

她惊得连忙追上前。

眼看着车子逼近而陆绝毫无所觉，宁知一颗心快要从喉咙里跳出来：“陆绝危险，不要过去！”

两瓶水滚落在地。

宁知踉跄着冲上前，手擦着陆绝的衣摆而过，整个人扑倒在地。

宁知顾不得脚上的痛，赶紧拉住了陆绝垂在一侧的手：“你要去哪里？”

陆绝低头，茫然地看着宁知。

宁知站起来：“你不要乱跑，吓死我了。”

马路上的车辆太多了，他又不知道避让车辆，随时可能被车子撞到。

“血，红了。”陆绝沙哑的嗓音带着几分慌乱之意。

宁知低头，发现自己的膝盖被地面擦破了，在流血。

她现在的皮肤雪白，哪怕只是有个红印也很明显，更不要说被擦破了一大块皮了，看起来很恐怖。

陆绝看着沁出来的血，语气有点儿急：“擦药你，擦药你。”

你要擦药。

宁知想起霸王之前说的话，她现身后，如果在这个世界受伤，是会有知觉的。她现在就痛得很。

陆绝突然背对着她俯下身：“医院背你。”

陆绝要背宁知去医院。

“不用去医院。”还有五分钟，其他人就看不到她了。

“背你，背你。”陆绝坚持着。

毒辣的阳光下，陆绝唇发干，眉头皱紧，像个固执的小兽。

宁知只好趴在他的背上。

青少年时的陆绝，个子比她高一些，但他的腰身和背部很瘦。

宁知双手紧紧地攀附在他的肩膀上，唯恐他力量不够把她摔了。

她转过头凑近他的耳边：“不去医院，去刚才的公园。”

陆绝说道：“药。”

“我不用擦药。”她现身的时间只剩下五分钟，哪里还需要擦药啊，估计到时候伤口都不在了。

陆绝固执地开口：“药。”

宁知只好说道："我待会儿洗洗伤口就行。"

接着，她伸手轻轻拧了拧陆绝的耳朵，故意凶巴巴地说道："你下次不要乱跑了，你看，我为了追你，都摔倒了。"

陆绝不会感觉到痛，只觉得耳朵被拧得有点儿发痒，继续闷头背着宁知往公园走去。

过了好一会儿，他才应声："不跑。"

现在的天气闷热，两个人这样身体贴着更加热了。

背后的人又软又热，陆绝觉得好奇怪。

他抿着唇，脚步加快，而鼻间一直萦绕着好闻的馨香。

公园里的人不多。

宁知坐在长木椅上，脚微微抬起。

她的脚白皙精巧，尤其在阳光下显得越发白嫩，与深木色的长椅形成鲜明的对比。

陆绝蹲在长木椅前，正在帮她清洗伤口。

他的动作笨拙却轻柔小心，指尖一点儿一点儿地帮她拭去伤口上的小沙子。

刺痛感传来，宁知的脚下意识地动了动。

陆绝抬眸看她。

"我不动了，你继续。"宁知是真的怕痛，膝盖擦伤了一大片还流了血，如果不是怕在小陆绝面前哭鼻子丢脸，她早就痛哭出声了。

从小到大，陆绝不管受伤还是生病都不会哭，也不会喊痛，但看着皱眉的宁知，他胸口的位置闷闷的。

陆绝低下头，对着宁知的伤口轻轻地吹气。

宁知一愣："陆绝？"

少年的嗓音沙哑："呼你。"

他重复一次："呼呼你。"

宁知还记得陆绝小时候受伤了，她会帮他呼呼，没想到，现在她跟他调换了角色。

宁知笑弯了眸，面前青涩的陆绝可爱得很："谢谢你，我不痛了。"

她的话音刚落，现身的十分钟时间刚好过去了，她又变回只有陆绝能看到的状态。同时，她脚上的伤口消失不见，皮肤雪白如初。

她的猜想没错，只要时间到了，哪怕她受伤了也会瞬间好起来。

现在，宁知膝盖上的肌肤雪白娇嫩，一点儿红印都没有。

陆绝盯着她的腿。他刚才还看到红红的伤口，现在突然没了。

陆绝凑得很近去观察，温热的气息落在宁知的膝盖上，痒痒的，她脸一热，赶忙挪开脚。

对上陆绝疑惑的目光，宁知笑着说道："我的伤口好了，多谢小绝绝的照顾。"

"伤口不见了？"陆绝问她。

"对，是不见了。"宁知厚着脸皮告诉他，"因为我是天使姐姐。"

陆绝垂下眼帘，沙哑的嗓音低低的："怪姐姐。"

宁知微愣——他认出她了？

阳光下，穿着红色运动服的陆绝依然蹲在她的脚边，面无表情，眉目间却透着安静、乖巧的感觉。

宁知心头有点儿软："你之前说的823天是什么意思？"

陆绝抿紧唇。

宁知猜想道："我们是823天没有见吗？"

陆绝抬起眼帘看她，过了好一会儿，像从喉咙间挤出了声音："嗯。"

宁知满眼错愕之色，所以，他一直记得？

陆绝白皙的脸几乎贴上宁知的腿，现在他的眼睛已经是很漂亮的桃花眼，漆黑的眸子安静地看着她，好似受了委屈后急需安抚的小动物，有点儿奶气。

怪姐姐消失了823天，每一天他都数着。

宁知一直以为小陆绝感情缺失，哪怕记得她，也只是一个浅浅的印象。

而现在，她突然意识到，他不仅仅记得她，还会期待再见到她。

宁知觉得心像是被一只小胖手轻轻地戳了一下又一下，啊，小陆绝怎么这么可爱？

看着蹲在她脚边的少年，宁知忍不住伸手摸了摸他的头，头发细细软软的，柔顺地贴在他的额前，乖巧得不行。

"对不起，我来晚了。"

她不知道，原来他会等她。

陆绝没有应声，第一次主动伸手握住了宁知的手腕，声音有些沙哑："原谅你。"

以前肉乎乎的小胖手变得骨节分明，手指修长有力，宁知任由他握着，笑弯了眸子：“这么容易原谅我？”

陆绝低垂眼帘，没有应声。

现在阳光太强烈，她倒不害怕，但陆绝不行，在这样的高温下，很容易中暑。

宁知拉着陆绝离开：“我带你回陆家。”

此时的陆家已经陷入一片混乱。

陆母知道陆绝走失了几乎晕过去，陆父派出大量的人手去找陆绝，脸色也很不好。

“先生，监控录像显示少爷上了一辆公交车，我们还查看了公交车的录像，已经在少爷下车的地点附近搜查。”

“你们一定要尽快找到小绝。”陆母眼睛通红，眼角还肿了，显然哭了很久。

只要想到陆绝独自在外，陆母就惴惴不安。

一旁，穿着干净整齐的陆深远安抚着妈妈：“弟弟一定会没事的。”

陆母拭去眼角冒出的泪花：“小绝不会避让车辆，我不敢想他会不会在马路上横冲直撞，他也不爱说话，不会向别人问路寻求帮助……”

陆母越想越害怕。

“弟弟很聪明，在外面玩够了肯定会回家。”陆深远让用人泡一杯参茶给陆母安神，然后静静地坐着，绝不添乱。

陆母的一颗心紧紧地揪着，想到小儿子有可能会受伤或者碰上坏人，眼角又被沾湿。

陆父英俊的脸板着，眼里满是心疼之色：“你放心，我一定把儿子找回来。你中午没有吃任何东西，我让厨师做点儿吃的给你。”

“我吃不下。”陆母语气里带着哭腔，“小绝肯定也没有吃东西，他饿了怎么办？也不知道他身上有没有带钱。”

陆父也担心儿子，听到妻子的话脸色也沉了下来。

“弟弟一定会没事的。”陆深远语气肯定，像是安抚父母，又像是安抚自己。

“对，小绝一定没事。”陆母平常不信鬼神，现在她忍不住在心里求神保佑儿子平安回来。

宁知刚才花掉了十个小太阳做实验，现在她只剩下五个小太阳，不能再随意浪费了。

现在她和陆绝身处的位置与陆家别墅有十几站公交车的距离，也不知道陆绝是怎么来到这里的。

她带着陆绝打车，让他告诉司机地址。

车子停到陆家门口，陆绝刚下车，门卫一脸激动的神色，赶紧向管家汇报二少爷回来了。

看着匆匆赶来，红着眼想要抱陆绝的陆母，宁知突然想起，陆母曾经提起过陆绝走失她担心了一整晚，最后在医院找到他的事。

走失的陆绝被车子撞了一下，吓得车主立刻把陆绝送进医院，幸好陆绝只是擦伤了手，伤得并不严重。

陆母提起这件事时，依然心有余悸。

所以，这一次是宁知找到了走失的陆绝。

宁知不敢想象，陆绝走失的那一晚，一路上经历过什么。

“小绝，你去哪里了？担心死妈妈了。”陆母顾不得陆绝的抗拒，一把抱住了他，眼泪直流，一颗心终于安定下来。

“妈妈差点儿被你吓死了。”陆母紧紧地抱着瘦弱的儿子，唯恐他再丢失。

陆绝抿紧唇，眉头紧蹙，开始在陆母的怀里挣扎，不愿意被抱着。

陆母重重地舒了口气：“小绝，以后你再也不要乱跑了。”

她松开他，陆绝这才停止挣扎。

陆父的神色没有陆母激动，但他的眼里泛着湿润的光。

一旁，陆深远穿着白色的T恤衫，笑得温和：“弟弟，你平安归来，太好了，妈妈和爸爸都很担心你。”

陆绝没有应声。

陆母仔细打量了儿子一遍，看见他没有受伤，才开口：“好了，我们别站在门口了，赶紧进去吧。”

宁知跟在他们身后。

前面的陆绝突然回头，一眼看向她。

宁知嘴角翘起，加快了脚步。

小绝绝竟然开始关注她了！

饭厅里，陆母一直围绕着陆绝忙碌个不停，直到陆绝用完餐，才放他回房休息。

宁知跟着他上楼。

她回到房间的时候，陆绝正安静地坐在床边。

宁知走过去，陆绝抬起眼帘看她，过了好一会儿才开口："消失你。"

你要消失？

宁知有点儿惊讶："你怎么这么聪明？知道我快要离开了。"

这一次，她和小陆绝见面的时间很短。

陆绝安静地看着她："不离开。"

"这不是我能控制的。"宁知故意逗他，"小绝绝，你舍不得我离开吗？"

陆绝又翘又长的睫毛微颤着，低低地应了一声："嗯。"

他起身走到柜子前，打开了最上层的小柜子，从里面掏出了一条彩色的长丝带。

陆绝走回来。

"你拿丝带做什么？"宁知有点儿不明所以。

陆绝在宁知的身旁坐下："绑你，不走。"

他一只脚贴着宁知的脚，然后，弯腰用彩色的丝带把自己的脚踝和宁知的脚踝绑在一起。

宁知哭笑不得，突然想起以前小陆绝拽着她的裙摆不让她离开的情景，而现在，他长大了，竟然还学会绑她了。

然而，陆绝很快发现，丝带穿过宁知的脚，根本绑不住她。

他眨了眨眼睛，抿着唇，茫然地看着宁知，像是在问为什么丝带会穿过她。

为了满足他的想法，宁知又消耗了一个小太阳，让自己能接触实物："你再试试。"

陆绝发现丝带能绑住宁知了。

女孩的脚踝纤细，陆绝动作笨拙地将彩带缠绕了好几圈，把他们的脚踝绑在一起。

宁知看着他特意打的死结，不由得笑了。

陆绝的眼里也浮着笑意，浅浅的，像是镶了小星星。

这一次，宁知没有用手捂住陆绝的眼睛。

她伸手捏捏他的脸："我要走了。"

陆绝眨了眨眼，女孩漂亮的面容一点儿一点儿地在眼前变得模糊，然后消失。

死结松开，彩色的丝带松松垮垮地缠在他的脚上，小陆绝眼里的星星碎了。

回到现实，宁知缓缓地睁开眼睛。

之前，她一直把救陆绝当成是完成任务，觉得小陆绝可怜又可爱，还充满新鲜感。

这一次回来，她心里有些郁闷。

以前她希望小陆绝记得她这个“天使姐姐”，现在，她反而希望他不要记得她，不要一天一天地数着与她分开的日子。

夜里很安静。

宁知转头看向旁边眼睛紧闭的陆绝。昏黄的灯光下，他轮廓分明，已经退去了眉间的青涩，额前的刘海儿服帖，像小时候一样，透着乖巧。

她往他身边凑近了一点儿。

伸出手偷偷摸了摸他的头发，宁知温声道：“小绝绝，好梦。”

第二天，阳光透过落地窗射进室内，微风吹过，浅蓝色的窗纱轻轻拂动。

宁知醒来的时候，陆绝已经起床去晨跑了。这么久以来，她都没有见过陆绝赖床，生物钟比闹钟还准时。

她挣扎了好一会儿，才懒洋洋地离开大床。

这时，门被敲响。

宁知打开门：“华嫂，有事吗？”

华嫂回道：“太太让我喊二少夫人下楼。”

宁知疑惑地问：“有说什么事吗？”

华嫂说：“大少爷为二少爷聘请的专家已经来了，太太的意思是让二少夫人陪同去医院。”

宁知之前听陆深远说过为陆绝找了一位医生。

见过几次陆深远在小时候针对陆绝的事，宁知现在对陆深远疼爱陆绝这个弟弟的人设抱着怀疑的态度。

或许他小时候是出于小孩争取得到大人宠爱的妒忌心理，又或者是对陆绝的恶作剧。长大后，他成熟了，成了一个照顾弟弟的好哥哥。

但宁知更偏向于陆深远并不是突然醒悟要做好哥哥，而是在蒙骗众人做表面功夫。

“好，我知道了。”宁知也想知道陆绝现在的病情如何。

宁知换了一条粉色的裙子。她现在的皮肤白了不少，很适合穿这样甜美的颜色。

她下楼，看见陆母、陆深远和林恬恬都在，陆父应该去公司了。

陆母今天的气色很好，对宁知说道：“你下来了，待会儿吃过早餐我们一起带小绝去医院，医生已经在等候了。”

接着，陆母又说道：“小绝对医院很排斥，你帮忙劝一下他。”现在，他只听宁知的话。

宁知点点头。

她目光不经意地扫过对面的林恬恬，惊讶地发现对方的嘴上长了一个水疱，眼下泛着青色，像是没有休息好。

比起之前光环盛满的时候，现在林恬恬才缺失百分之二十的光环，就已经开始变得狼狈。

宁知觉得，如果林恬恬被打回原样估计会疯吧。

林恬恬这两天确实急得上火。她之前拿项链去修理，玉上的小裂痕已经被填补，看不出之前裂开的痕迹。

然而，她发现，哪怕把玉修补好，她依然没有办法从宁知身上把光环再一次夺取回来。

看着面前皮肤变好，五官也变得立体的宁知，林恬恬怎么看都觉得碍眼，同时，心底隐隐觉得不安。

她的玉为什么会出现小裂痕？为什么光环返回到宁知的身上后她不能重新夺取？

宁知没有在意林恬恬的偷偷打量，也不担心林恬恬知道她把光环拿回去了。林恬恬作为一个小偷，难道还能不要脸地质问主人为什么把被偷走的东西拿回去？

这时，陆绝晨跑完回来。

他穿着一身红色的运动服，额上、脸上还有挺直的鼻梁上都沁出了汗，整个人清新又性感。

陆母知道自己跟儿子说话他必定听不见，直接让宁知跟他沟通。

宁知陪同陆绝上楼换衣服，告诉他：“陆绝，吃过早餐后我陪你去医院一趟。”

陆绝闷声往房间里走去。

宁知柔声说道："只是做个检查，我会陪着你。"

过了好一会儿，陆绝才应声："嗯。"

刚应声，他当着宁知的面直接把衣服脱掉。

宁知猝不及防，眼睛正对着他的胸膛。

他的胸膛健壮、结实，匀称地分布着一层薄薄的肌肉，一点儿赘肉也没有。

她的视线下移，落在那分明的肌肉线条上，顺着腹部一直往下没入裤子里。

陆绝的手放在了衣柜里的花衬衫上，但旁边站着宁知，他抿着唇，手越过花衬衫，只拿了一件红色的 T 恤衫。

陆绝穿上衣服后，宁知看到他的手搭在裤腰上，正要转过头，下一秒，已经被鲜艳的花色晃花了眼。

医院里。

医生重新对陆绝做了诊断，鉴别，还有精神检查、体格检查和心理评估以及一系列的辅助检查。

宁知紧张地看着医生手上的孤独症行为量表。她已经救过陆绝四次，觉得最近陆绝的自闭症是有改善的。

之前的陆绝从不敢看她更不敢与她对视，现在他的目光会在她的脸上停留几秒，甚至能与她对视。

等待结果的时候，宁知在外面站着。

林恬恬因为脸的变化，这两天让经纪人把通告改了日期。她想看到宁知失望、痛苦的样子，便陪同陆母一起来了医院。

她走到宁知身旁，近距离一看，发现宁知不仅皮肤变白了，就连五官也精致了不少，现在的宁知不再是光环尽失后的普通样子。

林恬恬眸色黯了下来，眼底藏着不悦的神色。

她对宁知开口："陆绝之前短时间内失控了两次，病情一直在加重，最好的办法就是让医生开一些药控制他的病情。"

宁知挑眉："你是医生？你说开药就开药？"

林恬恬呼吸一顿，体贴地告诉宁知："如果陆绝病情加重的话，他的行为会变得冲动，可能攻击人，还有可能自杀，用药物控制是保护他和别人的安全。

“你作为他身边的人，最容易受到伤害。”林恬恬一直盯着宁知的脸，仔细观察她的神色，期待看到宁知露出痛苦、厌恶的神色。

然而，宁知的神色没有任何变化。

宁知的脸上神色平静，甚至冷冷地看着她：“医生的诊断结果还没有出来，你怎么知道陆绝的病情一定会加重？还是说你能预测未来？”

林恬恬被宁知眼里的冷意震慑，想到自己做的梦，心里一阵慌乱，解释道：“以前你喜欢向我倾诉，我只是关心你而已，你不喜欢听我不说了。”

宁知很直白地说：“你不是关心我，而是想听我诉苦看我的笑话。林恬恬，不要把别人当傻子。”

林恬恬一愣，这样说话带有攻击性的宁知是她以前没有见过的。

她想要解释。

宁知堵住她想要说的话：“这里是医院，你能闭嘴吗？”

“你……”林恬恬涨红了脸走开了，也不知道是被气的还是羞耻的。

宁知哼了一声，把霸王喊了出来：“我还有三个小太阳，换百分之三的光环。”

每次宁知换小太阳时，都是霸王最快乐的时候：“好的，主人！”

之前已经换回了百分之二十的光环，现在又换取百分之三，宁知一共拿回了百分之二十三的光环。

霸王曾经告诉过宁知，通过小太阳换取的光环是林恬恬怎么样也夺取不走的。

这就是林恬恬把玉修补好也不能重新夺取宁知身上光环的原因。

换取成功的瞬间，宁知看见自己的肤色又白了一点儿，但换取的数量少，相比之前几次效果不怎么明显。

而走回陆深远身旁的林恬恬眼里还带着怨恨之色，现在的宁知不仅对她的态度大变，还时刻针对她，对她说话毫不留情。

“怎么了？”陆深远察觉到妻子的神色不对。

林恬恬咬了咬唇：“可能小知现在心情紧张，我刚才安慰她，被她说了几句。”

陆深远皱眉：“你好心关心她，她还欺负你？你性格太善良，很容易吃亏。”

林恬恬羞赧地笑了笑："吃点儿小亏又不算什么。"

陆深远宠溺地摸她的头："我会心疼。"不过，这也是他喜欢她的原因。

林恬恬的脸更红了。

"你的眼睛……"陆深远怀疑自己眼花了。

林恬恬一脸害羞之色："我的眼睛怎么了？"她看向他，还眨了眨眼睛。

夺取光环后，她最满意的不仅仅是变白的皮肤，还有一双眼睛。

在林家的时候，她一直羡慕宁知天生有一双漂亮的眸子。宁知的眼睛又大又亮，笑起来时眉目弯弯，像是含满了星子。

宁知哭的时候，仿佛有一汪水含在眼眶里，让人恨不得溺死在她的眼里。

林恬恬做梦都希望自己有一双宁知那样的眼睛，没想到她的梦想成真了。

虽然她现在的眼睛还是比不上宁知原有的漂亮，但在光环的作用下，她的眼形被修成了杏眼，也是水汪汪的，很好看。

就连陆深远动情的时候也喜欢亲她的眼睛。

陆深远皱眉，觉得自己出现了幻觉。

林恬恬原本的眼睛充满灵气和水光，为什么此时她的眼睛看起来很普通？

林恬恬被陆深远专注的目光打量着，红着脸，温柔地说道："你别一直这样看着我。"

陆深远幽幽地收回视线，脸上神色不显："医生出来了。"

宁知和陆母第一时间问医生结果。

医生告诉他们，陆绝的诊断结果是中度自闭症。

也就是说，对比以前的重度自闭症，陆绝的病情有了很大的好转。

"他的病情没有加重？"林恬恬惊讶地出声，想起刚才她对宁知说的话，像被狠狠地打了一巴掌。

宁知回头瞪她："听你的语气很希望陆绝的病情加重？"

"怎么可能？我怎么会这么想？"林恬恬对上陆母不悦的目光，赶紧解释，"陆绝的病有改善，我是太开心了。"

宁知懒得搭理她。

陆深远开口：“医生，我弟弟的病情为什么会无故好转？我想知道能不能找出原因，让他的情况更快转好。”

医生说：“这位宁小姐对陆先生的影响很大。”

刚才在检查过程中，医生一直观察患者和宁知的相处模式，可以说，患者很听对方的话，两个人的交流完全没有问题。

陆母赶紧告诉医生：“对对，小绝最听小知的话。”

陆母的脸上是抑制不住的笑容，她当初让宁知嫁给儿子，做得太对了。

“接下来，需要配合用药治疗吗？”陆深远问。

宁知看了陆深远一眼。

医生说：“患者现在的情况不需要用药。其实，按照目前的情况，对陆先生来说，宁小姐比药更有效果。”

陆深远点点头：“好，我们明白了。”

回到陆家，陆母脸上的笑容一直没有收敛：“小知，这段时间辛苦你照顾小绝了，你看起来瘦了不少。”

“不辛苦，陆绝比谁都乖。”

宁知不是在说谦虚的话。陆绝一直都安安静静的，沉浸在自己的世界里，她根本不需要为他做什么，除了回去救他。

之前宁知对霸王的话还保持着怀疑的态度，现在陆绝的病情有所缓解，她已经不再质疑霸王的话了。

陆母欣喜地拍了拍宁知的手，转过头赶紧吩咐人去煮一些滋补的汤水。

一旁，林恬恬心里很不舒服，总觉得最近的事跟她料想中的完全偏离。

陆绝的病情好转，陆母对宁知宠爱有加，还有她的玉出现裂痕，光环回到了宁知的身上。

这一件件事，全都对宁知有利。

林恬恬心底的慌乱感直线上升。

宁知没有理会林恬恬不友善的目光，径直走到陆绝身边。

他抿着唇，眼帘低垂着。

自闭症患者小心翼翼地缩在自己的世界里，陪伴他的人需要付出比常人多好几倍的感情，才能一点儿一点儿地敲开他们的小硬壳。

宁知牵住他的手，指尖轻轻地在他的掌心画过："小绝绝，谢谢你听到我的话。"

宁知自从那天小小地暴富了一次后，再怎么触碰陆绝的那里，他也没有再弹出小太阳。

所以她才另想办法，试图让他自产小太阳。

宁知拉着陆绝回房，快速下载了《植物大战僵尸》这款游戏。

她笑盈盈的，像是教好孩子干坏事的恶人："陆绝，我教你玩这个游戏。"

他学不会也没有关系，她的目的又不是教会他玩游戏，他只要学习里面的向日葵，不断地冒出小太阳就好。

她拿着手机坐在陆绝的身旁，手机的屏幕对着他："这个是向日葵，它的作用就是生产小太阳，为其他道具提供能量。"

宁知突然一顿，陆绝不就像生产小太阳的向日葵吗？

他在为她提供能量。

宁知意味深长地看了他一眼，陆绝垂着眼帘，脸上的轮廓分明，眉目清秀，比向日葵好看多了。

"你看，我把它种下，它就会弹出小太阳了。"宁知认真地教他，"看清楚它是怎样弹出小太阳的。"

宁知柔声说道："你学会了吗？"

陆绝面无表情地看着屏幕，头顶的显示框里并没有像游戏里的向日葵那样弹出小太阳。

"你觉不觉得向日葵弹出小太阳很可爱？"宁知把手机递给陆绝，"你试着玩一下？"

陆绝眨了眨眼，看了宁知一眼："幼稚你。"

游戏幼稚，她也幼稚。

宁知瞪他一眼："哪里幼稚了？会生产太阳的向日葵多可爱？"她蛊惑着，"如果你能生产小太阳，会比它更可爱。"

陆绝没有反应，头顶上的显示框里什么都没有弹出来。

宁知有点儿气馁，赚小太阳比赚钱还难。

宁知教陆绝玩了一盘，把里面的僵尸都杀光后，向日葵弹出了满屏的小太阳，陆绝还是无动于衷。

“再玩一次？”宁知提议。

陆绝丢下手机，准备起身去书房，他看书的时间到了。

宁知哪能这样轻易将人放走？她直接拉住陆绝的衣摆，在他茫然的目光中，一把将他推倒在床上。

宁知双手伸过去，开始在陆绝的腰上挠痒痒：“你笑一笑。”

陆绝被迫躺着，一双黑眸安静地看着上方的宁知。

宁知隔着衣服轻挠着陆绝，他竟然完全没有反应，也不闪躲。

他不怕痒？

宁知试探地把手从他的衣摆下伸了进去，指尖触碰到他精瘦的腰，又轻轻地挠了挠。

“你怎么都不笑？”宁知急得还捏了捏他腰上的肉。

陆绝眨着眼睛，依然安静地看着宁知作妖。

宁知俯身凑近他，唇贴着他的耳朵。

自从发现触碰陆绝的耳朵他会产小太阳后，她又尝试了好几次，但是后来再也没有小太阳弹出来了。摸他的腹部也一样，她后来又尝试摸了几下，也没有小太阳弹出来。

现在，她双管齐下。

手从他的腰侧挪动，放在了他的腹部上，她的唇轻轻地触碰着他的耳朵，轻声问他：“这样呢？你喜欢吗？”

“笑一下？”

“陆绝，你太难哄了。”

陆绝被压着，低垂的眼帘动了动。

一个小太阳在显示框里弹了出来。

宁知见有效果，惊喜地又用唇去碰陆绝的耳朵，手也紧紧地贴着他的腰部。

第二个小太阳！

宁知勾唇，再多一点儿！

她恨不得将陆绝压榨干净。

第二个小太阳弹出后，显示框里就没有动静了。她明明感受到他的身体绷紧了，尤其是她的手触碰的位置，他应该是有感觉的，为什么不弹出小太阳？

宁知有点儿懊恼，唇微张，直接咬住了陆绝的耳朵。

第三个小太阳!

宁知眼一亮，压一压，还是能榨出小太阳的。

陆绝的耳朵肉乎乎、软软的，宁知轻轻咬着，然后，牙齿在上面磨了一下。

第四个小太阳!

宁知的眼睛瞬间放亮，她轻轻地磨着陆绝的耳朵。

小太阳纷纷弹出显示框，争着拥向宁知。

眼前一片金闪闪的光，宁知嘴角翘起，忍住喜悦，继续折腾嘴里的耳朵。

直到没有小太阳弹出，宁知的牙齿才松开陆绝的耳朵。

他的耳朵已经红得几乎能滴出血，发着热，像被玩坏了。

陆绝安静地躺着，薄唇抿紧，低垂的眼帘一直颤动，睫毛也颤呀，颤呀。

看着像是被欺负惨了的小耳朵，宁知的心突然发软，轻轻地用唇含住了，亲一亲。

床上，陆绝额前的刘海儿有点儿凌乱，一双桃花眼黑亮又湿润，耳朵红红的，怎么看怎么像被宁知压榨得狠了的工具人。

宁知数了数，她一共拿到了十五个小太阳!

她再次暴富!

宁知一脸满足，把霸王喊了出来："下一次我去救陆绝要多少个小太阳？"

霸王说："主人，需要三十个小太阳。"

宁知气得咬牙切齿："为什么这么多？"

这要求太过分了，小太阳多难赚啊。

她刚才榨干陆绝才拿到十五个小太阳，还没有焐热!

霸王很委屈："主人，越到后面需要耗费的小太阳越多，同时，陆绝的病情改善效果也会更明显。"

听到对陆绝的病情会有进一步的改善，宁知沉默了。

毕竟在现实生活里，自闭症是不能治愈的，现在有这样的机缘，哪怕是耗费万金都值得，更何况现在只是拿陆绝身上的小太阳而已。

宁知叹了口气："好，我知道了。这一次我要换百分之十的光环！"

转眼，她看见自己身上的皮肤瞬间白起来。

现在的她已经换回来百分之三十三的光环了。

宁知赶紧去照镜子，她惊喜地发现脸上的皮肤也变得白皙剔透，有种水润感，像是再一次被撕下了一层遮掩的灰纱，五官凸显出来，变得靓丽。

她眨了眨眼，一双黑眸变得明亮有神采，并不像之前那样死气沉沉的。

宁知发现就连鼻子也挺翘了一点儿，小嘴红润，泛着光泽。

现在的她是在上一次清秀的基础上升级了一个度，有了几分精致感。

宁知摸了一下垂在身后的头发，黑亮又光滑，哪里还有之前她刚穿过来时的枯黄和分叉？

最令她惊喜的是胸部，她没有去测量，但沉重了不少的分量告诉她，这里明显变大了。

宁知很满意，越发期待自己完全恢复美貌！

另一边，林恬恬接到了经纪人的电话，赶去了直播间。

她这才记起今天有一场直播，之前和平台签约了，还发了消息，粉丝们很期待，所以一时之间很难取消。

开播前，她让助理跟主播那边沟通了一下，确认开美颜瘦脸滤镜的事。

"恬恬姐，我刚和那边确认过了，没有问题。"助理拿过流程表，"待会儿七点半准时开播。"

"嗯。"

开播时，林恬恬入场。

直播间里的粉丝不断刷屏。

"恬恬今天好漂亮。"

"人间小甜心来了。"

"为了恬恬而来，恬恬今天好美啊。"

"恬恬子今天的妆容有点儿浓啊，眼妆也浓了点儿，不过也很好看。"

"恬恬的皮肤好白啊，是我渴望的雪白肌肤！"

…………

林恬恬向直播间里的粉丝打招呼，笑容甜美，大方地开口："很高兴在这里和大家见面。"

旁边的男主播很早就听说过林恬恬的美貌过人，真人比镜头中的还漂亮。今天见面，他发现林恬恬的美貌营销有点儿过了，她虽然是大美人，但还不到让人惊艳不已的级别。

“我们再次欢迎林恬恬来到直播间。”男主播按照台本说道，“恬恬姐，你的皮肤这么好，粉丝们都很好奇你是怎么保养的。”

屏幕里，林恬恬坐姿端庄，嘴角带笑：“虽然说明星们都很注重保养，但我工作比较忙，有时候太累了，常常没有时间护理。”

男主播说：“看来恬恬姐是天生丽质，天生皮肤底子就好。”

林恬恬笑了笑，没有反驳。

屏幕里，全是粉丝们的刷屏：“恬恬子是最美的。”

…………

林恬恬看到粉丝们的弹幕，嘴角的笑意更浓，突然间，不知道什么原因，直播间里的美颜功能被关掉了。

直播间里的几百万粉丝看到林恬恬的肤色瞬间黑了一个度，瓜子脸变成了方脸。

他们还能看到林恬恬的皮肤上长着一些粉刺，哪里还有刚才的白皙光滑？

第五章

她还是消失了

众人傻眼了。

“这是怎么回事？美颜滤镜被关掉了？”

“美颜功能被关掉后，林恬恬就连脸形也变了，她的瓜子脸呢？”

“这……滤镜也太重了，说好的素颜大美人呢？”

“我看到林恬恬脸上长痘痘了，不是有营销号说她的皮肤像剥了壳的鸡蛋吗？”

“林恬恬的鼻子这么塌？”

…………

看见粉丝们的弹幕，男主播赶紧找工作人员问是怎么回事。

林恬恬整个人愣住了，看着镜头里的自己，一脸难以置信的表情。

她原本的皮肤就算突然关掉滤镜依然是雪白无瑕的，脸两侧有头发遮挡，下颌骨凸出得并不明显。

而现在，屏幕里的她肤色突然变黑了不少，光滑的脸上还长了不少粉刺，最重要的是她的下颌骨又变宽了，几乎跟她以前的脸形一样。

为什么会这样？

她怎么会突然变丑？

林恬恬心里发慌——她刚才当着几百万粉丝的面变丑了。

重新打开美颜功能后，旁边的男主播赶紧救场："刚才出现了一些小意外，我们现在先抽一拨奖……"

当着这么多粉丝的面，林恬恬看着评论坐立难安，又不能当场离开。

猜想到贴身带着的玉可能又出现了裂痕，她脸上的笑容几乎维持不住。

直播结束，林恬恬的滤镜突然出事故就上了热搜。

林恬恬翻看着热搜上的消息，脸色越发难看。

经纪人打量着林恬恬的脸，"我怎么觉得一场直播下来，你的皮肤好像变黑了？还有你脸上的痘痘是怎么回事？"

林恬恬转过脸，躲避经纪人的目光："最近休息得不好。"

她现在的心情很不好，应该用"糟糕"来形容，因为她突然意识到，每一次自己变丑宁知都会变美一些。

宁知看见热搜的时候已经是夜里了。

她知道自己换取了百分之十的光环，林恬恬的样子会发生变化，但没有想到林恬恬当时在直播，当着这么多粉丝的面变丑，更没想到的是，镜头的美颜滤镜还被意外关掉了。

这事情真刺激。

宁知眯了眯眼，有点儿期待林恬恬完全恢复原来的样子时粉丝们的反应。

洗手间的门从里面打开，陆绝洗完澡出来了，身上穿着一身大红色的真丝睡衣，一张脸越发英俊。

他走到床边，抬眸去看正在抹乳液的宁知。

过了好一会儿，宁知护完肤，回头时发现陆绝竟然安安静静地坐着，还没有睡下。

"怎么还不睡？"宁知走过去，把灯关掉，只留了床头的台灯。

她躺到床上，陆绝才跟着睡下。

宁知突然意识到什么，侧过身，面对平躺着的陆绝："你刚才在等我？"

黑夜里，陆绝的声音低低的："嗯。"

宁知有点儿惊讶，又有点儿惊喜。

她还记得刚穿来的第一晚，陆绝对她睡在他的床上这件事很生气，还弹出了带闪电的黑云。

没想到，才过了这么短的时间，他已经学会等她，进步很大。

宁知笑弯了眼眸："我很高兴，你会等我。"

陆绝抿着唇，过了好一会儿才把头靠向宁知，低沉的声音在夜里显得特别清晰："耳朵给你亲，给你亲。"

陆绝的手伸过来，主动搭在宁知放在被面的手上，他重复道："耳朵给你。"

宁知："……"

小呆子是在求她亲他的耳朵？

宁知记得网上说自闭症患者想要某样东西时会触碰别人的手背，一旦得偿所愿又会不再理睬人。

宁知勾了勾唇，问他："我亲你耳朵，你会开心吗？"

陆绝眨了眨眼，漂亮的桃花眼里全是茫然之色。

"你不回答，我就睡觉了。"宁知坏极了，忍不住想要逗他。

她故意打了哈欠，然后闭上眼睛。

陆绝搭在她手背上的手收紧，缓慢地开口："开心。"

宁知忍不住笑了，睁开眼睛："那你求求我。"平常都是她求着他开心的。

陆绝不知道什么是骨气："求你。"

男人额前的刘海儿服帖，黑眸湿亮，眉目间透着一股乖劲，让人很难抗拒。

宁知贴近他的耳朵，用唇轻轻地碰了一下。

陆绝眼帘微颤着。

她张开嘴，学着下午的操作，轻轻咬住他的小耳垂。

一个小太阳！

然后，没了。

宁知用牙齿磨了磨他软软的耳垂，还是没有小太阳弹出。

他这是下午被她榨干了？

她松开了他的耳朵："亲完了。"

陆绝茫然地看向她，好像还没有满足。

宁知伸手捏捏他的脸："睡觉吧。"

陆绝抿着唇，有点儿不情愿地挪回自己的位置。

宁知觉得好笑，心想，要不先养一养，隔段时间再试试，或许还能榨出小太阳。

周六这天，陆母给了宁知两张入场券，提议宁知带陆绝去参观一个画展。

那位画家用色大胆鲜艳是出了名的，陆母觉得陆绝有可能会喜欢。

出门的时候，宁知换上了一条浅绿色的裙子，隐隐透着仙气。她现在的肤色白了不少，很适合穿这种颜色的衣服。

陆绝挑了一件绿色底大花图案的衬衫，宁知直接阻止。真让他穿成这样外出，他肯定会成为全街最靓的仔。

最后，陆绝换上红色的真丝衬衫。他的肤色白皙，能压住极艳的红色。

他领口处开着两颗纽扣，露出了凸显的喉结，加上这张清秀的脸，简直让人心跳加速。

宁知牵着他的手，柔软的手指插在他的指缝间，两个人十指紧扣。

她叮嘱他："画展上会有不少人，如果你觉得不舒服要告诉我。"

陆绝轻轻应了一声。

画展开设在一座大厦的高层。

展馆内来了不少宾客，众人衣衫光鲜、气质不凡。

宁知牵着陆绝的手，有人从他身边经过的时候，他的手会下意识地收紧，身体也会靠向她，眼帘低垂着，不敢看向周围。

"陆绝，这幅画你喜欢吗？"宁知拉着他走到一幅画前，试图分散他的注意力。

她对画不感兴趣，但以前她的父亲喜欢收藏名画，她看多了，也懂一点点。

画中是一个女人，面容秀丽，眼里透着羞涩之色，很传神。

陆绝脸上没有什么表情："不。"

"那你觉得哪幅画好？"宁知也就随便问问而已。她带他出来，主要是为了让他多接触人，慢慢适应人多的环境。

陆绝抬眸，快速打量着周围，很快指着对面墙上挂着的一幅画说："它，喜欢。"

宁知顺着他的手指看去。

那是一幅牡丹图，鲜红锦绣的花让她想起了他的一件花哨睡衣，上面也是这么多大朵的红花。

宁知笑着说道："你喜欢，那我们就买它。"

这时，她的目光不经意地与斜对面的霍晓月对上。

霍晓月推着轮椅上的霍晓阳走过来："是你？"

说完，霍晓月看向宁知身旁的陆绝，双眼顿时一亮——穿着红色衬衫的陆绝实在是太耀眼了。

她欢喜地道："陆绝，你也来了。"

陆绝低下头，对她的话充耳不闻。

"好巧啊。"宁知应声。

霍晓月哼了一声："我陪哥哥来看画展。这里人多，你为什么带陆绝来？你不知道他会害怕吗？"

宁知开口："我会让他慢慢适应。"

陆绝现在的情况比她刚穿来的时候稳定了很多，至少这段时间他都没有失控。

看着面前穿着一红一绿的两个人，霍晓月突然发现宁知和陆绝有点儿般配，但看着很碍眼："你怎么让他适应？如果他突然失控跑到马路上，你能追回来吗？"

"晓月！"霍晓阳喝止妹妹。

霍晓月的嚣张劲瞬间消失，她低声道："我在提醒她。"

轮椅上的霍晓阳抬起头看向宁知。

今天他没有戴眼镜，宁知能看见他狭长的眼睛。霍晓阳温和地说："对不起宁小姐，我妹妹性格比较冲动，但她没有恶意。"

"没关系，我不会与霍小姐计较的。"几次交谈下来，宁知大概了解了霍晓月的性格。

霍晓月撇了撇嘴。

"画展的主人是我的朋友，如果宁小姐和陆先生有看中的画，可以报上我的名字。"霍晓阳依然温和地说道。

宁知点点头："多谢了。"

宁知牵着陆绝的手准备离开，转过头却发现陆绝头顶的显示框里竟然弹出了带着闪电的黑云。

他生气了？

霍晓月看了宁知一眼，又看了陆绝一眼，才推着哥哥的轮椅离开。

“怎么了？”宁知低声问陆绝，“你为什么生气？”

陆绝抬眸看着她，目光在她的脸上停留了几秒，又快速移开：“他，不喜欢。”

停顿了一下，他又开口：“讨厌他。”

“你讨厌霍晓月？”

“不是。”陆绝皱眉，“是他。”

宁知有点儿迟疑：“你讨厌霍晓月的哥哥？”

陆绝抿着唇，低低地应了一声：“嗯。”

“为什么？”

宁知记得霍晓月说过她哥哥霍晓阳救过陆绝，陆绝为什么讨厌他？

陆绝不应声了。

离开画展时，宁知买下了陆绝喜欢的那幅红艳艳的牡丹图，也只有这样的画才符合他的品位。

宁知让人把画送去陆家，准备带陆绝在外闲逛一会儿。

走出大厦的时候，宁知带着陆绝走去车子停放的位置。

突然，一辆黑色的车快速迎面冲过来，宁知满脸震惊之色，手下意识地推开了身旁的陆绝。

车子没有停下的意思，飞速驶来。

宁知往旁边闪开，黑色的车擦着宁知的身体驶过，她整个人摔倒在地。

车子快速离开了。

后面的几个保镖冲过来，有人连忙开车去追那辆黑车，另外两个人护在陆绝和宁知身旁。

“二少夫人，你有没有受伤？”

陆绝立刻上前，伸手想要扶起宁知，漂亮的桃花眼里带着慌张之色：“扶你，扶你。”

宁知搭着他的手，缓慢地站了起来，刚站直就发现自己的脚扭伤了：“我的脚扭伤了。”

大厦门口，霍晓月推着她的哥哥下来，正好看见宁知差点儿被撞的一幕。

霍晓月一脸吃惊之色：“那车子是要撞宁知还是撞陆绝？”

“你推我过去，看看他们有没有什么要帮忙的。”

“哥，你不是说要回公司吗？”

霍晓阳说：“我们先过去看看。”

霍晓月只好推着哥哥过去。

宁知扭伤脚了，只能让陆绝扶着。

霍晓月看了一眼她的脚，没有说幸灾乐祸的话。

霍晓阳今天穿着一件白色的衬衫，他长相斯文，坐在轮椅上也没有折损他俊朗的气质。

他开口：“宁小姐和陆先生，你们好像遇到麻烦了，需要帮忙吗？”

宁知点头道谢：“我这边暂时还能处理。”

“看吧，我刚才就说你不要随意带陆绝出来，现在就差点儿出事了。”霍晓月说道，“你们得罪人了？”

宁知摇摇头，“没有。”她现在只能看保镖有没有抓到刚才开车的人。

“宁小姐，你的脚受伤了，需要我们送你去医院吗？”霍晓阳注意到宁知单脚用力站着，另一只脚不敢用力踩地面。

“不用麻烦你们了，我让司机送我去。”

霍晓月撇撇嘴：“反正我们也没有空。”

宁知已经习惯了霍晓月像不锈钢一样的嘴巴。

宁知扶着陆绝，准备离开，转过头，看到陆绝头上的显示框里竟然有两朵带着闪电的黑云。

他这是更生气了？

上了车，宁知才问他：“为什么讨厌霍晓月的哥哥？”

陆绝的目光落在宁知的脸上，他看了她几秒，没有应声。

宁知疑惑地问：“他欺负过你？”

霍晓阳看起来并不像性格阴暗的人，就算坐着轮椅，身上依然保持着温文尔雅的气质。

陆绝又看了宁知一眼，声音低沉，像是从喉咙里挤出的：“不是。”

没有被他欺负，那陆绝为什么会讨厌霍晓阳，看见他就会生气？

宁知像哄小陆绝那样哄着他：“没关系，你不喜欢他以后我们避开他就好。”

反正他们又不相熟，不需要打交道。

闻言，陆绝头顶上那两朵带着闪电的黑云瞬间消失了。

他还真好哄。

宁知去看了医生，扭伤不算严重，医生帮她敷了药，大概一周后才能好。

两个人回到家的时候，陆母、陆父还有林恬恬都在。

“怎么回事？我听保镖说你们被人袭击了。”陆母满脸担心之色，就连头发也有点儿凌乱了，显然是不知道从哪里匆匆赶回来的。

她赶紧上前：“你们有没有受伤？”

“陆绝没事，我不小心扭伤脚了。”宁知几乎靠在陆绝的身上。与他小时候的奶香味不一样，她鼻间全是他身上清冽的气息，淡淡的，还挺好闻。

“快过来坐下。”陆母这才发现宁知的脚包扎着，回头去问陆父：“追到人了吗？这是怎么回事？”

陆父脸上的神色严肃，眉间是掌权多年的威严，但目光落在妻子身上，却带着柔和：“追到了，已经送去了警察局，那边回应说司机喝了酒，醉酒驾驶。”

宁知皱紧眉头。她觉得车子是直接向她和陆绝开来的，这不太像单纯的醉驾。

“醉驾还是有意的？你一定要让人查清楚。”陆母不放心。

“嗯。”陆父当然不会轻易了事，放任危险威胁家人。

旁边的林恬恬开口：“小知，会不会是你得罪人了？”

宁知得罪人，差点儿连累陆绝受伤，这要是真的，陆母和陆父都会对她不满。

宁知仔细地打量林恬恬的神色，怀疑这是林恬恬让人做的：“我性格一向很好，没有跟谁发生过冲突，不过……”

她意味深长地看着林恬恬：“我没有得罪人，就怕有贼惦记着我。”

林恬恬找人撞她不是没有可能，毕竟现在她已经换回了百分之三十三的光环，林恬恬的颜值受到了明显的影响，还因为颜值下跌而上了热搜。

说不定是林恬恬被逼急了，找人来对付她。

林恬恬觉得宁知看她的眼神怪怪的：“如果不是你得罪人，可能就是冲着陆绝去的。他这样的情况，你也不要经常带他外出。”

也不知道宁知怎么回事，以前厌恶陆绝，恨不得立刻离婚，现在却像换了个人似的，不仅对陆绝的态度大变，甚至还经常带陆绝外出。

如果说宁知是要借此讨好陆母，她做得未免太认真了。

“是我让小知带小绝出去看画展的。”陆母开口，神色有点儿不悦。

林恬恬错愕，没想到这是陆母的意思，赶紧解释：“我不是责怪小知，只是陆绝现在的病情刚好转，如果小知带他外出，发生什么状况——就像今天这样——刺激到陆绝，会不会影响他的病情？”

陆母的脸色缓和了些。

宁知挑眉：“按照你的说法，让陆绝一直待在家里才对？”

林恬恬看着宁知慢慢变白，还开始变美的一张脸，想到自己突然被打回原样的脸形，还有黑了一个度的肤色，心里不舒服：“我不是这个意思——”

“那你是什么意思？”宁知勾唇，“指责人的话，谁不会说？”

“好了，让小知多带小绝外出是我的意思。”陆母开口，“小知的脚伤得严不严重？”

“医生说要休养一周。”

陆母叮嘱道：“那你这段时间好好养脚，别随意走动，用餐的话，我让人送到你房间吧，免得你上下楼折腾。”

“好。”宁知一一应下。

宁知带着陆绝回房，上楼的时候，她的脚一瘸一拐的。

才走了两步，她就感到了钻心的疼。

宁知觉得自己倒霉，别墅里的电梯这两天正好坏了。

她缓慢地提起脚，尽量不让受伤的脚使劲，艰难地挪动着步伐，下一秒，她整个人腾空而起。

她眼前是凸出的喉结，还有一片红色的衣领。

“陆绝？”宁知的小心脏被吓得狂跳，难以置信地抬起头——她被陆绝抱起来了！

陆绝抱着宁知闷声往楼上走去，姿势有点儿奇怪。

宁知平复了一下呼吸，两只手赶紧攀在陆绝的肩上，唯恐他把她摔下去：“你抱紧我，不要把我摔了。”她怕被摔下去。

陆绝垂眼看了她一眼，声音低沉：“摔你，不可能。”

我不可能让你摔了。

“不管，你就要抱紧点儿。”陆绝的个子高，她现在距离地面也远，如果掉下去的话，估计另一只脚也废了。

陆绝抿着唇，不应声，手抱着宁知的手力度收紧。

往上看去，宁知只能看到陆绝棱角分明的下颌，还有一点儿青色的胡楂子。

她忽然意识到陆绝是一个真正的男人，而不再是奶气的小奶娃，也不是青涩的少年。他胸膛健壮，手臂有力，就连一双长腿也充满力量。

他的皮肤白皙，模样清秀，眉间透着倔强，像个青涩的少年，让她忘了他是男人，也会长胡子。

“陆绝，你是一个男人了。”宁知感慨。

陆绝的薄唇越发抿紧，漆黑的眼睛看了她一眼，有点儿嫌弃：“是男人，我。”

他当然是男人。

宁知伸手去摸陆绝下颌的胡楂，陆绝很爱干净，下巴刮得干干净净的，几乎不怎么扎手。

下颌被软软的指尖触碰着，痒痒的，陆绝下意识地绷紧了下巴。

突然，宁知看见陆绝的头顶上弹出一个小太阳。

宁知：“……”

她赶紧又用指尖摸了摸。

第二个小太阳。

第三个小太阳。

…………

小太阳一个接一个不断地在显示框里弹出，争先恐后地拥向宁知。

宁知的眼前一片金闪闪的光，她知道自己又要暴富了。

直到第二十四个小太阳弹出后，显示框没有了动静。

宁知稍稍退开，看着脑海中的小太阳，笑弯了眸子：“陆绝，原来你还喜欢我碰你的下巴啊。”

宁知的小本本上已经记下：耳朵，腹部，下巴。

看着面前眼帘微颤，下巴收紧，耳朵通红的陆绝，宁知愉悦地眯了眯眼。

看来，他还是可以继续被开发的。

收割完小太阳，宁知心满意足。

现在她的小仓库里有三十个小太阳，可以穿过去救陆绝了。

“走吧，抱我回房啊。”小呆子愣在原地，是被她吓蒙了？

但刚才他不断地弹出小太阳，显然是喜欢她触碰他的下巴。

陆绝腰身挺直，浑身绷紧，闷头抱着宁知往房间里走去。

宁知靠在陆绝的怀里："陆绝，你把我放在沙发上就行。"

陆绝抱着宁知站在沙发前，不动了。

"你放我下去啊。"宁知催促着。

陆绝抿紧薄唇，依然没有动。

宁知抬头看他："怎么了？"

这时，陆绝低下头，将下巴凑近她："还碰。"

宁知："……"

陆绝看着宁知，缓慢地说道："给你碰，还要碰。"

"你喜欢我刚才那样对你？"宁知问他。

浓密的睫毛动了动，他坚持低着头，低低地应了一声："嗯。"

宁知伸手轻轻地碰了碰他的下颌，她看见陆绝头上的显示框里，一个小太阳弹了出来。

他又被榨出小太阳来了。

温热又馨香的气息落在陆绝的脸上，他脸上的小梨窝深了几分。

宁知又轻轻地碰了他一下，第二个小太阳弹出来。

宁知又碰了几次，直到拿到第五个小太阳，再也没有小太阳弹出。

看来这一次陆绝真是被她榨干了。

宁知清点了她的小金库，一共三十五个小太阳，金闪闪的一片！

宁知自私地想要把小太阳全部换取光环，想想能换回百分之三十五的光环，简直太幸福了。

但目光落到站在面前的陆绝身上，她心一软，还是选择去救他。

上次她换取了光环，这一次回去救他，一人一次轮着来。

傍晚，陆母让厨师单独准备宁知的晚餐并给她送上楼。

陆绝和平常一样，坐在自己固定的位置上吃饭。

陆深远脱下西装外套让人拿去挂起来，在陆绝对面的位置上坐下："我听说了今天的事。小绝没事吧？"

陆母说道："他没有受伤。"

陆深远像是松了口气："没事就好。"

"小知的脚扭伤了，我让人把饭给她送上去。"陆母问陆父，"警察局那边有消息了吗？"

"那个人一口咬定是酒驾，我派去的人查到他中午的时候在饭店与朋友聚餐，喝了不少酒。"陆父派去的人没有查到对方有什么可疑之处。

"小知说那个人当时车速很快，直接冲向他们。"陆母皱眉，"他是把油门当刹车？"

"对方喝了不少酒，被送去警局的时候满身酒气，有这个可能。"陆父精明的眼里闪过暗光，越是没有可疑之处越值得怀疑，他会继续暗中派人调查。

"醉酒驾驶的人最可恶。"

陆母对这些不遵守交通规则的人很讨厌，不仅害己，还会害别人："幸亏这一次小知反应快，推开了小绝，否则……"

她不敢想象后果。

陆母叮嘱道："你跟警局那边说一声，不能轻易放过那人，要按照法律法规走。"

陆深远赞同："妈妈说得对，幸亏这一次弟弟没有事。"

他转过头向陆父提议："爸，这件事交给我吧，就算查出来是酒驾，还是要谨防，我让人继续调查。"

陆父也是这样想："嗯，剩下的就交给你，你去跟进这件事。"

陆深远应下："我会替弟弟出这口气。"

这时，陆绝放下手里的筷子，然后拿过一旁的纸巾，重复着每天的举动。

他把自己面前的桌面擦干净，叠好纸巾丢进垃圾桶里，起身离开座位。

"小绝，你吃完了？"陆母问他。

陆绝没有应声，径自往楼上走去了。

陆母看向陆绝已经空了的饭碗，神色惊愕："小绝平常吃饭需要将近半个小时，今天还不到十分钟。"

她想到了什么，突然笑了起来："今天小知没有下楼吃饭，他这是上去陪她？"

儿子每天坐的位置是固定的，用餐的时间是固定的，重复又刻板。如果他的常规被打破，他会有情绪。

而现在，他竟然为了宁知打破他的常规。

陆深远附和陆母的话："看来真的像医生说的那样，宁知对弟弟的影响很大。”

陆母点点头，满脸笑容。

果然，宁知对小绝来说是特别的存在。

房间里，宁知坐在桌子前，吃着用人送上来的饭菜。不得不说，陆家这些大厨的厨艺是真的好，每天的饭菜都让她贪嘴多吃几口。

这时，门被打开。

她看见穿着一身红色运动服的陆绝走了进来。

陆绝个子高，平常喜欢晨练，行走间，哪怕隔着裤子，宁知都觉得他的两条大长腿特别有力。

“你不是在楼下吃饭吗？”正常来说，他没有这么快吃完饭。

他走到宁知的身旁坐下。

“你已经吃完饭了？”宁知问他。

陆绝英俊的脸上没有什么表情，低低地应了一声：“嗯。”

对于别人提前吃完饭，宁知并不会多想，但陆绝跟平常人不一样，每天的习惯和时间都是固定的。

她凑近他，试探地问道：“难道你上来是为了陪我吃饭？”

陆绝低垂的眼帘微颤着，好一会儿之后才又应了一声。

她猜对了！

天哪，这男人怎么这么乖？真要命啊！

宁知觉得自己再欺负他就是十恶不赦的大坏蛋了。

她换了筷子，夹起一块挑了刺的鲜嫩鱼肉直接送到陆绝的唇边：“这是奖励你的，张嘴。”

陆绝抿紧唇。

“不要吗？

“算了。”

宁知准备收回手继续用餐，下一秒，陆绝凑了过去，张开嘴，吃下了宁知筷子上的鱼肉。

陆绝咀嚼东西的动作很慢，因为长得好看，这样细嚼慢咽，有种说不出的优雅的感觉。

而在他吃下她喂的鱼肉的那一刻，宁知看到他头顶上弹出了一个小太阳。

宁知一阵惊喜。

“你还想吃什么？我帮你夹。”

宁知开始大献殷勤，不等陆绝回应，又夹起一块鲜美的肉片，再次喂过去。

第二个小太阳！

宁知喂了好几次，直到拿了五个小太阳，陆绝的头顶上才没有小太阳再弹出来。

五个小太阳对比亲他下巴得到的三十五个小太阳显然有点儿少，但宁知也知足，今天真是暴富的一天，她的小仓库里一共堆着四十个小太阳！

夜里。

宁知洗过澡后，换了提前准备好的衣服，穿好鞋子，然后才把霸王喊出来。

她把三十个小太阳交给了霸王，原本爆满的小仓库一瞬间只剩下十个小太阳了。

穿越真费太阳。

宁知再次睁开眼睛时，已经穿过去了。

她看见身边有不少穿着蓝白校服的初中学生走过。这一次，她依然穿到了陆绝的初中时期？

看来，陆绝就在附近。

宁知第一次来到陆绝的初中，对周围的环境一点儿也不熟悉，也不知道陆绝现在在哪里。

她有点儿后悔没有问陆母陆绝初中还有高中是在哪个班级，否则，她可以直接到班级里去找他。

宁知开始找人。

夕阳落在小道上，有几分寂静的味道，她发现这所学校很大，

这时，两个男生从她身旁经过：“不去打球了，商哥又不在，没意思。”

另一个抱着篮球的男生问他：“商哥去哪里了？”

“商哥和林凡把傻子带到了植物园那边。”

抱着篮球的男生嬉笑着说道：“怎么回事？商哥不会是要揍那个傻子吧？”

旁边的男生告诉他：“今天商哥很生气。他和校花说话时，傻子刚好

走过，校花说喜欢傻子长得帅。”

男生嗤笑了一声：“校花说喜欢傻子，商哥心里暗暗吃醋，就去教训傻子给校花看。”

“商哥和傻子，校花只要智商正常，就知道选哪个吧？”

宁知心里有不好的预感——这两个人口中的“傻子”有可能是陆绝。

她赶紧跟上去。

绕过教学楼，宁知跟着两个人走到了图书馆后的植物园。

她一眼就看到那里站着两个男生还有一个女生，其中一个男生染了浅棕色的头发，长相嚣张帅气。

而他们堵着的人是陆绝。

宁知立刻走过去。

那个男生，也就是宋景商问身旁的校花：“你确定你喜欢这样的废物？”

校花咬着唇，目光闪亮地看着宋景商，却没有开口。

宋景商的兄弟林凡一把扯过陆绝手上的书包丢在地面上，狠狠地踩了几脚。

他得意地笑道：“校花，你看吧，被欺负了他也不会反抗，还傻乎乎的，听不懂我们的话，这样的傻子哪里能跟商哥比？”

校花没有看陆绝一眼，喜欢陆绝是她在气头上随口说的。

她喜欢的人只有宋景商啊，他是学校里的校草，帅气又霸道，骨子里还透着义气，学校里不知道多少女生暗恋他。

她今天只是故意气气他而已。

校花主动对宋景商道：“我们和好吧。”

宁知在一旁，已经从他们的话中大概知道了这是怎么回事。

她快气死了，这两个人是什么东西？竟然拿陆绝当感情的垫脚石！

她一把握住旁边陆绝的手：“小绝绝，我来了。”

她来帮他打坏人！

一只软绵绵的小手牵住他的手，过了好一会儿，陆绝才抬起头。

对比两年前，现在已经上初三的陆绝又长高了不少，上一次他只比宁知高一些，现在，他比宁知足足高了半个头。

陆绝的五官又立体了一些，稚嫩又清秀，比面前的这位什么鬼校霸明显帅多了。

陆绝垂眸看着自己被牵住的手，没有甩开也没有应声。

这一次，宁知觉得他是认得她的。

“陆绝，他们在欺负你。”宁知生气地说道。

虽然自闭症患者对其他人视而不见，对其他人的话听而不闻，有时候就算是对鞭炮的巨响声，他们也没有什么感觉，他们只听自己感兴趣的声音。

但这并不代表他们能任由人欺负。

面前的这些人，显然就是觉得陆绝骂不还口，打不还手，好欺负而已。

“恭喜商哥，校花要跟你和好了。”旁边的男生嬉笑着说道。

宋景商挑了挑眉：“以后还拿外人刺激我吗？”他语气里满是高傲和不屑的意味，“别再拿我跟一个傻子比。”

“那你以后也别再收其他女生的信，不然，下一次我真的跟陆绝在一起。”校花一脸娇羞之色，故作娇嗔地顶了他一句。

宁知听到她的话，一阵无语，这个什么校花在拿陆绝当备胎。

她气得走到校花面前直接骂校花不要脸：“你以为你要跟陆绝在一起，他就会答应你？你是哪里来的自信？”

面前所谓的校花长了一张靓丽的脸，但比起宁知的美貌，差的不是一星半点儿。

宁知继续骂道：“你们两个人能不能不要把无辜的人牵扯进来？”陆绝又不欠他们的。

然而，宁知的话，校花当然听不到。

旁边宋景商的兄弟打趣：“校花，你这就不对了，就算是气商哥，也该找一个优秀的人，这个傻子哪里有比得上商哥的地方？”

“就是啊，估计现在傻子被我们吓得更傻了。”

宁知恨不得立刻现身吓死这群没有脑子的中二少年，陆绝哪里比不上别人了？

宁知赶紧走回陆绝身旁，凑到他的耳边：“不要听他们乱说，你最帅了，性格安静，智商高，还有钱，你这么优秀，他们就是嫉妒你。”

在宁知看来，如果陆绝不是患有自闭症，这些人就连他一根手指头都比不上。

夕阳下，陆绝又翘又长的睫毛动了动，抬起眼帘，目光落在宁知的脸上，看了一眼又飞快地移开。

这时，突然有一个瘦高的男生走过来，对方熟悉的五官让宁知一眼认出，这是陆深远。

他来找陆绝？

宁知微微舒了一口气，陆深远来了，这些人至少不敢肆意欺负陆绝。

其他人也看到了突然出现的陆深远，他们都知道陆绝是陆深远的弟弟。

陆家那样的世家，不是他们这些人能触碰的。所以，他们欺负陆绝只是在暗地里，并不会摆在明面上，而且，他们从来没有对陆绝动过手。

因为他们不敢。

一直以来，他们最多就是口头上骂骂陆绝而已。对他们来说，欺负陆绝有种将陆家踩在脚下的快感。

而陆深远跟陆绝不一样，他可不是傻子，现在被他发现他们欺负陆绝，恐怕会对付他们。

在场的几人一阵紧张。

周围安静了下来，下一瞬，只见陆深远像看不到他们欺负陆绝一样，从众人的面前直接经过，神色悠闲地离开了。

“商哥，他这是什么意思？”一个男生看不懂了，“他不会是去找人来对付我们吧？”

宋景商嗤笑一声，意味深长地道：“你紧张什么？我们什么都没有做。”

宁知看着陆深远离开的身影，咬了咬牙。

她该猜到的，从小时候起，陆深远就开始对陆绝搞小动作，现在看见陆绝被欺负根本不会来帮忙。

其他几个男生明白了宋景商的意思，瞬间放松了下来。

校花开口：“景商，我们走吧，我有点儿饿了。”她站得脚累，不想在这里多待。

“商哥，校花说饿了，让你投喂呢。”几个男生开始调侃。

“行，走吧，今晚我请客。”宋景商挑了挑眉。

在宁知看来，这群人又中二又坏。

宋景商带着行人离开了。

宁知现在只剩下十个小太阳。她消耗了一个小太阳接触实物，捡起地面上陆绝的红色背包。

宁知拍掉上面被人踩出的好几个脚印，将它放回陆绝的手上，然后牵着他的另一只手："走，我带你回家。"

陆家的司机一直在门口等着，宁知看到陆深远坐在车里。

宁知使劲瞪了他好几眼。

宁知不是冲动的人，就算发现了陆深远的异常也不会贸然跑到陆母或者陆父面前告状。

她清楚地知道，陆深远的表面功夫做得太好了，尤其是在陆父和陆母面前，他就像个完美的儿子。

如果她把陆深远的小动作说出来，他们肯定不会相信。

毕竟，她才嫁入陆家半年，而且"前科累累"，而陆深远在陆家当了二十多年孝顺儿子和好哥哥。

最重要的是她现在没有任何实质性的证据能证明好哥哥形象是陆深远演出来的。

看见陆绝上车，陆深远一脸平静地对司机说道："小绝来了，陈叔，可以开车了。"

"是，大少爷。"

陆家。

宁知看见陆母在客厅里，脸上带着笑意，上前想要接陆绝的书包，然而被陆绝闪躲开了。

陆绝闷声背着书包上楼。

陆深远贴心地开口："妈，我回来了，今天功课有点儿多。"

陆母笑着说道："那你先回房做作业，待会儿厨师把晚饭准备好了，我去喊你。"

陆深远嘴角带着笑："好的，谢谢妈妈。"

一个沉闷冷漠，不理人，一个乖巧懂事，还会投其所好，陆绝和陆深远的差别太明显。

宁知忍不住在一旁又瞪了陆深远几眼。他就是故意的，扮演完美儿子，显出陆绝的不好。

陆绝已经上楼。

宁知不愿意对着陆深远的脸，也上楼了。

她熟练地打开陆绝房间的门。

宁知发现房间里的窗帘全部被拉上了，房间一片漆黑。

她走进房间，关上门，周围更黑了。

她摸索着向陆绝走去。

对自闭症患者来说，他们待在黑暗的房间里，像在正常光线下一样没有障碍，可以轻松地找到他们想要的东西。

宁知隐隐看到书桌前的黑色高大身影。

她走过去。

“陆绝。”宁知在陆绝的身旁坐了下来，“这里好黑啊，我看不清你的样子了。”

她只能看到他大概的轮廓。

黑暗中，陆绝突然伸出手贴上了宁知的脸。

宁知一愣。

她感受到陆绝骨节分明的手在描摹她的轮廓、五官。

宁知记得在网上看到过，自闭症患者可以通过触觉辨识人，通过触碰和人进行互动。

陆绝的手指微凉，宁知觉得脸上被他触碰过的地方泛着凉意。

宁知闭上眼睛，任由他的手触摸她的脸：“陆绝，你还记得我吗？”

现在他已经长大了，应该是记得她的。

陆绝没有应声，指尖轻轻地在她的脸上抚过，像是在辨识。

过了好一会儿，宁知听到陆绝低沉的声音响起：“怪姐姐。”

宁知勾唇，他记得她。

但她还是要纠正他：“不是怪姐姐，是天使姐姐，我是美丽的天使姐姐。”

陆绝声音低低的，又喊了一句：“怪姐姐。”

宁知叹了口气，放弃了挣扎：“在呢。”

黑暗中，陆绝突然起身，宁知好像看到他往衣柜那边走去。

听声音，他好像是在翻找什么东西。

过了好一会儿，宁知隐约看到陆绝折回来了。

陆绝的手伸过来，握住了她的手。

宁知看不清，但感受到有什么冰凉柔软的东西缠上了她的手腕。

她很好奇：“陆绝，你在做什么？”

陆绝低着头，专心地捣鼓着，缓慢地开口：“绑你。”

宁知：“……”

下一秒，她感受到软软的、丝带一类的东西缠绕住手腕，然后收紧。

宁知突然想起上一次陆绝用彩色丝带将她的脚和他的绑在一起，试图让她别走。

她有点儿想笑，胸口有些闷，因为不管他怎么绑，她还是会消失的。

旁边的窗帘被拉开，光线重新投进房间里。

周围亮了起来，宁知看见自己的手腕与陆绝的手腕绑在了一起，上面是熟悉的亮眼的彩色丝带。

陆绝眨了眨漂亮的眼睛，漆黑的眼底浮现开心的神色。

宁知面前的陆绝就像懵懂的小宠物，想要霸占自己喜欢又等待了好久的东西。

陆绝举起他与宁知绑在一起的手让宁知看。

宁知微微一愣，随即笑了。陆绝不知道什么是喜欢，只是习惯了她的存在，想要把她留在身边。

她用另一只手拉了拉那条彩色丝带，绑得不是很结实，却也不能轻易挣开。

刚才在学校的时候，她为了帮陆绝捡起书包，消耗掉了一个小太阳换了一分钟接触实物的时间。

所以，她才能开门，也能被陆绝绑起来。

霸王说过，时间是能叠加的，总共一分钟就可以，也就是说，还有半分钟，这条丝带就绑不住她了。

宁知想知道届时陆绝会是什么反应？

果然，没过多久，绑在宁知与陆绝手上的彩色丝带穿过了宁知的手，松松垮垮地搭在陆绝的手上。

陆绝漆黑的眼睛里全是茫然之色。他解下彩色丝带，动作笨拙地重新去绑宁知的手。

然而，他反复试了几次，丝带都穿过了宁知的手。

陆绝抬眸看她，像是在问为什么。

宁知不知道怎么解释，思忖了一下才开口：“小绝绝，只有你能看到我，碰到我，你不是说我是你的吗？其他人看不见我，其他东西也触碰不到我。”

过了好一会儿，陆绝低下头，声音像是从喉咙中挤出来的："想绑。"

宁知只好说道："我不会离开的。"

陆绝抬起头，安静地看着宁知，随即，薄唇微微勾起，脸上露出了一个浅浅的小梨窝："不说谎。"

不得不说，现在的陆绝年纪还小，很好哄。

夜里，宁知趁着陆绝洗澡的时候下了楼。

陆母还没有回房间休息，正在对管家说着什么。宁知走过去。

"后天6月6日是小绝的生日，他的生日蛋糕你让厨师提前准备，还有菜品，全部做小绝喜欢吃的。客厅周围，你让人全部安装上漂亮的彩光灯，挂上鲜艳的装饰。"陆母仔细地叮嘱着，唯恐有遗漏。

宁知站在一旁，有点儿惊讶：后天是陆绝的生日？

管家应声："是，太太，我会好好筹备的。"

"好。"陆母相信管家的办事能力。

陆绝是陆家的少爷，按照陆家的财势，他的生日本应该隆重庆祝，可惜的是，他不喜欢人多的环境。

从小到大，他的生日都是在陆家庆贺，并不邀请外人。

因此，陆母只能在庆祝的时候多花心思，好好布置。

宁知回房。她接触实物的一分钟已经用完，只能穿过门。

她刚进去就看到陆绝站在房间里，穿着一身红色的睡衣，头发湿答答的，上面的水一直往下滴。

他漆黑的眸子湿润、茫然，看见宁知突然回来，他迈着长腿，大步向她走过去，手一把握住了她纤细的手腕："去哪里，你？"

"我刚刚下楼了，怎么了？"宁知的手被紧紧地握着，她感受到了他慌张的情绪。

陆绝抿着唇，水珠一直从他的短发上滴落，衣领都被打湿了。

"我现在不会走。"宁知安抚他，"你不要怕，我走的时候会告诉你，不会不辞而别的。"

陆绝垂下眼帘，没有应声。

"你赶紧去擦干头发，衣服都被打湿了。"

宁知催促他："去吧，我在一旁看着你。"

陆绝这才不情愿地松开她的手。

夜色渐浓。

房间的灯被关掉了，周围漆黑一片。

宁知躺在沙发上，想着明天要怎么对付带头欺负陆绝的那个宋景商。

她想得入神，没有听到床上传来的细碎摩擦声。

黑暗中，有人突然靠向她。

宁知被吓得一愣，整个人愣住了。

窄小的沙发被另一个人占去大半，宁知只能靠在沙发内侧，低低地惊呼出声："陆绝？"

陆绝的身体挨着她，低沉的声音在黑暗中特别清晰："陪你。"

宁知："……"

宁知又花了一个小太阳，按亮旁边小茶几上的台灯。

昏黄的灯光下，陆绝一身红色睡衣，怀里抱着他的红色枕头，半侧着身体，试图躺在她的身旁。

他头发有点儿凌乱，配着一张青涩的俊脸，很呆萌。

看见灯光亮起来，陆绝眯了眯眼睛，漆黑的眸子安静地看着她。

宁知突然想起自己第一天穿过去的时候，陆绝看见她霸占了他的大床，生气得头上弹出一朵带着闪电的黑云。

现在，年纪小小的陆绝竟然要挨着她睡。

"我不用你陪。"她赶紧拦住他，"你赶紧躺回你的床上。"

陆绝低下头，不应声。

他乖乖地走下沙发，也不回床上去，而是抱着他红色的枕头笔直地站在沙发前，站岗似的守着她，样子要多可怜有多可怜。

宁知突然有种自己欺负了他的错觉。

"你回床上睡吧。"宁知重复道。

陆绝直愣愣地抱着他的枕头不动。

看着面前可怜兮兮的大男孩，宁知咬牙，只好说道："我陪你。"

陆绝抬头，眨了眨黑亮的眼睛，这才抱着枕头往床上走去。

他躺在床上，侧过身，一双漂亮的桃花眼安静地看着宁知，眨呀，眨呀，像是在催促宁知赶紧过来。

第二天，宁知跟着陆绝去上学，中学跟小学不一样，陆绝是要穿校服的。

他换上蓝白色的校服，越发青涩、英俊。

陆绝有点儿嫌弃身上的校服，随便地把它套在身上也不整理了。

宁知走过去帮他拉扯了一下衣摆：“小绝绝穿着校服真帅气。”

现在的她能做到随时消耗小太阳接触实物，昨晚用来开灯的那一个小太阳换取的一分钟时间，她还没有用完。

陆绝抿了抿唇，缓慢地开口：“红色才帅。”

我穿红色衣服才帅。

宁知哭笑不得。

教室里。

因为陆母的交代，陆绝受到老师的特殊照顾，旁边的位置一直是空的。

班里只有他自己一个人坐。

宁知坐在他的身旁，刚坐下，一个女生走了过来。

“陆绝，早啊，我带了早餐，你要不要吃一点儿？这是我家新厨师做的，味道超级好。”女生手里捧着一个精美的饭盒，一张脸可爱俏丽。

宁知一眼认出，这是初中时期的霍晓月。

宁知记得霍晓月说过她和陆绝从小学到初中、高中都在同一个班。

陆绝低着头，从红色的背包里掏出书本，一本一本地摞在一起，整整齐齐地放在课桌的左上角。

他根本不理会霍晓月。

“陆绝，你就不能应我一声？”霍晓月越挫越勇。看着陆绝这张好看的脸，她完全舍不得生气。

陆绝把他的笔分成两份，本子也分成两份，其中一份是给宁知的。

霍晓月委屈地撇了撇嘴：“你不吃就不吃，我下次不给你带了。”

“晓月，你哥哥来找你了。”这时，一个女生神色激动地走过来告诉她。

霍晓月往门口看去，果然是她的哥哥来了。她随手把饭盒递给女生：“送给你吃了。”说完，她赶紧去门口。

“霍晓月的哥哥太帅了。”

“对，比我们学校的校草宋景商还帅。”

“我也这么觉得。我就喜欢霍学长这样斯斯文文、俊气的男孩子。”

“听说霍学长考去了一中的重点班，人长得帅，成绩还好，我要向他学习，努力考进一中的重点班。”

…………

听到周围女生激动的议论声，宁知顺着她们的视线看去。

门外站的是霍晓阳，他穿着高中的校服，站在门外，斯文又帅气。

他的腿是好的。

宁知有点儿惊讶，也就是说，霍晓阳是在后面出了事故，才不能行走的？

这样一个优秀的人，只能坐在轮椅上，任谁看了都会觉得可惜。

宁知看得入神，突然，有人靠近她。

宁知转过头，少年肤色白皙，一张英俊的脸在她的眼前放大。

宁知眨了眨眼，陆绝也眨了眨眼。

他微抿着薄唇，像是不悦了：“不看他。”

“嗯？”宁知一时没有明白他的意思。

陆绝伸手，指着自己的脸：“看我。”

你不要看他，看我。

那人没有我好看。

宁知笑弯了眸子，伸手捏捏他的脸，只觉得手感超级好：“嗯，我看你。”

上课前，宁知看到那个宋景商来班上了，校花也在，两个人是前后桌。

一节课下来，宋景商和校花传了不下五次的纸条，真够无聊的。

初三的学生，成绩不好，还不好好学习认真准备中考。

还是她家的小绝绝好，他这样的性子，绝对是在认真学习。

宁知收回视线，一下对上旁边小呆子的目光。

宁知：“……”

她双手捧住他的脸，把他的头转向前方的黑板：“你看我做什么？小绝绝，上课要认真看黑板。”

陆绝抿了抿唇，没有吭声。

陪着陆绝上了一个早上的课，宁知一阵头痛，简直像回到了初中生涯。

上午最后一节课是自习课，没有老师监督，宁知看到宋景商走了出去，不久后，校花也偷偷地起身，准备走出教室。

宁知瞬间提起精神："你乖乖自习，我出去一会儿。"

她站起身。

"你为什么跟着我？"宁知走了几步，发现陆绝跟在她的身后，"我现在有点儿事，待会儿就回来。"

陆绝没有应声，他的手拉着宁知的手，意图很明显。

宁知只好带着他匆忙走出教室。

楼梯拐角处，男生的身影一闪而过，宁知拉着陆绝赶紧追上去。

接着，宁知看到校花上楼了。

"你不要发出声音，我们偷偷地跟上去。"宁知叮嘱陆绝。

宋景商和校花跑到了教学楼的天台上。

宁知有点儿庆幸她没有现身，爬了五层楼梯根本不受影响，一点儿也不累，旁边的陆绝同样若无其事。

她拉着陆绝藏在拐角处，宋景商和校花不可能看到她。她不担心自己被发现，但身旁有陆绝在，只能小心一点儿。

"带手机了吗？"宁知问陆绝。

陆绝从校服裤袋里掏出了黑色的手机，放在宁知的手上。

宁知又消耗了一个小太阳，拿着手机打开拍摄模式，把镜头对准了外面的那两个人。

宁知猝不及防，瞬间想起旁边的陆绝。

她赶紧转过头对陆绝说："不要看。"

陆绝眨了眨眼，漂亮的黑眸茫然地看着屏幕里的两个人。

宁知立刻伸出手捂住了他的眼睛："小绝绝，不要看！"也不能学！

她压低声音对陆绝说道："我们走吧。"

宁知将拍摄的照片还有视频都保存起来，然后慢慢松开捂着陆绝眼睛的手，就要拉他离开。

眼前亮了起来，陆绝睁开眼睛，被宁知牵着手朝楼梯走去。

回到陆家后，宁知又耗费了三个小太阳换取三分钟的时间。原本她还有十个小太阳，现在只剩下四个。

她坐在电脑前，把视频截图上传，并发邮件到学校的意见邮箱里。

她没有宋景商他们欺负陆绝的证据，那天他们把陆绝带到图书馆后面，聪明地躲开了监控摄像头。

所以，她只能想其他办法。

现在还有几周就要中考，只要宋景商他们没有时间，没有心思理会陆绝就行。

明天是周六，宁知估计了一下，周一的时候应该会有结果，陆绝明天生日，这件事解决前她正好能陪他过生日。

为了庆祝陆绝的生日，陆家的客厅内挂上了很多五彩缤纷的装饰，都是陆绝喜欢的颜色。

宁知看得忍不住发笑，有种给小朋友庆祝生日的感觉。

转过头，宁知看了一眼身旁的青涩少年，确实还小。

陆母今天精心打扮了一番，特意给儿子庆祝生日："蛋糕准备好了？可以先摆出来。"

她交代管家："待会儿唱生日歌，点生日蜡烛的时候，你让人把窗帘放下，把灯关掉，这样才有气氛。"

管家一一应下。

宁知看着陆母和陆父，甚至陆深远都给陆绝准备了生日礼物。她有点儿懊恼——现在的她全身上下都没有钱，没有办法给陆绝准备生日礼物。

她告诉陆绝："等你长大后过生日，我就给你送生日礼物。"

回去后，如果陆绝过生日，她就把生日礼物补上。

陆绝坐在书桌前，闷头看书，听到宁知的话，低声应着，漆黑的眼睛发出光亮。

怪姐姐说他长大后过生日，会送他生日礼物。

长大后，他还跟怪姐姐在一起。

学校那边，就算到了周六日，依然会有工作人员值班。

管理学校邮箱的工作人员打开收到的邮件，看到里面的内容，神色一惊，连忙打电话通知学校的领导。

宁知不知道她发的邮件还没有到周一就已经惊动学校了。

学校的领导找到了宋景商和校花，还通知了两个人的家长到学校。

学校考虑到中考快到了，最后决定不开除两位学生，而是给两个人记了过，而且宋景商会转班。

当然，这两个人还会被学校公开批评。

学校处理的结果跟宁知预测的差不多，她的目的是让他们二人都没有心思再去找陆绝的麻烦。

宁知没预料到的是，学校办事的效率这么高，这么快就把事情解决掉了。

此时陆家的气氛很好。

一切准备好后，管家请陆绝下楼。

宁知跟在他们身后。

饭厅里已经摆放着一个三层的大蛋糕，估计上面是涂抹了不同颜色的果酱，做成了彩虹的颜色，鲜艳又夺目。

蛋糕边缘是各色奶油挤成的小花朵。

嗯，这是一个花哨的生日蛋糕。

很显然，陆绝对蛋糕是满意的，对周围挂的亮眼的彩带、红气球也是喜欢的。

陆母和陆父站在一旁看着陆绝，脸上、眼里全是笑意。

陆母点亮了蛋糕上的蜡烛，让陆绝对着蛋糕许愿。

管家赶紧让人把饭厅的窗帘拉上，关掉灯，周围的光线暗了下来。

生日蜡烛发着暖黄色的光，吸引着陆绝的注意力。

听到陆母催促陆绝吹蜡烛，宁知凑到陆绝的耳边，教他："小绝绝，你可以闭上眼睛，许下你的愿望，然后吹灭蜡烛。"宁知哄骗他，"你的愿望就可以实现了。"

陆绝眨了眨眼。

在众人的目光下，他闭上眼睛。

旁边的陆父、陆母，甚至是陆深远，还有站在一旁的管家、用人全都听到陆绝竟然对着蜡烛许愿了。

陆绝声音低沉，缓慢地说道："不消失，怪姐姐。"

"什么怪姐姐？"陆母惊讶于儿子竟然会许愿，但是完全听不懂他的愿望。

陆深远早已习惯这个弟弟的胡言乱语，笑着说道："弟弟，生日快乐。"

陆绝没有应声，对着蜡烛闭着眼睛。

微亮的蜡烛前，暖光描画着陆绝青涩的眉目，他又翘又长的睫毛微颤着，一脸真诚的样子。

众人听不懂陆绝的话，站在陆绝身旁的宁知却是懂得的。她心头一软，心里又酸又闷。

他的愿望竟然是不想让她离开。

陆绝许愿后，认真地一口气把蜡烛全部吹灭。

他的愿望要实现。

陆母和陆父笑着拍手，周围的人也纷纷祝陆绝生日快乐。

热闹的祝福声中，宁知轻声地对陆绝说道："小绝绝，生日快乐。"

陆绝有点儿开心，他的薄唇微微勾起，露出一个浅浅的小梨窝。

陆母已经很久没有看到陆绝笑了，现在突然看见儿子笑了起来，激动地拉着陆父的手："你看，小绝笑了，我们给他庆祝生日他肯定开心。"

陆父抚了抚妻子有点儿凌乱的头发，眼睛里一片柔光："对。"

陆绝转过头，正好与宁知面对面，他们之间的距离很近。

下一秒，眼前的人慢慢变得透明，最终不见了。

陆绝漆黑的眸子里全是茫然之色，愣在那里没有动。

身旁的陆母看到儿子发呆，赶紧拍了拍他："小绝，你要切蛋糕。"

陆绝转头去看蛋糕上被吹灭的蜡烛，又翘又长的睫毛微颤着，在眼睑上投下两道小阴影。

他安静地站在那里，像极了小可怜。

怪姐姐骗人。

他许愿了，但她还是会消失。

第六章

他有点贪心

昏暗的光线中，宁知睁开眼睛。

宁知看了一眼自己的小仓库，只剩下四个小太阳。她发现这一趟回去救陆绝竟然一共花费了三十六个小太阳。

小太阳真是不够用。

宁知把霸王喊出来："下一次穿回去，需要多少个小太阳？"

霸王告诉她："主人，下一次需要耗费五十个小太阳。"

宁知暗吸了一口气，好家伙，直接比这一次多了二十个小太阳！

扭伤的脚还肿着，宁知需要休息一周的时间，现在走起路来，像蹦跳的兔子。

下到一楼，她看见陆母在客厅内插花。

"你的脚受伤了不方便走动，怎么不在楼上好好休息？"陆母看见宁知一瘸一拐地走来，"你该找个人扶着你，免得再次扭伤。"

宁知走到沙发那边坐下："没事，我的脚已经不怎么痛了。"

就算在家里，陆母也穿得很精致，神情也很端庄，举手投足间都是多年养成的贵气。

如果陆绝没有自闭症，或者陆绝的病情能缓解甚至是痊愈，陆母会过得更幸福。

宁知开口问陆母，昨天那个车主被送到警局后，查清楚真相没有。

“东周让人去查了，并没有发现问题，那个车主喝了不少酒，初步断定是醉驾。”陆母告诉她，“为了谨慎一点儿，这件事交给了深远去跟进。”

宁知惊讶：后续调查交给了陆深远？

陆母说道：“深远主动提起追查，他担心这件事并不简单。”

宁知皱眉，总觉得这件事不简单，或许是因为她知道陆深远的本来面目并不是平常表现出来的形象，她不相信他。

宁知试探着说：“如果有一天陆深远和陆绝他们两个人之间出现矛盾，你会帮谁啊？”

陆母笑了，她的语气肯定：“你说的问题不会发生。”

在宁知疑惑的目光中，陆母告诉她：“深远很疼小绝，只会让着小绝，不会跟他发生矛盾。

“你不知道，深远以前救过小绝。”

宁知震惊：陆深远救过陆绝？

她好奇地问陆母：“当时事情的经过是怎么样的啊？”

“有一次，小绝掉进湖里，是深远发现，他第一时间跳下去救了小绝。”陆母像是在回想，“他这样为了小绝舍命，哪里会与小绝发生矛盾？他只会谦让小绝。”

宁知眉头紧紧地皱着，觉得陆深远救陆绝这件事有猫儿腻。

见过几次陆深远私底下对陆绝的小动作，她确定陆深远是不喜欢陆绝的，又怎么会舍命救陆绝？

陆母并不蠢，宁知突然提起这样的话题，她敏感地想到了什么：宁知是在担心深远和小绝争夺财产？

陆母含蓄地说道：“深远这孩子从小就维护小绝，现在也一样，他正在努力学习管理集团。陆氏集团是小绝的，以后深远在集团帮忙，也算是帮陆氏守住家业，帮小绝分忧。”

宁知当然知道陆父陆母从小收养这个孩子的原因，一是照顾好友的孩子，二是为了将来他们老去后陆绝还有兄弟照顾。

但现在的陆深远是一头猛虎，不会照顾陆绝，只会吞掉陆绝。

陆深远的表面功夫做得太好了，而且不留一丝把柄。她想要拆穿他的真面目，只能等他露出狐狸尾巴。

这时，陆深远走了出来。他个子比陆绝矮一点儿，但也很高，穿着一身银灰色的西装，优雅又贵气。

陆深远勾着唇，脸上带着优雅的笑：“我好像听到妈妈聊起了我？”

“你今天在家？”陆母笑着道，“刚才在跟宁知夸你，我听东周说你这段时间出色地完成了一个大项目，股东们对你很满意。”

“我漏了一份重要的合同在家。”陆深远回答道，“至于成绩，我全靠爸爸在身后指导，出师还需要很长的时间。”

陆母脸上的笑意更浓了，从小到大，深远这孩子都不争不抢，很谦虚。又聊了几句，她示意陆深远：“你去忙吧。”

陆深远点点头：“好，那我先去忙了。我看了天气预报，过两天会下雨，天气有点儿凉，妈妈要注意保暖。”

陆母笑着应下：“我知道的。”

说完，陆深远对着宁知点了点头，才离开。

如果不是在过去发现了陆深远的真面目，宁知必定会以为他是一个帅气，有绅士风度，还爱家人的男人。

不过深想就会知道，陆深远身为书里的男主角，有野心确实符合他的人设。

今天是周六，宁知不用去上课，让人搬了椅子到书房。

陆绝在看书，她坐在他身旁发呆。

她无聊地刷着手机，看到有粉丝发了在商场偶遇林恬恬的消息。林恬恬在为她代言的护肤品站台。

宁知还记得当初林恬恬讽刺她的皮肤不好，还向她炫耀自己刚接了一个护肤品的代言。

她很小心眼儿，现在还记着。

宁知想到了什么，伸手拿开了陆绝手上的书。

陆绝抿着唇。看书突然被打断，他有点儿不悦。

宁知把椅子往陆绝的身边挪了挪，神神秘秘地说道：“还想让我触碰你吗？”

她的指尖落在陆绝的鼻子上。这里，她还没有开发过，也不知道有没有小太阳。

宁知跃跃欲试，莫名有种刺激感。

陆绝安静地看着她，缓慢地应声：“好。”

不知道为什么，宁知突然有点儿紧张，这样近的距离之下，她觉得陆绝的脸更好看了。

他眉目立体，鼻梁挺拔，眼形极好，就连一张薄唇也长在了她的审美上。

陆绝个子高，这样坐着也比她高很多。

宁知双手扶在他结实的肩膀上，“你低头。”

陆绝眨了眨眼，低下了头。

宁知凑近他，唇落在他高挺的鼻梁上，感到有点儿凉。

轻轻地亲了一下，转眼间，宁知看到陆绝头上的显示框里弹出了一个小太阳。

他喜欢她亲他的鼻子啊。

宁知弯了弯眸子，继续亲着。

金闪闪的小太阳争抢着拥向她，宁知数了数，一共六个，加上她小仓库里原有的四个，现在她有十个小太阳。

宁知还嫌少，再次亲了亲陆绝的鼻尖，没有小太阳了。

看来，亲鼻子还没有亲他的耳朵或者下巴让他开心。

宁知有点儿不满足，目光落在陆绝的额头上：“你的头再低一点儿。”

陆绝又低下头。

宁知双手贴在他的脸上，然后，真诚地，轻轻地亲了一下他的眉心。

一个小太阳弹出来。

她发现陆绝真是一个可爱的宝藏，等待着她一点儿一点儿去开发。

通过亲额头，宁知拿到了五个小太阳，加上之前的一共有十五个。

书房里很安静，窗纱被微风吹拂得轻轻飘动。

陆绝的头稍稍仰起，身体被迫靠在书桌旁。宁知的手轻轻地按了按他脖子上凸出又性感的喉结。

第一个小太阳。

第二个小太阳。

第三个小太阳。

…………

她还没有亲上去，他已经这么高兴了？

宁知有点儿坏，故意用指尖来回轻轻地摸着陆绝的喉结，看到他吞咽了一下，喉结上下滑动着。

陆绝薄薄的眼帘不断地颤动。窗外的阳光投进来，他眼角透着微红，像是被逼迫得难受，却又欢喜交加的小兽。

她指尖微微用力时，他喉咙间还会沉闷地哼一声。

宁知听得脸上发烫。

陆绝抬起眼帘，漂亮的桃花眼黑亮又湿润，茫然地看着宁知，像是满足，又像是难受。

他双手握紧，手背上的青筋凸起，不知道自己想开口求她什么。

这两天，林恬恬一直往美容院跑，因为她的脸上突然长了不少粉刺，需要好好护理。

幸好问题不算严重，她上了妆后，看不出细微的瑕疵。

今天她需要参加一个她代言的护肤品的活动，门店内早已挤满了她的粉丝。

“恬恬好漂亮。”

林恬恬穿着一件金色的礼服出场，妆容精致，气质高贵，引得粉丝们激动不已。

粉丝被围栏和保安拦着，只能远远地看着林恬恬，但这丝毫阻挡不住他们激动的心。

林恬恬微笑着，大方地跟众人打招呼。

旁边的主持人夸赞林恬恬的美貌，还说她完全符合这款护肤品的形象。

“最近我每天都在使用这款产品，效果真的很显著。”林恬恬尽心尽力地向众人介绍她代言的护肤品。

然而，她的话刚说完，当着现场这么多记者、粉丝、镜头，她的皮肤突然变黑了，原本红润漂亮的小嘴好像加宽加厚了，瞬间变大，脸上再次冒出红色的痘痘。

在场的人惊愕地看着林恬恬。

而她却毫无所觉，依然享受着所有粉丝的目光。自从吸取了宁知的光环后，她越来越习惯别人向她投来的艳羡目光。

她微笑着继续向众人介绍产品：“这款水乳滋润度很好，如果夜里涂抹，第二天醒来皮肤会泛着光泽。最近我都喜欢用这款产品，感觉皮肤变白了不少，水润，紧致也很光滑。”

说着，林恬恬把手里的瓶子托起放在脸侧，微微侧着头，脸和护肤品瓶子贴着，笑着摆姿势让记者们拍照。

记者们的镜头对着林恬恬疯狂地拍了起来，这一幕实在太劲爆了。

镜头前的闪光灯不断闪烁，林恬恬摆出不同的姿势，笑容自信十足，还喊出了品牌的广告语：“请大家以后多多支持夏家的护肤品，美丽和魅力，你们都值得拥有。”

在场的粉丝们看着面前容貌突然发生变化的林恬恬，有点儿傻眼。

有些人使劲地眨眼睛或者揉眼睛，以为自己的眼睛出现了问题。

“你们有没有看到林恬恬好像突然变黑了？”

“怎么回事？我也看到了。我就觉得她身上的皮肤突然黑了，之前还白皙透亮，一转眼就暗沉了下来。”

“她的嘴巴突然肿了是怎么回事？”

“林恬恬的脸上还突然冒出了痘痘，天哪，不会是因为用了这些护肤品过敏了吧？”

“天哪，别吓我。林恬恬现场又变丑了，上一次她就在直播间里变丑，现在又变丑了，到底是怎么回事？”

“她这像是脱妆了？”

“你见过什么卸妆水都不用，瞬间脱妆的？我怀疑她整容失败，突然起了反应。”

“别说了，她是过敏。恬恬被商家坑了。”

…………

粉丝们议论纷纷，林恬恬以为粉丝们是因为看见她而激动，脸上的笑容更浓了。

旁边，主持人转过头正想给林恬恬递麦克风，目光落在林恬恬的脸上，顿时蒙了。

林恬恬的脸怎么突然变丑了？

林恬恬原本小巧的五官失去了精致的感觉，黯然失色了不少，最重要的是，她的脸上突然冒出了痘痘，而她的手上还拿着商家的产品。

这不是告诉大家这个牌子的产品有问题，砸商家的招牌吗？

主持人赶紧救场：“我们恬恬姐累了，现在请恬恬姐到里面稍做休息。”

林恬恬转过头，嘴角的笑意不变，眼睛却不满地看着主持人，笑着说道：“待会儿的流程是我要面对大家，当场使用这款护肤产品。”

她有点儿责怪主办方，这主持人不知道从哪里聘请过来的，怎么连流程也没有记熟。

“恬恬姐，你的……”主持人一脸为难之色，想要提醒林恬恬她脸上的变化，但面前有这么多记者，她不方便开口。

林恬恬眼里带着不悦之色，说出口的话却是温柔的：“我现在还不累，我的粉丝都在这里，我怎么会丢下他们去休息？为了他们，我累一点儿也没有关系。”

主持人神色尴尬，只好闭上嘴巴。

被保安拦住的粉丝们心情复杂：他们的偶像怎么会突然变了样子？

这是过敏还是整容失败突然出现了后遗症？

到了林恬恬试用产品的环节，她走到店内，记者们纷纷跟着进去，粉丝们也大批地拥过去。

林恬恬把一些乳液倒在手掌心上：“麻烦给我一面镜子。”她微笑着对工作人员说。

林恬恬享受着众人对她投来的热切目光，尤其是他们惊叹她的美貌的眼神。

她再次问工作人员：“镜子呢？”

今天的工作人员怎么回事？办事效率太低了。

“恬恬姐，这里有镜子。”

工作人员从柜台那边拿了一面镜子给她。

林恬恬这才收敛起眼里不满的神色，笑着举起镜子，准备把手掌心的水乳轻拍在脸上。

看向镜子的那一瞬间，林恬恬吓得啊的一声，惊呼起来。

同时，她手上的镜子瞬间掉落在地：“我的脸，我的脸……”

林恬恬一脸难以置信和惊恐的神色。

记者们一边觉得好笑，一边疯狂地按下快门。

林恬恬赶紧捂住自己的脸，她的助理推开人群：“恬恬姐，我们先离开……”

林恬恬要疯了。她做梦都没有想到自己会当着这么多粉丝的面变丑。

书房里，陆绝的全身绷紧到极致，耳朵红得几乎能滴出血来，在宁知收回手的那一瞬间，他再次忍不住沉闷地哼了一声。

低沉的声音钻进宁知的耳里，她听得耳朵都酥了。

宁知发现再也没有小太阳弹出来，她收回手。

面前的陆绝眼角泛红，黑眸湿润，像是被她欺负了一番，可怜兮兮的。宁知不得不承认，她真是罪孽深重。

她赶紧伸手拉住陆绝的衣领往上提了提，遮挡住被她撩得皮肤微红的喉结。

陆绝茫然地看着她，似乎在质问她为什么停下来。

他的黑眸里透着欲望，宁知恨不得捂住他的眼睛："过犹不及，还有下一次。"

陆绝垂下眼帘，遮掩住了一双湿润的眸子，握紧的手逐渐松开。

宁知数了数她得到的小太阳，加上刚才触碰陆绝喉结时拿到的，现在，她的小仓库里一共有二十七个小太阳。

"我要换取百分之二十七的光环。"宁知把霸王喊出来，豪气地想要把小太阳全部换成光环。

霸王不得不感叹，它真的跟对了主人，每天都"大鱼大肉"，太爽了。

"好的，主人，百分之二十七的光环已经兑换成功。"

宁知趿着脚离开书房，走到镜子前。

她开始仔细地打量自己，如果说之前她的样貌勉强算是清秀，现在换取了光环后，她已经恢复了百分之六十的美貌。

她的五官比之前更精致了，像是被扯下了几块蒙住她光环的灰纱，开始透出光，面容变得清晰起来。

她的鼻子高挺，小嘴红润，一双眸子黑亮，水汪汪的，她觉得这双眼睛还能更加好看。

不仅是五官有变化，就连她的皮肤也变得白皙无瑕，开始有了光泽，比起完全恢复的时候虽然还逊色一点儿，但现在她的皮肤已经比大部分人白了。

至于身材，这一次并没有太大的变化，宁知觉得以后再把光环拿回来身材才会恢复。

宁知还摸了一把自己的头发，黑亮柔顺，柔软的发梢微鬈，一点儿枯黄分叉也没有，她自己摸了也爱不释手。

打量完自己的样貌，宁知才满意地回到书房。

书桌前，陆绝已经恢复过来，他面无表情，安静地看书。

宁知再次坐在他身旁的时候，他飞快地看了她一眼，发现她拿起手机没有理会他，薄唇抿紧。

宁知好奇又被她拿回了百分之二十七的光环后，林恬恬现在变得怎么样了。

她打开网页。

果然，上面有林恬恬的热搜：林恬恬瞬间变脸，堪比整容失败。

她点开了粉丝发上来的现场照片还有视频，嘴角忍不住高高扬起。

视频里的林恬恬不断地向众人介绍这款产品多好用，而且说她每天都在用，下一秒，她的脸当场崩了。

宁知知道林恬恬有多在意自己的容貌。

现在她拿回了百分之六十的光环，林恬恬已经两次在众人面前崩掉颜值，光想一想林恬恬当场崩溃的样子，宁知就忍不住笑起来——太爽了。

而且，她第一次看见这样当场砸金主爸爸招牌的艺人。

宁知点开了评论区，看见林恬恬的粉丝都在骂品牌方。

宁知没想到林恬恬的粉丝会甩锅给品牌方，估计品牌方现在已经被气哭了。

到晚上，事情有了反转。

品牌方在网上发出了他们产品的合格证还有其他相关证明，说明他们的产品不是三无产品，就连产品的成分表也发了出来，并没有任何致敏的成分。

网友们乐意吃瓜。

宁知没有想到商家这么快就出来澄清，但也能理解，毕竟这关乎产品的形象还有质量问题。

她跛着脚下楼的时候，正好碰上了沉着脸、一脸倦色从外面刚回来的林恬恬。

对方看见她，停了下来，眼睛狠狠地盯着她的脸。

“是不是你？”林恬恬什么都顾不上了，她的玉又出现了一条很深的裂痕。

宁知皱眉：“你在说什么？我听不懂。”

林恬恬眯着眼，审视着宁知。

宁知的美貌又恢复了一些，看着她白皙光滑的脸蛋儿，林恬恬被刺得眼睛发红，发痛。

宁知无辜地眨了眨眼，然后凑近林恬恬，疑惑地问道："你的脸是怎么回事？皮肤怎么黑了，也变得粗糙了很多？你还长痘痘了。"

宁知最会戳人的死穴。她把当初林恬恬对她说的话全部还了回去。

"啊，你闭嘴！"林恬恬忍不住喊了一声，狠狠地剜了宁知一眼，快速地跑回房间。

看着林恬恬踉跄的身影，宁知漂亮的黑眸里全是笑意。

林恬恬活该！

回到房间，林恬恬把脖子上的项链解了下来，气得想要把项链丢掉，但是理智很快回归，她压下心里的冲动。

如果把玉彻底摔碎，光环全部返回到宁知的身上，自己的美貌就彻底没有了。

她看着镜子里的自己，光环丢失了大半，她的美貌也损失了大半。

其实，现在她的样子比起以前还是好看的，但她得到过最好的，被周围的人捧上了天，哪里还能接受被打回原形？

林恬恬想起今天看见的宁知的那张脸。对方已经恢复了大半的容貌，再继续下去，宁知的颜值全部恢复是早晚的事情。

林恬恬快气死了，这也意味着之前她一直在做无用功。

想到梦里宁知长得漂亮，被宠爱，被众星捧月，而她站在角落里遥遥看着，只能暗暗羡慕，林恬恬握紧了玉。

她不能放任这样的梦境变成事实。

而这时，房间的门被推开，陆深远回来了。

"怎么不下楼吃饭？"陆深远走进房间，"你身体不舒服？"

背对着陆深远的林恬恬身体僵硬，慢慢地转过头来。

陆深远的目光落在林恬恬的脸上："你的脸……"

之前是她的脸形发生变化，后来是她的眼睛、鼻子发生变化，现在就连她的皮肤、嘴巴也变了。

"这是怎么回事？最近你的样子为什么会无缘无故地改变了这么多？"陆深远不敢相信眼前的一切，有种说不出的奇怪感。

虽然还是那个人，但以前林恬恬的五官是精致小巧的，现在，她的五官还有皮肤都变得粗糙了。

林恬恬被问得不知所措。她之前有光环，就算在光环的作用之下她变得越来越漂亮，大家都觉得理所当然。

现在失去了大半的光环，没有了光环的作用，她外貌上的变化就会引起大家的注意。

林恬恬咬着唇，眼里蒙上了一层水光。

若是往常，林恬恬做这样的动作，陆深远早已心疼得将人抱紧。

而现在，她的嘴不再是红润漂亮的樱桃小嘴，一双眼眸也不像之前那样水润有光泽勾得人心痒了。

她现在再做这样的表情，完全没有以前的美感。

陆深远皱眉。

林恬恬微微别开了脸，看着镜子里的自己："我最近用了不好的产品，导致脸过敏。"

现在她的脸形变成了方脸，五官也不再精致，脸上还长了一些痘痘，看起来确实像过敏导致的水肿。

陆深远关心地问道："看医生了吗？"

"嗯。医生说有点儿严重，需要治疗一段时间。"在这段时间内，她需要把光环重新从宁知身上拿回来。

陆深远走过去，将她搂住："以后有什么事一定要及时告诉我，不要自己扛着，我会担心的。"

林恬恬靠在陆深远的怀里，有点儿感动："嗯，我会的。"

这天，大清早下起了雨，气温突然降低了几摄氏度，有点儿凉。

宁知是被敲门声吵醒的。

站在门外的人是管家。

"发生什么事了？"她很少见管家这样慌乱。

"二少夫人，你去劝劝二少爷吧。"管家告诉宁知，"现在外面在下雨，二少爷还坚持跑步，这样下去他会生病的。"

以前下雨或者下雪，陆绝也是风雨无阻坚持晨跑，那时候都是太太让人强行把他带回去。

现在整个陆家都知道陆绝会听宁知的话，所以，陆母赶紧让管家来找宁知。

"外面下雨了？"宁知往窗外看去，外面的天灰蒙蒙的，下着连绵的雨。

宁知皱眉。

“好，我知道了。”

宁知身上还穿着睡衣，回房换好衣服后才跟管家下楼。

陆母站在屋檐下，遥遥看着院子里冒雨跑步的儿子，神色焦急，恨不得去把人拉回来。

然而，她知道儿子的脾性，强行打断他跑步，他会烦躁、焦虑、不开心。

“小知，你来了。”陆母神色为难，“辛苦你去把陆绝喊回来吧。”

宁知点点头：“没关系。”

宁知看过网上的资料，自闭症患者很固执，有些患者是固执地吃某样东西，有些患者是流程上很固执，例如每天会坚持走相同的路线，有些患者是每天固执地重复做某一件事情。

他们固执的脾气是与生俱来的，想要改变很不容易。

宁知接过管家递来的雨伞，撑起伞走进雨中。

漫天的雨打落在地，她像是准备再次走进陆绝的世界。

宁知脚上的扭伤几乎好了，只是还包扎着，走起路来有点儿别扭。

她撑着明黄色的雨伞，缓慢地走到花园那边。

雨越下越大。

白色的裙摆被打湿了，脚上包扎的纱布也被打湿了，她毫不在意。

宁知站在过道上，安静地看着那个穿着一身红色运动服冒雨慢跑的陆绝。

很快，陆绝的路被阻挡住，他停了下来。

目光顺着明黄色的雨伞往下移，他看到了雨中宁知白皙的笑脸。

她问：“要我陪你一起跑吗？”

陆绝全身都被打湿了，黑色的头发湿漉漉地贴在额前，白皙的皮肤沾了水，显得越发苍白，漂亮的桃花眼在雨中显得神色茫然又夹杂着冰冷。

他像是顽固又让人心生怜爱的小兽。

宁知生气，但更多的是心疼。

她走近他，让雨伞遮挡住她和他的身体。

陆绝低沉的声音像是沾了雨水：“湿了，你。”

宁知点点头：“对，我为了找你，被淋湿了。”

陆绝抿紧唇。

宁知伸手去拉陆绝的手，他的手又湿又凉：“陆绝，我脚上的绷带也淋湿了。”

陆绝低头看向宁知穿着拖鞋的脚，只见包扎着纱布的脚踩在雨水里。他语气带了慌张的意思：“回去你，回去你。”

“我的脚痛，你扶我回去。”

陆绝抿着唇，水珠顺着他的侧脸滚落，他拉着宁知走：“回去，陪你。”

宁知勾唇，说道：“如果下次下雨，你还出来跑步，我就来陪你。”

陆绝垂下眼帘，头发湿答答地贴着皮肤，像只被淋湿的小宠物，抿着唇不出声。

宁知没有强迫他立刻改掉。

过了好一会儿，陆绝才气呼呼地出声：“不跑。”

下雨，他不跑步。

宁知勾唇：“谁说谎骗人是小狗。”

陆绝看了她一眼，眼里嫌弃的意思很明显：“小狗你。”

你才是小狗。

陆母看见宁知果然把陆绝劝了回来，赶紧让人拿来干净的毛巾给两个人擦头发：“姜汤呢？快把姜汤端过来。”

陆母伸手想要帮陆绝擦擦头发，却被他闪躲开了。

她叹了口气，去帮宁知擦头发：“快把姜汤喝了，千万别感冒。”

宁知听话地捏着鼻子小口地喝着姜汤。

而另一边，陆绝讨厌姜汤的气味，转身就走，根本不想碰姜汤。

“这孩子，从小到大就讨厌姜的气味。”陆母没有办法，只能随他。

宁知喝完姜汤，陆母赶紧催促她上楼换衣服，重新包扎脚上的纱布。

夜里，宁知发现陆绝身体滚烫，他发烧了。

她第一时间告诉陆母，还找了陆家的家庭医生。

“肯定是今天淋雨着凉了。”陆母眉心紧蹙，一阵担心。

“小绝从小到大生病、不舒服或者受伤都不会哭，也不会吭声，幸亏小知发现得早。”她叹了口气。

陆父陪同她站在一旁，安抚着：“不用担心，待会儿看看金医生怎么说。”

宁知看到陆绝头顶的显示框里弹出了一朵黑云，显然，他现在难受，不开心。

金医生开了药，还叮嘱了一番。

直到众人离开，房间里安静下来，宁知倒了水，把药分好给陆绝。

他穿着一身蓝色底大红花图案的睡衣，笔直地躺在床上，俊脸烧得红红的，目光湿润，头顶着小黑云，可怜又可爱。

“先把药吃了。”宁知亲自把药喂到他唇边。

陆绝配合地张嘴。

她正想要把水杯递给他，转眼发现，陆绝直接吞了药，好家伙，他一点儿也不怕苦。

“喝点儿水。”宁知把水杯塞到他手里。

陆绝乖乖地喝了一整杯水，然后起床把水杯放在了原来的位置。

宁知哭笑不得，就连病着，他都还能记得水杯该放在哪里。

“还难受吗？”他头顶的小黑云还没有消失。

因为发烧陆绝的唇色变得红润，他抿着唇，不吭声。

“你今天很乖，听话的孩子会有奖励。”宁知试图哄他。

陆绝眨了眨眼，一双黑眸安静地看着她，像在问会有什么奖励。

“你躺下。”

陆绝再次躺下，漆黑的眼眸还是盯着宁知。

最近，陆绝注视她的次数变多了，目光在她脸上停留的时间也变长了，而且，她的话他基本能听进去。

这是一个很大的进步。

宁知居高临下地看着床上的陆绝，觉得自己的唇有点儿干。

她伸出手指，微凉的指尖触碰上他的喉结：“这里，你想我亲一下吗？”

陆绝缓慢地反应过来，因为发烧，低沉的声音磁性十足：“亲我。”

宁知没有扭捏，俯下身去凑近他。

陆绝的体温很高，她的唇落在他的喉结上也能感受到他的温度。

她轻轻地亲了一下，同时，陆绝被迫抬起头，浑身一颤。

他头顶上的小黑云消失了，转眼间弹出了一个小太阳。

小太阳金闪闪的，比黑漆漆的小黑云可爱多了。

看来，他喜欢她这样碰他。

之前只用指尖触碰还不觉得怎么样，现在唇亲着这个位置，感觉暖昧极了。也不知道是不是被陆绝的体温影响了，宁知觉得自己的耳朵阵阵发烫。

收割了一个小太阳，她再次亲了下去。

柔软的唇瓣落在喉结上，陆绝忍不住吞咽了一下，凸起的喉结上下滑动着。

第二个小太阳弹出来了。

接着，第三个，第四个……

陆绝脸上烧得更红，薄薄的眼帘也泛着微红，像是忍不住一般，低沉的闷哼声从他的喉咙里挤了出来。

宁知稍稍抬头，一眼就看到他眼底翻涌着的情绪。

陆绝像是不满宁知的离开，将手搭在她的后脑勺上按向自己的脖子："要，还要亲。"

猝不及防，宁知摔在陆绝的身上，唇狠狠地贴上了陆绝的脖子。

底下懵懂又可怜的小兽沉闷地哼了一声，也不知道是不是被压着了。

这时，房间的门突然被打开。

陆母站在门口，看着眼前的一幕，傻了眼。

"你们……我……"陆母惊讶、喜悦的情绪全都摆在脸上，都忘记自己想要说什么了。

宁知感到一阵尴尬。她没有想到这样暧昧的时刻会被陆母撞见，虽然她和陆绝没有做什么，但她和陆绝这样亲密的姿势难免让人忍不住多想。

陆母反应很快："我刚才想说什么来着？我忘记了。我回去想想，我回去再想想……"

她笑着退了出去，把门关上。

陆母眼里全是喜悦之色，笑容满面地回房，对陆父说道："先前我还以为宁知对小绝的态度突然转变会有什么不良动机。"

陆父挑眉："现在呢？你改变了看法？"

想到刚才看到的那一幕，陆母心下欢喜："我觉得，她或许是单纯地喜欢小绝。"

门被关上，宁知尴尬得脸发红。她没有想到陆绝会这样主动，而且陆母出现了他也不松手。

也对，陆绝根本不懂得什么是害羞，什么是尴尬。

她想要抬头，而他的大手依然按在她的后脑勺上。

“陆绝。”宁知没有看见，陆绝白皙的俊脸上露出茫然，还有几分贪婪的神色。

他皱着眉，眉间带着难耐的神色：“亲，再亲。”

宁知只能低头。

她的唇轻碰着他的喉结，一下又一下，陆绝头顶的小太阳也一个接着一个地弹出来，排着队飞向宁知。

那金闪闪的光让宁知愉悦地眯了眯眼。

开发小宝藏啊，她最擅长了。

收割完小太阳，宁知抬起头。

只见陆绝仰着头，漂亮的桃花眼茫然又明亮地看着天花板，放在身侧的手不断抓紧又松开。

喉结的位置痒得不行，他无意识地反复做着吞咽的动作。

他的俊脸涨红，眼帘微红，就连脖子也泛着红晕，也不知道是发烧体温高的原因还是羞的。

感受到宁知停止了动作，他眼睛看向她，低声道：“还要。”

宁知过桥抽板，笑着说道：“不许贪心啊。”

陆绝抿着唇，用指尖去摸刚才宁知触碰过的喉结，没有任何感觉。

他茫然地看着她，说道：“不够，我。”

陆绝完全不懂什么叫贪心，就是想要这样被宁知触碰的舒服感觉。

他眨了眨眼，低沉的声音因为发烧而多了几分慵懒的意味，如同嗷嗷待哺的小兽：“不够的，要，要。”

还不够，我还要的。

宁知忍不住捏捏他的脸：“怎么这么贪心？”

对上他懵懂的目光，宁知心有点儿软，又不是什么困难的事，纵容他一下怎么了？

她刚低下头，陆绝迫不及待似的直接将她按了下去。

她的舌尖不小心碰到了他的喉结。

陆绝重重地哼了一声，既像难受，又像愉悦。

宁知看到小太阳又从他头顶的显示框里弹出来了。

这次跟以前都不一样，以前的小太阳是一个接着一个地弹出来，而现在，陆绝的小太阳是两个两个地并排弹出来。

一眨眼的工夫，宁知便看见他头顶有了六个小太阳，而且还在两个两个地增加。

宁知有点儿蒙。

这是什么意思？

是他开心的情绪加倍了，还是他的显示框升级了？

宁知眼睛发亮，又尝试用舌尖去触碰陆绝的喉结，小太阳弹出得更欢快了。

陆绝的脖子涨得通红，他像是被欺负狠了的小兽。

被逼到了尽头，小兽猛地翻身。

下一秒，换成宁知茫然地看着上面的陆绝，他漆黑的眼底透着欲望，还有茫然的隐忍。

他盯着她，只盯着她。

就在宁知觉得他会做些什么时，他动了动唇，看了她一眼，从床上下去了。

看着他蓝底大红花的身影消失在门口，宁知有点儿蒙：陆绝生气了？

是她把他压榨得太过分了？

陆绝的心，海底的针，让人猜不透。

宁知数了数仓库里的小太阳，下一次穿回去需要五十个小太阳，还差十个小太阳。

接下来的这段时间里，考虑到陆绝在生病，宁知没有继续压榨陆绝的小太阳，加上之前他突然离开，她不知道自己是不是让他不舒服了。

宁知告诉自己，不能贪心，要慢慢来。

一个生病，一个扭伤脚，宁知和陆绝两个病人只能待在书房。

霍晓月到来的时候，看见的是宁知陪着陆绝看书，异常宁静和谐的一幕。

之前，她一直觉得宁知配不上陆绝。

突然间，她发现除了宁知好像没有人能靠近陆绝，没有人能陪在他的身边。

“你怎么会在这里？”宁知发现了站在门口的霍晓月。

霍晓月理直气壮地走进去：“书房的门没有锁，我推门就进来了。”

“我不是问你怎么进来的，我是问你为什么来。”宁知往嘴里塞了一颗车厘子，随即又拎起一颗喂到身旁陆绝的唇边。

陆绝配合地张开了嘴。

这一互动看得霍晓月再次傻眼。

她清楚地知道陆绝的性格，从小学到高中，他都是独来独往，不跟任何人接触，也不让人接触。

她在他身后追逐了这么多年，自己都快把自己感动哭了，陆绝却毫无所动。

而宁知不仅能接触陆绝，能让陆绝听她的话，还能和他这样亲密的互动。

这还真是让人看着碍眼。

霍晓月哼了一声，说道："我来，是想请陆绝参加高中的同学聚会。"

高中的同学听说她从国外回来，特意举办了这次同学聚会。

"不去，他不参加。"宁知直接拒绝。

霍晓月生气地说道："又不是问你，我问陆绝。"

旁边，陆绝重复宁知的话："不去，不参加。"

他腰身挺直，像是认真上课的乖学生，坐得端正，额前的刘海儿服帖，可爱，乖巧得不行。

霍晓月呼吸一窒，撇了撇嘴，现在的陆绝还真是听宁知的话。

宁知奖励性地又喂了一颗车厘子到陆绝的嘴里，下巴稍稍抬起，看向霍晓月，意思很明显：陆绝就是听她的。

"你带陆绝一起去。"霍晓月考虑到陆绝的情况，为安全起见，还是有宁知守着比较好，以免发生什么特殊情况。

"你们的高中同学聚会，我为什么……"宁知的话突然停了。

她想到，她穿过去的时间线从陆绝的幼儿园时期，到小学时期，到初中时期，下一次是不是在陆绝的高中时期？

或许，她能借此次同学聚会多了解一点儿关于陆绝高中时期的情况。

霍晓月看见宁知迟疑，赶紧说道："这一次聚会在我家的度假区玩两天，那里有很多好玩的项目，陆绝长期待在陆家，你可以带他出去玩一下，不然他会更自闭的。"

"你为什么要让陆绝参加？"宁知直接问她。

霍晓月傲娇的脸上难得多了几分羞赧之色："陆绝是我青春的全部，现在怀念青春，我当然希望他去。"

宁知最擅长戳人的死穴，托着下巴，随意地说道："但他的青春里没有你。”

啊，怎么会有这样讨厌的人！

霍晓月快被气死了：“你们不去就算了！”

她干吗把自己的脸送上去给宁知打！

她使劲瞪了宁知一眼，转身要离开。

“去啊。”宁知慢悠悠地开口。

霍晓月脚步一顿。

宁知问道：“聚会的时间是什么时候？”

聚会的时间是周六，宁知的脚已经痊愈，陆绝的病也好了。

大清早，她起来收拾行李，想到要在度假区里玩两天，恨不得把所有好看的裙子都带去。

“陆绝，你收拾好了？”宁知纠结完从衣帽间里走出来，一眼就看见站在衣柜前整理衣服的高大身影。

陆绝神色专注地把一件绿底大红花图案的衬衫叠放整齐，放进背包里，还细心地抚平上面的褶皱。

然后，他拿起两条花哨的小内裤，叠得规规整整，小心地放在衣服上。

宁知要被陆绝这可爱的模样逗得笑死了。

她走过去，故意板着脸：“你不能带这件衣服。”

陆绝抬头，漆黑的眼睛茫然地看着她，像在问为什么不能带，她刚才说过的，可以带自己喜欢的衣服。

他最喜欢的就是这件了。

“你带那件红色衬衫吧。你穿那件好看，穿上它肯定是班上最帅的仔！”

陆绝抿着唇，转过身，背对着宁知，不想听。

他的头顶上还弹出了一朵黑云。

现在的孩子越来越不好哄，越来越难糊弄了。

她诱骗他：“你这件衣服这么好看，我听说去度假区那里要上山还要下海，把你的衣服弄脏了怎么办？你舍得，我可舍不得。”

陆绝好像把宁知的话听进去了，身体转回来，不情愿地把那件花衬衫从背包里拿出来，然后挂进衣柜原来的位置。

他刚睡醒，头发有点儿凌乱，头顶上的一小撮头发竖起，加上现在生闷气的表情，真是可爱得不行。

宁知掏出了两双新袜子递给陆绝："这是我奖励你的礼物。"

他这样乖，该好好鼓励一下。

陆绝看向她手上的袜子，红色的袜子上印满了小狗的图案，很可爱。

他抿了抿唇，宁知看到他头顶上的小黑云消失了。

果然，他很喜欢她的礼物。

陆母知道宁知要带陆绝去霍家的度假区参加同学聚会，她丝毫不担心，反而很开心。

"行李都收拾好了吗？还缺什么，我现在让人准备。"陆母絮叨，"这两天的天气好像挺好的，希望你们玩得开心。我让司机送你们过去，有什么事要第一时间打电话回家。"

陆母又说道："让两个保镖也跟着去吧，不会妨碍你们，就让他们跟司机一起接送你们。"

宁知耐心十足，一一应了下来。

宁知带着陆绝离开，看着两个人走在一起的身影，陆母眼里笑意浓浓。

一旁，林恬恬妒忌得心头泛酸、泛苦，明明她比宁知早嫁进陆家半年，陆母从没有这样关心过她。

陆母还真是偏心。

要是宁知像以前那样对陆绝不好，陆母会不会第一时间跟宁知翻脸？

她想得入神。

"恬恬，最近你的脸是怎么回事？"现在没有其他人在，陆母才开口问林恬恬，免得伤害她的自尊心。

林恬恬怔了一下，笑容勉强："我用了不适合的护肤品，过敏了，养一段时间就好了。"

她坚持说自己的脸是过敏所致，不管其他人怎么怀疑，他们只能猜测，根本不会想到这个世界上有光环这样的东西。

只要她重新把光环抢回来，她的脸还有肤色就可以恢复了。

度假村是霍家旗下的产业，霍家的酒店更是遍布全国，很有名气。

霍晓月知道高中同学这样惦记自己，豪爽地承诺包下这一次聚会的所有费用，包括吃喝玩乐住。

其他同学陆陆续续地到达酒店大堂，霍晓月早已到了。她让人安排了包间，准备用午餐。

不少人围上前来：“晓月，自从高考后我们好几年没有见了，你比原来更漂亮了。”

“晓月，如果不是你，恐怕我都没有机会住进这家酒店。”

霍晓月听着众人夸赞的话，下巴稍稍抬起，依然是一脸傲气：“这没什么，如果你们喜欢，在这里多住几天也可以，报我的名字就行。”

旁边，一个一头鬈发，妆容浓艳，穿着红色底碎花裙子的女人挤开霍晓月旁边的人，争抢着坐在霍晓月旁边，脸上谄媚的笑容很明显。

“晓月，你出国这么多年，我很想你，可惜你换了手机号码，我一直联系不上你。”

浓妆女人也就是李莉。说完她赶紧掏出手机：“你现在的电话号码是多少？我保存一下，平常有空我们出来一起逛街，还像以前那样，你想做什么我都陪着你。”

周围的人心里暗骂她厚脸皮，会抓紧机会上位。

霍晓月一抬下巴：“我手机丢了。”

大家都看到了她放在桌面上的崭新手机，很显然，她是不愿意跟李莉联系。

李莉像是早已习惯了被拒绝的尴尬场面，继续说道：“要不，我们加微信好友也可以。”

霍晓月一点儿情面也不给：“我不玩微信。”

大家想起今早在微信群里收到的她发来包间号的信息。

李莉将脸侧的头发别在耳后，笑了笑：“太久没见，我们之间都生疏了。”

霍晓月几乎忍不住了，旁边有人插嘴问道：“人都来齐了吗？还有谁没有来？班长，要不你点点名字？这个以前你最擅长。”

“可以啊。”当年瘦高白净的班长现在已经长成了胖子，岁月还真是把杀猪刀，一点儿也不留情。

班长笑呵呵地去翻名单：“还有陆绝。”

“陆绝吗？”

“他肯定不来。”

大家都知道陆绝的情况特殊，根本不在意他出不出席同学聚会，毕竟当年他在班上跟大家没有任何接触，安静得像是透明人。

现在甚至不少人已经忘记了陆绝，只隐约记得他是傻子或者患有自闭症。

虽然那天宁知答应了带陆绝出席聚会，但霍晓月不确定宁知是不是在骗她，要她玩。

霍晓月发了信息给宁知，好一会儿都没有收到回复。

宁知真的在骗她?

霍晓月皱眉，脸色开始变得不好看。

旁边的李莉一直注意着霍晓月，她现在最懂得看人脸色了，开口道："晓月，你通知陆绝来了？"

"你不说话没有人把你当哑巴。"霍晓月直接怼她，"也不知道是谁通知你来的。"

她忘记让班长不要通知李莉了。

任谁都能看出霍晓月讨厌李莉，但众人也不知道原因。高中的时候，李莉一直是霍晓月的跟班，两个人常常走在一起，没想到这么多年没见，她们之间的感情还不如陌生人。

李莉嘴角的笑容僵住了，握着手机的手收紧。

这时，包间的门被打开。

众人看过去，只见一个穿着红色运动服，个子很高，长相英俊的男人走进来。

在场不少人的双眼瞬间放光：他们班上什么时候有一个这么帅气的同学?

"是陆绝。"也不知道是谁突然冒出了这么一句。

众人认真一看，从记忆中慢慢搜索出这个男人确实是当初那个沉默的陆绝。

李莉化了浓浓眼影的眼睛直勾勾地打量着陆绝，以前上学的时候，她为什么没有发现陆绝是这样的?她为什么没有找机会结交陆绝?

自从出了学校，在社会上摸爬滚打，她越来越意识到自己这样的小人物一辈子都很难往上攀爬。

以前班上的人都嘲笑陆绝有自闭症，现在依照家世，陆绝碾压在场所有人。恐怕不少人都在心里后悔，当年没好好跟陆绝做朋友。

李莉站起来笑着对陆绝招招手："陆绝，这边有空位，你可以坐这里。”

大家把李莉的积极态度看在眼里，不少人暗恨，又学着她的样子赶紧开口：“陆绝，我这边也有空位。”

陆绝站在门口没有动，回头往身后看去。

下一秒，宁知走了进来。

众人又是一惊——他们不记得班上有这个人。

宁知牵住陆绝的手向霍晓月那边走过去：“路上塞车，来晚了。”

霍晓月哼了一声，抱怨道：“你不回我信息，我还以为你骗我呢。”

“你放心，我一向守信用。”

“这位是……？”李莉看着对方和陆绝牵在一起的手，“你好像不是我们班的？”

“不眼瞎的人都知道她不是我们班的。”霍晓月再次怼李莉，“宁知是陆绝的妻子，同学聚会可没有说不能携眷。”

“对对对，我们是很欢迎携眷的，如果我有妻子，我也想带她来度假村玩玩。”班长打着哈哈调节气氛。

“哇，陆绝竟然英年早婚？”有人惊呼。

他们还记得高中的时候，陆绝不与任何人打交道，不接触人也不让人接触，孤僻，独来独往。

大家以为像他这样的性格会一辈子都独身。谁也没想到他竟然比他们结婚早，而且他的妻子还长得极漂亮。

宁知精心打扮过一番，毕竟身为陆绝的妻子，在外肯定不能给他丢人。

她已经拿回百分之六十的光环，皮肤白了，五官也恢复了原本的精致感，虽然还没有完全恢复到明艳动人、耀眼夺目的样子，但依然比在场所有的女人都好看。

宁知牵着陆绝的手，感受到他面对这么多人有几分紧张，故意用指尖在他掌心中轻撩着，分散他的注意力。

这时，李莉笑着开口：“晓月，我记得高中的时候，你最喜欢的人就是陆绝，还天天给他带早餐。”

霍晓月气得狠狠瞪了她一眼，李莉就是故意的。

大家也记得有这回事，霍晓月追了陆绝很久，可惜陆绝从来没有回应过她。

他们下意识地去看宁知的反应，毕竟现在她是陆绝的妻子，任谁都不愿意看见情敌吧。

宁知勾了勾唇，笑着说道：“你弄错了，霍晓月从初中就开始给陆绝带早餐。”这可是她上一次穿回去的时候亲眼看见的。

霍晓月感到一阵窘迫，嘴皮子也不利索了：“陆绝竟然告诉你这些？”

宁知笑了笑，完全没有众人想象中的针锋相对：“我们感情好，他从小学到初中的事我知道不少。”

霍晓月没好气地瞪了宁知一眼——她竟然趁机秀恩爱！

宁知今天来是想打探陆绝上高中时的事，然而不管她问谁，对方都回答没有什么印象。

这一次同学聚会她没有什么收获。

在上洗手间前，宁知千叮咛万嘱咐，对着陆绝重复好几遍，不能随便喝别人递的饮料，也不能随便吃别人夹给他的菜，要乖乖等她回来，不能乱跑。

陆绝漆黑的眼睛看着她，带着几分嫌弃之意：“不小孩我。”

他不是小孩。

“我知道。”宁知笑着摸摸他的头，“但你比小孩可爱。别人妒忌你可爱，要害你怎么办？你乱跑，别人拐走可爱的你怎么办？”

宁知还真把陆绝当小孩哄着。

陆绝垂下眼帘，耳朵有点儿红，缓慢地应声：“记得的。”

他记下了。

宁知这才放心地走出包间，霍晓月也起身跟了上去。

走廊里，宁知瞥了霍晓月一眼：“你跟着我？”

“我也上洗手间，谁跟着你了？”霍晓月奓毛。

宁知觉得霍晓月像随时要欺负人又没有真本领的小狮子，咋咋呼呼的看起来很凶，其实别人一巴掌就能轻易将她打倒。

宁知懒得理她。

霍晓月穿了高跟鞋，走得没有宁知快。她被落在后面，看着宁知的那双长腿，撇了撇嘴。

宁知率先走进洗手间，正好碰见李莉还有一个不知道叫什么名字的女人在补妆。

她们看见宁知进来，用余光瞄了她一眼，不以为意。李莉继续说道：

“霍晓月还不是自恃家世好才用鼻孔看人。”

宁知深以为然，竖着耳朵准备听八卦。

李莉说道：“再有钱又怎么样？还不是有一颗蠢脑子？要不是她的出身好，像她那样的蠢货哪里还能这样嚣张？”

“你好像有什么没有跟我说。”旁边的女人一脸好奇之色。

李莉告诉她：“你也听说过霍晓月的哥哥霍晓阳没了双腿，只能一辈子坐轮椅的事？”

女人连忙点头。那时候他们班上好几个女生喜欢霍晓月的哥哥，那样优秀的人后来突然发生意外，学校里不少女生都哭了。

“大家都以为霍晓阳学长是发生了意外，但没有人知道他发生意外完全是因为霍晓月的任性。”

李莉笑着说道：“你知道霍晓月为什么无缘无故地出国了？就是因为她害惨了她哥哥，霍家才把她丢出国的。”

女人震惊地问：“这是真的？”

这时，洗手间的门被人狠狠地踢了一脚，门打开了。

门口站的是霍晓月，她像是奓毛的狮子，红着眼，凶狠地瞪着李莉：“我扇烂你这个贱人的嘴！我是蠢脑子，一直听信你的话，听你煽动去做傻事。”

李莉没想到自己说霍晓月的坏话，会被正主当场听到，赶紧拿起一旁的手提包想要离开。

霍晓月二话不说，上前直接狠狠地给了她一个耳光：“早就想打你了。”

“霍晓月你别太欺负人！”李莉捂着脸，被打的侧脸火辣辣地痛。

“我就欺负你，就欺压你，你能怎么样？”霍晓月一脸怒火，气得不行。

另外一个女人吓得赶紧逃跑了。李莉哪里真敢与霍晓月对着干？她挨了一巴掌，也是被白打。

霍晓月甩了甩手掌，力的作用是相互的，她的手掌也痛得很：“还不滚？要我再打你一次？”

李莉咬着唇，踩着高跟鞋赶紧离开。

洗手间里隔间的门被打开，宁知走了出来。

“你什么都听见了？”霍晓月瞪着她。

"嗯，全部听见了。"宁知走到洗手台前，挤了洗手液，慢慢地揉搓自己白皙的指尖，"毕竟我又不聋。"

霍晓月狠狠地瞪了宁知几眼，转身离开。

"等一下。"宁知喊住了她。

霍晓月停住脚步，不耐烦地说道："你还有什么事？想要嘲笑我？"

"不是。"

宁知关掉水龙头，抽出纸巾，把手指一根一根地擦干，这才疑惑地问霍晓月："你不是要上厕所吗？"

霍晓月："……"

"宁知，你真讨厌！"

吃完午饭，宁知带着陆绝到了酒店房间。

房间外有一个大阳台，人站在阳台上，能看到远处的青山。

虽然打探不到有用的信息，但她想带陆绝在度假村里好好玩玩。

宁知懒洋洋地躺在床上："我们睡一会儿，下午再到外面逛逛。"

陆绝没有应声，反正他没有任何意见。

这时，房门被敲响。

宁知打开门，疑惑地看着门外的霍晓月："有事？"

她还以为自己听到霍晓月的八卦，对方短时间内都不愿意见到她了呢。

"有兴趣陪我去喝一杯吗？"霍晓月调整好了心情，不像刚才那样咋咋呼呼的。

"你找我喝酒？"宁知看了一眼外面的天色，阳光强烈，"天还没黑，这么早你就开始梦游？"

霍晓月没好气地瞪了宁知一眼："我被戳中伤心事，想找人陪着喝杯酒也不行吗？还是说你不会喝酒？"

宁知笑道："激将法对我没用。"

她想到在洗手间里听到的话，再看看霍晓月泛红的眼眶，过了好一会儿，叹了口气说："先说好，我只能陪你到下午两点，等陆绝午休后我还要陪他。"

霍晓月眼神哀怨——她突然又被塞了一嘴的"狗粮"。

宁知转身告诉陆绝她要出去："等你睡完午觉，我就回来了，你要乖乖休息。"

其实不用她说陆绝也会好好休息，毕竟他有固定的午休时间。

陆绝抿着唇，没有应声，笔直地躺在床上，闭上眼睛。

宁知有点儿不放心，通知保镖在门外守着，不能让陆绝随意乱走，他外出的话保镖必须跟着。

霍晓月听宁知对保镖的叮嘱，惊愕地说道："你这是把陆绝当孩子养了？"

宁知瞥了她一眼："我这是贴心、细心、小心加以防万一。"

"行行行，你做事最谨慎。"霍晓月打断宁知直接将她拉走。

包间里，霍晓月一杯接一杯地灌酒。

宁知在一旁喝酸奶："就算酒水不要钱，你也没必要自虐。"

霍晓月喝着喝着拿着酒瓶子就哭出来了："李莉那个坏女人说得对，是我害惨了我哥哥。"

她转过头看向宁知："我傻啊，听了李莉的话，我真蠢，呜呜呜……"

宁知吸了一口酸奶，点点头："看出来了。"

"呜呜呜。"霍晓月哭得更厉害了，"你就不会哄哄我？你怎么这么讨厌？"

宁知捧着酸奶，理直气壮地说道："我只会哄陆绝。"

"哇——！"

霍晓月痛哭。她这样伤心了，还要被塞"狗粮"。

她眼眶红红的："我哥哥明明那么优秀，这辈子只能在轮椅上度过，明明是我害惨了他，他也不怪我，我宁愿出车祸的人是我。"

在国外的第一年，她天天哭，天天后悔。

"要是能重新来过，有机会回到过去，我一定会骂醒我自己，狠狠地打我自己一顿。"霍晓月呜咽着，"不对，我一定会救哥哥，不让他出任何意外。"

宁知想起了什么："你说过你哥哥是为了救陆绝出事的，这是怎么回事？"

霍晓月又哭又笑，没有告诉宁知。

宁知哄骗她："你告诉我，说不定我能帮上你什么忙。"

"你帮我？你怎么帮我？难道你能帮忙救我哥哥？"霍晓月酒气上头，脑袋晕晕的。

"哦，救你哥哥吗？我不一定能救下，你先说。"宁知不确定能不能救霍晓阳毕竟会发生什么，她也不知道。

霍晓月哭着把事情的经过告诉了宁知："我是不是很任性，很让人讨厌？"

宁知点点头："是。"

霍晓月哭得更大声了。

"你闭嘴，吵得我耳朵疼。"宁知靠在椅背上吸着酸奶，"要不你求求我？我或许能救你哥哥。"

霍晓月的哭声戛然而止，她嬉笑着说道："我求求你。"

她摇头晃脑："你要是能救我哥哥，让我喊你姑奶奶都行。"

宁知笑了："记住你说的话。"

霍晓月又喝了不少，最后宁知看她哭得可怜兮兮的，陪着她喝了几杯酒。

然而，宁知很快发现自己这具身体竟然属于沾酒就醉的类型。

宁知以前的酒量很好，她很久没有体会过醉酒的滋味了。

她的脸上染了红晕，意识有点儿模糊："不陪你闹了，我还要回去陪陆绝。"

宁知把经理喊来，让女经理把霍晓月送回房间。

室内，陆绝已经醒来，呆呆地坐在床边，看见宁知才有了反应。

宁知走过去："你等我很久了？"

陆绝没有出声，安静地看着她，发现她的脸红红的。

"对不起，我回来晚了。"宁知对着他笑了笑，眉眼弯弯，一双黑眸水灵灵的。

"要不，我补偿你？"宁知歪着头，提议道。

陆绝抿着唇。

"你最喜欢我亲你的喉结。"宁知在他身旁坐下，凑近他，"我也喜欢亲你这里，有很多小太阳呢。"

她的指尖在陆绝的喉结上来回滑过。

看着陆绝的喉结随着吞咽的动作上下滚动，宁知笑道："真好看。"

说着，她亲了过去。

"为什么没有小太阳？"宁知亲了一下，没有看见他弹出小太阳。

她又亲了一下，还是没有。

醉酒的宁知耐心可不好。她有点儿不耐烦，要脾气一般一小口咬在陆绝的喉结上。

她没有用力，只是轻咬着，但不断地用齿尖摩蹭那凸出的喉结。

陆绝浑身一颤，头上弹出一排小太阳。

“一个、两个、三个。”

宁知数着那并排着的三个小太阳，愉悦地眯了眯眼：“你又升级了？”

宁知笑弯了眸子。

她趴在陆绝的怀里，再次对着他的喉结开始轻咬，低喃道：“这里要好好开发，有好多好多小太阳。”

之前宁知只是用唇轻轻地触碰他这个位置，就连亲也算不上。但现在不一样，她的唇几乎是含着他的肌肤的。

柔软、湿热的触感传来，陆绝漂亮的桃花眼里全是茫然之色，还有莫名涌动的情绪。

他的身体绷得很紧，难受又有种说不出的舒服的感觉。

陆绝忍耐不住，跟随着身体的感觉，突然把宁知压下，仰起头，任由她作乱：“知知，知知亲我。”

第七章

怪姐姐是我的

突然被逼迫着躺下，宁知脑袋又蒙又晕。

她看着上方的陆绝，笑着说道："你好重，压死我了。"

男人的胸膛健壮，沉重得很。

陆绝眨了眨眼，没有挪开，也不想挪开。他把自己的脖子凑到她的唇边，低沉的声音像是在乞求："还咬。"

他觉得好舒服。

宁知眼前的陆绝眉目清秀，眼里透着渴望的神色，就像急需安抚的小狗："知知咬我。"

不得不说，他仰起头露出好看的脖子还有性感凸起的喉结，真的让人想要放肆地对他。

宁知现在就是放肆的人。

"咬你，咬你，你要多多生产小太阳。"宁知摸了摸陆绝额前的刘海儿，显示框里的小太阳不断地拥向她。

她积极地凑上去，嘴微张着，开始胡乱蹭动。

陆绝被宁知压着的手收紧，想要把宁知推向自己，贪心地想要更多，更多。

夜里，月光落在阳台上，周围一片静谧。

宁知醒来的时候，眼前一片黑暗，头还有点儿晕，想起下午陪霍晓月喝酒的事。她后来是醉了？

她眨了眨眼，借着窗外的月色，逐渐适应眼前昏暗的光线。

陆绝呢？

宁知正要起身，手突然触碰到旁边温热的躯体。

她转头看过去，瞬间对上昏暗中的一双明亮的眸子。

周围太暗了，她看不清陆绝脸上的神色，开口问他："我睡了很久？"

她原本还打算下午带陆绝到处玩一玩，没想到醉酒睡到天黑了。

宁知有点儿愧疚，伸手打开床头旁的台灯，暖色灯光亮起，驱走了房间内的昏暗。

宁知这才看清楚躺在床上的陆绝。

他额前的头发凌乱，眸子明亮，眼帘透着微红，脖子的肌肤上是一个个显眼的红印，就连他身上的红色运动服也皱巴巴的。

他像是被人欺负了，可怜极了。

宁知："……"

她醉酒的时候，对他做了过分的事？

她这么渣？

宁知还看见陆绝的喉结上有一个浅浅的牙印！

对上陆绝茫然、干净的目光，宁知脸上发烫，耳根都烧起来了——她真是罪孽深重。

宁知对陆绝抱歉地笑了笑，她不是故意的！

再看看她的小仓库，宁知差点儿被那一排排金灿灿的小太阳闪瞎了眼。

放眼望去，小太阳挤在一起，闪闪发亮，真是让人看了就心情愉悦。

宁知大概数了一遍，之前她得到了四十个小太阳，现在，在她醉酒的时候，竟然又得到了五十个。

现在的她，竟然是手握九十个小太阳的人！

她是怎么拿到这么多小太阳的？

宁知的目光又落在陆绝的脖子上，那几个红印还有牙印惹眼得很。

宁知是知道的，陆绝不会反抗，他这样乖的性子只会任由她欺负。

她很愧疚，心疼地伸手去摸陆绝脖子上的牙印。感受到对方绷紧了身体，她放轻了声音："对不起，我咬痛你了？"

微凉的指尖在他的皮肤上抚过，陆绝想起下午的时候，是他求着宁知让她一小口一小口地亲着他，咬着他。

又翘又长的睫毛微微颤动，遮掩住了陆绝明亮的眸子，他沙哑的声音有点儿沉："不痛我。"

他不痛。

陆绝脖子上的痕迹很明显，宁知找来了粉底液，给他涂了厚厚的一层，勉强遮盖了一下。

洗完澡后，宁知换上漂亮的裙子，躺在床上，旁边的陆绝已经睡着了。

她把霸王喊出来："这一次是五十个小太阳？"

霸王要是有实体，此时早已舔着小嘴巴流口水了："对的，主人。"

再睁眼的时候，宁知发现自己身在一所高中里，周围的学生穿着厚厚的外套。

宁知低头去看自己身上浅粉色无袖连衣裙薄薄的布料，觉得自己好像穿错衣服了。

宁知有点儿庆幸自己在聚会上问了陆绝的同学他们是哪个班，班级在学校的哪个位置，现在能派上用场了。

她有点儿期待见到高中时期的陆绝，比起初中的时候，他肯定又长高了。

这一次，宁知轻易地找到了陆绝的班级，然而，她在班上没有找到陆绝。

他不在？

宁知准备去找陆绝，转身时，正好看见双腿修长、身体健康的霍晓阳迎面走来。

比起坐在轮椅上的霍晓阳，现在的他少了几分成熟感，多了几分阳光。

他个子高，穿着高中的校服，走在走廊里，引得不少人侧目去看。

霍晓阳从宁知的身旁经过，站在教室门口："麻烦你帮我找一下霍晓月好吗？"

被叫到的女生下意识地屏住呼吸，瞬间涨红了脸："她不在教室，我们下一节是体育课，她好像去了游泳馆。"

女生不敢直视霍晓阳的脸，他太帅了：“待会儿我可以告诉晓月，霍学长你来找过她。”

“好的，谢谢你。”

霍晓阳斯文英俊的脸上带着温和的笑，女生更害羞了：“学长，不……不客气的。”

宁知听到他们的对话，知道陆绝在游泳馆那边，转身就走。

宁知来到游泳馆，看见学生们已经换上了泳衣，室内有控温的设施，就算现在是冬天，场馆内依然很暖和。

因为两个班级的学生一起上课，泳池周围的人有点儿多。

宁知原本以为在这么多人中找陆绝会很困难。

然而，在众多穿黑色泳裤的男生中，有一个穿着花泳裤的身影，于是她一眼就找到了陆绝。

他还真是容易找啊。

宁知穿过人群，向那个瘦高的身影走去。

“陆绝。”宁知站在他的身后，拍了拍他的肩膀。

上一次见面还是他上初三的时候，过了大半年，陆绝又长高了很多，现在的他身高将近一米八了。

陆绝没有反应，只呆呆地站着。

宁知正要走到他身前，却被别人捷足先登。

那人是霍晓月。

她穿着一件纯白色的连体泳衣，头发扎成高高的马尾，青春靓丽，笑着问陆绝：“明天是我的生日，我准备叫上班里的同学一起去庆祝，你要参加吗？”

陆绝低着头，没有理会她。

霍晓月已经习惯了他沉默的性格：“你不说话，我就当你会来。”

她又说道：“每次上游泳课，你都在一旁看着我们下水，要不这一次我教你吧？”

她教陆绝游泳的话，两个人避免不了肢体的接触，霍晓月越想越甜：“陆绝，我教你游泳。”

陆绝依然不理会她。

这时，一个女生走了过来，宁知总觉得对方的样子很熟悉。

下一秒，她听到霍晓月喊那个女生李莉，她再次打量那个女生的容颜，逐渐地，面前女生的五官与她看到的那张浓妆艳抹的脸对上了。

这真是李莉。

宁知还记得李莉在洗手间说霍晓月的坏话，然后被打了一个耳光。

现在霍晓月和李莉玩得多亲密，以后霍晓月和李莉的关系就有多僵。

“晓月，老师来了，我们赶紧过去集合。”李莉提醒霍晓月。

“我知道了。”霍晓月又看了陆绝一眼，才不舍地离开。

上课铃声响起，众人都过去集合，唯独陆绝像听不到上课的铃声一样，还站在那里。

显然，体育老师已经习惯了陆绝这个特殊的存在，并没有理会陆绝。他知道这个学生很安静，不会打扰其他人。

体育老师喊着口号，开始带领大家做热身运动。

宁知从陆绝的身后走到他的面前，手牵上陆绝的手，少年的手指修长，骨节分明，有点儿凉。

她柔声对陆绝说道：“陆绝，我来了。”

宁知的手瞬间被扣紧，她看到陆绝抬起头，目光落在她的脸上，停顿了几秒才移开。

过了好一会儿，他又看向宁知，然后再次移开视线。

如此反复好几次。

“是我。”宁知微笑着说，“这一次我们分开才半年左右，你忘记我了？”

陆绝的声音沉闷：“168。”

这一次，宁知很快明白陆绝口中的“168”是什么意思。

他数着日子，有 168 天没有见她。

宁知的心软了，心湖像身后泳池里的水，微微泛起涟漪：“对不起，让你久等了。”

陆绝抿着唇不应声，手却紧紧地扣住宁知的手，唯恐她再次从他的眼前消失。

他生她的气，但更怕她再次消失。

“不要怕，我现在还不会走。”宁知安抚他。

陆绝又看了她一眼。

“陆绝，你班上的同学都下水了，你想玩水吗？”宁知告诉他，“我可以教你。”

她还记得陆母之前跟她说过，陆绝有一次掉进湖里差点儿被淹死，是陆深远救了他。

如果陆绝学会游泳，以后再发生这样的事他也会自救，或许不用再受罪。

“我教你好不好？”宁知拉着他走到人少的泳池角落。

陆绝皱紧眉头，极度不情愿。

宁知在泳池边坐下来：“我们先在这里坐一会儿，玩玩水，待会儿你想学了我再教你。”

宁知脱下脚上的鞋子，把脚伸进水里。原本她想要玩一玩水，然而她发现，水穿过她的脚，她却没有任何感觉。

陆绝站在一旁，低头看着宁知。

宁知的脚很白，脚踝纤细，脚趾泛着浅浅的樱花粉色，精致又漂亮。

两只小脚放在水里显得更白了，调皮地晃来晃去，很好看。

陆绝闷头坐了下来，学着宁知的样子，缓慢地把他的脚放进水里。

宁知发现陆绝的腿比她的长多了。她有点儿坏，故意用自己的脚踩在他的小腿上，按在水里。

陆绝又翘又长的睫毛微微颤动，她的脚小小的，脚底软软的，踩在他的腿上，有点儿凉，又有点儿痒。

“好了，我要下水了。”宁知直接跳下去，惊讶地发现她的裙子在水里竟然没有被打湿。

这就像霸王说的，现在的她是这个世界的例外。

“你要下来吗？”宁知浮在水里，水珠从她白皙精致的小脸上滚落，一点儿水渍也没有留下。

宁知尝试着游了一段距离，因为触碰不到水，她有种在半空中飘浮的感觉。

陆绝的薄唇紧紧地抿着，漆黑的眼睛安静地看向宁知。

宁知游回他的身旁，在水里仰着头看他，眼睛亮亮的：“陆绝，你要下来吗？”

陆绝对上宁知的眼睛，里面是他的身影。

过了好一会儿，他才应声：“要。”

陆绝下水的动作极慢，泳池的水并不深，但宁知还是扶着他，她能感受到他紧张的情绪。

“不怕，我会陪着你。”宁知安抚他。

原本她一个人在水里并没有什么感觉，然而，她触碰陆绝的时候，会感受到皮肤间的湿润感。

“如果你害怕的话，你的手可以搭在我的身上。”哪怕是在水里，陆绝也比她高，她只能仰头看他。

宁知发现，哪怕只过了半年的时间，现在的陆绝比起之前不仅个子长高了，就连胸膛也变得更加健壮，脸的轮廓越发棱角分明，而眉间依然青涩、干净。

陆绝垂下眼帘，手搭在了宁知的腰间，然后收紧。

宁知惊愕地看见陆绝被打湿的短发下的耳朵悄悄地红了。

宁知是真的想教陆绝游泳，毕竟她知道将来他会用上，学会游泳到时候能少吃苦头。

然而，陆绝不配合。

他将她抵在泳池边，手搂在她的腰间，要是换了其他人，宁知必定觉得对方想要耍流氓。

然而，面前的陆绝眼神茫然、干净、明亮，她知道，他只是单纯地喜欢抱着她的感觉。

“不是要跟我学游泳？”宁知叹了口气。

幸好两个人在水里，否则在别人看来陆绝抱着空气的姿势太引人注目了。

在这半年的时间里，陆绝学习到了很多东西，其中就有拥抱。

水里，陆绝的身体向宁知靠近，两个人几乎贴在一起。陆绝低头，把头埋在宁知的肩窝处，声音低低的：“抱你，怪姐姐。”

少年的语气带着依恋。

陆绝不喜欢被人拥抱，但可以学习抱怪姐姐。

最终，陆绝并没有学游泳，而是站在水里一直抱着宁知。体育老师看见他站在那里一动不动，吓得赶紧过去，想要将他拉上来。

宁知庆幸，除了陆绝没有人能看见她，否则就太丢脸了。

宁知把陆绝劝去更衣室换衣服，告诉他她不能进去：“我在门口等你。”

陆绝被宁知推进了更衣室，宁知在外面等着，不一会儿，陆绝已经换好衣服出来了。

宁知看得出他很着急，他换上了红色的外套，头发还是湿的，并没有擦干。

“陆绝，去把头发擦干。”外面天气冷，容易感冒。

陆绝抿着唇，在宁知凶巴巴的目光中，不情愿地再次走进更衣室。

陆家。

宁知跟着陆绝回房，发现陆绝房间的装修风格换了，以前是小男孩的风格，现在换成了偏冷风格。

这个房间的布置她太熟悉了，跟她住的房间一模一样。

陆绝放下身上的红色背包，转身往外走。

“你去哪里？”宁知跟上去。

陆绝突然想起什么，语气带着几分慌张：“不跟我。”

你不能跟着我。

宁知疑惑，故意调侃他：“你对我有了秘密？”

陆绝抿紧薄唇，低下头不应声。

“不能让我知道吗？你去吧，我在这里等你。”宁知没有强迫他。

陆绝飞快地看了她一眼，离开了。

宁知返回房间等着，窗外吹着猛烈的风，而她的身上依然穿着来时的浅粉色连衣裙。

也不知道过了多久，陆绝回来了，哪怕他面无表情，宁知也能感受到他开心的情绪。

宁知还真是好奇他刚才去做什么了。

这样想着，她忍不住开口问他：“你刚才偷偷去做了什么？”

陆绝垂下眼帘，不看她，也不回答。

不爱说话的陆绝，如果不愿意开口，没有人能撬开他的嘴巴。

啧，他还真是收藏秘密的小能手。

晚上，夜色深浓。

宁知准备睡在沙发上，而沙发前，穿着一身红色睡衣的少年笔直地站着，呆呆地看着她。

宁知靠在沙发上，仰头看他。少年的陆绝，眉目青涩带着执拗，还真难哄骗啊。

她叹了口气："你现在又不是小孩子了，沙发太小了，睡不下我和你两个人。"

陆绝眨了眨眼，过了好一会儿才缓慢地开口："你睡我。"

宁知："……"

她赶紧拒绝："我不睡你。"

陆绝飞快地看了她一眼，耳朵上逐渐有红晕蔓延："睡我床，睡我床。"

原来他说的是让她睡他的床，她还以为单纯的陆绝被教坏了。

宁知没有坚持，往床那边走去，刚躺下，陆绝也迅速地躺在她的身旁。

房间里的灯光暗黄，陆绝没有睡着。

他的身体转向背对着他的宁知，悄悄地向她靠近。

他想要把身上的被子盖在她身上，然而被子直接穿过她的身体，怎么也盖不上去。

陆绝抿紧唇，聪明地把自己的身体贴上宁知的后背，腿也贴着她的腿，手搭在宁知的身上，像是把她彻底搂进了怀里。

被子覆盖在了他们两个人的身上。

宁知看不见，身后的陆绝眼底浮现出了淡淡的笑意，嘴角微微勾起，脸上的小梨窝露了出来。

他低沉的声音在夜里显得特别清晰："怪姐姐，怪姐姐……"

第二天早上，天刚放亮，陆绝已经醒来。

他睁开眼睛，一眼就看到了面前宁知的脸，她眼睛紧闭着。

陆绝眨了眨眼，漂亮的桃花眼安静地看着宁知。

怪姐姐的皮肤很白。

怪姐姐的睫毛很长。

怪姐姐的鼻子小巧。

怪姐姐的嘴巴红红的。

陆绝看得很认真，喃喃道："怪姐姐漂亮。"

他的目光落在宁知的唇上，有点儿移不开了。

陆绝安静地看着，抿了抿唇，悄悄地把自己的头凑近宁知，他的唇与她的小嘴几乎要贴上了。

宁知醒来的时候，旁边早已没有了陆绝的身影，他应该是去晨跑了。

也不知道过了多久，她才看见他回来。

外面刮着大风，哪怕宁知现在感受不到寒意，也知道陆绝只穿着一件单薄的红色运动衫肯定是冷的。

而他毫无所觉，脸色苍白，就连唇也冻得变了颜色。

宁知走过去握住他垂在一侧的手，很冰冷。

她皱眉："陆绝，现在天气冷，你要穿厚的衣服。"

就算他感觉不到冷，但并不代表他不会被冻生病。

陆绝抿着唇，不情愿地把他的红色厚外套穿上。

宁知弯了弯眼眸，笑着说道："小绝绝真乖。"

少年的睫毛微微颤动，他黑色的短发下，耳朵有点儿红了。

来到教室，宁知发现陆绝旁边的座位依然是空的，她直接在空位上坐下。

没多久，宁知就看见霍晓月手里拿着一个精美的饭盒走过来。

宁知记得在同学聚会上李莉说过霍晓月一直给陆绝带早餐，哪怕陆绝不吃，她还是坚持带。

宁知不得不佩服她的恒心。

霍晓月捧着饭盒，绕过陆绝，准备在他旁边的位置上坐下。

下一秒，她被陆绝拦住了："不坐，不坐你。"

霍晓月惊喜于陆绝对她有了反应："为什么不让我坐？反正也是空着。"

她把自己手上的饭盒给陆绝看："今天是我的生日，我想跟你一起吃早餐。"

陆绝站起来挡在宁知的面前，不让霍晓月坐下："不坐，不吃。"

霍晓月气得瞪他一眼："你连这样小小的生日愿望也不能帮我实现吗？"

陆绝抿着唇，不回应她，也不看她，当霍晓月不存在。

"你真的是……"霍晓月被陆绝气得几近跳脚，但想到他的病情，想起他对谁都这样冷漠，她又平静了下来。

"我不坐下了，但放学后你要参加我的生日聚会，陪我庆祝生日，我已经跟阿姨打过招呼了，她也同意你来的。"

陆绝不应声。

"你一定要参加。"霍晓月多看了他几眼，才拿着饭盒离开。

宁知记得霍晓月在醉酒的时候告诉她，后悔当天带陆绝参加她的生日宴会了。

看来，事故发生在这一天。

可惜的是，当时霍晓月醉酒了，没有把事情的详细经过交代清楚，只说她把陆绝带去参加生日聚会，被李莉怂恿得昏了头，然后，她的哥哥为了救陆绝出了事。

宁知在想，如果陆绝不去参加生日聚会，是不是就没有后面的所有事情了？

又或者，陆绝去参加了生日聚会，她把他带走了，也能阻止后面的事情发生？

她有点儿好奇今天会发生什么。

宁知陷入沉思，呆呆地看向窗外的景色，寒风吹过，卷走了树枝上的枯叶。

她看风景，旁边，陆绝正认真地看她。

到了放学的时候，班上不少与霍晓月玩得好的同学都被邀请去吃饭，庆祝她的生日。

宁知准备带陆绝离开，不去参加霍晓月的生日聚会，然而，三个高大的男生走过来，簇拥着陆绝，嬉笑着说一起去，半逼迫半邀请地把人带走了。

宁知回头瞪了一眼始作俑者。

李莉挽着霍晓月的胳膊："你看，有其他人陪着，陆绝就去了。"

宁知现在不能现身，没有办法把陆绝带走，只能无奈地跟着一起去。

霍晓月安排了车在学校门口等着。

路上，宁知发现陆家的司机一直跟在车后，守着陆绝。看来陆母同意陆绝参加同学生日聚会，希望他有正常的社交，却依然不放心他的出行。

宁知坐在陆绝身旁，安抚他："没事，我们吃完饭就走。"

陆绝眨了眨眼，声音像是从喉咙里挤出来的，沙哑又沉闷："你去，我去。"

宁知听懂了他的话，笑着说道："不对。"

陆绝茫然地看向她。

宁知纠正："是小绝绝你去，我才去。"

到了包间，霍晓月想要坐在陆绝的身旁，再次被他拒绝了。

霍晓月没有坚持。她知道陆绝不喜欢与人接触，在与陆绝相隔一个座位的位置上坐下。

李莉坐在霍晓月的旁边。

霍晓月今天是寿星，大家不断地对她说祝福的话，她转过头看沉默的陆绝，期待他能说点儿什么。

然而，陆绝没有任何反应。

霍晓月又失落，又失望。

她以为自己喜欢陆绝这么多年，就算是一块石头也该焐热了。然而，对方比石头还冷、还硬，她完全撬不开他的壳。

转眼，霍晓月想到，反正除了她也没有人喜欢这样的陆绝了，这样算来，陆绝就是她的。

她又开心起来。

霍晓月往角落里陆绝的方向看去，少年一身红色衣服，哪怕光线昏暗，她也能描画出陆绝的眉目。

这时，霍晓月的手机响起，是她哥哥的电话："哥哥。"

电话那头，霍晓阳听到嘈杂的声音传来，皱了皱眉："晓月，你在哪里？"

"我和朋友们庆祝生日。"霍晓月听着电话，眼睛一直盯着陆绝，突然看到陆绝起身想要离开。

"哥哥，我这边还有事，先不跟你聊了。"霍晓月赶紧挂断电话，匆忙上前去阻止陆绝。

"陆绝，你要去哪里？"霍晓月拦在门口。

宁知深深地觉得青春期的霍晓月真的烦人，让她手痒痒的，想要把她揍一顿。

陆绝不应声，只想要离开。

"我还没有切生日蛋糕，你不要这么快离开。"霍晓月着急地说道。

"陆绝，你还没有吃蛋糕呢，陪晓月切了蛋糕再走啊。"李莉走过来，劝道。

陆绝抿紧唇："我走。"

其他人帮忙劝陆绝留下，吃完蛋糕再走。

宁知现在没有办法，穿过门走了出去。她找到酒店的后楼梯，确定这里没有监控摄像头，消耗了二十个小太阳，换取了二十分钟的现身时间。

现身的一瞬间，宁知感受到了周围的寒意。她身上只穿着一条单薄的连衣裙，寒意刺得她身上的汗毛都竖起来了。

她赶紧离开后楼梯，来到包间前，拧开了门。

里面的人还在阻拦陆绝离开，下一秒，只见门突然被推开，一个穿着浅粉色裙子的女孩走了进来，对方漂亮得让在场的人看直了眼。

霍晓月最先反应过来。

她看见突然出现的女孩，忍不住夸道："你好漂亮啊。"

李莉一阵无语。霍晓月不仅喜欢看帅哥，还喜欢看美女，反正颜值高的人她都喜欢看。

李莉质问宁知："这里是302包间，你走错地方了。"

"没有走错。"宁知走向陆绝，笑着道，"我来找我的朋友。"

众人震惊！

陆绝是她的朋友？

吵闹的包间里一下子安静下来，也不知道是谁暂停了歌曲的播放。

所有人的目光都投向宁知，面前的女孩皮肤雪白，五官精致完美，哪怕在昏暗的光线下，他们也能看清她那一双水灵灵的黑眸，漂亮极了。

这样漂亮精致的女孩竟然是陆绝的朋友？

陆绝给大家的印象实在是太孤僻、冷漠，他只喜欢独来独往，众人从来没有想过他会有朋友。

李莉赶紧拉了拉霍晓月。她凑到霍晓月的耳边低声说道："她是陆绝的朋友要带陆绝走。"

霍晓月打了一个冷战："不行，我喜欢陆绝。"

"你过去示威啊。"李莉怂恿着。

宁知走到陆绝身旁，牵着他的手："我们走吧。"

陆绝看向她，再看向她握着他的手，乖乖地应着："嗯。"

霍晓月神色凶狠地走到宁知面前："你们不能走！"

宁知皱眉："为什么？"

霍晓月对上宁知漂亮水灵的眼睛，上一秒还嚣张的气势瞬间退去，心虚地说道："我……我待会儿要切蛋糕，你和陆绝能留下来吃蛋糕吗？"

"陆绝不喜欢这里，我要带他离开。"宁知说道，"霍晓月，你不要拦着我。"

霍晓月看着宁知漂亮的脸，动了动唇，想说“我不拦你”。

从小到大，面对好看的人她都特别心软。

她就是喜欢长得好看的人，从小学时看见白白嫩嫩的小陆绝的那刻开始，就想要跟他做朋友了。

宁知拉着陆绝往外走。

李莉急得赶紧走到霍晓月的身旁，恨不得骂她傻：“你刚才不是说要留下他们吗？为什么又让他们走？”

“她长得很漂亮啊，我头一回看见这么好看的女孩。”霍晓月惊叹，“她跟陆绝站在一起很养眼。”

李莉冷笑：“你不是说从小学就开始喜欢陆绝吗？”

霍晓月一怔：“对，我喜欢陆绝这么久，不能做无用功。”

李莉故意说道：“那个女孩长得这么漂亮，为什么跟陆绝在一起？除了你，还有谁会真心喜欢陆绝这样性格孤僻的人？”

宁知带着陆绝刚走出酒店的门，寒风吹来，冻得她直打战，现在她只求着二十分钟快过去。

宁知身上只穿着一条薄薄的连衣裙，脚上踩着一双小白鞋，雪白的手臂还有纤细笔直的长腿都露在外面被寒风吹着。

之前她每次穿来的时候都是炎热的夏天，没想到这一次碰上寒冬。

她紧紧地挨着陆绝，吸取他温暖的气息。

“你的司机呢？车子停在了哪里？”她现在只想上车，外面太冷了。

陆绝低头看，发现宁知在打冷战。

他茫然地眨了眨眼睛，然后，想要把自己的外套脱下来给她。

“不行，你穿着外套，不能脱。”宁知制止了他的动作。

陆绝缓慢地说道：“不冷我。”

“你不怕冷也不行。”

他不怕冷，不代表不会被冻得生病。

陆绝抿紧薄唇，拉开红色外套的拉链，敞开外套，然后将宁知包裹进怀里：“暖你。”

小陆绝变成了一个小暖男。

“你们不能走。”两个人身后，霍晓月的声音传来。

看见霍晓月脸上带着酡颜，与李莉急急忙忙地追了过来，宁知皱眉：“你还有事？”

“我喜欢陆绝。”霍晓月涨红了脸。

“晓月。”男生好听的声音响起。霍晓月抹着眼泪转头看去，带着哭腔说：“哥哥。”

穿着灰色外套的霍晓阳从不远处走来。

“怎么了？今天是你的生日，你不是跟同学在庆祝生日吗？怎么跑下来吹冷风了？”霍晓阳语气温柔，用手指拭去妹妹眼角的泪。

“陆绝不喜欢我。”霍晓月委屈地告状。

宁知看见霍晓阳来了，顿时一愣。

霍晓月说过，在她生日当天，因为她的任性陆绝出现了危险，她的哥哥为了救陆绝而受伤了。

宁知赶紧牵住陆绝的手，要带他离开：“陆绝，我们走。”她看到陆家的车停在不远处。

见宁知要离开，李莉赶紧拉了拉霍晓月的衣摆：“你不拦着？”

霍晓月狠狠地吸了吸鼻子：“你们不能走！”

宁知懒得搭理她，带着陆绝继续往前走。

霍晓月急了。

她觉得如果现在让陆绝跟宁知离开，以后她就不可能跟陆绝在一起了。

她准备去追，却被拦住。

“哥哥？”霍晓月回头。

“外面太冷了，哥哥带你上楼。切蛋糕了吗？”霍晓阳用手拦住她，“哥哥陪你上去吧。”

霍晓月开始发脾气：“我不要蛋糕！我要陆绝！”她使劲地将哥哥推开，就要冲向陆绝。

“啊！！！”

旁边的李莉发出惊恐的尖叫声。

霍晓月猛地清醒过来，回头看去，瞬间头皮发麻，整个人手脚冰冷，像掉进了冰窖里：“哥哥……”

前面，宁知脚步一顿。

她转过头，只见霍晓阳被推出马路，一辆车子急速擦着他的身体而过，将他带倒在地。

该来的还是要来。

宁知松开陆绝的手，让他乖乖待着，自己跑过去找陆家的司机：“陈叔，霍家的霍晓阳被车子撞倒了，快，你送他去医院！”

陈叔完全不认识面前的女孩，不知道对方为什么会熟稔地喊他陈叔。

“太太让我接二少爷回去。”

“我和陆绝也会去医院，你先救人。”

陈叔没有再多说什么，快速跑去救人。

宁知回到陆绝身边，牵着他往霍晓阳那边走去。

霍晓月号啕大哭，完全慌了神，一直喊着“哥哥。”

“你好吵，闭嘴，让开，别耽搁陈叔救人。”宁知听陆母说过，陆家的司机、保镖还有门卫的出身都不简单，都是高薪聘请回来的。

霍晓月被宁知说得一愣，小声抽泣着，不敢再喊了：“求求你们，快送我哥哥去医院。”

宁知松开陆绝的手，上前对几近昏迷的霍晓阳说道：“这位是陆家的司机陈叔，我让他送你去医院。”

霍晓阳无意识地握住了宁知的手，软绵绵的，他头晕得咬字不清：“谢谢。”

陈叔观察着霍晓阳的伤势：“霍少爷伤到了腿，骨折了，我背他上车。”

“好，麻烦你了陈叔。”

宁知退后，回到陆绝身旁。

突然，陆绝握住她的手。

在宁知错愕的目光中，他低头，用自己的衣袖轻轻地擦着宁知刚才被霍晓阳握住的手。

他一边擦，一边低喃：“我的，怪姐姐，我的。”

众人到了医院，医生检查一番后，告诉宁知他们，霍晓阳的腿要做手术。

“他腿上的伤会导致他以后不能行走吗？”宁知问医生。

旁边，已经清醒过来的霍晓月听到宁知的话，吓得脸色越发苍白，声音都颤抖起来：“你的意思是我哥哥以后不能走路了？不可能，不可能……”

只是想一下，她都要崩溃了。

“医生，你一定要治好我的哥哥，求求你，一定要治好我哥哥的腿，花多少钱都可以。”霍晓月脸上沾满了泪，终于意识到自己闯了大祸。

“霍晓月你到一边待着，别妨碍医生。”宁知被她吵得头疼。

“你……”霍晓月咬了咬唇，看着宁知的脸，还是闭嘴了。

医生告诉他们：“病人小腿骨折，做手术能复位、固定，预计三个月内不能走路。”

听到医生的话，宁知知道，这一次事情的结果不一样了。

同样是被车撞伤，但不同的是以前霍晓阳受伤严重，双腿不能行走，而这一次，他只是小腿骨折。

宁知不知道的是，以前没有她将陆绝带走，霍晓月纠缠陆绝，一气之下错手把陆绝推了出去。

这一幕正好被霍晓阳看见，他冲上前救人，将陆绝推开，以致自己失去了双腿。

而这一次，霍晓月推的人不再是陆绝，变成了霍晓阳。

值得庆幸的是，霍晓阳受伤的程度也发生了变化。

霍晓阳被推进手术室。

看着手术室的门被关上，霍晓月站在走廊里，无声地哭着，唯恐又被宁知骂她吵闹。

宁知走过去问她：“你哭什么？”

“我都没有发出声音，这也不行吗？”霍晓月眼睛红红的，“我哥哥在里面，我怎么可能不哭？”

“你哥哥现在成这样，责任在你。”宁知的话毫不留情，“任性、骄纵、蛮横、胡闹、撒泼，还有识人不清。”

霍晓月瞪圆了眼：“你……”

“还有蠢。”难怪当时霍晓月醉酒的时候对她支支吾吾，没有说车祸是怎么造成的。

现在即便她不说，宁知也大概猜到了，毕竟刚才霍晓月蛮不讲理又愚蠢的模样，宁知是见识过的。

“我说得不对？”宁知质问她，“你有没有想过，如果你哥哥的伤势再严重一点儿，双腿不能走路，或者是变成植物人了，你要怎么办？”

“不许你诅咒我哥哥！”霍晓月完全不敢想象，那样的后果太恐怖了。

其实，看见哥哥倒地的那一刻她就后悔了，当时她的一颗心吓得几乎停止了跳动，整个人像是置身在冰窖里。

“如果不是你做蠢事，我怎么说这种事都不会发生。”宁知提醒她，“不要别人在一旁怂恿你做什么你就乖乖听话，有时候要多用脑子，你的头不是装饰品。”

从小到大，霍晓月都是被众星捧月的小公主。

被家人宠着，被朋友追捧着，除了陆绝，她要什么有什么，今天是她第一回被人骂，而且是被用各种不好的形容词骂。

“要你管？”她气得瞪了宁知一眼。

宁知勾了勾唇：“哦，不要我管？刚才是谁哭得眼泪鼻涕直流，求我帮她？看来现在的人都不喜欢知恩图报了。”

霍晓月瞬间涨红了脸，小声道：“我不是那个意思。等我哥哥醒来，我们霍家一定会感谢你。”

宁知笑了笑，转过身准备跟陆绝离开。

“哎，你就这样走了？”霍晓月看见宁知要离开，赶紧喊住对方。

她已经打电话给家里人，但他们一时半会儿没有办法赶来。

她一个人待在这里会手足无措。

宁知故意气她：“我不走，难道要等你赶我走？”

“我刚才不是故意的。我可以向你道歉。”霍晓月虽然脑子不好使，但不是没良心的人。

宁知笑着说道：“我要走了，下一次你看到我，记得喊我姑奶奶。”

霍晓月：“……”

宁知真的要离开了，现身的时间只剩下两分钟。

宁知走回陆绝的身边，凑到他耳边低声说道：“你在这里等一下，我很快回来。”

紧接着，她对一旁的陈叔打了声招呼，转身离开。她必须快速找到医院没有监控摄像头的地方。

医院里，走廊里不少医护人员和病患看见一个长相漂亮的女孩快速跑着。

女孩粉色的裙摆飘逸而过，空气中留下淡淡的馨香。

看着前方的逃生通道，宁知快速跑了过去，就在跑进后楼梯关上门的瞬间，她整个人变回了别人看不到的状态。

上一秒还气喘吁吁，冷得发颤，脸色、唇色苍白的宁知，此时已经恢复如常。

她穿过门，回去找陆绝。

“二少爷，我们该回去了。”陈叔刚才打了电话，已经将事情向太太汇报了一遍。

陆绝没有动，笔直地站着。

“二少爷？”陈叔看了一眼时间，现在已经将近八点。

陆绝不应声，也没有动，执拗地站在那里。

陈叔准备带陆绝离开，太太知道发生了事故，在电话里丝毫不掩饰担心的语气，叮嘱他赶紧带二少爷回去。

宁知回来的时候，看见陆绝低着头，安静地站在长长的走廊里等待着她。

他个子高高的，穿着红色衣服特别显眼。

她快步走过去。

陈叔看见陆绝突然抬起头，以为陆绝听到了他的话：“二少爷，电梯在这边。”

陆绝抬眸看着向他走来的宁知，漆黑的眼底有浅浅的笑意浮现。

宁知牵住他的手：“走吧。”

陆绝回到陆家的时候，陆母早已在客厅等待。

“小绝，怎么样？你有没有受伤？”看见儿子回来，陆母赶紧上前。

“太太请放心，二少爷并没有受伤，发生事故的是霍家少爷。”陈叔再次把事情详细地复述了一遍。

陆绝没有理会他们，拉着宁知的手往楼上走去。

“小绝，你去哪里？先吃饭，我已经让厨师把饭菜摆放好了。”天色这么晚了，他肯定饿了。

一旁的陆深远开口：“弟弟，妈妈担心你，她也没有吃饭。”

“没事，我等小绝一起吃。”

陆绝抿着唇，没有应声，依然拉着宁知快步上楼。

“小绝他有什么事？”陆母看得出儿子的神色很着急。

她回头吩咐用人先把饭菜热着，等陆绝下来再吃。

宁知也察觉到了陆绝的异样：“陆绝，怎么了？什么事这么着急？”

陆绝没有吭声，拉着宁知往顶层走去。

少年的手温热，因为冒了汗，有点儿湿润。他推开门，拉着宁知走到天台。

宁知第一次上陆家的天台，才发现上面有一个空中花园，而其中最显眼的是一座玻璃花房。

宁知透过玻璃往里看，里面是大片大片的红色玫瑰花。

陆绝松开宁知的手，赶紧推开花房的门，走进里面。

宁知发现陆绝穿着红色的衣服站在红色的花丛中，很像从屏幕上走出的妖孽，矛盾的是他的眉目分外青涩、干净。

少年真好看啊。

宁知安静地站在一旁，看见陆绝在一株花前蹲下来，折下一朵花。

这是花房中唯一一朵盛开的玫瑰花。

自从这次见到宁知，陆绝晚上、早上都来看一回这些花，盼着它们早点儿盛开。

陆绝拿着花朵往外走，赶紧回到宁知的身边。

“送给我的？”宁知惊喜不已：小陆绝竟然学会了送花？

少年黑色的短发下，耳朵悄悄红了。

他将花递给她。

“你的手流血了。”宁知看见陆绝的手指上出现了血迹，显然是被花刺刺伤的。

陆绝毫无所觉。

她握住他的手，轻轻摸了一下他的伤口，幸好花刺没有扎进去。

宁知想要找纸巾，却发现自己身上什么都没有带，看着陆绝指尖上沁出的血迹，低下头，轻轻地舔了一下他的指尖。

陆绝猛地抬起眼帘，盯着她，茫然地眨了眨眼。

“可以了。”宁知把他指尖的血拭去，“下一次你要注意，不要让自己受伤。”

他感受不到痛，受伤了也不会有反应，这是一件很危险的事情。

指尖酥酥麻麻的，感觉很奇怪，陆绝喜欢这种感觉。

“你帮我把花戴在我的头上。”

宁知又消耗了一个小太阳，握着他的手腕带动着他。

火红绚烂的玫瑰花插在宁知左侧的头发上，衬得她的小脸明媚娇艳。

宁知笑盈盈地问他：“好看吗？”

陆绝的目光落在玫瑰花上，然后移到她的小脸上，他动了动唇，缓慢地回应她：“好看你。”

宁知笑弯了眸子，水亮的眸子里像缀满了星子，漂亮极了。

陆绝薄唇微微勾起，目不转睛地看着她明媚动人的脸，然而下一秒，她的脸在他眼前逐渐模糊。

陆绝伸出手，想要将人拉住，手指却抓了个空。

鲜艳的玫瑰花掉落在地上。

陆绝抿紧唇，垂下眼帘。

他漆黑的眼睛看着地上的花，有几片花瓣摔得脱落了。

怪姐姐没有把花带走。

管家是在天台上找到陆绝的。他正蹲着小心翼翼地捡起地面上的花瓣。

“二少爷，霍家打电话来，霍少爷想要那位小姐的联系方式，感谢她今天的帮忙。”管家说道，“太太让我问问你，方便把那位小姐的联系方式给霍少爷——”

不等管家的话说完，陆绝把玫瑰花捧在手心，起身离开了。

不给，谁也不给，怪姐姐是他的。

宁知发现自己穿了回来。

她看向身旁熟睡的陆绝，昏暗的灯光下，他的五官变得柔和、稚气。

宁知看了他好一会儿，才安心闭眼睡觉。

第二天，感受到身旁的动静，宁知醒了。

她睁开眼，看着穿着一身花睡衣的陆绝起床，然后走进洗手间洗漱。

宁知眨了眨眼，逐渐回过神来，看着室内的装饰，猛然震惊。

不对，她和陆绝此时不是应该在霍家的度假酒店吗？眼前熟悉的摆设无一不显示着这里是陆家，这是他们自己的房间。

宁知皱眉。她和陆绝什么时候回来的？明明昨天她与陆绝去参加了他的同学聚会。

她有点儿难以置信。

等陆绝洗漱好出来，宁知问他：“陆绝，你还记得我们什么时候离开的度假区吗？”

陆绝脸上的水珠还没有擦干，顺着他棱角分明的侧脸滚落，他茫然地看着宁知，好像听不懂她在说什么。

宁知又问：“你还记得同学聚会的事吗？”

陆绝微抿着唇，摇摇头。

宁知大概有了结论：这一次又是因为她改变了过去，所以现在变得不一样了。

同学聚会不存在，她和陆绝去度假区的事也不存在。

下楼的时候，宁知发现陆母今天没有外出。

陆母今天穿着一身孔雀绿的套装裙子，颈项间戴着一条珍珠项链，手上戴着绯红的玉珠子手链，贵气又精致。不管什么时候她都穿着得体。

宁知走到客厅问她：“妈，你记不记得我昨天和陆绝外出去参加同学聚会的事？”

陆母疑惑：“参加同学聚会？你和小绝参加谁的同学聚会？我记得昨天你和他一直待在书房里，我还让华嫂给你们送了糖水。”

宁知再次确认，事情已经发生了改变。

一家人吃过早餐后不久，管家来向陆母汇报：“太太，霍家小姐来了。”

陆母放下手里的杯子，有点儿惊喜：“快请她进来。”

“是，太太。”

听到霍晓月来了，宁知眼睛一亮，有点儿好奇霍晓月还认不认得她。

过了一会儿，管家带着霍晓月进来。

“阿姨。”霍晓月笑得甜甜的，赶紧走上前向陆母问好。

陆母让她坐到自己的身旁：“我听说你最近几天刚回国？”

“我是上周五回来的。”霍晓月长得俏丽，哄长辈的模样也乖巧甜美，“今天特意过来看看阿姨还有陆绝你们。”

陆母笑着拍拍她的手，然后向宁知和林恬恬她们介绍：“这位是霍家小姐，霍晓月，她小时候帮助过小绝，跟小绝是小学到高中的同学。”

陆母又转头向霍晓月说道：“这是我的大儿媳妇林恬恬，这是小绝的妻子宁知。”

霍晓月的目光落在宁知的脸上，她吃了一惊：“是你？”

宁知笑了：“你认得我？”

霍晓月刚才还不确定，觉得现在宁知的模样与以前有点儿不一样，没有初见的时候让人惊艳，但听到宁知这样的话，她肯定自己没有认错人。

“我当然认得。”霍晓月点头。

陆母好奇地问：“你们俩认识？”

霍晓月告诉她：“上高中的时候，有一次我哥哥出了车祸，是她帮忙向阿姨你家的司机求救，送我哥哥去医院的。”

如果没有宁知的帮助，当时的她茫然不知所措，肯定会耽误哥哥的治疗时机。

“当初你们霍家想要找的女孩就是小知？”陆母记得这件事。当初霍家希望找到那个女孩亲自感谢她，但不知道女孩的名字也没有联系方式，只好找到了她的儿子，希望通过他联系到那个女孩。

然而小绝不愿意告诉他们。

霍家一直找不到人，这件事就搁置了。

兜兜转转，谁也没想到霍家当初要找的人竟然是宁知。

原本霍晓月知道陆绝结婚了，还在好奇他到底娶了谁，现在看见宁知，有种恍然的感觉。

当时宁知就是陆绝的女朋友，现在成为陆绝的妻子，好像是理所当然的事。

霍晓月点点头：“是她帮助我和哥哥的。”

霍晓月看向宁知的目光带着惋惜之意，难道是女大十八变？

以前的宁知很漂亮，让她惊艳。现在的宁知还是好看的，但长得比宁知这副模样好看的人也不少。

宁知问霍晓月：“后来你哥哥的腿恢复得怎么样了？”

“我哥哥的腿伤恢复得很好，休养了几个月后伤势就痊愈了。”霍晓月抱怨的语气却带着亲近之意，“你怎么不留下名字或者电话？我们都找不到你。”

宁知笑了笑，提醒霍晓月：“还记得我说过的话吗？”

霍晓月看向她，疑惑地眨了眨眼。

宁知勾唇：“当时我说下一次见面的时候你该喊我姑奶奶。”

霍晓月瞪大了眼：这个人怎么这么较真儿啊？她转头向陆母告状：“阿姨，你家媳妇欺负我！”

陆母听出了宁知语气中的打趣之意，笑着说道：“我只帮亲，不帮理。”

霍晓月离开后，宁知在书房里找到了陆绝。

“带我上天台。”在她消失前，他送花给她了。

她想看看现在顶层天台的玻璃花房里面是不是还种满了大片大片的红玫瑰。

陆绝正在看书，突然被打断，眉头微蹙着，有点儿不开心。

宁知凑到他耳边，温热的气息落在他的耳朵上，她故意用唇碰了碰他的耳朵。

陆绝又翘又长的睫毛颤呀，颤呀，遮掩不住黑眸里羞涩的神色。

宁知漂亮的红唇动了动：“快啊，带我上去。”

这会儿，陆绝乖极了，红着耳朵，低着头，起身往外走去。

宁知跟上，牵住他的手：“你等等我啊。”

推开天台的门，宁知果然看到了跟过去一样的玻璃花房，里面种满了玫瑰花。

宁知拉着他的手走进玻璃花房，香甜的气息扑面而来。她问陆绝：“这里的花都是你栽种的？”

她问了陆母关于玻璃花房的事。

陆母告诉她，陆绝在初三的暑假突然提出要建一个玻璃花房的要求。

陆母一向疼爱儿子，这是他从小到大这么多年来第一次主动提出的要求，她立刻让人把花房建了起来。

花房建起来后，陆绝竟然亲自栽种了满室的花，而且把花照顾得很好。

宁知又问陆绝：“你栽种这么多花，要送给谁？”

陆绝低垂着眼帘，唇动了动。

“是送给我的吗？”宁知期待地看着他。

过了好一会儿，陆绝低沉的声音才响起：“怪姐姐的。”

花是种给怪姐姐的。

“怪姐姐一直不见了。”陆绝抿紧唇角。

宁知看着陆绝，心里酸得发涩：“对不起，我让你等了好久好久。”

陆绝的目光落在她的脸上。

她走近他，踮起脚，双手搭在他的肩膀上：“陆绝，我想要小太阳了。”

陆绝眨了眨眼，漆黑的眼睛安静地看着她，好像听不懂她的话。

“你太高了，低头。”宁知哄他。

陆绝乖乖地低下了头。

宁知唇角翘起，靠近他，唇轻轻地落在他干净的眉心处，得到一个小太阳。

每次她压榨完他的小太阳后，隔一段时间再继续压榨，还是会得到一两个小太阳的。

唇顺着他高挺的鼻梁下移，落在了他的鼻尖上，收获第二个小太阳。

陆绝薄薄的眼帘微颤着，胸口像有只小蚂蚁，一小口一小口地咬着他，很痒。

但他喜欢这样的感觉。

宁知柔软的唇继续下移。

陆绝下意识地抿了抿唇，有种说不出的渴望，但不知道自己在渴望什么。

宁知的唇绕过了他的薄唇，落在了他的下巴上，收获第三个小太阳。

接着被亲吻的是他的喉结，第四个小太阳出现，她轻咬了一下，还舔了一下，又得到三个小太阳。

宁知一共拿到七个小太阳后，没有小太阳出来了。

感受到宁知停了下来，陆绝漆黑湿润的眸子看着她，贪心地开口：“还要。”

看着他不满足，求着她触碰的样子，宁知笑了。

她蹲下，在旁边挑了一朵盛开的火红玫瑰花，折了下来。

宁知示意陆绝：“你把头低下一点儿。”

陆绝抿着唇，乖乖照做。

宁知把玫瑰花别在他的耳朵上：“好看。”

火红的玫瑰花与红衣少年，绝配！

陆绝没有理会他耳侧的花，低垂着眼帘盯着宁知的手指：“红了。”

宁知刚才摘花的时候，不小心被花刺刺了一下，留下一个红点。

陆绝慌张地握着她被刺伤的手指，学着她以前帮他处理的方法，直接含进了嘴里。

宁知：“……”

“我没有流血。”

“好了，你的口水已经帮我消毒了。”

"陆绝，不要用舌头卷我的手指……"

阳光透过玻璃，落在陆绝的身上，只见他眼帘透着微红，耳朵也红红的，比耳侧的玫瑰花还要好看。

宁知从天台下来的时候，手里捧着一束火红的玫瑰花。

林恬恬看到宁知的小脸白里透红，比她怀里的花还要娇艳。

而她的身旁，陆绝一身红衣，身姿颀长，英俊的眉目很夺目，耳侧别着一朵玫瑰花。明明男人戴花会让人觉得俗气，他却好看得让人移不开视线。

林恬恬即便不想承认，也不得不说，陆绝虽然患自闭症，但是长相绝对挑不出任何毛病。

宁知和陆绝站在一起，般配得刺痛了林恬恬的眼睛。

宁知这是什么意思？

以前的她厌恶陆绝，恨不得跟陆绝离婚，而现在，她捧着花笑得甜蜜，是真的喜欢上陆绝了？

这怎么可能？

就算陆绝外表再出众，跟正常人也不一样，之前宁知不是一直很介意他患有自闭症吗？

林恬恬觉得自己看不清宁知的意图了。

宁知到底是因为喜欢陆绝才改变了对他的态度，还是因为想要借着对陆绝好来讨好陆母？

林恬恬更偏向后者。

"有事？"宁知并不愿意与林恬恬接触。

"过几天是妈妈的生日，到时候会在酒店举办宴会，出席的宾客也会很多。我最近皮肤有点儿差，待会儿准备去美容院做护理。"林恬恬笑着说道，"你要一起去吗？"

最近她和宁知的关系越来越僵了，如果是先前，她得到了全部的光环是不屑继续与宁知交好的。

但现在，不知道什么原因导致她的玉坠裂痕越来越大，光环返回到宁知的身上，她想要跟宁知缓和关系，找出其中的原因。

宁知不知道林恬恬又在打什么鬼主意，但林恬恬碰到她这块铁板，注定会踢不动反而受伤。

宁知向她扎刀："你最近的皮肤确实很差，眼睛也无神得像死鱼眼，还有鼻子——你打了什么针，为什么鼻头变大了？"

林恬恬脸色突变。

宁知继续道："哦，还有你脸上的颧骨，我第一次发现它这么大。"

林恬恬几乎咬碎了牙："你是故意的？"

"故意什么？"宁知一脸疑惑的表情，"我可能说话比较直白，但我只说真话。"

林恬恬脸上的表情几乎绷不住了，扯着唇，克制着怒意："样貌只是一时的，谁能保证明天不会崩掉？"

说完，她转身气冲冲地离开了。

宁知觉得好笑。明天崩掉？林恬恬真以为谁都像她那样脸随时可能崩掉？

宁知回房间把玫瑰花插好，而陆绝去了书房。

他把耳朵上的花朵取下来，看着红红的花朵，漆黑的眸子有点儿亮。

打开抽屉，陆绝从里面拿出一本厚厚的、红色封面的笔记本，翻开其中一页，上面放着一朵已经风干的玫瑰花。

他把手里的玫瑰花也夹了进去，然后小心翼翼地把笔记本藏好。

每一次碰上宁知，林恬恬不仅占不到便宜，反倒被气得几乎吐血。

尤其是看着宁知顶着一张白皙漂亮的脸在她面前趾高气扬，她恨不得立刻把宁知身上的光环抢夺回来。

来到美容院，哪怕工作人员热情地打招呼，她依然沉着脸。

"林小姐，请问这一次你打算做什么美容项目？"

"做脸，身体也要做。"自从失去大半的光环后，她原本雪白剔透、让人艳羡的肌肤变黄了不少。

过几天是陆母的生日，陆父这样疼爱妻子，生日宴会必定要大办，她作为陆家的长媳，肯定会受到无数人的关注。

"好的，林小姐，请跟我来。"工作人员把林恬恬带进去。

而这时，一个穿着美容师制服的女人推着小车从林恬恬身旁经过，引得她下意识地多看了几眼。

到了水疗室后，林恬恬问工作人员刚才的那个人是谁。

工作人员态度恭谨地回答道："林小姐，那位是新来的美容师，如果你有需要我可以叫她进来为你服务。"

林恬恬眼眸微动："嗯，今天就由她服务。"

林恬恬换上浴袍，趴在按摩床上，正好那位美容师推着小推车进来了。

“林小姐，你好，我是今天为你服务的美容师，我叫韩秋。”

“你是新来的？”林恬恬冷冷地打量着这个叫韩秋的美容师。刚才她第一眼就看出这个女人跟宁知长得有几分像。

哪怕她再不愿意承认，也知道面前的这个女人很像粗制滥造版的宁知。

韩秋的皮肤没有现在的宁知白，五官不够精致，就连眼神也没有宁知的灵动。

“林小姐，还有什么问题吗？”

韩秋的声音也没有宁知的好听，音色很普通，不像宁知那样低柔甜美，轻喃起来，让人骨头都酥软了。

“没有了，先做背部护理吧。”

林恬恬直接脱下浴袍，趴在按摩床上，侧着头往下打量韩秋。她的身材，哪怕是失去光环的宁知，她也比不上。

她是粗糙、只有几分姿色的翻版宁知。

林恬恬闭上眼睛，任由对方帮她按背。

“轻一点儿，你以为我像你们一样皮糙肉厚？”林恬恬的语气里全是嘲讽之意。

韩秋赶紧放轻力度：“对不起。现在这个力度合适吗？”

林恬恬冷嗤出声：“你没吃饭？你这样的水平怎么会在繁花间这里担任美容师？”

韩秋意识到这个顾客有意为难她。

“你的按摩技术真差。”林恬恬讽刺，“没有顾客投诉过你？”

韩秋咬着唇，眼神委屈。

“我在问你话。”林恬恬睁开眼抬头看去，正好看见韩秋脸上委屈的神色，忍不住训斥，“宁知你平常不是嘴巴厉害吗？现在还不是要替我按摩？”

韩秋听不懂对方的话。

林恬恬对着韩秋的脸怒骂，把刚才在宁知那里受到的气全部发泄在韩秋身上。

直到骂得口干，她喝了口花茶，才缓过气来。

林恬恬找回理智：“你在美容院工作一个月能赚多少钱？”

韩秋小声地告诉她自己的月薪。

林恬恬嗤笑了一声：“像你这样，一个月赚这么一点儿钱，一辈子也就这样了。”

韩秋告诉自己要忍，繁花间员工守则的第一条就是尊重客人，不得打骂客人。

“我给你一个机会，只要你抓住这个机会，从此可以过上优越生活，根本不需要在这里辛苦地出卖劳动力。”林恬恬诱惑她，“而且，你能有花不完的钱。

“你愿意吗？”

韩秋震惊地看着林恬恬。

林恬恬笑着告诉她：“你放心，不是什么违法的事，而且很简单，只需要付出你这张脸。”

韩秋疑惑地问：“我的脸？”

陆父是出了名地疼爱妻子。在陆母生日的前一天，他让人从国外空运了大量的花装饰宴会场地，而且让珠宝店陆陆续续地送来了各式名贵的首饰，让陆母任意挑选。

宁知突然觉得陆父和陆母是真爱，陆绝是意外。

宴会在酒店举办。

考虑到出席的宾客实在太多，宴会开始前，宁知在酒店的楼上开了一间房，准备给陆绝休息用。

今天陆绝穿了一身红色的西装，里面搭着一件白色的衬衫，原本他是不愿意穿白色衬衫的，然而，在宁知的威胁下还是乖乖就范。

平常陆绝穿运动裤时，两条腿已经够长了，现在他穿着定制的西装长裤，衬得他的腿更长了。

他坐在沙发上，一条腿弯曲，一条腿随意地伸直，配着这身定制的红色西装，莫名散发出几分慵懒的贵公子气息。

而他的眼神却清透、干净，像懵懂的少年。

宁知今天也精心打扮了一番。她现在肤色足够白皙，并没有涂抹任何护肤品，只画了浅浅的眼影，涂抹了口红。

她穿着一件浅蓝色的长礼服，肩膀的位置是镂空的网纱，透出白皙漂亮的肌肤。裙摆的长度到小腿下方，露出了她纤细白嫩的脚踝，浅蓝色的裙子为她添了几分灵气和仙气。

在她行走间，浅蓝色带着闪钻的裙摆像是荡漾的水波，勾人心弦。

宁知走过去坐在陆绝的身侧，伸手帮他打领带："这样会不舒服吗？"

她调整领带的松紧。

陆绝不习惯戴领带，有种被禁锢的感觉："不舒服，我。"

"不舒服吗？"宁知索性解开他的领带，"算了，不戴这个也很帅气。"

陆绝抬起眼帘，呆呆地看着她。

这时，酒店房间的门铃突然被按响。

宁知打开门，只见外面站着的是林恬恬。

"宴会快要开始了，妈妈突然有点儿肚子疼，你赶紧下去看看她。"林恬恬神色着急。

宁知一愣："怎么回事？叫医生了吗？"

陆母怎么会无缘无故地肚子疼？

"叫了，金医生还没有赶来。"林恬恬催促宁知，"你赶紧去看看，妈妈今天是主角，她要是出事了，这场宴会怎么办？"

宁知皱眉："嗯，我知道了。我待会儿下去。"

"妈妈出事了，你还这样不慌不忙，不着急？"林恬恬见宁知神色淡淡的，忍不住讽刺，"妈妈平常那么疼你，都是白疼了。"

"那你站在这里做什么？"宁知反驳道，"你还不赶紧下去？"

"我是好心上来通知你。"没有想到宁知还这样不紧不慢的，林恬恬好像很担心陆母的病情，语气有点儿冲，"好心没好报，随便你下不下去。"

说完，林恬恬转身离开了。

宁知转身回房。

"我先下楼看看妈妈，她好像出现了一点儿小意外。"宁知叮嘱陆绝，"你先在房间里等我，我去看看情况，很快回来。"

她担心下面现在乱糟糟的，自己不能兼顾陆绝。

陆绝低着头，过了好一会儿才应了一声："嗯。"

宁知不放心，叫了一个保镖，让他守在房间的门口。

宴会厅的休息间里，陆母脸色苍白，眉头紧皱，看起来很难受。

陆父英俊威严的脸上带着几分罕见的着急之色。他安抚着妻子："金医生已经在赶来的路上了。"然后，他转头去问几个在陆母身边伺候的用人，"太太刚才吃了什么？"

用人被陆父锐利且带着寒意的目光扫过，吓得直冒冷汗，其中一个用人赶紧回道："先生，太太刚才只喝了一点儿水，并没有吃任何东西。"

"她用过的水杯呢？"陆父眼里闪过寒光。

"在这里。"

陆深远赶紧接过杯子，里面的水还剩下大半："爸，我让人立刻送去检测。"

"不用你插手，我亲自派人查。"涉及妻子的事，陆东周向来都是亲力亲为。

陆深远把水杯递给陆父身旁的秘书："高秘书，辛苦你了。"

高秘书点点头："大少爷太客气了，这是我分内的事，应该的。"

宁知进来的时候，看见陆母疼得额上直冒冷汗。

林恬恬确实没有骗她。

宁知走到陆母身边，看着陆母捂着腹部的位置："妈，你哪里痛？能指一下位置吗？"

陆母精致的眉头紧皱着，指着肚脐右下方的位置："这里。"

酒店楼上的房间门外，穿着酒店制服的女服务员推着小车，按响了门铃。

保镖阻拦了她。

女服务员赶紧解释："宁小姐给里面的先生点了餐，还把房卡交给了我，叮嘱一定要先生把晚餐吃完。"

保镖打了电话给宁知，确认她是否订了餐。

宁知确实向酒店订了餐，因为担心这个时间点陆绝会饿。

得到肯定的回复后，保镖检查了一遍推车上的食物，确定没有任何问题，对方还出示了酒店的工作证，他才让人开门进去。

"谢谢你。"穿着红色制服的女服务员礼貌地对着保镖笑了笑。

她推着推车走进房间。

看着酒店房间内的布置，女服务员忍住了想要惊叹出声的冲动。

她第一次看到这么漂亮的酒店房间。

宽敞的客厅比她家的房子还要大，奢华的装潢让人眼花缭乱，这样豪华的房间，应该就是酒店里的总统套房。

女服务员慢慢地推着车子进去，门在她身后自动关上。

"先生，你的晚餐。"

女服务员看到了穿着一身红色西装，坐在沙发上的男人。

对方低垂着眼帘，安静地坐着，让女服务员心跳加速，她第一次见到这样帅气出众的男人，他的长相比照片上还要出色。

女服务员脸颊泛红，眼里有波光荡漾。

她把推车拉到餐桌那边，然后拿出车底的香薰蜡烛点燃。

女服务员把美味的饭菜摆好，然后摆放好酒杯，倒了两杯红酒。

"陆少爷。"女服务员捏着嗓子，声音娇滴滴的，像钩子要勾人心一般，"饭菜已经准备好了，请用餐。"

陆绝充耳不闻，只是安静地坐着，根本没做出任何反应。

女服务员好像已经预料到了他的反应，把点燃的蜡烛端过去放在了沙发旁边的小茶几上，离陆绝更近了。

接着，她端着酒杯，走到陆绝面前。

女服务员脸颊泛红，害羞地在陆绝的脚边蹲下来，上身几乎要依偎在他的腿边，她的手抬起，把酒杯送到陆绝的眼底下："陆少爷，请喝酒。"

香薰浓郁的香味逐渐在房间里飘散开来。

女服务员的脸越发红了，呼吸也开始有点儿不稳。

楼下的休息间里，金医生已经赶到，开始为陆母诊治。

宁知退后，在一旁守着。

"你为什么一直盯着我看？"宁知突然转过头，问旁边的林恬恬。

从她走进休息室开始，林恬恬的注意力一直在她身上，而不在生病的陆母身上。

"我看你？"林恬恬赶紧反驳，"我为什么要看你？"

"没有吗？"宁知眯了眯眼，"我还以为我今天太漂亮了，让你看愣神了。"

林恬恬咬了咬唇，没有反驳，反而默认了。

宁知眯了眯眼，总觉得林恬恬不该是这样的反应。

金医生给陆母做了初步的检查，确定是急性阑尾炎，建议陆母及时做手术。

陆母本以为是水有问题，没想到是她身体出了问题："有止痛药吗？我先吃一点儿止痛药，宴会后再安排手术吧。"

现在宾客们都到齐了，她和陆父不能不出场。

“深远，你先出去招待宾客吧。”陆父交代陆深远。

陆深远应声，退了出去。

宁知守在一旁，给陆母倒了一杯温水，好让她吃药。

“小绝一个人在酒店的房间里？”陆母喝了几口水，唇色没有那么苍白了。

宁知说道：“他现在在房间，我给他订了晚餐，门口有保镖守着。”

陆母点点头：“我这边没什么事了，你先去陪他吧。”

林恬恬开口：“妈妈，你脸色很苍白，肯定很不舒服，我和小知就在这里陪你，哪里也不去。待会儿宴会开始，我们两个扶着你出场。”

说着，林恬恬转过头问宁知：“你也担心妈妈对吧？我们就在这里陪着她。”

陆母扯了扯唇角，有点儿乏力：“我哪里需要你们扶？”

“我说错了。”林恬恬卖乖，“是爸爸扶着你才对。”

陆母忍不住笑了笑。

此时，酒店的房间里，空气中弥漫着浓郁的馨香，让人心头发热。

女服务员将领口解开，仰着头去看陆绝，眉眼间荡漾着温柔之意。

“陆先生，你不口干吗？”女服务员劝他，“你喝一口酒，喝一口就能解渴了。”

陆绝眼帘微垂着。灯光下，他身上的西装红得夺目，而他的唇色比西装的颜色还亮眼。

他低眸看向脚边的女人，对方长得像宁知。

眼前的景物变得模糊，他呼吸加重，清秀的眉目像染了欲望，一双漂亮的桃花眼茫然、明亮。

他低沉的声音像从喉咙里挤出来的一样，沉沉的：“想怪姐姐。”

女服务员感到一阵惊喜：“我是姐姐。”

第八章
他的生日

宴会快要开始了，陆母吃过药，神色舒缓了很多。

宁知坐在一旁，见陆母的脸色好了不少，这才安心。

宁知站起来。

“你要去哪里？”林恬恬的反应很快，“宴会快要开始了，我们准备出去了。现在只有深远在外面招待宾客，他肯定忙不过来。”

林恬恬转过头，笑着对陆母撒娇似的开口：“妈，你千万不能偏帮小知，让她偷懒。”

陆母拍了拍她的手：“这里没有什么要帮忙的，小知不用拘在这里。”

林恬恬继续说道：“我还想和小知一起陪妈妈出场，沾点儿金光呢。”

陆母觉得今晚的大儿媳妇嘴巴特别会说话：“就你嘴贫。”

宁知审视地看了林恬恬一眼，微微勾唇：“我才刚站起来，一个字都没有说，你一堆话等着我，话都被你说完了。”

林恬恬呼吸一窒。

宁知笑着说道：“我去洗手间而已，你在紧张什么？”

林恬恬脸上的神色缓了过来：“我有紧张吗？”她叹了口气，“刚才妈妈突然发生状况，我快被吓死了，到现在还没有缓过神来。”

陆母突然肚子痛，这是她完全没有预料到的。

她原本另有打算，不过，现在陆母生病的理由更好。

宁知直勾勾地看了她一会儿，没有多说什么，走出了休息室。

就在休息室的门关上的那一刻，宁知的脸色沉了下来。

她提起裙摆，快速跑到了电梯口。

酒店的房间里。

蜡烛的火焰微微跳动，透过烛光，只见沙发上的陆绝白皙的俊脸上染着浅浅的红。

他的薄唇紧紧抿着，眉心紧蹙。

他脚边穿着红色制服的女服务员的身体像快要融化了，灯光下，她双眼泛着光，仰头看着面前这个帅气的男人。

她接触过几个男人，但没有一个比得上这位陆先生。

就算他患有自闭症又怎么样？他有颜值，有家世，哪怕一辈子都不开口说话，也比那些油腻、秃头、啤酒肚还有口气的穷男人好太多了。

像陆先生这样身份的人，或许她这辈子只有这一次接触的机会。

她要抓住这次机会。

女服务员的上身想要贴近陆绝的腿，她重复地说着："陆先生，我是姐姐。"

陆绝抬起眼帘，漆黑的眼睛茫然又懵懂，目光从远处移到女服务员的脸上。

女服务员对上陆绝的视线，神色一喜。

只见陆绝抿了抿唇，声音又低又哑："丑，你。"

你丑。

女服务员一脸错愕之色。

接着，她听到男人低沉的声音里带着愤怒之意："滚你。"

陆绝像是奓毛的小狗，凶巴巴的："滚你。"

女服务员回过神来。她刚才还觉得陆先生冷漠、神秘，现在突然觉得他很可爱。

有些人的可爱是装出来的，但他的可爱是真的。

女服务员壮着胆子伸出手，想要去摸摸他过分英俊的脸。

下一秒，她的手被陆绝啪的一下拍开了。

他显然在生气，力气很大，女服务员的手背一下子红了。

“滚，滚，滚。”陆绝眉头紧蹙，俊脸上是厌恶、烦躁还有生气的神色，声音从喉咙中挤出。

此时的陆绝像咆哮的小恶龙，满脸凶狠的表情。

女服务员的手被拍开，磕在旁边的玻璃茶几上，疼得她差点儿流泪。

她不想放弃这样难得的机会。

看着陆绝越来越红的脸，她窃喜，他现在不要她待会儿肯定会主动抱住她的。

陆绝讨厌这个人，讨厌这里的气味，猛地起身，想离开这里。

女服务员眼看着陆绝要离开，想要伸手去拉他的衣摆，陆绝生气地一把拍掉茶几上的酒杯，漂亮的桃花眼里全是怒意：“滚你，滚你。”

红酒直接洒在还没有来得及站起来的女服务员脸上，酒杯也落在光滑的大理石地板上，发出嘭的一声。

女服务员的头发上、脸上全是红酒，被红酒刺激得睁不开眼睛，整个人变得狼狈不已，哪里还有刚才的风情？

门突然被打开。

蹲在沙发前的女服务员微微睁开眼睛，看见一个浅蓝色的身影走了进来。

明亮的灯光下，走进来的女人肤色白皙，五官精致，漂亮极了。

女服务员看着刚才对自己凶巴巴、不屑一顾的陆绝快步走向那个女人，他低着头，身体挨着那个女人，手足无措地拉着她的手腕，十分依赖。

陆绝握住宁知的手，有点儿慌张，有点儿着急：“讨厌她，我。”

他压低嗓音，向宁知告状：“生气我。”

那个女人很讨厌，他生气了。

宁知看了一眼陆绝头顶的显示框，里面弹出三朵带着闪电的黑云。

他是真的非常非常生气。

“好，我知道了。”宁知安抚他，“小绝绝别生气，我会帮你教训坏人。”

陆绝抿着唇，一朵小黑云消失了。

他消了一点儿气。

宁知看见蹲在地上，一脸红酒，狼狈不堪的女服务员，闻见房间里浓郁的香味，哪里还不明白这是闹的什么把戏？

宁知居高临下地看着女服务员："林恬恬眼光不怎么样，找了你这样的人。她是想羞辱陆绝还是想羞辱我？"

女服务员浑身一颤，感到既羞愧又震惊。

她以为对方进来看见这样的场景，至少会失控、会质问。

然而都没有，对方高高在上地蔑视着她，或者说，对方根本不把她放在眼里。

女服务员感到了羞耻。

宁知收回目光，拉着陆绝快步走出溢满香气的房间。

"你把里面那个女人带出来，找个地方用冷水让她清醒清醒，询问清楚是怎么回事。还有房间里的证据，拍照保留起来。"宁知的声音很冷。

保镖知道是自己大意了，让这个人顶着酒店工作人员的身份钻了空子。

哪怕对方真的是宁知派来照顾陆绝用餐的，他也该守在一旁。

"是，二少夫人。"个子高大的保镖满脸的羞愧之色。

他工作失误，宁知没有第一时间质问他，而是给他机会弥补过错，保镖打定主意，一定要把事情的真相查出来，将功补过。

"不要惊动任何人，从林恬恬那里入手调查。"宁知最后叮嘱了这么一句，拉着陆绝离开了。

她倒想看看，待会儿林恬恬还要耍什么把戏。

宁知重新开了一个房间。

陆绝的呼吸不稳，白皙的俊脸上染着潮红，她赶紧打电话给还没有离开的金医生。

宁知给金医生报了房间号，等待他的到来。

"你觉得哪里不舒服？"宁知不知道陆绝有没有吃什么不该吃的东西。

灯光下，陆绝的眼角泛着红，漆黑的眼睛茫然地看着宁知，身体一直往她身边靠。

"热。"陆绝刚才还不觉得，现在看到她，只觉得身上很热很热。

宁知看见他额头上冒了汗："先把外套脱了，忍一忍，医生很快就来。"

陆绝抿紧唇，又干又渴。

宁知看见他呆呆地不动，伸出手，直接帮他解西装的纽扣。

她的手指白皙纤细，指尖泛着浅浅的粉色，灵巧地解着陆绝的衣扣。

“除了热，还有哪里不舒服？”宁知帮他把西装外套脱下来，只剩一件白衬衫。

陆绝声音低沉沙哑，像难受，又像在哀求：“烧起来它。”

宁知看着不该看的地方，脸瞬间涨红。

这时，金医生来了，宁知像逃跑似的，赶紧去开门。

陆绝拒绝金医生的触碰，宁知只好把事情告诉金医生。

“应该是蜡烛有问题。有些人喜欢在蜡烛里添加有催情成分的药，对身体影响不大。”金医生考虑到陆绝的特殊情况，不建议他服用镇静的药或者打针。

宁知叮嘱金医生这件事要暂时保密后，送他离开。

关上门，宁知转身对上陆绝漆黑、湿润的眼睛，脸上一热。

她想到金医生刚才暗示的话：“熬过去，或者睡一觉就好。”

怎么睡？

她怎么会不懂？

宁知走回陆绝的身旁。他现在只穿着一件白衬衫，因为热，自己解开了两颗纽扣，露出了修长的脖子，还有那凸出的喉结。

他眼巴巴地看着她，像在说他很不舒服。

宁知哄骗他：“你去床那边躺着，金医生说睡一觉就好了。”

陆绝抿紧唇，耳朵也染上了红晕：“热我。”

“我知道。”宁知拉着陆绝往床那边走去，“你休息一会儿，忍忍就好了。”

陆绝听话地躺下，脸上的潮红染得他的眼尾也红了。

陆绝知道自己喜欢宁知的触碰，宁知身体的凉意可以消减他的热气。

他眨了眨眼，茫然地看着她，低沉的声音似在哀求：“想知知，亲我。”

宁知双手捧着他的脸，对上他明亮的眼睛，唇落在了他的眉间。

第一个小太阳弹出。

唇慢慢下滑，落在高挺的鼻梁上，第二个小太阳弹出。

宴会快要开始了。

等了好一会儿，林恬恬都没有看到宁知回来。她有点儿担心：难道宁知发现了什么？

林恬恬觉得不可能，陆母的急性阑尾炎是突发情况，这说明就连上天也在帮助她。

她把事情安排得很周密，应该没有露出什么破绽。

林恬恬回想了一遍所有的流程，确认没有问题，才舒了口气。

“好了，宾客差不多到齐了，我们出去吧。”陆母起身。

陆父赶紧扶着妻子：“还疼不疼？要不你在这里再休息一会儿，我去应酬就行。”

陆东周看着妻子的脸色还是有点儿苍白，很不放心。

陆母半靠在陆东周的身上，低声说道：“我没事，有你在，我撑不住了会告诉你。”

“好，记住，不能勉强。”陆父把妻子耳边的碎发绾到她的耳朵后，威严英俊的脸上依然浮现了几分柔意。

林恬恬开口：“妈，小知上洗手间这么久还没有回来，也不知道会不会发生什么意外，我去找找她吧。”

“不需要找，会场的宾客多，在洗手间等的时间长一点儿也正常，我们先出去吧，宴会马上开始了。”陆母并不担心宁知的安全，陆家有这家酒店的股份，这里的安全性好，没有人敢在这里闹事。

其实，陆母猜测宁知应该是回房去找小绝了。

想到小两口现在的感情越来越好，陆母脸上多了几分高兴的神采。

林恬恬还想说什么，陆母打断了她的话：“我们出去吧。”

酒店的房间里，室内已经开了温度适宜的空调，然而，气温依然逐渐上升。

宁知的指尖轻轻地触碰上他的唇，陆绝惊得瞪大了眼睛。宁知正想问他是不是真的喜欢她触碰他这里，下一秒，第三个小太阳从他头顶的显示框里弹出来。

宁知已经知道答案了。

她的手指轻轻地在他的薄唇上摩挲起来。

陆绝的唇很好看，薄薄的。她用指尖在上面描画了一圈。

陆续拿到第四个、第五个小太阳。

没有小太阳了。

宁知指尖微微用力，在陆绝软软的唇上碾了一下，第六个小太阳、第七个小太阳陆续弹出来。

宁知不断地挖掘着陆绝的小太阳。

唇上有点儿发热，陆绝有点儿委屈。他想要知知用唇贴着他的唇，而不是用手摸他的嘴巴。

宁知轻轻地亲了一下陆绝的唇后，抬头去看陆绝的头顶，一排小太阳同时从显示框里弹出，差点儿晃瞎宁知的眼！

她数了数，一共十个小太阳！

宁知蒙了：陆绝的嘴巴是小太阳宝库？

宁知只轻轻地碰了陆绝的唇一下，陆绝还没有好好感受就没有了。他抿了抿唇，声音又低又哑："还要，不够我。"

他还想要的，只有一下，不够！

宁知再次低头，贴了上去，十个小太阳一下子拥向她。

转眼，又有十个小太阳弹出来。

宁知差点儿再次被晃瞎眼，她的唇角控制不住地勾起，唇贴着唇而已，没想到能得到这么多小太阳。

她的唇微动，轻轻地在陆绝的唇上移动，他头顶显示框里的小太阳争先恐后地往外涌，又弹了十个出来。

陆绝一双黑眸睁得大大的，又湿又亮，唇上酥麻的奇怪感觉传来，让他好舒服又更加难受。

宁知鼻尖亲昵地蹭着他的鼻尖，唇加重了一点儿力度，陆绝舒服地哼了一声，头顶又有十个小太阳弹出。

宁知瞬间觉得以前是她目光短浅了，现在她才是真正地暴富了！

而她身下的这个宝藏能被开发和挖掘的空间好像还很大。

宁知数了数，一共有六十个小太阳。

按照宁知对霸王每次报数的预测，下一次穿越需要的小太阳的数量必定要翻倍，甚至更多，这意味着她需要拿到一百个以上的小太阳。

宁知低头看陆绝。

"知知，知知。"陆绝低声无措地喊着，不明白宁知为什么停下来。

宁知又低下头去，这回没有小太阳了。

宁知想到了什么，微微张开唇，用牙尖轻轻地咬了一下他的唇。

显示框里又弹出了十个小太阳。

时间过了很久，宁知还没有回来，林恬恬猜测，宁知应该是去找陆绝了。

她发了一条信息给韩秋，没有得到回复。

林恬恬随意地应付着宾客，忐忑不安，想知道楼上发生了什么事。

如果韩秋真的被宁知发现了，那么现在她必须待在宴会厅里才能和韩秋撇清关系。

林恬恬心不在焉地回答着旁边一位太太的话，然而下一秒，她突然感到抹胸的裙子正在往下掉。

林恬恬吓得赶紧抓住裙子，而旁边的李太太惊愕地看着她的胸部缩小了一大圈。

林恬恬顾不得李太太惊讶的目光，赶紧捂住往下掉的裙子往休息室里赶去。

她的身材原本属于扁平形的，自从夺取了光环后，在光环的作用下，不光皮肤变白了，就连身材也发生了巨大的变化，在原本的基础上升了两级。

而现在，林恬恬意识到她的玉又裂开了。

房间里，宁知几乎榨干了陆绝唇上的小太阳，正要离开，而下方的陆绝好像有所感应，笨拙地张开了唇，一只大手按在了宁知的脖子上。

他贪婪地想要更多，更多。

第九十个小太阳。

陆绝磕磕碰碰，撞上了宁知的牙齿，她倒吸了一口凉气。

“不要着急。”宁知安抚着他，然后开始引导他，她也很生涩，但陆绝比她更懵懂生涩。

第一百个小太阳。

宁知的仓库里存满了小太阳。

小仓库里一片金灿灿的颜色，这是迷人的颜色！

宁知爱得不行，仔细地数了一遍，这一次加上之前的，竟然一共有一百二十个小太阳！

她赶紧把霸王喊出来：“下一次我穿回去，需要多少个小太阳？”

上一次穿回去消耗了五十个小太阳，这次就算数量翻倍，她也是够用的。

霸王的小奶音激动得颤抖，告诉她："主人，需要一百个小太阳。"

宁知早有了心理准备，现在听到这个数目，暂时还能接受。扣除穿回去需要消耗的一百个小太阳，她还有二十个可以换取光环。

宁知说："我要换百分之二十的光环。"

之前她已经拿回来百分之六十的光环了，现在又换取百分之二十，这意味着她已经从林恬恬的身上拿回了百分之八十的光环。

现在林恬恬在宴会上吧？宁知好奇，这一次被她拿回百分之二十的光环，林恬恬的身上又会发生什么变化？

"换吧。"宁知说道。

霸王赶紧应声："好的，主人。"

转眼间，宁知感受到了自己身体的变化，她的皮肤越发白皙水灵，比之前更有光泽，摸起来手感细腻、光滑。

变化最明显的是她的身材，她知道自己恢复后身体线条有多好看，尤其是上半身，她现在很满意。

宴会上，林恬恬提着快要掉下去的裙子，慌张地踩着高跟鞋，狼狈地闪躲开宾客，往休息间跑去。

进了休息间，关上门的那一刻，她几乎无力地要摔倒。

"林小姐？"

化妆师和她的助理一直待在休息间里准备随时给陆母补妆，看见林恬恬急急忙忙地跑进来的模样，一脸吃惊之色。

林恬恬捂住胸口，神色并不好看："把备用的礼服拿给我。"

"好的，请稍等。"化妆师赶紧去挑了一款银色的小礼服递给林恬恬，"林小姐，你试试这款效果如何。"

林恬恬的眸色晦暗。如果是之前肤色雪白的时候，什么颜色的衣服她都能成功驾驭。而现在，她恢复了以前的肤色，皮肤并不白皙。

银色显得皮肤黑，根本不适合她："换其他的颜色。"

化妆师拿了另外一款红色的礼服过来："林小姐，这一款呢？"

林恬恬看着那深V领的礼服，又沉下了脸。

化妆师重新挑了一款黑色的礼服："林小姐，这是最后一件了。"

林恬恬看了一眼，这又是抹胸的礼服，她只能咬牙说："要银色那款。"

礼服上围的尺寸偏大，如果是之前，必定是适合她的，而现在，显然不适合。

林恬恬真的要气死了。

也不知道这块玉现在是不是跟她有仇，每一次流失光环的时候，都让她在众人面前出丑。

这时，休息室的门被推开，陆深远大步走了进来。

“发生什么事了？”陆深远今天穿着一身黑色的西装。他原本就长得帅气，加上冷酷的气质，让化妆师和助理看得眼里冒星星。

“我刚才看见你从大厅里着急地跑进来。怎么了？不舒服？”他看见她急急忙忙的身影赶紧跟过来了。

林恬恬脸色发白——她怎么向他解释自己身材大变的事情？

陆深远见她支支吾吾的，转头对化妆师说道：“你们先出去。”

“好的，陆先生。”

化妆师出去后，陆深远把门锁上，问林恬恬：“你捂着胸口，是那里不舒服吗？”

刚才陆母突然生病，他担心妻子是不是也哪里不舒服：“金医生还没有离开，我找他帮你看看？”

林恬恬又不是生病了，只好解释道：“不是，我的裙子松了，我进来换新的。”她善解人意地说道，“外面还有很多宾客，要不你先去跟他们聊天？我换好衣服就出去找你。”

陆深远外表看起来冷酷，但对林恬恬很温柔。他摸摸她的头：“不用，我在这里等你换好一起出去。”

陆深远突然起了兴趣，挑着眉，勾唇说道：“我帮你换？”

林恬恬先是有些害羞，接着想到自己现在的状况，赶紧摇头，小声拒绝：“我……我自己换，你先出去。”

陆深远以为她是害羞了，毕竟这是在休息室里，但他们已经不是第一次了，他握着她捂在胸前的手，将人往怀里带。

他醇厚的声音哄着她：“我帮你。”

林恬恬挣不开他的手，另外一只手不经意间松开，礼服瞬间滑落下去。

对上陆深远震惊的目光，她脸色煞白。

脸上的变化，她能暂时撒谎是过敏，但身体的变化，尤其是身上突然瘦了这么多，她根本没有办法解释。

林恬恬几乎咬碎了牙。

这玉太狠了，得到光环时能让她风光耀眼无比，失去光环时，也让她狼狈不堪。

“怎么回事？”陆深远作为林恬恬的丈夫，对她的身体很熟悉，而现在，面前林恬恬突然缩小的胸部让他难以置信。

林恬恬羞耻得全身发颤。她咬着唇，过了好一会儿才说道：“之前的胸是整出来的，刚才假体破了。”

看着陆深远脸上复杂的神情，她死死地咬着唇，几乎能闻到自己嘴里的血腥味。

酒店的房间里。

陆绝已经换了一套西装，依然是红色的。

她牵着他的手，往外走去。

宴会早已开始一段时间了，陆母准备切蛋糕，不少宾客围了过去。

林恬恬最后换上了银色的礼服，裙子有点儿宽松，从休息间出来后，她一直很安静。

这时，她听到周围响起了议论声。

林恬恬抬头看去，只见宁知穿着浅蓝色的礼服，牵着一身红西装的陆绝走来。

两个人出色的外貌引得不少人侧目。

林恬恬死死地按捺住心底不安的感觉。韩秋这件事她做得很小心，并没有留下任何证据，就连付给韩秋的钱也是通过其他人付的现金，根本不会有转账记录。

想到这里，林恬恬暗暗舒了口气。

她的目光再次落在宁知的身上，尤其是宁知的上半身，那凸起的弧度让她恨得咬牙。

“小绝的脸怎么这么红？”陆母看见宁知牵着陆绝出现，满脸笑意。

宁知告诉陆母：“发生了一些事，等宴会结束，我再详细跟你说。”

说着，宁知有意地看了林恬恬一眼，只见她脸色苍白，神色慌张，却又故作镇定。

看来，没有了光环，林恬恬的智商也下降了。

陆母开始切蛋糕的时候，陆绝站在宁知的身旁紧紧地挨着她。

他身上火热的气息还没有完全退去，贪婪地汲取着宁知身上的凉意，垂在身侧的手想要去牵宁知的手。

他垂下眼帘，目光落在宁知的手上，她白皙纤细的手指轻搭在礼服上，显得越发雪白如玉。

陆绝不知道什么是好看，但很喜欢这样的手。

他尝试着伸出手，小心翼翼地搭在宁知的手背上。

感受到手上的触感，宁知回过头来，只见陆绝低垂着眼帘，睫毛微动，灯光下，他的耳朵有点儿红。

宁知反手握住他的手，笑盈盈地凑到他的耳边，问他："你要吃蛋糕吗？"

陆绝微抿着唇，轻轻地点了点头，眉宇间透着乖巧。

另一旁，林恬恬一直低着头，显得很安静，而她旁边的陆深远神情有点儿复杂。现在宾客们的目光都投向陆绝和宁知两个人，没有人注意到陆深远的异常。

在场最开心的就是陆母，虽然她刚才生病了，脸上还带着倦容，但是看见小儿子出现在她的生日会上，为她庆祝，哪怕他没有说什么恭祝的话，哪怕只是低着头站在一旁，这都是巨大的进步。

从陆绝小时候开始，陆母就安排他跟其他小朋友一样上幼儿园、小学、初中、高中、大学，到现在结婚，因为她期盼着儿子活得像正常人一样。

陆母每年都许着同一个愿望：希望她的小绝能平安、快乐。

在陆母吹灭蜡烛的瞬间，微黄的烛光中，宁知看到她眼角泛着光。

宁知握紧陆绝的手。她大概能猜测到陆母的愿望。

切完蛋糕后，林恬恬突然说不舒服想要先回去。

陆深远并没有多说什么，只是让她好好休息。

"等一下。"宁知出声阻止林恬恬离开。

她嘴角带着笑意，意味深长地看着林恬恬："金医生还没有离开，你不舒服的话我可以找他帮你看看。"

林恬恬笑容勉强："不用，我只是有点儿困，想回去休息。"

"那就好。"宁知点点头，"你犯困的话可以到休息室里歇一会儿，因为在宴会后我们还有点儿重要的事情要商量。”

林恬恬心里一惊，脸上的笑容僵住了：“是有什么事吗？”

“很重要的事。”

宁知有点儿坏，故意让林恬恬猜，让她心里不安：“如果你离开宴会的话，可能连辩解的机会都没有了。”

说着，宁知笑了笑，转身走回陆母身边。

见林恬恬的脸色很难看，陆深远到底是关心她的：“怎么了？你们闹矛盾了？”

“不是。”林恬恬握紧陆深远的手，“我的样貌会恢复，我的身材，我也会去修补，你不要生我的气。”

她明显感受到陆深远对她突然改变的外形是介意的。

陆深远叹了口气，摸了摸她的头，语气依然温柔：“别想太多。”

林恬恬一双眼睛专注地看着陆深远：“如果有人欺负我，你会站在我这边帮我吗？”

如果是光环流失前，林恬恬的眼睛在光环的作用下变得又大又漂亮，只要她看着陆深远，不管提出什么要求，陆深远都是宠溺地应下。

而现在，她的眼睛已经恢复了原来的样子，长相像林父多一点，眼睛有点儿小，而且无神。因此，哪怕她深情且仰慕地看着陆深远，也没有触动他。

陆深远勾唇：“没有人敢欺负你，我会保护你。”

他喜欢她，是因为她善良，并不仅仅是因为她的外貌。

林恬恬一脸感动之色，心里的不安逐渐退去：“谢谢你在我身边。”

宴会结束，宾客们陆续离开。

休息间里的气氛有点儿尴尬。

陆母先开口：“小知，刚才你说有事情要谈，是什么事？”

“稍等一下。”宁知看了一眼坐在沙发角落里的林恬恬，“我还要等一个人。”

林恬恬的手不自觉地紧握着。

这时，休息间的门被敲响，宁知走过去开门。

“人带来了。”保镖对宁知说道。

宁知看着保镖身旁的女服务员。她浑身湿透，显然是被迫清醒了一番，衣领上还有红酒的痕迹，整个人狼狈不堪。

韩秋怯弱又小心地看了宁知一眼。

之前找她的人跟她说，只要她付出自己的这张脸。

现在近距离看到宁知的模样，她才意识到对方是要她做面前这个女人的替身。

她与宁知眉目确实有几分相像。然而，韩秋心里蓦然生起自卑之感。

宁知皮肤很白，像雪一样干净剔透，精致的五官是她无法比较的，还有一双水灵灵的眼睛，泛着光。

她在美容院接受过培训，知道这样的眼睛有多漂亮，就算是整容也整不出来。

毕竟眼形可以调整，神采却是天生的。

韩秋原本以为自己也算是长相秀丽，有信心勾引陆绝，现在面对漂亮耀眼的正主，立刻羞耻得无地自容。

“进来吧，把你做的还有指使你这样做的人都说出来。”宁知冷声说道。

保镖推着韩秋走进去。

“这是……？”陆母和陆父还有坐在林恬恬身旁的陆深远面带困惑。

“这是在酒店里工作过几天的服务员，我刚才上楼找陆绝的时候，发现她在房间里点了催情的蜡烛，想要害陆绝。”

宁知冷声说道：“幸亏我及时出现，否则陆绝就被她害了。”

原本，宁知想要说陆绝差点儿清白不保，话到嘴边还是换了说法。

陆绝腰身挺直，低垂着眼帘，安安静静地坐在沙发上，好像这里的事与他无关一样。

陆母神色一惊，没想到刚才竟然有人要害儿子。

“这是怎么回事？”她神色严肃起来，厉声质问女服务员，“你有什么目的？”

陆家的保镖出身都不简单，对于审问人很擅长，尤其是韩秋这样的普通女孩，手段还没有施展开来，她已经把所有的事情交代了。

韩秋的身体冷得发颤，她颤抖着再次把事情说了一遍：“是她，是她指使我的！她说我跟这位小姐长得像，能取代这位小姐。”

她又傻又天真，被坏人的甜蛋糕蒙蔽了双眼。

“是她蛊惑我，还安排我在酒店里入职。”韩秋只想赶紧交代清楚，然后离开。

她现在已经清醒过来，这是有钱人之间闹争斗，她一个小人物被牵扯进去，肯定不会落得好下场。

“你撒谎。”

真相被揭穿的这一刻，林恬恬反而整个人都冷静了下来，空口无凭，只要她不承认，宁知根本不能对她怎么样。

“我根本不认识你。”林恬恬皱眉，“你是谁？”

宁知看着林恬恬装模作样，勾了勾唇：“这个女服务员和我长得像？”

她下巴微抬，一脸冷笑：“大概眼睛快要瞎的人才会觉得这个人跟我长得像吧。”

林恬恬的眼神有多不好，才会找一个这种模样的人来代替她？

“林恬恬，你是眼睛真的不好，还是想要硌硬我？”

林恬恬语气委屈：“我根本不认识这个人，你不要污蔑我。我为什么要做这样的事情？我为什么要害陆绝？”

她继续反驳道：“我以为这个人是你找来演戏，想要陷害我的。”

宁知对于她的无耻毫不意外：“你不承认？脸皮还挺厚的。”

陆深远英气的眉下意识地紧皱：“宁知，注意你说话的语气，她是你的大嫂。”

宁知觉得无语：“林恬恬陷害陆绝，你还指望我尊重她？我又不是天真的傻子，被别人踩上胸口了，还要笑着让对方多踩一脚。”

“你有什么证据能证明是恬恬做了这样的事？”陆深远是不相信宁知的，妻子善良，就连进娱乐圈也不愿意动用陆家的资源，不可能做害人的事。

宁知继续说道：“刚才陆绝吸入了不少催情的药，我找金医生给他看过，这一点金医生可以证明。”

宁知看向韩秋：“至于林恬恬和你的联系，韩秋，你自己说。”

“之前她劝我去勾引陆先生的话都被录下来了，我有录音。”韩秋小声说道。

林恬恬脸色大变：“你撒谎！”

不可能，她碰见韩秋是意外，让韩秋去勾引陆绝也是临时起意，韩秋怎么会有录音？

宁知肯定是想要诈她，她不会上当的。

“林恬恬，真的是你指使人去害小绝？”陆母脸上全是怒意，想到儿子差点儿被人害了，简直怒不可遏。

“我没有！妈，我怎么可能做这样的事？”林恬恬咬着唇，流着眼泪，像是委屈到了极点。

宁知看够了林恬恬垂死挣扎的模样，才笑着开口：“录音我已经拿到了，不用质疑录音的真实性，你自己一听就知道了。”

宁知掏出了录音笔，按下播放键。

听到林恬恬的声音响起，在场的人除了陆绝和宁知都神色骤变。

“你没吃饭？你这样的水平，怎么会在繁花间这里担任美容师？”

“你的按摩技术真差，没有顾客投诉过你？”

…………

“宁知你平常不是嘴巴厉害吗？现在还不是要替我按摩。”

“我给你一个机会，只要你抓住这个机会，从此可以过上优越生活，根本不需要在这里辛苦地出卖劳动力……”

休息室里很安静，录音笔里林恬恬的声音很清晰地播放着。

宁知感到一阵无语：“你的眼神是多不好？你以为欺负韩秋就是在侮辱我？”

林恬恬完全傻眼了，整个人仿佛置身冰冷的雪山，寒风像刀一样刮着她的骨头，冻得她发颤。

对上陆深远失望的眼神、陆母生气的脸还有陆父锐利的目光，她低喃道：“不是我。怎么会有录音？不可能，这录音肯定是假的。”

这里面的话确实是她曾经说过的，但是韩秋怎么可能录下来？

“韩秋交代了，繁花间里到处都安装了录音设备，为了避免员工和顾客之间发生纠纷说不清理。”房间里不适合安装监控设备，所以安装了录音设备。

“这样是犯法的。”林恬恬训斥。

宁知认同地点点头：“对，店老板侵犯顾客隐私权，是犯法，你大可以去告。同样，你指使人害陆绝，我也可以告你。”

陆深远回过神来，放低姿态，神色诚恳：“这件事是恬恬做得不对，最近她休息得不好，精神恍惚，有时候也不是很清醒。我是她的丈夫，我替她向你和小绝道歉。”

“一句道歉就完事了？”宁知坐回陆绝身旁，“陆绝刚才吃了不少苦头。”

陆绝确实吃了苦，哼哼唧唧地求宁知亲他、触碰他，舒服又难受。

“不过这件事我交给妈和爸处理。”宁知牵着陆绝的手，现在是他睡觉的时间，“我先带陆绝回去休息。”

“嗯，去吧，路上注意安全。”陆母点点头。

宁知知道有陆深远这一层关系在，为了和气，陆家并不会把林恬恬怎么样，但陆母疼爱陆绝，不会把害过陆绝的人放在他的身边。

果然，宁知回家后不久，用人就接到了电话，收拾林恬恬的行李，让她搬出陆家。

林恬恬被驱赶出了陆家，陆深远是她的丈夫，如果他要维护正面、爱妻的形象，就只能跟着搬出去。

没有了两条毒蛇在身边盯着，宁知的心情瞬间好了起来。

夜色渐浓。

宁知换好衣服，躺在熟睡的陆绝身旁。考虑到上一次穿过去的时候是冬天，她身上还套了一件厚外套。

她把霸王找了出来：“这一次是一百个小太阳吗？”

霸王的小奶音充满了心虚的意味，它支支吾吾道：“主人……情况有变化，这一次需要消耗一百五十个小太阳。”

宁知以为自己听错了：“多少？”

如果霸王有实体的话，可能已经竖起手指头比给她看了：“一百五十个。”

霸王强调：“主人，这一次的情况特殊。”

“什么叫情况特殊？”宁知要气死了。

霸王委屈：“原本这一次的营救是不存在的，不知道为什么会突然冒出来。”

按照原定的计划，宁知下一次穿过去就是陆绝的高三时期，而现在，突然冒出了一个高二的时间段。

这次不在营救计划里的时间段，需要消耗更多的小太阳。

宁知有点儿听不懂了，霸王的意思是现在突然冒出了一个新的需要她回去营救的时间点？

怎么会这样？

宁知有点儿想不明白："我怀疑你在坑我。"

霸王委屈："我怎么会做这样的坏事？"

"我怀疑你想要吞更多的小太阳。"

霸王赶紧否认："消耗小太阳的数量都是规定好的，主人，我绝对不敢报虚数。"

小太阳是纯粹的功德构成的，它如果起贪念或者歹念，到手的小太阳会消失的。它可聪明了，才不会做这样的傻事。

宁知还是很生气："我现在只有一百个小太阳。"

霸王赶紧哄道："主人，你多跟陆绝接触接触，很快就拿到小太阳了。"

宁知哼了一声："如果他被我开发完了怎么办？"

完全被榨干的陆绝如果不能再生产小太阳了的话，怎么办？这是她一直忧虑的。她担心还没有成功拯救陆绝，他就没有小太阳了。

霸王的小奶音有点儿激动："主人绝对可以放心，陆绝身上的小太阳很多，不管怎么消耗都是足够的。"

陆绝绝对是万中无一的拥有超多小太阳的人。

宁知安下心，但继续开发下去……

莫名地，黑暗中的宁知脸颊逐渐发烫，赶紧忘掉脑子里突然涌现的画面。

第二天，宁知带着浅浅的黑眼圈醒来，昨晚梦里全是她花式向陆绝讨要小太阳的画面。

她翻过身，正好看到身旁依然熟睡的陆绝。

天还没有完全放亮，房间里很安静，她能听到他轻浅的呼吸声。

宁知起身，悄悄地挪向他。

她低下头，认真地打量着陆绝。

他的眼帘薄薄的，睫毛卷翘浓密，鼻梁高挺，薄唇微抿，真是处处都长在她的审美上。

他睡着了，她亲他会得到小太阳吗？

宁知跃跃欲试。

她抿了抿唇，低头亲在了他的鼻尖上，没有小太阳弹出来。

宁知将唇稍稍下移，轻轻地落在了他的唇上，依然没有，看来是需要陆绝醒着的时候亲才会有小太阳。

突然，宁知对上陆绝漆黑茫然的眼睛。

她惊得愣了一下，然后镇定地起身："早啊，你醒了？"

唇上还有浅浅的馨香，陆绝抿了抿唇，坐起身，安静地看着宁知。

"我刚才梦游了。"宁知撒谎，像欺骗小孩一般，一点儿罪恶感都没有，"我也不知道怎么会睡过来。"

陆绝眨了眨眼，过了好一会儿，低沉的声音带着几分慵懒："可以。"

"嗯？可以什么？"

陆绝垂下眼帘，小声说道："可以，睡我。"

宁知赶紧拒绝："我不睡你。"

陆绝的睫毛微动："可以，睡过来你。"

宁知有点儿感慨，以前她睡他的床，他都会生气得弹出带闪电的黑云，现在，他已经进步到愿意邀请她睡他那边了。

接着，宁知看到陆绝低着头，耳朵莫名地红了。他温暾地说道："等我。"

陆绝掀开被子，在宁知还没有反应过来的时候赶紧起床，喃喃着："等我，等我。"

等他什么？

宁知觉得莫名其妙，然后看见陆绝穿着红色底大蓝色花睡衣的身影快步往洗手间走去。

洗手间里，陆绝快速挤牙膏刷牙。

他面无表情地看着镜子，张大嘴巴，刷得很慢、很认真，每一颗牙齿都要照顾到。

刷完牙，他赶紧洗脸，喜欢的睡衣领口被打湿了也顾不上，认真地把自己的脸洗干净。

洗完，他抬起眼帘，看了看镜子里的自己。

陆绝抿了抿唇，用手把自己额前翘起的几缕刘海儿压下去，再压下去。

过了好一会儿，他走出去。

宁知坐在床上发呆，看见陆绝出来才回神："洗完了？轮到我了。"

陆绝抿着唇，走回宁知的身旁，坐下。

他看向宁知，然后指着自己的嘴巴："干净的。"

宁知点点头："嗯，很干净。"

陆绝的唇凑向她："可以亲，干净我。"

知知现在可以亲了，我已经刷干净牙齿了。

宁知："……"

他刚才说的等他，原来是等他刷完牙出来，她可以亲他？

宁知哭笑不得，又觉得他可爱得要命。

如果不是知道他很少吃雪糕，她都怀疑他是每天啃着可爱多长大的。

她忍不住捏了捏他的脸，用指尖帮他擦去脸上还没有来得及擦干的水珠："你要亲啊？"

"要。"陆绝卷翘的睫毛颤呀颤，像是求着宁知快点儿亲他。

宁知刚才还想着怎么找借口亲他，好家伙，他自己送上门来了。

送上门的小太阳，她当然不会拒绝。

宁知有点儿坏，故意道："但我还没有洗脸刷牙，要不我先去洗一洗？待会儿再亲？"

陆绝急了，沙哑的声音从喉咙里挤出来，沉沉的："不嫌你，不嫌的。"

怎么会有这么单纯可爱的男人？欺负他，宁知突然有种负罪感。

宁知双手捧住他的脸："对不起，不逗你了。你想我先碰你哪里？"

"嘴。"陆绝的目的很明确，他最喜欢知知碰他这里的。

"你先闭上眼睛。"她莫名的有点儿紧张。

陆绝乖乖地闭上了眼睛。

下一秒，他感受到唇上软软的，香香的，是知知的味道。

宁知看到，陆绝头顶的显示框里再次弹出小太阳，一排十个！

她有点儿惊愕。

之前她亲陆绝的额头、鼻子、下巴，甚至是亲他的喉结，都是第一次拿到的小太阳数量最多，然后逐渐减少，再之后只能隔一段时间拿到一个小太阳，像是被榨干净了一般。

而现在，与昨天一样，陆绝头上的显示框里弹出了十个小太阳，数量并没有任何消减。

宁知太惊喜了，亲他的唇是能一直拿到十个小太阳吗？还是说尝试过几次以后，数量才会消减？

感受到宁知停了下来，陆绝有点儿不满："要继续的。"

啧，小太阳老板学会提要求了。

宁知尽职尽责，唇再次落在他的薄唇上，他刚才洗漱过，唇上有一股清冽的薄荷气息，很好闻。

他的唇也软软的，唇形很好看，很适合接吻。

宁知有点儿走神，在她还没有反应过来的时候，软软滑滑的舌尖突然攻了进来。

她吓得瞪大眼。

陆绝漂亮的桃花眼茫然地看着她，头顶上的小太阳十个一排、十个一排地冒出来。

上次宁知教导过他，陆绝现在还有点儿笨拙，舌头在宁知的小嘴里横冲直撞。

蓦然，宁知胸口处猛地跳动一下，有点儿酥，有点儿麻。

陆绝的研究精神太好了，宁知的脸有点儿热，她几乎招架不住。

但宁知还是很开心的，刚才纵容陆绝亲了这么久，现在她一共有一百八十个小太阳！

宁知下楼的时候，看见用人正把一件件行李往外搬。

“二少夫人。”用人看见她，赶紧打招呼。

“这些是……？”

“这是大少夫人的行李，还有部分是大少爷的。”

“昨晚不是收拾了？”宁知看了一眼，地上东西多得让人以为被抄家了。

“昨晚担心打扰二少夫人还有二少爷休息，只是简单地收拾了一下。”

“嗯，你去忙吧。”宁知有点儿开心。陆深远决定跟林恬恬一起搬出陆家？太好了，快滚，离得远远的。

这时，穿着黑色西装的高大身影向宁知走过来，陆深远停在她的面前。

“我们能聊一聊吗？”

宁知看了他一眼：“你说。”

“恬恬的事，我替她向你和弟弟道歉。最近她的身体不好，加上外形突然发生变化，让她情绪失控，变得偏激，才会突然想偏了。”

“哦。”宁知不以为然——她怎么会不清楚林恬恬想干什么？

陆深远语气诚恳："这一次她确实犯了大错，但她也意识到了错误，希望你大人有大量，不要把这件事放在心上。"

"我肯定不会放在心上，但这并不代表我会原谅她。"原谅是肯定不会原谅的，至于林恬恬，宁知哪里有时间惦记着她做过什么事？

宁知没有这么闲。

"好，我明白了。"陆深远并不是非得要取得宁知的原谅，只是表明一个认错的态度而已。

看着陆深远离开，宁知舒了口气。

接着，她听到旁边的管家对用人叮嘱："大少爷的其他东西不用收拾。大少爷跟太太和先生说了，周六日会回来住。"

宁知皱眉。果然，陆深远不会轻易搬出陆家。

他太精明了。

现在陆母和陆父在气头上，肯定不愿意看到林恬恬，可能还顺带对陆深远有意见。

他主动搬离，表明了认错受罚的态度，而周六日回来，等时间一长，陆母和陆父气消了，反倒会愧疚让陆深远搬出去，而且距离产生美。

到时候，陆母他们对陆深远的关注自然会更多。

甚至时间长了，他们对林恬恬的怒火也会在陆深远的劝说下逐渐消去。

宁知眯了眯眼，在没有把握能揭穿陆深远的真面目前，她不能轻举妄动。

林恬恬只要失去了光环就脑残了。而陆深远小时候是一只小狐狸，现在成了一只老狐狸，比林恬恬难对付多了。

到了夜里。

宁知把一百五十个小太阳交给霸王，再睁开眼的时候，周围已经换了环境。

周围的街道和小巷子有点儿破旧，宁知皱了皱眉，陆绝怎么会在这附近？

这里的环境并不好。

周围房屋的墙面破旧，有好些铁门还掉漆了，而小巷子与小巷子之间搭建的电线杂乱无章，就连摆放在一侧的垃圾桶里的垃圾也堆得满满的，还有一些散落在垃圾桶周围。

宁知有点儿疑惑：陆绝怎么会在这里？

她开始到处寻找。

“傻子，你身上的钱呢？”一个染着金毛的男人叼着一根烟开口说道。

“大哥，他身上肯定有钱，我去搜。”

“赶紧搜啊，还那么多废话做什么？”金毛想到上一次在这个傻子身上拿到的钱，足够他带着兄弟在酒吧挥霍一个月。

这傻子可是有钱的主儿啊。

金毛打量着对方，他虽然穿着校服，但身上的鞋子、背包都是大品牌，也不知道是哪家的富家子弟。碰见他们，这个傻子就当是做好事吧，反正他的钱多。

“你赶紧的啊，让你搜钱都笨手笨脚的，滚开，让我来。”金毛骂着旁边的红毛小弟。

金毛站在傻子的身前，发现自己竟然比这个傻子矮了半个头。他瞪着凶狠的目光，尽量抬起头——输身高不能输气势。

“你身上的钱呢？”金毛去掏他的口袋，里面什么都没有。

金毛发现这个高中生不仅是个傻子，还是个哑巴，不会说话，碰见他们也不会害怕地喊救命。

要是每个人都像这个傻子这样，好好配合他们，把钱交出来，他们的活儿就轻松多了。

金毛绕到傻子身后，拉开他背包的拉链，在里面随意翻找。

包里只有几本书和几支笔，除此之外什么都没有。

“傻子，你今天没带钱？”金毛怒声质问。

傻子低着头，没有吭声。

“我在问你话！”金毛气得往地上吐了口口水，“信不信我们揍你？”

“大哥，他真的是哑巴吧。”红毛走过来，伸手拍了拍傻子的身体，“你看，什么反应都没有，又哑又傻。”

金毛拍了一下红毛小弟的头：“我看不出来吗？就你聪明？”

红毛赶紧捂住脑袋：“那我们怎么办？放他走？”

金毛拿不到钱，心里不爽，气很不顺，一把将傻子推向旁边的墙面，将他的脸抵在墙面上，凶狠地要挟着：“小傻子，你身上最好随时带着钱，如果下次再碰见你，你还是没有交出钱来……”

旁边的红毛赶紧助威：“我们就揍你，把你揍成猪头。”

宁知走到小巷子口的时候，正好看见这一幕。

陆绝的脸被挤在围墙上，他面无表情，一句话也不应。

宁知心疼得赶紧跑过去，着急地直接抬手想要将金毛的手拍开，然而，她的手直接穿过了对方的身体。

宁知气得想要立刻现身吓死他们，下一秒，金毛威胁完陆绝将人松开了。

“大哥，我们走。”红毛赶紧递烟。

“你是大哥还是我是大哥？”金毛又拍了一下红毛的头。

“当然你是大哥。”红毛十分讨好地说道，“大哥，街尾新开了一间火锅店，你肯定喜欢吃。”

金毛又拍了一下红毛的头：“你现在才说，还不赶紧带我去？”

金毛和红毛赶紧奔向火锅店。

宁知记住了两个人的长相，赶紧问陆绝：“小绝绝，你有没有受伤？”

她急忙检查陆绝的身体，他英俊的脸因为贴在墙上，沾上了一些灰尘，身上的校服蹭到了墙面上的青苔，有点儿脏。

宁知看了一遍，发现他身上没有伤，这才舒了口气。

宁知赶紧伸手去擦他脸上的灰：“你怎么会在这里？家里的司机呢？”陆绝平常出入都是由司机接送的。

陆绝抬眸，飞快地看了宁知一眼，便移开了视线。

好像没看够，他又飞快地再看她一眼，目光在她的脸上停留了几秒，再移开。

他微抿着唇，手主动握住了宁知垂在一侧的小手。

少年的手微凉，他紧紧地扣住宁知的手，一双漆黑的眼睛安静地看着她。

怪姐姐，回来了。

“不认得我了？”宁知有点儿不确定地问他，上一次见他的时候，他应该在上高一。

现在，他的样子变化不大，个子高了一些，眉目更加英气，但依然青涩、干净。

他身上的校服没有变，应该还是在高中时期。

陆绝低垂的眼帘再次抬起，声音低低的，似在呢喃：“记得我。”

他记得。

宁知听到了，笑弯了眸子，现在的陆绝已经长大了，不再是没有记性的小陆绝了。

“那你告诉我，你怎么会在这里？司机呢？”宁知可不相信陆家会让陆绝一个人单独跑出来。

陆绝抿紧双唇，没有应声。

少年低着头，像是落寞的幼崽，宁知心软了，放低了声音：“你自己一个人出来的吗？”

过了好一会儿，陆绝轻轻地应了一声：“嗯。”

“为什么？”宁知还记得上一次他离家出走的事，“你又离家出走了？”

青春期的少年叛逆，有时候闹情绪离家出走是正常的事。

但陆绝的想法跟其他人不一样，他的情况也跟别人不一样。

他离家出走，丢失的危险很大。

陆绝的手紧紧扣住宁知的小手，他没有应声。

宁知叹了口气：“以后不能再一个人乱跑。”她教育他，“你看，刚才你就遇到坏人了，如果他们真的对你动手怎么办？”

小混混们还可能对他做出更过分的事。

宁知不知道他为什么跑出来：“你去哪里都必须带着司机或者保镖在身边。”

陆绝没有应声，只是更加握紧了宁知的手。

宁知也不知道他有没有听进去她的话：“我现在先带你回陆家。”

宁知不知道这是哪里，牵着陆绝的手找路。

从小巷子出去，她才发现陆绝的学校距离这里不远，而这一带是老城区。

他是从学校出来的？

宁知带着陆绝往学校那边走去，果然，陆家的车子还停在学校门口，而司机站在车子旁，焦急地打着电话。

对方显然发现陆绝不见了。

宁知赶紧牵着陆绝走过去。

正在打电话的司机看见陆绝突然出现，惊愕得几乎说不出话：“少……少爷。”

司机回过神来，赶紧对着电话那头说道：“太太，找到少爷了，少爷自己回来了。”

“是的。”司机赶紧应着，“我现在就把少爷送回去。”

挂了电话，司机暗暗舒了口气：“少爷，你刚才去哪里了？太太很担心你。”

陆绝抿着唇，不应声，行为刻板地打开车门，上车。

宁知跟着上车，坐在他的身旁。

司机抹了一把脸上急得冒出来的汗水，也赶紧上车。

车子里，司机忍不住念叨：“少爷，以后你有什么事情，尽管吩咐我替你跑腿，千万不要独自一个人走开了……”

宁知低声训斥他：“听到司机叔叔说的话了吗？不能独自一个人离开。”

他卷翘的长睫毛微微颤动着，从喉咙里慢慢地挤出一声：“嗯。”

驾驶座上，破天荒地得到陆绝回应的司机忍不住长舒了一口气。

车子回到陆家。

陆母和陆父早已在客厅着急地等待。

接到司机的电话的时候，陆父已经准备派人出去找陆绝了。

他甚至派人拿到了学校的监控录像，发现儿子竟然学会了翻围墙。

陆父没有问陆绝翻墙的原因，一是他知道儿子不会理会他，二是或许儿子自己觉得好玩，看见别人翻了才学的。

解决翻墙这个问题很简单，他会找到学校商量，然后出钱把学校的墙加高。

“小绝，你跑到哪里去了？有没有受伤？”陆母赶紧检查陆绝的全身，他除了衣服有点儿脏，并没有其他异样。

陆母紧蹙的眉头逐渐松开：“你以后不能乱跑了，要是出了什么意外，你要妈妈怎么办？”

陆绝没有应声。

陆母看见儿子没事，赶紧让厨师准备晚餐，熬一些滋补的汤水。陆父则在考虑要不要派人在暗地里看着儿子。

陆绝牵着宁知的手上楼。

回到房间，陆绝依然紧扣着宁知的手，坐在她的身旁，安静地看着她。

少年又长高了一些，现在坐着也比宁知高。

宁知摸摸他的头："小绝绝又长高了。"

陆绝漆黑的眼里罕见地露出几分羞涩的神色。他不舍地松开宁知的手，然后站起来，走到衣柜那边，拿出一件崭新的红色卫衣。

他当着宁知的面把身上的蓝白色校服脱掉，嫌弃地扔在一侧，然后，把新的红色衣服换上。

陆绝穿好衣服后，走回宁知的身旁，腰身挺直，重新牵住她的手。

"小绝绝真帅。"少年这样明显求夸赞的行为，宁知哪里看不出？

陆绝漆黑的眼里浮现浅浅的笑意，唇角微微翘起："怪姐姐看。"

宁知笑弯了眸子："好啊，只给我看。"

这样乖的少年，还能上哪找第二个？

她转过头，目光不经意地落在了桌面的台历上，只见上面有一个时间打着圈圈。宁知突然想起，昨天是陆绝的生日。

"昨天是你的生日？"

陆绝点点头。

他漆黑的眼睛安静地看着宁知："许愿我。"

他许愿了。

宁知有点儿好奇："小绝绝许了什么愿望？"

陆绝清秀的眉目间透着青涩之意，缓慢地说道："怪姐姐出现。"

他希望，怪姐姐会出现。

第九章

他设计自己

宁知一怔，心口处像被一只小爪子轻轻地挠了一下，有点儿痒。

青涩又害羞的少年说，他许了愿，希望她出现，样子可怜又可爱，让宁知的心都软了。

所以，这个突然多出来的任务是因为陆绝的愿望？

宁知不能确认。

“除了希望我出现，你还有其他愿望吗？”

陆绝眨了眨眼，过了好一会儿才开口：“怪姐姐出去玩，我。”

我希望怪姐姐和我出去玩。

陆绝垂下眼帘，黑色短发下的耳朵偷偷红了，比他身上的红色卫衣还要红。

宁知思忖了一下，告诉他：“你想要跟我一起出去玩？”

闻言，陆绝抬眸看她，漆黑的眼睛里带着期待。

宁知笑了：“好吧。”

陆绝抿住的唇角抑制不住地微微上翘，手紧紧地扣住宁知的手。

夜里，宁知原本打算睡沙发，但少年一如既往地不允许。

她只能像前两回一般，躺在他的身旁。

昏暗中，宁知能闻到陆绝身上熟悉的沐浴露香味。

他的固执不仅仅表现在坚持走同一条路线，坐同一把椅子，衣服放在同一个位置，就连同一种香味的沐浴露，他也能连续用十几年。

就算是长大后，他身上也是这样清爽的薄荷香。

他还真是固执、专一。

第二天是周六，陆绝不用上学。

宁知答应带他外出，但需要他自己向陆母提出。

“小绝，你……你要出去？”陆母一阵惊愕——儿子竟然主动跟她提要求了。

她感到震惊又狂喜：“妈妈陪你一起出去好不好？”

陆绝小时候，她还能带着他外出闲逛，现在他长大了，变得更加抗拒和别人接触。

陆绝拒绝：“不。”

陆母脸上依然布满笑意，虽然被儿子拒绝了，但这也是他对她的主动回应。

“小绝，你要去哪里？不要妈妈陪你吗？”儿子突然提出要外出，她很好奇他要去做什么。

陆绝抿着唇，转过身离开了。

陆母赶紧让管家叮嘱司机照顾好陆绝，同时派了两名保镖在暗地里跟着。

宁知身上还有三十个小太阳，也就意味着能换取三十分钟的现身时间。

她问陆绝：“你想去做什么？”

陆绝低垂的眼帘动了动，缓慢地开口：“看电影。”

宁知有点儿疑惑：他想去看电影？

陆家有一个超大的影视厅，如果陆绝想看电影，她陪着他在家里看就行。

“看电影。”陆绝坚持。

宁知觉得她不在的这段时间里，陆绝好像有了一点儿改变。

他脑子里想的东西让她猜不透。

“好，我陪你去看。”

司机开车到了商场门口，宁知牵着陆绝的手往里走，司机知道暗地里有保镖跟着少爷，没有追上去。

商场的五楼是电影院，宁知指导着陆绝买了两张电影票。

他们排队买爆米花。可能是周围的人多，陆绝有点儿紧张，眼睛一直看着她或者地面，手紧紧地扣住她的手。

这时，两个长相清丽的女孩子走过来，其中一个红着脸问陆绝："你好，我能加你好友吗？"

陆绝毫无反应。

穿着黄色裙子的女孩继续鼓起勇气说："我想认识你。"

陆绝完全不理会她。

黄裙子女孩完全被漠视，脸涨红了，无措又尴尬地看着身旁的好友。

好友替她说话："帅哥，不要这样冷酷啊，我们小欣是学校里的校花，追她的人可多了，这是她第一次主动想要认识男孩子。"

黄裙子女孩听到好友的话，羞得拉了拉好友的衣摆。

她偷偷地打量着少年的侧脸，脸更红了。

刚才少年走进来的时候，她一眼就看到了穿着一身红色运动服的他，瘦高，帅气，一张脸比她喜欢的偶像还要帅气。

她第一次有这样小鹿乱撞的感觉，所以才会让好友也开口帮忙。

陆绝完全漠视身旁的两个人。

宁知现在是只有陆绝才能看见的状态，看着那两个女孩子急切地想要陆绝的联系方式，心里有点儿不爽。

见两个人还不死心，宁知对陆绝说道："你在这里等我一会儿，不要乱走，我很快就回来。"

陆绝眨了眨眼，缓慢地应声："好。"

宁知知道暗地里有两名陆母派来的保镖跟着他，放心地离开。

她找到了没有摄像头，没有人经过的角落，换取二十分钟的现身时间。

"你也太冷漠了，不愿意加好友就算了，一声不吭，算什么男人？"好友有点儿不爽，小欣多漂亮啊，这男的眼光未免也太高了，竟然不看小欣一眼。

"你似乎对我的男朋友有什么意见？"清脆好听的声音从两个人的身后传来。

两个女孩往后看去，眼里不约而同地闪过艳羡之色。

听到宁知的声音，陆绝这才有了反应，转身看向她，伸出手。

他紧紧地扣住宁知的手，唯恐她再次消失。

藏在暗处的保镖震惊地发现，陆绝竟然主动跟一个陌生女孩牵手，他们犹豫着要不要上前阻拦。

然而，保镖很快发现，陆绝不仅牵着女孩的手，还一脸掩饰不住的欢喜，乖乖地待在女孩身旁，他们决定继续在暗处观察。

宁知看向那两个女孩："我男友不加你们好友，是因为对你们没有兴趣。"

黄裙子女孩又忍不住看了一眼宁知的脸，自惭形秽地低下头，赶紧拉着好友的衣摆："我们走吧。"

难怪对方不愿意搭理她，原来是有女朋友。

宁知继续陪着陆绝排队买吃的，喝的。

她和陆绝两个人颜值都超高，而且身形也般配，站在一起超级养眼，引得在场的人不断地侧目偷看，羡慕不已。

两个人拿到爆米花和汽水后，已经能入场了。

宁知陪着陆绝走进影厅。他们来得晚，买到的是最后一排的位置。

陆绝对昏暗的环境很适应，进来后好像放松了一点儿。

宁知坐在他的身旁——可怜的孩子，他应该是第一次来电影院。

大银幕上，开始播放电影。

宁知已经很长时间没有这样抱着爆米花看电影了。

她挑了一颗金黄金黄的爆米花，喂到陆绝的嘴边："这个有点儿甜。"

陆绝乖乖地张开嘴，连带着一口含住宁知的手指。

"让你吃爆米花，不是吃我的手指。"

昏暗的光线中，宁知红了脸，压着声音道："不要用舌头卷我的手指！"

宁知想到上次陆绝在天台舔她被花刺伤的伤口，这个坏毛病还真是什么时候都改不了。

宁知推开他的头，抽回自己湿答答的手指，使劲地瞪了他一眼。

他简直犯规！

电影是一部悬疑片，开场就营造了不少恐怖的氛围。

宁知看着前方，而旁边的陆绝侧着头，一本正经地看她。

“看银幕，不要看我。”宁知把他的头转向银幕。

陆绝被抓包，赶紧低头，卷翘的长睫毛颤呀颤呀，遮挡住眼眸里害羞的神色。

下一秒，他又抬头看宁知，看了几秒，移开目光，过几秒又继续看。

目光不经意地落在前面时，他定住了。

前一排，他们正对着的两个位置上，陆绝看到男人的头向旁边的女友凑过去。

透过椅子的间隙，能清晰地看到两个人贴在一起，嘴巴也亲在一起。

陆绝看得很认真。

宁知转过头，顺着陆绝的视线看去，惊得赶紧把陆绝的脸转向自己。

她压着声音，在他耳边道：“不要看。”

陆绝抿了抿唇，大荧幕的光投在他的脸上，他的眉目越发立体、清秀。

他眉间透着青涩，缓慢地对宁知说道：“怪姐姐，亲——”

“不。”宁知打断他，“你还小，不可以。”

陆绝抿着唇，漆黑的眼里透着委屈的神色：“不小。”

宁知脸上一热，捂住他的嘴：“看电影。”

她教育他：“这是不好的行为，我们不能学。”

陆绝不知道好与不好是怎么定义的。

“我们不能学，知道吗？”宁知想要让他安静地看电影。

看完电影，宁知带着陆绝离开了电影院。

宁知穿来的时候身上穿着一件厚外套，避免像上次一样又遇上寒冬。

刚才现身时，她已经把厚外套脱掉，现在它正被陆绝提在手上。

宁知看着身旁安静的少年，心软了——他有什么错呢？

相反，他能出现好奇心、求知欲，是一件好事，她只要引导他的好奇心在正途上就行。

宁知现在还剩下五分钟的现身时间，牵着陆绝来到后楼梯，关上门，阻挡住暗处保镖的视线。

下一秒，宁知恢复了隐身。

她拉着陆绝的手，走出商场。

宁知和陆绝还没有打算回去，想牵着他到处走走。

而这时，宁知突然看见了不远处的金毛和红毛——之前欺负陆绝的小混混。

两个人肩并肩从饭店里走出来，显然是刚吃饱喝足，兴致高昂。

宁知眯了眯眼。她之前还担心找不到这两个人了，没有想到自己还没有开始找，他们就出现了。

对面，金毛和红毛也看见了陆绝，目光一亮，互相使了个眼色。

红毛神色兴奋："大哥，财主又来送钱了。"

金毛叼着烟："我们过去。"

两个人赶紧往陆绝那边走去，唯恐让他跑掉了。

宁知牵着陆绝的手："坏人来了。"她带着陆绝，往藏在不远处的保镖那边走去。

陆绝低垂着眼帘，乖乖地跟在宁知身旁。

"傻子，你走什么？快停下来！"

红毛看见陆绝走了，急急忙忙上前喝止。

金毛跑得比较快，前后才十几秒，他已经跑到了陆绝面前。

他嘴里的烟在跑的时候已经掉了，也顾不上捡起来，不怀好意地看着陆绝："傻子，我们又碰见了。"

前两次是傻子主动送上门，这一次，算是他们有缘。

红毛气喘吁吁地跑过来，搓了搓手，准备收钱："大哥，我来搜他？"

"行啊。赶紧拿了钱，今晚我们去酒吧乐一乐。"金毛一脸迫不及待的表情。

宁知瞪了一眼面前的两个人，眼看着他们两个就要动手搜陆绝的身，两个高大的黑色身影同时出现在陆绝身前，护住陆绝。

"你们……你们是谁啊？这个傻子是我先看上的，他身上的钱都归我了。"金毛说道，"你们去找其他的目标吧。"

红毛挺直腰身，附和着金毛的话："就是，这是我大哥看中的人，你们不能抢。"

两名黑衣保镖都不是简单的人，仅凭外表和气势就已经足够吓人。

"这是我们家少爷，你们打他的主意？"其中一名保镖开口。

金毛一脸错愕之色，傻了眼："你……你们家的少爷？"

红毛反应过来："大哥，现在我们怎么办？"

"跑啊，笨蛋！"金毛撒腿就跑，然而，他们哪里是专业保镖的对手？

保镖轻而易举地抓住了两个人："少爷，怎么处置他们？"

陆绝低着头不应声，也不敢看旁边的宁知。

两名保镖互看了一眼，然后提着金毛和红毛到角落里狠揍了一顿，还警告了一番。

金毛和红毛两个人平常也就敢在学校附近欺负一些学生，抢他们的钱，耍一下威风，真对上有能力的人，只能跪地求饶。

宁知牵着陆绝的手，站在一旁看他们被保镖教训后的㞞样。

金毛和红毛被狠揍一顿后，涕泗横流："我们不敢了！我们再也不敢欺负你们家傻……

"不对，不敢欺负你们家少爷了。"金毛和红毛缩在一起，㞞得不行。

"两位大哥，求求你们放过我们吧！

"我们一定改过自新，好好做人！"

保镖看向陆绝，想要问他的意见，然而陆绝根本不看面前的两个人，仿佛这一切都与他无关。

他的目光只专注地落在某一处。

宁知捏捏他的脸："以后不能随意乱跑，去哪里都要带上保镖，知道吗？"

陆绝漆黑的眼睛安静地看着她，心里闷闷的，感觉好奇怪。

他抿了抿唇，过了好一会儿才开口："不走你。"

"不用想我，好好上学，我以后会回来找你的。"宁知叮嘱。

陆绝低沉的声音带着委屈的情绪："好久你。"

每一次，他都要等好久。

宁知上前主动抱住了陆绝："对不起，等你长大了，我会一直陪着你的。"

陆绝的嘴角微微翘起。

他伸手想要回抱她。

然而，他怀里柔软的触感逐渐消失，鼻间的香味也逐渐消散。

他手上的外套也一点儿一点儿变得透明。

陆绝低头，茫然地看着自己的胸口。

回到现在，宁知叹了口气，心里酸酸的。这一次，她明显感受到少年时期的陆绝对她有了依恋之情。

宁知转过身，突然发现自己放在小陆绝手里的外套竟然回到了她的床上。

刚才让陆绝帮忙拿着外套，她都忘记了它的存在，没想到它竟然跟着回来了。

宁知有点儿好奇，把霸王喊了出来。

“我把外套遗忘在那边，但它自己回来了。”

霸王告诉她：“主人，就算你把东西留在那边，只要你回来了，东西也会在那边消失不见，跟着回来。”

“那如果我想把那边的东西带回来呢？”

霸王说：“这是不可能实现的，在你消失的那一刻，东西只会留在那里。”

其实宁知也猜到答案了，就像上一次，陆绝给她戴了玫瑰花，她回来的时候头上并没有花。

而这时，霸王突然有点儿惊讶接到了新的任务。

霸王有点儿犹豫，支支吾吾地开口：“主人，你需要努力赚取小太阳了。”

宁知疑惑地问：“怎么了？”

霸王小奶音颤抖着，有点儿紧张，唯恐挨骂：“任务更新，下一次穿过去需要消耗两百个小太阳。”

宁知质问它：“你之前不是说这一次是突然多出来的时间点，下一次我穿回去只需要消耗一百个小太阳吗？”

霸王可委屈了：“主人，我也不清楚为什么又多出了一个新的时间点，这个不符合陆绝的成长时间线。”

宁知哼了一声：“我现在很怀疑这么多小太阳都被你吞掉了。”

每一次交换小太阳的时候，她都能听到霸王的小奶音变得激动，而且还有隐隐的吸口水的声音，像是馋得不行。

霸王赶紧解释：“主人，我没有骗你，可能是主人在穿回去的时候不小心改变了什么，所以突然多出了两个新的时间点。”

宁知说：“我不是一直在改变吗？”

霸王语气变得小心翼翼：“不是指救陆绝的事，或许是主人你触发了什么。”

宁知沉思，没有察觉自己的所作所为哪里有问题。

第二天，天已经放亮，温暖的阳光透过落地窗洒入室内，添了满室的柔光。

宁知刚睁开眼睛，便看见陆绝已经醒了。

他侧躺着，安静地看她。

“早啊。”宁知揉了揉眼，昨晚她睡得不太好，梦里都是陆绝在她耳边喊着怪姐姐的声音。

陆绝看见宁知醒来，主动向她靠近，低沉的声音有点儿沙哑：“早。”

少年时期的陆绝眉目间透着青涩，现在的陆绝眉目立体，但目光依然干净，并没有什么改变。

如果真要深究他有什么变化，只能说，现在的陆绝更高大，身材更好，有种集少年和成熟男人的特点于一身的感觉。

尤其是他现在坐起身来，花哨的睡衣衣领大开，露出了胸前隐隐的线条，不用看，宁知也能想象到他那薄薄的一层匀称的胸肌，充满了力量感，还真让人恨不得撕开他花哨的大红花睡衣上手去摸一摸。

宁知脸一热，赶紧打断自己的想法。

也不知道是不是与陆绝的肢体接触多了，不该有的想法也随之增多，对上陆绝干净的眼神，她只觉得自己罪孽深重。

自从被赶出陆家后，林恬恬和陆深远暂时搬去了离陆家比较近的一栋别墅，这里是陆深远不久前买下的产业。

陆深远已经赶去公司，因为林恬恬的事，陆父陆母还没有消气。

陆母刚做了手术，需要好好休养，陆父陪着她，公司的事情暂时交给了陆深远。

陆深远想要做出好成绩，借此让父母消气。

林恬恬坐在床上，脸色很难看。她是被惊醒的。

她昨晚又做关于小玉章的梦了。

这一次，她的梦境清晰了不少，不像以前那样，只能清晰地看到宁知的模样，其他人的样子都是模糊的。

林恬恬深吸了一口气。

梦里，她看见，在一处老宅子里，有一位病重的老者交代他的亲信，一定要找到他的亲人。

她看见老者掏出了一枚小玉章，跟之前她妈妈交给宁知的那枚一模一样。

现在回想，林恬恬依然能感受到自己在梦里的震惊，梦中的事如同真实发生过的事情。

后来，在梦里，她看见老人的亲信找到了宁知，接着，在老人去世后，宁知继承了大笔的遗产。

一夜之间，宁知成了所有人都羡慕的存在。她的身份从父母双亡后寄人篱下的孤女，变成了人人追捧的豪门千金。

再后来，陆续有消息爆出，宁知得到的这笔财产有多惊人，足以跟陆家的财力相比。

林恬恬努力回想那位老人到底叫什么名字，在哪里，却一无所获。

梦境后面的信息很模糊，她回想不起来了。

她印象最深刻的是，她在梦境里嫉妒和羡慕的情绪，恨不得与宁知调换身份。

林恬恬沉下眸色。

她一直都觉得自己的梦是预知梦，每一次都会实现。

所以，这一次，梦里的老头肯定是真实存在的，未来，宁知也会继承一大笔遗产。

林恬恬咬咬牙，看着手里已经布满裂痕的玉饰。大半的光环已经回到宁知的身上，她不敢想象自己失去全部光环后被打回原形的样子，更不敢想陆深远会怎么看她。

现在，既然老天让她有这样的能力，就证明老天想让她改变这一切。

如果能代替宁知，继承遗产，拥有那样庞大的财力，她便不需要在意任何人的目光，也不用再承受被陆家驱逐的耻辱。

林家，林母看着女儿，神色惊愕。

她还记得上一次女儿回来为她庆祝生日时精致漂亮又耀眼的容貌，那时候她还想着女儿去了陆家后，越来越漂亮了。

而现在，看着面前外貌逊色了很多，就连五官、皮肤和身材也变了不少的女儿，林母惊讶不已。

“恬恬，你最近怎么了？”林母不断地打量着女儿，“怎么一段时间没有见，你的样子跟上次比差了这么多？是不是最近发生了什么事，你没有好好保养？”

不对，与其说现在的女儿变丑了，还不如说女儿好像恢复了原本的样子。

而她之前变漂亮就像突然加了十级的美颜特效，现在只是特效失效了。

“你不要瞒着妈妈，你的外貌到底是怎么回事？为什么一时一个样子？”林母着急地问林恬恬。她当然希望女儿一直漂漂亮亮的。

林恬恬犹豫着。

林母拉她在沙发那边坐下，这是打算长谈了。

林恬恬知道自己拥有光环时，就算变漂亮了，众人也不会质疑她的美貌。

但现在失去光环，没有了它的作用，她突然变丑，众人就会对她的外形变化产生疑惑。

之前对外说自己过敏了只是暂时的借口，她以为重新从宁知身上拿回光环，恢复美貌，就能圆过去。

可惜，不管她怎样修补，项链上玉饰的裂痕越来越大也越来越多，让她有种再也没有办法夺取宁知光环的错觉。

妈妈对她最了解，过敏这个借口只能骗骗其他人而已，根本瞒不了亲生父母。

林恬恬把贴身携带的玉饰掏出来：“就是这个，它能让我变得漂亮。”

林恬恬把事情的前因后果对林母说了一遍。

林母越听越震惊，根本顾不上仪态：“这块玉饰这么神奇？”

林恬恬点点头。这玉饰是她当初在街边一个小摊位上淘到的，看见的第一眼就很喜欢。

后来，玉饰里有声音出现，教她怎么夺取光环。教完后，声音消失了，不管她怎么跟玉饰对话，都没有任何反应。

再后来，她按照声音教的办法开始夺取宁知的光环，夺取了两次后，她就发现这真的很有用——她的皮肤确实变白了一点儿。

她尝到了变美的滋味后一发不可收拾，不断地从宁知身上夺取光环。

之后，她嫁给了陆深远，为了把宁知放在自己眼底下，还特意安排宁知到陆家找她玩。

她的目的是设计宁知嫁给陆绝，方便她夺取光环。没想到，她还没有行动，陆绝对宁知的特别态度已经被陆母看在眼里。

后来，宁知嫁过来，她顺利地拿到了宁知身上更多的光环，美貌程度大增，成了娱乐圈里的“颜值天花板”。

让她没有料到的是，突然有一天，玉饰出现了裂痕，以至于她现在正逐渐被打回原样。

“妈妈，我之前做了那么多，都白费了。”林恬恬越说越气。

听完女儿的话，林母惊得难以回神。

难怪女儿会变得越来越漂亮，外甥女宁知却越长越丑。

她还以为是因为女儿过得好，生活滋润美满，才会越来越漂亮，而外甥女过得不顺心，才会变丑。

原来，这一切全是女儿的原因。

“那你以后的样子……”林母迟疑道，“不能再次变美了？”

虽然对外甥女也是疼爱的，但比起女儿，她肯定是更偏心女儿的。

林母非常理解女儿的心情。

林恬恬咬了咬唇：“除非有办法再次把光环拿回来。”但按照现在这样的情况，拿回光环恐怕很难。

“妈妈，我今天有更重要的事跟你说。”林恬恬想起自己今天来的主要目的。

“你还有更重要的事？”林母疑惑。女儿到底还有多少事情是她不知道的？

林恬恬开口：“妈妈，你能不能把之前给宁知的那枚小玉章要回来？”

“小玉章？”林母一时之间想不起那是什么。

林恬恬着急地说道：“之前在你的生日宴会上，你还给宁知她父母的遗物。”

林母恍然大悟：“我记起来了。那是宁知的父母留给她的，你想要？”

“妈妈，那个东西对我来说很重要，我们一定要拿回来。”林恬恬的语气慎重又肯定。

林母察觉到了异常：“小玉章有什么用？”

“拿到它，我能继承一大笔遗产。”

“遗产？哪里来的遗产？你是怎么知道的？”

“妈妈，你相信我。”

做梦预测未来的事情比起玉饰能夺取光环更加让人难以置信，林恬恬还是有所保留，没有完全跟林母坦白。

林母叹了口气："你这孩子，当初为什么不早点儿跟我提出要那枚小玉章？现在我都把遗物归还给宁知了，你要我怎么开口要回来？"

就算她是宁知的小姨，也不能把宁知父母留给宁知的遗物据为己有。

她愿意，宁知也必定不愿意。

林恬恬皱眉。她要是知道妈妈手上有这样的小玉章，早就据为己有了，哪里还有现在这样的烦恼？

她对林母说道："妈妈，我有一个办法，只要你好好配合我就行。"

林母还是有点儿犹豫，毕竟那是姐姐和姐夫留给宁知的遗物。

林恬恬说道："妈妈，如果到时候真的能拿到这笔钱，我们可以补偿小知。"

她哄骗道："而且这几年都是你替她好好保管遗物，我们家也养她、照顾她好几年了，妈妈你对她也很疼爱。"

她蛊惑道："妈妈，有了那笔财产，我们家以后还有机会跟陆家相比。"

林母一震——能与陆家相比，那是什么概念？

"如果真的是这样，宁知的父亲就是豪门里的人。"林母一直疑惑姐姐怎么会嫁给一无所有的穷小子，没想到对方有这样的身世。

林母不笨，分析道："既然他是豪门家族的人，就算我们拿着小玉章，跟他们没有任何血缘关系，对方又怎么会把财产交给我们？"

林恬恬已经想好了对策："我们怎么会跟他们没有血缘关系？我们有宁知在，到时候能拿到她的头发去做亲子鉴定。"

最重要的是，在梦里，那位老人已经病重，急着找到唯一的亲人，身边只有一个亲信。

林恬恬觉得，这里面可操作的东西太多了。

"反正，当务之急，我们必须拿到小玉章。"有了小玉章，又有了宁知的头发，那个亲信能配合的话，林恬恬觉得有七成的把握。

林母听着女儿的话，最终还是答应了，万一成功了呢？

放学的时候，宁知接到了林母的电话。

对方强调有事让她回林家一趟，而且要带上她父母的遗物。

想到了什么，宁知转头打电话给陆母。

陆母刚做完手术，这几天还在医院休养，她先是关心了一番陆母的身体，才进入正题。

“妈，你认识玉石雕工比较好的大师吗？”宁知知道陆母平常喜欢收藏首饰，最爱玉饰，必定知道手艺好的大师。

陆母来了兴趣：“小知你想要找师傅做首饰？”

宁知知道陆母肯定是有大师可以介绍了，赶紧应是。

陆母笑着道：“我这儿还真有一位认识的大师，他做出来的首饰都是精品，最厉害的是，他只要看几眼，就能雕刻出一模一样的作品。”

“要怎么样才能找到这位大师？”

陆母将玉雕师傅的联系方式告诉了宁知。

回到陆家后，宁知看见陆绝手里捧着一大束红玫瑰，显然是刚从花房里摘的。

陆绝把花递给宁知，安静地看着她。

“给我的？”宁知动作自然地把花接过来，突然发现小呆子竟然学会玩浪漫了。

陆绝缓慢地开口：“玫瑰糕给你。”

这是给你做玫瑰糕用的。

捧着花，神色喜悦的宁知：“……”

宁知把花束插在白玉的瓶子里，纠正他：“一个男人给女人送花，是代表喜欢，而不是让她去做花糕。”

陆绝眨了眨眼，抿着唇，没有告诉宁知他知道，他以前在本上写过。

陆绝没有应声，然后，宁知看见他把两只手伸了出来。

他修长的手指上有好几个伤口，有的在流血，有的只是红点儿。

“怎么这么多伤口？”宁知惊讶地问。

陆绝一脸纯真之色，诚实地告诉他：“花刺我。”

“疼不疼？”

在她意料之内地，陆绝摇摇头。

“下次你要想摘花了，可以让用人帮忙。”陆绝被刺扎了也不会觉得痛，所以他并不会在意这些。

陆绝低垂着眼帘，不敢看宁知。

“你先坐下，我去拿药水给你清理伤口。”宁知转身要去拿药箱。

她刚转身，衣摆被拉住了。

“怎么了？”

陆绝低着头，黑色的短发下，耳朵有点儿红："不药。"

"你不想上药？"

陆绝把手伸到她眼前："舔好。"

舔一下就好了。

宁知一愣，陆绝还记着之前手指受伤了，宁知给他舔伤口的事。

她双手捧起陆绝的脸，他白皙的俊脸上浮现浅浅的红晕，没有看她，而是垂下眼帘，眼皮微颤着。

"你是故意把手弄伤的。"宁知语气肯定。

陆绝哪里会撒谎？他诚实得很。宁知问了，他抿了抿唇，从喉咙里挤出了一声："嗯。"

好家伙，他竟然故意把自己弄伤。

"为什么？"要不是他可爱，她都要上手揍他了。

陆绝将手伸到她面前，低沉的声音带着几分期待之意："知知，舔，我。"

宁知忍不住伸手捏了捏他的脸："你就是为了让我触碰你，所以伤害自己？"

陆绝抿着唇，没有应声。

"以后不能这样做，这是很危险的事情。"宁知教导他，"如果你想要什么，直接跟我说，不能做出伤害自己的事。"

眼帘微颤着，陆绝缓慢地开口："要知知。"

宁知胸口才冒出的一丁点儿火苗，瞬间被他浇灭了。

她还能上哪儿去找这样笨得可爱的家伙？

宁知还是找来了药水，给他的手指上药，还故意将纱布包扎得丑丑的，惩罚他。

陆绝低着头，抿着唇，没有得到甜头，显然是很不开心了。

宁知看着他头顶上弹出的小黑云，忍不住笑了。

她把药箱放在一旁，然后双手贴在他的脸上，捧起他的头。

在他茫然的目光中，她凑近他，唇落在他的唇上，惩罚性地咬了一下。

陆绝眼睛一亮——他一点儿疼意都感觉不到。

宁知有一下没一下地轻轻触碰着他的唇，故意逗他，看他头顶上的小太阳一个一个不断地冒出来。

若有似无的触碰简直撩得人心痒，陆绝不知道什么是心痒，只迫切地期望宁知好好地亲他，用力地亲他。

他一双漂亮的桃花眼渴求地看着宁知，想要更多。

哪怕陆绝有过两次亲吻的经历，经验依然少得可怜，还不知道什么叫主动，什么叫反击。

他眼巴巴地看着宁知，身体绷紧，像是兴奋，又像是难受，希望宁知再多亲亲他。

“知知，知知。”陆绝忍耐不住，急急地喊着她。

宁知觉得自己坏极了：“不急。”

下次穿越要两百个小太阳呢，她要慢慢榨出来才行。

她轻轻地描画着他的上唇，不得不说，陆绝的唇很好看，就算亲着也是软软的，气息也很好闻。

然后是下唇，她还亲了亲他的唇角。

宁知的气息香甜，陆绝眼里全是茫然之色，还有对这样触碰的喜爱之情。

他的眸色渐深，就在宁知又轻咬了他一下的时候，他身体一颤，忍不住低低地闷哼了一声。

被包扎得丑丑的手指紧握着，他越来越贪心，还想要知知继续亲他。

他的唇被宁知顶开。

陆绝的俊脸涨红，眼帘也微红，他吞咽了一下口水，口腔中全是知知的味道。

好喜欢，他好喜欢知知亲他。

过了三天，宁知才去林家。

她看见林母的精神不好，脸色苍白，唇色也发白。

“小知来了，快坐。”林母像是强打起精神招呼她。

“小姨，你生病了？”宁知在林母斜对面的位置坐下。

林母摆摆手，有气无力地说道：“最近我睡得不太好，常常梦到你的父母。

“对了，我让你把你父母的遗物带来，你拿来了吗？”

宁知点点头：“是有什么事吗？”

林母赶紧说道：“你先拿给我。”

宁知把当初林母交给她的小盒子拿出来。

林母一把抢了过去，快速打开小盒子，里面确实放着那枚小玉章。

宁知的目光落在茶几上那个青玉色的杯子上，只见杯口处有一个白色的唇印。

她多看了一眼，唇印很浅，而且对着林母，如果不是她的眼神好，目光不经意地扫到，还真是很难发现。

她觉得好笑，很想看看林母这样装神弄鬼是要做什么。

确认盒子里是之前自己交给宁知的那枚小玉章后，林母赶紧把小盒子合上。

然后，她像不经意般，把小盒子放在了自己的身后，并没有还给宁知的意思。

宁知瞥了那个小盒子一眼，问道："小姨，是不是遗物有什么问题？"

林母又叹了口气："这几天你父母都托梦给我，我准备把你父母的遗物拿去寺庙里让大师做法事。

"等做完法事后，再把遗物还给你。"

林母又说道："你们年轻人跟我们这一辈人不一样了，不相信这些，我是去求个心安，希望姐姐和姐夫能安息。"

林母一直有烧香拜佛的习惯，这样的说法并没有什么奇怪的。

如果不是发现林母装作不舒服，宁知几乎要信她的话了。

宁知看着林母苍白的脸色，点点头："小姨你安排就行，我都听你的。到时候你拿去做完法事，就把遗物还给我。"

林母脸上忍不住露出了几分笑意："从小到大，还是你最乖，不像恬恬，时不时气我。"

拿到了小玉章，林母的心情放松了下来，刚提及女儿，她再看向宁知的时候，眼神里不免多了几分打量。

之前她还疑惑宁知怎么长得越来越普通，现在再看，真的跟女儿说的一样，光环已经返回宁知的身上，宁知的样子变回来了。

林母的心情复杂。比起外甥女，私心里，她更希望自己的女儿变得漂漂亮亮的，不希望女儿活在宁知的美貌光环下。

对面，宁知意味深长地看了林母一眼，并没有说什么。

又坐了一会儿，宁知不打算继续在这里耗时间，提出要离开。

显然，林母心里也牵挂着别的事情，听到宁知要走，只客气了一两句，便没有继续挽留。

林母一脸病弱之相："我让人送你出门，昨晚一整夜都没有睡好，我待会儿上楼再睡一会儿。"

"没关系，我自己出去就行。"宁知起身，掏出一张纸巾，突然拿着纸巾向林母倾身过去。

"怎么了？"面对突然凑过来的宁知，林母吓得想要后退。

宁知用纸巾在林母的额上擦了擦："小姨，你出了很多汗，很热吗？"

林母有点儿反应不过来："不是。"

宁知担心地说道："会不会是最近休息得不好，身体变虚了？"

林母浑身僵硬，这样近的距离，她唯恐宁知会看出什么："可能是。我休养几天就好，你不用担心我，路上注意安全。"

宁知笑了笑，手里拿着纸巾："好，那你好好休息。"

林母看着她手上的纸巾，欲言又止，动了动唇，只能看着宁知离开。

走出林家，看着手里纸巾上沾到的粉底液，宁知勾了勾唇。

她把纸巾丢进街道一旁的垃圾桶，然后打电话给保镖："我想让你帮忙。"

保镖态度恭谨地说道："二少夫人请说。"

"我想让你帮我监视跟踪两个人，随时把她们的行踪汇报给我。"从林恬恬第一次想要打她的小玉章的主意开始，她就已经有了想法。

与其被贼惦记着，还不如满足她们，宁知把假的小玉章给了她们，反正那位陈师傅的手艺足以做到以假乱真。

或许，她还能通过林恬恬她们的行为查出小玉章究竟有什么作用。

宁知离开后，林恬恬从二楼下来了。

她知道她在的话宁知必定不会轻易地把小玉章交出来。

"妈妈，怎么样？拿到了吗？"林恬恬神色着急。

"别急，在这里。"林母把小盒子从身后拿出来。

林恬恬立刻打开小盒子，里面放着的确实是她见过的小玉章："宁知果然会听妈妈的话。"

林母笑了："总算没有白养她。"

她停顿了一下："刚才她帮我擦了汗，也不知道有没有发现我在装病。"

林恬恬不以为意："现在小玉章在我们这里，就算她发现了端倪又怎么样？”

林母觉得女儿的话有道理，刚提起的心瞬间放下。

“妈妈，这两天我已经让人查到，这小玉章有可能出自南城的宁家。”林恬恬查了那位宁家老爷子的照片，照片中的人跟她梦境里的老人样貌一样。

林母震惊地问：“你是说南城……宁家？”

北有陆家，南有宁家。

与高调的陆家不一样，这些年来，宁家很低调。

“对。”林恬恬肯定地点点头。

在她的梦里，宁知继承了宁家的财产，所以，宁知的财力能与陆家相比。

林母已经惊得不知道该说什么，耳边全是女儿对她说的计划。

宁知回到陆家的时候，惊讶地发现陆母竟然提前两天出院了。

用人告诉她，陆母从外面回来，刚回房休息，心情不太好。

宁知敲响了陆母的房门。

她进去后，看见陆母正捧着相册。

“妈，你怎么提前出院了？”她原本准备在陆母出院的时候带着陆绝一起去接的。

“没事，已经差不多好了，只要不走动，手术的伤口就不怎么痛。”陆母拍了拍身旁的位置，示意宁知坐过去。

今天陆母穿得很素雅，白色的套裙搭配着墨绿色的翡翠玉珠项链，依然优雅好看：“我今天去拜祭小绝的外婆了。”

陆绝的外婆？那也就是陆母的妈妈了。

宁知安静地听着陆母的话。

“小绝的外婆生前有心脏病，是在小绝高三那年病发去世的。”陆母说道，“正好，她病发的时候，只有小绝在身旁。”

宁知一愣。

接下来的事，她大概能猜测到了。

“你也知道小绝的病情，就算在他面前放鞭炮，他也不会害怕，也不会在意鞭炮的巨响。”陆母说道，“所以，外婆在他面前发病，他也看不见，听不见，不会喊人求救。”

宁知下意识地抿紧了唇，不知道怎么开口。

“知道母亲去世的时候，我确实怨过，也恨过他。如果他是正常的孩子，是不是外婆发病的时候，他就能帮忙救人或者喊人了？

“当时母亲去世，加上心里对小绝有了怨恨，自然对他关注就少了，后来我才知道母亲去世那晚小绝跑丢了，是用人在院子的角落里找到他的，因为淋了好久的雨，他发起了高烧，几乎晕了过去。”

那时候她忙着办理母亲的葬礼，而且下意识地暂时不想见到儿子，以至于不知道他病了那么多天，整个人消瘦得近乎脱形。

见到儿子的瞬间，陆母心疼得没有办法再漠视、责怪他。

他有什么错？

如果他是正常人，她还能责怪他冷血无情，但陆绝有自闭症，就连自己陷入困境也毫无所觉，不会求救，她更不能指望他去救别人。

宁知鼻子有点儿酸，心里也酸酸的。这能怪谁呢？

陆母抹了抹眼角溢出的泪花：“哎，看我糊涂了，突然跟你说这样伤感的事。”

宁知摇摇头：“我想要多了解陆绝的过往。”

这些都是她想要知道的。

睡觉前，宁知拉着陆绝走进衣帽间：“你喜欢我穿哪一条裙子？”

陆绝透过玻璃柜门看了一眼面前的衣服，抿了抿唇，没有应声。

宁知抬头，踮起脚，凑到他耳边，重复道：“喜欢我穿哪一条裙子？”

温热的气息落在他的耳朵上，痒痒的，陆绝飞快地选出一条裙子。

宁知看去，那是她新买的裙子，樱花粉色的底色，上面是粉色的小碎花，清新又可爱。

她笑弯了眸子：“好，我今晚就穿这条裙子。”

她要穿着大绝绝挑选的裙子去见小绝绝。

陆绝固执又专一，就连沐浴露也能坚持十几年用同一个味道的，审美必定是从小到大不变的。

“你太高了，低下头。”宁知说道。

陆绝乖乖地低下头，安静地看着她。

他刚洗过澡，身上带着淡淡的、好闻的沐浴露香味，顶着一头乱糟糟的短发，配着他英俊的脸，还真是说不出的可爱。

她那天亲吻他，最后拿到了一百五十个小太阳，还不够穿回去用的，毕竟这一次她至少需要消耗两百个小太阳。

“想要我亲你吗？”宁知问他。

陆绝漂亮的桃花眼一亮，睫毛微颤：“想。”

宁知弯了弯唇，双手攀上他的肩膀：“那你要多多给力。”多多生产小太阳。

陆绝无措地背靠着衣帽间的柜子，低着头，任由宁知在他的唇上贴着、咬着。

她还想要更多小太阳，却被迫停了下来，因为陆绝身体的反应太明显了——他还真是诚实。

宁知红着脸，稍稍撤离，而面前的陆绝白皙的俊脸上泛着红晕，眸子又黑又亮，目不转睛地看着她。

“知知，还要——”陆绝渴求着宁知的亲吻。

“睡觉。”宁知打断他的话，牵着他的手，将他拉出衣帽间。

陆绝低着头，安静地走在宁知的身侧，像是没有被主人喂饱的小兽，可怜得不行。

陆绝睡着后，宁知换上刚才他帮忙挑选的裙子，然后穿上鞋，再次躺在床上。

她把霸王喊出来，把两百个小太阳交给它，小仓库里只剩下十九个小太阳。

再睁开眼睛时，宁知眼前一片昏暗。

她眨了眨眼，隐约看见面前少年的轮廓。

“陆绝。”

宁知感觉到这里像是一个小空间，周围封闭着。

“陆绝。”

宁知往黑色身影那里靠近——她知道那是他。

昏暗中，少年抬起眼帘，闻着熟悉的香味，伸出手。

微凉的指尖落在宁知的脸上，轻轻地抚摸着她的五官。

过了好一会儿，陆绝才收回手，低沉的声音透着几分喜悦之意：“怪姐姐。”

怪姐姐，回来了。

宁知听到陆绝回应她，心中一阵惊喜，还没有反应过来，下一瞬已经被少年扯进了怀里。

少年的胸膛比不上他长大的时候健壮，但仍然结实、炙热，宁知茫然地被他禁锢在怀里。

陆绝低头，脑袋埋在宁知的肩窝处，低低地叫着："怪姐姐。"

"别怕，我在。"宁知安抚着他，也不知道这一次他受到什么欺负了。

周围的空间不大，只能让她和陆绝屈着腿坐，就连站起来也不行。

"这是哪里？"宁知问他。

陆绝用脑袋在她的肩膀上蹭了蹭，没有吭声。

"没事，我带你出去。"宁知以为陆绝害怕了。

"你有受伤吗？"

黑暗中，宁知伸手去触碰陆绝的脸还有身体，想要检查他有没有受伤。

陆绝乖极了，很配合宁知的检查。

少年漆黑的眼睛安静地看着宁知，又低低地喊了一声："怪姐姐……"

宁知欺负他现在什么都不懂，伸手捏捏他的脸："我待会儿救你出去。"

她确认了，这是一个铁箱子，不知道陆绝为什么会被关在这里。

"你在这里等我一下，我很快回来。"

说着，宁知穿过了铁皮，一下子消失在窄小的空间里。

陆绝明亮的眼睛黯淡下来，低下头，双腿蜷着，安静地待在黑暗中。

宁知穿过铁皮到了外面，发现周围放置了很多货物，并没有人。

是谁把陆绝关在这里的？

宁知仔细观察了一遍，发现库房里并没有安装摄像头。她消耗了一个小太阳换取了一分钟接触实物的时间。

她从外面扳开了铁皮箱的把手，打开了铁箱。

只见窄小的空间里，穿着红色衣服的少年低着头，蜷着长腿，像被主人遗弃的小狗，可怜兮兮的。

看见光，他抬起头，漂亮的桃花眼安静地看着宁知。

怪姐姐，没有离开。

"出来，我带你回家。"宁知轻声说道。

陆绝向她伸出了手。

宁知把他从窄小的空间里拉出来。

等少年站在身前，宁知才发现，这一次，他的身高和外貌变化不大，她好像才见过他没多久。

难道这一次依然是在陆绝上高二的时候？

宁知牵着陆绝的手往外走去，拉开仓库的门，轻易地出去了。

外面依然没有人，并不像有人绑了陆绝，更像是谁对他搞的恶作剧，只是想关他而已。

“陆绝，是谁把你关在这里的？”宁知问他。

陆绝垂下眼帘，握着宁知的手收紧，却没有应声。

宁知拉着他继续往前走。而这时，她看见了站在拐角处，鬼鬼祟祟的金毛和红毛。

两个人不时地打量周围，看见陆绝的身影，红毛惊得嘴里的烟都掉在地面上：“你……你怎么出来的？”

金毛训斥红毛：“肯定是你刚才没有把门关好。”

宁知皱眉。是他们把陆绝关起来的？上一次他们挨揍了，还不害怕？

金毛搓着双手向陆绝走来。

宁知挡在陆绝身前，唯恐对方又对陆绝做什么。

然而，下一秒，只见金毛客气地打着哈哈，小心翼翼地问：“陆……陆少爷，你怎么出来了？还需要我再把你关进去吗？”

陆绝握紧宁知的手。

金毛总算是知道这位小少爷的性格与常人不一样了，否则，他也不会多次找上自己，让自己欺负他。

自从那次被狠揍了一顿后，金毛和红毛已经怕了。

再次看见陆绝，他们恨不得绕路离开。然而，对方紧跟着他们。

金毛和红毛快被吓死了，唯恐又得罪这个小祖宗。他哪里是傻子？他是他们两个碰不得的金疙瘩。

金毛连陆绝的一根头发都不敢碰，没想到，这位小少爷竟然主动给他们钱。

他们又惊又怕，唯恐这是陷阱。

再一次，这位小少爷出现——他竟然不是哑巴——开口第一句就是让他们打他。

给一千个胆子，他们都不敢当着两位保镖的面打他啊。

然而对方坚持，顶着保镖凌厉的视线，金毛的手轻轻地在陆绝的脸上拍了一下。

他发誓，那绝对是轻轻的一下，然而对面的保镖表情凶得仿佛下一秒就能要他的命。

金毛吓得连滚带爬地离开了。

今天，金毛和红毛又倒霉地碰上了陆绝，金毛怀疑对方是故意等着他的。

对方再一次让金毛打他。

金毛哪里敢？但对方坚持，他没有办法，只好和小弟红毛把陆绝关进箱子里。

金毛严重怀疑这位小少爷有自虐倾向，否则怎么会总是自己上门讨打？

此时，金毛捏着嗓子，讨好道："陆少爷，我的小弟办事笨手笨脚的，没有把门关好，你玩得尽兴吗？还需要重新把你关进去吗？"

红毛赶紧开口附和着大哥的话："对对对，陆少爷，我办事笨手笨脚的，下一次必定会认真检查。"

宁知听着这两个人奇奇怪怪的话，完全蒙了。

听他们的意思，把陆绝关起来是陆绝自己要求的，不是他们两个人的恶作剧？

宁知看向旁边安静的少年，他薄唇微抿着，一声不吭。

金毛猜测陆绝的意思："陆少爷，要不，今儿个就先这样？我们改天再继续？"

红毛也开口："对啊，陆少爷你被关了差不多一个下午了，赶紧回去休息，改天我们再陪你玩。"

陆绝不应声，抬起眼帘看了宁知一眼，飞快地移开视线，再看一眼，又移开视线，手依然紧紧地握着宁知的手，唯恐她消失。

宁知拉着陆绝离开，路上发现了藏身在不远处的两名保镖。

陆绝被关起来，两名保镖却没有现身，这代表什么，宁知这么聪明，瞬间明白了。

一路上，宁知沉默着，旁边的陆绝安安静静的，目光一直落在她的身上。

宁知穿着大绝绝挑的裙子，浅粉色连衣裙及膝，上面绣着粉色的小花。

她肤色雪白，穿这样颜色的衣服显得越发白皙。她鼻子小巧高挺，小嘴红润，就连一双眼睛也水灵灵的。

容貌全盛时的宁知，漂亮又耀眼。

陆绝不知道怎样区别好看与难看，但他知道怪姐姐很好看。

怪姐姐的裙子也很好看。

他都喜欢。

宁知的胸口像憋着一团火，她带着陆绝回到了陆家。

直到走进陆绝的房间前，她没有对陆绝说半句话。

关上房间门，宁知松开了陆绝的手。

她质问他："是你让金毛和红毛把你关起来的吗？"

金毛他们大转变的态度还有保镖没有现身，都说明了陆绝并不是被人恶作剧了，他是自愿的，更甚至，这是他自己要求的。

高大的少年低着头，抿着唇，从喉咙里挤出了一声："嗯"。

陆绝不会撒谎也不会遮掩，诚实得很。

"为什么要别人把你关起来？"宁知凶巴巴地问他。

陆绝抬头看了她一眼，移开目光，接着，他的目光再次落在她的脸上："欺负我，回来怪姐姐。"

少年低沉的声音在安静的房间内显得特别清晰，宁知一愣。

陆绝猜到了？

他故意让人欺负自己，是为了让她出现？

宁知突然想到霸王跟她说的话，陆绝的成长线里突然冒出了两个新的时间点。

现在她明白了，这都是陆绝自己设计的。

就像之前大绝绝为了让她舔他的手指，故意让花刺刺伤自己的手，现在小绝绝为了让她出现，故意让自己置身于困境。

他们是同一个人，不管少年的陆绝还是长大后的陆绝，性子、想法都是一样的。

宁知认真地看着面前眉目青秀的少年陆绝，他漆黑的眼睛里映着她的身影。

他茫然地看着她，不知道她为什么突然生气。

宁知心软了。

陆绝不是傻子。他很聪明，他察觉到，每次他陷入困境、被人欺负或者不开心的时候，她就会出现。

所以，他才会尝试着故意被人欺负。

第一次尝试的时候，他成功了，所以有了第二次尝试。

“我知道你想见我，想要让我出现。”

宁知放轻了声音，胸口处的怒意也消失了：“但你这样把自己置于困境是一件很危险的事，如果我没有及时出现怎么办？”

陆绝不会感到痛，对自己被打、被欺负的事情不会在意也不会怕，所以，他会以这样的方式换取怪姐姐的出现。

宁知担心的就是这一点，陆绝不会感到痛，并不代表他不会受伤。

陆绝抿了抿唇，缓慢地开口：“怪姐姐，想见。”

他睁开眼睛会想见，闭上眼睛会想见。

但，怪姐姐不在。

第十章

知知丢下他了

青涩的少年低声说着想念她的话，宁知脸红了，心软了。

这真要命。

陆绝简直可爱得犯规。

不是他的错，是她的错！

是她错了，刚才不该这么凶巴巴地质问他，不该这么冷冰冰地看着他。

对上他乖乖地看着她的眼睛，宁知觉得自己罪孽深重。

但想到陆绝让自己置身于危险中，而他自己还意识不到这个问题有多严重，宁知觉得还是很有必要好好教导他的。

“每一次我都需要千辛万苦地工作，耗费很多精力，才能换来见你的机会。”宁知哄骗着他。

她也不算是撒谎，毕竟她确实需要努力赚取大绝绝身上的小太阳，然后消耗小太阳来救他。

宁知继续说道：“如果你每次都这样把自己置身于危险之中，故意找人欺负你换取见我的机会，我需要不停地工作，耗费很多精力，有可能会累死的。”

她赚小太阳的速度根本比不上这样大量消耗小太阳的速度。

这一次需要消耗两百个小太阳，她猜测，如果下一次再有新的时间点，有可能需要耗费三百个小太阳。

这是要她亲肿大绝绝的嘴巴？

陆绝呆呆地看着她。他听不懂她的话，但他听懂了最后一句：怪姐姐会累死。

他的语气带了几分着急："不死，不死你。"

宁知一本正经地教育他："你不希望我累死的话，就不能故意让人欺负你或者让自己置身于危险中，否则，我需要耗费很多精力才能出现。"

陆绝低下头，抿着唇，从喉咙里挤出了一声："嗯。"

他不让怪姐姐死。

看见少年浑身透着失落的情绪，宁知说道："而且，如果你受伤了，我会伤心，会难过。"

她牵上陆绝的手："我不希望我们之间的见面是以伤害你为代价的，如果是这样我宁愿不来见你。"

听到宁知不来见自己，陆绝是真的着急了。

他漂亮的桃花眼里的亮光淡去，慌张地说道："见的，要见我的。"

宁知看着他："那你答应我，以后不能再故意被人欺负，故意让自己陷入困境。"

陆绝用力地点头，低沉的声音透着认真劲："不做我。"

宁知听到他的保证，这才舒了口气。

她看到了桌面上的台历。现在的陆绝还在上高二，她记得霸王说过，自己原本应该在他高三时期穿去。

也就是说，下一次，她会在陆绝高三的时候跟他碰面。

宁知决定给他点儿甜头："下一次，你上高三我们就能见面。"

陆绝抬起头看她。

"还有半年时间，你能等我吗？"宁知问他。

陆绝卷翘的长睫毛微颤着，乖乖地应着："等怪姐姐。"

宁知伸手捏捏他的脸："所以，不要再做找人欺负自己的傻事了，你要好好地长大，保护好自己，以后才能跟我在一起。"

陆绝听懂了，等他高考后，怪姐姐就会跟他在一起。

他全都乖乖地应下。

宁知的手捂住了陆绝的眼睛，她踮起脚，凑到他的耳边，轻轻地亲了一下他的耳朵，低喃道：“小绝绝，快点儿长大。”

陆绝身体一颤。

下一瞬，他眼前恢复了光亮。

红色衣服的少年睁开眼睛，眼前空无一人。他低下头，耳朵红红的。

夜很安静。

宁知睁开眼，发觉自己侧躺着，面对着陆绝。

灯光下，他眉目英俊，薄唇微抿着，就连睡觉的表情也是刻板的，而额前的刘海儿乖巧地服贴着，有几分稚气。

宁知笑了笑，刚见完青少年时期的陆绝，一眨眼便看见了长大后的他，还真是神奇。

这时，霸王突然冒了出来。

它激动地问宁知：“主人，你做了什么？刚才明明弹出了第三个新的时间点，现在它竟然消失了。”

第三个时间点？

看来之前小绝绝还真的打算继续让自己置身于危险中，来换取她的出现。

宁知庆幸自己发现得还算早。

“问题我已经解决了，以后不会再出现新的时间点了。”

霸王也不知道是惋惜还是高兴，但“彩虹屁”还是要吹起来的：“主人好厉害！”

宁家在南城这边是老牌家族，但家族里的成员一辈比一辈少，尤其是嫡支，这么多年了，依然没有年轻一辈。

现在宁老爷子的身体一年比一年差，眼看着没有多少时间了，几个旁支争斗得厉害，每天都做着拿到宁老爷子遗产的美梦。

然而，谁也不知道宁老爷子早已立下遗嘱，如果五年内还没有找到亲人，遗产会全部捐给慈善机构。

谁也想不到宁老爷子对于庞大的家业，说不要就不要。

“今天有什么事吗？”宁老爷子问管家。

管家恭谨地回道：“今天五小姐和四少爷过来问候你的身体，不过当时你在午休，我就做主让他们回去了。”

宁老爷子点点头，并没有多问管家口中五小姐、四少爷的事。

宁老爷子人虽然老了，但没有糊涂。他看得很清楚，这些旁支最近越发不安分，仗着沾亲带故的关系，野心越发大了。

管家陪着宁老爷子聊了几句，看见他闭上眼睛休息，安静地退了出去。

这时，一位用人着急地走过来。

“什么事这么匆忙？”

“门外来了一位小姐，说是老爷子的……”用人停顿了一下。

管家神色平淡地看着她：“老爷子的什么？”

“说是老爷子……是老爷子的孙女。”

管家脸上的神色有了变化：“人还在外面？”

“是的。”

管家立刻往大门口走去。这么多年来，来宁家认亲的人不少，但都是冒充老爷子的儿子，毕竟大家都知道宁家丢失了一个儿子。

这还是头一回有人出来自称是老爷子的孙女。

管家觉得，这一回来的人有可能是真的。

他下意识地加快了脚步。

走到大门外，管家看见了一个穿着精致，长相还算好看的年轻女人。

他收敛起打量的目光，神色也平静下来：“你好。”

看见走出来的中年男人，林恬恬的神色有几分震惊，她认得对方，在梦境里，宁老爷子让他帮忙找亲人。

这个中年男人是宁老爷子的心腹。

想到这儿，林恬恬脸上露出了温柔的笑意，争取给对方留下好印象：“你好，我是来找宁老先生的。”

“请问小姐，你找我们老先生有什么事？”哪怕刚才听了用人的话，管家还是需要确认一遍。

“我……”

林恬恬犹豫了一会儿才开口：“我有重要的事告诉宁老先生。”

“请问是什么事？”很显然，管家并不会轻易地让林恬恬进去。

林恬恬也知道宁家的大门并不是这么容易进的，说道：“我是来认亲的。”

她把小玉章拿了出来：“我有这个信物。”

管家的目光落在对方手里的小玉章上时，这才变了脸色，他当然认得这枚小玉章，老爷子就随身带着一枚相同的小玉章。

“这是你的？”管家问道。

林恬恬点点头：“是我的，我从小到大都戴着。”

管家心里有了数：“小姐，请跟我进来。”

“等一下。”一个年轻女人突然出现，“蒋叔，这个女人在这个时候来认亲，肯定不怀好意，你怎么能轻易带她进去见堂爷爷？”

管家回答道：“五小姐，她身上有老爷子的信物，是与不是，老爷子会查清楚的，这不是你能干涉的事情。”

被称为“五小姐”的女人是宁老爷子堂兄弟的孙女，是宁家旁支的人，在后辈里是年纪最小的一个，叫宁晓萌。

她开口说：“那我也进去找堂爷爷，我要帮他掌眼，免得他被来路不明的人蒙骗。”

说着，宁晓萌赶紧走进去，唯恐管家喊住她。

“小姐，这边请。”管家对林恬恬做邀请的手势。

宁家的宅子地处市中心，环境幽静，古朴的宅子看得出历史的痕迹，处处设计得很精美，很有底蕴。

林恬恬用余光偷偷打量着四周，心里越发激动——这跟她在梦里看见的宁家一样。

她努力稳住呼吸，跟在管家身后。

来到客厅后，管家示意林恬恬先坐一会儿，他需要先向老爷子汇报。

林恬恬举止优雅地在沙发上坐下。

林家也算是有钱的家庭，虽然比不上陆家、宁家这样的顶级豪门，但林母从小让林恬恬学习礼仪，在这方面，林恬恬自然是不差的。

宁晓萌早已去找宁老爷子了。

她告诉老爷子：“那个女人肯定是假冒的。她长得一点儿也不像我们宁家人。”

宁家人的长相都好看，尤其是她，她是这一辈里长得最好看的。

那个女人虽然长得不差，但比起宁家人的外貌差远了。

真晦气，也不知道这个女人是从哪里跑来认亲的，如果对方真的是宁爷爷的孙女，那岂不是要继承老爷子的所有财产？

这怎么可以？

她怎么看怎么觉得对方不顺眼。

“你说管家将人带进来了？”宁老爷子缓慢地开口。

宁晓萌点点头：“对啊，我走得快，估计那个女人现在已经在楼下了。”

她的话音刚落，管家果然进来汇报这件事。

“她手上有小玉章？”除了管家，其他人并不知道小玉章的事。

管家应声：“是的，老爷，我已经把她带到客厅了。”

“你扶我下楼。”

老爷子拄着拐杖，颤颤巍巍地站起来，管家赶紧上前扶着。前阵子老爷子大病了一场，现在他的身体越发虚弱。

等了好一会儿，林恬恬终于看见与梦境中长得一样的宁老爷子出现了。

她心里又是一阵激动。

管家扶着老爷子在主位坐下，让人赶紧泡茶。

宁老爷子哪怕上了年纪，一双眼睛依然清明有神，他打量了林恬恬几眼：“管家说你来找我，你身上带了小玉章？”

林恬恬重新把小玉章掏出来：“是的，小玉章在这里。”

宁晓萌在林恬恬斜对面坐下。她一定不能让老爷子被不安好心的女人蒙骗。看着对方掏出了一枚只有手指大小的玉饰，她撇了撇嘴。

林恬恬拿着小玉章上前，交给了宁老爷子。

宁老爷子拿起小玉章看了一眼，用大拇指摩挲了几下，然后掏出自己的小玉章，将两枚玉章合在一起。两枚玉章中间透着一条缝隙。

宁老爷子看向林恬恬，问道：“你是从哪里得到小玉章的？”

林恬恬看不懂老爷子的神色。她刚才把小玉章拿出来了，为什么他的表情并没有任何变化？

“这是我从小一直戴着的。”

宁老爷子凌厉的目光刺向林恬恬：“你从哪里弄来的假玉章？”

既然有假的玉章，那就一定有真的。

“假……假的？怎么可能？”林恬恬蒙了，不可能，小玉章是从宁知那里得到的。

旁边，一直盯着林恬恬的宁晓萌听到老爷子说玉章是假的，心中一阵高兴，她的眼光果然好，一眼就看出对方是冒牌货。

宁晓萌狠狠地盯着林恬恬，目光不经意地落在林恬恬的脚上时，突然眨了眨眼，以为自己眼花了。

林恬恬白皙纤细的一双长腿，突然像是缩短了，变粗了，肤色还变得暗了。

她刚才眼花了？

陆家。

宁知看着自己一双腿完全恢复过来，雪白、纤细又笔直，满脸喜色。

现在她只剩下百分之二的光环没有拿回来了。

突然把十八个小太阳都换成光环，是因为她接到了保镖的电话。

对方向她汇报林恬恬的行踪。

林恬恬连夜飞去了南城，然后，第二天，林恬恬去了宁家。

对于这个宁家，她是有印象的，北有陆家，南有宁家。

宁知很快捕捉到了重要的信息。

她有了一个大胆的想法。

小玉章是宁家的，而小玉章是宁知父亲的遗物。难怪林恬恬和林母一直在打小玉章的主意，原来它与宁家有关。

很显然，林恬恬所做的一切都在印证她的这个想法。

但林恬恬拿着小玉章去宁家做什么？领功？还是顶替她的身份？

如果林恬恬依然拥有她全部的光环，宁知相信，宁家还真有可能在光环的作用下，把林恬恬错认。

但现在，林恬恬没有了光环的作用，只有一枚小玉章，贸然跑去宁家认亲，是怎么想的？

宁知沉下眸色，虽然林恬恬没有光环确实不太聪明，但也不至于蠢成猪。

除非，她手上还有其他东西让她有底气。

宁知脑海里闪过什么，眯了眯眼，随即，打开了监控录像。

之前，陆母为了尊重陆绝的隐私，一直没有在房间里安装监控摄像头。但宁知经历过陆绝小时候被用人虐待的事，那次之后，她就偷偷地在房间还有陆绝的书房里安装了隐蔽的摄像头。

陆绝身边的危险太多了，说不定哪天监控录像就能派上用场。

宁知查看着监控录像，发现在前两天，一个进来打扫房间的用人，鬼鬼祟祟地将她梳子上还有掉落在地面上的头发收集起来，甚至还将她喝完的饮料瓶子、用过的吸管等物品也收了起来。

宁知的眸色一沉，她哪里还不知道是怎么回事？

她找到管家，什么都没有说，直接让他看监控录像。

“二少夫人，我现在立刻将人找来。”管家神色严肃。陆家的用人都是经过专业培训的，现在出了这样的问题，后果很严重。

管家把监控录像里出现的年轻用人找来。他看过员工名册，这个年轻用人是半年前才来陆家的，平常工作还算勤快，性子也很沉稳，不是爱说长短的人。

宁知的神色有点儿冷，她看着面前的年轻女用人，直接问：“是谁让你收集我的头发还有我用过的东西的？”

年轻女用人紧张得喉咙发干，害怕地摇摇头：“我不知道二少夫人在说什么。”

“不知道吗？”宁知笑了笑，“我前两天丢了一条钻石项链，看来只好报警，让警察帮忙调查是不是被你偷走了。”

“不是我！”年轻用人吓得赶紧抬头，“你不能污蔑我，我只拿了你的头发。”

“谁让你拿的？”宁知再次质问。

年轻用人知道，如果她不回答，宁知就要污蔑她偷了项链。

她咬着唇。

宁知说：“管家，你那里有她的家庭住址，还有家庭成员的联系方式吧？”

管家赶紧应声：“有的，员工入职前，我们都做了背景调查。”

年轻用人脸发白，小声说道：“是大少夫人让我把你的头发收集起来的。”之前她犯了错，是大少夫人帮她遮掩过去的。

宁知早已猜到了答案：“管家，你听到她说的话了吗？”

“二少夫人，我听清楚了。”管家哪里不明白，二少夫人是要让他做证。

这位二少夫人刚嫁过来的时候，性子沉闷，整天阴沉沉的，不爱说话，也不喜欢跟陆家的人接触。

现在她像换了一个人似的，不仅经常把太太哄得开心，与陆绝少爷的关系也越来越好。

现在，他更是见识到了二少夫人的精明，行事冷静，有条理。

相反，之前看着还算聪明的大少夫人最近好像失智了，做出了这么多奇葩的事。

解决完女用人的事，宁知想到林恬恬身上还有她百分之二十的光环，赶紧把十八个小太阳都换取了光环，避免在光环的作用下，林恬恬成功认亲。

毕竟，林恬恬依然是书里的女主角，拥有光环就等于拥有了“锦鲤体质”。

在书里，林恬恬不用努力，不需要争取，别人求而不得的机遇就会落在她身上，别人努力奋斗、拼命争取的机会，也会被林恬恬轻松得到。

她就连喝口水都能轻易上热搜，然后饮料的厂家纷纷上赶着请她做代言人。

想到这儿，宁知觉得林恬恬的体质实在可怕，立刻把霸王喊出来换取光环。

现在林恬恬只剩下百分之二的光环，就算是“锦鲤体质”，也很难咸鱼翻身了。

此时的宁家。

林恬恬对面的宁晓萌对林恬恬的变化感到难以置信，还揉了揉自己的眼睛。

她确定自己没有看错。刚才她看见林恬恬的腿白皙笔直还挺好看，忍不住多看了几眼，然而转眼间，林恬恬的腿竟然变短变粗了。

宁晓萌吓得倒吸一口气：“你的腿，你的腿……”

她还发现，刚才还有几分姿色的林恬恬突然间变得一分姿色都没有了，只能勉强算是清秀。

这女人这么邪乎？脸和腿都能突然改变？

听到宁老爷子说小玉章是假的，林恬恬心里慌乱，此时突然有人指着她的腿惊呼，引得她低头看去。

只见之前让她骄傲的一双美腿，被打回了原形。

恢复原貌后的林恬恬，长相比较像林父，身材像林母。

她的五官分开看，完全跟精致不沾边，但凑在一起还是挺顺眼的，加上五官端正，算是清秀，化了妆后，也还算好看。

至于她的身材，上身扁平，腰身普通，跟纤细不沾边，个子不高，小腿粗壮，有点儿像萝卜腿。

以前每到夏天，她只穿长裙，尽量遮掩腿部，每当看到宁知穿着短裙，露出又长又白皙的双腿时，她都妒忌得心里泛酸。

现在，她的一切恢复原貌。

林恬恬着急地从衣领里掏出她的项链，只见白玉上有一条很深的裂痕，几乎将玉饰分成两半。

原本白玉泛着润泽的光，现在也没有光了，反而变得暗沉沉的，一点儿玉色也没有。

她小心翼翼地拿着玉饰，唯恐一用力它就会四分五裂。

林恬恬震惊了。她知道，所有的光环都回到了宁知的身上。

怎么会这样？

宁老爷子再次质问："你是怎么知道小玉章的？"

林恬恬被老爷子的话惊得回神，顾不上自己身体的变化，一口咬定："小玉章是我的，我一直带在身边，怎么可能是假的？"

小玉章明明是她和妈妈从宁知的手上拿到的。

除非……

除非宁知给她们的玉章是假的！

想到这儿，林恬恬几乎咬碎了牙，难怪宁知这么容易就把遗物拿出来，原来在这里等着她！

宁知是不是知道了什么？

林恬恬越想越怕。宁知是什么时候弄了一枚假玉章？她的心机太可怕了，早已设好陷阱等着自己往下跳。

林恬恬看着老爷子手上的小玉章，只能硬着头皮撒谎："我的小玉章是真的，但前段时间有人借走了它，肯定是对方换掉了我的玉章。"

林恬恬反应很快，既然宁知设计她，她反手把脏水泼回去，说是宁知拿了她的玉章，还把真的换成了假的。

到时候就算宁知拿出了真的玉章，宁老爷子心里也会猜疑。

宁老爷子锐利的目光直直地盯着她，像要把她看穿、看透。

林恬恬头皮发麻，背后直冒冷汗。

她原本以为宁老爷子病重，会很容易糊弄，看到小玉章后会激动地提出鉴定血缘关系。

而现在，这一切都跟她的计划完全不一样。

小玉章变成了假的。

宁老爷子开口道："你不说，我总有办法让你开口说出真相，你确定能承受蒙骗宁家的后果？"

林恬恬错愕地看着宁老爷子，对方威严的神色让人心里发慌，哪里有半点儿卧床病重的颓色？

她嘴里苦涩，喉咙发干："我是来认亲的，如果宁老先生不愿意认我，请把小玉章还给我，我现在就离开。"

管家拦在她的面前。

"小姐，事情没有交代清楚，你不能离开宁家。"

宁晓萌乐得不行："我就说这个女人是假货，突然跑来认亲，就是想骗我们宁家的钱。你也不拿镜子照照自己长的什么样，我们宁家的每一个人都长得很好看。"

见林恬恬神色难看，她更加兴奋："你这副样子，一看就知道不是我们宁家的人，就连花园里的用人都比你好看。"

"宁小姐，请你说话不要太过分。"林恬恬几乎咬碎了牙。凭长得好不好看来断定是不是宁家人是什么逻辑？

林恬恬知道自己的计划失败了，宁老爷子不还回小玉章，她也不要了。

她要离开。

"小姐，事情还没有说清楚，你还不能离开。"管家重复道。

"小玉章是我捡的。"林恬恬根本不会把宁知的事情说出来——她为什么要给宁知做垫脚石？

"蒋叔，不用问了，小玉章肯定是这个女人偷来的，你带她去审问或者报警吧。"宁晓萌乐道。

"你们凭什么污蔑我？"听说要报警，林恬恬脸色变了。

宁晓萌哼了一声："因为你偷了我们家的东西。"

"谁说是我偷的？那是宁知给我的，她给了我一个假货！"林恬恬失控地反驳。

"宁知？"宁老爷子凌厉的目光刺向林恬恬。

林恬恬当场一愣，懊恼得只想给自己一个耳光。

她这是在为宁知铺路！

宁知并不知道林恬恬自己玩露馅了。

她处理完用人的事后，跑去书房找陆绝，现在只差两个小太阳就能拿回全部光环，她想赶紧拿回来。

宁知打开书房的门，只见陆绝穿着一身红色的运动服坐在书桌前，腰身挺直，安静地看着书。

因为经常来书房看陆绝，宁知索性让人在书房里放了一张卧椅，方便她躺卧。

不像陆绝坐得比小学生还端正，她喜欢躺卧着看手机。

宁知走到卧椅那边坐下，听到她的动静，陆绝抬眸看她。

宁知刚坐好，书桌那边发出椅子拖拉的刺耳声音。

只见陆绝整个人突然站了起来，呆呆地看着她。

“怎么了？”宁知不明所以。

陆绝动了动唇，看了她一眼，移开视线，再看她一眼，又移开视线，反反复复好几遍。

他走过去，高大的身体蹲在卧椅前，仰起头看宁知，修长的手指伸出，轻轻地落在宁知的眉目上，抚过她的鼻子、唇。

他一遍又一遍地描画着她的样子，漆黑的眼底生了光。

他喉咙里发出低沉的闷哼声，像是小兽愉悦的咆哮。

他的手掌贴着宁知的脸：“漂亮你。”

听到陆绝的话，宁知怔了一下。

她刚才拿回来百分之十八的光环，现在恢复了百分之九十八的美貌，当然知道自己漂亮，陆绝这家伙也太现实了。

她没有恢复容貌时他就说她丑，现在恢复了就说她漂亮。

若不是看他可爱，她都要动手揍他了。

他太现实了。

她忍不住伸手去捏他的脸，还狠狠地搓揉了一把他的头发，把他服帖的头发弄得乱糟糟的，配着他一张白皙的俊脸，越发呆萌。

宁知将他的耳朵揉得通红，气呼呼地说道：“以前说我丑，现在就漂亮了？嗯？

“是谁教你的审美？

虽然宁知也爱陆绝的颜值，但她双重标准啊！

她凶巴巴地纠正陆绝：“我以前漂亮，现在也漂亮！”

蹲在宁知身前的陆绝头发乱糟糟的，两只耳朵被揉得红红的。他眨了眨茫然的大眼睛，抿了抿唇，缓慢地开口：“漂亮的，喜欢。”

丑的怪姐姐，他喜欢。

漂亮的怪姐姐，他也喜欢。

“呵，男人！”

宁知又狠狠地揉了一把他的头发：“认出我了？”

陆绝很固执，就连每天晨跑的路线，每次吃饭坐的位置，甚至连摆放水杯的位置都是十几年不变的，认死理得很。

他印象中的怪姐姐是她完全恢复后的样子，所以，宁知一直不确定陆绝之前有没有认出她。

陆绝漆黑的眼睛看着她，像是带着几分嫌弃之意：“认不出，我笨。”

他又不笨，怎么会认不出她？

“那之前呢？”

陆绝低下头不应声，两只耳朵红红的。

陆绝抿了抿唇：“丑你。”

宁知瞪他：“我变丑了就不是我了？”

陆绝的手指拉住了宁知的裙摆：“丑是，漂亮是。”

丑的是怪姐姐。

漂亮的也是怪姐姐。

宁知笑弯了眸子，原来他记得啊，她还以为自己要恢复全部美貌他才认得出她。

她又捏了捏他的脸：“之前嫌我丑，现在总算是夸我漂亮了？”

她感叹：“果然人都喜欢漂亮的，就连小呆子也知道要挑漂亮的。不过，再漂亮也不是你的。”

陆绝抬眸看着她，像要把她的身影完全映在他的眸子里，低沉的声音带着几分慌张之意：“丑，我的，漂亮，我的。”

陆绝贪心得很，什么样的怪姐姐都是他的。

他用手拉着宁知的裙摆，固执地低喃着：“我的，我的。”

怪姐姐是他的。

穿着红色衣服的陆绝蹲在她的身前，顶着一头乱糟糟的头发，耳朵红红的，还固执地抿着唇角，认死理地拉着宁知的裙摆不放，像极了黏着自家主人的小奶狗，赶也不走，简直可爱得要命。

宁知刚才还气他颜控，气他之前嫌弃她丑，现在对上他明亮、干净的眼睛，心软了。

他有什么错呢？

可能对陆绝来说，喜欢漂亮的颜值，就像喜欢花哨的衣服那样简单。

这个年代，谁不是颜控？她也喜欢帅气又可爱的他。

宁知笑了："喜欢漂亮的我？"

陆绝耳朵又红了，诚实地应着："喜欢的。"

"要亲吗？"既然喜欢她漂亮的样子，待会儿他应该能多产点儿小太阳吧。

陆绝漆黑的眼睛亮了起来。

宁知低头，倾身向前，唇轻轻地印在他微抿的薄唇上。

陆绝闻到了甜甜的果子味。

他的胸口处像被一只爪子不断地挠着，好痒，好想让知知帮他呼一下。

热乎乎的气息落在他的脸上，陆绝忍不住往宁知的方向凑过去，紧紧地贴着她。

十个小太阳成排地从陆绝头顶的显示框里弹出来。

宁知稍稍离开，数了一下弹出来的小太阳，并没有增多啊。

"你不是喜欢我现在的样子吗？"宁知质问陆绝，"我用漂亮的样子亲你，你不是应该更开心？"

陆绝茫然地看着宁知，好像听不懂她的话，什么样子的怪姐姐亲他，他都很开心的。

他松开拉着宁知裙摆的手，将其搭在宁知的手背上，渴求着："还亲的。"

宁知空欢喜一场，以为会收割更多的小太阳。

她双手捧着陆绝的脸，继续低头亲了上去。

一个小太阳弹了出来。

宁知："……"

刚才还有十个小太阳啊，怎么第二次只有一个小太阳？

这前后差得也太多了。

宁知看着陆绝："你不喜欢我亲你了？"

陆绝抿了抿唇，卷翘的长睫毛微颤着："喜欢亲。"

宁知打量了他一眼，继续贴上去，又有一个小太阳弹出。

不会是陆绝的嘴巴已经被开发完了吧？

她还差上百个小太阳呢！

宁知有点儿急，直接撬开他的唇。

十个小太阳弹了出来。

宁知："……"

她用舌尖蹭着他的，突然发现，只要她深入一点儿，小太阳就一排一排地往外冒。

小呆子肯定是嫌弃她亲得太敷衍，知道给自己争取福利了！

想到小绝绝也会耍小心机，宁知觉得现在的大绝绝更精明。

也不知道过了多久，宁知稍稍撤离，看着面前眸子明亮，耳朵红红的男人，觉得再亲下去，很难收场。

书房里。

宁老爷子看着管家递上来的资料，拿着资料的手微微颤抖着。

管家站在一旁，这位宁小姐跟那位冒牌货不一样，不管是姓氏还是样貌都更像宁家人。

"老爷，听说这位宁小姐已经嫁到了陆家。"管家派去的人打探到，宁小姐嫁给了陆家那位二少爷，而众所周知，那位二少爷患有自闭症。

如果这位宁小姐真是老爷子的亲孙女，那么，宁小姐真是受苦，受委屈了。

宁老爷子慢慢地翻看着宁知的资料，从小到大，一点一滴都不愿意错过。

管家一直安静地等待着老爷子发话。

也不知道过了多久，宁老爷子摘下眼镜，小声说道："让人安排飞机，我要去 B 市陆家一趟。"

"是，老爷。"

与对待冒牌货的态度完全不一样，宁老爷子亲自过去找人，这是几乎认定了这位宁小姐是他的亲孙女。

"把那个女人也带上。"宁老爷子低声说道，"陆家出来的人，就交还给陆家处理。"

管家点头应下。

宁家有私人飞机，飞去B市只需要几个小时的时间。

老爷子身体不好，外出都需要带着医疗团队，出行前做了充分的准备。

他们到陆家的时候，已经临近傍晚。

陆东周在公司，听到助理来汇报宁老爷子上门拜访，立刻暂停了会议，赶回陆家。

宁老爷子比他大一辈，以前跟他父亲也有交情，这几年老爷子的身体不好，需要静养，双方的联系才逐渐淡了。

现在听到宁老爷子突然从南城过来，陆东周很惊讶。

在陆家，陆母同样感到很惊讶，听到管家来通报宁老爷子来了，震惊得连忙出去迎接。

以前她陪同丈夫去参加过宁老爷子的寿宴，知道他跟陆老爷子的交情好，后来陆老爷子去世，加上宁老爷子行事低调，不喜欢被叨扰，两家的关系才慢慢淡了。

“人呢？快让门卫开门，请老爷子进来。”陆母神色着急，几乎顾不上礼仪举止了。

她匆匆忙忙地赶到大门口，正好看见宁老爷子从车子上下来。

陆母恭谨地上前：“宁老先生，您今天怎么特意上门了？”

老爷子拄着拐杖：“有些事要跟你们商量。”

陆母有点儿诧异：“我们进去谈，我让人准备了好茶，也通知东周回来了。”

宁老爷子点点头，跟她走进去，身后跟着的是管家、保镖还有两位医护人员。

没多久，陆东周赶回来了，看见老爷子坐在沙发上，赶忙上前问好。

“你们都好奇我为什么突然上门。”宁老爷子不喜欢拐弯抹角，“几十年前，我儿子走丢的事你们应该都听说过。”

陆父和陆母都知道这件事，还为此叹息过。

“这么多年来，我一直没有放弃寻找，就在前两天，有一个女人拿着信物上门，自称是我的孙女。”宁老爷子的语速很慢。

“信物是假的，那个年轻女人是来冒认的。”

陆母忍不住暗暗惊讶，同时很同情老爷子，希望频频落空的滋味，他承受了几十年。

宁老爷子继续开口："我让人调查过，那个年轻女人是你们陆家的长媳，林恬恬。"

"什么？！"陆母忍不住惊讶地叫出声。

宁老爷子的意思是，那个拿着假信物去宁家认亲的人是林恬恬？

陆母和陆父同时皱眉。他们都知道林恬恬是林家夫妻的女儿，怎么会突然跑去冒认宁家的孙女？

"你们的人，我已经让人带过来了。"

旁边，管家示意保镖将人带来。

过了好一会儿，陆母和陆父看见林恬恬模样狼狈地被人带进来，而她的样子好像变了不少。

"妈，爸，快救我，他们宁家欺人太甚，将我关起来还不让我吃饭。"林恬恬进来后立刻委屈地求救。

看着面前陌生的林恬恬，再想到之前她谋害陆绝的事，陆母和陆父突然觉得，他们的大儿子怎么会喜欢这样的一个女人？

陆父感到丢人，让聒噪的林恬恬闭嘴。

看来，老爷子这一次来是要追究他们陆家的责任的。

陆父主动开口："这一次是我们陆家的人犯了错，老爷子您有什么要求，可以提出来，如果我们——"

他的话还没有说完就被宁老爷子打断了："我不用你们补偿什么，我今天来是找孙女的。"

"孙女？"陆母惊愕，老爷子刚才不是说林恬恬是冒认的吗？

陆父眼里同样有了疑惑之色。

宁老爷子开口："我要找的人是宁知。"

一旁，林恬恬神色震惊，想到梦里发生的事将要变成现实，妒忌得红了眼。

宁知？

陆父和陆母同时错愕地看向宁老爷子。

宁知是他的孙女？

陆父最先反应过来，让管家上楼去把宁知叫下来。

今天是周六，宁知正好有空在书房里躺在卧椅上玩手机，旁边，陆绝端正地坐在书桌前。

管家敲门进来的时候，正好看到这一幕。

宁知坐起来："有事吗？"

管家回道："二少夫人，宁老爷子来了，先生让我喊你下楼与宁老爷子见一面。"

宁知收起手机："我知道了。"

自从知道林恬恬去宁家认亲，宁知已经有了心理准备，没有料到的是，宁家的人办事效率这么高，才两天就找来了。

管家离开书房后，宁知走到陆绝身旁，伸手按住了陆绝敲打键盘的手。

陆绝依然穿着红色的运动服，抬头看宁知，神情呆呆的。

"我有事要下去，你乖乖地待在这里。"

陆绝目光落在她的脸上，停留了几秒，才缓慢地应声："嗯。"

宁知下楼的时候，客厅内的气氛很尴尬。她看到了坐在沙发上的陆父和陆母，他们对面坐着的就是宁老爷子。

林恬恬也在，她头发微乱，看向她的眼神带着怨恨之色。

宁知直接迎上她的目光，嘴角甚至露出笑意，激得林恬恬一愣，随即，眼里的怨气更深了。

林恬恬死死地盯着宁知的脸，视线逐渐往下移，发现宁知的样子完全恢复了。

此时的宁知穿着一条豆绿色的连衣裙，肤色雪白，五官精致完美，高挺小巧的鼻子，红润的小嘴，还有一双灵动的眼睛，明眸皓齿的模样亮眼得很。

豆绿色的裙子样式简单，收腰的设计显得宁知的腰越发纤细，及膝的裙摆下，一双长腿白嫩笔直，勾得人的目光随着她的裙摆而晃荡。

这些原本都被她拿走了，现在，又全部回到了宁知的身上。

林恬恬再次看见了美得让人心动的宁知，不对，现在的宁知比以前更美了，有种难以形容的神秘气质。

林恬恬狠狠地盯着宁知的脸，盯着她的腰，盯着她的腿，恨不得把这些都重新夺过来。

如果没拥有过这些，她可能只是羡慕，一旦拥有过，并且享受过美貌带来的优越，她再也没有办法接受自己被打回原形。

宁知没有在意林恬恬怨恨的目光，走到陆母旁边的单人沙发上坐下。

"小知，这位是宁老爷子，他今天来，是有点儿事想要跟你谈。"陆母告诉宁知。

“宁爷爷，您好。”宁知看向这位宁老爷子，只见对方头发花白，脸上带着倦容，但目光清明睿智。

没有了光环的作用，林恬恬是不可能糊弄得了这位宁老爷子的。

对面，宁老爷子也在打量宁知，听到她问好，严肃的神情柔和了许多，点了点头。

宁知假装懵懂：“宁爷爷找我有什么事？”

其实看到宁知的照片时，宁老爷子心里已经有数，现在看见真人，心里又肯定了几分。

宁老爷子迟疑地问：“你的父母……？”

“几年前发生了车祸，他们不在了。”

宁老爷子看过宁知从小到大的资料，知道她的父母已经不在了。想到儿子已经不在，他的一颗心越发沉重。

能在他的身子完全垮掉前找到孙女，也是他的福气了。

“你是不是有一枚小玉章？”宁老爷子问她。

“您怎么知道？”宁知一脸惊奇之色。

“那小玉章原本有两枚，一枚在我这里。”

宁知立刻站起身：“我去把我的小玉章拿来。”

宁知的速度很快，前后不到两分钟，她就把自己藏起来的小玉章交到了宁老爷子的手上。

一旁，林恬恬看见宁知真的拿出一枚小玉章并且交给了宁老爷子，死死地盯着那枚小玉章，几乎咬碎了牙。

宁知这个贱人，用一枚假玉章蒙骗她和妈妈。

宁知到底是什么时候弄了一枚假玉章？

宁知看见她和妈妈被蒙骗，是不是很得意？

林恬恬要被气死了，恨不得上前质问宁知是不是故意陷害她。

如果她知道宁知使了心机，必定不会拿着假的小玉章去宁家，像猴一样被耍。

林恬恬被气得胸口发疼。

宁老爷子接过小玉章后，掏出自己随身带着的小玉章，然后把两枚小玉章拼在一起。

两枚玉章完美地拼接起来，很显然是同一块玉石切割开的。不像之前那枚假的小玉章，玉质不够润泽，而且拼接起来还有缝隙。

站在一旁的管家看着两枚小玉章拼起来了，神色惊喜，这一次的玉章是真的。

陆父和陆母一直关注着宁老爷子的举动，看见这一幕，震惊的同时，心里也有了想法。

宁老爷子爬满皱纹的脸上露出了笑意："这是我给儿子的小玉章，你是他女儿，就是我的孙女。"

宁知虽早已猜测到，但真相来临时，还是感到唏嘘和惊愕。

"就凭着一枚小玉章认亲也未免太像玩笑。"林恬恬忍不住出声，心里像被人用力地挠着，酸涩又难受。只要想到宁知将要继承宁家这么多财产，她就觉得好不公平。

"你闭嘴。"陆母狠狠地瞪了林恬恬一眼，不光觉得失望，还觉得丢脸。

之前她还觉得这个大儿媳妇不错，虽然是小户出身，但至少长得漂亮，也知书识礼。

现在，陆母只觉得自己也看走了眼。林恬恬最近做的事又蠢又坏，哪里还有半点儿的善良？就连一张脸也变得莫名其妙，跟以前差得太多了，像换了个人一样。

林恬恬咬着唇，不敢再出声，只觉得陆母对宁知偏心得厉害。

宁知主动说道："如果要认亲，当然不能光凭着一个信物，物件是死的，人是活的，可以鉴定血缘。"

宁老爷子在第一眼看见宁知的时候就觉得没有必要鉴定血缘了，因为宁知的眼睛与他死去的妻子的眼睛很像。

他是打心底里觉得宁知就是他的亲孙女。

但想到之后要带她回宁家，做鉴定可以避免小人的质疑，能堵住闲人的嘴，宁老爷子点点头。

他的身后，两位医护人员走上前，到宁知的面前采集她的头发。

鉴定出结果需要一天的时间，宁老爷子和宁知现在还不能确认亲人关系。

宁知突然开口："前两天，我发现一个用人在我房间偷偷地把我的头发还有我喝过的一些饮料瓶子收起来，当时我和管家审问了这个人。"

林恬恬原本就不好看的脸色越发苍白——宁知是怎么发现这件事的?

宁知继续说道:“审问后,用人承认她是受林恬恬指使偷我的头发,当时我还觉得奇怪,拿我的头发有什么用。”

在场的宁老爷子、管家、陆父和陆母也瞬间明白了,难怪林恬恬敢去宁家认亲,原来是打着冒认,代替宁知的主意。

“不是我。”林恬恬否认得很无力,不明白为什么所有对她不好的事情会同时发生,好像老天在跟她作对。

陆父一向威严,很少过问晚辈的事情,现在听着林恬恬做下的一件件事,冷声斥道:“你闭嘴,不用狡辩。你有没有做过,我们会调查,也有脑子分析。”

他转过头,对管家说道:“打电话给深远,让他过来将人带走,没有我的允许,以后林恬恬不能进出陆家。”

林恬恬感到浑身无力,陆家这是不认她了。

“现在就把她带出去。”陆母说道。她现在不想多看林恬恬一眼。

“妈,爸,不是我……”林恬恬嘴里发苦,试图解释。

管家站在林恬恬的身前:“大少夫人,请。”

林恬恬咬了咬唇,只能离开。

外面的天色越来越黑,厨师已经准备了晚餐。

陆父主动邀请宁老爷子留下用餐。

陆母让管家去把陆绝叫下来用餐,她的神情有点儿复杂,想到如果宁知真的是宁老爷子的孙女,不知道宁老爷子会怎么想自己的儿子,虽然陆绝在她看来是最好的。

陆绝用餐的时间很固定,不等管家上楼去告知,已经自己走下来了。

陆父已经邀请宁老爷子入座。

老爷子看着突然出现的穿红色衣服、高个子的年轻男人,猜测这就是陆家的老二。

仔细观察之下很容易就能发现,对方跟正常人确实有区别。

陆绝不看人,不与人有视线接触,甚至在入座的时候,径自坐下,没有一句对长辈的问候。

陆绝在自己固定的位置上坐下,腰身挺直,低头安静地开始吃自己的饭菜。

宁知凑到陆绝身旁,告诉他:“陆绝,这位是宁爷爷,你要跟爷爷打招呼。”

陆绝抬头，茫然地看着她。

宁知介绍着：“宁爷爷，这位是我的先生，陆绝。”

“宁爷、爷好。”陆绝飞快地看了宁老爷子一眼，便移开了视线。

宁老爷子点点头，看见陆绝打完招呼低头继续吃晚餐，与周围的人没有任何交流。

老爷子的眸色暗了下来。

用完晚餐后，陆绝像平常一样，抽过一旁的纸巾认真地擦着他面前的饭桌，然后把纸巾丢进垃圾桶里，起身离开。

两个用人凑在一起，在走廊里闲聊。

“我刚才听说宁老爷子是来找二少夫人的，她是老爷子的孙女。”

“你的意思是，二少夫人是宁家的千金？”

“宁老爷子都上门了。如果没有把握，他怎么会找来？”

“你有没有发现二少夫人最近变得好漂亮？如果她真是宁家的千金，恐怕我们陆绝少爷配不上她。”

“我在想，宁老爷子会不会介意自己的亲孙女嫁给了一个自闭症患者？”

“认回豪门，二少夫人成为豪门千金，会有好多选择，没有必要非和陆绝少爷在一起。”

陆绝从她们的身旁经过，两个用人吓得赶紧闭上了嘴巴。

转眼，她们想到陆绝少爷听不见她们的声音，这才舒了口气。

夜里。

宁知洗完澡出来，看见陆绝已经躺在床上了。

他今天穿了红底大蓝花的睡衣，红蓝交汇，耀眼得很。

宁知走过去，发现陆绝头顶的显示框里竟然有一朵小乌云。

他不开心？

宁知关上房间的灯，房间里的光线暗下来。

她刚躺下，旁边的男人瞬间挪过来。

“怎么了？”宁知知道他不开心。

陆绝的胸膛贴上宁知的背，头埋在宁知的肩窝处蹭了蹭。

他低沉的声音在夜里透着委屈的情绪：“怪姐姐，不丢我。”

温热的气息落在宁知的颈上，有点儿痒。

耳边是陆绝的低喃声，她耳朵都痒了。

而陆绝像是委屈极了，小可怜一般继续喃着："不丢我，不丢的。"

陆绝不会为自己解释，也不懂得为自己辩论，只知道怪姐姐不能丢下他。

他的脑袋在宁知的肩窝处不断地蹭着，像黏着主人不愿意放开的小奶狗一样，哼哼唧唧的，求着主人不要丢掉他。

"丢掉你？我为什么要丢掉你？"宁知有点儿茫然。

陆绝抿了抿唇，固执地说道："不丢。"

宁知不知道陆绝为什么突然会有这样奇怪的想法。

她转过身，面对着他，昏黄的灯光下，陆绝漂亮的桃花眼暗暗的，抿着唇，头上还顶着一朵小乌云。

他还是不开心。

宁知开口哄他："这里是你的家，没有人敢丢掉你。"

陆绝着急地说道："你不丢，我。"

宁知伸手捏了一下他白皙的俊脸，笑着应声："嗯，我也不会丢下你。"

下一秒，陆绝头顶显示框里的小乌云消失了。

宁知愣了一下，原来他是以为自己要被她丢掉了，所以不开心吗？

宁知觉得好笑，他脑袋里在想什么？怎么会有这样可爱的想法？

宁知与陆绝面对着面，她告诉他："我们现在是夫妻关系，是合法的，如果要分开，不想跟另一方在一起，需要另一个人签字同意。"

陆绝眨了眨眼，说道："不签。"

宁知笑弯了眸子："嗯，不签的话，我们只能一直在一起了。"

陆绝漆黑的眼底生了光，安静地看着宁知，神情呆呆的。他想跟怪姐姐一直在一起的。

宁知凑过去，吻落在他的唇上："睡吧。"

她又收割了一个小太阳。

陆绝喜欢有来有往，也凑近宁知，主动地，害羞地亲了一下宁知的唇，然后才闭上眼睛睡觉。

宁知看着新收割的一个小太阳，笑了笑，现在她的小仓库里一共有一百三十四个小太阳了。

夜很安静。

宁家的管家站在宁老爷子的身旁，守着他："老爷子，现在天色很晚了，医生叮嘱过，你需要多多休息。"

宁老爷子看着照片，其中有妻子的，有儿子小时候的，还有宁知小时候和长大后的，他扶了一下眼镜，一张一张地翻看。

"我今天的精神好，还不困。"虽然鉴定报告还没有出来，但宁老爷子心里已经有了定论。

管家跟在宁老爷子的身边几十年了，很清楚老爷子心里的想法，知道老爷子现在的心情很好。

老爷子孤单寂寥了这么多年，终于找到了亲人，管家很替老爷子开心。

"你觉得陆家的那个小儿子怎么样？"宁老爷子突然开口。

听到宁老爷子这样问，管家知道老爷子这是已经把宁小姐当作亲孙女看待了，否则，他不会关心宁小姐的丈夫。

管家说得委婉："陆二少爷很安静。"

宁老爷子点点头。他了解过，自闭症患者不爱说话，冷漠又不会与人交流，有些患者智力有问题，生活自理能力差，跟这样的人一起生活遇到的问题很多。

宁老爷子想到自己的孙女被迫嫁给这样的人，心头的喜悦之情淡去了不少，随之而来的只有心疼。

他的孙女本该受到千万宠爱，被众星捧月般长大，就连选择对象，也该是众多优秀的年轻子弟任她挑选。

陆家与宁家的家世相当，可惜的是陆家的小儿子患病，不是正常人。

"你去查清楚陆家小儿子和宁知是怎么回事。"宁老爷子说道。

"是，老爷。"管家赶紧应下。

在调查过程中，他们发现宁小姐和陆家二少爷只在国外登记结婚，并没有正式对外公开婚讯。

如果以前是陆家威逼着宁小姐嫁给陆绝，现在有宁老爷子在，宁小姐可以脱离困境了。

第二天，鉴定报告第一时间送到了宁老爷子的手上。

管家满脸喜色："恭喜老爷，终于找到了亲人。"

宁老爷子拿着报告的手止不住地颤抖，即便是心里早有了准备，巨大的喜悦袭来时，还是忍不住激动：“你看我今天这身衣服怎么样？我今天的脸色怎么样？”

“很好，老爷今天看起来很精神。”管家赶紧说道。

“我是不是太严肃，板着脸会不会吓坏孩子？”

“昨天我看宁小姐行为举止有礼貌，说话也有条有理，行事进退有度，是经得起事的人，不会轻易被吓着的。”管家还是头一回看见老爷子这么紧张。

“你看家里的小辈哪个不怕我？”老爷子唯恐自己太严肃，努力放缓脸上的神色。

管家笑道：“宁小姐跟他们不一样。”

宁家的旁支小辈需要讨好宁老爷子，但宁小姐不一样，她只需要露一个笑脸，宁老爷子就能给孙女摘星星，摘月亮。

“对，小知跟他们不一样。”宁老爷子拄着拐杖，满脸喜色，“你去让人准备车子，我们现在去陆家。”

“老爷，你先把药吃了，我去让人准备车子。”

“我今天的精神好，不用吃药。”

管家无奈地说：“老爷，医生吩咐过，一定要盯着你吃药。”

“行了，老蒋，你什么时候也这么啰唆了，比我一个老头子话还多……”

陆家，陆母和陆父都在，陆父今天没有去公司，都在等结果。

当事人宁知反倒很轻松。她心里已经有了答案，毕竟林恬恬之前算计这么多，想要代替她成为宁家的孙女，很显然是确定了什么。

反过来，林恬恬的举动证明了她确实是宁老爷子的孙女。

“先生，太太，宁老爷子来了。”管家赶紧进来禀报。

陆父和陆母都站了起来，看着宁老爷子脸上的喜色，已经知道了答案。

“宁老先生，拿到鉴定报告了？”陆父问道。

“嗯，拿到了。”宁老爷子让蒋管家把鉴定报告给宁知。

他看着宁知的眼中多了几分小心翼翼，这是他盼了大半辈子才找回来的孙女。

宁知看了几眼报告，抬头直接对上了宁老爷子紧张又期待的目光。老爷子握着拐杖的手不断收紧。

宁知思忖了一下，轻声喊了一句："爷爷。"

宁老爷子愣住了，久经风霜的老人差点儿没有扛住这轻轻的一声呼喊，眼角瞬间湿润。

宁知看着宁老爷子眼中闪烁的泪光，有点儿愕然，又有点儿理解，又喊了一声："爷爷。"

宁老爷子也不怕丢脸了，直接用衣袖抹了抹眼角："好，好，好。"

一旁的管家也红了眼。他知道老爷子熬了多久，现在老爷子总算不是孤零零的一个人了。

过了好一会儿，宁老爷子才稳住了情绪："我想带小知回宁家，好不容易找到她，她应该知道家在哪里。"

闻言，陆母暗道不好，赶紧开口："小知现在是我们陆家的媳妇……"

她的话还没有说完，被旁边的陆父按住了手，制止住了："宁老先生的意思是带孙女回去住一段时间，你不用慌张，宁知又不是不回来了。"

陆母意识到自己过于紧张了，舒了口气："对，小知认回了爷爷，确实该回去看看。"

宁老爷子问宁知："你的意思如何？要跟爷爷回家吗？我想带你去拜祭你的奶奶，她要是知道你回来了肯定很开心。我还要对外宣布你的身份，让大家知道你是宁家的千金。"

看着老爷子迫切和期待的眼神，宁知也知道，现在认了亲，该去宁家看看，也该陪陪这位缺失了几十年亲情的老人。

宁知点点头。

陆母想要开口让儿子陪着宁知一起回去，但想到宁知刚回宁家，肯定有很多事情要忙，儿子也帮不上忙，甚至有可能是累赘，她叹了口气，到底没有开口。

得到回应，宁老爷子脸上的喜色怎么也掩饰不住，激动得咳嗽了起来。

管家赶紧上前，熟练地给老爷子捶背，说道："老爷子需要休养，不适宜在外奔波，宁小姐，我们打算下午回去。"

"下午？"宁知有点儿意外，"我什么都没准备。"

宁老爷子呼吸顺畅了不少，摆摆手，低声说道："不用准备，宁家什么都有。"

找到亲孙女，宁老爷子脸色红润了不少，也归家心切。

宁知点点头："我要告诉陆绝一声。"

楼上，宁知在房间里找到陆绝，他晨跑完出了不少汗，刚洗了澡。

他换上了另一套红色的运动服，配着一张俊脸，高大又帅气。

"陆绝，我找到爷爷了。"宁知告诉他，"宁老爷子是我的爷爷。

"他自己一个人生活了好多年，一直在寻找亲人，很可怜，现在他找到我，我需要回去陪陪他。"

陆绝眨了眨眼，安静地听着宁知的话。

"我下午会跟爷爷去南城那边住几天，等认亲完，陪爷爷散散心后，我就回来。"在宁知的想法里，她只是离开几天而已。

"带我。"陆绝听明白了，她要离开。

"我只是离开几天，很快就回来。"宁家周围的环境她还不熟悉，带着陆绝她不放心。

宁知哄着他："这一次我先去熟悉环境，下一次我带你去。"

陆绝垂下眼帘，没有应声。

宁知看向他的头顶，显示框里什么都没有，他这是答应了？

吃过午饭后，蒋叔已经把车子准备好，找到宁知，告诉她："老爷子很久没有这样开心了，他的身体越来越差，现在能把小姐找回来，实在太好了。"

宁知点点头。她明白管家的意思，他是希望她尽量多陪陪爷爷。

老人家的身体一天比一天差，她能多陪一天是一天。

宁老爷子带着宁知离开。

这一趟，他收获了亲孙女。

陆母和陆父都出来送宁老爷子，宁知往大门里看去，却不见陆绝的身影，现在这个时间，陆绝应该是在书房里玩拼图。

他还真是无情的小呆子。

车子慢慢驶离宁家。

陆母跟陆父说："我总担心宁知这趟出去就不回来了。"

陆父搂住妻子，笑道："怎么会？她只是去宁家住一段时间而已。"

陆母沉默了。她还记得以前宁知有多讨厌小绝，只是最近才有了转变。

她叹了口气，刚转过身，一眼就看见穿着一身红色衣服，直愣愣地站在不远处的儿子。

陆母惊愕，没想到儿子会在这里。

她下意识地对儿子解释："小知只是去宁家住几天，很快就回来。"

陆绝低下头，眼里的光暗了下来，薄唇抿得死紧。

知知坏，骗子，丢下他了。

穿越时光治愈你

CHUANYUE
SHIGUANG
ZHIYU NI

美人无霜
著

下 册

青岛出版集团 | 青岛出版社

第十一章
他想知知

一路上，宁老爷子和宁知的相处气氛融洽，管家在一旁记下宁知的爱好还有喜欢的口味。

众人从私人飞机上下来时，车子已经在等候，待众人上车后直接开进宁家。

与陆家的别墅不一样，宁家的宅子有一定的历史，古朴宁静，小桥流水，设计处处精美。

宁知走进屋子，客厅内摆放着工艺精湛的红木家具，低调又奢华。

“小知，以后这里就是你的家。”宁老爷子看着找回来的孙女，一天下来，他的精神还很好。

“小姐，你的房间已经准备好，稍后我带你上去。”在老爷子去接人的这两天，用人已经将房间布置好了，一切都用最好的。

宁知一一应下。

“堂爷爷，听说你去了 B 市一趟。”轻快的声音从外面传来。

宁晓萌从外面走了进来。她听到老爷子回来了，第一时间赶过来。

目光不经意地落在宁知的身上，她怔了一下，心底有了危机感：“堂爷爷，这是谁啊？”

“这是我刚找回来的亲孙女，宁知。”宁老爷子心情好，现在满心想要告知所有人他有孙女了。

宁晓萌瞪圆了眼："前两天才来了一个假货，现在不会又来一个吧？堂爷爷，你不要轻易被蒙骗了。"

怎么回事啊？前天才走了一个冒牌货，现在又来一个？

"前两天来冒认的人是林恬恬。"宁知说道。

"你认识她？果然，你们蛇鼠一窝，都不是好东西，都想骗宁家的财产。"宁晓萌手痒，恨不得再次手撕假货。

宁老爷子容不得孙女被污蔑，开口："宁知是我的亲孙女，已经鉴定过，我不想再听到你骂她。"

"堂爷爷，我……"

"小姐是老爷子亲自去B市找回来的，五小姐不必有任何的担心，身世的问题我们已经调查清楚，不会存在假冒的可能。"

管家告诉宁晓萌："小姐比五小姐大几个月，你该称她姐姐。"

宁晓萌被宁老爷子批评还被管家教育，一时语塞。

她不是宁家最受宠爱的千金吗？

哪怕她只是旁支，但堂爷爷一直没有孙辈，她经常出入主家，众人都知道她是这一辈里最受宠的。

现在突然冒出了一个亲孙女，宁晓萌觉得自己的地位不保了。

她转过头去打量这个叫宁知的女人，对方长得比那个冒牌货漂亮多了，明眸皓齿，甚至比她还好看。

宁晓萌不得不承认，对方的样貌确实符合宁家人的基因标准。

宁知感觉到对方打量的目光，迎上了对方的视线，嘴角翘起，吓得对方立刻移开视线。

"老爷，你该休息了。"经过长途跋涉，尽管老爷子现在看起来精神很好，身体还是会劳累。

"对，爷爷，你该休息了。"宁知担心他强撑着。

宁老爷子点点头："好，那我先去休息，你可以随便逛逛，有什么需要找小蒋就行。"

"老爷，你放心，我会帮小姐安排好一切的。"管家说道。

"有什么需要的，你尽管提。"宁老爷子再三交代。

宁知一一应下："爷爷，我知道的。"

管家扶着宁老爷子离开，宁晓萌站在原地时不时用余光打量宁知。

刚才宁老爷子和管家的话，她都听进去也听明白了，就是让她别得罪宁知，要尊重宁知。

她再不情愿，也不得不接受宁知是宁老爷子的亲孙女这个事实。

之前宁老爷子没有继承人，几个旁支在暗地里不断地争斗，都想把自家的子弟过继给老爷子，或者让他们被老爷子看重栽培，最后拿到财产。

现在宁老爷子有了亲孙女，众人恐怕是竹篮打水一场空。

宁晓萌不是愚蠢的人，在宁老爷子找回亲孙女前，她可能是最受宠爱的晚辈，但现在有亲孙女在前，她这个旁支的晚辈根本不算什么。

再说了，将来继承宁家财产的人是宁知。

想通了之后，尽管宁晓萌再不喜欢宁知，也不得不低头："我叫宁晓萌，家里排行第五。"

宁知意识到对方送来了台阶，没有拒绝："我叫宁知。"

"知知姐。"宁晓萌见宁知顺着台阶下，自来熟地上前一把拉住宁知的手，"你长得真好看哪，我是宁家小辈里最好看的，你比我还好看。

"不像那天的那个冒牌货，长得那么丑，还好意思来宁家冒认身份，真是不要脸。"宁晓萌一脸骄傲之色，"我们宁家人的颜值是出了名的高。"

宁知知道宁晓萌口中的冒牌货是林恬恬。

这时，管家回来了："小姐，我先带你上楼去你的房间，如果有哪里不满意，尽管提出来。"

"麻烦你了蒋叔。"

宁知跟着他上楼，宁晓萌已经打定主意要跟宁知搞好关系，赶紧跟了上去："知知姐，我也想参观一下你的房间。"

宁知的房间在二楼主卧，打开门，放眼望去，将近一百平方米的房间全是粉红色。

墙面是粉色的，衣柜是粉色的，床也是粉色的。

"知知姐，你的房间很好看哪。"宁晓萌眼中像冒着星星。

宁知转头看向宁晓萌，只见她头上的夹子是粉色的，身上的裙子是粉色的，就差没有涂上死亡芭比粉的口红了。

"小姐，如果你不喜欢这种颜色和风格，我们可以立刻换掉。"管家观察着宁知的神色，只要她露出半点儿不喜欢的表情，立刻让人换掉。

眼前全是粉色，宁知忍不住开口："窗帘换成白色的吧，被子也换成白色，其他的不用换了。"

“好的，小姐，我立刻让人去办。”管家离开。

旁边的宁晓萌觉得可惜，粉色多好看哪，她的房间就全部是粉色。

“知知姐，你是从B市过来的吗？”宁晓萌开口，“你第一次来南城吧？要不我叫上哥哥带你逛逛南城？他最会吃了，哪里有好吃的他都知道。”

宁知看了看时间，现在距离吃晚饭还有一段时间，于是点点头。

“我现在给我哥打电话。”

宁晓萌的哥哥叫宁凯，他在电话里听说宁老爷子认回了亲孙女，震惊不已，当见到宁知本人，他又是一惊——宁知长得太美了。

“知知姐，这是我哥宁凯。”宁晓萌介绍道。“哥，这就是堂爷爷的亲孙女宁知，她从B市过来的，你今天好好带我们吃喝玩乐。”

宁凯长得白净，笑起来脸上还有酒窝，但穿着打扮异常非主流。

他的上身是一件带流苏的T恤衫，下身是一条剪了很多洞，让人恨不得拿针线帮他缝一缝的裤子。

“知知姐好。”他讨好地说道，“知知姐长得真好看。”

“你好像比我大？”宁知纠正他，“我应该叫你凯哥吧？”

宁凯赶紧拒绝：“别别别，我跟晓萌喊你知知姐，你叫我小凯就行。”

这位是宁老爷子的亲孙女啊，身份完全跟他们这些旁支不一样。

宁知笑了笑，并不在意称呼上的细节。

宁凯来的时候开了一辆红色的车子，颜色鲜艳，引人注目，威风得很。

他赶紧给宁知打开副驾驶座的门：“知知姐请坐。”

等宁知坐下后，他服务态度极好地关上车门，绕过宁晓萌直接上车。

“哥，你就不能帮我也开开车门？”宁晓萌吐槽。

“自己动手。”宁凯嚼着口香糖，准备开车，“赶紧上车，别让知知姐等着急了。”

宁晓萌瞪圆了眼，论献殷勤，还是她哥的功力深厚。

车子停在一条小巷子口。

“到了。”宁凯停好车子。

“就这里？”宁晓萌质疑。

“你懂什么？”宁凯赶紧下车，去帮宁知开车门，“知知姐，请下车。”

宁知哭笑不得：“你不用这么客气。”

“知知姐，你就让他为你服务吧，我哥皮糙肉厚，最适合使唤。”宁晓萌日常生活中最喜欢跟哥哥互怼、互损。

“对，知知姐，以后你在南城有什么需要，找我就好了，我什么都不多，就是朋友多。”

宁凯精明得很，宁老爷子的亲孙女刚被找回来，现在他和妹妹先跟她打好关系，对比其他几家旁支，他们就占了优势。

宁知告诉他们：“我在这边只待几天。”

“为什么？你不留在宁家？”宁晓萌惊讶地问。

宁知笑着摇摇头。

她要是长时间待在宁家不回去，陆绝恐怕要哭了。

宁凯聪明地没有继续问下去。

走过悠长的小巷子，宁凯带着宁知与宁晓萌来到了一座青瓦白墙的住宅。

“这里只招待会员，不随意对外开放，没熟人带着根本找不到。”宁凯领着两个人进门。

曲折的走廊两侧栽种了青翠的竹子，映着白墙，显得特别优雅。

“这里人真少。”宁晓萌吐槽。

“你以为谁都能来这儿吃饭？”宁凯恨不得敲她的头。

穿过走廊，走进大厅，宁知才看见穿着旗袍的服务员。

包间里，宁凯坐在宁知的身旁，随时准备为她服务：“知知姐，你看看喜欢吃什么，我帮你点。”

宁晓萌怼他：“哥，你真的很有做狗腿子的天分。”

“你再多嘴，待会儿我拿吃的塞你。”

宁晓萌丝毫不怕他的威胁。

天黑前，宁凯将宁知送回了宁家。

“知知姐，到了。”他赶紧去给宁知开车门。

“谢谢。”宁知下车，“下次有时间我们再聊。”

“好好好。”宁凯赶紧应下，“知知姐如果有需要，随时联系我。”

直到宁知的身影消失在门口，宁凯才上车。

宁晓萌说道：“假货和真货就是不一样，知知姐的谈吐和气质比那天我见到的假货好太多了。”

宁凯脸上露出了两个小酒窝，看起来纯真无害："你没有发现，一顿饭下来她已经把我们的底细连带其他几家旁支的底细都摸清了？而她自己的事，反倒一点儿也没有透露。"

宁晓萌后知后觉地瞪圆了眼："我提出的问题好像都被绕过去了。"

宁凯无奈地看了一眼后视镜里的妹妹："你真的以为她这么闲，单纯地想出来玩？"

宁晓萌转了转眼珠子——她真这样想的。

"我们想套她的话反倒被她旁敲侧击，什么都交代了。以后你别在宁知面前耍小聪明。"宁凯提醒。

"你这么聪明，还不是被知知姐套话了？"

宁凯踩着油门，懒得跟她争论。

宁知回到宁家时，宁老爷子已经休息好了，正坐在客厅喝茶，显然是在等宁知回来。

"回来了？我听管家说你跟晓萌那孩子一起出去了？"宁老爷子看见孙女，脸上的神色柔和了很多。

"我第一次来南城，就跟着出去走走。"

"晓萌那孩子有时候说话比较直，容易冲动，但没有什么心眼儿，可以相处。"老爷子说道。

宁知笑着点点头："我听爷爷的。"

"我已经让人开始筹备宴会，过几天，我会正式对外宣布你的身份。"宁老爷子叹了口气，"我们家只有你一个孩子，以后不管遇到什么事，爷爷都会为你撑腰。"

莫名地，宁知鼻子有点儿酸："谢谢爷爷。"

夜晚，宁知早早地洗完澡，换好衣服，躺在床上。

这一次宁知没有选择漂亮的裙子，而是挑了休闲方便的衣服，还搭了一双白色的运动鞋。

准备好后，宁知数了数她的小仓库，现在只有一百三十四个小太阳，她有点儿后悔之前没有多亲陆绝几下了。

她把一百个小太阳交给霸王，一瞬间，原本满满的仓库空了大半，只剩下三十四个小太阳，少得可怜。

宁知闭上眼，等待着穿过去。

霸王突然咦了一声："时间怎么错乱了？不……"

宁知正想问霸王什么时间错乱了，还没有来得及开口，周围已经发生了变化。

天色昏暗，下着大雨。

宁知透过雨水打量着四周，发现自己正站在陆家的花园里。

雨水穿过她，落在地面上，宁知站在大雨中，身上竟然一滴水都没有。

在雨中不需要撑伞，仍然能保持全身干爽，宁知觉得还挺有意思的。她往屋子里走去。

别墅里很亮堂，气氛却有些压抑。

宁知没有看见往常喜欢在客厅喝茶追剧的陆母，也没有看见陆父、管家，宽敞的客厅里很安静，只有两个用人守着。

他们都在房间里，还是都外出了？

宁知看了一眼墙壁上的钟，现在是晚上八点，陆绝应该在洗澡。

她往楼上走去，来到房间门口，直接穿过门走了进去。

房内没有陆绝的身影。

宁知皱眉。怎么陆绝也不在？他跟着陆母出去了？

阳台的玻璃门没有关上，雨水被大风吹进了房内，打湿了旁边的窗纱。

宁知耳边全是哗哗的雨声。

她四处找了一下，就连衣柜也钻进去看了一番，陆绝确实不在这里。

宁知只好下楼。

"你说，这一次发生这样的事，太太岂不是要恨死小少爷了？"

"太太虽然疼了小少爷这么多年，但现在出现这样的事，心里总是要留下疙瘩的。"

"唉，你说老太太就在小少爷面前发病他都能视而不见，如果不是他有这种病我都觉得心寒。"

"小少爷也挺无辜的，他的病就是这样，就像活在自己的世界里，你打他、骂他，他都不会回应你。"

…………

宁知刚走到客厅，就听到了两个用人的对话，神色震惊。

她们话里的意思是陆绝的外婆已经发病去世了？

怎么会这样？

宁知完全愣住。她以为自己穿过来，能救下陆绝的外婆，改变这件事的结局。

宁知有些难以接受，自己穿来的时间竟然在外婆发病后。

“现在八点了，小少爷还没有下来吃晚饭。”一个用人说道。

“管家离开前交代了，要照顾好小少爷，你还是赶紧把晚饭给他送上楼吧。”

“现在饭菜都凉了，我先拿去热一热。”

说着，一个用人端起餐桌那边早已放凉的饭菜去了厨房。

宁知回过神来。她们说陆绝在楼上？但她刚才找了一遍，陆绝并不在房内。

宁知的眸色暗了下来，她再次上楼找陆绝。

过了好一会儿，宁知依然没有看到陆绝的身影。她有点儿着急，很显然陆绝还在陆家。

突然，宁知想起陆母曾经告诉她的话：外婆去世那天，陆绝在家里跑丢了，很久之后，用人才在后院的角落里发现了他。

宁知转身立刻下楼，冲进雨中往后院跑去。

夜色浓浓，伴着大雨，让人几乎看不清前面的路。

后院的灯坏了，还没来得及修理，周围漆黑一片，只有哗哗的雨声。

眼前的景物全被雨水模糊了。

后院里全是被打落的枯叶，宁知摸黑踩着雨水，往后院的假山那边走去。

“陆绝。”她的声音淹没在雨声中。

宁知又喊了一声，依然没有得到任何回应。

她继续在漆黑的夜色中向前走去。

绕过假山，宁知看到了蹲在角落里，低着头的单薄身影。

“陆绝。”

大雨一直落在他的身上，陆绝浑身湿透了。

高大的少年缩在角落里，像被遗弃的小狗，落魄又可怜。

宁知上前，雨水穿透她落在陆绝的身上，想到刚才用人说的话，她胸口溢满酸涩的感觉。

陆绝生病了，这并不是他的错。

外婆去世这件事本来就充满遗憾和惋惜，不能用正常的想法去判断。

没有人愿意看到这样的事情发生。

而陆绝现在蹲在角落里，淋着大雨，像自虐一般惩罚自己。

宁知喉咙发涩，蹲下来，手搭在陆绝的手背上。

“陆绝。”她感到一阵冰冷。

“雨太大了，我陪你进屋好不好？”

红衣少年抬起头，雨水顺着他的头发滚落，落在他的眉毛上，鼻尖上，甚至是又翘又长的睫毛上。他安静地看着她。

他的脸色苍白，就连唇也失去了血色，宁知不知道陆绝是什么时候跑出来的，一个人在这里待了多久，又淋了多久的雨。

他漆黑的眼睛浸了雨水，全是水光，茫然地看着她。

宁知的心像被夹子狠狠地拧了一下，疼痛难耐。

“不是你的错。”宁知觉得陆绝肯定是听了不好的话，即便他不想听，总有一两句入耳了。

他不是傻子，也有感情，只是自闭症让他没有办法接收到别人对他的感情，将他隔绝在另一个世界里。

“继续淋雨会生病的，我带你回去。”宁知握紧他的手，他的手指冰凉。

陆绝低下头，不愿意挪动。

他的个子高，又是男孩子，宁知力气小，他要是真不愿意，宁知是拉不动他的。

“你想在这里淋雨吗？”

陆绝不应声。

宁知走到他身侧蹲下来：“好，那我陪你。”

雨水穿过宁知的身体，落在陆绝的身上。宁知直接消耗了五个小太阳，换取了五分钟的现身时间。

豆大的雨珠一下一下拍打在宁知的身上，她穿着白色的短衫和长裤，前后不到几十秒就全湿了。

夜里的雨水特别凉，宁知打了个寒战，紧紧地挨着陆绝：“你要蹲多久，我就陪你蹲多久，等你心里舒服了，我们就进屋。”

陆绝低着头，沉默着，任由雨水打湿自己，毫不在意。

漆黑的角落里，周围只有雨落的声音，又黑又冷。

宁知还是第一次这样淋雨，感觉一点儿也不好受。她冻得小脸发白，忍不住一般凑到了陆绝的耳边：“小绝绝，你冷吗？我好冷啊。”

陆绝抿紧了唇。

宁知的眼睛被雨水淋得几乎睁不开，她轻柔的声音像沾了水：“这样继续淋着，我不会生病吧？”

陆绝抬起头，动了动唇，伸手推宁知：“回去你，回去你。”

宁知原本就冷，身上也没有什么力气，蹲得也不稳，被陆绝推了一下，整个人往旁边倒下去，直接坐在地面上了。

宁知：“……”

陆绝吓得赶紧站起来，慌张地看着她，伸手想要将她拉起来。

宁知借着他手上的力站起来：“你把我推痛了。”

陆绝垂下眼帘，唇动了动，从喉咙里挤出了一句：“对不起。”

“我好冷，你陪我进屋吧。”宁知挨着他，还故意抖了抖身体，表示她真的好冷。

陆绝漆黑的眼底带了着急的神色：“回去你。”

宁知拉着他的手：“你陪着我一起回去。”

过了好一会儿，陆绝垂下眼帘，低低地应了一声：“嗯。”

宁知脸上露出了喜色，牵着陆绝离开后院。

大雨落在脸上，打得人生疼，漆黑的雨夜里，宁知紧紧地握着陆绝的手。

就在走进屋子前，五分钟的现身时间过去了，宁知身上的雨水全部消失，刚才冷得发颤的身体暖和了起来。

宁知身上的衣服恢复原貌，一滴水也没有，全身干爽。

果然，像霸王说的，哪怕现身的时候她受伤了，只要没死，一切都能恢复原来的样子。

屋子里。

用人端着热好的饭菜上楼，敲了敲房门，然后打开门走进去，发现陆绝竟然不在房间里，连忙把周围找了个遍，却毫无所获。

“小少爷。”

“小少爷。”

找不到陆绝的身影，用人慌张地下楼，语无伦次：“糟……糟了，少爷不见了。”

另外一个用人疑惑地说道：“少爷不是在房间吗？”平常没有特殊情况，二少爷都会待在房间，要不就是待在书房，“你去书房找过了吗？”

“我全部都找遍了，也没看见人。”

“衣柜呢？”

“我忘了。”用人赶紧又跑上楼去看衣柜，陆绝并不在里面。

“少爷是什么时候跑出去的？怎么办？赶紧打电话给太太。”

用人神色慌乱，连忙拨打电话给太太，然而，太太的电话没有人接听。

“打给管家。”另外一个用人着急地说道。

如果她们真的把少爷给看丢了，后果并不是她们两个人能承受的。

这一次，管家的电话通了，用人正想要告诉管家少爷不见的事，这时，一身衣服都湿透的瘦高少年从外面低着头走进来。

用人先是惊愕，随即是喜悦。

“什么事？”管家在电话那头问道。

“没事了，没事了。”用人挂断电话，赶紧走向陆绝。

“少爷，你什么时候跑出去的？怎么淋了一身雨？我们找了你好久。”

“少爷，我去给你放水洗澡吧，晚餐已经准备好，放在你房间了。”

陆绝牵着宁知的手，一言不发地上楼。

“怎么办？也不知道少爷什么时候跑出去的，淋了多久的雨，他会不会生病啊？”用人一脸担心之色。

“我去厨房煮点儿姜汤。”

“少爷不爱喝这个。”

“少爷每天都晨跑锻炼，年轻力壮的，应该问题不大。”

“我们赶紧在这里守好，绝对不能让少爷再跑出去了。”

房间里。

陆绝全身都湿透了，黑色的短发也湿漉漉的贴在他的额前，脸色苍白，薄唇失去血色，狼狈又可怜。

“快去洗澡，把湿衣服脱下来。”宁知担心他会感冒。她还记得陆母说过，陆绝淋雨后病了好多天，整个人瘦得脱形了。

陆绝低垂的眼帘动了动，直接把身上的红色卫衣脱掉。

少年的身体不像小时候那般瘦削，胸膛变得健壮，有了肌肉的轮廓。

窗外的雨还在下着，宁知坐在床边，想自己穿过来前霸王说的那句时间出错是什么意思。

她以为自己可以穿到陆绝的外婆发病前，不管能不能把人救下，至少有机会。

而现在，她穿到陆绝外婆发病后，就连挽救的机会都没有了。

宁知看着窗外漆黑的天空，沉下了眸色。

没多久，陆绝洗完澡出来，他穿着红底印满了狗头图案的睡衣，顶着一头湿发走出来。

他苍白的脸色已经恢复过来，但眸色黯淡。

"擦干头发再睡。"

陆绝没有应声，听话地拿过毛巾，胡乱地擦了起来，黑色的短发被擦得乱糟糟的。

他随意地擦了几下，就不耐烦地丢开了毛巾。

他走到床边，安静地在宁知的身旁坐下来，垂下眼帘，透着一股失落、忧伤的感觉。

他是知道的，外婆不在了。

因为他犯错，外婆永远不在了。

宁知又消耗五个小太阳，换取五分钟现身时间。她伸手去摸他的头，帮他抚顺那乱糟糟的短发。

她拿过被陆绝丢在一旁的毛巾，侧过身，继续帮他擦头发："外婆的事，我知道你不是故意的。"

陆绝的头更低了，薄唇紧紧地抿着，像极了犯错后茫然不知所措的小奶狗，急需主人的安抚。

"不是你的错，谁也料想不到外婆会突然发病。"宁知安慰着他。

她的手下，少年的短发柔软，手感很好。

陆绝沉默着，眼里的光暗暗的。

夜里，宁知睡在陆绝的身旁。迷糊中，她听到了身后少年低沉的哽咽声，像受伤的小兽一样低呜着，独自舔伤。

她觉得不对劲。

宁知转过身去，借着暖黄的灯光，看见陆绝双眼紧闭，脸上泛着红晕，喉咙里挤出低低的、难受的闷哼声。

她伸手过去，陆绝的额头很烫："陆绝，你发烧了。"

结果没有改变，陆绝还是生病了。

宁知赶紧起来，消耗了一个小太阳，换取一分钟现身的时间，掏出陆绝的手机打电话给金医生。

现在是凌晨，金医生已经入睡，接到电话的时候，听着耳边陌生又悦耳的声音有点儿蒙，直到对方报出陆绝生病了，才彻底清醒过来。

"我现在过去。"金医生答道。下一秒，对方挂掉了电话。

宁知通知了金医生后，跑到洗手间找了干净的毛巾，打湿后，叠好敷在陆绝的额上。

她之前听陆母说，因为没有人发现，陆绝差点儿烧坏脑子。

感受到额前冰凉的毛巾，陆绝有点儿舒服，茫然地睁开眼。

眼前是他最喜欢的怪姐姐，陆绝紧紧地抿着唇，拉着宁知的手，呜咽的声音更明显了。

少年眼角浸出了泪，宁知知道，陆绝对外婆的死很在意，很在意。

他不是没有感情，只是对感情比较迟钝，接收感情比较缓慢而已。

金医生突然出现在陆家，用人满脸的错愕之色："金医生，这么晚了，你怎么来了？"

用人告诉他："先生和太太有事，还没有回来，你找他们有事吗？"

金医生说："不是陆绝生病了，你们打电话通知我过来的吗？"

用人震惊："陆绝少爷生病了？"她赶紧摇头，"我们没有打电话给你，是少爷通知你来的？"

金医生有点儿疑惑："打电话的是女声……不管怎么样，我先去看看陆绝少爷吧。"

说着，他往楼上走去。

用人神色惊恐，赶紧跟着上楼。

金医生来到门前，敲了几下门，然后才推门进去，只见陆绝满脸通红，侧躺在床上。

宁知看见金医生来了，赶紧起身让开位置："陆绝，医生来了。"

金医生上前："陆绝少爷，你感觉怎么样？"他伸手去探陆绝的额头，才刚碰到，很快被陆绝闪躲开。

"金医生，少爷真的生病了？"用人赶紧问道。

"嗯，发烧。"

用人神色有点儿慌乱："必定是因为今晚少爷淋雨了，才会生病的。"

金医生点点头："我开些药，一定要让陆绝少爷吃下，还有，尽量让他多喝点儿水。"

用人应下："估计太太和先生今晚不回来，金医生，要不你留在客房睡一晚吧。"用人担心陆绝半夜又烧起来。

金医生对陆太太母亲突然去世的事略有耳闻，想到陆绝的情况，留了下来。

直到金医生和用人离开，宁知又消耗了一个小太阳，赶紧把药拿给陆绝吃。

她庆幸自己在，能守在陆绝身旁，根本不敢想象陆绝烧得几乎晕过去才被人发现的情景。

陆绝睡得迷迷糊糊的，意识不清醒，感觉到触碰他脸的手冰凉的，主动贴了上去。

他睁开眼，看着眼前的宁知，低沉的声音透着伤心和委屈的情绪："错我，错我。"

他错了，外婆不在了。

灯光下，少年低低地哽咽着，宁知的心像被揪起来了，她轻抚着他的脸："不是你的错，这是突发事件。"

漫长的夜，宁知看着少年蜷缩在她身侧，像是被打倒的小兽，一声一声地诉说着他的痛。

天色放亮。

宁知醒来的时候，身旁已经没有了陆绝的身影。

她赶紧起身。

宁知走到楼下的时候，看见陆绝直愣愣地站在楼梯口，而不远处，是陆父和陆母。

两个人像是一整夜没有休息，面容憔悴。他们是回来换衣服的，梳洗一下，待会儿还要出席葬礼。

陆绝低着头，安静地站在那里，因为还病着，脸色苍白，唇色异样的红。

陆母用通红的眼睛看了儿子一眼，狠心地移开目光，往外走去。

陆父吩咐用人照顾好陆绝，追着妻子去了。

等陆父和陆母离开，旁边两个用人忍不住窃窃私语。

“太太这是生二少爷的气了吧？”

“待会儿老太太出殡，太太不带二少爷去见老人家最后一面吗？”

“应该不会让二少爷去送了，毕竟老太太是因为他没有求救，而错失了救治的机会。”

“也不知道太太以后会不会恨少爷。”

“手心手背都是肉，你没有看见太太的眼睛已经哭肿了吗？”

…………

宁知走到陆绝身旁，握住他垂在一侧的手，他掌心发烫，显然还没有退烧。

“你想去送送外婆。”宁知的语气肯定。

陆绝垂着眼帘，唇角紧紧抿着，身影落寞，像被族群遗弃的小兽。

沙哑的声音从喉咙里挤出来，低低沉沉的：“想外婆。”

宁知点点头：“我知道。我带你去见她。”

如果今天不去，估计这件事会在陆绝心里留下遗憾。

陆绝抬眸看她。

宁知弯了弯唇：“我说过，我是天使姐姐，会满足你所有的要求。”

如果可以，她更希望让他的外婆得救。

陆绝又低下头，低沉的声音带着固执：“怪姐姐。”

宁知答应陆绝带他去送送他的外婆。

少年身上还穿着红色的睡衣，宁知才发现，陆绝竟然是光着脚走下来的。

显然，他很急。

“去换衣服，也要穿上鞋子。”宁知拉着他的手往楼上走。

陆绝乖乖地跟在宁知身侧，抬眸看向她，只看向她。

少年像刚刚出生的小兽，跟着宁知一点儿一点儿地学习感知这个世界。

陆绝去送外婆，不适合穿红色的衣服。

然而，陆绝的衣柜里除了红色的衣服就只剩下校服了，她只好让他把蓝白色的校服换上。

“你低头。”宁知站在陆绝面前。

对比两个人上一次见面时，现在已经高三毕业的少年又长了不少，她需要抬起头看他。

他的眉头紧蹙着，带着郁悒和难过，一双漂亮的眸子安静地看着她，透着茫然之色。

宁知弯了弯唇，伸手去帮少年抚顺他额前翘起的刘海儿："别担心，有我在。"

是她把陆绝从封闭的小硬壳里拉出来的，她会守着他。

管家准备去葬礼现场。他还需要负责后续的工作，正准备上车，便看见陆绝往这边走来。

"二少爷。"他奇怪陆绝怎么出来了。

陆绝没有应声，走到车旁，打开车门想要坐进去。

"二少爷，你要去哪里？"管家想要阻拦。

陆绝低着头。

"告诉管家，你要去看外婆。"宁知站在一旁，引导着陆绝。

管家看了看时间，说道："少爷，我还有紧急的事情要忙。我让人送你回屋？"

陆绝低着头没有动，缓慢地开口："去看外婆。"

管家有些惊讶："少爷，你想去送老太太？"

宁知轻声在他耳边说道："告诉他，你要去。"

陆绝固执地重复着："外婆去看，要去看。"

管家神色复杂地看着陆绝。他知道太太和先生刚才离开陆家，并没有带陆绝少爷去的意思，一是因为葬礼现场的宾客多，少爷的情况特殊，不方便；二是因为老太太是在陆绝少爷面前过世的，老太太那边的亲人心里有隔阂，就连太太暂时也不能接受这个事实。

"少爷，你真的……"管家犹豫着，老太太生前很疼这个外孙，少爷不懂感情，又或者说他感情比较迟钝，反应比较缓慢，但并不是没有感情的。

现在陆绝少爷想去见老太太最后一面。

管家沉思了一会儿，才开口："少爷，你上车吧。"如果先生和太太怪罪下来，他会承担责任的。

陆绝抿着唇，坐上车。

宁知坐在他身旁："我们很快就能去见外婆了。"

陆绝还在发烧，白皙的脸上有些红，就连薄唇也烧得红红的，一双漆黑的眸子安静地看着宁知，依恋十足。

出席葬礼的宾客很多，不仅是看在宋家的脸面上，更是因为陆家。

陆母宋雅在宋家排行第二，有一位大哥宋进业，还有一位妹妹宋柔，因为母亲突然去世，三人都处在悲伤的情绪中，眼睛一直红肿。

陆父一直陪在妻子身旁，心里想到用人今早说的儿子生病的事，有点儿不放心，打电话给金医生，再三确认是感冒引起的发烧。他叮嘱金医生，随时向他汇报陆绝的病情。

才挂了电话，陆父接到了管家打来的电话。

电话里，管家说道："先生，陆绝少爷过来了。"

陆父严肃的脸上神色不变："你把他带来了？"

"是的，少爷提出想要送送老太太。"

陆父沉默了一下才应声："嗯。"

他没有让管家把陆绝送回家。

陆父走回妻子的身旁。她一整夜没有休息，脸色苍白憔悴，他眼里全是心疼之色，开口道："小绝跟着管家来了。"

陆母一愣。

陆父接着说道："是小绝主动提出要来的。"

陆母眼里全是泪，低声抽泣着。

陆深远一直陪着陆父和陆母，听到陆父的话，迟疑道："弟弟要来吗？也对，他应该来送送外婆的。他到了吗？我到门口接他。"

旁边，陆母的大哥宋进业听到陆深远的话，生气地质问："他来做什么？"

宋进业把怒气都转移到了陆绝的身上："他不能来这里。"

"大哥，不要这样说。"宋柔也难受，但不像大哥这样迁怒陆绝。她转头去看姐姐的脸色，知道最难受的人就是姐姐。

"我为什么不能这么说？只要陆绝脑子正常一些，知道救人，母亲现在也不会闭眼躺在这里！"宋进业生气地说道，像要将一肚子的火气和痛苦都发泄在陆绝身上。

"大哥，你知道小绝的病情，遇到危险，他都不会自救，又怎么知道救人？"陆母站起来，眼睛红红的，听不得大哥对儿子的指责。

“我不听你这些话，反正母亲就是因为陆绝而死的，她肯定不愿意陆绝出现在这里。”宋进业坚持。对于母亲的突然离世，他要找一个责备的对象心里才舒服。

陆母不愿意跟大哥在这样的时候争执，但听到大哥的话，她突然醒悟：自己不是也像大哥这样想的吗？

她明面上虽然没有责骂儿子一句，但心里一直在怨恨：儿子是正常人就好了，没有自闭症就好了，这样母亲发病，他就能懂得求救，母亲或许就不会死。

她也是在迁怒儿子的。

想到这儿，陆母鼻子一酸，情绪一下子崩溃了，眼睛更红了。她反驳宋进业的话：“母亲突然去世这件事，我们谁也不愿意看到，谁也没有料想到。小绝没有错，错在我们。”

陆母哭着说道：“我们身为正常人都没有守好母亲，为什么要指责一个什么都不懂的孩子？推卸责任？陆绝什么都不知道，被骂，被怨了，也是默默地承受着，什么都不会反驳。

“大哥，如果真要追究这件事是谁的过错，那就是你、我还有妹妹，我们都没有照顾好母亲。”

宋进业脸色难看，沉默不语。

“姐姐说得对，为什么要把过错推给小绝？”宋柔鼻子也酸酸的，“要怪就怪我们自己。”

宋进业转过身，索性不看他们，但也没有再说拒绝陆绝出现的话。

陆深远开口：“我也有错。我那时候不该离开茶室的。”

众人都沉默起来，反思自己的过错。

陆深远说道：“弟弟快到了，我到门口接他吧，外婆最疼他了，肯定想看到他的。”

陆父点点头：“你去吧。”他转身安抚妻子的情绪。

宁知牵着陆绝的手下车，跟在管家身侧。刚下车，他们便看见了等在门口的陆深远。

“大少爷。”

“李叔，谢谢你带我弟弟过来，否则外婆走得也不安心，弟弟心里也会有遗憾。”陆深远今天穿着一件黑色的衬衫。他的个子比陆绝矮一点儿，但也很高，加上他长得帅气，成绩优秀，有能力，在豪门子弟里也是很出众的。

管家说："这是我应该做的。"

"李叔，你先去忙吧，我带弟弟进去就行。"陆深远说道。

管家还有很多工作要做，于是点点头："麻烦大少爷了。"

陆深远点点头："没事，我照顾弟弟是应该的。小绝，我带你进去，妈妈爸爸都在等着你。"

管家离开。

宁知牵着陆绝的手，准备带他进去，根本不需要陆深远带路。

然而这时，陆深远走到陆绝的身侧，凑近陆绝，压着声音说道："你为什么要来？外婆是你害死的，你竟然有脸来看她老人家？"

陆深远脸上的神色不变，语气冷漠，说着恶毒的话："外婆是因你而死的，如果不是你像个傻子一样，她根本不会死。陆绝，你能听到我的话吗？"

宁知听着陆深远的话，气得恨不得当场揍死他——这人真卑鄙。

他欺负陆绝不会反击，不会骂回去。

"你害死了外婆，凭什么厚着脸皮来看她？其实，最该死的人是你才对。"陆深远盯着陆绝的脸，观察着他的神色。

然而陆深远一无所获，陆绝低垂着眼帘，面无表情，像看不见他这个人，听不到他的话，一点儿反应都没有。

陆深远冷嗤一声："真是废物。"

宁知快被气死了，眼里全是怒气。忍无可忍，无须再忍！

陆深远还在对陆绝说着恶毒的话，下一秒，他的背部传来巨痛，像受到了巨大的冲击，被踹得整个人往前扑去。

陆深远没有控制住身体前倾的趋势，踉跄着，双腿一软跪在了门口，上身几乎扑倒在地，像是行了一个大礼。

路过的宾客听到陆深远双膝落地砸在地面上发出的响声，都觉得自己的膝盖跟着疼痛起来。

陆深远痛得脸部微微扭曲，瞬间脸色发白。

其实宁知的力气不大，她主要是太气愤，才会爆发出巨大的力量，加上出其不意，陆深远才会被踹得这么狠。

跪倒在地的陆深远愤怒地往身后看去——刚才明显是有人伸腿踹了他

一脚。

然而，他的身后除了陆绝，空荡荡的，没有其他人了。

陆深远一愣，痛得眉头紧蹙，眼里有了疑惑之色：自己身后没有人？

他猛地想到什么，难以置信地转头看向大堂里，虽然不信鬼神，但刚才他真的被踢了一脚。

陆深远神色难看，勉强站起来，两个膝盖剧痛，刚才摔得太狠以至于走路膝盖也疼。

他转过头去看依然面无表情的陆绝，到底顾忌着刚才的事，没有再对陆绝说什么。

“走，我带你进去。”陆深远语气不好。

宁知看到陆深远露出几分害怕之色，心里的怒气才消了一点儿，让他欺负陆绝，活该！

她走回陆绝的身边，牵着他往礼堂里走去。

陆深远频繁地往身后看了几遍，确定没有异常，才犹豫着忍着腿上的疼痛，往里走去。

刚才与大哥争辩了一番，陆母想通了很多，看见儿子进来，眼睛又红了。

儿子什么都不知道，她不该迁怒他的。

陆母走上前去：“怎么穿得这么少？”昨晚下过雨，今天天气比较凉，儿子的上身只穿着夏季的短袖校服。

她这时才发现，儿子白皙的脸上泛着红晕，她赶紧伸手去摸他的额头，才触碰了一下，就被闪躲开了。

但她还是感受到了他不正常的体温。

陆母着急地转头对陆父说道：“小绝的额头很烫，他发烧了，快找医生。”

陆父走过来告诉她：“金医生已经给他看过了，是感冒引起的发烧，用人说他昨晚跑出去淋雨了。”

“儿子生病了，你怎么没有跟我说？”陆母抱怨着看了陆父一眼。

陆父赶紧向她解释道：“你的精神不好，我不想让你忧心，小绝这边我已经叮嘱金医生看着了。”

陆母不理他，想要再摸摸儿子的额头：“小绝，你出来的时候吃药了吗？头晕不晕？”

知道儿子昨晚跑出去淋雨，还生病了，陆母后悔又懊恼。

旁边，陆深远忍着腿上的痛，安静地站着，沉默着，总觉得后背发凉。

宋进业和其他宋家的人看见陆绝来了，脸色依然不好看，但就像陆母说的，他们责怪陆绝只是迁怒而已，因此谁也没有开口让陆绝离开这里。

陆母带着陆绝来到老太太的遗体前，让他上香跪拜。

陆绝看着躺在那里的老太太，紧紧地抿着唇。宁知看见了他眼里的哀色，就像迷路的小兽找不到家一般茫然的神色。

等陆绝笨拙地给外婆上完香后，陆母让人去给他倒了些开水，他的唇干得几乎起皮了，脸也烧得红红的。

陆绝安静地待在一旁，目光执拗地看着外婆。

宁知牵着他的手，轻声对他说道："好好送外婆离开。"不要留有遗憾。

陆绝眼帘微颤，转头，眼角泛红，看向宁知，声音又低又哑："怪姐姐，不走你。"

宁知上前轻轻抱了抱他："乖，我们下一次见。"

陆绝低着头，看着他的怪姐姐逐渐消失。

这时，陆母端着水杯过来，神色温柔："小绝，喝口水。"

陆绝抿着唇，外婆不在了，怪姐姐也没有了。

宁知睁开眼睛，看着床边暖黄色的台灯，知道自己穿回来了。

她像是做了一场梦，而胸口有些沉闷。

宁知把霸王喊了出来："在我穿过去前，我听到你说时间错乱了，这是什么意思？"

霸王说："主人，上一次更新时间点出现了漏洞，造成这一次时间错乱了。"

宁知的心跳猛地快了一拍："什么意思？我穿过去的时间不对？"

霸王解释："是出现了一些偏差，但问题不大，主人你还是解决了问题，又成功挽救了陆绝一次。"

宁知继续问道："什么偏差？时间偏差多少？我原本应该穿去哪个时间？"

她心里忍不住期待着。

霸王告诉她："主人，时间偏差得很少，前后只有半天时间。"

宁知虽然心里已经有了答案，但听到霸王的话，还是忍不住感到惊喜："能不能修正？"

霸王说："因为这是程序上的错误，能重新修正，主人你已经完成了任务，没有必要浪费时间去修正。

"而且，修正偏差后，这一次需要耗费两百个小太阳，得不偿失。"

宁知嘴角翘起，一双漂亮的眼眸里盛满了光："你没有感情，你不懂。"

她的小绝绝因为外婆的去世很伤心。

宁知想到他生病的夜里，像受伤的小兽，偷偷地哀鸣、哽咽，她还有些心酸。

怪姐姐怎么舍得让小绝绝伤心？

宁知了解到时间出现问题后坚持要修正过来。

她现在的小仓库里只剩下二十一个小太阳，太少了。

宁知现在恨不得陆绝就在身边，好疯狂压榨他身上的小太阳。

还有几天的时间，等宴会结束，她就回去。

宁知翻了个身，旁边没有了陆绝躺得直直的身影，突然有点儿不习惯。

此时的 B 市，夜色浓浓。

陆绝侧躺在床上，神色呆呆地看着宁知平常睡的地方，空空的。

他想知知。

宁老爷子已经让人筹备宴会，现在南城有不少人知道宁老爷子找回了亲孙女。

原本大家都在观望，宁家这么大的家业，宁老爷子会交给谁或者怎么处理，甚至不少人会想，宁老爷子有钱又怎么样？家业还不是要送给外人，就连继承的人都没有。

现在突然有消息说宁老爷子有一个亲孙女，众人震惊了。

紧接着也不知道是谁造谣，说宁老爷子是从乡下偏远地方找到孙女的，甚至有人传消息说这个孙女长得丑，行为举止粗鲁，见识浅薄，眼窝子浅，回来就是贪图宁老爷子的遗产。

"知知姐，也不知道是谁胡乱造谣你，太可恶了。"宁晓萌把自己听到的消息告诉宁知。

宁知今天穿着一件藕粉色的连衣裙，显得皮肤雪白。光滑滑的皮肤比身上裙子的料子还要光滑。

她黑亮柔顺的头发半绾着，细软的发梢微鬈，自然地垂在肩上，衬得她的五官越发精致妩媚。

之前宁晓萌还一直以为自己算是漂亮的大美女了，现在跟宁知坐在一起，她引以为傲的相貌瞬间被碾压，肤色也显得不好了，就连身材也像是没有发育完全一样。

宁知的每一处都好看到极致，宁晓萌不得不服气。

也不知道哪个蠢货造谣宁知长得丑，如果宁知这副样子也算丑的话，这个世界上就没有漂亮的人了。

“不管他们怎么造谣，明天宴会上我一出现谣言就会不攻自破。”宁知从来都不在乎这些谣言。

宁晓萌发现宁知是真的淡定，而不是装出来的，换作她，宁晓萌觉得自己会奓毛，一定要找出是谁故意造谣。

宁晓萌是真的佩服宁知。

这时，管家带着一些工作人员进来：“小姐，这些都是当季的首饰，你看看是否有喜欢的。

“这边是工作室连夜按照你的尺寸赶出来的礼服，还有鞋子、当季的包包，小姐，请挑选你喜欢的，如果没有满意的，我这边立刻让人重新送。”

宁知点点头：“好，麻烦蒋叔了。”

宁晓萌再看工作人员手上捧着的首饰，任意一件都是有收藏价值的，而现在它们全部都是宁知的。

这些还仅仅是宁家实力的冰山一角，不对，就连宁家的“冰山半角”也没有达到。

宁家这么多年积累的财富，就算宁知任意挥霍三辈子，也是够的。

也难怪有人眼红，宁知刚被认回来，就有人开始造谣她了。

“知知姐，那天你说你已经结婚了，那你的先生会来参加宴会吗？”宁晓萌有点儿好奇。

宁知摇摇头：“他在B市，不方便过来。”

宁晓萌有点儿遗憾，原本还打算看看是什么样的男人能配得上宁知。

此时的陆家。

“宁家要为二少夫人举办认亲宴会，网上已经有消息传出来了。”

“看来宁家是很宠二少夫人的，宁老爷子只有她这一个孙女，将来的遗产可能都是二少夫人继承了。”

“二少夫人现在又漂亮又有钱，恐怕不少人打她的主意。”

“她已经嫁给我们二少爷了。”

“很难说，二少夫人现在有钱有势。”一个用人压低声音说，“二少爷是什么情况，谁都知道，换成你这么有钱，还愿意要一个这样的丈夫吗？”

“他们二人会离婚？”

“那天宁老爷子看二少爷的眼神，你没看见？显然是不满意的。二少爷有钱、长得好，但有什么用？”

“也对，他整天不说话，只做自己的事情，嫁人就是被丈夫宠爱的，难道为了抱着一根木头？而且，哪有男人整天待在家里，什么也不做的？幸亏二少爷出身好。”

…………

两个用人凑在一起，一边清理走廊一边闲聊，也不担心聊天内容被陆绝听到，毕竟他是真的什么都听不进去。

陆绝抿着唇，从她们身旁走过。

用人赶紧闭嘴，等陆绝走远了才继续小声聊着：“看着吧，等二少夫人举办完宴会后，追她的人肯定很多……”

陆绝头上顶着三朵带闪电的小乌云，可惜宁知不在，根本没有人看见。

他坐在书桌前，神色呆呆的，胸口又闷又难受。

她们说，知知现在有钱了，会离开他。

她们说，他整天待在家，不好。

她们还说，有很多人要跟他抢知知。

陆绝垂下眼帘，唇紧紧地抿着，过了好一会儿，忽地站起来，就连最喜欢的书也不再继续看了。

客厅内，陆母正在喝茶，突然看见高大的红色身影向她走来。

“小绝，你怎么下来了？”陆母有点儿惊讶。

这个时间，儿子一般在书房，她也不会去打扰他。

陆绝直愣愣地站在沙发前，低着头，缓慢地开口："找知知，我。"

陆母惊得顾不上仪态，差点儿摔了手里的杯子，赶紧把杯子放到一旁，声音有点儿颤抖："小绝，你要找小知？"

陆绝重复着："找知知。"

儿子多久没有这样主动跟她说话、提要求了？上一次提要求是在他高中的时候，要在天台弄一座玻璃花房。

现在，他再次主动跟她说话，向她提要求。

陆母神色激动地捂了捂脸，深吸了几口气，声音还是颤抖的："小知跟着她的爷爷回家了，过几天就回来。"

"找知知。"陆绝坚持，再不找，他的怪姐姐就要被人抢走了。

陆母心软得不行，就算儿子现在要水里的月亮，她也得想办法给他捞一个上来："好，去找小知。"

"你想什么时候去找她？"陆母小心翼翼地问。

陆绝抬眸飞快地看了母亲一眼："现在，现在去我。"

陆母欣喜又惊愕，刚才她试图跟他沟通，没想到儿子回应了。

她放轻了声音："宁家明天举办宴会，小知可能没有时间跟你碰面。"

陆绝抿了抿唇，过了好一会儿才缓慢地开口道："去宴会我。"

宴会上很多人抢知知的，他要去守着她。

又得到儿子的回应，陆母的喜悦和惊喜交加，声音里是抑制不住的激动之意："妈妈安排人带你去。"

如果不是刚做完手术暂时还不宜远行，她一定要陪着儿子一起去。

陆母不想轻易放过和儿子交流的机会，天知道，从小到大陆绝都没有跟她说过这么多话。

"小绝，你喜欢小知就去带她回来，女孩子都喜欢被哄、被宠，你要学会对小知好。"陆母看得出儿子愿意跟她交流全是因为宁知，她的话题自然也围绕着宁知。

陆绝安静地听着，时不时看一眼母亲。

陆母顿时更加惊喜了——儿子这是能把她的话听进去了？

她伸手想要拉儿子在她身旁坐下详细聊，下一秒，被他闪躲开了。

陆母一点儿也没有失落，儿子能回应她已经是巨大的进步。

知道陆绝现在就要去找宁知，陆母立刻找了管家过来，安排送陆绝去南城的事情。

陆母对管家千叮咛万嘱咐，一定要看好陆绝，还派了几个保镖跟着去。

交代完，陆母又跟陆绝说道："明天才举办宴会，小绝，你偷偷地去南城，给小知一个惊喜。"

现在宁知的身份跟以前完全不一样了，明天又是认亲宴会，之后，所有人都会知道宁知是宁家的千金。

陆母担心宁知离开陆绝。

出于私心，她是希望宁知和陆绝一直好好地在一起的，并不想看到两个人分开。

陆绝过去，也算是宣示他和宁知的关系。

想到这儿，陆母看着面前模样俊俏，但沉闷、冷漠的儿子，恨不得摸摸他的脑袋，传授一些讨好媳妇的方法给他："女孩子都喜欢被夸赞，喜欢好听的话，你要学习开口夸小知。"

陆绝眨了眨眼，神色有点儿茫然。

陆母对能这样跟儿子交流已经幻想很多年，哪怕只有她在说，儿子在听也好，只要他不是一个人孤单地缩在自己的硬壳里就好。

"你听到妈妈的话了吗？"说完，陆母又小心翼翼地看着儿子，不知道他有没有听进她的话。

陆绝低着头，过了好一会儿，在陆母忍不住失落的时候点了点头。

泪花一下子从眼眶里溢出，陆母突然感觉到儿子在进步，在变好。

她不敢奢望太多，现在他能听到她的话，能给一点点反应，对她来说，已经是巨大的幸福。

因为要去南城找宁知，陆绝回房收拾衣物。

陆母想让人帮他收拾，但陆绝不愿意。

陆母站在一旁看着，然后把手里的一本书塞进了他的背包里。

陆绝叠衣服的手停了下来，飞快地看了母亲一眼，抿着唇，有点儿不悦，他不想要书。

"这是教你怎么讨小知喜欢的书，你带着，多学习。"陆母满脸笑意。自从知道儿子能把她的话听进去后，她脸上的笑容就没消失过。

陆绝没有把书丢掉，沉默着把背包的拉链拉上。

“有什么需要就跟李叔提，一路上他会照顾你，知道吗？”陆母忍不住唠叨。

以前是没有机会，尽管她唠叨了儿子也听不到，现在不一样了，有什么想说的话，她都能对儿子说。

陆绝背上红色的背包，低着头，抿着唇，过了好一会儿，从喉咙里挤出了一声低沉的嗯。

他真乖。陆母激动得眼泛泪光，恨不得伸手去摸摸儿子的头。

夜里。

宁知已经为明天的宴会做好了准备，洗完澡后走出来，忍不住看了看手机。她发现自从那天视频通话后，陆绝就没有找过她了。

他不会是把她给忘了吧？

宁知看了眼时间，现在陆绝应该洗完澡了。

她给陆绝发了视频邀请。

过了好一会儿，对面都没有反应，就在宁知要放弃等待的时候，视频接通了。

一双漂亮的桃花眼出现在镜头前，还眨了眨。

宁知忍不住笑了：“陆绝，你把手机拿远一点儿。”

镜头晃了晃，宁知这才看到陆绝的俊脸。

宁知靠着床头，准备跟他闲聊：“你两天没有找我了，是不是忘记我了？”

屏幕里，陆绝的脸离镜头还是有点儿近，黑眸在屏幕里干净又明亮。

“没忘我。”陆绝看着屏幕里的宁知，有点儿舍不得眨眼。

宁知刚洗完澡，身上穿着一条浅绿色的睡裙，灯光下，她的皮肤雪白，还透着浅浅的粉色，她的头发被打湿，好几缕发丝贴在侧脸上，一张小脸越发白嫩。

陆绝安静地看着她，想起母亲说的话，要多夸夸她。

他抿了抿唇，低沉的声音在安静的房间里很清晰：“漂亮你。”

宁知：“……”

陆绝刚才在夸她？

宁知故意逗他：“我没听到，你刚才说什么？”

屏幕上，宁知清晰地看到陆绝垂下的眼帘微颤着，眼尾透着浅红。他动了动唇，单纯地再次说道："漂亮你。"

陆绝简直乖得不行。

宁知调整了姿势，正想要开口，突然发现陆绝身后的背景不对，不是书房也不是房间，华丽高调的布置并不是陆家。

宁知问他："陆绝，你现在在哪里？"

这么晚了，陆绝不在家？

陆绝想起自己瞒着宁知来南城想要给她惊喜的事，抿着唇，没有应声。

宁知皱眉：小呆子有了秘密。

"不能告诉我？"宁知继续问他。

陆绝点点头——他不会撒谎。

宁知没有继续追问，不想逼迫小呆子回答。

等视频通话结束，陆绝把手机放在床头柜上，笔直地躺在床上，安静地看着天花板上的灯，嘴角微微翘起，脸上露出了一个浅浅的梨窝，可爱极了。

知知笨，猜不到他来见她。

宴会在宁家旗下的酒店里举办。

到场的宾客很多，全都对宁老爷子刚认回来的孙女很感兴趣。不少人听到谣言了，听说这位亲孙女是被从偏远地区接回来的，行为举止粗鄙，样貌又黑又丑，见不得人。

大部分的宾客是带着看热闹的心态到场的。

"晓萌，听说你见过这位宁千金，对方真的很丑吗？"

"长得不好看又怎么样？现在她成了宁家的千金，宁家多少财产以后都归她，就算是母老虎都有人争抢着攀附。"

"晓萌，你赶紧说说，那位宁千金是不是又黑又丑？"

宁晓萌被一群千金围绕着，她们纷纷打听宁知的事。

"谣言你们也信？"宁晓萌无奈地说道，"你们还是别听信这些谣言，我是见过知知姐的，跟她关系还不错。你们这么好奇，待会儿就能见到她了。"

她的话刚说完，双眼突然一亮。

只见不远处，宁知穿着一件银白色的长礼服出场，礼服的裙摆上镶满了晶亮的水钻，行走间，像耀眼的星空。

而最夺目的是宁知的脸，精致完美到极致，皮肤雪白得好像泛着光。

宁晓萌突然觉得，宁知是喝露水长大的吧？不然怎么好看得这么过分？

宁知走在宁老爷子的身侧，全场宾客的目光都被吸引过去，不少人惊得屏住了呼吸。

是谁造谣宁千金又丑又黑？那人眼瞎吗？没看见宁千金白得快要发光了吗？还有她那张小脸，五官精致得就连整容怕是也整不出这样的效果。

现场来了不少豪门子弟，他们听到宁老爷子找回来的孙女长得丑这个消息后，已经兴致缺缺，来出席宴会只是给宁老爷子面子而已，根本没有对宁千金抱有什么想法。

而现在，众人的态度一百八十度大转弯，有好些宾客已经忍不住围了上去，礼貌又绅士地跟宁知打招呼。

宁老爷子没有阻挠，在场这么多优秀的豪门子弟，每一个都比陆家的小儿子强。

他已经派人查过，孙女嫁去陆家前，陆家跟林家签了协议，两年后，只要宁知想离婚，她随时都能离开陆家。

第十二章

下次依然用命护你

在宁老爷子看来，陆绝这样的情况并不适合孙女，既然两个人的婚姻有协议，离婚是很轻松的事。

当然，他会询问孙女的意愿，还是要以她的感受为前提。

现在在宁老爷子的眼里，自家的孙女是千般好、万般好，没有一个人能配得上，更不要说患有自闭症的陆绝了。

孙女一直流落在外，宁家亏欠她这么多，宁老爷子希望给她最好的一切，往后，她只需要被宠爱就好。

而患有自闭症的陆绝什么都不会，什么都不懂，或许自己都照顾不好自己，更不要说照顾宁知了。

现在这么多豪门子弟对宁知有意思，宁老爷子看在眼里，脸上带着笑意，等孙女和陆绝离婚后，她可以慢慢挑选。

在宁知出场前，众人还在暗地里期待宁家新认回来的千金闹笑话，而现在，他们只觉得自己才是笑话。

果然，谣言不可信。

“你们刚才不是好奇知知姐长成什么样吗？”宁晓萌看着周围几位满脸惊愕之色的千金，“现在你们看见了？”

宁晓萌暗爽。别以为她不知道，她们早就等着宁知出场，然后暗暗较量，想要把宁知踩下去。

一位千金笑了笑："也不知道是谁那么缺德，造谣宁千金又黑又丑，害得不少人都相信了。"

另一位千金收敛起脸上惊愕的表情，看着宁知那张过分好看的脸，心里有点儿酸："看样子宁千金从偏远地方回来的话也是假的了？"

"当然是假的，知知姐之前的家在 B 市。"宁晓萌告诉她们，"而且她还结婚了。"

"已经结婚了？"

"我也说过她为什么这么想不开，早早地结婚。"

宁千金在回到宁家前流落在外，能嫁的男人条件恐怕不怎么样，至少是比不上这些豪门子弟的。

宁千金长得再漂亮又怎么样？已经嫁了人，而且嫁的还是条件一般的男人，否则，她不可能不带她丈夫出席宴会。

这样想着，有千金好奇地问："晓萌，你见过宁千金的丈夫吗？"

"没有。我之前问过知知姐她的丈夫出不出席宴会，她说她的先生不方便出席。"宁晓萌先前还觉得有点儿可惜，很好奇什么样的男人才能配得上宁知。

宁晓萌的话更加印证了众人心里的想法。

看来，宁知在回到宁家前嫁的男人不怎么样，以至于这么重要的认亲宴会也不带丈夫出席。

宁知一直陪在宁老爷子身侧，陆陆续续有人上前来跟她打招呼，有些胆子大的豪门子弟甚至当着老爷子的面向宁知要联系方式，尤其是看见宁老爷子没有反对后，对方更加积极热切了。

想要等着看宁知笑话的人一次又一次地失望，甚至暗暗吃惊，这位宁千金举止有礼，进退有度，就连面对一些老狐狸也游刃有余。

众人意识到，这位宁千金并不是见识浅薄的人，更不是谣言中那副行为粗鄙、贪得无厌的嘴脸。

她完全不比在场的任何一位千金逊色，甚至远胜她们。

宁知完全颠覆了宾客们对她的认知。

陆母觉得儿子现在就是在千里追妻，有点儿不放心。

她打了电话，让管家给陆绝接听。

酒店的房间里，管家拿着手机，开了免提："少爷，夫人的电话。"

"小绝，昨天我给你的书，你看了吗？"陆母通过电话问陆绝。

昨晚陆绝只记得跟宁知视频了，并没有看书。

他低垂着眼帘，微抿的唇角松开，过了好一会儿才缓慢地应声："没，看。"

陆母已经猜到答案了："你有空的时候就看看我给你的书，那本书对你大有帮助。"

陆母给陆绝的书其实是从陆父那里拿来的，当年陆父就是靠着这本书追到她的。现在陆母把这本书传给儿子，希望对儿子也有帮助。

儿子什么都不懂，尤其是在爱情这方面就是一张白纸，甚至比纸更白。

他多学一点儿总没错的。

陆绝没有应声。

陆母继续说道："你待会儿要去参加小知的宴会了，记得穿得帅气一点儿。"

陆母让陆绝去参加宴会，别的不说，她对自家孩子的颜值是绝对有信心的，谁的颜值都比不过陆绝，要是比外貌，他完胜。

听着陆母不断地对二少爷进行感情指导，管家看着低着头沉默着的二少爷，也不知道他听进去没有。

"好了，妈妈不耽搁你去参加宴会了。妈妈在家里为你加油。"陆母脸色红润，心情愉悦。

这还是她第一次跟儿子聊这么久的天，虽然都是她在说，儿子只偶尔回应一两声，但这是巨大的进步，以后会越来越好的。

陆母叮嘱管家看好陆绝，才挂了电话。

管家看了看时间："少爷，你该换礼服了。"

陆母早已让人给少爷准备好了礼服，知道他的喜好，特意准备了红色的西装。

管家走出房间，关上门。

陆绝走到背包前，从里面拿出自己带来的衣服。刚才他有听到的，要穿最好看的衣服，要帅气。

管家守在门外等待陆绝出来。

过了好一会儿，门被打开。

管家看见陆绝已经换好衣服出来了。

“少爷，你这……”管家有点儿犹豫。太太给少爷准备的是红色西装，里面搭配的是白衬衫，而现在，陆绝身上穿的是红色西装，里面搭配了一件他最喜欢的绿底印着花的衬衫。明明太太想让他走清贵的路线，现在他却成了花花公子。

陆绝没有应声，清秀的眉目染着几分愉悦之色，他要穿着最帅的衣服去见知知。

管家见自家少爷已经走在前面，赶紧追上去。

宴会才开始不久，宁知已经拒绝了一拨又一拨前来搭讪的宾客。

她站得有点儿累了，想要去休息，正好又有一个年轻的男宾客走上前来。

对方看着宁知的眼神有点儿痴迷，俊俏白净的脸上有几分不好意思的神色：“宁……宁小姐，你好。”

宁知笑容得体，礼貌地点了点头。

这时，一个高大的身影走进了会场。

宁晓萌被旁边的一位千金用手碰了碰：“那位是谁？怎么在南城没有见过？”

南城出众的人基本被大家熟知，而现在突然出现的男人不是南城圈子里的人，否则她们不可能没有见过。

宁晓萌看过去，只见男人长得极为出众，清秀的眉目比在场的豪门子弟都要好看。

男人穿着一身挺括的红色西装，里面配了一件花哨的衬衫，像花蝴蝶一样，但不得不承认的是，这样的穿搭还是被他的颜值撑住了。

男人迈着两条大长腿往大厅内走来，引得周围的宾客纷纷侧目。

人很多，周围一片嘈杂，陆绝唇紧紧地抿着，眉心紧蹙，像是有些紧张。

管家跟在陆绝的身后，一直观察着他的状态，唯恐他感到不适突然发病。

陆绝飞快地看了周围一眼，看到了前面被几个人包围着的宁知。

他的唇角抿得更紧，几乎失去血色，俊脸也发白。

宁知在陆绝刚出现的时候便一眼看到他了，毕竟全场的男宾客不是穿着黑色、白色就是灰色的西装，只有他这么抢眼出众。

她很惊讶——陆绝是什么时候来南城的？为什么没有告诉她？

所以，这就是昨晚视频的时候，她问他在哪里，他不说的原因？

宁知弯了弯眼眸，小呆子是想给她惊喜吗？

不经意间，宁知对上了陆绝的眼睛。她笑了笑，看着他向她走来。

然而下一秒，宁知惊讶地看到陆绝头顶的显示框里弹出了一朵带闪电的小乌云。

他生气了？

接着，显示框里又弹出了第二朵带闪电的小乌云。

他向她走来。

第三朵带闪电的小乌云。

第四朵带闪电的小乌云。

…………

宁知傻眼了。怎么回事？他这是越来越生气了？

“宁小姐，我们能互换联系方式吗？”

“宁小姐，我……”

旁边的男宾客还在一人一句地搭话，但是宁知根本没有心思理会他们，现在她的眼里只有不断弹出带闪电的小乌云的陆绝。

等陆绝走到宁知面前，她数了数，已经有八朵带闪电的小乌云了，而且乌云还在持续弹出来。

“陆绝，你怎么来了？”宁知问他。

旁边的男宾客目光投在陆绝身上，眼里有打量还有嫌弃之色，毕竟陆绝身为一个男人却穿得这么花哨。

依然不断弹出带闪电的小乌云的陆绝微低着头，抿着薄唇，走到宁知的身旁，直接握住了宁知的手：“见你。”

他来见知知。

几个男宾客神色错愕。这个红衣男人是怎么回事？他们都是礼貌地跟宁千金打招呼，他却直接上手？

对面，从陆绝进来就一直关注着他的宁晓萌瞪圆了眼：不得了，上一秒还冷漠高傲的男人，这会儿竟然走到宁知面前，低着头，牵着她的手？

不对，宁知没有甩开对方的手！她跟这男人认识？

旁边的千金忍不住议论：“不是说宁小姐结婚吗了？那些男人一个接

一个，像苍蝇一样扑上去，图什么？”

宁晓萌忍住好奇心，忍不住怼这个说话的千金：“图她好看，图她有钱啊。”

“柠檬”千金呼吸一顿，竟然反驳不了，因为宁知确实漂亮，也确实有钱。

宁知拉着陆绝的手，绕过那些男嘉宾走到宁老爷子身旁。

她笑着告诉宁老爷子：“爷爷，陆绝来了。”

宁老爷子锐利的目光扫向陆绝，脸色并不太好。陆家小儿子穿的这是什么？大家都穿得正式，一身黑色或者灰色的礼服，他偏偏穿着一身鲜红色的，里面还搭了一件花哨的衬衫，简直不像话。

宁老爷子只是点点头，并没有开口说什么，显然对陆绝穿成这样，还有他的突然出现感到不满意。

宁知很聪明，一眼就看明白了宁老爷子的心思，对陆绝说道：“喊爷爷，向爷爷问好。”

陆绝眨了眨眼，飞快地看了老爷子一眼，缓慢地开口：“爷爷，爷爷好。”

老爷子抬眸看他：“嗯。”

这时，又有一位年轻男宾客走过来，显然是不死心：“宁小姐，宁老先生。”

宁老爷子点点头，用凌厉的眼神看了陆绝一眼，希望陆家的小儿子能意识到自己与其他人没法比较，他配不上宁知。

“宁老先生，我替父亲向您问好。”年轻男人穿着一身白色的西装，斯文英俊，让人看了很舒心。

宁老爷子脸上带了笑意：“听说你父亲最近在投资新能源的项目。”

“是的。”年轻男人跟宁老先生愉快地交谈起来。

旁边，陆绝的唇紧紧地抿着，他能看见这个男人一直在偷偷地看他的知知。

他也能感觉到，知知的爷爷不喜欢他。

宁知握着陆绝的手，突然对宁老爷子说道：“爷爷，我先带陆绝去用餐区那边吃点儿东西。”

陆绝的头顶上不断地弹出带闪电的小乌云，宁知用余光看了一眼，差点儿被上面的闪电亮瞎眼。

宁老爷子看了陆绝一眼，点点头。

管家一直跟在陆绝身后，注意到宁老先生是真的不喜欢他们家少爷，就连对其他宾客也比对他们家少爷热情。

管家突然觉得自家少爷好可怜，少爷并不懂得怎么在宁老爷子面前说好话，争取留好印象。

宁知赶紧拉着陆绝离开，再不走，陆绝都要成为雷神了！

走出大厅，两个人来到人少的走廊尽头，正好旁边有一棵高高的绿植可以遮掩他们的身影。

宁知问他："陆绝，你为什么生气？"

只见他头顶的显示框里堆满了带闪电的小乌云，发出的电光比小太阳还要亮眼。

她粗略地数了数，竟然有二十朵！

陆绝抬起眼帘，漆黑的眼眸看着宁知，像生气又委屈的小兽一般，想要护着自己的粮食："他们看你，不给看。"

好多人看知知。

宁知一愣，随即笑弯了眼眸："陆绝，你在吃醋吗？"

他懂得什么是吃醋吗？

陆绝茫然地看着她。

宁知对上他干净的眼神，故意逗他："如果他们还是看我，你能怎么办？"

走廊里暖黄的灯光下，一身鲜艳红衣的陆绝眉头紧蹙，带着几分着急之色，伸手把宁知搂住，高大的身体笼罩住了宁知的身影："藏你，藏着你。"

他把知知藏起来了，不给别人看。

宁知被突如其来的拥抱吓得怔住了。

她的头被迫抵在他的胸口处，鼻间全是陆绝身上清冽的气息。

听到他着急地说要藏她，宁知眼里溢满笑意。

她仰起头。陆绝高大的身体遮住了光，她只能看到他棱角分明的下颌，还有他带着红花的绿色衣领。

他要藏起她啊？

她笑弯了眸子，陆绝真是可爱得过分。

宁知任由他抱着："你低一下头。"

陆绝低头，茫然地看着她，固执地又说了一句："藏着。"

今天的宁知很漂亮，银白色的裙摆上镶满了晶亮的水钻，灯光下，闪亮闪亮的，吸引着陆绝的目光。

知知漂亮。

"不用藏，是你的。"宁知双手攀附在他的肩膀上，凑近他，轻轻地在他的唇上亲了一下，"这是奖励你今天这么帅。"

突然，陆绝头顶上的一朵带闪电的小乌云消失了。

她又亲了一下："这是奖励你辛苦来南城见我。"

第二朵带闪电的小乌云消失了。

她红唇微张，对着陆绝的下唇轻咬了一下，明显感受到陆绝的身体一颤，搭在她腰上的手收紧："这是惩罚你没有告诉我你来了。"

显示框里带闪电的小乌云瞬间全部消失。

陆绝漆黑的眼睛看着宁知，渴望地看着她："惩罚我，要罚的。"

他想知知再这样惩罚他一次。

宁知忍不住笑了，不管是陆绝头顶的显示框，还是他的身体，都很诚实。

看见他头顶带闪电的小乌云已经全部消失，宁知应着他的要求，又轻咬了他一下，一个小太阳弹了出来。

哦，乌云消失，太阳出来了。

宁知原本想要继续拿小太阳，然而这时有人出现，她赶紧把头藏在陆绝的怀里，等对方离开了才红着脸站直："走吧，我带你去吃点儿东西。"

陆绝抿了抿唇，有点儿不满足，却又不知道怎么开口，只能乖乖地被宁知牵着离开。

宁知带着陆绝去用餐区那边，挑了一些符合他口味的点心。

两个人刚坐下，宁晓萌就过来了。

"知知姐，我能在这里坐下吗？"她问宁知。

"嗯，坐吧。"宁知帮陆绝把小蛋糕上的奶油刮掉，才把蛋糕放在他面前。

宁晓萌坐下后才发现自己刚才看得还不算清楚，现在近距离观察之下，面前的这个男人更帅气了。

男人有漂亮的桃花眼，高挺的鼻子，还有一张性感微抿的薄唇，每一处都绝顶好看，哪怕穿着这样的衣服，颜值也撑住了。

宁晓萌不经意地瞥了一眼，男人的两条长腿屈着，无处安放。

这男人的外貌简直无可挑剔。

宁晓萌看着宁知对男人的亲昵态度，好奇得不行："知知姐，这位是……？"

"他是我的丈夫。"宁知一点儿也没有遮掩，大方地介绍着。

宁晓萌满脸错愕之色："你不是说，你的先生在B市吗？"

"嗯，他昨天偷偷过来的，想要给我惊喜。"宁知笑道。

旁边，陆绝听到宁知提到自己，重复她的话："惊喜你。"

宁知对着他弯了弯眸子："谢谢你的惊喜。"

陆绝低下头，黑色短发下的耳朵有点儿红。

宁晓萌之前还想知道什么样的男人才配得上宁知，没想到现在就看到了。

对方的颜值确实与宁知很般配，两个人同样出色，同样耀眼，坐在一起，简直让旁人自惭形秽。

宁晓萌很快就发现了陆绝与旁人的不同之处。

面前的男人很安静，不怎么看人，不是因为高冷，反倒有点儿像闪躲，而且他与宁知说话的时候，语速和语序都有点儿奇怪。

宁晓萌不是喜欢揭人长短的人，只是问宁知："知知姐，过几天你就走了吗？"

"嗯。以后我会多抽点儿时间来南城看爷爷。"

宁老爷子一个人在老宅子里太孤单了，而且他的身体不好，好不容易找到亲人，宁知会尽量抽时间陪他。

"以后你有时间随时约我。"宁晓萌刚开始的时候对宁知还有一点儿敌意，现在是完全没有了，甚至还很佩服宁知。

"好。"宁知应下了。

接着，宁晓萌压低声音告诉宁知："知知姐，你的谣言大概是宁家二房那边传出去的。"

宁知原本并不在意造谣的事情，毕竟只要她现身，这样的谣言就会不攻自破，但涉及宁家的旁支，事情就不简单了。

"你怎么知道？"宁知问宁晓萌。

"我刚才听到宁莲莲说漏嘴了。谣言就是她家传出来的，是他们家造你的谣。"

宁晓萌提醒宁知："知知姐，堂爷爷在公司给宁莲莲的大哥安排了职务，之前一直传他会成为堂爷爷的继承人，他们家小人得志了很久，现在你回来，他们家的人肯定看你不爽。"

"谢谢你的提醒，我知道了。"

宁晓萌说完自己要说的话，识趣地起身离开，不做电灯泡。

宁知转过头，看着身旁安静地吃着东西的陆绝。他吃得很慢，可能是因为他长得好看，就连吃东西也特别好看。

宁知被他带动了食欲，也有点儿饿了，端起旁边的小点心吃起来。

她才吃了几口，陆绝就停下来，安静地看她。

宁知对陆绝笑："怎么了？"

陆绝放下手里的小蛋糕，突然凑近宁知，在宁知惊讶的目光中双手捧住她的脸。

"嗯？"宁知疑惑地看着他。

陆绝眨了眨眼，低头，神色认真、专注地舔去了宁知嘴角沾上的奶油。

宁知感受到唇上湿润的感觉，脸极快地升温，涨红。

"甜的。"陆绝漆黑的眼底浮现了浅浅的笑意，很是满意，"知知甜的。"

陆绝用最认真的表情，说着让人羞耻的话。

宁知脸上发烫，心像被一只小肉爪轻轻地挠了一下，有点儿麻，有点儿痒。

宴会临近结束，宁老爷子年纪大了，经不起过度劳累，已经先回去休息。

宁知留下来，等宾客基本离场后，才准备离开。

"李叔，待会儿我把陆绝带回宁家，不住酒店了，接下来几天他都住在宁家。"

"好的，回头我让人把少爷放在酒店的行李搬过去。"

宁知点点头，牵着陆绝准备离开。

这时，一个中年男人经过，不小心撞了她一下。

中年男人醉醺醺的，看清是宁知，赶紧道歉："是侄女啊，对不起，叔叔喝多了，有点儿醉，刚才没站稳。”

中年男人是宁家另一个旁支，刚才宁老爷子向宁知介绍过，宁家有三家旁支，宁晓萌家、造谣宁知的宁莲莲家，还有就是这个中年男人一家。

“三叔，没关系的。”按照辈分，面前的中年男人与宁知父亲是堂兄弟关系，宁知该喊他三叔。

“你这是要回家了？”中年男人宁海打着嗝，吐出来的气都带着难闻的酒味。

“对。”宁知脸上保持着得体的浅笑。

宁海脚步踉跄，走不成直线：“那三叔不妨碍你了，改天有空，你记得上三叔家做客。”

“好的。”宁知应下，牵着陆绝往外走。

宁家的车子已经在外面等候着，宁知带着陆绝上车。

“待会儿你去我家，过几天我们就回 B 市。”

车子里没有开灯，光线昏暗，陆绝坐在宁知的身旁，听到她说一起回去，乖乖地点头：“一起回。”

一整晚的应酬下来，宁知也有点儿累了，身上还穿着参加宴会的长礼服，整个人美得夺目。

她靠在陆绝的身上，神色慵懒地问他：“你怕我爷爷吗？”

爷爷不喜欢陆绝，宁知是知道的。

陆绝低头看着靠在他胸前的宁知，胸口有种异常的感觉，很舒服。

过了好一会儿，他缓慢地答道：“不怕。”

陆绝不知道怕是什么。

宁知笑了笑：“嗯，不用怕他，小绝绝这么可爱，以后爷爷会知道你的好。”

陆绝抿了抿唇，低沉的声音里带着几分肯定：“我好。”

他完全不知道什么是自谦。

宁知忍不住伸手去捏他的脸：“对，你最好。”

而这时，车子突然急刹，宁知整个人往前倾去。

巨大的碰撞声传来，宁知觉得整个车子都被什么撞偏了，惊得蒙了。

下一秒，她眼前一黑，落入了结实温暖的怀抱里。

外面传来刺耳的刹车声，鼻间，她闻到了清洌好闻的气息。

宁知其他什么都听不见了，只听到陆绝在她耳边低喃：“抱知知，紧紧抱住。”

她感觉施加在身上的力道收紧，鼻子、眼睛酸得厉害。

车窗玻璃破碎，宁知感受到身上的陆绝全身绷紧，然后低沉地闷哼了一声，抱得越发紧了。

“陆绝！”

车子停了下来。

后面传来急刹车的声音。

一直跟在后面的保镖冲上来：“少爷，少夫人，你们怎么样？”

宁知从陆绝的怀里抬起头，看见他的头流血了，而他神色呆呆的，没有害怕也没有紧张，只是安静地看着她，缓慢地开口：“护知知。”

他可以保护知知。

宁知眼睛瞬间红了：“叫救护车！快！”

现场乱成一片，不少路人在围观，拍照，打电话。

一个保镖去叫救护车了，另一个保镖守着肇事司机，等待交警处理。

宁知和陆绝乘坐的车子右边的门被撞得凹陷，宁知庆幸她和陆绝今天坐在左边。

宁知检查了一遍陆绝的身体，发现他身体的其他位置没有受伤。

她伸出手，指尖颤得厉害，心中也不知道是后怕还是心疼。

她承认自己怕了。

她的手不敢触碰陆绝额头上的伤口，而是贴在他的脸上：“我后悔没有教你危险来临的时候应该第一时间保护好自己。”

陆绝的目光落在宁知的脸上，他摇摇头，神色固执又认真：“护知知，要护你。”

宁知的心像被人狠狠地捏了一下，又酸又疼，如失去了控制一般疯狂地跳动着。

宁知的眼睛红红的，她从来都不是爱哭的人，而现在她的鼻子、眼睛都酸得厉害。

陆绝的额头被玻璃划伤，出了血，而他漆黑的眼睛看着她，只看着她。

胸口的位置酸胀，难受得慌，她第一次这样被人以命护着。

宁知的声音颤得厉害：“下次不能这样了。”

陆绝漂亮的桃花眼里带着执拗之色：“下次，护你。”

下次我依然用命护你。

宁知一愣，随即笑弯了眸子，眼角红红的，眸子里全是水光。她一头撞进陆绝的怀里："怎么办？我觉得我要喜欢死你了。"

陆绝茫然地低下头，觉得胸口被撞的位置酥酥麻麻的，很舒服。他喜欢这样的感觉。

漆黑的眼底浮现了浅浅的笑意，他唇角微微翘起，脸侧露出了小小的梨窝，低沉的声音几乎被周围嘈杂的声音覆盖："知知，喜欢我。"

他喜欢知知喜欢他。

救护车赶来了。

宁家司机的头部受了伤，陆绝也需要到医院包扎额上的伤口，还要检查身体其他部位是否受伤。

肇事司机已经被带去警局，宁知让保镖去跟进这件事。

宁知有点儿庆幸陆母派了保镖一路护着陆绝，刚才出现事故后，保镖第一时间拦住了想要逃逸的司机。

医院里，护士想要给陆绝清理额上的伤口，然而被他闪躲开了。

陆绝抿着唇，背过身，不让其他人碰他。

"谢谢你了，我来吧。"宁知接过护士手上的棉签还有药水。

护士退开站在一旁，忍不住偷偷打量面前的两个人，她今天上晚班，运气真好，碰到了一对神仙颜值的情侣。

两个人的样子比荧幕情侣还要出众。

尤其是女孩小心翼翼地帮男孩擦药的情景，灯光下，女孩眉目温柔，一边擦一边轻轻地吹了吹对方额上的伤口，护士感觉自己被塞了好大一口"狗粮"。

屋里全是粉色的暧昧气氛，护士觉得自己的小心脏也扑通扑通地跳动着。

呜呜，这两个人的爱情太甜了。

看着男人安静又专注地看着女孩的画面，女护士又羡慕又心酸，恨不得再多吃几口"狗粮"。

宁知拭去了陆绝额上的血迹，然后轻轻地擦上药水。

陆绝的皮肤白皙，伤口很明显，幸好伤口并不深。

他神色呆呆的，头发有点儿凌乱，配着他额上的这道伤口，像极了小可怜。

额上的伤口被宁知轻轻地吹着，他眨了眨眼，嘴角微微翘起，低喃道：“知知呼我。”

宁知想起自己穿去他小时候的事，那时候他受伤了，也这样说她呼他，可爱得不行。

“痛吗？”问完，宁知就觉得自己记性不好了。

果然，下一秒，陆绝摇摇头：“不痛。”

他不会感觉到痛，但她会心疼。

宁知帮陆绝清理好伤口，转身问女护士：“有什么需要注意的吗？”

灯光下，这样近的距离，女护士被面前宁知的颜值惊得晃了晃神——宁知太漂亮了。

“嗯？”

女护士赶紧回神，紧张地说道：“需要忌口，尽量吃清淡的食物，伤口不能沾水。”

女护士交代了需要注意的事项，宁知认真听着。

这时，门外有几个身影走了进来。

前面的身影显得很着急，步伐不稳，踉踉跄跄：“小知，你有没有受伤？”

宁老爷子一向严肃刻板的脸上带着担忧之色，他拄着拐杖，着急地赶来。

他休息的时候，听到管家汇报说孙女在回来的路上出了车祸，吓得差点儿晕过去。

“爷爷，我没事。”宁知安抚老人家，“我没有受伤，一点儿伤都没有。”

宁老爷子上下打量着孙女，确定她没有受伤，完好无损地站在面前，提着的心才稍稍放下来。

宁知告诉老爷子：“爷爷，陆绝受伤了。刚才出车祸的时候，他第一时间用身体护着我，我才没有受任何伤。”

宁老爷子的眸子一动，看向旁边腰身挺直，安静地坐在椅子上的陆家小儿子。

就算被他这样审视着，对方也没有反应。

“发生车祸的时候，陆绝反应很快，把我抱住了。”宁知对着宁老爷子说道，“爷爷，陆绝能保护我。”

她知道老爷子对陆绝有意见，不喜欢陆绝，这是正常的反应，毕竟没有经过任何的接触，老爷子只能从陆绝的基本条件上评价他这个人。

她想让老爷子知道，陆绝虽然有缺陷，但是也能保护她。

椅子上，陆绝听到宁知提及自己，抿了抿唇，低沉的声音认真又固执地重复着宁知的话："护知知，要护的。"

宁老爷子一愣，看向陆绝的视线少了几分冷意。

他叹了口气，问孙女："陆绝的伤势怎么样？"

"他的额头被玻璃划伤了，幸好伤口不深，玻璃也没有伤到他的眼睛。"陆绝额上的伤口接近眉骨的位置，眉骨下面就是眼睛，宁知想想就感到一阵后怕。

闻言，宁老爷子看陆绝的眼神又温和了两分。

他问管家："车祸这件事查得怎么样？"

"肇事司机现在在警察局，还在审问，这次的车祸并不像单纯的意外，应该是蓄意而为的。"管家说道。

不知道策划者谋害的对象是陆家的少爷还是他们家的小姐，现在还需要调查。

宁老爷子驰骋商场大半辈子，熟知各种弯弯道道，他的眸色暗下："这件事一定要查清楚。"

不管对方的目的是什么，只要伤害到孙女，威胁到孙女，他一定要追究到底。

"是，老爷。"管家见老爷子动怒，知道他是真的生气了。

宁老爷子刚把亲孙女找回来，还没有来得及宠，孙女就被人伤害了，这简直是拔了老虎须，宁老爷子老了，但不代表他的心变仁慈了。

知道孙女没事，陆绝也处理好了伤口，宁老爷子带着他们回宁家。

夜色浓浓，老宅子地处市中心，却很幽静。

屋内的灯光明亮。

宁老爷子安排管家为陆绝准备房间。

"爷爷，陆绝住——"宁知的话还没有说完就被宁老爷子打断了。

"他现在受伤了，你们不方便住在一起，他需要好好休养几天。"宁老爷子对陆绝的态度已经缓和了不少，但一时之间还是很难转变。

宁知看着老爷子脸上的疲倦之色，想到现在已经夜深了，经过了一整晚的宴会，老爷子还没有来得及好好休息，又奔波到医院看她，老人家的身子骨经不起折腾，现在满脸的倦容。

宁知没有反驳老爷子的话，点了点头："爷爷，您已经很累了，早点儿休息。"

宁老爷子吩咐管家去准备房间，这才拄着拐杖回房休息。

一旁，陆绝漆黑的眼睛安静地看着宁知。他听到爷爷的话了，爷爷不让知知跟他睡。

陆绝抿着唇，有点儿不开心。

管家赶紧让人准备房间。

陆绝低着头，没有应声。

宁知答应让陆绝睡客房，其实是考虑到自己睡觉不老实，担心自己睡觉时手会不小心蹭到他额上的伤口。

她把陆绝带到她隔壁的客房，叮嘱他："管家把你在酒店的行李拿来了，待会儿你洗澡的时候，千万不要弄湿了伤口。

"进去睡吧，我就在隔壁，有什么事过来找我。"

陆绝垂下眼帘，缓慢地，不情愿地应了一声："嗯。"

宁知回到房间，把身上的礼服换了下来，把脚上的高跟鞋也脱掉。

经过了一整晚的奔波，她也累了。

她洗完澡，躺在床上，一点儿睡意也没有，心里惦记着隔壁的陆绝，想着要不要过去看他一眼。

而这时，安静的房间里响起了轻轻的敲门声。

宁知怔了一下，下床去开门。

门外，陆绝身形高大，穿着一身红色的真丝睡衣，湿漉漉的头发垂在额前，眼睛明亮，怀里抱着从陆家带来的红色枕头。

他低沉的声音在安静的夜里显得特别清晰："睡你。"

我要跟你一起睡。

宁知一愣，随即，黑亮的眸子里溢满笑意。她拉着他的手进屋："嗯，一起睡。"

他想要跟她一起睡，这样简单的要求，她有什么不能满足的呢？

陆绝眼帘微颤着，清秀的眉目染上了几分开心的神色。

他走进宁知的房间，好奇地看了几眼。

整个房间都是粉红色的，很好看。

空气中还有知知的香味，陆绝喜欢这个房间。

宁知拉着他到床边，示意他坐在床上，赶紧找来了毛巾给他擦头发，看见伤口没有沾到水，才舒了口气。

陆绝腰身挺直，任由宁知帮他擦着头发，任由他的头发被弄得乱糟糟的。

感觉到手下柔软的头发几乎干了，宁知才停下来。

暖黄的灯光下，她看见陆绝漂亮的眸子安静地看着她，顶着一头乱蓬蓬的头发，神色呆呆的，异常可爱。

宁知想到车祸发生时被他抱紧的一幕，心头像被小肉爪轻轻地挠了一下，痒痒的。

她站在陆绝的面前，双手捧住他的脸，直白地问他："要亲吗？"

灯光落在陆绝的眼里，他乌黑的眸子一下子亮起来，就连清秀的眉目也染上了愉悦之色。他喉咙里挤出几声低低的闷哼，像快乐的小兽："要，要的。"

他眨了眨眼，看着宁知的眼神有点儿着急，像是催促着宁知快亲他。

宁知低头，突然有点儿紧张，觉得好像有什么不一样了。

以前她亲他是单纯地为了压榨小太阳，想要逗逗他，看他渴望又无奈的眼神。

现在，是她想亲他。

她的唇印在陆绝的唇上，陆绝头顶的显示框里，瞬间弹出十个小太阳。

与之前的敷衍不一样，宁知轻轻地描画了一遍他唇形极好的薄唇，看着那弹出来的第二十个小太阳。

她知道，陆绝也很喜欢这个吻。

陆绝仰起头，灯光落入他的眼里，他看着宁知的样子。

唇上柔软、湿润，全是他喜欢的触感："知知，知知……"

安静的房间中。

陆绝觉得，这一次的吻与以前不一样了。

以前的宁知都是轻轻地触碰他，随便又敷衍，而现在，她极尽温柔，慢慢地引导着他。

鼻间全是宁知的馨香，嘴里尝到的也是她香甜的气息，这样亲密的触碰，陆绝好喜欢。

他舍不得眨眼，漆黑的眼睛亮亮的，直勾勾地看着她，表达着自己的欢喜之情。

这样的知知是他的。

宁知脸颊涨红，想要离开，陆绝却求知欲极强地向她学习着。

他还真是聪明得很。

宁知看着他头顶上弹出来的第一百九十个小太阳，忍不住又亲了一下，准备在拿到两百个小太阳的时候撤离。

她几乎站不稳。

陆绝眼里一片湿润，干净的眸子愉悦地看着她，显然还想贪心地要更多。

宁知觉得自己的脸热得几乎要烧起来了，呼吸不稳，说道："够了，够了。"

如果她不打断，他根本不懂得停下。

宁知的目光落在陆绝受伤的额头上，她凑过去，轻轻地亲了一下："快点儿好。"

陆绝卷翘的长睫毛颤了颤。他喜欢这样的知知。

躺在床上，闭上眼睛，过了好一会儿，宁知感觉到了身后的动静。

陆绝还没有睡着。

平常他都是躺到床上秒入睡的。

宁知闭着眼睛装睡。接着，她感受到身后的陆绝悄悄地向她靠近，然后，身体小心翼翼地贴上她的后背，像要将她抱入怀里又不惊扰她。

宁知睁开眼，水亮的眸子里全是笑意。

她突然转过身，背后的陆绝被惊了一下，愣愣地看着她，耳朵红了。

他想要偷偷抱知知，被抓包了。

宁知面对着他，拿起他的手搭在自己的腰上："可以抱，给你抱。"

陆绝眼底生了光，头顶的显示框里弹出了五个小太阳。

宁知赶紧把小太阳收割掉，刚才拿到的小太阳加上小仓库里的二十二个小太阳，现在她一共有二百二十七个小太阳了。

宁知笑着告诉陆绝："以后你想抱我，随时可以抱的。"他不需要这样小心翼翼。

陆绝眨了眨眼，眼底的光越发亮了。

第二天，天色刚放亮，宁老爷子起来了，老人家睡得少，起得早。

用人在准备早餐，宁老爷子喝了口温水，问管家："小知和陆家的小儿子还没有起来？"

管家应道："老爷，还没起。"

"昨晚你安排陆绝在哪个房间睡？"宁老爷子问他。

"陆少爷睡在小姐隔壁的房间。"管家笑着说道，"是小姐要求的。"

宁老爷子沉默了一下才开口："昨晚车祸的事有什么进展？"

"老爷，昨天半夜那边打电话过来，通知已经调查清楚了。昨晚太晚了，没有立刻向你汇报。"管家告诉宁老爷子，"警方查出指使司机的人是旁支那边的宁海。"

先前老爷子没有继承人，几个旁支争斗得厉害，都想拿到老爷子的遗产，变着法子哄老爷子开心，几个年轻的晚辈更是天天到宁家报到，少来一天都觉得亏了。

之前传出了老爷子找回孙女的消息，几个旁支花费这么多心思谋划了这么久，结果算盘全部落空，必定会心有不甘。

但是，他们不甘心不代表能伤害老爷子的孙女。

听到管家的话，宁老爷子脸上并没有露出半点儿惊讶之色，仿佛结果在他的预料之内。

他沉下眸色，眼里带着凶狠之色，哪怕现在年迈了，但他的心肠不会变软："宁海呢？"

管家回道："昨晚已经被警方带回去讯问。"

宁老爷子哼了一声："交代那边，不许有任何的纵容，按照法律法规，蓄意谋杀该怎么判就怎么判。"

老爷子发话了，宁海的下场只会更惨。

管家一点儿也不同情宁海，那些人明知道老爷子刚找回孙女，心情热切，非得作死，送人头，实在是太蠢了。

房间里，阳光已经透过白色的窗纱溜进室内。

昨天一整晚都在奔波忙碌，现在宁知还没有醒来。

而旁边，陆绝已经睁开眼睛，漂亮的桃花眼安静地看着宁知。

知知的眉毛好看。

知知的鼻子好看。

知知的嘴巴红红的，最好看。

陆绝的目光下移，落在了宁知的腰上，他看见自己的手还抱着宁知，嘴角忍不住微微上翘，脸侧的小梨窝跑出来了。

他记得知知说的话，想抱她的时候，可以随意抱她。

他现在就很想抱知知。

陆绝的手收紧，目光上移，回到宁知的小嘴上。

他抿了抿唇，胸口好像有什么东西撞个不停，感觉好奇怪。他不知道这是怎么回事，但想亲一下知知，只亲一下。

陆绝抬起头，俊脸凑近了宁知，薄唇悄悄地在宁知的小嘴上亲了一下。

触感软软的。

宁知没看见，陆绝头顶的显示框里弹出了十个小太阳，整整齐齐地排成一排，闪着金灿灿的光。

陆绝继续盯着宁知的唇，想再亲一下。

他又凑了过去，又有十个小太阳弹出来了！

陆绝眨了眨眼，目光离不开宁知红润的小嘴，又亲了一下。

第三十个小太阳弹了出来。

陆绝贪心得很，像是完全不知足一般，再次亲了亲。

第四十个小太阳弹出来……

宁知醒来的时候，一眼就对上了一双漆黑的大眼睛，对方还眨了眨眼。

“早啊。”下一秒，宁知被对方头顶的光刺得眯了眯眼。

她立刻清醒过来。

这是怎么回事？

只见陆绝头顶的显示框里挤满了一个个金闪闪的小太阳，可爱得不行。

一觉醒来她暴富了？

宁知数了数显示框里的小太阳，一共有五十个！

这就是传说中的躺着数钱？

宁知快乐又茫然，完全不知道这是怎么回事，难道她昨晚梦游时亲吻了陆绝？

她将手伸过去，贴在陆绝的脸上，瞬间，一个个小太阳抢着飞向她。

把小太阳都收割完，宁知有点儿不好意思地问陆绝：“睡觉的时候，我亲你了？”

陆绝黑色短发下的耳朵有点儿红：知知发现他偷亲了她？

陆绝不会撒谎，抿了抿唇，过了好一会儿才小声说道：“亲你。”

“你偷亲我？”宁知怔了一下，随即忍不住逗他，“你偷亲了我几下？”

陆绝卷翘的长睫毛颤得厉害。他记数特别厉害，当然知道自己亲了几次：“五次。”

宁知忍不住笑了。

她知道陆绝没有撒谎，他头顶的五十个小太阳就是证据。

这男人还真是单纯，诚实得可爱。

怎么办？她发现自己更喜欢陆绝了。

宁知带着陆绝下楼的时候，看见老爷子已经坐在客厅。

“爷爷早。”宁知笑得甜甜的，打了声招呼。

她拉扯了一下陆绝的手，示意他跟爷爷问好。

陆绝飞快地看了一眼宁老爷子，低垂着眼帘，重复宁知的话：“爷爷，早。”

宁老爷子点点头：“过来坐，早餐已经准备好了。”

宁知拉着陆绝走过去，在红木椅那边坐下。

老爷子打量了低着头的陆绝一眼，哼了一声。刚才他让管家上楼看看宁知和陆绝两个人醒来没有，管家发现陆绝并不在客房。

客房床上的被子整整齐齐的，一点儿褶皱也没有，显然陆绝一整晚都没在房间里。

也就是说，陆绝昨晚跟宁知睡在一起。

宁老爷子还以为陆绝呆呆的，什么都不懂，没想到是一只小狐狸，而且是夜里会爬床的狐狸。

“爷爷，你昨晚休息得好吗？”

宁老爷子听到孙女关心自己，爬满皱纹的脸一下子笑开了：“挺好的。”

这时，管家走进来向老爷子汇报：“三老太太过来了。”

宁知看见宁老爷子脸上的笑意一下子淡了下去：“她过来做什么？”

他的话音刚落，门外，一个富态的老太太走了进来，健步如飞，看得出身体很好。

“大哥，求求你让人放了大海吧。”老太太人还没走过来，先开口叫嚷道。

“大哥，你是不是误会了什么？大海什么都没有做。”昨晚警方上门把儿子抓走，老太太没有办法，只能急匆匆地跑来找宁老爷子。

三老太太是宁老爷子堂弟的妻子，平日直接喊宁老爷子为大哥。

“做过什么，他自己知道，警方也会知道，你不要在这里嚷嚷，妨碍我和孙女吃早餐。”宁老爷子表情严肃，显然不准备讲情面。

宁知听到老太太口中的“大海”，很快猜到了这是怎么回事。

昨晚的事情是三房做的？

她怀疑过二房，毕竟他们造过她的谣，现在宁知回想起昨晚三叔宁海喝醉酒撞上她的事，眯了眯眼。

对方昨晚问她是不是回家，是在确认她的出发时间还有路线？

下一秒，老太太心虚地大声辩解着：“大海昨晚醉得不省人事什么都没有做，一回到家就躺下了。”

老太太看见旁边坐着的宁知，像会变脸一样，转身笑着跟宁知打招呼：“孙侄女也在啊，奶奶求你帮帮忙，在你爷爷面前说说好话，你三叔是无辜的。”

说完，她又变了脸，假惺惺地用衣袖抹了抹眼角不存在的眼泪。

宁知觉得好笑，这位老太太是把她和爷爷都当作傻子吗？

宁知长得漂亮又精致，看起来是容易欺负、心肠软的性子，老太太伸手过去，想要拉着宁知的手哭诉：“你三叔昨晚醉酒了，突然被人带走，他就连发生了什么都不知道，奶奶知道你善良，你快跟你爷爷说说好话，奶奶以后都感激你。”

管家皱眉：“我们小姐什么都不知道，三老太太你不要把小姐牵扯进来。”

宁知躲开三老太太的手，脸上的神色很冷：“我不需要你的感激，他既然找人谋害我，就该做好被发现的准备。”

“你乱说什么？”老太太大声反驳。

“不是谁声音大就代表谁有道理。”宁知冷冷地看着老太太，“如果没有做过害我的事，你没有必要这么心虚。”

老太太被面前的宁知说得蒙了，对方长得白净安静，她还以为好欺负呢。

宁知根本不管老太太的脸色变得多难看，继续说道："昨晚如果不是我和陆绝的运气好，恐怕现在已经躺在医院，而不是坐在这里。你觉得我会为一个谋害我性命，差点儿害死我丈夫的人求情？"

只要想到陆绝昨天紧紧地抱着她，而他自己受了伤，宁知就恨不得将幕后的小人弄死！

三老太太让她求情？宁知只会嫌对方死得不够快。

宁知对宁老爷子说道："爷爷，对方该受什么惩罚就受什么惩罚，按照法律法规走，不能轻易放过。"

"孙侄女，你不能这么冷血无情啊！"老太太根本没想到宁知这么厉害。

宁知从来就不是性子善良，性格软软的人，此时此刻，她只知道，有错必罚。

宁知说："你该庆幸我的丈夫伤得不严重，否则三叔就不是坐牢这么简单了。"

宁老爷子当然听孙女的话："好，就让他一直蹲在里面。"

闻言，老太太焦急地说："大哥，你不能这样做，大海是你的堂侄子……"

"大清早的，让人心烦，拉她出去。"宁老爷子对管家说道。

"是，老爷。"

老太太原本还想求情，然而，两个门卫进来把她拉走了，根本没有机会闹起来。

老爷子下了命令，把三房的人都赶出了宁氏集团，以后跟三房的人断绝来往，这是相当于放弃了这个旁支。

老爷子做得这么绝，也是杀鸡儆猴，谁敢动他的孙女，就不会有好下场。

吃过早餐，宁知和陆绝乖乖地坐在一旁，陪着老爷子喝茶。

宁老爷子目光锐利地看了陆绝一眼，直接开口问孙女："你和陆绝结婚协议的事，你知不知道？"

宁知惊愕，并不知道这是怎么回事。

宁知和陆绝的结婚协议是宁知的小姨和陆母商量的，陆母让宁知嫁给陆绝，也给她留了后路，两年后，如果宁知还是不喜欢陆绝，陆家就放她离开。

然而，宁知的小姨林母存了私心，她想要宁知一直留在陆家，攀附陆家的关系，所以并没有将这件事告诉宁知，还跟陆母协商好，两年后再告诉她。

宁知现在听到老爷子的话，才知道有这样一回事。

旁边，陆绝听到宁老爷子提及宁知还有自己，挺直腰身，竖着耳朵安静地听着。

他听到宁老爷子问宁知：“有这样一份协议在，你和陆绝之间的事简单多了。爷爷问你，你想不想跟陆绝离婚，离开陆家？”

陆绝听明白了老爷子的话，爷爷在问知知要不要和他离婚。

他漂亮的桃花眼带了焦急之色，看向旁边的宁知，低沉的声音有点儿慌张：“不离的，不离婚。”

知知是他的，他们不能离婚。

宁知怔了一下，没有想到爷爷会问这样的问题。

她转过头，对上陆绝漆黑的眼睛，在他眼里看到了害怕还有慌张的情绪。

“知知不离我。”陆绝祈求她。

宁知低低地笑出了声，眼里溢满了笑意：“嗯，不离婚。”

她坚定地对宁老爷子说道：“爷爷，我和陆绝是夫妻，我喜欢他，不会和他离婚，那份协议我用不上。”

宁老爷子锐利的目光打量着孙女和陆绝两个人，缓慢地开口：“你确定？”

宁知点点头：“对于喜欢陆绝这件事，我再确定不过。”

陆绝用命护她，她很难不喜欢他。

碰见了这样的人，她只想抓紧。

旁边，陆绝眼底的着急之色退去，眸中逐渐生光，呆呆地看着宁知。

清秀的眼中全是愉悦之色，他也喜欢知知，最喜欢知知。

听到孙女肯定的语气，宁老爷子有点儿愕然。因为他派去的人调查到，孙女刚嫁入陆家的时候并不喜欢陆绝，所以，当知道有这份结婚协议的时候，宁老爷子认为，孙女和陆绝之间的事可以很快、很顺利地解决。

而现在，孙女说，她喜欢陆绝，这是宁老爷子始料未及的。

宁老爷子打量着陆绝，对方一双眼睛亮亮的，目不转睛地看着宁知，一点儿也不懂得遮掩内心的想法，全部表现在脸上。

宁老爷子活了大半辈子，接触过的老狐狸、老狼多了去了，还是头一回碰见这样心思单纯的人，可惜是患病的。

他叹了口气，既然孙女已经有了自己的想法，做出了自己的选择，他自然是要尊重的。

对宁老爷子来说，孙女开心最重要。

宁老爷子的目光再次落在陆绝的身上，他对陆绝说道："你跟我来。"

"爷爷？"宁知意识到老爷子想要跟陆绝单独谈。

宁老爷子宠溺地瞪了孙女一眼，没好气地说道："我只是有点儿事要跟他谈谈，不会对他做什么。你害怕爷爷欺负他？"

宁知赶紧卖乖道："不是，陆绝可能听不到你的话，我可以帮您转达。"

宁老爷子摆摆手："刚才我说让你们离婚的时候，他的反应可是很快。"

他拄着拐杖站起来，往书房里走去。

陆绝起身，宁知看向他："不用怕，我在外面等你。"

陆绝低声应着，跟老爷子走去书房。

书房里摆着红木的书架，四面墙上都挂着山水画，空气中是淡淡的墨香味。

老爷子走到书桌边坐下，看着直愣愣地站着的陆绝，叹了口气。

"我的孙女喜欢你。"宁老爷子对陆绝说道，"但我不喜欢你。"

陆绝飞快地看了宁老爷子一眼，垂下眼帘。

爷爷不喜欢他。

宁老爷子说道："你能听到我说的话吗？"

自从知道陆家小儿子是自闭症患者后，老爷子让人找这方面的资料了解过。

如果是轻度症状还好，但陆绝显然是只比重度自闭症好一些的患者，不过，几次接触下来，陆绝的情况还不像资料里描述的那样糟糕。

陆绝抿了抿唇，缓慢地开口："听到的。"

宁老爷子点点头："知道我为什么不喜欢你吗？"

陆绝抬起眼帘，目光看向老爷子，几秒后才移开。

"因为你跟其他人不一样，不能给小知幸福。"宁老爷子一点儿情面也不留，干脆又直白地开口，"小知生病的话，你不能照顾她，反而需要她的照顾。

“她有烦心的事时，你不能帮她解决，反而还需要她帮你解决麻烦。

“她需要人宠，你会吗？你倒更需要她宠你。

“别人的丈夫会赚钱养妻子，虽然你的家世好，家里有钱，但这是责任，你也做不到。”

宁老爷子把一个个现实的问题指出来，现在孙女喜欢陆绝，但是时间长了以后还会喜欢吗？

都说喜欢容易相处难，尤其是陆绝与正常人不一样，需要更多的关怀和耐心，到时候，孙女又能坚持多久？能容忍陆绝多久？

这些都是他不赞同孙女和陆绝在一起的原因，年轻人或许只在乎情爱，不考虑将来。

陆绝茫然地看着宁老爷子，薄唇抿得发白，努力地消化着爷爷说的这些话。

“我说的这些话，你能听懂吗？”其实，宁老爷子也不指望陆绝能听明白。

“照顾知知。”陆绝低沉的声音在安静的书房里响起。

“解决麻烦我。

“宠知知。

“赚钱养知知。”

陆绝听到了，听明白了，也记下了。

宁老爷子看向陆绝的目光有几分惊讶之色，也少了几分不悦之情：“只会重复我的话。如果你真的听明白了，知道了，以后就去做。”

陆绝飞快地看了老爷子一眼，从喉咙里挤出了一声：“嗯。”

宁老爷子没有继续为难陆绝：“算了，你能照顾好你自己就算不错了。”

他摆了摆手：“你出去吧。”

陆绝抿着唇，语气认真又固执，重复道：“宠知知我。”

说完，他才转身离开书房。

在他身后，宁老爷子严肃刻板的表情缓和了几分。

宁知在外面等着，看见陆绝出来，赶紧上前，看了一眼陆绝面无表情的脸：“爷爷跟你说了什么？”

“宠知知。”陆绝告诉宁知，“养知知。”

宁知瞬间笑弯了眸子：“爷爷让你宠我，养我吗？”

陆绝握住了宁知垂在一旁的手，漆黑的眼睛里带着罕见的坚定之色：

"我做的。"

我会做到的。

宁知黑亮的眼睛里充满了柔光，水汪汪的。她看着陆绝额上的伤口，声音越发轻柔："好，我信你。"

陆绝不会撒谎的。

吃过早餐，陆绝回到客房。

他打开了自己红色的背包，从里面掏出了母亲给他的书：《疼宠小娇妻的一百零八种方式》。

陆母曾经告诉过儿子，这是他爸爸的书，陆东周就是靠着这本书成功追到了她。

陆绝拿着书本，腰身挺直，坐在椅子上，开始认真地学习。

这两天，宁知都陪着爷爷聊天，陆绝却在房间里看书。宁知熟悉陆绝的时间安排，在陆家，这个时间点他也是在书房看书的，并不奇怪。

夜色降临，夏天的夜里吹着微凉的晚风，带走了空气中的高温，让人心情舒畅。

房间里，陆绝突然走到宁知的身前。

宁知笑着问他："怎么了？"

陆绝学着宁知平常摸他的样子，伸出手，轻轻地摸了一下宁知的头。

宁知微微错愕，陆绝摸她的头的感觉就像在摸小狗似的。

然后，她听见他一板一眼地说道："乖。"

不等她反应过来，摸完她脑袋的陆绝已经去洗澡了。

宁知："……"

过了好一会儿，陆绝洗完澡出来，身上穿着他喜欢的红色睡衣，手里端着一个水盆走向她。

"你端水出来做什么？"宁知惊得放下手里的手机。

陆绝端着水盆，英俊的脸上满是认真的神色："给知知洗脚。"

陆绝的宠妻第一式：摸头杀。

陆绝的宠妻第二式：洗脚。

他已经学会宠知知了，言出必行，立刻行动起来。

陆绝把水盆放在宁知的脚边，单膝跪地，直接抓着宁知的一只脚就要往水里放。

“我自己来。”宁知赶紧制止陆绝的动作。

她把脚放在水里，水有点儿烫，但还能接受。

宁知的脚长得很好看，就连脚背上的皮肤也白皙细嫩，脚踝纤细，脚趾圆润可爱，趾甲泛着浅浅的樱花粉色，淹没在水里，衬着水色显得更精致可爱了。

陆绝直接把手伸进水里帮宁知洗脚。

“陆绝！”宁知吓得想要把脚缩回去，但被陆绝的大手握住了脚踝，“我自己洗，你不用动手的。”

虽然宁知洗过澡，自己的脚也干净，没有异味，但这样被人用手触摸总觉得有点儿羞耻。

她涨红了脸。

陆绝仰起头看她，漂亮的桃花眼里带着茫然之色：“知知的脚不脏。”

宁知涨红了脸：“不脏也不用你洗，我自己来。”

陆绝抿了抿唇，额前的刘海儿因为刚洗完澡凌乱地翘着，额上的伤疤很明显。听到宁知不让他帮忙洗脚，他脸上的神色肉眼可见地变得失落。

“给你洗！”看着面前像讨主人开心却被嫌弃的小奶狗一样的陆绝，宁知哪里还忍心阻止他？“你洗吧！”

陆绝眼一亮，就连额前翘起的头发也愉悦地晃了晃：“给知知洗脚。”

他的大手放进水里，握住了宁知的脚。

宁知觉得脸上更热了，也不知道是水太烫了，还是陆绝的手心烫。

陆绝低着头，洗得很认真，白皙修长的手指慢悠悠地揉捏着宁知的脚：“知知脚小。”

他洗得很专注。

宁知热得耳朵都红了，然而陆绝似乎根本不知道什么叫作羞耻，低沉的声音在房间内很清晰：“知知脚好看。”

“喜欢知知，脚。”

“你闭嘴，不要说话。”宁知忍不住了，小呆子什么时候变成了小话痨？

陆绝抿了抿唇，低垂着眼帘，哼了一声，依然认真地给宁知洗脚。

宁知看着单膝跪在她脚边的陆绝，他清秀的眉目透着乖劲，透着专注，她的心软得不行：“谁教你帮我洗脚的？”

陆绝眨了眨眼：“没人教。”他看书学习的。

宁知低头凑近陆绝，唇落在他的眉间，水灵的眸子里全是陆绝呆呆的样子："谢谢你。"

陆绝低垂的眼帘微微颤动，耳朵红了，头顶的显示框里弹出了十个小太阳。

夜色浓浓。

自从那天晚上宁知说让陆绝随意抱，这两天睡觉的时候，他都是抱着她睡的。

宁知还没有入睡。她看着面前双眼紧闭的陆绝，忍不住用指尖碰了碰他紧抿的唇角。

希望明天醒来后发生的变化会让他高兴。

把两百个小太阳交给霸王，再睁开眼睛的时候，宁知发现自己身处上次来过的花园。

她看见陆母带着陆绝和陆深远走出来，说道："现在你们高考完放暑假，我带你们两个去外婆家住几天，去散散心，陪陪外婆。"

闻言，宁知一直惴惴不安的心放下了——这一次，陆绝的外婆还在。

时间真的被纠正过来了。

她看向迎面走来的陆绝。青涩的少年身上穿着红色的运动服，身后背着红色的背包，阳光下，他一张英俊的脸越发显眼。

对宁知来说，上一次见面时依然是他的高三时期，只是前几天的事，而对陆绝来说，上一次见怪姐姐，是在一年前的高二时期。

宁知看着陆绝向她走来。

低垂着眼帘的少年似有所感，抬眸，一眼就看到了树底下穿着裸粉色裙子，雪肤墨发、漂亮至极的怪姐姐。

夏天阳光强烈。

少年漆黑的眸子里生起了亮光，比金色的阳光还要耀眼。

他的嘴角抑制不住地往上翘，喉咙中挤出愉悦的、像小奶狗一样哼哼唧唧的声音。

他迈着两条大长腿，在陆母和陆深远惊讶的目光中走到树下。

陆母惊讶地喊着："小绝，怎么了？"

别人看不到，陆绝的眼里映着宁知的身影。

怪姐姐，回来了。

第十三章
宠知知，养知知

阳光透过树枝，落在宁知的身上。

她笑盈盈地看着面前的少年："陆绝，好久不见。"

少年呆呆地看着她，脸侧的梨窝浅浅："怪姐姐。"

他想要伸手去牵她，陆母赶紧走上前来："小绝，你在跟谁说话？"

陆深远走了过来，体谅地说道："弟弟只是在自言自语。"

陆母眸色黯了几分，以前儿子也有这样的情况，只是近一两年来好像好转了不少，没想到今天又发病了。

陆母对陆绝说道："小绝，我们上车吧，外婆知道你要过去，已经在等着了。"

宁知没敢让陆绝牵着，担心陆绝过多的举动会让陆母担心。她对陆绝笑了笑："走吧，我跟你上车。"

说完，宁知看见少年满脸的失落之色。

她觉得好笑，走上前，用指尖轻轻地钩了钩他的手指："走。"

指尖传来异动，陆绝看了一眼宁知，才乖乖地往车子那边走去。

宁知先上车。像以往一样，她直接穿过车门，坐在副驾驶座上。

而这时，车后座传来了陆母的声音："小绝，你要去哪里？"

接着，陆母看见儿子走到车前，打开了副驾驶座的门。

宁知茫然地看了一眼陆绝，还没有反应过来，下一秒，陆绝已经坐进来了。

"陆绝？"

"小绝要坐前面吗？记得系好安全带。"后面，陆母笑着说道，完全堵住了宁知想要劝陆绝坐回去的话。

车门关上。

宁知和陆绝挤在一张座椅上，她能穿透车门，能穿透其他任何人，但不能穿过陆绝的身体。

她对陆绝来说是实体的。

车座椅只有这么大，两个人根本坐不下，陆绝的坐姿也憋屈得很。

迫于无奈，宁知只能侧坐在陆绝的大腿上，双手攀附在他的肩膀上，否则，她有可能被挤出门外，掉落在外面。

比起之前，少年的胸膛宽了不少，变得强壮了，就连她坐着的大腿也结实有力，似蕴藏着无穷的力量。

她侧着坐，被迫窝在陆绝的怀里，少年身体炙热，就连呼出的气息也是热的。

宁知红了脸，和他这样亲密地坐着，还是第一次。

宁知低头去看陆绝，质问他："为什么不好好坐在车后座？"他身体高大，副驾驶座的空间就这么小，根本容不下两个人。

陆绝眼底浮现浅浅的笑意，清秀的眉目带着说不出的愉悦之色："要和怪姐姐一起。"

现在，他抱着怪姐姐。

怪姐姐的身体香香的，软软的，抱着很舒服。

他喜欢抱着她。

宁知忍不住捏捏少年的脸："就算想跟我在一起，也不一定要在车上，现在好了，你只能抱着我了，我重吗？"

"怪姐姐轻的，是轻的。"陆绝低沉的声音在宁知耳边响起。

女孩子都喜欢听到别人说自己看起来瘦或者体重轻，宁知也不例外。

她这才笑起来："嗯，我知道你不会说谎话。"

而这时，陆绝低下头。

他将脑袋埋在宁知的肩窝上，虽然不会撒娇，此时的姿态却像极了撒娇。他低喃道："长大我，在一起。"

怪姐姐说过，他长大后，会跟他在一起。

现在他长大了，他们可以在一起了。

他知道，两个人在一起后，可以牵手，还可以亲亲。

想到这儿，陆绝一双漂亮的桃花眼更加明亮，呆呆地看着宁知："怪姐姐、我在一起。"

宁知对于自己说过的话有时候也会忘记，而陆绝却记得牢牢的。

她捏捏少年的脸："是啊，你长大后，我们就可以在一起了，但不是现在，我会在未来等你。"

陆绝抿了抿唇："现在可以的。"

他现在就可以跟怪姐姐在一起。

"小绝，你在说什么？"

陆绝的脑袋搁在宁知的肩窝处，在坐在后座的陆母看来，儿子正低着头，不知道在和谁说什么在一起。

宁知伸手捂住了陆绝的嘴巴，让他别跟她说话了。

在陆母的眼里，他一直在自言自语，这样会吓坏陆母的，就连旁边的司机也时不时用余光瞄过来。

陆绝眨了眨眼，任由宁知捂着他的嘴。

宋家的别墅建在靠山的位置，这一带全是富人的住所，环境宁静优美，绿化设施做得很好，是闹市中的幽静之处。

陆母下车后，看见副驾驶座上的儿子安静地坐着，一副不愿意挪动的样子，她走过去，打开了车门："小绝，我们到外婆家了，下车吧。"

"我们下车。"宁知一路上保持着一个姿势，幸好她现在没有知觉，不然腿必定麻了。

她红着脸，从陆绝的腿上下来。

陆绝的怀里空了，他低头看了一眼空空的位置，薄唇抿紧。

屋子里，宋老太太早就等待着女儿和外孙的到来。

宁知看见坐在沙发上的老太太穿着一件枣红色的薄外套，头发花白，精神气色还算可以。

宋老太太看见女儿和外孙，爬满皱纹的脸一下子笑开了："你们来了？怎么今天路上用了这么久？"

陆母亲昵地坐到母亲身边，似在撒娇："是吗？时间跟以前一样，过来的路上花了不到四十分钟，肯定是妈妈你惦记着我们，才会觉得时间久。”

对面，陆母的妹妹宋柔忍不住说道：“妈妈确实惦记你们，她很早就在问你几点出发过来。”

老太太哼了一声：“我是想念我的乖乖外孙了。”

宋老太太看向背着红色背包，穿着一身红色衣服的陆绝，满脸都是喜悦之色，笑得眼睛都要眯起来了：“我的乖外孙好像又长个子了，穿着这一身，真是精神。”

在老人家看来，穿红色衣服就是好看，显精神，孩子们就该多多穿红色的，看着也喜庆，让人开心。

“小绝快点儿过来坐，别站着。”外婆对着陆绝招招手，示意他过来坐在她身旁。

宁知牵着陆绝的手走过去：“我们坐在外婆旁边。”

外婆看见陆绝真的听话坐下，脸上的笑意更浓了——外孙回应她了。

宁知看见老人家脸上的喜悦之色，凑到陆绝的耳边，教他：“你要喊外婆，跟外婆打招呼。”

陆绝眨了眨眼，飞快地看了一眼外婆，缓慢地开口：“外……外婆好。”

听到陆绝开口，宋老太太神色错愕地看着他，有点儿不敢置信：“你们听到了吗？小绝在向我问好！”

“对啊，我听到了，妈，看来小绝也想念你了。”宋柔笑着说道。

宋老太太惊喜不已，笑得眼角的皱纹更深了：“我的宝贝外孙，真是乖。”

老人家眼里是藏不住的对外孙的喜爱之色。

“外婆好，小姨好。”

这时，还站着的陆深远礼貌地向宋老太太和宋柔打招呼。

“深远也赶紧坐下。”宋柔招呼着他。

宋老太太点点头，眼里带着慈祥之色，也开口道：“别站着，快坐下吧。”

她对待陆绝和陆深远的态度区别很明显，对陆绝这个亲外孙的疼爱之情丝毫不遮掩，而对陆深远是一般老奶奶对晚辈的慈爱之情，又带着几分疏离感。

宋老太太又看向旁边的陆绝，看着他安安静静的乖模样，伸手想要摸一摸他的头。

然而下一秒，陆绝闪躲开了。

宋老太太手落空了也没有生气，而是笑着说道："哪天你能让外婆摸一摸头，外婆就心满意足了。"

旁边，宁知双手贴在陆绝的脸，捧住他的头。

然后，她按着陆绝的头凑近外婆："外婆快摸他的头。"

宋老太太看见乖外孙低下头凑到她面前，惊住了。

"妈，小绝这是让你摸他的头，你快摸。"宋柔笑着说道。

陆母在一旁笑了，看得很羡慕——她也想摸摸儿子的头。

宋老太太感到一阵惊喜，伸出手轻轻地、颤颤巍巍地抚摩了一下他的头。

老人家说道："小绝以后要平平安安，要一直快乐。"

陆绝被摸了脑袋，眨了眨眼，没有讨厌这种感觉。

宋老太太担心乖外孙不喜欢被摸头，只是摸了一下就收回手，这一下已经让她欢喜不已。

陆母看得眼馋："小绝，妈妈也想摸一摸你的头。"

小时候，小陆绝虽然不喜欢，但她强硬一点儿，还是能抱着儿子亲亲和举高高，还有摸他的小脑袋的。

自从他长大后这招就不行了，他会闪躲，很抗拒触碰和拥抱。

宁知捧着陆绝的脸转向陆母，哄着陆绝："让妈妈摸摸你的头。"

陆绝抿了抿唇，低垂着眼帘，没有应声。

陆母尝试着伸手过去，轻轻地摸了摸儿子额前的刘海儿，头发的柔软触感让她的心颤了一下，眼睛发酸。现在的儿子跟小时候一样，小时候的儿子也是这样乖乖的。

"小绝，小姨也想……"然而，宋柔的话还没有说完，陆绝已经转过头，丝毫不理会她。

宋柔哼了一声："小绝，你这样是偏心的行为，是不好的。"

"我的乖外孙最好。"宋老太太怼回去，在乖外孙面前，小女儿也要靠后。

一旁，陆深远静静地看着宋老太太、陆母和宋柔她们一直围绕着陆绝聊天，她们的眼里只有陆绝。

而他像个外人一样，看着她们疼爱、关心陆绝。

陆深远的脸上神色不显，耐心又安静地倾听着长辈们聊天。

陆母问宋老太太："妈，最近你的身体怎么样？还会心绞痛吗？"

宋老太太有心脏病，一直在吃药，还会定期去医院检查。

"你放心，我最近精神特别好，药我随身带着。"

家里人给宋老太太聘请了看护，但宋老太太不喜欢有人总跟着自己，觉得很难受。所以，大多数时候，她只让看护负责她的饮食，平常多做药膳。

陆母看见母亲的脸色确实不错，这才放心。

宁知在一旁看着。中午的时候，在饭桌上，她看到了陆母的大哥宋进业。

她还记得在宋老太太的葬礼上，这位大舅舅对陆绝的态度很不好，显然是将责任推到了陆绝的身上，所以，她对这位大舅舅的印象并不好。

宁知看向宋老太太，此时她还是笑得慈祥亲切，眼色宠溺地看着陆绝这个外孙。

宁知很难想象，不久后，老太太就会突然发病。

她有点儿紧张，害怕自己这一次不能救下陆绝的外婆，只能无力地看着陆绝蹲在黑暗的角落里独自淋雨。

宁知不知道宋老太太是几点发病的，只知道大概是在下午的时候。

宁知提着心，一直在等待。

下午，宋老太太起身准备去茶室喝茶，老人家最喜欢品茶，但不能多喝，每天就喝两小杯过过瘾。

"外婆，我和弟弟陪你去喝茶吧。"陆深远主动说道，"难得我们现在放假有时间，应该多陪陪你的。"

宋老太太喜悦地点点头："好孩子，你们有心了。"

陆母正在跟妹妹宋柔聊天，听到陆深远的话，笑着赞同道："深远和小绝多陪陪外婆。"

茶室在二楼，里面收藏了不少宋老太太喜欢的茶叶，室内的墙壁上也挂着不少名画，窗台上、桌子上，摆放了绿色的盆栽，有种宁静、舒适的氛围。

宋老太太有点儿热，把薄外套脱下。

陆深远主动上前接过她的外套："外婆，我帮你挂起来。"

"好。"宋老太太把衣服递给他。

陆深远将宋老太太的衣服挂在了门旁的木衣架上。

宋老太太在茶几前坐下，看着乖外孙陆绝："小绝坐下，我记得你喜欢口味偏甜的茶，待会儿我泡给你喝。"

外婆是真的很疼陆绝。

陆深远笑着走到陆绝对面的位置坐了下来："今天我沾了弟弟的光，能喝上外婆泡的茶。我听妈妈说过，外婆以前拿过茶艺方面的奖项。"

宋老太太摆摆手："那些不算什么。"

她起身，走到木架子前挑选茶叶。

宁知在一旁等待。她记得外婆是在茶室发病的。

宋老太太把烧好的热水倒在紫砂茶壶里，然后动作缓慢地将茶叶洗了一遍。

宁知心里莫名地有点儿紧张。

烟雾袅袅，茶香四溢。

过了好一会儿，宁知突然看见宋老太太皱了皱眉头，脸上的神色有点儿不对劲。

宁知的心猛地跳了一下，正要上前，而对面，陆深远将外婆面色的变化看在眼里，目光闪动。

他站了起来，笑着对宋老太太说道："外婆，我去上个洗手间。"

宋老太太点点头。

陆深远大步往外走去，经过衣架的时候用手碰了碰上面的外套，然后大步走了出去，随手关上茶室的门。

宁知皱眉，觉得不对劲，飞奔到外婆的面前。

她看到外婆的呼吸开始变得急促，手捂在胸口的位置，好像发病了。

宋老太太苍白着脸，向陆绝伸出手："药，药，小绝去拿药。"

只是转眼间，宁知便看见宋老太太发病了。

她听到老太太口中的药，立刻反应过来，药在老太太的外套里。

宁知快速跑到门旁，换取了一分钟接触实物的时间。

宁知立刻伸手去掏外套上的口袋，然而里面空荡荡的，什么都没有。

宁知满眼错愕之色：怎么会没有？

听着身后宋老太太微弱的呼喊声，宁知极快地反应过来：是陆深远，是他拿走了药。

宁知转过身，看着几乎趴在茶几上的宋老太太，对陆绝喊道："陆绝，看好外婆，我很快就回来！"

她立刻穿过门，往外跑去。

宋老太太的心脏绞痛，老人家爬满皱纹的额上也冒出了冷汗："小绝，药……"

陆绝眨了眨眼，茫然地看着宁知消失在茶室内。

他转过头，看见外婆几乎倒在茶几上，样子很是难受。

陆绝低低地叫出了声："外婆。"

宋老太太用手捂着胸口绞痛的位置，几乎说不出话来："药……"

陆绝快速站起来，嘴巴动了动，神色着急地看着外婆，茫然不知所措："外……外婆。"

陆绝的神色是少见的慌张、害怕。

他好像突然意识到外婆的情况很不好，着急地看着宋老太太，从喉咙里挤出一声声"外婆"。

外婆的手指向门旁的衣架："去拿药，小绝。"

陆绝的眼睛顺着外婆指的方向看过去。

外面，宁知急速往外奔跑。她必须找到陆深远。

她跑到走廊的楼梯口时，正好追上刚才出门的陆深远，对方正在跟一个用人说着什么。

陆深远看了一眼用人托盘上的精致点心，问道："这是送给谁的？"

用人答道："深远少爷，这是老太太平常喜欢吃的点心。"

陆深远眼里闪过异样的光，英俊的脸上带着礼貌的笑容："你给我吧，我正好准备去茶室。"

用人受宠若惊。

"没关系，我端过去就好。"陆深远伸手去接用人手上的托盘。

"麻烦少爷你了。"

用人觉得陆大少爷的外貌看起来很冰冷，却很有礼貌和绅士风度，每一次来宋家做客，都会笑脸待他们这些用人，完全不会摆少爷架子。

用人把手上的托盘交给陆深远。

陆深远的嘴角微微上翘，突然，他感觉到有什么钻进了他的口袋里。

陆深远低头正要去看，下一秒，他的身体仿佛受到了猛烈的撞击，整个人往前面的楼梯倒下去。

“深远少爷！”用人来不及伸手，眼睁睁地看着原本站得很稳的陆深远突然倒向楼梯。

用人吓得惊呼出声，完全傻眼了。

陆深远手里的托盘飞了出去，精致的小点心全部撒落在地，他伸手抓住楼梯扶手，但还是阻挡不住往下冲的惯性，整个身体在楼梯上翻滚了几圈。

宁知看也不看滚落楼梯的陆深远，拿到药瓶子，紧紧握在手里，往回跑去。

穿过门的瞬间，宁知手里的药瓶子掉落在地。

刚才兑换的一分钟到了，她极快地反应过来，立刻又消耗了三个小太阳，然而她太着急了，选择了三分钟的现身时间。

宁知错愕了一下，顾不上自己现身被发现的危险，直接捡起掉在地面上的药瓶子。

“陆绝。”

宁知快速回到陆绝和宋老太太的身边。

她看见陆绝拿着外婆的外套，正在着急地翻找着，语气慌乱：“没有，不见了，不见了。”

他急得顾不上额前的头发都凌乱了，神色慌乱又可怜。

宁知拿出药瓶：“在我这里。”

她赶紧拧开盖子：“陆绝，帮我扶起外婆。”

宋老太太脸色发青，宁知毫不怀疑她随时可能再一次病发而去。

陆绝乖乖地听着宁知的叮嘱，小心翼翼地扶着外婆。

宁知把药倒出来，喂到宋老太太的嘴里。

老太太脸发白，唇也发紫，意识已经模糊了。

“外婆，把药吞下去。”宁知着急地对宋老太太说道。

宋老太太还有意识，喉咙吞咽了一下。

宁知赶紧倒了一杯温水，喂给外婆。

宋老太太下意识地吞咽着。

看到宋老太太把药吃下去，宁知才舒了口气。

“陆绝，手机给我。”

宁知接过陆绝递来的手机，赶紧拨打了救护电话，然后从茶几上抽了一些纸巾，帮老太太擦拭满头的汗水。

该做的宁知已经全部做了，现在只能等待救护车的到来。

她和陆绝着急地待在一旁，随时留意宋老太太的状态，唯恐老太太心脏骤停。

过了好一会儿，宋老太太的脸色缓了过来，眉头逐渐松开，意识恢复了一点儿。

宁知看见老太太竟然睁开了眼。

“外婆。”宁知神色一喜。

宋老太太意识有些模糊，胸口还有点儿绞痛，看见旁边的外孙陆绝神色紧张地看着她。

宋老太太还看见陆绝旁边有一个长相极为漂亮的女孩，对方担忧地看着她。

“外婆，你好点儿没有？”宁知问道。

宋老太太没有开口说话的力气，眨了眨眼，又睁开眼睛，女孩还在。

“救护车就快到了，你忍耐一下。”

宋老太太缓慢地点了点头，接着，感受到女孩在帮她擦汗。

“陆绝，给外婆倒点儿温水来。”宁知直接对陆绝说道。

宋老太太模糊地看见自己的乖外孙听话地走到茶几旁倒水，还把水端了过来。

她来不及震惊，女孩已经接过水杯，喂到了她的唇边。

宋老太太下意识地喝了两小口水，胸口的疼痛又缓解了一些。

而这时，茶室的门被敲响。

宁知回头。

就在茶室的门被打开的瞬间，宋老太太看见女孩消失了。

她来不及惊愕，两个女儿奔进来叫道：“妈妈！”

陆母刚才还在为大儿子陆深远突然滚下楼梯摔断腿的事而震惊，转眼，救护车出现在宋家，她还以为是大儿子打的电话。

然而，当救护人员问心脏病发的患者在哪里时，陆母惊愕：难道是母亲出事了？

她和妹妹宋柔急急忙忙地带着救护人员冲上了二楼的茶室，打开门，看见母亲有气无力、脸色苍白地躺在沙发上，哪里还不知道母亲这是心脏病发作了？

救护人员立刻上前将老太太抬起，送上救护车。

宋老太太缓慢地闭上眼睛，昏睡过去。

一旁，现身的时间已经过去，宁知又恢复了别人看不见的状态。

她牵着陆绝的手，语气肯定地说："这一次，外婆肯定没有事的。"

陆绝脸色苍白，漆黑眼底的着急之色还没有退去，额前的头发也很凌乱，唇角紧紧地抿着，像是在担心外婆。

他不是不懂的，宁知返回茶室的时候，看见他在慌张地给外婆找药。

只是药被陆深远拿走了。

宁知想到以前陆深远就是这样把药拿走，让陆绝在慌乱中找不着药的。

到最后，所有人都认为陆绝对发病的外婆无动于衷，不会施救，导致外婆没有得到及时的救治，最终病逝。

每一个人都在责怪陆绝，都在质问他为什么不救外婆。

甚至连陆母心里也因这件事对陆绝有了隔阂，哪怕及时醒悟，心里也是责备过陆绝的。

宁知看着旁边的青涩少年，他又有什么错呢？

他只是不懂得为自己辩解，不会开口反驳。

所有人用责备的目光看他，用责骂将过错推给他，他只能默默承受。

在外婆去世的夜里，他像被遗弃的小兽，跑到黑漆漆的角落中，淋着雨，舔舐自己的伤。

宁知回想起上一次，陆绝在外婆葬礼上泛红的眼睛，鼻子一酸。

幸好，现在一切都不一样了。

陆母和宋柔担忧地跟着救护人员去了医院，茶室中再次安静下来。

宁知伸手，轻轻地抚摩着陆绝的头，将他额前凌乱的头发抚好，柔声告诉他："外婆会好起来的。"

陆绝看着她，握紧了宁知的手，胸口满满的，像有什么要涌出来，感觉很奇怪。

他抿了抿唇，声音低沉又带着渴求的情绪："怪姐姐，怪姐姐……"

宋老太太被送去医院后，情况逐渐稳定了下来。

等母亲的意识恢复后，陆母宋雅和妹妹宋柔才问她怎么回事。

“你们送我来医院前，有没有在家里看见一个女孩？”宋老太太问她们。

“什么女孩？”陆母和宋柔神色疑惑。

“她长得很漂亮，我发病的时候，好像是她救了我。”宋老太太有点儿不确定，当时她的意识迷迷糊糊的，像在做梦。

“妈，你肯定是出现幻觉了。我们进去茶室的时候，里面只有小绝和你，小绝神色焦急，脸都吓白了。”陆母说道。

宋老太太想到自己突然发病，外孙什么都不懂，肯定是被惊吓到了：“是小绝叫的救护车？”

陆母点点头：“应该是了，电话是小绝的手机打出去的。”

宋老太太带着病容的脸上浮现了几分笑意：“小绝懂得打电话叫救护车，他在进步。”

陆母心中却是一阵后怕。

她想到，母亲发病的时候只有小绝在，如果儿子像之前一样什么都不看，什么都不听，她难以想象这件事的后果。

“外婆，你的身体怎么样了？”这时，陆深远拖着打着石膏的腿进来，英俊的脸上全是担忧的神色。

陆母回过头：“外婆的身体现在好很多了，你的腿怎么样？”

陆深远走过来：“医生说摔得比较严重，需要休息一个月时间，其间不能走路。”

陆母一惊：“医生交代你不能走路，你怎么还过来了？赶紧坐下来，千万别让腿上的伤更严重了。”

“没关系的，外婆的身体比较重要，我要看到外婆没事才放心。”

陆深远跛着脚，忍着痛意走到宋老太太的病床边：“外婆。”

“你的脚是怎么回事？”宋老太太脸上的神色淡淡的。

“妈，深远不小心从楼梯上摔下来了，摔断了腿。”陆母叹了口气，没想到今天家里这么多灾难，母亲进了医院，大儿子也受伤进了医院。

宋老太太看向陆深远的目光带着疑惑之色。

她回想起自己发病时的事，在她的记忆里，小绝帮她找药，但并没有找到，药不在衣服的口袋里。

她的衣服被这个大外孙触碰过，如果药不见了，很有可能是被陆深远拿走了。

但后来，她又是怎么吃的药？

宋老太太反复回想了几遍，觉得一切都是她的幻觉，并没有小绝找不到药的事，最后是小绝找到药，喂她吃下了。

陆深远对上老太太的目光，眼里带着关切和担忧之色："幸好弟弟知道打电话叫救护车，外婆得救了。"

陆深远继续说道："外婆，弟弟很在乎你。"

宋老太太脸上的神色缓和了不少，点点头："小绝是乖孩子。"

夜里，陆母回到宋家。

宁知从她打给陆父的电话里知道，宋老太太已经平安无事，至于陆深远，他摔断了一条腿，还需要住院观察。

宁知觉得陆深远活该。她完全没想到对方竟然冷血地拿走了外婆的药。

如果不是他，原来的宋老太太并不会死，陆绝也不会受尽众人的责备，就连陆母也差点儿疏远儿子。

陆深远的心思太缜密，行事风格太谨慎了。

他不会轻易出手，但一出手就是致命的。

陆深远像极了藏在阴暗处的毒蛇，阴险，神出鬼没，行动时不着痕迹，不留把柄，让人难以发现。

宁知回到陆绝的房间，宋家给他安排了一间极宽敞的客房，房间有一个大阳台。

陆绝安静地坐着，直到宁知走过去才抬头看她。

现在的陆绝也进步了不少，至少她出现了会有反应，有回应，而不像最初的时候完全不理会她。

宁知告诉他："外婆已经没事了。"

陆绝眨了眨眼，漆黑的眸子里盛满了她的身影。他知道的，怪姐姐救了他的外婆。

他的手抓住了宁知的裙摆，修长的手指收紧，像极了小时候小陆绝拉扯住怪姐姐的裙摆，不让她走。

他不舍得眨眼，渴望地看着她，每一次和她见面，都要等上好久好久。

宁知的目光从少年的眉目上扫过，落在他泛白的指尖上，他正紧拽着她的裙摆。

她的心软了。

他知道她又要离开了。

宁知低头凑近他，唇轻轻地落在了陆绝英俊的侧脸上，然后是唇角。

青涩的少年瞪大了眼睛，漂亮的桃花眼里全是光："怪姐姐。"

香甜、柔和的气息袭来，陆绝的唇角痒得厉害。

他正想好好感受一下，但下一瞬，香甜的味道消失了，柔软的触感也不见了。

陆绝垂下眼帘。

每次怪姐姐的出现就像极光，闪亮又短暂。

睁开眼睛，宁知知道自己已经穿回来了。

比起上一次的心酸和失落，这一次她的心情很好。

纠正时间后，陆绝的外婆活了下来。

宁知看着面前沉睡的陆绝，眼里有了笑意，外婆还在，这个世界上多了一个疼爱他的人。

第二天，宁知醒来的时候，看见陆绝已经洗漱好，换好了衣服，坐在床边等她醒来。

因为在宁家，没有了平常熟悉的路线，他没有去晨跑。

宁知一眼便看到了他头顶上的十个小太阳，在显示框里金闪闪的，特别可爱。

哦，他又偷亲她了吗？

因为担心被发现，所以这一次他只敢亲一下？

宁知想到陆绝悄悄地凑近她，红着脸小心翼翼地偷亲她的模样，觉得他非常可爱。

宁知起身，故意逗他："你刚才又偷亲我了？"

陆绝飞快地看了她一眼，赶紧垂下眼帘，诚实地点点头，额前翘起的刘海儿晃了晃："只一下。"

他今天只亲了一下，知知怎么知道的？

宁知笑弯了眼眸，靠近他，伸手摸了摸他凌乱的刘海，把十个小太阳收割掉。

她问过霸王，知道下一次穿越需要六百个小太阳，不把陆绝的嘴巴亲肿恐怕很难凑齐。

吃过早餐，宁知接到了陆母的电话。

陆母说道："过几天是小绝外婆的大寿，外婆很想念小绝，也想见见你。"

宁知的心狂跳，刚才她正准备问陆绝外婆的事，没想到陆母先向她提起了。

"外婆的大寿？"宁知想要再次确定。

"就是下周五，你和小绝能不能提前赶回来？外婆一直念叨着想要见小绝。"

陆母自己也惦记着儿子，那天听到管家汇报说儿子和宁知一起出了车祸，吓得半死，差点儿立刻就赶去南城了。

后来管家说陆绝只是被玻璃划伤了额头，并没有大碍，她才松了口气，立刻又派了两名保镖过去。

虽然知道儿子的伤势并没有大碍，但陆母一直惦记着。

宁知思忖了一下："我和陆绝会在后天回去。"

挂了电话后，宁知转过头告诉身后的陆绝："过几天我们回去看外婆。"

陆绝漆黑的眼睛看着她，嘴角微微上翘，应着："好。"

宁知离开宁家前，宁老爷子一脸舍不得的神色，还故意板着脸，想要孙女哄着他，多留几天。

宁知哭笑不得，突然明白为什么都说老人有时候像小孩。

她答应他每隔一段时间就和陆绝回来陪陪他，宁老爷子这才不舍地点头放人。

宋老太太的寿宴是在宋家举办的。

宁知转身去看已经换好衣服的陆绝。

他穿着一身红色的西装，里面是宁知挑选的黑色衬衫，而不是他喜欢的那些花哨的衬衫。

刘海儿遮额，鼻梁高挺，薄唇微抿，他的眉目有种说不出的清秀感，加上颀长的身姿，整个人帅得有点儿不真实。

"宴会上要跟着我，不能乱跑。"宁知叮嘱着他，担心这样秀色可餐的小呆子会被人勾走了。

陆绝神色专注地看着她，乖乖地应着好。

宁知发现，自从那天自己救了外婆后，这几天的陆绝都不像往常一样低着头不看人了。

现在，他哪怕有时候还是会闪躲别人的目光，也只会垂下眼帘或者看其他方向，而不是直接低下头。

他又进步了不少。

想到这儿，宁知眼里溢满了笑意。她期待他变好的那天。

“走吧，别让外婆久等。”宁知知道外婆很疼爱陆绝，她必定是希望尽早见到陆绝这个外孙的。

宋家老太太大寿，来祝贺的宾客很多。

众人发现，老太太的精气神很好。

“小绝和他的媳妇还没有来吗？”宋老太太已经问了好几遍。

“妈，他们已经在路上了，待会儿就到。”陆母笑着说道。

之前儿子的自闭症加重，他一直没有出门，更不用说来见外婆了，直到现在他的病情大为好转，她才敢让他来参加外婆的寿宴。

“妈，你对小绝是偏心到底了。”宋柔已经习惯了妈妈对陆绝的特别偏爱。

“外婆不喜欢智高，喜欢表哥。”小胖子叶智高也来参加外婆的寿宴。

自从被宁知教训过一顿后，小家伙再不敢说陆绝是傻子了。

“外婆怎么会不喜欢你？只不过你的表哥需要更多的关心和爱。”所以，宋老太太才会更疼爱陆绝。

说着，宋老太太不经意间看到了出现在门口的红色身影，满脸喜悦之色：“你的表哥来了。”

一旁，林恬恬和陆深远也来参加寿宴，毕竟是外婆的寿宴，他们不能缺席。

林恬恬很后悔没有装病躲在家里不来，宋老太太听陆母说了她陷害陆绝的事后，怒斥了她几句，一点儿情面也不留，引得好些宾客看热闹。

训斥过后，宋老太太就没有给她半点儿好脸色看。

林恬恬完全被漠视，安静地坐在一旁，如果不是她现在脸皮够厚，抗压能力变强，可能早就离开寿宴了。

而这时，她看见打扮得很漂亮的宁知走进来，几乎吸引了在场所有人的目光，妒忌得心口发痛。

“怎么这么晚才来？快坐到外婆这里。”宋老太太看到外孙还有外孙媳妇，满脸慈爱。

“路上有点儿塞车。”宁知笑着跟外婆打招呼，还递上了生日礼物。

然后，她看向旁边的陆绝。

陆绝抿了抿唇，对上外婆期待的眼神，缓慢地开口：“生日快乐，外婆。”

老太太先是一怔，接着满心欢喜：“真乖！好孩子，现在都会祝贺我了！”

她的目光落在宁知的脸上。她上一次见到这个外孙媳妇的时候，宁知刚嫁到陆家不久，那时候的宁知死气沉沉的，没有什么精神，也不太好看。而现在的宁知眼神灵动，性格开朗，整个人都变了，还变得很漂亮。

宋老太太喜欢现在的宁知。

她看着宁知的脸，越看越喜欢这个外孙媳妇。

对上外婆打量的目光，宁知一点儿也不紧张，那时候的外婆意识模糊，而且事情过去了这么多年，她恐怕已经忘记了自己。

宋老太太握住宁知搭在腿上的小手：“以后你多过来陪我这个老婆子说说话。”

老人家对宁知的喜爱之情表现在脸上。

说不清是为什么，宋老太太看着宁知就觉得很喜欢，怎么看怎么顺眼，觉得宁知长得真好，跟陆绝很般配。

宁知和陆绝两个人站在一起，让宋老太太光是看着就觉得心情大好。

宋老太太一直拉着宁知说话，话题全围绕着旁边的陆绝，旁人看在眼里，都知道老人家对他们两个人有多疼爱。

一身黑色西装的陆深远坐在不远处。他已经不再是年轻气盛，为了心底的一点儿妒忌之火就动手的人了。

他气质沉稳，外貌俊朗，引得不少人侧目，甚至好些宾客惋惜他娶了林恬恬。

毕竟，现在的林恬恬太不起眼了，样貌勉强算是清秀，据说品性不太好，家世只算是过得去，众人怎么看都想不通陆深远为什么会娶林恬恬。

宁知注意到今天林恬恬也在，突然想起自己还有百分之二的光环没有拿回来。

宁知有点儿恶趣味，直接用两个小太阳跟霸王交换了剩下百分之二的光环。

她期待地看着林恬恬，等待对方的变化。

就在交换完光环的那一刻，宁知看到一个端着托盘路过的用人脚下一滑，身体一歪，手上托盘里的酒杯瞬间掉落在林恬恬的身上。

红酒当头淋下，林恬恬白色的礼服裙子全脏了。

“啊！”林恬恬要疯掉了，红酒从她的头上流下，沾在她的脸上、衣服上，让她整个人狼狈不堪。

“你走路不长眼睛，还是故意让我出丑？”林恬恬气得站起来，指着用人怒斥。

她之前甜美悦耳的声音变得沙哑，甚至因为生气尾音尖得刺耳。

宁知对此一点儿也不意外，这才是林恬恬原来的声音。而且她发现，这百分之二的光环不仅是对声音的修饰，还有运气的成分在里面。

之前的林恬恬靠着这些光环成了“锦鲤体质”，现在林恬恬失去这些光环，一切恢复了原样。

宁知看到林恬恬脖子上的玉碎成两半，摔落在地面上，四分五裂了。

林恬恬的脸上沾满红酒，做好的发型还有精致的妆容全都被毁了。她气得发抖，忍不住怒斥用人。

然而，开口后的声音传到她的耳朵里，让她一愣。

她之前甜美悦耳的声音竟然变回去了！

在有光环加持的时候，林恬恬的声音被光环修饰过，变得很好听，就算她生气骂人，也只会让人觉得她在娇嗔，反倒惹人心生怜爱，让人觉得都是别人的错。

现在，最后的一点儿光环都回到了宁知的身上，声音变回去后，她怒斥的声音尖得刺人耳膜，引得在场不少宾客皱眉。

然而此刻的林恬恬顾不上周围人的目光了，因为她看见自己颈上的玉竟然掉落在地面上，碎了。

林恬恬傻了眼，立刻蹲下身去捡，但是碎裂的玉怎么也拼凑不起来了。

这也就意味着，她以后不能再夺取宁知的光环了。

陆深远脱下身上的外套披在林恬恬的身上：“项链坏了，以后我给你买新的，你的衣服脏了，去换新的，顺便擦擦脸和头发。”

陆深远的脸色不太好看，但开口的语气依然宠溺，引得周围不少宾客一阵艳羡，看向林恬恬的目光都带上了羡慕之色。

林恬恬凭什么嫁给陆家大少爷啊?

林恬恬感动地看向陆深远，就算她被打回原形，陆深远一直没有嫌弃她，还是这样宠她。

“深远。”林恬恬原本的声音有点儿粗，有点儿哑，不像之前那样甜美悦耳，现在娇滴滴地喊着陆深远的名字，反倒有种捏着鼻子说话的怪异感。

陆深远眸色黯了：“我让人送你回去。”

林恬恬带着她四分五裂的玉离开了宴会会场。

宁知看见陆深远神色不变，依然沉稳地听着长辈们讲话，或者跟上前来的宾客搭话。她敛了敛目光，看得出，陆深远是一个特别沉得住气的人。

寿宴上，宋老太太走到哪儿都带着宁知和陆绝，宾客们会看脸色，不停地夸赞两个晚辈，引得老太太心情更加愉悦。

夜里，宁知看到网上竟然有人放出今天林恬恬在宴会上失态的视频，也不知道是哪个宾客做的。

这个视频被网友顶上热搜，还标注了题目：“这真是林恬恬吗？说好的娱乐圈颜值天花板呢？”

视频里，林恬恬被洒了红酒，然后指着用人怒声叱骂，视频是高清的，不管是她的脸还是她的声音，网友们都能看得一清二楚，听得明明白白。

“林恬恬怎么丑成这样了？她这是怎么回事？整容失败被打回原形了？”

“她一直都长成这样啊，我初中跟她同班，她一直就长这副模样，后来她进入娱乐圈，我还感叹她的团队造星能力厉害。”

“只有我注意到了林恬恬斜对面的那位大美女吗？她好漂亮，我感觉她的皮肤白得发光了。”

“我是参加今天寿宴的宾客之一，视频里的人确实是林恬恬，至于斜对面的女孩，真人比视频里还要好看，身份就不透露了。”

“那个好像是之前宁家新认回去的孙女，宁家的继承人。”

“偷偷地说一句，她还是陆家的儿媳妇。”

…………

原本这是林恬恬的热搜，下面的评论竟然大半在讨论宁知。

陆绝凑近宁知的时候，目光不经意地扫过她的手机页面，看着上面的留言，漆黑的眸子暗了下来，嘴角也抿紧了。

怪姐姐是他的，谁也不能抢。

“洗完澡了？”湿热的身体凑过来，宁知一下子就感受到了。

陆绝额前的刘海儿被打湿，额上的伤口也被沾湿了，宁知赶紧找来毛巾，给他轻轻地擦去水渍：“伤口还没有完全好，不要沾水，发炎留疤了怎么办？”

这么俊的一张脸，留疤的话，她会心疼。

陆绝握着宁知的手，拿过她手里的毛巾：“给知知擦头发我。”

宁知刚才洗了头，头发还没有吹干，湿漉漉地垂在肩上，衬得一张脸越发白皙精致。

“你帮我擦头发？”宁知有点儿惊讶，以前都是她帮他擦的，现在他会照顾人了？

陆绝点点头。

陆绝的宠妻第三式：擦头发。

“好，你擦吧。”宁知很乐意看到陆绝主动的样子。

这代表他对外界的感知越来越多，他在进步。

宁知的头发柔软、顺滑，手感很好，陆绝动作轻柔，生涩又缓慢地帮她擦着。

鼻间全是好闻的香味，陆绝喜欢宁知的味道。

宁知任由陆绝帮她擦着头发，原本她还担心陆绝会扯痛她，然而一点儿也没有。

她身后的陆绝满脸认真的样子，像是在完成重要又神圣的任务。

过了好一会儿，宁知摸了摸自己的头发，发现干了大半，示意陆绝停下来：“好了，我去吹一会儿头发，你先睡吧。”

陆绝乖乖地点点头，然后躺在床上。

宁知走去隔壁的衣帽间里吹头发，因为陆绝对吹风机还有吸尘器的声音都很敏感，听到后会焦虑、烦躁。

之前他发病，也是因为吸尘器运作的声音。

头发完全干了之后，宁知才回到房间。她把灯关掉，然后开了床头的暖光灯。

她刚躺到床上，炙热的身体就靠了过来，钻进她的被子里。

宁知转过头，一下子对上了陆绝明亮的眼睛："怎么了？"

陆绝的手抱在宁知的腰上，他抿了抿唇，一本正经地说道："给知知暖床我。"

陆绝的宠妻第四式：暖床。

他还特意上网查过暖床的意思：以自己的体温温暖他人被窝的行为。

然而，在陆绝的理解里，暖床变成了以自己的体温温暖他人身体的行为。

他要温暖知知的身体。

陆绝神色认真地看着宁知："知知，可以我。"

宁知："……"

陆绝的身体紧贴着她，他的体温偏高，确实很暖，甚至很热。

宁知看着面前穿红色睡衣，眉目清秀，眼神干净，睫毛还羞涩地颤了颤的陆绝。这样炎热的夏天，他给她暖床，确定不是在勾引她？

宁知忍不住告诉他："暖床是冬天的事，现在天热，不需要暖床。"

陆绝眨了眨眼，装作听不懂的样子——他不想回去。

宁知觉得面前的陆绝就像故作懵懂的妖精，总想诱惑她做点儿坏事。

她突然想起霸王说的下一次穿越需要消耗六百个小太阳的事。

宁知将头往陆绝的方向贴近一些，故意逗他："想要我亲你吗？"

陆绝漆黑的眼睛亮了："要的。"

他根本不懂得什么叫拒绝，只知道自己很喜欢知知的触碰。

宁知起身，压在陆绝的胸口处，低头，唇落在了陆绝的额上。

感觉到眉心上柔软的触感，陆绝有点儿着急地提醒宁知："错了，错了。"

知知亲错位置了。

宁知忍住笑意问："什么错了？"

陆绝抿了抿唇，低沉的声音在安静的夜里特别清晰："亲这里的。"他用手指了指自己的唇。

宁知的眼里含着笑："不急。"

她把陆绝头顶显示框里弹出的一个小太阳收割掉，就算只有一个，也不能浪费。

唇缓慢地下移，落在了陆绝高挺的鼻子上，第二个小太阳弹出。

“知知，知知……”

陆绝有点儿迫不及待，他的眉心痒得很，鼻尖也有点儿麻，像有一只小蚂蚁在上面缓慢地爬过。

宁知就是故意逗他的，她的唇轻轻地落在他的唇角，第三个小太阳弹了出来。

陆绝垂在一侧的手握了握，克制不住地想要收紧。

陆绝的唇角有点儿凉，宁知刻意在这里停留了两秒，刚想要挪开，下一瞬，却被陆绝制止了。

小白兔被逼急了也会咬人，更不要说是被逗急了的小奶狗。

就在宁知要撤离的时候，“小奶狗”凶猛地还击了，他仰起头亲了过去，身体紧紧地贴着宁知，然后，他的手挪到宁知的后脑勺，将她推向自己。

自己动手，丰衣足食。

第十三个小太阳弹了出来。

陆绝的智商没有问题，他只是接收信息缓慢，反射弧长，还有语言障碍而已。几次下来，他已经在宁知的教导下开窍了不少。

金闪闪的小太阳不断地飞向她，宁知几乎被晃花了眼。

过了好一会儿，宁知几乎窒息，眼里全是水光，脸上发着热，就连脖子也快要烧起来了。她稍稍撤离。

陆绝明亮的眼睛茫然地看着她，似乎还想要继续。

宁知发现，陆绝头顶上的小太阳弹出的数量逐渐减少，从开始的十个一排，变成了现在的五个一排。

这是亲吻的效果减弱了？这也意味着，凑够六百个小太阳的难度大了一倍？

宁知清点了一下小仓库，一共是一百八十九个小太阳，还差好多啊。

宁知对上陆绝不满的眼神，低头轻咬了一下他的上唇：“你要再开心一点儿。”

陆绝的眼睛亮亮的：“知知，还要。”

维持抬起上半身的姿势有点儿累了，宁知躺回床上，试图平复着呼吸：“你自己来。”

闻言，陆绝的速度快极了，猛地翻身压住宁知，兴冲冲地凑过去：

"知知香，知知甜……"

"闭嘴，不要说话。"宁知羞耻得脸都烧了起来。

陆绝的手握住宁知的手，修长的手指扣紧她的指尖，逐渐收紧，随着吞咽的动作，喉结上下滑动个不停。

陆绝很贪心，头顶显示框里的小太阳不断弹出，金灿灿一片。

夜色渐浓。

另一边，林恬恬看着网上的热搜，气得全身颤抖。尤其是看着网友们对她的嘲笑，还有对宁知的吹捧，她几乎能闻到喉咙中的血腥味。

她竟然成了宁知的垫脚石，成了衬托宁知的绿叶，就像梦里一样，只要宁知出现，所有人只会注意到她。

现在玉已经碎掉，不能再夺取光环，林恬恬知道自己现在的容貌别说拍广告，就连在粉丝面前露脸都成问题。

林恬恬几近崩溃了。

吃过早餐，陆家来了一个年轻的男人。

"他是小绝以前的助理，魏星。"陆母介绍道，"我和东周商量过了，想让小绝回公司上班。"

之前儿子经历过绑架，病情加重，经常发病，就没有再去公司工作，而是一直待在家里。

现在他的情况好转了很多，到人多的地方没有那么害怕了，考虑到他总不能一辈子待在家里，陆母打算让他重新回公司。

"这位是小绝的妻子，宁知。"陆母为两个人相互介绍着，"我想让魏星重新做小绝的助理，他会在公司协助小绝。"

"宁小姐，你好。"魏星礼貌又爽朗地打着招呼。

对方很年轻，应该与陆绝差不多大，身上穿着一件红色的格子衫，戴着眼镜，干净又阳光。

宁知点点头："你好。"

陆母对宁知说道："这件事我还没有跟小绝说，小知，妈妈希望你能劝劝小绝。"

宁知点点头，应下了，很赞同陆母的想法。

她也希望陆绝能多与其他人接触、沟通，甚至是结交朋友。

晚上，宁知问了陆绝的想法。

“你愿意去公司上班吗？”她听陆母说，之前他是在下班的路上被人绑架的，她担心他的心里还有阴影。

陆绝已经洗过澡，穿着一身印满了狗头图案的红色睡衣：“去。”

他转过身，从抽屉里拿出了好几张黑卡递给宁知：“养知知。”

爷爷说了，他要养知知。

宁知有点儿惊愕，看着被塞到手里的卡哭笑不得：“你已经给我一张卡了。”

“给你，都给你。”

灯光下，陆绝额前的刘海儿服帖，清秀的眉目间透着乖劲。他把全部家产都给了宁知：“都是知知的。”

他也是知知的。

第二天，阳光落在阳台上，微风吹着浅色的窗纱，室内宁静又安逸。

宁知醒来的时候，陆绝已经洗漱好，正在换衣服。

他手里拿着一件红色的花衬衫，正准备换上。

宁知赶紧起身走过去，笑盈盈地哄他：“今天要去公司，不用穿得这么帅气的。”

陆绝漆黑的眸子茫然地看着她。

宁知从陆绝的衣柜里挑了一件红色的衬衫，真丝的面料光滑亲肤，质感很好。

宁知睁着眼说瞎话：“穿这件。你穿花衬衫的样子太帅了，我担心公司的人看了会喜欢你，把你抢走，那样我会很伤心的。”

陆绝耳朵有点儿红，薄薄的眼帘微颤着，语气肯定地开口：“抢不走我。”

他飞快地看了宁知一眼：“知知的，抢不走。”

我是知知的，别人抢不走。

宁知被他逗笑了，今天陆绝的甜度超标啊。

“那你穿这件衣服，你手上的这一件留着在家穿。”宁知对他眨了眨眼，“只穿给我看。”

陆绝嘴角微微勾起，露出了浅浅的小梨窝，点头重复着宁知的话：“只穿给知知看。”

宁知觉得陆绝越来越好哄了，忍不住捏捏他的脸：“今天工作要加油，如果你有事就发信息给我。”

她今天要去学校，不能陪同陆绝去公司。

陆绝应下：“赚钱，养知知。”

他也能养知知的。

陆绝并不知道自己账户里每年的分红就足以让宁知一辈子衣食无忧。

吃过早餐，陆绝以前的助理魏星已经来到了陆家。

魏星与陆绝是大学同学，加上他曾经修过心理学，与不少自闭症患者打过交道，有他在公司里帮助陆绝、看着陆绝，陆母放心不少。

“陆少爷今天的气色很好，很精神。”魏星看着陆绝依旧穿着红色的衣服，并没有惊讶：“宁小姐，早上好。”

“魏助理，早。”宁知发现魏星很爱笑，也很有感染力，有点儿明白为什么魏星会成为陆绝的助理了。她希望对方能带动陆绝也变得开朗一点儿，“拜托你照顾陆绝了。”

“不是小孩，不用照顾。”陆绝抿了抿唇，小声说道。

他又不是小孩，不用别人照顾。

宁知哭笑不得：“好，那我们今晚见。”她帮陆绝理了理衣领。

陆绝漆黑的眸子看着宁知，看了好几秒，移开，又看了好几秒，重复了几遍。

一天不能见知知，他要多看几眼。

陆绝的病情没有加重时，在公司旗下的人工智能开发实验室里工作过一段时间。

团队里的人对他并不陌生，知道他要回来工作，不少人是高兴的，不因为别的，陆绝话少、工作能力强，有他在，整个团队的开发进度像开了挂一样。

“陆绝少爷，你的办公室最近在重新装修，所以，暂时委屈你先跟我们坐在一起了。”魏星对陆绝说道。

“嗯。”陆绝的气质偏冷淡，他不说话的时候显得很高冷。

陆绝不是第一次在这里工作了，团队里都是熟人，他们纷纷过来跟他打招呼。

穿着蓝色衬衫的年轻人第一个上前：“陆少爷，欢迎你回来。”

“之前你离开团队，我们特别想念你。”一个身体微胖，戴着眼镜的年轻男人也挤了过来。

“绝大神，很高兴又能跟你一起工作了。”一个个子不高，看得出比较腼腆的年轻人神色激动，“这一次回来，你就不要走了，我们最近在研究新的项目。”

众人对陆绝的归来很热情，也都知道陆绝的性格，不会有人不识趣地上前跟他握手或者拍他的肩膀。

陆绝抬起眼眸，飞快地扫视了他们一眼，抿了抿唇，过了好一会儿才缓慢地开口：“谢谢。”

这时，团队的领导秦安走了出来：“你们手头上的工作已经完成了？还不抓紧？”

那个腼腆的年轻人挠了挠头，赶紧应声：“是，老大。”

秦安的年纪比较大——四十多岁，性格豪迈，嗓门儿也比较大：“陆少爷，欢迎你再次加入。最近的新项目你还没有了解，待会儿我会让人给你详细说明，如果你有什么问题，随时找我。”

他接到上头的电话，特意交代他好好照顾陆绝。秦安对此并没有反感，相反，他还高兴陆绝能回来，毕竟陆绝的工作能力很强。

陆绝低低地应了一声：“嗯。”

魏星拿来了资料，告诉陆绝：“现在我们主要研究的是一款能识别用户情绪并有针对性地做出准确沟通的人工智能……”

他们研究的这款人工智能还能用于治疗自闭症，能模拟患者喜欢的声音，引起患者的注意并与他沟通。

不管集团高层是出于私心，还是为了盈利，这个项目都很有研究价值。

陆绝安静地听着，魏星担心他一时接收不了那么多信息，特意放慢了语速。

宁知走在学校的路上，心里一直惦记着陆绝去公司的事。

而此时，她突然被人拦住。

“宁知同学你好。”一个穿着白衬衫的男生不知道从哪里冒出来，站在她面前。

宁知看着他。

“我叫沈括。”阳光下，男生身材瘦高，长相俊朗，有种说不出的阳光少年感。

他之所以拦住宁知，是因为论坛上有人偷偷地把宁知的侧面照放了上去，只看一眼，他就喜欢上她了，然后一直打听宁知所在的班级，关注她的上学时间，今天特意在这里等着。

男生显然很少做这样主动表白的事情，脸上带着羞赧之色："我想认识你。"

之前他一直都是在远处看宁知，今天这样近的距离，他发现她更加漂亮了。

宁知的皮肤白皙，在阳光下甚至看不到毛孔，精致的五官像精心描画出来的，每一处都长得恰到好处，就连一双眼也水润透亮。

男生被宁知看了一眼，害羞得脸红了。

宁知微微错愕了一下，随即神色平静："对不起，我有喜欢的人了。"

男生惊讶地看着她。最近他一直在留意宁知，平常她都是独出独进，根本没有其他男生出现在她身边。

看着面前明眸皓齿的宁知，他不想放弃。

看出男生不死心，宁知直白地拒绝道："我男朋友不在学校内。对不起，我没有兴趣和你做朋友。"

"你是担心你的男朋友吃醋吗？"男生忍不住问道。就算宁知有男朋友，他也可以做她的普通朋友，哪天他们分手了，他就可以……

"嗯，他会吃醋。"

如果知道有其他人想来抢她，陆绝必定会低下头，失落又执拗地说"知知，我的"，可爱又让人心疼。

她舍不得这样欺负他。

宁知没有理会男生纠结又挣扎的眼神，绕过对方离开了。

到教室的时候，宁知依旧选择坐在最后的位置，低调得很。

然而，现在她的光环已经全部恢复，尤其是拿回了最后百分之二的光环后，现在的宁知美得耀眼，就连声音也好听得让人不敢相信人间竟然有这么好听的声音。

陆绝也喜欢听她在他耳边说悄悄话。

现在的宁知哪怕想要低调也低调不了，她走进教室的那一刻，就引得不少人侧目。

而这时，班长拿着一个本子走到最后一排宁知的位置旁。

"有事吗？"宁知看着班长。

近距离看宁知的美貌，班长周清有点儿激动又有点儿不好意思：“宁知，过段时间就是校庆了，现在班上还剩下一个表演，是一个小品反串灰姑娘，你需要挑一个角色来演。”

“一定要上台？”宁知问她。

“班上的人都要参与，你也可以准备才艺表演。”这一次是庆祝建校五十周年的校庆，比较重要，所以每个班需要出三个节目报上去。

宁知不能拒绝，只好问道：“有哪几个角色可以挑选？”

班长把小本子给她：“这些没有打钩的你都可以挑。”

宁知随意地看了一眼：“就这个吧。”

周清看着宁知过分白嫩的手指指着的一个角色，有点儿惊讶：“你确定？”

“嗯。”宁知看见这个角色上面备注的只有五句台词，点点头，“我确定。”

周清的目光落在宁知过分明媚的脸上。没想到对方喜欢这个角色而没有挑选其他台词多的角色，她觉得惋惜：“好，那灰姑娘的恶毒姐姐就由你扮演。”

宁知点头应下。

放学后，宁知让司机开车去公司接陆绝。

车子停在大厦前，她打电话告知他自己已经在楼下了：“你自己下来，还是我上去接你？”

“我下。”

团队的人八卦的目光飘向陆绝，看着他冷淡的脸上竟然露出了浅浅的笑意，惊得倒吸冷气。

在他们的印象中，陆绝又冷漠又刻板，根本不会笑的。

有人忍不住好奇碰了碰魏星的手：“陆少爷这是跟谁聊电话呢？”

魏星推了推眼镜：“应该是宁小姐，他的妻子。”

什么？

陆绝结婚了？

他们这群人里只有一位是结了婚的，其他人都是“单身狗”，现在陆绝竟然也“脱单”了？

以前，他们甚至以为他们团队里的人都结婚了，陆绝这样的性格和病情，也会一直独自一人。

而现在，众人觉得自己的脸超疼，大家说好一起做“单身狗”，结果只有他们是认真的。

陆绝背起自己的红色背包，冲魏星说道：“知知接我。”

魏星赶紧跟上：“陆少爷，我陪你下楼。”

众人看着陆绝轻快的背影，羡慕又妒忌，陆绝有妻子来接他下班，简直是“虐狗”。

宁知看见陆绝下来，帮他打开了车门。

“辛苦你了魏助理。”

“这是我应该做的。陆少爷，明天见。”魏星笑着站在一旁。

陆绝惦记着宁知，没有回应魏星的话，而是着急地牵住宁知的手，将她往车子里带。

“今天过得怎么样？”宁知帮他顺了顺额前凌乱的刘海儿。

而陆绝的眼神干净、透亮，他用低沉的声音真诚地说道：“想知知。”

宁知脸红了：“我在问你今天做了什么。”

陆绝一脸诚恳之色：“想知知。”

今天他都在想知知。

陆绝又诚实又可爱，宁知觉得自己对他越来越没有抵抗力了。

尤其是被他一双漆黑的眸子看着，宁知觉得自己的胸口像揣着一只小兔子，蹦跶个不停。

她忍不住伸手捏捏他的脸，陆绝的肤色白皙，皮肤也细腻，手感超好：“那工作呢？”

陆绝任由宁知捏他的脸，眨了眨眼，继续答道：“工作了，还想知知。”

宁知的心颤了一下，这个男人太要命了。

第十四章
嗯，我只要你

宁知参加校庆表演的事情，不光被陆母知道了，还被宋老太太、宁老爷子知道了。

宁知极力解释自己只有五句台词，扮演的是灰姑娘的恶毒姐姐，角色并不重要，他们不用特意去看她的表演。

尤其是宁老爷子，他年纪大了，身体状态也不佳，宁知不希望他特意赶来。

然而，宁老爷子心意已决："你小时候在学校的表演爷爷都没有机会看到，现在难得有机会看你大学的表演，爷爷怎么可能错过？"那伤心的语气一度让宁知觉得老爷子在电话那头开始抹眼泪了。

宁知心软了，只能应下。

就连宋老太太在电话里也再三询问她校庆的时间，老人家说自己没有见过外孙媳妇表演，一定要去看看。

宁知没有办法，也应下了。

而陆母更是美其名曰带着陆绝去给她捧场。

宁知不知道自己扮演一个只有五句台词的恶毒姐姐，有什么需要捧场的！

校庆前，宁知跟班上的同学彩排了一遍节目，还试穿了表演的服装。

她看着自己身上的公主裙，浅紫色的裙子上还缝缀着各式的小碎花，衣领是可爱的公主领，裙子太清纯可爱了，完全不是宁知的风格。

她难以置信地看着负责服装的班长："我穿这条裙子上台吗？"

周清用力地点头，神色肯定："这条裙子好配你。"

当时她挑选服装的时候，一想到宁知那张漂亮的脸就忍不住给她挑好看的，宁知实在太漂亮了。

"我不是扮演恶毒的姐姐吗？"宁知觉得这样可爱的裙子跟她的角色完全不搭。

周清拍着胸脯，自信地说道："我们走不一样的路线，要打破思维定式。不能用外貌和装扮来显示你的恶毒，你该用演技去征服这个角色。"

宁知扯了扯过分可爱的公主裙裙摆，直白地告诉周清："我没有演技。"

"没演技也没有关系。"

周清看着宁知这张过分完美的脸，羡慕得不行："你有颜值，还要什么演技啊？上台负责美美美就行了。"

宁知："……"

学校的五十周年校庆举办得很隆重，校方还邀请了不少嘉宾到场。

让校领导震惊的是，今天到场的还有宋家的老夫人，接着，校领导又接到陆家掌权人带着妻子来了的消息，没多久，校领导还收到了宁家的老爷子也会出席的通知。

校领导震惊又茫然：他们的五十周年校庆竟然能同时惊动宋家、陆家和宁家？

学校赶紧派人在校门口等待着，迎接几位贵宾到场。

宁知在后台早已化好妆，还换上了裙子。

她看着自己精致漂亮得像公主的模样，再看看旁边男扮女装的灰姑娘，觉得节目的喜剧效果一下子就出来了。

而这时，她收到了陆母的消息，说他们已经到了。

宁知哭笑不得，像她这样上校庆晚会的舞台，外婆、爷爷还有公公婆婆和丈夫都来看的，恐怕没有几个吧？

陆绝跟着父母到了学校。

他看了周围几眼，这里是知知的学校。

表演还没有开始，宋老太太、宁老爷子还有陆父和陆母都被安排在第一排的嘉宾位置，而陆绝坐在后面一排的位置上，附近是其他学生。

临近演出，周围的人陆续入座。

陆绝旁边的位置也坐了人，是几个男生。

“听说这一次校花也会上台表演。”一个男生期待地说道。

“外语系的那个赵绵绵？”旁边戴着眼镜的男生也很期待，“听说她擅长弹钢琴，待会儿是要表演弹钢琴吗？”

“人家校花多才多艺，会跳舞，人长得漂亮，又有气质，也不知道沈括为什么要拒绝校花的表白。”染着棕色头发的男生用手肘撞了撞旁边的沈括：“校花几次约你，你都拒绝，真不喜欢校花？”

“校花还是算了吧，沈括喜欢中文系的那个宁知。”戴眼镜的男生爆料，“那天早上我还陪着沈括去跟宁知表白了。”

旁边，低着头的陆绝抬起头，飞快地看了旁边的几个男生一眼，嘴角紧紧地抿着。

“宁知是谁？比校花还漂亮？”棕色头发的男生一脸的好奇，“不可能吧？我们学校的校花是大家推选出来的，还有比她好看的？”

戴眼镜的男生鄙视地看了他一眼：“宁知平常比较低调，还是前段时间被人拍了照片放在学校论坛上，我们才知道学校内还藏着一个大美女，要是真比较，校花算什么？

“不过，我们括哥又不是单纯看脸的人，他又不是肤浅地看上宁知的脸了。”

戴眼镜的男生继续说道：“你们是不知道，括哥特意去打探了宁知的课程表，每天故意经过她的教室外面，还故意在路上偶遇她，最厉害的是，他天天一大早就等在学校门口，为的是多看宁知一眼。”

“真的吗？括哥你这么深情？”棕色头发的男生笑得贱兮兮的，“括哥你表白成功了吧？学校里就没有不喜欢你的女孩。”

“我猜宁知肯定也喜欢你、接受你。”

旁边，陆绝的薄唇抿紧，他漆黑的眼睛狠狠地瞪了这几个人一眼。他们胡说，知知只喜欢他。

棕色头发的男生被戴眼镜的男生拍了一下：“就你话多。括哥被拒绝了。”

“被拒绝？”棕色头发的男生凑到沈括那边，“不是吧？你有钱有貌，而且只交往过三个女朋友，洁身自好出了名，对方还看不上你？宁知眼神不好吧？她喜欢什么样的？”

“眼神不好你。”

旁边传来男人低沉又带着怒气的声音，几个男生看过去，只见一个穿着红色连帽卫衣、长相出众的男生正看着他们，眼神莫名地让人心里发毛。

沈括的视线落在对方的脸上，打量了对方几眼，他突然问道：“你认识宁知？”

陆绝此时像奓毛的小奶狗，要护着自己的粮食。他凶巴巴地开口：“我的，知知我的。”

沈括觉得对方的话有种说不出的怪异感，又观察了对方几眼，总觉得旁边这个红衣男生与正常人不太一样。

然而对方已经低下头不理他了。

沈括按捺住心里的疑惑。

这时，校庆表演开始了。

最先出场的是校花，她表演舞蹈。很显然，校花在学校内的人气很高，刚登台，下面便传来一阵又一阵的掌声还有热烈的欢呼声。

“校花真好看，跳的舞也好看。”周围的人忍不住夸赞道。

沈括随意地看了台上几眼，根本没有心思看校花跳舞。

他注意到旁边穿着红卫衣的男生一直低着头，沉默着，不看台上校花的表演一眼，好似一点儿兴趣也没有。

直到主持人报了中文系一班的“反串灰姑娘”节目，沈括才看到旁边的红卫衣男生抬起头，眼睛一眨不眨地看向舞台。

当男扮女装、身材高大的灰姑娘出场时，全场一阵哄笑。

接着，灰姑娘的恶毒姐姐出场。

灯光打在少女的身上，少女穿着一条浅紫色的碎花公主裙，造型又仙又清纯，少女被灯光照的白皙精致的脸尤其吸人眼球。

“天哪，这是哪个班的女生？我怎么没有见过？”

“这才是校花吧？”

“我怎么觉得恶毒姐姐才是灰姑娘？”

“恶毒姐姐不要欺负这个灰姑娘啊，来欺负我。”

“恶毒姐姐是哪个班的？跪求名字。”

嘉宾席，宋老太太看见外孙媳妇走出来，精神一振：“这么漂亮的小姑娘是我家的。”

旁边，宁老爷子不乐意了，满脸傲色：“我们宁家的基因好，一看小知就是宁家的人。”

陆母对陆父说道：“小知跟我们小绝真是般配，要是现在他们两个人能站在一起就好了。”

作陪的校领导一直处于紧张又不安的状态，现在突然听见旁边几位的话，这才将目光移向舞台之上那位长相漂亮、扮演恶毒姐姐的女同学。不得了，今天的几位大人物都是为她而来的？

从宁知出场到现在，舞台下的惊呼声就没有停止过。

“你刚才不是好奇宁知长什么样吗？”戴眼镜的男生用手肘撞了撞旁边的兄弟，“台上这位恶毒姐姐就是宁知扮演的。”

棕色头发的男生刚才一下子就被宁知惊到了，现在听到这话，他凑到沈括旁边，忍不住惊叹道：“难怪你拒绝校花，喜欢宁知。”

沈括一直看着宁知，虽然被拒绝了，但是他并没有死心。

他注意到，旁边穿红色卫衣的男生像他一样，紧紧地盯着台上少女的一举一动。

周围的人都在说着要追求恶毒姐姐，求恶毒姐姐的联系方式，还有喜欢恶毒姐姐的话，陆绝抿着唇，安静地看着台上的宁知，只看着宁知。

胸口有点儿酸，有点儿胀，他很不舒服。

宁知没看到，陆绝头顶上弹出了十朵带着闪电的乌云。

台上，漂亮的恶毒姐姐指挥高大的灰姑娘擦地板，撕坏灰姑娘的裙子，众人看了只觉得好笑，甚至支持恶毒姐姐再坏一点儿，继续欺负高大的灰姑娘。

陆绝头顶上的闪电小乌云一朵接着一朵弹出来，越来越多。

宁知站在台上，目光不经意地落在台下，一下子愣住了。

她看到了头顶着一堆闪电小乌云的陆绝。

显示框里，闪电小乌云的光几乎能与小太阳相比，刺眼得很。

他生气了？

台下黑压压的人群中，唯独陆绝的头上顶着一堆闪电小乌云，是亮的。

宁知的眼里只有他了。

她看了陆绝几眼，收敛心神，继续说台词。

宁知长得漂亮，光是站在台上就吸引了所有人的目光，更别说她居高临下，嘴角挂着坏坏的笑折磨灰姑娘的样子了，让人恨不得推开那个高大的灰姑娘自己被她欺负。

台下的观众发出一阵又一阵的哄笑声还有议论声，全在谈论台上的恶毒姐姐，对她充满了兴趣。

陆绝的刘海儿塌在额前，样子有几分可怜，漂亮的桃花眼安静地看着台上的宁知。

好多人想要抢怪姐姐。

节目表演完毕，掌声响彻礼堂。

宁知退了下去，回到后台，赶紧换掉了表演时的服饰。

“宁知，你要去哪里？”周清看见宁知匆匆忙忙地换好自己的衣服就要往外走，连忙叫住她。

“我家人来了，我想过去找他们。”

“晚上我们去吃夜宵庆祝，你要去吗？”周清期待地看着宁知。刚才有好多人向她打探宁知的消息，这回宁知在学校里出名了，完全遮盖了外语系那个校花的光芒。

平常宁知低调，但像她这样的颜值，只要有露脸的机会，绝对藏不住。

宁知摇摇头：“我要陪家人，不去了。”

外面还有一只生气的小奶狗等着她去安抚。

见过极美的恶毒姐姐后，再看接下来的表演，观众就觉得缺少了几分意思。

棕色头发的男生碰了碰沈括的手：“难怪你喜欢宁知，不喜欢校花，原本我还怀疑你的眼神不好，竟然连校花也不要，现在我知错了。”

比起宁知，校花确实不够好看。

沈括冷冷地睨了他一眼：“你今晚没有吃饱？晚上吃的饭不够堵住你的嘴巴？”

棕色头发的男生摸了摸鼻子，正要闭上嘴巴，目光不经意地扫到一个纤细的身影。

他震惊得赶紧伸手拉了拉沈括的衣袖：“看那边，快看！”

沈括有点儿不耐烦，正想要塞住对方的嘴巴。

“是……是宁知。”

沈括立刻转过头看去，那漂亮的女孩确实是宁知。

他的心控制不住地狂跳起来。

旁边，陆绝听到“宁知”这两个字后也有了反应，抬起头，漆黑的眼睛四处寻找她。

很快，他看到了宁知的身影，她在向这边走来。

“括哥，是宁知！她在向这边走来，肯定是找你的！”棕色头发的男生一阵激动。

沈括白净的脸上有了紧张之色。他愣愣地看着少女向他这边走来，喉咙有点儿干。

陆绝不悦地瞪了旁边几个男生一眼，知知才不是来找他们的！

宁知已经换掉了表演服，身上穿着一条水蓝色裙子，肤色雪白，整个人美得让人移不开视线。

她一路走过去，引得不少人注目，尤其在认出她是刚才台上的“恶毒姐姐”后，周围的人一阵热议。

宁知看到陆绝头顶上的显示框里不断地弹出带着闪电的小乌云。

她加快了脚步。

等到宁知走近了，众人发现近距离看，宁知更漂亮了，鼻子高挺小巧，小嘴红润，就连一双眼眸也水灵灵的，像缀满了漂亮的星子。

棕色头发的男生忍不住伸手碰了碰旁边的沈括，让他赶紧准备打招呼。

得不到沈括的回应，他转过头看去，只见沈括白净的俊脸上带着紧张和羞赧的神色，竟然跟平常的样子完全不一样。

宁知走过去，就在沈括红着俊脸、有点儿不知所措的时候，经过他走向了他的身旁。

“陆绝。”

沈括听到宁知用轻柔的声音喊着那个穿红色卫衣的安静男生。

他错愕地看过去，一旁的几个男生也傻了眼。

宁知不是来找括哥的?

陆绝漆黑的眼睛里带着几分委屈之色还有占有欲。他主动伸手握住了宁知的手腕，将她拉到自己的另一旁坐下——才不让别人看知知。

宁知坐下后，看到前面的陆母转过头，她笑盈盈地轻喊了一声：“妈妈。”

接着，宁老爷子和宋老太太都转身看宁知。

宁知甜甜地分别和爷爷、外婆打了招呼。

沈括还有旁边的几个男生惊得难以回神——宁知跟旁边的红卫衣男生是情侣，就连她的家人都到场了。

很显然，宁知和对方的恋情是得到了家人的允许的。

打击一个接一个地袭来，沈括眼里的光暗了下去，之前宁知说她有男朋友他还不信，现在他不得不相信了。

而且，宁知并不记得他，刚才经过的时候，就连一点儿余光也没有分给他。

“你怎么生气了？”宁知在陆绝的身旁坐下，看了一眼他头顶的显示框，里面堆满了带闪电的小乌云，数量多得她都不愿意数了。

陆绝修长的手指紧紧握着她的手，胸口不舒服的感觉才缓解了一点儿。

宁知看见他头上的闪电小乌云消失了几朵。

她一愣：他生气的原因与她有关？

宁知反应很快，故意用指尖轻轻地去挠陆绝的手掌心，果然，下一秒，闪电小乌云又消失了几朵。

耳边传来其他人的议论声，宁知猜到了是怎么回事。

她凑到陆绝的耳边，低声说道：“不要管其他人说什么，知知是你的。”

温热的气息落在陆绝的耳朵上，有点儿痒，他又翘又长的睫毛忍不住动了动。

宁知的声音钻进他的耳朵里，陆绝漆黑的眼底生了光，胸口处酸胀的感觉一下子就消失了。

宁知看见陆绝头顶上的闪电小乌云一眨眼的时间只剩下一半。

她弯了弯眸，他还真是好哄。

表演结束了，宁知牵着陆绝，陪同宁老爷子、宋老太太，还有陆父陆母离开了。一家人气氛融洽，校领导在后面陪着，引得众人纷纷侧目。

沈括坐在原来的座位上没有动。

旁边的兄弟拍了拍他的肩膀：“别看了，人走了。”

另一个男生安慰：“时间不对，如果宁知单身，肯定考虑你。”

沈括幽幽地看了他一眼。

“看来你跟宁知有缘无分。”

沈括的目光黯淡下来。

回到陆家的时候，陆绝头顶上的另一半闪电小乌云还没有消失。

宁知数了数，还有十二朵闪电小乌云，陆绝还在生闷气。

关上房间的门，她走向他："你听到其他人谈论我，所以生气了，是吗？"

陆绝抿了抿唇，缓慢地开口："小男生，表白你。"

刚才他听到了，那个男生向知知表白了。

宁知惊愕地问："你听到别人说的？"他怎么知道之前有人向她告白？

显然，他应该是在刚才校庆晚会的时候听到的，生气是因为吃醋了。

陆绝低低地应了一声："嗯。"

他听到了，对方喜欢知知。

"知知，我的。"陆绝看着她，坚定地说道。

"之前确实有人向我告白了。"

宁知没有告诉陆绝，是因为觉得不重要。她没有把这件事放在心上，但现在陆绝知道了，她会解释："我没有接受，也不知道那个人是谁。"

被告白的时候，她连对方的样子都没有看清楚。

陆绝又翘又长的睫毛颤了颤，低喃道："不要小男生。"

宁知笑了，直白地说道："嗯，我只要你。"

陆绝头顶上的闪电小乌云又消失了几朵。他明亮的眼睛看着宁知，目光落在宁知红润的小嘴上。

他想亲知知。

陆绝突然想起在实验室里听到的同事说过的话：男孩子该做主导。他知道什么叫主导，就是主动，引导。

他伸出双手，贴在宁知的脸上，捧住了她的头。

"怎么了？"宁知怔住了。

"想亲知知。"陆绝将脸凑近她，诚实得过分。

宁知脸红了，下一秒，陆绝的脸在她眼前放大，再放大，唇上传来柔软的触感。

陆绝会主动了？

唇上的力度在加重，宁知看到他头顶上一朵闪电小乌云消失，第二朵闪电小乌云消失……

陆陆续续地，闪电小乌云全部消失了。

跟往常不一样，这一次的陆绝动作生涩，但攻势很猛，急不可耐地用舌尖描画了一遍她的唇。

宁知觉得陆绝贴着她脸的掌心发烫，她的脸好像要烧起来了。

十个小太阳弹了出来。

明明刚才他还在生气，现在却快乐得小太阳十个十个地弹出，还真是可爱得过分。

也不知道过了多久，宁知的呼吸越来越不稳，眼里一片水色，唇有点儿麻。不用照镜子她也知道自己的唇肯定是红的，微肿的。

终于把第三百个小太阳收割掉，宁知双手发软，无力地推开了陆绝。

这家伙还真是不知厌倦，贪心得很。

宁知咬了一下他的唇，哄道："已经亲够了。"他再亲的话，她的唇都要破皮了。

陆绝额上的伤口几乎痊愈了，额前的刘海儿服帖着，透着乖劲。

他明亮的眸子里映着宁知的模样，愉悦又不满足："知知，知知……"

夜色渐浓。

旁边的陆绝已经睡着，宁知找了霸王。

她把六百个小太阳交给了霸王，看着瞬间空荡荡，只剩二十个小太阳的小仓库，宁知的心头在滴血——穿越太贵了。

再睁开眼的时候，宁知发现自己处在一个陌生的环境中。

周围绿树葱郁，环境幽静。

宁知皱了皱眉：这是哪里？

她走到前面的指示牌前，看着上面的标语，才意识到自己身处度假的景区。

度假？

宁知突然想起了什么，眉头一皱，心中有点儿着急。

她需要尽快找到陆绝。

陆绝大一的时候，陆父和陆母带着他和陆深远去度假山庄游玩，就在山庄里，陆绝不小心掉进了湖里，差点儿被淹死，是陆深远及时发现，跳下水把陆绝救上来的。

这是宁知之前从陆母的口中听到的版本。但宁知深知陆深远的真面目，所以不相信陆深远会真心实意地救陆绝，甚至为了陆绝差点儿没命了。

景区太大了，宁知不知道去哪里找陆绝。

她找到景区的导览图，发现这里不止一个湖，她数了数，至少有三个湖，而且分别在东、南、西三个方位，湖与湖之间的距离很远。

宁知只能先去离自己最近的湖碰运气。

她曾经问过陆母，知道陆绝掉进湖里这件事是下午发生的，但具体的时间陆母也不清楚。

宁知看了看天色，现在应该就是下午，阳光强烈，哪怕宁知此时感觉不到空气的温度，也能看出周围的植物被太阳烤得叶子都卷了边。

她加快了脚步。

来到附近的荷花湖，宁知发现湖周围有不少人，湖边也有半人高的围栏，显然，陆绝并不是在这里掉下去的。

宁知赶紧离开，继续去寻找其他湖。

也不知道走了多久，她竟然走到了景区里的酒店附近，正好碰见陆母和陆父从酒店里走出来。

宁知神色一喜，赶紧走过去。

站在陆母面前，宁知突然想起对方看不见自己，有点儿着急。她总不能现在直接在陆母和陆父面前现身，这样会吓到他们的，而且周围有那么多人，她更不能突然出现了。

“你刚才打电话给深远的时候，他是怎么说的？他和小绝在哪里？”陆母身上穿着精致的长裙，头上戴着草帽，挽着陆父的手往前走着。

看得出陆父现在的心情很好，他严肃的眉目柔和了几分，半搂着妻子的腰，嘴角也带着笑意：“他们在南门那边。”

南门？

宁知回想了一下。

刚才她在导览图上看到南门也有一个湖，但位置偏僻，没有荷花湖和放生湖有名气。

宁知顾不上听陆母和陆父又说了什么，快速往南门的方向赶去。

南门这边有一个人工湖，因为偏僻，附近也没有什么特别的景物，来这边的游客很少。

陆深远站在树下看着不远处站在湖边发呆的陆绝，眸色黯了。

他慢悠悠地走过去问陆绝：“你看得这么入神，湖里有什么？”

陆绝没有回应他，漆黑的眸子安静地看着湖面，看着阳光洒在水面上，波光粼粼，像铺了一层碎金。

自闭症患者有时候喜欢看这样闪亮的东西。

陆深远勾了勾唇，只觉得陆绝还真是一个傻子，看着湖面都能发呆发愣。

周围空旷，安静无人，只有一两声鸟鸣。

陆深远走到了陆绝的背后，身体几乎要贴上陆绝的背。他凑近陆绝，唇角挂着冷笑：“湖里有更好看的东西，你要不要下去看看？”

说着，他脸色不变，将陆绝往前一推。

陆绝站立不稳，整个人往前扑进了湖里。

巨大的水花溅起，陆深远居高临下地看着在水里扑腾的陆绝。

他不会犯蠢在这里谋杀陆绝，他的脑子还不至于这样笨，不过，让陆绝吃点儿苦头还是可以的。

“小绝，你坚持一下，我准备下来救你。”陆深远开口，语气却很冷漠，身子笔直地站在湖边，没有采取任何行动。

很显然，他就是要整陆绝。

宁知赶来的时候，一眼就看到了站在湖边的陆深远，他双手插着裤袋，居高临下地看着湖里，而周围并没有陆绝的身影。

宁知的脸色瞬间沉下了，她快速跑过去，看到了在湖里挣扎的陆绝。

陆绝并不会游泳，也不懂得呼喊救命，只能笨拙地划着水，胡乱挣扎，几乎要被水淹没了。

宁知的心像被狠狠地拧了一下，疼痛难耐。

她恶狠狠地瞪了陆深远一眼，走到他的背后，消耗一个小太阳换取一分钟的接触实物的时间。

宁知咬着牙冲上前，经过陆深远的身侧时，身体状似不经意地撞倒他，让他站不稳，也掉进了湖里。

与陆深远掉下湖时迸发出巨大的水花不一样，宁知跳下水是没有任何动静的。

她快速游到陆绝那边，手刚拉上他的衣服就被陆绝带着沉进了水里。

她抱着他，少年的身体健壮，一下子缠上她，肌肤紧贴。

宁知的手搂在了陆绝精瘦的腰上，她带着他游出水面。

“陆绝。”宁知感受不到水的温度，但能感受到陆绝身上带着一股子冷意，“不用怕，你抱住我。”

陆绝的手有了支撑，下意识地搂住了宁知的腰，他被打湿的眸子里的慌乱之色逐渐退去，映着宁知的模样。

低沉的声音仿佛沾了水，少年像受了欺负后终于找到主人的小奶狗，有点儿委屈："怪姐姐。"

怪姐姐来救他了。

"我带你上去。"宁知的腰被少年粗壮有力的手臂紧紧搂住，她示意陆绝，"你不用贴得这么紧。"他这样她不方便施展动作。

陆绝抿着唇，不舍地松开了一点儿。

宁知带着陆绝往另一边游去，根本不管不远处依然在水里扑腾的陆深远。

她拉着陆绝来到湖边，陆绝爬上石阶，然后伸手拉宁知上去。

宁知身上的衣服并没被打湿，而陆绝一身红色的运动服湿透了，头发也湿透了，水珠不断地顺着他的鼻梁、脸颊滚落。

他脸色苍白，唇也泛白，眸子漆黑，被红色的衣服一衬，有种说不出的感觉。

陆绝明亮的眸子看着她，舍不得眨眼："怪姐姐。"

"我带你回去换衣服。"宁知牵着陆绝的手。

她看到水里的陆深远满脸震惊的神色，尤其是他看见陆绝竟然游到了湖边还上了岸，整个人蒙了。

宁知牵着陆绝，眼里带着冷意。居高临下地看陆深远在湖里被迫喝了几口湖水，整个人在水里狼狈地扑腾了一会儿，宁知才牵着陆绝离开。

宁知准备带陆绝回酒店。

路过一个租拍照用的衣服并提供化妆服务的摊位时，宁知停了下来，沉思了一下，然后对陆绝说道："你等我一下。"

陆绝点点头，湿淋淋地站在阳光下，引得不少人侧目。

宁知找了一个隐蔽的地方换取十分钟的现身时间，然后走去摊位向店主借了化妆品。

女老板热情好客，尤其看见这样漂亮的小姑娘，大方地让她借用。

宁知速度很快，选择了一个暗色的粉底上妆，遮掩住自己雪白的皮肤还有精致的眉目，就连红润的嘴唇和漂亮的眼形也被她改变了不少。

她整个人还是好看的，却被掩盖了不少姿色，没有那么动人了。

宁知化好妆后，赶紧回到陆绝身边。

陆绝漆黑的眸子安静地打量了她几眼，抿了抿唇，缓慢地开口：“丑你。”

怪姐姐，变丑了。

宁知想到之前她还没有恢复美貌的时候，大绝绝也好几次这样说她丑，她气得哼了一声，伸手去捏他还沾着水珠的俊脸：“我变丑了，你就不喜欢了？”

陆绝眸子转了转，看向其他地方，湿漉漉的黑发下耳朵通红：“丑也喜欢。”

宁知笑了——她知道陆绝不会撒谎。

她牵着他的手：“走吧，带你回酒店。”

虽然现在阳光强烈，但宁知还是担心陆绝会感冒，因此加快了脚步。

陆绝虽然浑身湿透，但他的颜值高，宁知化了妆后，虽然不令人惊艳，但还是好看的。两个人走在路上，引得不少游客侧目。

宁知牵着陆绝，着急地赶回酒店。

“小绝？”陆母和陆父刚才在外面逛了一圈，陆母发现自己落了东西，准备回房间拿，没想到看见了湿淋淋的儿子。

“这是怎么回事？你怎么全身都湿透了？”陆母赶紧上前，神色担忧地看着儿子。

宁知悄悄地松开了陆绝的手。现在遇到陆母，实在太好了，她刚才还在想去哪里找陆母。

“阿姨，你是这位哥哥的家人吗？”宁知开口。

“你是……？”陆母这才注意到儿子身旁站着一个年轻女孩。

“这位哥哥刚才被一个人推下湖，他不会游泳，是我把他救上来的。”宁知想要趁机告状。

“什么？小绝被人推下水了？！”陆母震惊，“这是怎么回事？为什么有人推他？”

陆父的反应与陆母不一样，他打量着宁知：“是你救了我儿子？”

陆父目光锐利，像要穿透人心，宁知沉稳地对上了他的目光，冷静地点点头。

陆父眯了眯眼：“既然你救了他，为什么你全身都是干的？”

陆母看向宁知，女孩确实浑身都是干的，与浑身湿透的小绝不一样。

宁知心里惊愕，但脸上神色不显，陆父明察秋毫，她刚才没有注意到这个问题。

宁知纯真地开口："我没有下水，只在湖边把哥哥拉上来了。"

陆父继续审视着她："你救了我儿子，想要什么报酬？"

宁知赶紧摇头："我不需要报酬，不管是谁遇到了那样的情况，都会救人。"

陆父眼里的审视之色退去，陆母感激地看着宁知，显然，两个人这是相信她的话了。

"你救了小绝，我们陆家一定会好好感谢你的。"陆母语气激动，"你刚才说有人把小绝推下水，你看到他了吗？是谁？求求你告诉阿姨。"

陆母不敢想象儿子被人推下水的情形，他不会游泳，如果没有人搭救，只会淹死。

光是这样想着，陆母一颗心就揪起来了，又生气，又后怕。

"深远不是陪在小绝身边吗？他人在哪里？怎么会有人谋害小绝？"陆母不冷静了，脑子里全是疑问。

宁知点点头："我看见是谁推这位哥哥下水的了。"

"是谁？"陆母和陆父同时问出了口。

宁知的手指向酒店的门口，此时，全身湿透、神色狼狈的陆深远走了进来。

"是他。"

陆父和陆母看到年轻女孩指着向他们走来的大儿子。

陆母的脸色变了。

宁知压低了声音，像有几分紧张。她对陆母和陆父说道："我刚才看见了，是他把这位哥哥推下湖的。"

"不可能，你是不是看错了？"陆母眉头紧蹙，难以置信。

"叔叔，阿姨，我没有看错。我看到那个人把哥哥推下去后，他自己跟着跳下去了。"宁知神色疑惑，"他推了人，为什么自己也跳下去啊？"

陆父用锐利的目光再次审视宁知，年轻女孩的眼底清澈纯真，脸上带着疑惑和激动之色，还有些紧张，并不像在撒谎。

他将目光投向走来的大儿子，深深凝视着。

"小绝！"陆深远快步走过来，眼里、脸上都带着深深的担忧之色，"小绝，你是怎么回来的？我到处找你。"

“深远，这是怎么回事？”陆母着急地问，“小绝怎么会掉进湖里？”

陆深远缓了几口气，解释道：“小绝一直站在湖边看着湖面发呆，在我走神的时候，他竟然要跳下湖，我来不及去拉他，他跳进了湖里。”

他看起来疲倦又无力：“接着，我跳下湖救他，上来的时候，小绝转眼就跑掉了，我爬上岸去追，跟丢了他的身影，没想到他自己回酒店了。”

陆深远无奈地舒了口气，像极了宠爱弟弟的大哥哥。

闻言，陆母和陆父一时之间难以辨别谁在说谎。

“你……你撒谎。”宁知声音甜美，娇声斥着陆深远，“我看见是你把这位哥哥推下湖的。”

陆深远眸色黯了，看向宁知的目光有点儿冷：“请问你是谁？”

“你别管我是谁，我看见你在南门的湖边把红衣服哥哥推下湖了。你还站在湖边看哥哥挣扎。”宁知看着陆深远道貌岸然的样子，直接对上他审视的目光，义正词严地说道，“你以为周围没有人，其实我都看到了，就是你推的！”

陆深远困惑地皱紧了眉头：“我不知道你是谁，但请不要胡乱说话。小绝是我的弟弟，我不可能谋害他，我当时是想要救弟弟，而不是推弟弟。”

陆深远语气带着无奈：“爸，妈，我不知道这个女孩是怎么回事，我怎么可能无缘无故地推弟弟下湖？而且我脑子还不至于这么蠢，用这样笨拙的手段去害弟弟。”

陆深远全身湿淋淋的，确实比浑身干爽、突然冒出来的陌生女孩要有说服力。

宁知也知道自己处于劣势。

她当然不指望这一回就能扳倒陆深远，只是想降低陆深远救陆绝这件事的可信度，削弱陆深远在陆父和陆母面前的滤镜，给陆父和陆母种下怀疑的种子，同时让陆深远有所顾忌而已。

只剩下一分钟的现身时间，没有时间继续跟陆深远争辩了，宁知敛了敛眸子。

“你们不相信我吗？我没有看错，是他推人下水的。”

受到质疑，宁知娇俏的脸上布满怒气，娇声道：“你们爱信不信！我不多管闲事了！”

说着，宁知很生气，急得跺了几下脚，跑开了。

她跑出酒店，然后藏身在外面的大树后，转眼又恢复了别人看不见的状态。

宁知神色平静地返身走回酒店里。

“妈妈，我们先带小绝上楼换衣服吧，我担心他会感冒。”

陆深远唇发青，衣服、头发都是湿的，却在担心陆绝，对刚才陌生女孩的话全然不放在心上，一脸的坦荡之色。

陆母心里还想着年轻女孩的话，看对方生气的模样，女孩并不像在撒谎。

但面前的大儿子也不像在撒谎。

一直以来，陆深远都很维护、偏爱陆绝，事事以陆绝为先，怎么会突然做伤害陆绝的事？

况且，他带着陆绝出去，如果陆绝有什么事，他第一个被怀疑，如果这样做也太蠢了。

陆母沉思着，会不会是距离远，那个女孩把陆深远想要拉住陆绝的动作，看成了推？

一时之间，陆母思绪混乱，转头去看身旁的陆父。

“你带小绝上楼。”陆父对陆母说完又转向陆深远，说道：“深远，你也去换衣服吧，这件事我会让人调查清楚。”

陆深远脸上的神色不变，越发坦然：“好的，我先上去换衣服了。”

宁知看到陆父打了电话，让人去调景区的监控录像。

宁知对监控录像不抱希望，因为上一次陆绝被推下水的时候，依照陆父的谨慎性格，必定也让人去调查了监控录像。

然而最后陆父还是相信陆深远，显然，他并没有拿到证据。

果然，陆父很快接到手下打过来的电话，得知南门那边并没有安装监控摄像头。

景区很大，并不是每一个地方都会安装监控摄像头，而且南门那边还没有完全开发，位置偏僻，人流量少，更不会安装监控摄像头。

陆深远也是清楚这一点，才敢肆无忌惮地整陆绝。

宁知有了心理准备，并没有因此失望。

不管陆父有没有对陆深远起疑心，至少这一次之后，陆深远会有所顾忌。

宁知跟着陆父上楼，正好看见陆母从陆绝的房间里走出来，而里面的陆绝还没有换下湿衣服。

“小绝一直站着，不愿意换衣服。”陆母发愁，也不知道儿子怎么了，固执地站着不动，好像在等谁。

宁知走了进去：“怎么还不换掉湿衣服？你会感冒的。”

陆绝抬眸看向宁知。他以为怪姐姐又消失了。

少年浑身湿透，还滴着水。他抿着唇，漆黑湿润的眸子安静地看着她，水珠顺着额前的刘海儿滚落，像一只落水后被遗弃的小奶狗，可怜极了。

“我现在还不会走，你先去把湿衣服换下来。”宁知安抚着少年。

陆绝眨了眨眼，在陆母惊讶的目光中拿起准备好的衣服，走进洗手间。

陆母舒了口气，对陆父说道：“我刚向你告状，儿子就去换衣服了，你说儿子是不是怕你？”

陆父哭笑不得。他可不认同妻子的话，从他上楼后，儿子就没有看过他一眼。

陆父和陆母离开了，房间里安静下来。

宁知在一旁等着，过了好一会儿，陆绝换了新的红色运动服出来。

比起高三的时候，现在的陆绝好像又长高了一点儿，胸膛健壮，整个人挺拔俊俏，就连眉目轮廓都更加立体了。

他眉宇间还残留着几分青涩的感觉，眼睛一如既往地干净、清透，只映着她的身影。

他走到她身旁，修长的手指拉住她的手，然后手指紧扣。

少年的掌心发烫。

他拉着她往外走。

“你要带我去哪里？”宁知好奇地问。

陆绝看了她一眼，漆黑的眼底有了几分羞赧之色，抿着唇，没有应声，打开门，拉着宁知走出去。

“陆绝少爷。”

门外守着一个高大的黑衣保镖，对方看见陆绝开门出来，赶紧打电话向陆父汇报。

电话那头，陆父眼神坚定：“不用阻拦，一路紧跟着他。”

看来儿子并没有因为落水而受到惊吓，他想要知道儿子准备去做什么。

保镖应下，一路跟着陆绝。

保镖看见陆绝像握着什么往景区走去，但他手中空荡荡的。

陆绝带宁知来到了一支长长的队伍后，游客们正在排队坐缆车到对面的山头。

“你想让我陪你坐这个？”宁知问身旁的少年。

陆绝抿了抿唇，点点头，黑色的短发下，耳朵有点儿红。

前面排队的游客大多是情侣。

宁知看破了青涩少年的小心思，用指尖挠了挠他的掌心：“好，我陪你坐。”

陆绝抬眸看她，眼底黑亮。

轮到陆绝的时候，保镖想要跟自家少爷坐同一辆缆车，然而他上前的时候，被陆绝凶巴巴地瞪了一眼。

保镖摸了摸鼻子，只能坐下一辆。

缆车里的空间很小，正好能容纳两个人。

宁知虽然知道自己不管坐车还是坐空中的缆车，都可以悬浮在座位上，不会掉下去，但心里还是会紧张。

而旁边的陆绝却相反。

他漂亮的桃花眼一直紧紧地看着宁知，嘴角微微上翘，能与宁知一起坐缆车好像很高兴。

他收紧握着宁知的手，低沉的声音在缆车中响起：“长大我。”

宁知看着他棱角分明的轮廓，发现他确实又长大了不少，伸手摸摸他的头：“你比我高多了。”

“长大，可以恋爱我。”他一直记着怪姐姐的话。

他想跟怪姐姐在一起。

宁知怔了一下，对上少年热切的目光，瞬间红了脸。

好家伙，怎么在这件事上，他的记性就这么好？

“你知道什么是恋爱？”宁知问他。

陆绝的喉咙上下滚动了一下，他缓慢地开口：“亲怪姐姐。”

他握着宁知的手，按在了他胸口的位置：“这里跳快，怪姐姐的。”

我这里跳得很快，心是怪姐姐的。

宁知掌心下是陆绝强而有力地跳动着的心脏，一下一下，像在告知她，他有多喜欢她的触碰。

宁知的掌心、手指都很热。

少年看着她，只看着她，宁知像要陷进他漆黑的眸子里。

这样的陆绝，她根本没有办法抵抗啊。

宁知往后面的缆车那边看了一眼，里面的保镖的脸几乎要贴上玻璃，紧紧盯着他们的缆车。

宁知的脸发热，她把陆绝卫衣后的帽子拉起，帮陆绝戴上，直接挡住了陆绝的头。

宁知凑近他，在陆绝明亮的目光中亲在了他微凉的唇上。

气息香甜，触感柔软、湿润。

怪姐姐终于亲他了。

呼吸湿热，帽子遮挡着，陆绝着急地贴上宁知的唇："怪姐姐、怪姐姐……"

透过玻璃，后面的保镖只能看到陆绝微微晃动的，戴着帽子的脑袋。

缆车与缆车之间的距离不算近，加上现在的阳光强烈，玻璃又反光让人看不清楚玻璃内的情形。

穿着黑色衣服、身材高大的保镖把头贴在了缆车的玻璃上，想要看清前面的陆绝少爷在做什么。

只见前面，突然戴上红色连衣帽的少爷身体侧向旁边，头也往旁边低下，好像在晃动。

缆车里的空间很小。

少年身姿颀长，小小的空间被他占去大半，加上他的身体恨不得贴上她的，宁知只觉得自己坐的位置越来越窄小，呼吸也越来越不稳。

青涩又好奇的少年太要命了。

宁知发现，现在的陆绝比起长大后的陆绝主动多了，好奇心也强多了。

她才亲在他的唇上，少年就浑身绷紧，薄唇贴上她的，急切地想要更多，甚至在试探她的各种反应。

现在的陆绝生涩得很。

他没有任何技巧，只是单纯地舔着宁知的嘴。

怪姐姐是香的。

怪姐姐是甜的。

怪姐姐的嘴巴很软。

陆绝薄薄的眼帘微颤着，眼底有了羞耻之色，唇上却越发用力。他喜欢这样亲怪姐姐。

宁知想要撤退，然而少年根本不愿意停下来，他纠缠着她，笨拙又急躁。

他的头动来动去，整个人像是茫然不知所措，极需要主人安抚的小奶狗。

宁知的手攀附上他的肩膀，陆绝更激动了，头动得更厉害，红色的帽子下，温热的气息落在宁知的脸上，让她的脸红透了。

眼前的光被少年的头挡住了，她只能看到他。

她对上了他漆黑的眼睛，里面是茫然、懵懂的情绪，又翻滚着情欲。

后面缆车里的保镖眉头紧皱，紧紧地盯着前面的陆绝，心中一阵疑惑，少爷的身体越来越向下俯，像压迫着什么东西，头也晃动着越来越低，帽子遮挡住了他的侧脸。

保镖看到陆绝好像将什么逼迫到了缆车的角落，身体几乎要贴上去。

保镖猜不透陆绝在做什么，只能继续观察他的一举一动。

人坐在缆车中，能将景区的美色尽收眼底。

然而，陆绝对于景区的美景视而不见，漂亮的桃花眼里只有他的怪姐姐。

缆车临近终点的时候，宁知推了推陆绝，往后撤离。

宁知的脸泛着红晕，眼睛也染了水色，漂亮得摄人心魄。

陆绝低着头，呆呆地看着她，胸口满满的，好像抱住了自己最喜欢的东西："怪姐姐漂亮，我的。"

他漆黑的眸子里盛满了他的怪姐姐。

也不知道过了多久，缆车到站。

陆绝牵着宁知的手，舍不得似的，磨蹭了一会儿才下车。

穿着一身红色运动服，戴着连衣帽的少年引得旁边排队的游客纷纷侧目。

只见连衣帽下的少年长着一张英俊的脸，脸微微泛红，一双好看的眸子湿润明亮，帅气又有一种说不出的萌，惹得不少女孩脸红，心跳加速。

保镖从缆车上下来，着急地追上前，看见自家少爷的手里像拉着什么，走到队伍后面重新排队。

"陆绝，你热吗？"宁知想起自己忘记把他头顶上的连衣帽拉下来了，但想到现在阳光正强烈，他戴着帽子能够遮挡阳光，她又没有动。

陆绝不知冷，也不知热。

他摇摇头，然后在身后保镖惊讶的目光中，突然低下头，凑近宁知，忍不住似的，薄唇落在了宁知过分红润的小嘴上。

少年不懂得什么叫收敛，也不懂得什么叫羞耻，光明正大地亲着自己喜欢的怪姐姐。

宁知愣了一下，原以为陆绝只亲一下就会离开，然而，她还是低估他了。

感受到他想要亲得更深入，她赶紧后退。现在不是在缆车上，他们前面有这么多旅客，后面更是有紧紧盯着陆绝的保镖。

哪怕知道周围的人看不见自己，宁知还是脸红了，莫名地觉得羞耻、刺激。

宁知用余光瞄向身后，果然，保镖眼里是难以形容的错愕之色。

“要亲。”陆绝神色茫然地看着宁知，不明白她为什么不让亲了。

宁知伸出双手，掌心贴在少年的脸上，捧住他的脑袋，眼睛对上他的目光。

“以后有其他人在的时候不能亲。”这样会吓到别人的。

陆绝疑惑地看着她：“为什么？”

“亲亲是两个人私密的事情，不要在这么多人的面前进行。”宁知哄着他，“只有我们两个知道就好。”

陆绝乖乖地点头：“只有怪姐姐和我，可以。”

他记住了，只有怪姐姐和他两个人的时候，是可以亲的。

宁知笑了笑，没有纠正他。

回程的时候，缆车上又只有他和宁知，陆绝还记得刚才宁知的话，急吼吼地、如饥似渴地去亲宁知。

现在是可以亲的。

再次坐完缆车下来，保镖看见自家少爷头上的连衣帽已经被拉了下来，露出了一张俊脸。

他的眼睛亮亮的，嘴角微微勾起，脸上有一个浅浅的小梨窝。

保镖发现，自家少爷破天荒地笑了。

他急急忙忙地掏出手机向陆东周汇报：“先生，少爷坐了两趟缆车。”

“缆车？”电话那头，陆父神色疑惑。

保镖赶紧说道："对的，少爷好像很喜欢坐缆车，从缆车上下来后一直在笑。"

陆东周很意外儿子竟然喜欢坐缆车："好，我知道了，你继续保护好他。"

挂了电话，他转身看到了一脸好奇之色的妻子。

"小绝怎么了？"陆母大概听出电话内容是关于小绝的。

"没事，保镖汇报小绝去坐缆车，还笑了，看起来他很喜欢坐缆车。"陆东周走回妻子的身旁。

"真的吗？既然他喜欢，下一次我们还带小绝去有缆车的地方。"陆母突然想到什么，眼中的笑意消失了，"今天小绝落水的事，你怎么看？"

陆母皱着眉，继续问："你觉得那个女孩说的话……"

"我让人去追查那个女孩的去向，发现她走出酒店后就找不到了。"陆父的眸色深沉，"我也派人去小绝掉下水的湖边查探过，周围并没有什么特别的挣扎痕迹。"

"你的意思是那个女孩撒谎？"陆母神色疑惑。

"不是，对方不求报酬，也没有目的，没有必要撒谎。"陆父的脸上带着几分冷意，"这件事没有任何证据，是谁撒谎，不能妄下判断。不过现在深远长大了，难免会有些想法，我会找时间跟他谈谈。"

陆母了解自己的丈夫，听到这段话，明白丈夫对大儿子有了一些嫌隙，找大儿子谈话的意思就是敲打他，不管他有没有做过对陆绝不利的事，这也算是给他的提醒。

陆母点点头，并没有反对。

陆深远的房间在陆父陆母房间的斜对面。

他已经换下身上的湿衣服，恢复了平常的贵公子模样，坐在床边，揉着发痛的胸口。

在湖里的时候，他明显感到自己的胸口像被人狠狠地踹了一脚，现在还痛着。

然而，当时四周除了他，只有站在湖边不远处的陆绝，并没有其他人在。

陆深远一边抽着气，脸色难看地揉着胸口，一边回想刚才在湖边怪异的事：陆绝又是怎么游到湖边的？他明明不会游泳。

再者，在酒店大堂的时候，跟他对质的女孩又是谁？她真的在附近看到他推陆绝下水了？

陆深远的眸子晦暗，他有点儿后悔自己贸然对陆绝动手了。

这原本是一石二鸟的计划，既能整治陆绝，又能让自己救下陆绝，博得父母更多的信任和感激之情。然而现在他的计划成了泡沫，陆绝没受惊，他现在反倒有可能被父母怀疑。

陆深远捏了捏眉心，警告自己下一次不能再轻举妄动。

而这时，房间的门被敲响。

陆深远走过去开门。

“爸，你怎么来了？”陆深远赶紧把陆父让进门。

“你跳下湖，有没有受伤？”陆东周走进去。

“没有。小绝呢？他现在没事吧？我刚想去看看他，不知道他现在是不是在休息，我担心他会受惊。”陆深远像极了关心弟弟的好哥哥。

陆父审视着他，过了好一会儿才开口：“他没事。前两天你提出要去公司帮忙，我考虑过了，你现在还小，才上大一，并不需要着急工作，还是应该以学业为重。”

陆深远眼里有了错愕之色。他反应过来：父亲这是拒绝他进公司了。

他脸上的情绪不显：“爸，我都听你的，等之后学好知识，我再去公司实践。”

陆东周拍了拍他的肩膀，并没有多说什么。

等陆父离开，门关上，陆深远的脸色彻底沉了下来。

他还是被怀疑了。

回酒店的路上，宁知任由陆绝牵着，慢悠悠地走着。

而他们身后，保镖一直保持距离跟着陆绝，看着陆绝时不时转头看向身旁，还自言自语。

保镖知道自家少爷有自闭症，所以，对于他这些奇怪的举动并不讶异。

他看到陆绝少爷好像很开心。

斜阳下，景区中还有不少游客。

这时，宁知看到前面有一对情侣向这边走来，有点儿惊讶。

情侣中的男生是魏星，对方穿着一件蓝色的格子衬衫，笑得很阳光，又带点儿傻气，和他牵着手的显然是他的女朋友。

宁知没想到这么巧，会在这里碰见陆绝的大学同学兼他的助理。

魏星看到了陆绝，热情地跟陆绝打招呼。

但陆绝并没有看见魏星，只专注地看着宁知。

魏星丝毫不介意，大方地牵着旁边的女友离开。

宁知看了那个女孩一眼，清秀可人，看起来是很斯文秀气的女孩子。

两个人从陆绝身边经过，逐渐走远。

宁知收回目光，看到陆绝的影子打在地面上，而她这边什么都没有，她就像独属于陆绝的意外。

从缆车上下来之后，陆绝漆黑的眸子一直亮亮的，嘴角也微微勾着，舌尖上还有怪姐姐的香味。

他喜欢怪姐姐的味道。

陆绝欢喜地看着宁知，任由她侵入他的小硬壳。

突然，陆绝低头，茫然地看着自己牵着宁知的手。

宁知雪白的小手不见了，手里柔软的触感消失了。

陆绝猛地抬头去看身旁，宁知漂亮的脸也逐渐模糊，直到消失。

夕阳下，保镖看到自家少爷的脸上瞬间失去了笑容，投在地面的影子孤寂又落寞。

第二天，宁知醒来的时候，眼前是陆绝放大的俊脸。

他凑得很近，几乎要贴上她的脸，漆黑的眸子安静地看着她，眼里有浅淡的笑意。

“早啊。”宁知摸了摸他的俊脸，看着他头顶上那一堆金闪闪的小太阳，知道他刚才又偷亲她了。

她把他头顶显示框里的二十个小太阳收起来，加上她小仓库里的，一共有二十八个小太阳，少得可怜。

陆绝握住了宁知伸过来的手，将她的手按在了自己的胸口处，用低沉带着慵懒意味的声音缓慢地开口：“这里跳快，知知摸。”

掌心下，宁知感觉到他的心脏正一下一下地猛烈跳动着。

她想起在缆车上，青涩的陆绝也是这样按着她的手，用力捂着他的胸口，沙哑的声音对她说：“这是怪姐姐的。”

想到这儿，宁知掌心发麻，指尖都麻了。

“你还记得在缆车上的事？”那时候的陆绝是大一，距离现在已经过去几年了，而且是这样小的一个举动，他还记得？

陆绝没有吭声，他的手将宁知的手捂在胸口处不放，脸贴上宁知细嫩的脸蛋蹭了蹭，舍不得离开。

吃早餐的时候，宁知听到陆母提起陆深远。

她竖起耳朵，认真听着。

“前阵子你不是把公司的一个项目交给深远了吗？他处理得怎么样？”

“他的学习能力强，还算不错。”陆父对陆深远的能力是认可的。

陆母笑着说道：“他进公司已经一年多了，看来该做出点儿成绩了，有他帮你分担工作，你也不需要这么劳累了。”

一年多？

宁知敛了敛眼里惊讶的神色。

她记得之前的陆深远是在大一的时候就进陆氏集团工作了，当时他年纪轻轻，工作能力很强，赢得了集团上下的一致认同，在陆氏集团打下了扎实的根基。

现在的陆深远在一年前才进入陆氏集团？

时间差了很多。

宁知眼里有了愉悦之色，这样看来，之前陆绝被陆深远推下水这件事确实引起了陆父陆母的怀疑，否则也不会过了这么多年才让陆深远进公司。

宁知心里感到满意。

现在的陆深远还没有在陆氏集团站稳，他的精力暂时只能花在公司上。

实验室里，秦安带着一名新员工来到众人面前：“这位是新来的员工沈珊珊，今后会成为团队的一员，难得有新来的女同事，你们要好好照顾她。”

秦安熟知大家的性子，早已预料到他们看见新来的女同事就像打了兴奋剂一样：“你们不能吓坏女同事。”

他转头对沈珊珊说道：“你之后有什么问题，可以向他们请教。”

沈珊珊长得成熟漂亮，大方地跟众人打招呼：“以后请大家多多指教。”

“那边还有几个空位，你自己挑选一个。”秦安说道。

“好的，安叔。”秦安和沈珊珊的爸爸是好友，她能来这里工作也有她爸爸介绍的原因。

秦安还有事情，交代众人照顾好沈珊珊后就离开了。

沈珊珊向周围看了一眼，目光落在了安静地坐在电脑前，穿着一身红色衣服，侧脸俊俏的身影上，心里一动，走到红色身影斜对面的空位子坐下。

从这个角度能清晰地看到对方英俊的脸。

一个男同事倒了一杯水递给沈珊珊："喝点儿水？"

"谢谢。"沈珊珊大方地接过杯子，"你们这里的人都很冷酷吗？"她看着陆绝的方向。

"不是，团队里的人都很热情，目前这里只有你一个女同事，你放心，大家都会爱护你的。"

"对面的那位同事叫什么名字？"沈珊珊直白地问道。

男同事顺着她的目光看去："那位是陆绝，他的情况跟其他人不一样，而且他是陆氏集团的二少爷，你可以不用跟他打交道。"

"为什么？"沈珊珊单手托着腮，一脸好奇和感兴趣的神色。

男同事提醒："陆绝少爷患有自闭症，平常不太喜欢说话，很少与其他人接触。"

"自闭症吗？"沈珊珊忍不住又多看了陆绝几眼。

这时，秦安的助理走过来，宣布周末组织大家去旅游团建，可以带一名家属，参加的报名。

魏星掏出手机，发了信息给女朋友："团队一起去旅游，你肯定很喜欢。"

那边的人并没有回复。

发了信息后，魏星走到陆绝的位置旁："陆绝少爷，你要参加吗？"

他想了想，加了一句："可以带上宁知小姐。"

听到宁知的名字，陆绝才抬起眼眸。

这时旁边的男同事开口说："这回好了，我可以带上媳妇一起旅游了。"

陆绝又翘又长的睫毛颤了颤，点头。

他也带媳妇。

第十五章

陆绝吃醋了

下班前，天色突然暗了下来，乌云滚滚而来，带着沉闷的热气。

要下雨了。

沈珊珊拒绝了一位男同事的伞，走到陆绝的位置前。

观察了一个下午，沈珊珊发现了，陆绝确实很少说话，不对，应该说陆绝几乎不说话，整个下午他只对魏星嗯了一声，然后一直安静地做自己的研究。

她看着陆绝的俊脸，不由得眯了眯眼，这个男人真是帅气，完全长在她的审美上。

沈珊珊觉得自己已经很久没有碰见过这样帅气的男人了。

她温和地开口："陆绝，你好，你能——"

沈珊珊的话还没有说完，只见陆绝突然站了起来，她眼前一亮。

他的个子真高啊，身上还有一种干净、青涩的少年气息。

沈珊珊还没有来得及说后面的话，陆绝已经背起他的红色大背包离开了。

下班时间到了，知知来了。

沈珊珊见陆绝迈着两条大长腿直接往外走去，完全对她视而不见，眼里还浮现了笑意，越是有挑战难度，越是刺激的，她越喜欢。

沈珊珊转过身，差点儿撞上魏星："魏助理。"她对魏星笑了笑。

魏星点了点头，赶紧追到外面，陆绝少爷的时间观念未免太强了，一分不多，一分不少，下班时间一到，他就立刻离开。

陆绝刚走出门口，豆大的雨珠从天空落下。

他完全不理会大雨，走到路边淋雨等宁知。

"陆绝少爷，现在在下雨，我们到大堂里面等吧。"魏星看见陆绝站在雨中，赶紧拿过前台准备的伞冲出去。

陆绝没有应声，执拗地站在路边。他想第一时间看到宁知。

魏星知道陆绝的性子，没有继续劝说，撑着伞，遮挡住陆绝的身体，但雨势太大了，衣服难免被淋湿。

过了好一会儿，黑色的车子停在路边，陆绝眼睛一亮，直接走过去。

魏星连忙紧跟着过去，伞依然撑在陆绝的头顶。

宁知打开车门，让陆绝上车。

她看着陆绝旁边衣服被淋湿大半的魏星，说道："魏助理，你也上车吧，我们送你回去。"

"宁小姐不用客气。"魏星赶紧笑着拒绝。

"上车吧，你为了陪陆绝，衣服都湿了，现在雨势大，也不方便坐车。"

"好，麻烦陆绝少爷和宁小姐了。"魏星没有再坚持，打开副驾驶座的门，坐了进去。

宁知看见陆绝的衣服还是被打湿了，赶紧掏出纸巾帮他擦拭："下雨了就不要出来，路边没有躲雨的地方，你应该在大堂里等我。"

陆绝任由宁知帮他擦脸上的雨水，一双漆黑的眸子安静地看着她。

宁知捏捏他的脸，叮嘱着："下次不能随便淋雨了，知道吗？"

他不在乎淋雨，也不知道冷，并不代表他不会感冒。

陆绝抿了抿唇，缓慢地嗯了一声。

前排，魏星对于陆绝很听宁知的话这件事已经习惯了，并不讶异。

天空阴沉沉的，雨势越来越大，也不知道过了多久，车子停在了巷子口。

"我到了。"魏星打开车门，"谢谢少爷、少夫人。"

宁知往外看了一眼，小巷子里没有路灯，只能借着楼房里的灯光来照明，光线很昏暗，环境不太好。

魏星撑着伞，走进巷子里。

他打开铁门，走进去。

“方阿姨。”他把湿淋淋的雨伞放在门口，走进了屋里。

“你这孩子，这么大雨，怎么还来了？”方阿姨端着饭菜从厨房里走出来，“刚下班吧？我去给你盛饭。”

魏星笑得灿烂，露出了大白牙，透着几分傻气：“麻烦方阿姨了。”

他熟练地走到饭桌那边坐下，看着桌面上色泽好看的糖醋排骨，这是女友喜欢吃的一道菜。

魏星笑着掏出手机，对着排骨拍了照片发给女友：“方阿姨今天做了你最喜欢吃的糖醋排骨。”

然而，他依旧没有得到回复。

方阿姨端着盛得满满的一碗饭走出来，递给魏星。

魏星赶紧伸手去接：“谢谢方阿姨。”

那边，车子开进陆家，宁知下车的时候，裙子被淋湿了。

陆绝撑着伞，护着宁知往屋子里走去。

“回来了？”陆母看见儿子一手撑伞一手搂着宁知，一下子就笑开了，“有没有被淋湿？

“没有。”宁知扯了扯裙摆，抖落上面的水珠。

陆母转头去看儿子，看见他的衣袖被打湿了：“小绝赶紧上楼换衣服，你的衣袖都湿了。”

陆绝看了一眼自己湿答答的袖子，毫不在意，直到陆母又催促了几声，才缓慢地应声，上楼。

看着儿子上楼的背影，陆母嘴角的笑停不下来。以前，不管什么时候，儿子都不会听她的话，现在虽然反应缓慢，但他能把她的话听进去了。

陆母觉得这些都是宁知的功劳。

她心情极好，转过身拿起茶几上的一个礼物盒递给宁知：“这是我今天拍的项链，款式很好看，适合你们女孩子戴着玩。”

“谢谢妈妈。”

宁知对陆母经常给她送首饰，还有定制衣服的事情习以为常。她现在身上穿的裙子也是陆母让人定制好送来的，不管是款式还是尺码都很适合她。

现在，每隔一周就会有人送来一批新款服饰，全都是陆母给她买的衣服、鞋子还有包包，让宁知有种被陆母当作女儿宠的错觉。

以前陆母确实很希望有个女儿，然而由于身体的原因，生完陆绝后，就没有再怀孕了。

现在有了儿媳妇，她可以把儿媳妇当作女儿养。

这几天，沈珊珊一直找机会跟陆绝搭讪，然而，陆绝每次都沉浸在自己的世界里，没有给她任何回应，完全无视了她的存在。

沈珊珊并没有轻易放弃。

她最喜欢有难度的挑战，而且像陆绝这样男人与少年的矛盾结合体，很难不让人心动。

知道陆绝报名了周末的旅游活动后，她也赶紧报了名。

沈珊珊端着一杯咖啡从陆绝面前经过。

她发现这个男人很喜欢红色，每天都穿着不同款式的红色衣服，穿着红色运动服的时候少年感十足，穿着红色真丝衬衫的时候，衬着那张白皙的俊脸，有种不真实感。

沈珊珊对陆绝越来越感兴趣。如果不是实验室里工作繁忙，她倒想一直盯着陆绝的脸看。

宁知已经知道周末跟陆绝去旅游的事。她对此是很赞同的，毕竟陆绝能够参与集体活动说明他的病情在好转，她也有机会认识他的同事。

一大早，她就起来收拾行李，虽然只去两天，但漂亮的裙子必须带上，还有防晒霜和护肤品也必须带上。

听说这一次是去海边，宁知还特意带了泳衣。

宁知收拾好后，转身对背着红色背包的陆绝说道："把你花哨的短裤拿上，游泳的时候可以穿。"

陆绝双眼发亮，没有应声，大步走到衣柜那边，掏出了一条红底绿色大花的沙滩短裤。

他认真地把裤子叠整齐，然后小心翼翼地放进背包里。

公司租了一辆旅游大巴，早已在大厦门口等候了。

宁知和陆绝坐着车子来到公司时，大巴旁已经有不少员工在等待了。

团队里都是男员工，只有沈珊珊一个是女的，她今天穿着一条蓝色连衣裙，成熟又性感，在一群男员工中特别显眼。

此时，她看见一辆黑色的车子停在路边。

车门打开，一身红色运动服的陆绝从车子里走出来，沈珊珊眼前一亮，把手里的大草帽丢给身后的弟弟，自己想要走过去跟陆绝打招呼。

然而下一秒，她看见一只过分纤细雪白的脚踝从车子里伸出来。

那只脚上穿着裸粉色、绑着细带的鞋子，精致又漂亮。

一个五官精致、雪肤墨发的女孩从车里走了下来，沈珊珊看得愣住了。

"陆绝少爷和宁知小姐来了。"旁边，魏星说道。

沈珊珊转过头问他："宁知小姐？"

"宁小姐是陆绝少爷的妻子，其实我应该改口称她为少夫人。"魏星推了推眼镜，笑着说道。

"陆绝已经结婚了？"沈珊珊更惊愕了。

"对。"这几天魏星观察到沈珊珊特别关注陆绝，不过对方没有什么异常的举动。

沈珊珊难以置信地看向陆绝，只见女孩从车上下来后陆绝迫不及待地伸手去牵她，十指紧扣着，一双漆黑的眸子也紧紧盯着女孩。

沈珊珊有些失落，好不容易看中的男人，竟然名草有主。

她转身走回弟弟身旁："上车吧。"眼不见为净。

然而她发现弟弟竟然失神地盯着不远处，她顺着他的目光看去，却看到了宁知。

"别看了，那个女孩再漂亮也没有用，她已经结婚了。"嫁的还是她感兴趣的男人。

沈珊珊神色无奈。

沈括失落地收回目光。他没有想到这么巧，会在这里遇到宁知。

沈珊珊推着弟弟上车。她知道这段时间弟弟告白失败不开心，所以想带他出来散散心。

"魏助理，早。"宁知主动跟魏星打招呼。

魏星今天穿着蓝色的格子衬衫，笑得很阳光："宁小姐早，陆绝少爷早。"

"你自己来的？"宁知有点儿好奇。她还记得自己见过魏星的女朋友，也不知道两个人现在是不是还在一起。

魏星点点头，笑着说道："我女朋友不能来。"

宁知没有多问，拉着陆绝上车了。

车子里已经坐了不少人，宁知牵着陆绝走到中间的空位坐下，过道的另一旁坐着两个年轻的男女。

沈括忍不住用余光看向过道旁边。

下一秒，陆绝腰身挺直，身体完全遮挡住了沈括看宁知的视线。

陆绝抿着唇，狠狠地瞪了沈括一眼，额前的一缕刘海儿向上翘着，像奓毛护食的小奶狗。

知知是他的，不给别人看。

陆绝的记性好，一眼就认出了旁边的男生就是校庆上坐在他边上那个跟宁知表白过的人。

对方觊觎过宁知。

陆绝用身体将宁知遮挡得严严实实的。

“怎么了？”宁知看见陆绝侧着身坐，姿势奇怪，说道，“你要像我这样靠着椅背坐，不然待会儿刹车时，你会撞上前面的座椅。”

陆绝抿了抿唇，没有应声，也没有挪动，就是要挡住她。

宁知觉得讶异，伸手捏了捏陆绝的俊脸，半哄半撒娇地说道：“你坐好一点儿，我待会儿想要靠着你睡觉，你这样坐，我都不能靠到你身上了。”

闻言，陆绝赶紧坐好，靠在椅背上，腰身挺得直直的：“知知靠。”

宁知忍不住笑了，他还真是好哄。

她没有坐过这样的大巴，虽然有点儿不舒服，但有新鲜感，尤其是车上坐满了人，很热闹。

车子开动不久，宁知的新鲜感就过去了，她将头靠在旁边陆绝的肩膀上，昏昏欲睡。

陆绝试图放低自己的手臂，让宁知睡得舒服一点儿。

车内其他人在聊天，有好些人在吃东西。

陆绝低着头，只安静地看宁知。

他能看见宁知紧闭的眼帘上睫毛翘长浓密，像两把小扇子，很漂亮。

视线一点儿一点儿往下移，落在了宁知高挺小巧的鼻尖上，那里如同覆着雪，让人想要咬一口。

陆绝悄悄地伸出手，然后轻轻地搭在宁知的肩膀上，将她整个人搂进自己的怀里。

宁知的身体很软，很暖，还香香的，陆绝嘴角微微勾起。

他抱住知知了。

头转向过道对面，他看着沈括，如同炫耀一般，轻哼了一声。

小奶兽护食成功。

座位上，沈括一脸失落之色。旁边，沈珊珊看着陆绝傲娇又帅气的模样，心里一荡，忍不住又想叹气——这男人还真是可爱帅气，可惜有主了。

车子一路行驶，车内逐渐安静下来，不少人在补觉。

陆绝的精神很好，他抱着宁知，像极了不安分的小怪兽，兴奋得恨不得原地蹦跶，转圈圈。

他低头，薄唇悄悄地落在了宁知的额头上。

一个小太阳弹了出来。

他再亲一下。

第二个小太阳弹了出来。

陆绝漆黑的眼底全是愉悦之色，脸上浅浅的小梨窝也跑出来了。

车子开到酒店门口停下。

负责人安排大家入住，这时大家发现除了一位男同事带着媳妇，就是陆绝有媳妇了，这简直让一众“单身狗”羡慕得红了眼。

他们才知道陆绝的妻子这么漂亮！

另外有一个男同事带了女朋友，只有沈珊珊带了弟弟，其他的同事都是带同性朋友或者独自一人来的。

虽然魏星也是来旅游的，但他的主要任务是照顾陆绝，所以，从下车后，他就站在陆绝的不远处，不会打扰陆绝和宁知两个人相处，但有事情的时候，又能第一时间上前帮忙。

宁知和陆绝拿到了房间号，这是一个超大的海景房，走到房间的阳台，能看到无边无际的大海。

上一次陪同陆绝去度假山庄参加同学聚会的时候，宁知本想陪陆绝好好玩，没想到夜里穿回去救下霍晓阳后，现实改变了，同学聚会不存在，度假山庄也没有去。

这一次，她正好能陪陆绝好好放松一下。

宁知知道陆绝不会游泳，不会让他下水，只打算带他去晒晒太阳，玩玩沙子。

“你把衣服脱了，换上你带来的沙滩裤。”

陆绝听到宁知的话，迅速地从红色的背包里掏出了自己喜爱的短裤。

他飞快地看了宁知一眼，转身去洗手间换衣服。

宁知打开自己的行李箱，掏出了一瓶防晒霜，外面阳光强烈，像她这样爱美的人必须做好防晒工作。

坐在床边，宁知开始给自己涂抹防晒霜。

现在，她的皮肤已经完全变回来了，雪白、细嫩、光滑，就连她自己摸了也爱不释手，好多时候陆绝更是忍不住用手去触碰她的肌肤。

她的皮肤微凉，肤质嫩滑，手感超好。

宁知涂好脸上的防晒霜后正想涂抹手臂，洗手间的门打开，陆绝换好裤子走了出来。

陆绝每天晨跑，每次都是半小时以上，身材锻炼得很好。

他赤裸着上半身，胸膛健壮，薄薄的一层肌肉不会过分明显，隐隐约约的肌肉线条蜿蜒而下，直到消失在裤子里。

陆绝的一双腿很长，因为长期跑步，腿上的肌肉紧实，像蕴藏着无限的力量。

他走过来，如果不去看他红底绿花的沙滩裤，他简直就是完美男神。

宁知突然觉得自己的喉咙有点儿发干。她又不瞎，男色当前，说不心动绝对是假话。

沈括和沈珊珊都拿到了房卡，也不知道是不是孽缘，两姐弟的房间分别在陆绝和宁知房间的左侧和右侧。

进房间前，沈珊珊拉住弟弟："你认识宁知？"

一路上，她看见弟弟偷看了宁知好多次，她了解弟弟，他并不是见色起意的人。

"我和她同一所学校。"沈括不愿多说。

沈珊珊反应极快："之前你告白的人是她？"

沈括别开脸，轻轻地嗯了一声。

沈珊珊神色震惊，脑子里只有一个念头：造孽！

所以，他们姐弟俩同时喜欢上了一对夫妻？这样狗血的故事让沈珊珊很尴尬。

她赶紧警告弟弟："宁知已经结婚了，你再喜欢也不能多想。"早知道这样自己就不带弟弟来散心了。

沈括无奈地看了一眼姐姐："你觉得我会做'男小三'？"

沈珊珊拍了拍弟弟的头，不得不打击他："做'男小三'也是需要姿色的，你这样的，显然打不过陆绝这个'正室'。"

陆绝简直有做妖精的潜质，其他男人恐怕很难入宁知的眼。

想到这儿，沈珊珊也满眼失落之色，可惜陆绝有主了。

沈括抽回手，气得瞪了姐姐一眼："有你这样诋毁弟弟的吗？"

沈珊珊不以为意，弟弟就是被姐姐拿来欺负的。

此时，"正室"陆绝看见宁知从洗手间换了泳衣走出来，纯黑色连体泳衣，露出整个雪背的设计，让陆绝看得不会眨眼了。

他第一次看见宁知穿成这样。

知知的皮肤好白。

知知的腰很细。

知知的腿好长。

陆绝的目光最后落在宁知的背上，那过分白皙光洁的一片肌肤，让他悄悄地红了脸，也红了耳朵。

"我们去沙滩走走吧。"宁知已经准备好了。

看着宁知要往外走，陆绝突然意识到：这样好看的知知会被别人看到的！

他赶紧上前，一把从后面抱住了宁知，健壮、炙热的胸膛紧贴着宁知显露在外的背部，低沉的声音在宁知的耳边着急地响起："我的，不给其他人看！"

下楼的时候，宁知已经换了装，上身穿着一件白色的小背心，下身穿一条牛仔短裤，头发上绑着浅紫色的丝带，青春又可爱。

旁边的陆绝光着上身，下身是他喜欢的红底绿花的沙滩短裤，两个人简直是绝配，走在酒店的大堂里，引得不少人纷纷侧目。

宁知看见不远处的魏星正拿着手机随处拍照，他已经换了休闲的衣服，显然也要去沙滩那边的。

"陆绝少爷，宁小姐。"魏星拍了几张酒店环境的照片，然后笑着向陆绝他们走过来，"你们要去沙滩吗？"

"我们去散步。"宁知点头，"你也一起去吧。"

魏星没有忘记自己照顾陆绝的工作，没有拒绝。

路上的风景很好，今天的天气也很好，除了阳光过于强烈，没有什么其他缺点。

宁知看见魏星碰见好看的景物就会用手机拍下来，然后像在编辑信息，把照片发出去。

“发给女朋友？”宁知随口问了一句。

魏星不好意思地摸摸自己的头，笑得爽朗：“她喜欢旅游。她没有来，我给她看看这里的景色。”

宁知觉得魏星对他的女朋友挺好的，出门在外还牵挂着女朋友。

突然，握着她手的大手收紧，宁知看向陆绝，对上了他漆黑又认真的黑眸：“怎么了？”

“拍给知知看，我也。”

宁知笑弯了眸子。

她伸手摸了摸他的头，故意弄乱他的头发：“不用拍，我现在就能看到，你陪着我看就好。”

陆绝勾起薄唇，顶着一头乱发，又帅又呆：“嗯，陪你看。”

盛夏的阳光强烈。

宁知脱掉鞋子，踩在沙滩上，旁边的陆绝走在她身侧，帮她提着鞋子。

宁知的脚雪白又精致，脚趾小巧圆润，泛着浅浅的樱花粉色，就连脚踝也有种致命的吸引力，好看得让人恨不得帮她擦去脚背上的沙子。

陆绝低头看着，知知的脚真好看。

这时，沈珊珊带着弟弟沈括也来沙滩了。

她换了一件性感的红色泳衣，能看出她的身材火辣，旁边的弟弟身材也很好，瘦削却不羸弱，穿着黑色的紧身游泳裤。

姐弟俩的出现吸引了沙滩上不少人的目光。

沈珊珊远远地就看见陆绝和宁知两个人了，他们颜值高，身材般配，遥遥看去也很显眼。

虽然在样貌上比不过宁知，但至少在身材上，沈珊珊自认是一等一的，没有多少人能比得过她。

沈珊珊也有好胜心，得不到陆绝，身材上比得过宁知也行，至少安抚了自己受伤的弱小心灵。

她特意从陆绝身边经过，然后装作突然发现他们的样子：“陆绝，好巧啊。”

她的目光控制不住地落在宁知的身上。

对方穿着一件小背心，遮掩得还算严实，但是身材一点儿也不含糊，而且宁知的腰肢纤细，就连一双腿也纤细笔直，白得发光，简直是“腿精”。

她原本以为像宁知这样瘦弱的女孩，身材肯定像小嫩芽似的，瘦瘦的又扁平，没想到自己被狠狠打脸了。

沈珊珊讪讪地收回了目光，上一秒还自信满满，这会儿则像落水的鸟，蔫巴巴的。

沈括追了上来，走到自己姐姐的身旁，目光同样忍不住落在了宁知的身上。

阳光下，少女明眸皓齿，肤色雪白，小嘴红润，一双黑眸水汪汪的，很招人喜爱。

他鼓起勇气说：“宁知，好巧。”

“你是……？”宁知觉得对方有几分眼熟，一时间却想不起他的名字。

他的眼里染上落寞之色，就知道她不记得自己。

“我叫沈珊珊，是陆绝的同事，这是我的弟弟沈括，他跟你同校。”沈珊珊看不惯弟弟扭扭捏捏的样子，明明平常超级自信，现在到了宁知的面前，反倒像害羞的小雏鸟。

“你们好。”宁知笑着点了点头。

一旁，陆绝抿紧唇，不喜欢沈括看他的知知。

沈珊珊不得不承认，宁知长得真好看，就连这样近距离之下打量，她都没有从对方的外形上挑出任何缺点。

难怪一向自信、优秀、习惯被人追求的弟弟会失了魂。

“你们要下水游泳吗？”沈珊珊问。

宁知摇摇头：“不了，我们在附近走走。”

这时，负责人走过来喊人，说要分队在沙滩上进行排球比赛。接着，负责人将沈珊珊还有沈括拉走了。

宁知眯了眯眼，注意到刚才沈珊珊偷偷打量了陆绝好几眼。

她转过头去看旁边高大的陆绝，即便只穿着一条花哨的沙滩裤，他也帅气得不行。

宁知伸手去摸他的脸：“这张脸还真是招蜂引蝶啊。”

陆绝喜欢宁知触碰他，他的脸在宁知的手掌心蹭了蹭，像贪恋主人爱抚的小奶狗。

夜里，负责人组织大家在海边烧烤。

现场只有几位女性，她们只需要坐着等投喂就行，所有的活儿都留给男同事去做。

陆绝从来都是被照顾的，今天第一次学着照顾宁知。

他把烤得金黄金黄的鸡翅放在碟子上，献宝似的端给宁知："知知吃。"

他也会照顾知知的。

"谢谢啊。"宁知咬了一口鸡翅，不仅熟了，味道还不错，连忙夸赞着，"真好吃。"

给点儿甜头，陆绝才能更有动力。

果然，陆绝成就感满满，继续埋头给宁知烤肉。

他已经穿上了红色的T恤衫，下身依然是红底绿花的沙滩裤，刘海儿遮额，眼神认真地看着自己烤给宁知吃的肉。

对面，沈珊珊看得羡慕死了。

这一天暗中观察下来，她算是发现了，陆绝只听宁知的话，只看着宁知，只围着宁知转，对其他人都是不理不睬的，对着宁知却又萌又乖，一直黏着宁知。

陆绝真是个极品男人！

她谈了不少次恋爱，还从没有碰上这样矛盾又致命地吸引人的男人。

可惜名草有主了。

沈珊珊羡慕得抓心挠肺，推了推旁边的弟弟："我也想吃鸡翅，你赶紧帮我烤。"

弟弟就是拿来使唤的。

沈括已经被对面陆绝和宁知的恩爱虐得心灵受了重伤，现在还要被姐姐奴役，只觉得生无可恋，不明白自己为什么要来旅游。

虽然陆绝是第一次动手做吃的，但宁知给予了极高的评价，哄得他嘴角上翘，脸上的小梨窝又跑出来了。

火光的映照下，宁知被他可爱的样子惊到了，示意陆绝低头。

陆绝听话得很，赶紧放下手里的烤串，茫然地低下头，凑近了宁知。

下一秒，他感觉自己的耳朵微痒，有温热的气息落在上面。

陆绝眼底亮亮的，映着面前的火光。

知知偷偷亲他的耳朵了。

烧烤结束，男同事们要到邻桌喝酒，有几个胆子大的还过来喊陆绝。

宁知转头去叫魏星帮忙照顾一下陆绝，有他看着，她并不担心。

魏星对着烤好的肉拍了几张照片，笑着应下了。

宁知打趣道："又拍照分享给女朋友？"

一整天下来，她发现魏星无时无刻不惦记着他的女朋友，不管遇到什么新鲜事情都要拍照跟女朋友分享。

魏星不好意思地笑了笑："她喜欢吃烤肉，我拍下来给她看看。"

宁知一脸"我懂"的表情，推了推旁边的陆绝："你过去跟你的同事们聊天吧。"她希望他能尝试着融入集体。

陆绝抿了抿唇。他只想陪着知知。

"去吧。"宁知故意说道，"你看黄姐的丈夫也过去了。"

黄姐是团队里唯一结婚的男同事的妻子。刚才宁知就注意到了，陆绝在向那位男同事学习怎么照顾妻子。

宁知说道："男同事都过去聊天了，你也去跟他们聊聊天，待会儿再回来陪我。"

过了好一会儿，陆绝不舍地看了宁知一眼，慢悠悠地起身离开，魏星赶紧跟过去。

宁知已经吃饱，悠闲地坐在座位上喝果汁，这时，旁边陆绝的位置被人坐了。

她看过去，是沈珊珊。

宁知挑了挑眉。

对面的黄姐还有另外一个男同事的女朋友也走了过来，男同事凑在一起聊天，她们女同志也围成了一个圈子。

黄姐性格开朗，有些自来熟。她问宁知："你和你先生的关系真好，才结婚不久？"只有新婚的小年轻才会这样你侬我侬、甜甜蜜蜜。

宁知点点头。

"新婚真好。"黄姐羡慕地叹了口气，接着，她的话题突然一转，"不过，你不知道魏星的事吧？"

"嗯？"宁知有点儿疑惑，不明白对方怎么突然提起魏助理。

"我听到你刚才跟魏助理提起他的女朋友。"黄姐突然压低声音，"魏助理的女朋友早就不在了。"

宁知怔住了，一脸错愕和震惊的表情。

“说起来，魏星这个年轻人既专一又可怜。”黄姐提醒宁知，“你下次还是尽量不要在魏星面前提及他的女朋友。你别看他表面上什么事都没有，心里肯定难过得很，否则不可能这么久了都没有把人放下。”

宁知回想了一下魏星的举动，觉得他完全不像有什么问题：“黄姐你是不是知道什么？”

“魏星进公司实习的时候，是我丈夫带的，所以魏星的事他很清楚。”黄姐告诉宁知她们，“我听丈夫说，魏星毕业的时候学校组织了聚会，当天发生了事故，不仅魏星的女朋友死了，听说还有一位教授也死了，当时这件事还上了新闻。

“魏星大受打击，整个人崩溃了。我和丈夫都以为他会一直沮丧颓废下去，没想到有一天他突然想通了，振作起来，但他一直认为自己的女朋友还在。”

黄姐挺心疼魏星这个年轻人的。

旁边男同事的女朋友听得眼睛泛红，看得出她是感性善良的性子。

宁知沉默着。她之前穿回去的时候见过魏星的女朋友一面，没想到现在她人不在了。

今天她还一直感叹魏星与他的女朋友感情好。

“所以，每次魏星提起他女朋友的时候，团队里的人都知道是怎么回事，但也不好多说什么。”黄姐又叹了口气，“算了，还是别说这样伤感的话题了，我也只是多嘴提醒你一下而已。”

宁知点点头，魏星看起来太开朗了，她完全没有想到他的女朋友竟然不在了。

她沉默了一会儿，看向旁边的沈珊珊，对方好像也有话要跟她说。

宁知一向很相信自己的直觉，感觉到这个沈珊珊对陆绝有兴趣。

她慢悠悠地吸了一口果汁，等待对方开口。

借着面前的火光，沈珊珊光明正大地打量着宁知，就算是昏暗的光线也没有模糊掉宁知精致的轮廓。

宁知慵懒地靠在椅背上，端着一杯果汁，神色平静，在黑夜中有种说不出的迷人魅力。

沈珊珊很少羡慕别人，宁知是第一个。

看见对面的黄姐跟旁边的年轻女孩说着什么，她把椅子挪近宁知，两个人几乎挨着。

宁知咬着吸管，幽幽地看了对方一眼。

“我喜欢陆绝。”沈珊珊开门见山，直白得过分。

宁知挑了挑眉：“所以？”

“第一次看见陆绝的时候，我对他就很感兴趣，直到今天才知道他已经结婚了。”

沈珊珊将头发绾在耳后，她的长相成熟漂亮，有种难以形容的女人味。她说：“你放心，对有主的男人，我再有兴趣也不会触碰的。”

“你为什么告诉我？”宁知有点儿好奇。

“你看不出我在跟你套近乎？”

沈珊珊遥遥地看了一眼那个时不时偷偷看过来的不争气的弟弟：“我弟弟喜欢你，之前跟你表白过，不过，看得出你已经忘记他了。”

宁知一愣。听了沈珊珊的话，她脑海里闪过某天早上在学校里被一个白净又害羞的男生拦路表白的片段。

原来是他？

难怪她觉得沈珊珊的弟弟有点儿眼熟，好像在哪里见过。

“想起来了？”沈珊珊笑了，“我不赞成弟弟继续喜欢你，毕竟你已经是有夫之妇了，而且，就连他的名字也没有被你记住。”

她沈珊珊的弟弟怎么会变成卑微的小可怜了？告白后就连名字也没有被宁知记住，也太惨了！

宁知：“……”

她敷衍地点点头：“记住了。”

沈珊珊拿过面前没有被动过的饮料喝了两口，又凑近宁知，开口说道：“不过，我还真是羡慕你，我遇到过不少男人，还是头一次碰见陆绝这样的。”

陆绝明明是男人，身上却带着干净、青涩的少年气息，明明长着一张冷酷高傲的脸，反倒显得可爱又帅气，矛盾又致命地吸引人。

所以，当初第一次见陆绝就勾起了她的兴趣。

宁知慢悠悠地睨了沈珊珊一眼，语气中带着几分警告之意：“陆绝再好也是我的，缘分的事情天注定，你羡慕不来。”

沈珊珊脸上的笑意迷人：“你不用紧张，我说了，我是有底线的人，不会对有主的男人做什么。”

宁知审视着沈珊珊，对方坦诚的目光迎了上来。

沈珊珊递了一个意味深长的眼神给宁知：“按照我的经验，陆绝的腰绝好——”

宁知竟然不受控制地听懂了这句话。

她赶紧制止对方的惊人之语，狠狠地瞪了对方一眼：“你可以闭嘴了。”

沈珊珊勾着红唇坐回去，她的脸皮厚，看着宁知泛红的脸，忍不住笑了。

远处的海浪拍打着沙滩，叠起层层浪花，海浪声让人心情平静。

回到酒店的时候，夜已经深了。

也不知道是谁壮着胆子给陆绝倒酒，魏星看见大家都在喝，陆绝没有拒绝，便没有阻拦他。

此时，陆绝漆黑的眼眸特别明亮，安静地看着宁知，乖得不行。

宁知的心颤了一下，能看得出，他眼里有了醉意：“刚才跟他们聊天，说了什么？”

陆绝摇摇头：他什么都没有说。

“没关系，你可以跟这么多人坐在一起，已经是很大的进步了。”宁知伸手去抚顺他额前凌乱的刘海儿，“陆绝，你真棒。”

比起刚开始的时候，他进步太大了。

记得以前，对其他人的话他是完全听而不闻的，就连她的话，他也只是选择性地听，也不愿意去人多的地方。

“知知喜欢我。”陆绝一双眸子更亮了。

知知喜欢这样的我。

宁知双手捧住他的脸，踮起脚，凑近他，轻轻地亲了他一下：“对，喜欢你。”

什么样子的他，她都喜欢。

一个小太阳弹出来。

宁知的眼里溢满笑意，陆绝的反应真是迅速又诚实。

他眉宇间带着醉意，呆呆地看着宁知：“知知，还要亲，多一点儿。”

他低沉的声音也像沾了酒，在安静的房间里特别清晰。

宁知的耳朵有点儿麻，她突然想到晚上沈珊珊跟她说的话，对方嗤笑她放着陆绝不碰。

宁知看着面前茫然又渴望地看着她的陆绝。她不是不想，而是想要等陆绝再知事一点儿，而不是糊里糊涂的，什么都不懂！

毕竟，她也没有任何经验！

双手搂在陆绝的腰间，宁知让他低头。

现在的陆绝已经不是生涩且毫无经验的“小白”了，他像开窍了一样。

他喜欢这样亲密的触碰，嘴里香香甜甜的，全是知知的气息。

金闪闪的小太阳像疯了一样不停地冒出来，争相拥向宁知。

良久，宁知的唇有点儿痛，不经意间，她触碰到了陆绝的腰侧，上面的皮肤凹凸不平，好像有一个小小的疤。

宁知水光盈盈的眼里有了疑惑之色，下一秒，她的舌尖一痛——陆绝亲得太用力了。

等陆绝醉意越来越浓睡过去后，宁知看了一眼时间，陆母应该还没有休息，她打电话直接问她关于陆绝腰上疤痕的事。

“那是小绝在大学毕业聚会那天弄的。”电话那头，陆母想起那时的事还一阵后怕，“聚会那天，酒店里发生了火灾，不少人受伤了。”

她很庆幸那天派了保镖，否则后果不堪设想。

毕业聚会？

宁知突然想起今晚的时候，黄姐对她提起魏星的女朋友，好像也是毕业聚会当天出了事故。

所以，陆绝受伤和魏星女朋友出事是同一天？在同一家酒店？

“妈，你还记得酒店起火时，有没有人死亡吗？”宁知问道。

“没有，有好几个人受了轻伤，没有人死亡。”陆母对与儿子相关的事都记得很清楚。

宁知错愕：没有吗？魏星的女友不是死于火灾吗？

挂断电话后，宁知突然想起黄姐说的，魏星的女友还有一位教授去世这件事是上过新闻的。

宁知刚才已经问过陆母毕业聚会的时间，因为当天陆绝受伤了，所以陆母还记得那天是几年、几月、几日。

宁知开始搜索那天的有关新闻。

也不知道过了多久，她终于找到了相关的新闻，上面报道的是酒驾出的事故，死者是一名教授还有一名女大学生。

看了报道，宁知已经大概知道是怎么回事了。

她不知道下一次穿回去是什么时候，会发生什么事，也不能确定自己会不会碰上魏星的女朋友，就算她有心救人，这也不是她能掌控的。

宁知没有再多想。

现在她的小仓库里，刚才拿到的小太阳加上之前得到的一共有一百二十三个，距离八百个小太阳的目标相差太多了。

第二天，阳光落在房间内，照得室内暖烘烘的。

宁知是痛醒的，醒来时感觉到身下一片潮湿。

想到了什么，宁知猛地睁开眼睛，掀开被子，扯过身后的裙摆一看，只见上面沾着刺眼的血迹，就连白色的被单上也沾了一点儿。

宁知一阵尴尬——她忘记自己的生理期要来了。

她有点儿懊恼，这一次生理期来得还真不是时候，出门在外，太不方便了。

宁知准备下床，抬头时不经意对上了陆绝漆黑的眼睛。

他惊慌又着急地看着她："好多血。"

"你醒了？别怕，是我生理期到了。"宁知安抚着他。

陆绝是知道女孩的生理期的，但他不知道会有这么多血，他眉头紧蹙，担心地看着宁知。

宁知感觉到小腹中有什么在往下涌，赶紧拿起旁边床头柜上的电话打给前台，准备让酒店的服务员帮忙送卫生巾来，然而，等了好一会儿，前台的电话都没有接通。

宁知感觉裙摆下越来越湿了，根本不敢挪动。

她看着陆绝，交代着："你去大堂帮我问问酒店的服务员有没有卫生巾，可以吗？你能做到吗？"

陆绝用力地点点头。

宁知凑过去亲了亲他的脸："好，那我在这里等你，快去快回。"

陆绝穿着红色的花哨睡衣，直接下床往外走去，根本顾不上换衣服。

他要帮知知拿卫生巾。

宁知看着陆绝快步走出房间，给保镖发了信息，让他跟着要下楼的陆绝。

陆绝回到房间后，没有看到宁知的身影。

"知知，知知……"他有点儿着急。

洗手间的门打开，宁知从里面探出头来："我在这里。"

“知知，给你。”陆绝快步走过去，把手里的卫生巾递给宁知，推门就想进去。

“你不用进来，在外面等着就好。”宁知接过卫生巾后，赶紧关上门。

陆绝乖乖地站在门前，也不走开，就安静地等待着宁知。

过了好一会儿，宁知换好衣服出来了，看着门外身姿颀长的陆绝，想到保镖汇报的陆绝着急帮她找卫生巾的话，一颗心忍不住发软。

“谢谢你，辛苦了。”宁知伸手去抚他凌乱的刘海儿。

陆绝漂亮的桃花眼亮亮地看着她，像是因为照顾了宁知而开心：“知知肚子疼？”

他记得刚才那个女人的话，知知有可能肚子疼。

“第一天的时候都会这样，肚子会疼。”宁知走到床边坐下，想到难得出来旅游，竟然因为生理期肚子疼而不能陪陆绝外出，觉得可惜极了。

明天是周一，团队的人要回去上班，所以下午大家就要返程了。

这时，陆绝走到她身边坐下，宁知突然感觉到自己的小腹一暖。

陆绝的大手捂在了她的肚子上。

她微微错愕地看着旁边呆萌的男人。

“暖知知。”

陆绝的手贴着宁知的小腹，触感柔软，他第一次意识到，知知的肚子很软很软。

宁知不能陪着陆绝外出，索性拉着陆绝走到房间的大阳台上看海景。

阳台上放置着一张摇椅，堪堪能容纳两个人。

宁知和陆绝坐在上面，摇椅轻轻地摇晃着，远处是一片蓝蓝的大海。

海风吹来，宁知的小肚子暖暖的，陆绝的手还贴在上面舍不得挪开，她能看见他头顶的显示框里小太阳一个接着一个不断地弹出来。

她第一次发现，他主动触碰她，也会高兴得弹出小太阳。

宁知靠在椅背上，舒服地眯了眯眼，任由旁边的陆绝自产小太阳。

直到第三十个小太阳弹出来，再没有新的小太阳了。

宁知坐直了身体，问陆绝：“不喜欢帮我暖肚子了？”

陆绝漆黑的眸子里有几分羞耻之色，眨了眨眼，诚实又坦诚：“喜欢的。”

宁知睨了他一眼，喜欢却又不产小太阳，她怀疑他想要吃白食。

宁知伸出手，按在了陆绝的手背上，带动着他的手捂着她的小肚子，第三十一个小太阳弹了出来。

果然，她再压榨一下，还是会有的。

宁知继续带动着他的手，尝试着来到了自己的腰上，下一秒，只见陆绝的头顶上又弹出了五个小太阳。

还真的有小太阳，看来，他喜欢她的腰啊。

陆绝又翘又长的睫毛颤得厉害。他觉得自己掌心好烫，好烫啊。

平常他都是轻轻地虚抱着知知的腰，现在才知道知知的腰好细，比他的腰细好多，还软软的，跟他的腰完全不一样。

海风阵阵吹来，让人心情舒畅。

宁知看着那不断弹出来的小太阳，愉悦地弯了弯眸子。

她才发现，陆绝触碰她比她摸陆绝得到的小太阳更多，小太阳持续弹出的时间更长！

摇椅上，陆绝的耳朵红透了，就连手指也一阵发麻，他好喜欢，好喜欢知知。

宁知突然想起什么，松开了带动陆绝触碰她细腰的手："你转过身。"

陆绝不明所以，听话地转过身。

宁知记得昨晚摸到的伤疤，掀起陆绝一侧的衣摆，什么都没有看到。

突然想到了什么，宁知伸手拉低了陆绝的裤子，露出了被遮住的皮肤，陆绝腰部左后侧有一个浅浅的、凹凸不平的伤疤，像烫伤留下的疤痕。

哪怕知道陆绝不会感到疼痛，宁知还是会心疼。

她的指尖轻轻地在上面触碰着，慢慢摸过伤疤，陆绝瞬间浑身绷紧。他转头，漆黑的眸子发亮："知知。"

同时，他头顶的显示框里弹出了五个小太阳！

他的身体还真是诚实得过分。

宁知觉得今天一个上午什么都不用干了，待在房间里拿小太阳就好，反正她的目标是至少八百个小太阳，是应该努力一些。

下午团队就要返程。

宁知和陆绝搭乘电梯下去的时候，正好碰到同时下楼的魏星。

"陆绝少爷，宁知小姐。"魏星今天穿着一件蓝色的格子衬衫，里面是一件白色的T恤衫，阳光帅气，看不出任何问题。

宁知笑着点头回应。

魏星站在宁知和陆绝的斜后方，掏出手机发语音消息："我现在准备回去了，天黑前应该能回到家，不用担心我。"

前面，宁知的眸子里闪过异色，她回过头笑着问魏星："在给你女朋友发语音？"

魏星不好意思地摸摸头："出门在外，我习惯了汇报行踪。"

宁知眨了眨眼："你好自觉啊，很少有男朋友会像你这么自觉。"

旁边，陆绝握着宁知的手收紧，他抿了抿唇，似懂非懂：出门在外，要向知知汇报行踪。

他记下了。

听到宁知的话，魏星更不好意思了："这样她会有更多的安全感。"

陆绝认真听着，嗯，虽然不知道安全感是什么，但别人有的，知知也要有，他也要给知知安全感。

宁知笑了笑："我有点儿好奇，魏助理你的女朋友长什么样子。"

魏星很乐意跟别人谈论自己的女朋友："我这里有照片。"他打开了照片库，里面全是自己和女朋友的合照。

看着照片里清丽可爱的女孩，宁知眸色黯了，夸赞道："好漂亮。"

她确认了，魏星口中的女朋友是她见过的那一位，对方已经发生事故，去世了。

魏星听到宁知夸赞自己的女朋友比听到夸自己还要高兴："小粥听到宁小姐对她的夸赞肯定会很开心。"

女友经常说，女孩子喜欢听赞美的话，多多益善。

宁知继续试探着："有机会的话，真想见见你的女朋友，我觉得她肯定是一个性格开朗的女孩子。"

魏星眼里有几分落寞之色，下一秒又笑了起来："我也希望有机会。"

宁知敏锐地捕捉到了魏星眼里的神色，意识到魏星并不是出现了精神问题，他知道自己的女朋友不在了，只不过，他不愿意承认。

魏星只是一直在假想女友还在而已。

宁知没有继续试探。

宁知和陆绝回到陆家的时候，天色已晚。

厨房里，陆母站在儿子旁边，欣慰地看着他。

儿子长大了，懂得照顾人了。

旁边，华嫂指导着：“少爷，水开了就可以放红糖了，如果少夫人不讨厌姜的味道，还可以放点儿姜。”

陆母也不懂得煮东西，听到华嫂的话，和陆绝同时点点头。

陆母是很乐意看到儿子照顾宁知的，儿子和宁知的感情越来越好，她感到很开心。

这一切都表明儿子越来越像正常人了。

陆绝动作笨拙地搅拌锅里的红糖水，看着里面不断冒出的泡泡，漆黑的眼睛亮了。

“煮好了，少爷，可以把红糖姜水盛出来了。”华嫂指导着。原本她想帮忙的，但被少爷拒绝了。

陆绝小心地把红糖姜水盛到一个白瓷小碗里，旁边的陆母赶紧掏出手机，不光拍了儿子在厨房里高大的背影，还拍下了儿子煮的红糖水。

她兴冲冲地发朋友圈：“儿子长大了，会照顾媳妇了。”

陆父是第一个点赞的。

陆深远也在下面点赞，还评论：“弟弟进步了。”

陆母还收到了很多朋友的点赞和评论，心情愉悦地一个个回复着：

“儿大不由娘了。”

“照顾媳妇？是他该做的。”

“对，他在学习疼媳妇。”

…………

陆绝根本不理会旁边笑容灿烂，一直忙着回复信息的陆母，端着红糖水就要往楼上去。

“少爷，糖水刚煮好，很烫的，要不我给你拿一个托盘吧？”华嫂赶紧说道。

陆绝没有应声，闷头往外走，着急地要把糖水端给宁知喝。

宁知看见陆绝端着碗进来，放下手机好奇地问：“你刚才去哪里了？”

“给知知喝。”陆绝端着白瓷小碗，走到了宁知的身边。

“是红糖水？”宁知有点儿惊讶，“你让厨房的人煮的？”

陆绝垂下眼帘，眼角透着浅浅的红：“我煮，我煮知知。”

“你煮的？”好家伙，陆绝都学会给她煮糖水了。

宁知一脸惊喜之色：“你怎么这么棒？”

她伸手想要把碗接过去，然而指尖才碰到碗壁，就被烫得下意识地收回手："好烫！"

宁知才注意到陆绝修长的手指已经被烫得通红："你赶紧放下，太烫了。"

陆绝不觉得烫，但听宁知的话，乖乖地把碗放在了桌面上。

宁知抓起他的手，看到他的指尖被烫得红红的。

他感觉不到痛，并不代表他的手不会被烫伤。宁知心疼地低下头，轻轻地吹着他的手指。

陆绝觉得指尖凉凉的，很舒服，漆黑的眼睛看着宁知心疼他的样子，头顶上弹出了五个小太阳。

知知呼我，知知疼我。

宁知还心疼地亲了亲他的指尖："下一次，你不能碰这么烫的碗，要用托盘端才行。"

低着头的宁知没有看见，她每亲陆绝的指尖一下，他头上就弹出一个小太阳。

等她抬起头时，只见陆绝的头顶上一片金闪闪的光。

宁知："……"

"喜欢我亲你的手指？"宁知笑了。

陆绝头顶的小太阳又弹了出来。他喜欢知知疼他。

过了一会儿，宁知小口地喝着陆绝煮的红糖姜水，嘴里甜得厉害，心中也像被塞了一把糖。

她喝着糖水。旁边，陆绝安静又期待地看着她，喝最后一口的时候，宁知没有吞咽下去，而是转过头看向陆绝。

她双手捧住陆绝的脸，凑近了他。

陆绝闻到一股自己很讨厌很讨厌的姜味。

下一秒，他感觉嘴巴上的触感软软的、热热的，尝到了很甜很甜的味道。

陆绝觉得自己不讨厌姜味了。

他突然发现，原来自己煮的糖水这么好喝，头顶的显示框里，小太阳十个十个地疯狂弹出来。

他还要给知知煮糖水。

第十六章

救下魏星的女朋友

接下来的几天，陆绝天天煮红糖水给宁知喝，也不知道他加了多少红糖，糖水甜得发腻，让宁知觉得很齁。

而且陆绝很狡猾，在宁知表示自己不想再喝的时候，会用可怜巴巴的眼神看着她，还故意让她看他被烫得发红的手指。

当宁知喝完红糖水的时候，陆绝就会守在一旁，眼巴巴地看着她，意图很明显：他也想尝尝宁知嘴里的红糖水。

宁知不会拒绝，可能因为有新鲜感在，每当她给他喂红糖水的时候，陆绝头顶上的小太阳都会不断地弹出来。

这么多天下来，她又收集了不少小太阳，加上之前的，足够她完成下一次的任务了。

夜色渐浓，周围很安静。

宁知听着旁边传来的细微呼吸声，知道陆绝已经睡沉了。

她把八百个小太阳交给霸王。

看着瞬间空了的小仓库，她一阵肉疼，原本这里金灿灿的一片，现在只剩下七十三个小太阳了。

还没有来得及感慨，下一瞬，她眼前一黑，再睁开眼睛的时候，已经换了一个地方。

眼前是车辆来来往往的马路，宁知一时间有种迷失方向的错觉，并不知道这是哪里。

她只知道陆绝有可能在附近。

宁知有点儿茫然，看见前面不远处有路牌，正准备确认一下，恰逢此时，突然听到了旁边经过的路人的对话。

“世博酒店好像发生火灾了，我刚刚看朋友圈，不少人在转发现场的视频还有照片。”

“你说的是隔着几条街，绿榕路的那家酒店？”

“对啊，前阵子我亲戚还在那里摆酒请吃饭呢。”

“之前经过那家酒店，好像挺有年头的了，我还没有机会进去呢。”

“那家酒店开了几十年了。现在火势慢慢大起来，也不知道消防员赶到没有。”

…………

听着两个人的对话，宁知有种不好的预感。

来不及思考，她快速往酒店那边跑去，抬头隐隐约约地看见了远处的浓烟。

因为现在是除陆绝以外的所有人都看不见的状态，宁知直接穿过一条条马路，根本不需要等待红绿灯。

直接穿过车辆、人群，甚至是建筑物，前后不到五分钟的时间，她已经赶到了酒店的门口，呼吸平稳，一点儿也不喘。

酒店门口，不断有客人从里面逃出来，有的尖叫着，有的头发凌乱，甚至有人掉了一只鞋子，他们拼命地冲出来，远远地逃离酒店。

现场一片混乱。

消防员还没有到，里面不断有浓烟冒出来。

宁知没有半点儿犹豫，直接逆着人流，穿过他们的身体冲了进去。

她知道陆绝在火灾中是得救了的，但想到他腰后留下的伤疤，尽管知道他不会觉得疼，但还是很在意。

她会想：陆绝是怎么受伤的？面对突如其来的大火还有四处逃生的人，他会不会害怕？

宁知记得陆母说过，当时陆绝他们聚餐的位置在酒店的 7 楼。

酒店的电梯已经不能用了，宁知只能从楼梯上去。

周围人挤着人，他们连滚带爬地从楼梯上下来，每一个人都顾不上自己此时狼狈的模样，只想着活命。

宁知看见一位年轻的男人突然被挤得倒在地面上，还被人踩了好几脚，却没有人去扶。

只匆匆看了他一眼，宁知穿过一个又一个人的身体往楼上跑去，对她来说，此时没有谁比陆绝更重要。

楼上传来不少人的尖叫声、哀号声。

整个酒店又吵又乱。

宁知现在是隐身状态，并没有感觉到周围急速升高的温度。

旁边是一个个口鼻处捂着毛巾或衣服逃生的人，宁知根本不怕浓烟，像往常一样，继续跑上楼。

四楼，宁知看见整条走廊里都是大火。

她继续往上跑去。

七楼，大火已经烧上来，走廊里挤满逃生的人，他们有些是刚从上面下来的客人，有些是在包间里吃饭的客人。

宁知看见了很多年轻的面孔，应该是今天在这里聚餐的毕业生。

一个个慌乱、着急、恐惧的人互相挤着，急着逃生。

宁知刚从六楼上来，知道下面的火势有多大，显然，周围的人也是感受到了下面袭来的热浪才会这么恐慌。

宁知极力在人群里找寻陆绝，然而并没有发现他。

大火烧得越来越旺，逃出去的人越来越多。

宁知着急地在一个又一个包间里寻找着陆绝，他可能没有跟随众人逃生。

之前，宁知并没有想到自己会穿回这一天，现在，很后悔自己忘记问陆母陆绝毕业聚餐的包间号。

哪怕现在感觉不到热浪，宁知也知道火势越来越大。她直接穿过大火，又冲进了一个包间，还是没有任何发现。

宁知快速寻找着，直到走到倒数第三个包间，终于看见了茫然地站在包间里的陆绝。

这里还没有被火包围，只有浓烟不断冲进来。

“陆绝！”宁知赶紧跑过去。

听到熟悉的声音，陆绝抬头，一眼就看到了自己想了很久很久的人，漆黑的眼底生了光。

怪姐姐，来了。

“酒店着火了，我带你离开这里。”宁知连忙上前牵住陆绝的手。

陆绝一双漂亮的桃花眼安静地看着她，乖乖地点着头：“跟怪姐姐走。”

怪姐姐去哪里，他就去哪里。

现在的陆绝跟几年后的他一样高，侧脸棱角分明，眉宇间还有几分青涩的少年气息，穿着一身红色的运动服，迈着长腿跟宁知一起逃生。

宁知现在的状态不怕被火烧，但陆绝跟她不一样，她必须很小心地带着他躲开周边的火。

“你用袖子捂住鼻子。”宁知担心他吸入太多浓烟，只能尽量想办法让他少吸一点儿。

陆绝听话地用手臂挡在鼻子前，甚至想要帮宁知捂住鼻子。

“我不用，你照顾好自己就行。”

宁知拉着他躲开火飞快地往前跑，而这时，不知道哪个包间里传来了孩子的哭声。

宁知并不打算理会，因为她知道在这场火灾里没有人死亡，也就是说，孩子会被救下。

但是她身边的陆绝停了下来。

宁知疑惑地回头：“怎么了？”

陆绝转头看向孩子哭声传来的方向，抿了抿唇，缓慢地开口：“哭了。”

孩子哭了。

宁知一愣。所以，陆绝听到了孩子的哭声？他是要帮助那个小孩吗？

宁知突然发现自己的心还挺狠的，而陆绝有一颗柔软的心。

“你想救他？”宁知问他。

陆绝点了点头：“救的。”

宁知拉着他快速转身，他要救，那就救！

来到了哭声传出的包间前，宁知支使陆绝：“你开门。”

陆绝直接打开包间的门。

热浪袭来，只见一个小男孩站在大圆桌前，茫然地大哭着，而他的周围有火蔓延。

宁知还没有反应过来，旁边的陆绝像突然开窍了一样，冲上前去准备救小男孩。

而这时，包间的天花板上，摇摇欲坠的水晶吊灯接口松动，往下掉落。

宁知神色惊慌："陆绝！"

水晶吊灯上有不少金属的棱角，宁知不敢想象吊灯砸落下来的后果。

完全来不及多想，宁知瞬间消耗了三十个小太阳现身，换取三十分钟的现身时间，直接扑向了陆绝。

身体突然落入了柔软的怀抱，一阵馨香袭来，陆绝茫然地看着抱住他的宁知，漆黑的眼底露出了欣喜的神色。

怪姐姐，抱他了。

然而下一秒，陆绝看见巨大的水晶灯落下来，就要砸在宁知的身上，心脏猛地跳了一下，大脑还没有反应过来是怎么回事，身体已经抱着宁知往旁边一闪。

两个人还没有来得及完全闪开，水晶灯掉落下来了。

宁知感觉到陆绝浑身绷紧，紧紧地抱住了她，耳边是他低沉的闷哼声。

"陆绝。"

小男孩被推倒在一侧，看见上面掉下来的东西砸在地面上碎了一地，吓得号啕大哭。

宁知赶紧从陆绝怀里钻出来，神色慌乱地去查看他的后背："你有没有受伤？"

宁知掀开陆绝衣摆的手发颤。她不怕受伤的，只要没死，就算受伤，恢复成别人看不见的状态时，她的伤就会好，但陆绝不一样。

"我不用你救我，陆绝，你只要保护好你自己就行。"宁知又心疼又着急。

陆绝的后背被砸得发红，而他后腰的位置被水晶灯的金属架擦破了，正在流血。

宁知看得一愣，他还是受伤了，而且是伤在同一个位置。

她并没有改变他受伤的事。

"要保护怪姐姐。"陆绝没有感到疼，反而因为衣服被怪姐姐撩起，漆黑的眼里有几分害羞之色。

闻言，宁知深深地看了陆绝一眼，他对她的感情纯真得让她胸口发烫，眼角发酸。

面对这样的陆绝，她一点儿抵抗力都没有。

陆绝的伤口有点儿深，但他们身边没有急救工具，只能赶紧去医院处理。

“我们先离开这里。”宁知的眉心紧蹙，火势越来越大了。

她走到小男孩旁边：“别哭了，姐姐带你出去找爸爸妈妈。”

小男孩看起来五六岁，五官精致带着婴儿肥，很可爱。

小男孩不理会宁知，继续张嘴大哭，又像是被吓得尖叫。

“吓坏了？”宁知伸手过去，想要牵小男孩的手带他离开，然而小男孩闪躲开了，不让宁知碰，继续哭。

宁知一愣。

陆绝看到小男孩不听宁知的话，语气很凶地训斥小男孩：“不能哭！”

他的话音刚落，小男孩的哭声一顿，抽泣了几声，神奇地安静下来了。

小男孩竟然听陆绝的话。

“不哭了，真听话，我们赶紧离开这里。”宁知担心再出现变故，想立刻带陆绝离开酒店。

小男孩不让宁知牵手，主动走过去，一把抱住了陆绝的大腿。

宁知：“……”

陆绝皱眉，唇角抿紧，显然很不喜欢被除了宁知以外的人触碰和拥抱。

“陆绝，他喜欢你。”宁知笑了，“你牵着他吧。”

听到怪姐姐的话，陆绝不情愿地牵住了小男孩肉乎乎的小手。这一次，小男孩没有闪躲，乖乖地被牵着。

手心里的小肉手绵绵的，软软的，陆绝皱眉。他只喜欢牵怪姐姐的手。

宁知带着一大一小往外冲去。

逃出去的人越来越多，七楼被火包围了大半，再拖下去，他们就要逃不掉了。

这时，陆绝的保镖找来了。

“陆绝少爷。”他冲上前来。

宁知看见保镖身上的衣服皱巴巴的，有几分狼狈，看来他为了找陆绝吃了不少苦头。

“你从哪里上来的？”宁知第一时间问道。

保镖反应很迅速：“那边有后楼梯，那里的火势不算大，我们可以从那里离开。”

宁知点点头：“我们赶紧过去。”

看来，在她没有穿回来的时候，陆绝应该因为救小男孩受伤了，然后保镖找来，带着他们从后楼梯出去了。

保镖走在前头开路，动作敏捷地踢开周围挡路的物体。

刚才宁知是隐身的状态，根本不觉得有什么，而现在她现身了，清晰地感受到了周围向她袭来的热浪还有浓烟，熏得她嗓子难受。

宁知被呛得难受，咳得眼角闪着泪花。

听到她的咳嗽声，陆绝吓坏了，神色着急地看着她，恨不得替她咳嗽。

“我没事。”宁知的喉咙难受，她握紧了陆绝的手。

楼里传来的大火燃烧发出的声响，还有重物砸地、呼喊救命的声音，让人心里发慌。

宁知加快了脚步，牵着陆绝的手，紧跟在保镖的身后。

奇怪的是，从包间里出来后，小男孩就没有再哭了，一直很安静地任由陆绝拉着他。

他很快地迈着两条小短腿，几乎要跑起来，看见大火也没有被吓哭。

宁知没有多想，手掌心冒汗，一颗心高高地提起，直到走出酒店的那一刻才舒了口气。

“出来了。”

门外有人吓得抱头痛哭，有的受了伤在等待救援，消防员快速展开施救行动，陆续有人被救出来。

劫后余生，宁知喜悦地看着陆绝。

不知道什么时候，他的左脸上沾了一些灰，白皙的俊脸黑了一块，额前的刘海儿也乱了。他安静地看着她，又呆又可爱。

宁知问旁边的保镖：“有纸巾吗？”

保镖摇摇头，转身跑去不远处的人群借来了一包。

宁知接了过来："谢谢。"

她抽出一张纸巾，动作轻柔地开始帮陆绝擦拭他的脸："这里脏了。"

高大的保镖站在一旁，看见宁知帮陆绝擦脸的举动，正想要阻止："小姐，少爷他……"

他想说自家少爷不喜欢被人触碰，下一秒，他愣住了，只见陆绝非但没有闪躲开，而且嘴角微微翘起，好像在笑。

陆绝少爷竟然在笑？

宁知的动作很轻柔："干净了。"

陆绝把自己另一侧的脸凑近宁知，低沉的声音里带着几分撒娇的意味："这边，也要的。"

宁知觉得好笑，看着陆绝的俊脸，他的右脸上什么都没有，皮肤细腻，肤质很好："这边没有脏。"

陆绝眨了眨眼，有点儿失落。

下一瞬，软软的唇轻轻地在他的右脸上碰了一下，陆绝漆黑的眸子瞬间亮了起来。

保镖惊得完全傻了眼，少爷不光被不知道哪里来的女孩擦脸，还被女孩亲了。

而且，少爷嘴角高高翘起，很明显，他喜欢面前女孩的亲吻。

保镖完全不能淡定了，甚至想要立刻打电话给陆先生和陆太太汇报少爷被亲的事。

"走吧，带你去医院清理伤口。"虽然陆绝的伤口小，但是被金属弄伤的，还是要去清理一下，也不知道需不需要打针。

而这时，一个中年男人冲过来，一把从陆绝的手里抢过小男孩："这是我的儿子！"

男人面露凶色，拽紧了小男孩的手。

"先生，你的儿子独自留在了包间里，是我们救他出来的。"宁知原本还想帮小男孩找父母，没想到现在有人来认领了。

男人神色讪讪："那多谢了。"

说着，他转头举手用力地拍了两下小男孩的头："让你乱跑，让你不听话，害得我到处找你。"

宁知看得皱眉。

小男孩被打了也没有哭，一直低着头，没有应声，与正常的小孩的反应好像不一样。

宁知猛地转过头去看陆绝，突然发现，小男孩的状态与陆绝很像。

所以，小男孩是找到了同类，才让陆绝牵他的？

中年男人骂骂咧咧地拉扯着小男孩离开。

陆绝唇角抿紧，看着小男孩被带走，漆黑的眼底带着茫然还有不悦的神色。

宁知叹了口气，牵住了他的手："走吧，我们去医院。"

保镖赶紧说道："车子停在了对面。"

宁知点点头，拉着陆绝的手正要走到对面上车，转过身时却看见了不远处一张熟悉的面容。

女孩脚步不稳，正被人拉着上车。

宁知眼里是抑制不住的震惊之色——那是魏星的女朋友！

这么巧？！

宁知的一颗心像要从喉咙里跳出来，握着陆绝的手直冒汗。她记得新闻上报道的车祸事故是发生在今天，但没有想到自己会在此时此地碰见魏星的女朋友。

所以，她有机会救下对方？

没有多想，她牵着陆绝的手，快步走过去。

"教授，我……我自己回去。"

方瑜粥的头晕晕的，刚才在宴席上，她被同学灌了几杯酒，已经醉了，后来突然发生了火灾，被教授拉着跑，惊魂未定，醉意让她的头发晕。

教授拉着方瑜粥的手不放，将人塞进车子里，脸色潮红，也带着醉意："没关系，我顺路送你。"

说着，他赶紧将人推进车后座，不顾方瑜粥的挣扎，直接关上门。

他着急地回到驾驶座上，正准备关上车门，却突然被人拉住了，面前出现了一张极为漂亮的年轻女孩的脸。

女孩的肤色雪白，五官精致，唇红齿白，就连一双眼睛也漂亮得像缀满了星子，一个眼神就能让人酥了骨头。

"你是……？"教授原本想要训斥的话停在了嘴边。

宁知看见过新闻上的报道，知道这位教授姓袁。

她拉着旁边的陆绝站在车门前，勾了勾唇，眼里布满了纯真的神色：

“袁教授，他受伤了，拜托你送我们去医院。”

“你们是我的学生？”袁教授扶了扶眼镜，眼里的醉意让他有点儿看不清东西了，“你们自己搭车去，我现在有事要忙，没有空。”

说着，他想要将门关上。

“别啊，袁教授，你的学生受了重伤，急着去医院，还有什么事比救人重要？”隔着这么远的距离，宁知都能闻到对方身上的酒味，“难道你见死不救？”

宁知轻飘飘地补充了一句：“如果学校知道你是这样看着学生出事也不救的人，恐怕大家……”

袁教授额上的青筋凸起：“上车！”

“谢谢你，袁教授。”宁知笑着转过头，对着保镖吩咐道：“袁教授答应送我们去医院了，你来开车！”

袁教授难以置信地看着宁知：“这是我的车子！”

“对，但你喝酒了，不能开车上路，袁教授你要以身试法吗？”宁知居高临下地看着驾驶座上的人。

袁教授额上的青筋越发凸出，气急败坏地从车上下来，准备走到车后座。

宁知抢先拉着陆绝上车：“袁教授，你年纪大，副驾驶座该让给你。”

袁教授狠狠地喘了一口气，带着醉意的脸气得更红了。

宁知坐在中间，让陆绝坐在窗边的位置，保镖虽然不知道这是怎么回事，但还是坐上了驾驶座，启动车子。

“我想回家，我想找魏星。”旁边，醉醺醺的方瑜粥靠着另一侧的车窗低喃着。

副驾驶座上的袁教授脸色很不好：“送这两位同学去医院后，我会送你回家。”

“我自己回……”方瑜粥想去找男朋友。

袁教授不应声。

宁知看着方瑜粥满脸的醉意，眼里多了几分思量。

她靠近对方：“你要找魏星？待会儿我帮你找他。”

宁知对上方瑜粥神色茫然的眼睛，低声说道：“我可以将你送到魏星的身边。”

方瑜粥不知道，魏星等了她很久很久。

此时，方瑜粥听明白了宁知的话，脸上露出了甜甜的笑意：“嗯，我要找魏星。”

前面，袁教授脸上的怒气消去，神色已经缓和了不少：“你们两个不是要去医院吗？待会儿在医院放下你们，我会送方瑜粥同学回家，不用麻烦你们了。”

“袁教授，不该劳烦你老人家，我认识她的男朋友，她现在醉酒了，我可以帮忙送她过去。”宁知温和地说道。

袁教授扶了扶眼镜，语气有点儿冲：“你们管好自己就行。”

“袁教授，”宁知笑了笑，故意提高声音，“你这话是什么意思？”

袁教授深吸了一口气才温和地开口：“我的意思是，你们两个要去医院，不是说着急救命吗？你们照顾好自己就好了。我有车子，会送方瑜粥同学回去。”

宁知勾了勾唇，没有应声。

袁教授没有得到回应，以为对方是同意他的安排了。

保镖的车技很好，开车又快又稳，车子开到医院门口，停了下来。

“陆绝少爷，医院到了。”

打开车门，陆绝先下车，接着，宁知扶着方瑜粥下车。

副驾驶座上的袁教授动作迅速，赶紧走到后座打开车门：“你不用让她下车，我现在就开车送她回去。”

袁教授示意宁知赶紧下车就好。

“不用劳烦袁教授。”宁知拍了拍方瑜粥的脸：“我们到了，下车。”

方瑜粥缓慢地睁开眼睛，茫然地看着宁知。

“下车吧，你待会儿就能见到魏星了。”宁知拉着她的手，准备带她下车。

方瑜粥听到男朋友的名字，点点头，乖乖地跟着宁知下车。

袁教授在一旁又扶了扶眼镜，脸上的神色并不太好：“同学，多管闲事不好，你们还是尽快去看医生吧。”

宁知气笑了：“袁教授，我这是关爱同学，并不算多管闲事，倒是你老人家，怎么一直阻拦我带走她？”

袁教授努力地审视着宁知：“你是哪个系哪个班的学生？”

“袁教授，威胁对我没有用。”宁知扶着方瑜粥下车。

袁教授从来都是被人追捧尊重的，第一次碰见这样跟他对着干，顶撞他的学生："你……"

宁知看向他的目光很冷："居心不良、无品无德的人不配为人师。"

袁教授那张醉酒的脸气得通红，就连脖子也变得通红了："我听不懂你在说什么。怎么会有你这样不尊重老师的学生？你告诉我，你是哪个班的？"

宁知冷笑，直接向他插刀子："'龌龊'两个字已经写在你的头顶上了，我想知道，是你查我哪个班快，还是我调查你比较快？"

袁教授眸色一敛，头脑清醒了几分，这才认真打量面前这个伶牙俐齿，长相漂亮得过分的女孩，心里多了几分思量。

半晌，他到底是有了顾忌，说道："我没有时间跟你废话，以后在学校里，你好自为之。"

说着，他转身走到驾驶座，准备开车离开。

宁知冷嗤了一声："你喝了酒，还要开车离开？"

袁教授额上的青筋已经暴起："你怎么这么喜欢多管闲事？"

刚才，他就不该答应让这个女孩上车，送她来医院。

"你醉酒驾驶，害死自己也就算了，别拖累别人。"宁知想到新闻上的报道，方瑜粥死了，这个袁教授也死了，还撞伤了几个路人。

袁教授这就是典型的害己害人。

路人多无辜，凭什么要承受他做蠢事带来的伤害？

"醉酒驾驶，不仅害你自己，还会伤害别人。你要寻死就滚远点儿，去没有人的地方。"宁知一点儿也不留情面，"在你身上，我没有看到一点儿为人师表的样子。"

袁教授气得发抖，狠狠地一下把车门关上，直接踩油门开车离开。

宁知幽幽地看着远去的车子，直到车子开远了才收回视线。

"手机呢？给我，我打电话给魏星，让他来接你。"宁知吃力地扶着歪歪扭扭的方瑜粥。

"在包包里。"说完，方瑜粥摇摇头，"不行的，魏星今天要上班。他好不容易进了陆氏集团实习，不能让他随便请假。"

宁知无奈地叹了口气："女朋友都快没有了，工作能比女朋友重要？"

方瑜粥啊了一声，接着说："肯定是女朋友比工作重要！"

"那就对了，手机给我。"她现在算是救下魏星的女朋友了吧？

宁知这样想着，心情变好了。

她转过头对旁边的保镖交代道："你先带陆绝进去清理伤口，他后腰被金属划伤了，我这里还有点儿事。"

陆绝抿着唇，一双漂亮的桃花眼安静地看着宁知——他只想和怪姐姐在一起。

宁知扶着摇晃的方瑜粥，转过头哄陆绝："你先进去，待会儿这里忙完了我就去找你。"

陆绝一向听宁知的话，不情愿地点了点头。

保镖又是一阵震惊：自家少爷怎么这么听这个女孩子的话？

保镖陪同陆绝进医院里清理伤口，宁知陪着方瑜粥站在原地。

"手机给我。"宁知再次开口。

"包包里，包里。"方瑜粥醉醺醺的，根本没有行动。

宁知只好伸手去她的包包里掏出手机，快速打开通讯录，找到了魏星的联系方式。

电话刚拨打过去，不到几秒就被接通。

"粥粥。"电话那头传来魏星温柔的声音。

宁知回道："你女朋友现在在医院这里，她喝醉了，你过来接她吧。"

下一秒，电话那头传来什么东西掉落地面的声音。

魏星语气着急："哪……哪家医院？"

宁知往后看了看医院的名字，告诉了魏星："你赶紧过来接她。"

"好好好，我立刻过来！"魏星慌乱地挂掉电话，赶紧去请假。

宁知扶着方瑜粥走到树底下等着："我已经打电话给魏星，他很快就会来。"

方瑜粥已经晕得几乎站不住了，她笑着："魏星，我想见魏星……"

宁知现在只剩下不到十五分钟的现身时间，小仓库内还有四十三个小太阳，足够等到魏星来接他的女朋友了。

也不知道等了多久，宁知看见魏星来了，只见他额头上青了一大块，气喘吁吁的，十分狼狈。

"你受伤了？"宁知问他。

现在的魏星比成为陆绝助理后的模样青涩几分。他不认识宁知，以为她是女友的朋友："刚才来得着急，不小心摔了一跤。"

他在电话里听到女朋友在医院，被吓到了。

魏星毫不在意自己的额头撞疼了，上前想要接过女朋友。

宁知把人交给他，郑重地看了他一眼：“以后别让你女朋友独自在外喝醉酒，要在她身边陪着，女孩子醉酒后身边没有熟悉的人看着会很危险。”

宁知已经猜到了车祸的原因。

看着为了赶来接女友而撞伤的魏星，宁知觉得，他付出这个小小的代价换回了女朋友也是划算的：“反正，以后照顾好她。”

魏星抱着女朋友，莫名地有种失而复得的感觉：“我会的。”

宁知想了想，提醒道：“我看见你女朋友的时候，她已经醉了，被袁教授拉着上车。我刚才要带她离开，袁教授不愿意让她下车，还黑了脸。”

宁知没有说得太明白，但这样的暗示已经足够明显了。

魏星愣了一下，神色沉下来，用力地点了点头，感激地看着宁知：“谢谢你。”他并不蠢，当然听懂了对方没有说出口的话。

“你带她走吧。”宁知只剩下一分钟的现身时间了。

“好，今天的事真的很感谢你。”魏星再次诚恳地道谢。

他不敢想象，如果女朋友被那个心怀不轨的袁教授带走会怎么样，后背一阵发寒，心里也有些慌乱。

宁知摆摆手，没有再多说什么，直接往医院里走去。

走在没有人看见的角落里，避开摄像头，宁知变回了隐身的状态。

她准备去找陆绝，没想到在走廊拐角处就碰见他了。

“少爷，你要进去清理伤口。”保镖劝说了几遍，然而陆绝毫无反应，安静地站着，像在等谁来。

保镖知道自家少爷是在等那个年轻女孩。

宁知走过去：“陆绝。”她牵上了他的手。

陆绝修长的手指微凉，宁知知道他在等她：“走吧，我带你进去。”

陆绝点点头。

保镖以为是自己的劝说有效，赶紧说道：“少爷，进去吧。”

陆绝没有看他，乖乖地任由宁知牵着。

有宁知在，陆绝还算配合，护士顺利地给他的伤口消毒、包扎，因为伤口不算深，不需要缝针。

保镖站在一旁，很惊讶陆绝的配合。

看着陆绝的伤口，宁知很心疼，这一次他受伤是因为她。

宁知不知道，袁教授将车子开远后，因为醉酒再加上被宁知气得怒火上涌，一时间错把油门当作刹车，一脚踩了下去，当场撞上了一辆大货车。

从医院出来后，宁知和陆绝在路上遇到了交通堵塞。

“陆绝少爷，前面发生交通事故了，我们需要绕路。”保镖汇报。

宁知往窗外看去，一眼看到了袁教授的车子，它撞上了一辆大卡车，车头完全凹陷进去了。

事故现场一片混乱。

医护人员已经在场，在抢救车子里的袁教授，只见被抬出来的人满头是血，也不知道是晕过去了，还是已经死亡了。

另外一个伤者应该是卡车司机，他捂着头，正在激动地说着什么。

宁知收回目光。她救下了方瑜粥，至于这个袁教授，他不听劝阻，依然执拗地醉酒驾驶，落到现在这个下场，也算是他该得的。

陆绝回到陆家的时候，陆母着急地冲上前来。她接到保镖的汇报，原本要出门去医院看儿子，没想到儿子已经回来了。

她再三跟保镖确认儿子只是受了轻伤，并没有大碍，这才舒了口气。

陆母又详细问了保镖几个问题，而陆绝拉着宁知上楼了。

宁知发现，现在陆绝房间的装修风格跟之后的一模一样，置身这里，她几乎忘记了时间的差别。

现在的陆绝与大绝绝的外貌一样，轮廓分明，眉目清秀，一双漆黑的眼睛安静地看着她。

“脏了。”陆绝低着头，喃喃道。

宁知才发现陆绝另一只手的手背上不知道什么时候蹭到了灰，有点儿脏。

她拉着他的手，带他去洗手间。

洗手台前安装着一面宽大的镜子，能照出整个洗手间。

镜子里，宁知和陆绝站在一起，有种说不出的般配感。

宁知消耗了一个小太阳，换取一分钟触碰实物的时间，打开了水龙头。

“要我帮你洗手吗？”宁知笑盈盈地问他。

陆绝眼底生了光，乖乖地点头：“要。”

宁知握着他的手放在水龙头底下，两只手轻轻地帮他揉搓着。

陆绝的手很大，手指修长，骨节分明，很好看。

她故意用指尖在他的指腹上磨蹭了几下，引得陆绝的手下意识地收紧。

陆绝的眼睛亮亮的，嘴角微微勾起，低沉的声音带着几分愉悦："怪姐姐坏。"

他知道她在故意逗他啊？

看来他进步了。

陆绝握紧了宁知的小手，软软的，雪白雪白的，他觉得怪姐姐的手很好看。

原本是宁知帮陆绝洗手的，现在反过来了，陆绝神色认真又专注，轻轻地揉搓宁知的手，甚至是一根手指一根手指洗着。

洗完了，他还拿过旁边的纸巾给她擦干手。

宁知惊讶于陆绝的变化，现在他竟然会照顾人了。

下一秒，在宁知惊讶的目光中，陆绝握着宁知的双手举到他的鼻子前，低头轻轻闻着。

宁知吓得想要缩回手。

"怪姐姐，香的。"陆绝抿了抿唇角，眼底有几分羞涩的神色，唇轻轻地落在了泛着浅粉色的指尖上。

指腹感到一阵温热，宁知瞪大了眼，心好像被一只小奶兽轻轻地挠了一下，痒痒的，麻麻的。

陆绝明明做着这样暧昧至极的举动，偏偏睁着一双干净的眼睛看她，她要死了，要死了！

这个男人清纯中带着欲望，太犯规了。

而这时，陆绝松开了宁知的指尖，指尖上面还残留着他的温度："怪姐姐，想亲。"

陆绝不满足于亲指尖，目光落在宁知过分红润的唇上，更想亲怪姐姐的嘴。

"想亲，想亲怪姐姐，想亲你。"陆绝重复着自己的想法，诚实又直白，握着宁知的手，告诉她，他想亲她。

他还记得很多年前，在缆车上亲怪姐姐的事情。

宁知的脸一阵发热，哼哼唧唧，求着亲她的小奶狗，谁能拒绝？

她双手攀在陆绝的肩膀上："你低头。"

陆绝听话得很，乖乖地低下头，薄唇毫无章法地压在了宁知的唇上。

太久没有亲了，陆绝动作生涩，毫无技术可言，急吼吼地舔着宁知的唇角，宁知搂着他的颈项，慢慢地引导着他。

陆绝浑身绷紧。他喜欢怪姐姐这样亲他。

尝到了柔软、甜蜜的滋味，他想要更多。

镜子里，高大的红色身影将女孩压在了洗手台前，大手紧紧地扣在女孩的细腰上。

过了好一会儿，怀里瘦弱的身影消失了。

陆绝薄唇湿润，再也触碰不到柔软的嘴唇，怀里空荡荡的，失去了温热的感觉。

他低垂的眼帘颤了颤，又翘又长的睫毛遮挡住了眼里的暗色。

房间里很安静。

宁知翻过身，嘴里仿佛还残留着陆绝清冽的气息，他学得太快了，她刚才差点儿喘不过气来。

唇微微痛着，她第一次发现，陆绝哪里是小奶狗啊？简直是小狼。

他逐渐露出了狼性。

宁知想起穿回去改变的事，赶紧翻看了以前的新闻。

这一次，新闻报道的内容改变了，死亡人员只有袁教授一人，没有方瑜粥，也没有其他受伤人员。

宁知已经有了心理准备，看见报道上的内容，并未感到惊讶。

知道魏星的女朋友确实没有死，她心里有种说不出的高兴。就与当初救下陆绝的外婆一样，因为她的小小举动，有人活了下来，她打心底觉得喜悦。

实验室内，大家都能看出魏星今天的心情很好。

“你有什么喜事？”有人忍不住问魏星。

“明天是我女朋友的生日，我下班后要给她庆祝。”魏星笑得露出了白牙，阳光又傻乎乎的。

“我还以为你有什么大喜事。”同事打趣着他。

“我女朋友生日对我来说就是大喜事，感谢她的出生。”魏星摸了摸头，“不过，我确实有更重要的事，成功了就会变成更大的喜事。”

旁边，已婚的那个男同事一听就懂了，拍了拍魏星：“好家伙，你要求婚？”

魏星笑得更傻了，没有反驳对方的话，算是默认了。

“好啊，祝你成功，我们都等着喝你的喜酒。”

“成哥，承你贵言，要是成功了，后天的下午茶算我的。”

“放心，你一定能成。”

陆绝竖着耳朵听着，听到魏星给女朋友庆祝生日时，薄唇抿紧——他不知道知知什么时候生日。

下班的时候，陆绝背着红色的背包搭乘电梯下去，魏星陪着他。

两个人刚走到大门，一个娇小的身影冲上前来，一把抱住了魏星。

“你下班了，我刚才还想着要不要进去等你。”方瑜粥抱着魏星的腰撒娇。

路上人来人往，魏星有点儿不好意思，他摸了摸女朋友的头：“你再等一会儿，我现在还不能离开。”

“好啊。”方瑜粥很体贴地松开了抱他的手，改为牵他的手。她最喜欢和男朋友十指紧扣。

旁边，陆绝抿紧的唇角在看见黑色的车子停靠在眼前后才松开。

知知来接他了。

车门打开，方瑜粥看见了熟悉又漂亮的脸：“知知姐！”

宁知一愣，看见车外的方瑜粥很热情地跟她打招呼。

方瑜粥比宁知大几岁，但因为宁知救过她，而且看起来比她还沉着、冷静，方瑜粥每次都会控制不住地喊宁知“知知姐”。

宁知看着对方笑容灿烂的脸，弯了弯眸子：“很高兴在这里见到你。”

车子外，方瑜粥听到宁知的话，感到一阵激动。

自从认识宁知后，她就把宁知当作偶像了，以往追的娱乐圈偶像都要靠后了。

当时，如果不是宁知在她醉酒的时候把她从袁教授的车上带下来，她恐怕就要跟着袁教授一起死去了。

对宁知，方瑜粥是真的感激。

接下来的几天，天气转凉。

一早醒来的时候，宁知发现自己头很痛，鼻音很重，意识到自己生病了。

陆绝并不是傻子，听到宁知变得奇怪的声音有点儿着急。

"不用担心，我只是感冒了。你离我远一点儿，不然会传染你。"宁知推开了陆绝凑过来的脑袋。

陆绝才不理会病毒传染不传染的问题，听到宁知生病了，漆黑的眼睛里带着慌乱之色，就连鞋子也顾不上穿，光着脚踩在地面上去找手机："打电话，金医生。"

"金医生最近有事出国了。我让司机准备车子去一趟医院，你赶紧换衣服去上班。"对于自己生病了这件事，宁知反倒很平静。

陆绝穿着一身蓝底红花的睡衣，额前的刘海儿有几缕翘起来，他摇摇头，翘起来的头发也跟着晃了晃："不上班。"

知知生病了，他要守着她，要照顾她，不能离开的。

他答应过爷爷，一定会好好照顾知知。

说着，陆绝走到宁知那边，伸手就要抱起她："带知知去医院。"

宁知猝不及防地被抱起，落在他温暖的怀里，头撞上他健壮的胸膛，更晕了："你不上班？要陪我？"

陆绝用力地点点头："陪你，一定陪。"

知知生病了，肯定需要人陪的，就像他生病的时候，知知也在照顾他。

"你不去上班，那么你要请假。"宁知教他，"你要跟团队那边打招呼的，你是团队的一员，无缘无故地缺勤，他们会担心的。"

她在教他人情世故。

陆绝乖乖地点点头："没电话。"

陆绝的通讯录里只有陆父、陆母还有宁知的联系方式。

"你放我下来，我拿手机。"宁知被迫靠在陆绝的怀里，头晕晕的。

陆绝才不愿意放开她。他越来越精明了，抱着宁知弯下腰，示意宁知去拿枕头旁的手机。

宁知奈何不了他，只能伸手去拿手机："你就不怕被我传染？被传染了病毒，你也会生病的。"

陆绝才不管自己生不生病，只想抱着知知。

宁知无力地扯了扯嘴角，他还真是小呆子。她拨打了魏星的电话，等电话接通后，举起手机放到陆绝的耳侧，示意他接听。

"宁小姐，早，请问有什么事吗？"电话那头，魏星对宁知突然打电话给他有点儿惊讶。

“我请假。”陆绝低沉的声音响起。

“陆绝少爷？”魏星立刻听出了陆绝的声音，“陆绝少爷你要请假？是发生什么事了吗？”

陆绝抿了抿唇角，郑重地告诉魏星：“知知病，要照顾她。”

魏星愣了一下：“好的，陆绝少爷，我会帮你请假的。”

现在的陆绝少爷真的进步很大，竟然学会请假照顾妻子了。

挂断电话，陆绝抱着宁知去洗手间。

“我自己去就好。”宁知赶紧拒绝，自己只是感冒了而已。

“知知生病，不能累。”陆绝大步走进去，将宁知放在洗手台上。

看着陆绝居然贴心地帮她挤好牙膏，甚至要动手帮她刷牙，宁知头更晕了。

“知知生病，不能乱动。”

“你出去，我要上厕所。”

“知知生病，不——”

宁知一口咬在了陆绝的下巴上，气呼呼地说道：“我生病了，你也不能代替我上厕所！”

陆绝看着镜子，宁知坐在洗手台上，一头黑亮柔顺的长发垂在背后，趴在他的怀里，气呼呼地咬着他，他的胸口处像被一只小怪兽狠狠地撞击了一下，有些发麻。

这种感觉怪异又陌生，却让他很喜欢。

下一瞬，陆绝头上的显示框里弹出了一个小太阳。

陆绝的下巴被宁知咬了一下，留下了浅浅的牙印，他漆黑的眼睛开始发光，如同被逗得喜悦的小奶狗，低头就要寻着宁知的嘴亲过去。

宁知赶紧伸手挡住他的唇：“我生病了，不能亲。”

“不怕病。”陆绝眼睛明亮，高大的身体抵在了洗手台前，低着头看宁知。

他不怕生病。

宁知脚上没有穿鞋子，被陆绝气得笑了，用脚轻轻地踢了踢他的大腿：“你不怕，我怕。”我怕你生病。

陆绝眨了眨眼，有点儿失落。他认清了现实：知知生病了，不让亲。

宁知是被陆绝抱下楼的，陆绝固执地认为，她生病了，不能受累。

她有气无力地窝在他的怀里，面对用人偷偷打量的目光，闭上了眼睛。

“这是怎么了？”陆母端着插好的花瓶从饭厅走过来，正好看见客厅内儿子抱着儿媳妇要往外走。

“妈。”宁知原本就烧得发红的脸面对陆母疑惑的目光变得更加红了，“我感冒了，陆绝正准备陪我一起去医院。”

她暗地里推了推陆绝，然而他低下头，茫然地眨了眨眼，完全没有接到她的暗示。

“感冒了？严重吗？”陆母也担心起来。

“只是头有点儿晕。”

“发烧吗？”陆母看见宁知的小脸红红的，好像发烧了。

宁知点点头。

陆母赶紧把花瓶放在茶几上，走过去探了探宁知额上的温度：“有点儿烫。小绝，你赶紧带小知去医院。”

陆绝郑重地点点头，然后抱着宁知转身往外走了。

陆母站在原地，感慨儿子都会照顾生病的媳妇了。

到医院的时候，宁知烧得更厉害了，医生看诊后，说需要打点滴。

陆绝一直陪着她，坐在一旁，看着针头扎在宁知雪白的手背上，眼里全是慌乱和心疼的神色，还低头给她吹吹。

宁知扯了扯唇角，他自己感觉不到疼，却担心她会痛。

陆绝穿着一身红色的运动服，眉目清秀，脸上带着担忧之色，漆黑的眼睛一直盯着宁知，还时不时抬头看着药水滴落，引得周围不少人侧目。

就连不远处的护士也看得十分艳羡：这是什么神仙男友？又帅又贴心。

“知知疼不疼？”

“知知喝不喝水？”

“知知可以靠着我睡。”

…………

小呆子化身小话痨，眼里全是他的知知。

宁知忍不住用没有输液的手捏捏他的脸：“不用担心，我很好，你抱紧我就行。”

可能是第一次见到她生病，陆绝很担心她，宁知能感受到他慌张的情绪。

陆绝点点头，大手轻轻地搂着宁知的腰，安静下来，眼睛看了宁知一会儿，又看看药水滴完没有。

药水滴完了，知知就会好。

两个人从医院回到陆家的时候，已经是中午了。

宁知吃了药，开始犯困，头晕晕地躺在床上，刚要入睡，温暖的触感传来，感觉有什么钻进了她的被窝里。

她睁开眼睛，对上了面前明亮的黑眸。

“怎么了？”宁知的鼻音很重，但一点儿也不难听，反而多了几分慵懒的意味。

手不小心触碰到了炙热的胸膛，宁知发现手感不对，低头往被子里看去，突然发现陆绝没有穿衣服。

“你的衣服呢？”宁知惊讶地出声。

陆绝眨了眨眼，黑色短发下的耳朵有点儿红。被子里，他的身体贴近宁知：“出汗，病好。”

宁知当然知道出汗了容易退烧，但这与他脱衣服有什么关系？

陆绝的体温高，比她这个发烧的人还要高。他真挚又诚恳地说道：“身体暖，知知出汗。”

“你从哪里学的？”谁教他用身体帮她取暖，让她出汗的？

陆绝很诚实地拿起旁边的手机，打开网页给她看，有点儿献宝的意味。

宁知看着网页上的内容，脸上发烫，赶紧把手机丢到一旁。

宁知伸手捏了捏陆绝的耳朵，带着点儿凶狠的意味警告他：“不能看！”

看着陆绝茫然又干净的眸子，她哭笑不得。

自闭症患者对性的认知很纯粹，也不会羞于提起，因此宁知只是提醒了他一句，并没有继续对他说教。

宁知知道陆绝只是单纯地想让她退烧而已。

“下次你不用去网上搜，有什么不懂的可以问我。”

陆绝点点头，应下了：“不看，问知知。”

宁知看着他真诚的眼睛，隐隐觉得这句话有点儿不对劲。

她还在发烧，盖着被子，加上陆绝靠过来的身体体温过高，有种说不出的闷热感：“你躺过去一点儿，我的感冒还没有好，不要离我太近。”

说完，宁知在被子里用手推了推他。

转眼，陆绝的头顶上弹出一个小太阳。

宁知的手一顿，有点儿哭笑不得，她刚才是碰到了他的小腹吧？他还真是敏感，只是轻轻碰了一下就有反应了，诚实得过分。

被子里，宁知的手贴在他的小腹上轻轻地滑动着，要开始拿小太阳了。

因为发烧，宁知的手掌心有点儿烫，陆绝敏感地绷紧了腹部，知知摸他的感觉有点儿怪异，又很舒服。

显示框里，瞬间弹出了三个小太阳。

宁知嫌弃小太阳有点儿少，故意用指尖在他的腰腹附近流连。

“知知，知知。”陆绝的身体贴过来，总想让宁知做点儿什么。

宁知坏极了，故意用一只手抵着他的胸膛：“你别靠得太近，我感冒了。”

“不怕，不怕知知。”陆绝漆黑的眸子里带着几分焦急还有渴求的神色。他想要靠近她。

“但我怕你会生病。”宁知勾了勾唇，因为发烧而通红的脸带着不怀好意的笑，“所以，你乖乖别动。”

宁知生病了，坏心思也起来了，就是故意想看陆绝着急、无奈又无助，眼巴巴地看着她的样子。

这样想着，她指尖继续在被子里作乱，不断地逗得陆绝弹出小太阳。

宁知仗着自己病了陆绝不能亲她，放肆地使坏。

眼看着陆绝弹出的小太阳越来越少，宁知知道陆绝快要被她压榨干净了，准备收手。

然而，宁知忘记了，小白兔被逼急了也会红着眼睛咬人，更别说现在的陆绝是小狼了，而且是慢慢觉醒的小狼。

宁知没有看到陆绝的眼色黯了下去，好像有什么在里面翻涌着。

就在她收回手的下一瞬，陆绝迅速地翻身而上，将头埋在宁知的肩窝处狠狠地蹭了蹭，然后薄唇寻着她的小嘴亲了下去。

他才不怕生病。

生病了，他也可以陪着知知。

盖着被子，宁知看见陆绝头顶的显示框里不断地弹出小太阳，金闪闪的一片。

第十七章
送给知知的礼物

实验室里。

魏星正一脸喜色地派发下午茶。

“行啊，你这小子，求婚成功了？”男同事接过魏星的下午茶，对他挤挤眼。

魏星笑着点点头：“成功了。”

“好家伙，哥我就等着喝你的喜酒了。”男同事拍了拍魏星的肩膀，“不容易啊。”

男同事感叹了一声后突然反应过来：为什么他会觉得魏星不容易？

魏星笑着说道：“到时候肯定请你，你赏脸就行。”

接着，魏星端了一杯热饮料给沈珊珊：“这是你要的草莓口味。”

沈珊珊抬起头，接过杯子，发现饮料是热的：“你还挺细心的，知道要给女孩子订热的饮料。”

魏星摸摸头：“我未婚妻喜欢喝热的，她经常说喝冰的对身体不好。”

沈珊珊突然被塞了一口“狗粮”，但还是真诚地说道：“恭喜。”

“谢谢。”魏星走开了。

他端着一杯口味比较清淡的水果茶来到陆绝的办公桌前：“陆绝少爷，这是你的下午茶，你可以尝尝合不合口味。”

陆绝没有反应。

魏星丝毫不介意，因为他熟知陆绝的情况，放下水果茶，转身准备回自己的位置。

“等等。”陆绝缓慢地开口。

“陆绝少爷，还有什么事吗？”魏星回过身来。

陆绝今天穿着一件单薄的红色连帽卫衣，周围的人都穿着凉快的夏装，他穿着长袖却一点儿也没有感觉到热，一张俊脸上依然清清爽爽的。

魏星等待着陆绝的话。

“生日怎么庆祝你？”陆绝那天听到了魏星要给女朋友庆祝生日的事。

魏星愣住了，很快反应过来：“陆绝少爷是问我怎么给女朋友庆祝生日？”

陆绝抿了抿唇，点点头。

魏星分享道：“我当时订了一家她最喜欢的餐厅，然后一起吃饭，还求了婚。”

陆绝认真地听着，没有听到自己想听的内容，继续问魏星：“生日礼物？”

“生日礼物吗？”魏星扶了扶眼镜，阳光帅气的脸上突然浮现出几分害羞之色。

陆绝眨了眨眼，示意他赶紧说。

“那个……是宁小姐快要生日了吗？每个人喜欢的东西都不一样，陆绝少爷你可以留意宁小姐平常喜欢什么，缺少什么。”魏星委婉地转移了话题。

然而，陆绝向来直来直去，没有得到想知道的答案，又问了一遍：“生日礼物？”

魏星的耳根都红了。

他转过头看了看周围，发现没有人注意这边，向陆绝靠近了一点儿，压低声音告诉陆绝：“陆绝少爷，我送的……我送的生日礼物是我自己。”

陆绝漆黑的眸子里神色茫然，又有几分惊讶地看着魏星：生日礼物可以送自己？怎么送自己？

“我是知知的。”陆绝告诉魏星。

他原本就是知知的，不用送的。

魏星惊讶地发现，陆绝少爷结婚大半年了，怎么还是这样懵懂纯情？

魏星也是新手上路，根本没有什么经验，只能委婉地说道："陆绝少爷，这不一样，我说的送自己是那样……"

陆绝穿着红色连帽卫衣，刘海儿服帖，清秀的眉目间透着乖劲，眼神干净，怎么看怎么比大学生还要青涩。他追问："哪样？"

魏星不好解释，看了看周围，然后凑近陆绝的耳侧说了一句什么。

陆绝的耳朵红了，魏星的脸也红了。

"你们两个纯情小男生在这里讨论什么？"突然，魏星被人从身后拍了一下，吓得赶紧扶了扶眼镜。

沈珊珊把手里的文件塞到魏星的手里："方案做好了。"

她看着魏星和陆绝的模样，眯了眯眼，很是好奇："你和陆绝在谈什么？脸都红了，还一脸心虚的样子。"

魏星抱住了文件，快速地说道："没什么，我还有工作没有完成，先去忙了。"说着，他快步走回自己的座位。

沈珊珊转过头看陆绝，对方眨了眨眼，立刻低下头，装作忙碌敲打键盘的样子，而他黑色的短发下，耳朵红红的。

沈珊珊还是好奇，这两个人刚才也不知道在讨论什么小秘密。

陆绝开始沉浸在自己的世界里，心里只想着魏星跟他说的话。

生日礼物，他要把自己送给知知。

夜里，宁知发现陆绝时不时地偷偷看她。

"怎么了？"她停下涂抹身体乳的动作，转过头看直愣愣地站在一旁的陆绝。

陆绝安静地看着她，没有应声。他想问问知知喜不喜欢他作为她的生日礼物，但魏星提醒他，生日礼物不能提前让对方知道，提前知道了会让对方没有惊喜感。

没有得到回应，宁知想了想，把手里的身体乳递向他："你想帮我涂？"

陆绝漆黑的眸子微亮，高兴地接过了小瓶子："帮知知涂。"

宁知很爱惜自己一身雪白的肌肤，每天都会保养。

刚才她涂了腿，腰身也涂了，还剩下手臂没有涂抹，于是把手臂伸向陆绝："你会涂吗？"

"不傻我。"陆绝幽幽地看了宁知一眼。他又不是傻子。

宁知被他委屈的小眼神逗笑了。

陆绝走到她身旁，身体抵在梳妆台前，俯下身，握着宁知的手腕。

与他粗壮的手臂不一样，宁知的手臂很好看。

知知的手臂很白。

知知的手臂很细。

他喜欢知知的手臂。

陆绝将身体乳挤在自己的手掌心上，然后涂在宁知的手背、手腕上，慢慢地往上推抹，动作笨拙又轻柔。

知知的皮肤滑滑的。

一个小太阳弹出来。

两个小太阳弹出来。

宁知看见显示框里陆续弹出来的小太阳了，没想到陆绝会因为帮她涂抹身体乳而高兴得弹出小太阳。

她看着眼前的陆绝。他低着头，清秀的眉目在灯光下透着干净的气息，泛着柔和的光，神色格外认真、专注，有点儿呆，又乖得过分。

陆绝涂抹得很快，手上沾满了身体乳的香味，眨了眨眼，低头闻了闻自己的手："知知的香。"

陆绝眼神干净，只是闻着自己的指尖，宁知却觉得他的举动暧昧得很。

她红着脸把身体乳放好："你快去洗手。"

陆绝摇摇头，拒绝了："不洗的，知知的香。"他要保留着。

小呆子竟然学会了拒绝。

宁知把小太阳收集起来，数了数，距离她估算的下一次任务需要的目标数量还差很多。

这样想着，宁知把刚才收起来的身体乳重新拿出来，故意问陆绝："你喜欢我身体乳的香味？"

陆绝点点头："喜欢知知的味道。"

"那我让你全身都沾上这种味道，你想吗？"

陆绝漆黑的眼睛亮了："想的，全身都要知知的香。"

嗯，笨笨的小鱼儿上钩了。

宁知开启每天压榨小太阳的任务，让陆绝脱掉睡衣躺在床上。

陆绝刚才已经洗过澡了，现在穿着一身红底印着大金花的真丝睡衣，将一张脸衬托得越发英俊。

他乖得很，修长的手指开始解自己睡衣的衣纽。

陆绝动作有点儿着急，几下就把睡衣脱掉了："知知，知知可以了。"

知知要帮他搽香香。

"你去床那边躺着。"宁知拿着身体乳站起来。

陆绝听话得不行，几个大步就走到大床旁，笔直地躺了下去。

"你先翻身，我帮你搽背。"宁知想到自己还没有碰过他的背，也不知道有没有小太阳。

陆绝一个翻身，头侧着枕在枕头上，背对着宁知，低沉的声音难得地有几分着急之意："知知可以我。"

宁知跨上床，坐在陆绝的身侧。她第一次这样直视陆绝的背部。

他每天都有晨跑的习惯，身材保持得很好，不瘦弱无力，也不是肌肉发达的那种壮实身材，薄薄的一层肌肉，匀称、线条流畅，透着无声的性感。

宁知的目光落在陆绝的腰上，精瘦的腰紧绷着，似是蕴藏着无限力量，莫名地让人看得脸红。

视线下移，她看到了陆绝腰上那个浅浅的伤疤，比上一次她见到的时候要浅。

她的指尖轻轻地从上面滑过，这是他为她受的伤。

陆绝趴在枕头上，漆黑的眼睛看着旁边的床头柜，等着知知帮他搽香香，知知准备得有点儿久，怎么还没有开始？

他眨了眨眼睛，下一瞬，整个身体不受控制地绷紧，头顶上的显示框里弹出了十个亮亮的小太阳。

腰上痒痒的，软软的，湿热的气息落在上面，让陆绝尾椎都麻了，他转过头，只见知知正轻轻地亲着他的腰。

陆绝头顶上的显示框里，小太阳十个十个疯狂弹地出来，金灿灿一片。

陆绝一双漂亮的桃花眼亮亮的，额前的刘海儿被枕头蹭乱了，咬着枕头，无力地抵抗着腰上传来的一阵又一阵陌生又舒服的感觉。

知知喜欢他的腰。

宁知只是轻轻地亲了一下，抬头时，发现陆绝的头顶上全是小太阳。她没有想到他这么喜欢她这样。

直接将身体乳挤在他的背上，手掌心贴了上去，她能感觉到，手下陆绝的肌肉绷紧了。

“你放轻松一点儿，不用紧张。”宁知以为陆绝第一次尝试涂身体乳，害怕了。

陆绝不知道怎样做是放松，只觉得好舒服，知知的小手很软很软，帮他搽香香的动作也很轻柔，他很喜欢。

陆绝的背部完全符合倒三角身材的标准，上宽下窄。宁知的手从陆绝两侧的背阔肌慢慢地将身体乳揉开，顺着结实流畅的线条向下均匀地涂抹，每移动一下，陆绝头顶的小太阳就疯狂地弹出一拨。

宁知看着那金闪闪的颜色，弯了弯眼眸：“喜欢我在你背上搽香香？”

陆绝咬着枕头边，一双漆黑的眸子湿润明亮，听到宁知的问话，声音低沉，诚实地回答：“喜欢。”

以后他还要知知搽。

宁知帮陆绝涂抹身体乳的时候，还顺道捏了捏他的腰。

他的腰绷得紧紧的，一点儿也不像她的那样柔软。

“后背已经搽完了，你转过身。”宁知觉得自己的手掌心热热的。

陆绝没有动。他的腰上还有酥酥麻麻的感觉，他很喜欢这样的感觉。

宁知还以为他睡着了，伸出手指戳了戳他的腰：“陆绝，你睡着了？”

这轻轻的一下激得陆绝松开了咬着的枕头边，一个翻身，转向宁知：“没睡。”

宁知看见他的眸子晶亮晶亮的，还藏着几分羞涩，白皙的俊脸被枕头压出了红印。

她还没有碰他，陆绝头顶的显示框里依然陆陆续续弹出小太阳，看来，他很喜欢搽香香。

灯光下，陆绝漆黑的眼睛映着光，更亮了——现在这样直直地躺着，他能看到知知。

知知的小手就好像一条滑滑的小鱼，在他的身上溜来溜去，他好喜欢呀。

直到第二百八十个小太阳弹出的时候，宁知突然收回手，扯过一旁的被子直接盖在陆绝的身上。

她的眼睛像被烫了一样，赶紧收回目光：“搽完了，睡觉吧。”

陆绝低低地应了一声，似乎有点儿不满足。他有点儿热，不想盖被子。

“盖着，不能拉开。”宁知按住了他的手。

陆绝用委屈的眼神看着她：“知知，热的。”

宁知捏捏他热热的脸，有点儿狠心：“忍着。”

接下来的几天，宁知陆陆续续地又为陆绝搽了几次香香。

陆绝可能对涂抹身体乳这件事很有新鲜感，让她成功拿到了不少小太阳。

宁知像往常一样去接陆绝。

陆绝早已在路边等着宁知的到来，旁边是陪伴他的魏星。

看见宁知来了，陆绝眸子亮了，赶紧上车。

魏星想起了什么，对车子里的宁知说道：“宁小姐，今天陆绝少爷把团队研发的人工智能的程序成功做出来了。”

如果是陆绝加入前团队来做这件事，预计要耗费三个月以上的时间才能成功开发这款人工智能，但陆绝硬生生地凭着自己的个人能力把时间减半，接下来的数据还有架构，就是其他员工的事了。

整个团队，没有人不佩服他。

不得不说，上天给陆绝关上了一扇门，但给他留了一扇窗。

“陆绝少爷很棒。”魏星真诚地夸赞着。

听到别人夸陆绝，宁知与有荣焉，笑道：“他一直很好。”

陆绝对魏星的夸赞毫无感觉，但听到宁知夸他，漆黑的眸子瞬间亮了起来：“很好我。”

宁知笑着把放在包里的最后一颗糖拿出来，剥开糖纸喂进陆绝的嘴里：“奖励你的。”

陆绝不喜欢吃糖，但知知喂他的就喜欢。

夜里，宁知把霸王喊了出来，要问它一些事情。

她最先开口问的是：“下一次穿回去，要多少个小太阳？”

霸王狠狠心，直接干脆地告诉她：“主人，需要五千个小太阳。”

宁知：“……”

这是要她榨干陆绝啊。

宁知咬了咬牙，凶狠地质问霸王：“五千个小太阳，我怎么拿？”

霸王吹着“彩虹屁”：“我的主人是最棒的，一定可以顺利拿到小太阳，完成任务。”

霸王告诉她：“主人，这一次是最后一次穿回去了。”

“最后一次？”宁知惊喜地问。

仅有的一点儿睡意迅速退去，她开心得几乎要坐起来：“那是不是意味着，这一次任务结束，陆绝的病就会完全好起来？”

霸王说：“是的，主人。”

宁知的眼里、脸上全是喜悦的神色。

霸王的小奶音突然变得迟疑：“但是，在陆绝的病痊愈后，主人你的拯救任务结束，系统会自动删除陆绝的部分记忆。”

宁知脸上的神色僵住：“什么意思？陆绝会忘记我以前救过他的事？”

霸王解释道：“因为你穿过去的时候，从陆绝小时候到他成年一直保持着没有丝毫改变的外貌，这是不符合常理的。所以，系统会删除陆绝关于你外貌的记忆，他只会记得有一个人救他，但记不住那个人的外貌。”

宁知满脸震惊之色。所以，陆绝会忘记是谁救过他，会忘记他心心念念的怪姐姐？

霸王提醒：“如果主人选择放弃最后一次任务，那么就代表任务没有完成，系统会一直保留陆绝对你的记忆。”

宁知的眸色黯了下来：“如果我选择陆绝记得我救他，就意味着他的病不能完全好起来，是吗？”

霸王说：“是的，主人。”

宁知勾了勾唇角：“那还有什么好选择的？我会完成任务，只要陆绝喜欢我就行，与他的病相比，我救他的记忆没有那么重要。”

那些记忆怎么可能不重要？

宁知的脑子里浮现她第一次见到的穿着红色衣服、呆呆的小陆绝，第一次让她呼呼他的小陆绝，第一次拉着她的裙摆不让她走的小陆绝，拿着彩色丝带绑着她的手，不让她离开的小陆绝……

宁知胸口有点儿闷，感觉心酸，很难受。

以后，在陆绝的回忆里，他的怪姐姐只剩下一张模糊的脸。

第二天，陆绝醒来的时候，对上了宁知的眼睛。

“知知，早。”他勾起薄唇，对于自己一醒来就能看见宁知很高兴。

“早。”宁知昨晚没有睡好，今天醒得也早。

陆绝看着宁知，漆黑的眸子亮了。

他想亲知知。

这样想着，他凑近宁知，想要亲亲她柔软的小嘴。

宁知察觉到他的意图，伸出手直接挡住了他的唇，突然看着他问道：“喜欢怪姐姐还是喜欢知知？”

陆绝亲不到宁知，漆黑的眸子里带着委屈之色，听到宁知的话，神色有点儿茫然：“知知是怪姐姐，怪姐姐是知知，都喜欢的。”

“那如果没有怪姐姐，你还喜欢我吗？”失去她一直拯救他，陪他长大，陪他经历磨难的记忆，他还喜欢她吗？

“喜欢知知，喜欢怪姐姐，知知是怪姐姐，一样喜欢的。”陆绝认真地告诉宁知。

说着，他伸手握住宁知的手，按在了自己的胸口处，里面的心脏一下一下地剧烈跳动着，书上说，这代表喜欢。

他的一颗心满满的都是喜欢的情绪。

掌心下，陆绝的胸口炙热，那有力的震动让宁知指尖都软了。

宁知捂紧他的胸口，要求道：“那你以后要更加喜欢知知，加倍地喜欢我。”

陆绝乖乖地点着头。

这段时间，宁知发现陆绝对她有秘密了，每天下班后，他会第一时间去书房待一段时间，出来的时候，眼睛明亮，耳根是红的，好像做了什么坏事。

宁知没有追问，陆绝有了自己的小秘密也算是进步的表现。

此时的书房里，陆绝身上穿着一件红色的连帽运动服，戴着帽子，像要把自己藏起来。

帽子下，他的脖子、耳根通红，似要滴出血来。

他悄悄地翻着魏星给他的书。陆绝看得认真，他要尽快学起来，知知的生日快到了。

魏星提醒过，第一次很重要，只能成功，不能失败，否则会没有面子的。

他可以不要面子，但是不能让知知失望。

宁知听到陆母的话才意识到自己的生日快到了，与她原本的生日是同一天。

“那天我准备帮你举办宴会，你的生日肯定要好好庆祝。”陆母一脸喜色，“或者你有什么想法，都可以提出来。”

“妈妈你做主就好，我没有意见。”以往宁知的生日宴会都是父母操办的，她已经习惯了。

“那好，我下午就开始挑选举办宴会的地点，还有礼服、首饰都要开始准备了。”陆母越想越觉得有很多东西要准备。她是把宁知当作女儿疼的，当然要备好一切。

宁知接到宁老爷子打过来的电话，他老人家的意思是宁家给她庆祝生日，举办隆重的生日宴会。

宁知告知他老人家，陆家这边也会替她庆祝。

宁老爷子只好叹气，转头说道：“你生日那天，爷爷一定会来。”

宁知笑得甜甜的，哄着他老人家说一定会等他来。

就连宋老太太也知道了宁知的生日，还特意交代陆母好好庆祝。

宁知觉得自己反而是最淡定的，同样淡定的人还有陆绝，宁知觉得他根本就不知道她的生日是哪天。

公司里。

魏星经过陆绝的位置时被陆绝喊住了。

“陆绝少爷。”因为最近私底下和陆绝有了共同的话题，魏星觉得自己突然跟陆绝有了几分“战友情”。

“书还你，看完了。”陆绝从自己红色的背包里掏出一本包着封皮的书放在办公桌上。

魏星吓得赶紧看看四周，立刻把书抱在怀里：“陆绝少爷，你已经看完了？”

陆绝缓慢地应了一声：“嗯。”

魏星抱着书，觉得书很烫手，唯恐被其他人发现，赶紧说道：“陆绝少爷，那我先去忙了。”

陆绝点点头。

担心陆绝还会问出什么令人尴尬的问题，魏星赶紧说道：“陆绝少爷，我还有工作没有做完，先去忙了。”

他抱着怀里烫手的书，匆匆走开。

陆家要为宁知庆祝生日，豪门里的人都收到了邀请函，不少人震惊于陆家对这个儿媳妇的看重。

宁知的生日宴会最后选在陆家的酒店举办。

陆母花了很大心思，从国外预订了一批鲜花布置宴会场地，只要宾客走进会场，必定会闻到空气中淡淡的花香。

陆母是真的把宁知当作女儿疼爱，就连为她准备的礼服也有十几款，任由宁知挑选，全都是为她量身定制的。

化妆师看得满眼艳羡之色。

她经常为太太还有千金们提供化妆服务，见过不少关系不好的婆媳，还是第一次遇见这样恨不得将儿媳妇捧在手心疼的婆婆。

只见陆太太叮嘱宁知要提前吃点儿东西再出席宴会，还提醒她不要穿跟太高的鞋子，免得脚酸痛。

化妆师还听到陆太太叮嘱管家，到时候要让工作人员控制好会场的温度，免得温度过冷儿媳妇穿着礼服会受凉。

最让她羡慕的是，穿着一套红色笔挺西装、面容英俊、身材高大的陆家少爷一直安静地坐在一旁，等待宁小姐化妆。

从他坐下的那一刻开始，他的眼里，他的世界里仿佛就只有宁知了。

化妆师好似先吃了一口“狗粮”，又吃了一口柠檬。

宁知的皮肤很好，肤色雪白，完全没有瑕疵，化妆师舍不得涂抹粉底遮掩她皮肤的通透感，只给她涂抹了一层乳霜，然后帮宁知上了眼妆。

宁知的眼睛原本就很好看，黑亮又水光盈盈的，化妆师特意给她将眼线拉长了一点儿，末端微微上翘，多了几分勾人的意味。

就在化妆师想要给宁知涂抹口红的时候，旁边的陆绝突然开口：“我帮知知涂。”

化妆师愣了一下，识趣地把口红交给了陆绝。

宁知想起上次他帮她涂抹口红时的情形，脸悄悄地红了。

上次在衣帽间的时候，他帮她涂抹一点儿口红，就低头亲一口，一点儿一点儿地把她唇上的口红蹭掉。

宁知担心这一次他会当着化妆师和化妆师助理的面胡闹。

陆绝接过口红，修长、微凉的手指抬起宁知的下巴。他是有经验的，知道口红不能涂出唇的轮廓，垂下眼帘，神色专注地看着宁知红润的小嘴，慢慢地描画着她的唇。

知知的唇真好看，他好想亲。

“好了吗？”感觉到陆绝停下手，宁知问他。

“好了。”陆绝知道的，在外人面前不能亲知知，所以乖乖地没有作乱。

宁知看向镜子，抿了抿唇，颜色正好。

化妆师又被塞了一把“狗粮”，看着宁知还有这位陆家二少，心忍不住激动了起来，这对神仙夫妻之间的氛围太甜了。

但她不得不做电灯泡，打扰他们：“宁小姐，请问你待会儿要穿哪一款礼服？”她需要根据礼服给宁知做造型。

宁知转过头问陆绝：“要不你帮我挑？我穿你给我挑的。”

陆绝漆黑的眸子微亮，走过去直接拿起了礼服中最抢眼的那件红色礼服：“知知穿这件。”

看着这个预料之内的选择，宁知笑弯了眸子：“好。”

宁知换上了红色的衣服，从更衣室走出来，化妆师和她的助手的眼里全是惊叹之色。

宁知肤色白皙，穿着红色的裙子，衬得她的皮肤越发白净如雪，有种说不出的绝顶艳色。

陆绝迫不及待地走过去，大手占有欲十足地牵住宁知：“知知好看，我的。”

知知漂亮，穿着红色裙子的知知更漂亮，漂亮得让他几乎忘记了呼吸。

宁知任由他牵着：“嗯，你的。”

男人穿着红色的西装，里面搭着一件黑色的衬衫，高大帅气，一张英俊的脸多了几分艳丽感，旁边的女孩一身红色的裙子，明眸皓齿，美得耀眼。

化妆师觉得这两个人站在一起，恐怕所有宾客的目光都会落在他们的身上，再也移不开了。

果然，生日宴会开始，宁知牵着陆绝的手出现，陆母看见这对璧人，开心得笑容就没有停止过，周围的宾客更是被惊呆了。

能把红色的衣服穿得这样高调又好看的人，应该只有他们面前的陆绝和宁知了。

一边走，陆绝头顶上一边弹出带闪电的小乌云。

周围的人真讨厌，一直看知知，再看知知也不会是他们的。

“今天是我的生日，你不许生气。”宁知偷偷地捏了捏陆绝的手。

好家伙，她刚才忙着跟人打招呼，转过头便看见陆绝头顶上的显示框里已经堆了好几十朵闪电小乌云。

陆绝乖乖地点了点头，知知怎么知道他在生气？

他抿了抿唇角，装作不生气的样子：“我没有生气了。”

宁知看着他头顶的那堆闪电小乌云：“……”

宁老爷子特意搭飞机从南城过来给孙女庆祝生日，还把一处宁家的产业当作生日礼物送给了宁知。

众宾客忍不住倒吸一口气，羡慕又嫉妒。他们都知道，宁老爷子送给宁知的产业相当于金山，必定会赚钱的。

陆父和陆母也给宁知送了生日礼物，是陆家名下的一座度假山庄，引得众人又是一阵羡慕。

宋老太太也来参加外孙媳妇的生日宴会，还给宁知送了一栋别墅。

就连陆深远也不例外，给宁知送了一辆车。

宁知并没有打算开这辆车，谁知道陆深远会不会在车子里做手脚？

宾客们纷纷向宁知投去羡慕的目光，仅仅是这几位大佬送给宁知的生日礼物就价值过亿了，还真是大手笔。

“小绝，你给小知准备了什么礼物？”陆母知道儿子喜欢宁知，也提醒过他宁知快要过生日了，该给宁知准备生日礼物了，当时儿子还点了头，表示知道了。

陆母很期待儿子准备的生日礼物。

宋老太太也很感兴趣：“小绝的礼物呢？”

宁老爷子高傲地用余光盯着陆绝，等着看他会送什么礼物给孙女。

陆绝抿了抿唇，有点儿急，大家都给知知送礼物了，只有他还没有送，不过他记得魏星说过，送生日礼物前不能说，说了就没有惊喜感了。

陆绝缓慢地开口：“我的礼物只给知知看。”

他也想快把礼物送给知知。

宁老爷子哼了一声：“你这小子不会是忘记给小知准备礼物了吧？”

“准备好的，只给知知看。”陆绝坚持着。

其实宁知已经做好收不到陆绝的生日礼物的准备了，毕竟这段时间他表现得并不像知道她的生日的样子。

现在听到他给她准备了生日礼物，她隐隐开始期待了。

她牵着他的手："那待会儿你偷偷送给我，不给其他人看。"

陆绝点点头，漆黑的眸子里有点儿害羞，头顶上的那堆闪电小乌云突然消失，转而弹出了一个小太阳："偷偷地给知知看。"

宴会继续进行，刚才见识到宁知备受宁家、陆家还有宋家的重视后，不少宾客赶紧上前跟她攀谈。

陆绝心里很着急，一直等着宴会赶紧结束。

到了宴会的最后，他几乎熬不住了。

宁知看出陆绝很着急，暗暗偷笑："你的礼物呢？带我去看看。"

闻言，陆绝眼睛一亮，牵着宁知的手直接带着她走出会场："我给知知看。"

他速度很快，有几分迫不及待的意味。

陆母笑倒在陆父的怀里，摸了摸眼角溢出的泪花："小绝现在这样，真好。"他有喜欢的人，也有喜欢他的人。

陆父抱紧妻子，点点头。

车子早已在外面等着，陆绝拉着宁知上车。

关上车门，宁知挨着他坐，好奇地问道："你要带我去哪里？"

"不说。"陆绝挺直腰身，英俊的脸上带着几分神秘之色。

宁知也不追问了，就等着他给她的惊喜。

车子在路上开了很久，最后在一处靠海的度假酒店前停了下来。

陆绝牵着宁知下车，莫名地，她心跳加速了，任由他牵着自己走进酒店。

宁知身上还穿着宴会上的红色晚礼服，陆绝也穿着一身红色西装，两个人站在一起，不管是服装还是外貌都是绝配，引得不少酒店里的游客纷纷侧目。

走进电梯的时候，陆绝牵起宁知的手，翻开她的手掌心去看，有点儿好奇："知知出汗了。"

宁知："……"

走出电梯，宁知看见陆绝拿出了一张房卡，她都不知道他什么时候订了酒店房间。

陆绝开了门，拉着宁知走进去，灯亮起的那刻，宁知看到房间周围竟然堆满了怒放的红色玫瑰花，难怪空气中全是甜甜的味道。

宁知看见每一束玫瑰花上都放着一张小卡纸，随手捡起脚边的一张，上面写着："知知多亲我。"

宁知笑了笑，又捡起另一张："知知多看我。"

她又陆陆续续地看了几张："知知多抱我""知知多笑笑""知知只喜欢我"……

宁知拿着小卡纸笑着问陆绝："今天是我生日，不是该我许愿吗？怎么全都是你的愿望？"

陆绝漆黑的眸子里有点儿羞涩的神色："知知的愿望？"

宁知摸摸他的头，故意把他做好造型的刘海儿抚顺："我的愿望是你的这些愿望全部实现。"

陆绝脸上浅浅的小梨窝跑出来了，知知疼他。

"这里有多少玫瑰花？"玫瑰几乎摆满了房间。

陆绝告诉她："花房空了。"他把顶楼玻璃花房里的花都摘了。

这些玫瑰全是陆绝亲手栽种的，在有关宁知的事情上，陆绝特别认真。

宁知捏捏他的脸："我好喜欢。"

宁知以为这些花全是陆绝送给她的生日礼物，直接脱掉了高跟鞋，光着脚踩在白色的软毛地毯上，一张一张地收集上面的小卡纸，慢慢看着。

陆绝的字很好看，一笔一画遒劲有力，写得特别认真。

宁知收集好的时候，手里已经拿着厚厚的一叠小卡纸了，他这是写了多少愿望啊？

宁知突然意识到陆绝很安静，转过头看去，手里好不容易收集起来的红色小卡纸从手里掉回地上。

不知道什么时候，他竟然用一根亮眼的彩色丝带在颈项上绑了一个大大的蝴蝶结，头顶上戴着一顶金色的小皇冠，又帅又可爱，配着他笔挺的红色定制西装，就像一份喜庆的礼物。

宁知站在原地不动，看着他，心难以控制地狂跳了一下。

灯光下，陆绝漂亮的桃花眼亮亮的，嘴角微微勾起，就连耳朵也悄悄红了。他迈着长腿，向宁知走来。

“知知，拆礼物了。”陆绝抓起宁知的一只手，放在他花哨的蝴蝶结上。

宁知有点儿惊讶，又有点儿想笑：“我的生日礼物是你？”

陆绝的刘海儿遮额，却遮掩不住他眉目间的羞意和乖劲。他点点头，头顶上的小皇冠随着晃了晃，可爱得不行：“我是知知的生日礼物。”他按住她的手，“知知拆我。”

他等了好久，现在知知终于能拆开他了。

宁知的手指触碰着他颈项上的丝带，指尖发软发烫，突然明白了陆绝生日礼物的含义，然而看着他干净的眼神，她又不确定了：“你要把自己送给我？怎么送给我？”

纯情的陆绝白皙的俊脸一下子就红了，灯光下，就连薄薄的眼帘也透着红，又翘又长的睫毛微颤着：“给知知，我。”

宁知那么聪明，怎么会听不明白陆绝的意思？她的指尖微颤，喉咙有点儿干。

“知知，可以拆我。”陆绝看了一眼墙壁上的钟表，魏星说，生日礼物最好是在生日的当天送。

现在已经是夜里十点了，还有两个小时，宁知的生日就过了。

宁知的指尖在丝带上缠绕了一圈，看着陆绝茫然又着急的眼神，她勾了勾唇：“好，我要拆礼物了。”

她用指尖勾着丝带的一端，拉开，蝴蝶结一下子松开了，丝带从陆绝的颈项上滑落，掉在地面上。

宁知光着的小脚踩在丝带上，指尖微颤，开始解陆绝红色西装的纽扣。

陆绝低头看着白嫩的手指一颗一颗地解着他的纽扣。

他吞咽了一下，喉结上下滑动了一下。

知知在拆开“礼物”的包装。

“知知喜欢生日礼物吗？”陆绝低沉的声音有点儿紧张。

宁知也紧张：“还没有使用，不知道喜不喜欢。”

陆绝挺直腰身：“知知要喜欢的。”

红色的西装外套被脱下，陆绝里面穿着一件黑色的衬衫。虽然陆绝不喜欢黑色，但不得不说，他穿黑色衣服有种说不出的冷淡感，偏偏头上还顶着一顶小皇冠，呆萌呆萌的。

衬衫的纽扣没有西装的那样容易解开，宁知放慢了动作，指尖不经意触碰到了他胸膛的肌肤，被烫了一下。

宁知第一次发现拆礼物竟然这么刺激。

陆绝身上的衣服被脱下来了，他的胸膛健壮，腰身直挺地站在宁知面前，一双眸子羞涩又期待地看着她，看得宁知红了脸。

"到我了。"陆绝很是积极，"到我帮知知脱。"

陆绝知道的，这一部分该由他来了。

明亮的灯光下，宁知雪白的小脸泛着红，没有阻止陆绝的动作——小呆子什么都不懂，第一次还是需要她来教导，她不能尿。

"好，你帮我拉开背后的拉链。"宁知转过身，背对着陆绝。

红色的礼服贴着宁知的腰身，宁知撩开自己背后的长发，白皙的颈项显露了出来，惹得陆绝忍不住多看了几眼。

他修长的手指捏住了礼服上小小的拉链头，小心地往下拉着，剥开了红色的外壳，露出了里面白嫩的肌肤。看着面前光滑无瑕的雪背，陆绝呆住了，知知的背真好看。

宁知感觉到身上的裙子松开，下一秒，温热的手掌心贴在了她的背上，烫得她颤了一下。

陆绝凑近了她的耳朵，头顶的小皇冠抵着她的头发，低沉的声音在安静的房间里特别清晰："知知，想亲你背。"

宁知还没有回应呢，陆绝已经低头，薄唇落在了雪白的背上。

炙热的气息灼得宁知浑身发烫，她双手下意识地拽紧了裙摆，腰上一阵酥软。

她没有看见，陆绝头顶的显示框里瞬间弹出了十个小太阳。

"知知，知知……"陆绝从背后抱着她，声音带着不自知的沙哑音色，想要更多。

他学着书里教的，笨拙地亲着宁知的后背、耳朵，像哼哼唧唧的小奶狗，讨好着主人，需要主人安抚。

后背的拉链松开，宁知只能用手捂着胸口，后背和耳根被陆绝毫无章法地亲得湿漉漉的。她转过身，水汪汪的黑眸里盛满了羞涩的情绪："你躺到床上。"

陆绝头顶的显示框里是一堆金灿灿的小太阳，听到宁知让他躺上床，小太阳更疯狂地弹出。

他头上那顶小皇冠也歪歪扭扭的，显得又呆又可爱，脑袋点了点，小皇冠跟着晃了晃，要掉不掉的。

陆绝的心脏跳得很快，好像有一只不安分的小怪兽疯狂地撞击着胸口，他拉着宁知的手，带着她一起躺在床上，看着下方的宁知，胸口被撞击得更剧烈了，仿佛里面的小怪兽下一秒就要蹦出来吃掉他的知知。

陆绝漆黑的眸子安静地看着宁知，灯光下，她肤白如雪，明艳漂亮到了极致。

陆绝低头，薄唇对着他喜欢的小嘴，亲了上去。

他把自己送给知知。

陆绝头上的显示框里疯狂地冒着金闪闪的小太阳，宁知突然觉得，或许今晚她就能拿到五千个小太阳。

宁知的手伸向陆绝的头顶，摘掉了他的小皇冠，干净纯洁的小王子要干坏事了。

胸前的红色礼服滑落在地，红色的裤子掉落在礼服上。

房间的灯被关掉，周围的光线暗了下来。

周围太暗了，他头上的小太阳越来越多，金闪闪的光那么刺眼，她怎么睁得开眼睛？

第二天，阳光透过落地窗直接照在室内，满室都是温暖的气息。

宁知醒来的时候，太阳已经高照了。

她浑身无力，四肢软绵绵的，刚睁开眼就直接对上了一双亮亮的黑眸。

“知知早。”陆绝早已醒来，精神饱满，头顶上的显示框里堆满了金灿灿的小太阳。

看见宁知醒来，他凑过去，光明正大地亲了亲她红润的小嘴。

经过亲密的互动后，陆绝觉得，这一次，知知真的只属于他了，是他可以霸占的人了。

宁知弯了弯眸子：“早。”开口后，她才发现自己的声音有点儿哑，喉咙也干得厉害。

被子里，陆绝的手悄悄地伸过去，指尖摸过的地方光滑细嫩的，他控制不住地再次提议：“知知，再拆我。”

宁知："……"

她忍不住瞪他一眼，抓住了他开始作乱的大手："要适可而止！"

"你这份礼物，昨晚已经前前后后拆了很多遍！礼物拆一次就够了。"她捏捏他的指尖，"贪心鬼。"

贪心鬼陆绝根本不懂得什么叫适可而止，也不想懂得，心心念念的是昨晚的感受，那陌生又怪异的感觉让他舒服得只想再来。

宁知唯恐他缠人，故意放柔和了声音，扯着他的手，可怜兮兮地说道："我饿了。"

"知知饿了，我给知知找吃的。"陆绝赶紧起来。

他还没有穿上衣服，宁知一眼就看到了他精瘦的腰和结实的双腿。

她看了一眼，赶紧移开视线。

"你穿好衣服，打电话订餐。"宁知的眼睛又闪了一下，陆绝的脸长得英俊斯文，那里却恰恰相反。

陆绝穿上昨晚的黑色衬衫。现在他惦记着宁知饿肚子的事，再嫌弃黑色的衣服也顾不上换别的了。

宁知趁着陆绝打电话的时间，转身伸手捡起地面上的裙子，然后在被子里穿上。

陆绝挂掉电话："叫知知爱吃的。"

如果是以前的陆绝，他根本不会关心谁喜欢吃什么，但他的病情越来越好，已经开始留意宁知喜欢的东西。

在陆绝挂了电话后，宁知便穿好衣服了。她从被子里出来，正准备下床，脚踩在地面上，整个人发虚，感觉地面都是软的。

她赶紧坐回床上。

"知知。"陆绝着急地上前，蹲在宁知面前，低头去看宁知的脚——他以为她脚受伤，站不稳了。

宁知气鼓鼓地伸出手，对着陆绝的头发好一顿揉搓："怪你，怪你，贪得无厌。"

陆绝茫然地眨了眨眼，不知道自己哪里错了，但知知觉得他错了，那他就是错了。

他乖乖地点点头："怪我。"

面前穿着黑色衬衫、眉目清秀的陆绝明明帅气得很，却顶着一头乱糟糟的头发，帅气又可爱，还这样乖，宁知哪里还舍得生气啊？

陆绝捡起了昨晚被宁知丢在地面的那顶小皇冠，在宁知惊讶的目光中戴在了宁知的头顶上，有点儿歪，配着宁知一头黑亮的长发，她像个漂亮的公主。

胸口的小怪兽又开始疯狂地跳动，他握住了宁知纤细的脚踝，低头轻轻地亲吻在了她雪白的脚背上。

“知知公主的脚不要痛。”

看着蹲在她身前的陆绝，他眼里虔诚的神色让宁知的一颗心像浸泡在了蜜罐子里。

这个男人简直甜得太犯规了。

他漆黑的眸子干净又真诚，仿佛她真的是他的公主，是他漆黑的小硬壳里专属于他的公主。

宁知的脚很好看。

红色的裙摆下，她的脚雪白、精致，就连脚尖也是浅浅的粉色。

炙热的气息落在脚背上，吓得宁知下意识地想要把脚缩回去，但陆绝握着她的脚踝不放。

陆绝轻轻地亲了她的脚一下又一下，眸子里全是她的身影：“脚还痛？”

宁知能感受到他指腹灼热的温度，被烫得红了脸，心里仿佛有只小蚂蚁在徘徊，让她痒痒的，麻麻的。

她摇摇头，头顶上歪斜的小皇冠也随着晃了晃，有种说不出的可爱感：“我的脚不痛，是没有力气。”

她拆礼物拆得很累，面前被“拆”的陆绝却神清气爽。

陆绝听到宁知说没有力气，眨了眨眼，起身：“我抱知知。”

在宁知还没有反应过来的时候，他双手将床上戴着小皇冠，穿着一身红色礼服的宁知抱起，往洗手间走去。

红色的裙摆从陆绝的手臂垂下，宁知露出的两条小腿雪白纤细，晃在半空中，陆绝唇角微微勾起：“知知公主要去刷牙。”

宁知哭笑不得，靠在他的胸膛上，被他抱进洗手间，放在了洗手台上。

红色的裙摆垂在洗手台前，宁知的脚也垂在洗手台前，裙摆藏住了冬天的雪。

陆绝贴心地开始洗杯子，挤牙膏。

宁知转过头去看身后镜子里的自己，才发现自己颈项上有好几个红印，很明显。

她还记得昨晚陆绝低头，不断地在她的脖子上作乱，头上的小太阳源源不断地弹出来，她收割的速度根本比不上小太阳弹出来的速度。

“帮知知刷牙。”对宁知的事情，陆绝喜欢亲力亲为。

宁知看见他头顶上小太阳不断地弹出，知道他高兴，便由着他伺候自己。

毕竟，陆绝学会照顾人也是进步的一种表现。

陆绝帮宁知刷完牙，用干净的毛巾沾了热水后拧干，来到宁知的身前。

他一只手托着宁知的下巴，一只手拿着毛巾，开始给她擦脸。

知知的脸白白的，小小的。

知知的鼻子很秀气。

知知的眼睛黑亮黑亮的，里面装着他，陆绝头顶上的小太阳欢快地弹出来。

擦完宁知的脸后，他把毛巾放到一旁，凑近宁知：“想亲知知公主。”

宁知捧住他的脸，逗他：“我是公主的话，你是谁？”

陆绝眨了眨眼，有点儿茫然。

面前的陆绝穿着黑色的衬衫，灯光下，脸庞清秀俊美，像个小王子，但宁知想起昨晚他缠人的样子，那时的他充满野性，漆黑的眼底透着欲色，更像掳走公主的恶龙，一条贪心的小恶龙。

陆绝的身体一点儿一点儿地压向洗手台上的宁知，大手在两侧寻着红色裙摆下的小脚，握住，一寸一寸地往上移动。

他低喃道：“是知知的礼物，知知再拆礼物。”

宁知一愣，他还真是食髓知味。

镜子里。

红色的裙子堪堪挂在宁知的身上，陆绝高大的身体紧紧地贴着她。

她头顶上的小皇冠一下一下地晃动着，几乎要掉下来。

也不知道过了多久。

门外响起了铃声，是服务员送早餐来了。

宁知的头发有几分凌乱，一双眸子水汪汪的，双手缠在陆绝的脖子上，听到门口的铃声，她咬着陆绝的肩膀，喃喃道："早餐，早餐到了。"

肩膀被咬得留下一个浅浅的小牙印，不痛，反倒有点儿痒，陆绝低沉的声音在洗手间里特别清晰："知知等等。"

他漆黑的眸子暗暗的，头顶上的小太阳疯狂地弹出来。

宁知根本顾不上什么小太阳了，下一秒，头上歪扭的小皇冠掉落在地上，陆绝在她耳边闷哼了一声。

然后，宁知的耳朵被他亲了亲，一阵湿热。

女服务员推着餐车进来，震惊地看着房间里满室红艳艳的花，布置这样场景的人真是大手笔。

然而，满室的花都不能比坐在餐桌前，穿着红色礼服的女孩让人惊艳。

女孩明眸皓齿、雪肤墨发，明艳动人得让人移不开视线。

女服务员推着车子来到了餐桌旁："先生，小姐，这是你们订的早餐。"

"谢谢。"宁知的声音有几分沙哑，尾音却微微上扬，打着转儿似的，让人莫名感到亲切。

女服务员忍不住悄悄用余光打量了面前的女孩一眼，只见对方雪白的小脸上透着红晕，漂亮又鲜活。

女服务员不经意间对上了对方一双明亮，盛满了水光的黑眸，下意识地愣了一下——女孩的眼睛太好看了。

女孩发现她在偷看，竟然对她笑了笑。

女服务员吓得脸红了，赶紧低下头，小心翼翼地将小推车里的早餐摆放在餐桌上。

房间里还站着一个穿着一件皱巴巴的黑色衬衫的男人。

男人开门的时候，女服务员只匆匆地看了他一眼，不得不说，这两位客人的颜值比屏幕里的明星还要高。

稳住心跳，女服务员摆放好早餐后，赶紧推着小车离开，唯恐自己成为发光发亮的灯泡。

就在要关上门的时候，她看见刚才直愣愣地站在一旁的高大男人，小心地将椅子上的女孩抱起，让她坐在自己的大腿上，头凑近女孩，像在撒娇。

女服务员被这一幕冲击得心肝直颤。这是什么神仙情侣？

她悄悄地把门关上。

餐桌旁，宁知坐在陆绝的腿上，还没有回过神来，便听到陆绝在她的耳边低喃："知知拆礼物没有力气，要喂知知。"

宁知的脚是软的，腰也是软的，就连手指也发软，她没有拒绝，任由陆绝动作笨拙地喂她。

刚才掉落在洗手间里的小皇冠被捡了出来遗弃在餐桌上，陆绝的眼里只有他怀里的小公主。

两个人回到陆家的时候已经是傍晚。

陆母在客厅内喝茶，听到门口的动静，转过头去，一眼便看见儿子牵着宁知走进来。

两个年轻人从昨晚宴会结束后出去到现在才回来，也不知道他们去哪里庆祝了。

陆母放下手里的杯子，笑着说道："你们回来了？晚饭快准备好了，你们先去洗手。"

"妈妈，我们已经吃过了。"宁知红着脸，有点儿不好意思地开口，"我有点儿累，要先回房休息一下。"

"玩得很累吗？厨房里熬了汤，你先去休息，我待会儿让人给你送点儿汤。"陆母说道。

宁知点点头，上楼了。

陆绝没有松手，也跟着宁知上楼，黏人得不行。

陆母看着两个人的身影，仔细地打量了一下，总觉得儿子和宁知之间的氛围跟以前不一样了，就连儿子看宁知的眼神也不一样了。

以前的陆绝是个什么都不懂的小白，而现在他看宁知像是尝过肉的狼，紧紧地盯着自己的美食。

陆母想到了什么，瞬间满脸喜色，激动得手微微发颤。

这时，陆父正好回来了。

陆母赶紧上前，语速有点儿快："我刚才看见小绝，就像看见新婚时候的你。"

"我的儿子，像我很正常。"面对妻子，陆父严肃的脸缓和下来，眼里全是对她的深情。

陆母睨了他一眼："我说的不是外貌。"

"嗯？"陆父没有理解妻子的意思。

陆母不搭理他，喜悦之色爬上她的眉梢。她转身往厨房走去，叮嘱他们另外煮一些补血、补身子的汤水。

厨房里熬好汤后，陆母亲自端上了二楼。

打开门看见门外的妈妈，陆绝眨了眨眼，疑惑她为什么来了。

"小知呢？我送点儿汤给她。"陆母走进房间。

"妈？"宁知从洗手间出来，看见陆母亲自端汤上来有点儿惊讶，赶紧走过去接过了托盘，"怎么是你亲自送来？"

"没事，汤刚熬好，有点儿烫，你放一会儿再喝。"陆母温和地叮嘱着，看向宁知的眼睛里盈满了柔光。

"好，我知道的。"宁知乖乖地应着。

宁知刚洗了澡，柔软的发尾被打湿了，自然地垂在肩上。

灯光下，她的一张小脸也沾着水珠，白里透着粉红，在陆母眼里，现在的宁知就像完全绽放的花，美得让人惊心动魄。

"小知的头发湿了，你去把毛巾拿来给她擦头发。"陆母看见儿子站在一旁，眼里全是宁知，感到哭笑不得。

现在的陆绝已经会跟陆母交流了，虽然话还是很少，但能听进她的话，也会对她的话做出反应。

陆绝没有应声，闷声往洗手间走去。

见儿子离开了，陆母压着声音对宁知说道："以后如果小绝缠着你胡闹，你不要宠着他。"

她继续说道："以后我会注意，多叮嘱厨师煮一些补身体的汤和糖水给你，你太瘦了，要好好补一补。"

同一个世界，同一款妈妈，都嫌弃自己的孩子瘦，恨不得让孩子多长肉。

陆母的话还有眼神都意味深长，意有所指，宁知极聪明，一下子就听懂了。

她的脸微微发热、发红，乖乖地点头应下。

陆绝拿着干净的毛巾出来。

陆母对他说道："这几天你不许闹小知，也不许缠着她，让她好好休息。"

儿子什么都不懂，她担心他不会体谅儿媳妇。

说完，她才离开。

陆母的心头暖暖的，她知道，自己是在为儿子得到幸福而高兴。

曾经，她以为像儿子这样的情况和性子，他要孤独一辈子。

现在这样，真好。

早上，陆绝回到了实验室。

“陆绝少爷，早。”魏星来得很早，神清气爽，手里拿着未婚妻方瑜粥给他准备的爱心早餐。

陆绝点了点头。

毕竟是陆绝的“狗头军师”还有不靠谱的“战友”，魏星知道陆绝昨天没有来上班是什么原因。

看了看周围的同事还没有来，魏星扶了扶眼镜，神神秘秘地问道：“陆绝少爷，你昨天成功了吗？”

魏星也是新手，但好歹上路了，但陆绝连新手都不是，比小白还要小白，虽然看了书，但都是理论知识，他挺担心陆绝准备了这么多最后还是失败了。

魏星结合自身的情况想，自己第一次的时候很尴尬，陆绝少爷比他还小白，估计也受了不少打击。

陆绝今天没有穿运动服，而是穿着一件红色的真丝衬衫，领口的衣纽有两颗松开，露出了性感的锁骨。

他抬头，漆黑的眸子里有几分得意之色：“知知喜欢生日礼物。”

接着，他缓慢地说道：“半小时，不难。”

魏星：“……”

莫名地，他品出了陆绝语气中有几分骄傲的感觉是怎么回事了。

他还品出了几分陆绝对他的鄙视之情又是怎么回事。

陆绝食髓知味。

但他得到了陆母暗地里的叮嘱，要让宁知好好地休养身体，他知道这是对宁知好，所以，胸口的小怪兽再不安分，这几天他都乖乖的，没有缠着宁知。

夜里，陆绝从外面进来，呆呆地看着坐在床上抱腿沉思的宁知。

她已经洗过澡，身上穿着一条白色的睡裙，双腿屈着，裙摆滑落，露出了白嫩纤细的小腿，很是勾人。

灯光下，她的黑发自然地垂在身后，这样的宁知安静又漂亮。

陆绝的胸口像被什么狠狠地撞了一下，觉得他的知知看起来很乖。

宁知抬头看他："你手里端着什么？"

明亮的光落在宁知的眼里，她的眼睛水汪汪的，陆绝的胸口像被小怪兽挠了一下，他要做点儿什么。

陆绝漆黑的眸子安静地看着他的知知，向她走去："汤，给知知喝。"

这段时间陆母几乎天天吩咐厨师煮补身体的汤给宁知喝，养得她的气色很好，一张小脸白里透红，越来越鲜活好看了。

宁知没有多说什么，接过陆绝递来的碗。

汤已经放了一会儿，温热不烫嘴，她小口地喝着，汤里加了蜜枣，甜甜的。

她刚喝完，陆绝贴心地伸手过来，将空碗放到一边，然后漆黑的眸子安静地看着她，诉求已经很明显。

宁知数过了，之前在酒店里的两天自己拿到了四千九百九十个小太阳。

原本，她之前已经做好了心理准备，至少要花费一个月的时间才能拿到这么多小太阳。然而，她没想到生日当天陆绝会把自己当作生日礼物送给她，而且一下子产出这么多小太阳。

她感到惊喜又纠结。

还差十个小太阳，她就能穿回去了，霸王说这是最后一次穿回去。

对上陆绝漆黑的眼睛，宁知凑过去，轻轻地亲了一下他的唇，十个小太阳弹出来。

加上之前的四千九百九十个小太阳，现在已经凑够了五千个小太阳，然而宁知并没有觉得很开心，因为这意味着这一次自己穿回去完成任务后，陆绝就会忘记怪姐姐的样子。

宁知并不愿意让陆绝忘掉她作为怪姐姐的时候的样貌。

被亲了一下，陆绝漆黑的眸子亮了起来，手开始解自己身上的纽扣。

被子里，空气炙热。

宁知雪白的脚背无意识地蹭着陆绝的腰侧，陆绝头顶显示框里的小太阳弹出得更欢快了，被子里全是金灿灿的光。

宁知稍稍抬起头，看着陆绝漆黑的眸子，咬上了他的下巴，突然说道："不能忘记怪姐姐。"

陆绝的下巴上留下了一排浅浅的牙印。

宁知这样轻的力度，根本就不会咬痛他，反倒觉有点儿痒，下意识地绷紧了下巴。他低沉的声音有点儿沙哑，无意识地重复宁知的话："不忘怪姐姐。"

小太阳欢快地弹出来，多得宁知根本数不过来。

陆绝的大手紧紧地扣着宁知的腰，他低头凑到宁知的耳边，潮湿的气息落在宁知的耳朵上。

陆绝低喃着："喜欢怪姐姐。"

夜色浓浓，周围一片安静，房间里只开着台灯，暖黄的灯光衬得夜色越发幽静。

陆绝已经睡着，宁知被他抱在怀里，他的占有欲正一点儿一点儿地透出来，就连睡觉也越来越习惯抱着她睡。

宁知睁开眼，看着面前的陆绝，心更软了。

她有点儿自私，并不想那么快让陆绝忘记怪姐姐。

宁知迟疑了一会儿，没有选择今晚穿回去。

陆绝缠宁知缠得厉害。

他贪心得很，根本不懂得什么叫适可而止。

宁知的头发被汗水打湿，有几缕贴在她的侧脸上，被陆绝亲着她侧脸的唇蹭开了。

"知知，知知……"

房间里的空气变得燥热起来。

直到陆绝睡着了，宁知才拖着疲惫的身体从床上爬起来，颤颤巍巍地换上衣服，还穿上了一双白色的运动鞋。

她再躺回床上时，陆绝的手下意识地将她抱紧。

宁知亲了亲他的下巴，把霸王喊了出来。

"这一次是要消耗五千个小太阳，对吧？"现在她的小仓库里至少有八千个小太阳了。

她还没有来得及压榨陆绝，他自己就愉悦得不断地产出小太阳。

霸王说："对的，主人。"

它收下了五千个小太阳，提醒宁知："主人，最后一次任务肯定会有难度，你一定要注意安全，如果在穿回去的时候死亡，就真的死了，穿不回来了。"

宁知的眸光深沉："我会小心的。"

在闭上眼睛前，宁知抬头，亲了亲陆绝的唇角。

想到这次完成任务后，他会忘记怪姐姐的样子，宁知无奈又有点儿懊恼，轻轻地咬了一下他的唇角。

"知知……乖。"陆绝低喃着，下意识地抱紧了她，眼睛依然闭着，显然没有醒来。

宁知愣了一下，随即，唇角逐渐翘起来。

再睁开眼睛，宁知发现自己站在了山里，周围很安静，只有偶尔响起的虫鸣声。

宁知的眼神有些疑惑——陆绝怎么会在这附近？

第十八章

陆绝忘记她了

山上的树很多，地面堆积着厚厚的落叶。

宁知踩在枯枝上，细细的枯枝并没有被踩断或者发出任何声响。

她打量着周围，隐隐有不好的预感，于是加快了脚步，试图找下山的路。

一座破旧的房子里。

平头男人叼着一根烟，把刚买回来的午饭放在桌面上：“出来吃饭了。”

他走进房间里，看见同伴正拿着皮带抽打地上的红衣服男人，男人白皙的脸上被抽出了两道红痕，露在外面的皮肤上都带着被抽打过的痕迹，显然已经被抽打一段时间了。

平头男人嬉笑道：“黑子，你这手劲行啊。”

同伴皮肤黝黑，个子不高，但浑身都是肌肉，以前是练拳击的。

他收回皮带，甩了甩手：“这小子，我打他这么久，他一声都没有吭，好像一点儿知觉都没有，简直神了。”

“真的？”平头男人叼着烟，拿过黑子手里的皮带，“我试试。”

说着，他上前，对着坐在地面上腰身挺直的陆绝抽了两下，因为太使劲，皮带划过空气发出不小的声响。

啪！

啪！

皮带狠狠地落在陆绝的身上，他一声不吭，低垂着眼帘，好像被打的人不是他。

“嘿，还真是不叫，也不怕疼。”平头收回皮带，掏出手机开始拍陆绝，镜头故意对着陆绝脸上的伤口，“这小子天生就适合当人肉沙包，怎么打都行。”

黑子笑了一声：“老大还没有回来？”

“他说要办点儿事，不会那么快回来。”

拍完视频，平头收起手机：“行了，我们先去吃饭。大哥说了，在拿到钱之前，不能弄死这小子。等我们吃饱了，再慢慢想办法整他，有的是办法让他喊疼。”

黑子率先走出去。

平头走在后面，关上门，还在外面拉上了横杆，陆绝从里面怎么也不可能打开门。

“你才买了两盒饭？”黑子不满地说，“我平常一个人都要吃两盒。”

“你又没有给我钱。我现在还不是跟你一样，身上只有买水的钱。”平头更不爽了，他们不光没钱，还欠了一屁股债，否则也不用绑了陆家少爷。

黑子把筷子递给平头：“干完这次，我们就发财了，到时候想吃什么都可以。”

平头把嘴里的半截烟拿下来，按在桌面上，等烟熄灭后，把剩下的半截烟卡在耳朵上，接过黑子递来的筷子：“你说得对。”

他埋头扒了一大口饭，含糊地说道：“到时候有了钱，想干什么都行。”

黑子眯了眯豆大的眼睛：“我先找个漂亮的女人。”

平头吃得满嘴油：“等你有了钱，漂亮的女人随你挑。”

小房间里，陆绝安静地坐在地面上，双手和双脚都被捆绑着，左侧的脸上被抽出了两道红痕，几乎要出血，额上也有伤痕，嘴巴被贴着胶布。

他不知痛也不知冷热，一动不动地坐着。

他低垂的眼帘微颤着，心里想：怪姐姐要出现了。

莫名地，这一次，他不想让怪姐姐出现。

也不知道过了多久，宁知才找到下山的路。她发现远处有一间破旧的房子，外墙是红砖头砌起来的，仿佛随时会倒塌，而房子旁边停着一辆车子。

宁知的心蓦地紧张起来，心里已经有了猜测。

宁知快步走过去，屋子的门紧紧地关着，她直接穿过门走了进去。

只见破败的房子里，有两个男人正坐着玩手机，嘴里还骂着脏话。

其中，穿着黑色衣服的男人用脚踢了踢对面的平头："不给里面的小子吃饭？"

"你刚才还说不够吃呢。"平头靠在椅背上摇着腿，"而且，那小子反正是要死的，少吃一两顿怎么了？"

穿黑衣服的男人嬉笑两声，低头继续玩手机。

看着面前两个男人的脸，宁知的心沉了下来，她认得他们，在小巷子里打陆深远的就是这两个人，他们是高强的手下。

宁知已经知道自己来到了陆绝被绑架的这天。

她手脚发麻，看着前面被锁的房间，快步跑过去。

在两个人看不到的情况下，宁知穿进了小房间。

小房间的窗户被锁紧而且贴了几层报纸，室内的光线很暗。

宁知看着地面上的身影，心像被人狠狠地拧了一下，疼痛难耐。

"陆绝。"她向他走过去。

陆绝抬起头，看见出现在房间里的宁知，漆黑的眸子亮了起来。

他的怪姐姐来了。

宁知快步来到陆绝的身前，一眼就看到了他脸上的红痕还有额上的伤，心疼得不行。

陆绝眼底生了光，安静又欢喜地看着宁知。

宁知消耗了小太阳，换取接触实物的时间，她小心翼翼地撕开陆绝嘴巴上的胶布，唯恐弄疼他。

然而胶布黏性太强，她才扯开一半，陆绝的嘴巴都红了。

"怪姐姐。"陆绝像受伤的小奶狗一般，低低地喊着宁知。

"对不起，我来晚了。"宁知的指尖轻轻地抚摩着他脸上的红痕，看得出这是被抽打出来的。

"这里，疼吗？"宁知的声音颤抖。

陆绝摇摇头："不疼我。"

"我疼。"宁知的眼里全是心疼之色，她凑近陆绝，唇轻轻地在他的红痕上亲了一下，说道，"我带你离开这里。"

说着，宁知伸手去解陆绝脚上的绳子。

绳子才松开一点儿，门口突然传来声音，外面的人在开门，宁知快速地把胶布贴回陆绝的嘴巴上："不要出声。"

下一秒，门被推开。

平头进来，看了一眼被紧绑着的陆绝，才放心地关上门。

他对黑子说道："我去趟洗手间，你把人看好了。"

黑子玩着手机，满不在意地应了一声。

小房间里，陆绝的额上、脸上全是伤，看向她的一双眼睛却亮亮的。

宁知的胸口堵得难受，眼睛发酸。

心里是满满的酸涩和后悔的情绪，宁知快步走过去撕开陆绝嘴上的胶布，又连忙去解他手上和脚上的绳子。

而这时，陆绝的手摸上了宁知发红的眼眶，指尖被她红红的眼角烫了一下："怪姐姐，不哭。"

宁知看见陆绝的手背上也有好几道伤痕，心疼得不行。

她想起陆母说过，陆绝是在被绑架的第二天夜里才被救回去的，当时他浑身都是伤，被送去了医院急救。

当时他整件红色的衣服上也沾满了血，陆母仅仅是想起就忍不住流泪。

她不敢想象陆绝在这个小房间里是怎样被人狠狠折磨了两天的。

"我先出去看情况，你在这里等我。"外面有人守着，她要了解外面的情况。

陆绝发白的唇抿紧，乖乖地点头。

宁知穿过小房间的门，发现只有一个男人坐在桌子旁玩着手机，立刻意识到现在是个好机会。

忽然，黑子感觉到身后有危险，迅速回头，然而身后空荡荡的，什么都没有。

他豆大的眼睛眯了眯，打量着周围，觉得自己想多了，低头继续看手机。

他的身后，宁知蹲在地上，将手里的石头轻轻放回地面，躲开黑衣男人的视线。

她没想到这个人这么敏感，哪怕看不到她，也察觉到了危险。

宁知屏住呼吸，拿着捡来的石头，动作很快，狠狠地往黑衣男人的头上砸去。

对方动作缓慢地转过头来，豆大的眼睛看到了飘在空中的石头，在他震惊的目光中，宁知再次狠狠地砸下去。

黑子晕倒在桌子旁。

宁知舒了口气，赶紧从外面打开小房间的门："陆绝，快，我们离开这里！"另外一个人不知道什么时候就会回来。

陆绝乖乖地点头："跟怪姐姐走。"

怪姐姐去哪里，他就去哪里。

平头上完洗手间出来，看见倒在木桌旁的同伴，一脸震惊之色，快步跑去桌子那边，摇了摇同伴："黑子，黑子……"

看到同伴头上的血，平头震惊地掏出手机，拨通了一个号码："老大，黑子被人打晕过去了……"

宁知牵着陆绝的手刚走到门口，正好听到平头打电话的声音。她眨了眨眼：果然还有其他人参与绑架陆绝。

平头看见陆绝从小房间里走出来，直接骂了一声，上前就要去捉陆绝。

宁知趁着对方不注意，走到平头的身后，像刚才对付黑子那样砸晕了平头。

看着对方倒在地上，宁知牵住陆绝的手："我们走。"

刚才平头打了电话给同伴，对方肯定会赶回来，她和陆绝现在必须赶紧离开。

两个人经过桌子时，宁知的目光落在了桌面上的手机上。

她一把拿过手机，用黑子的手指解开了锁屏，然后拉着陆绝疯狂地往外跑。

宁知准备打电话，然而发现手机只剩下少量的电，眼看着就要关机了。

眉头紧蹙，宁知立刻把定位和信息发到陆父的手机上：速救陆绝。

信息刚发出，手机就关机了。

来不及报警，宁知只能寄希望于陆父看到短信，立刻派人来救陆绝了。

陆家。

陆父陪着妻子，英俊的脸板着，眸色深沉，突然，他的手机一振，收到了陌生号码发来的消息。

陆父的目光落在“速救陆绝”几个字上，目光凝住，手下意识地握紧了手机。

“怎么了？”

陆母感觉到丈夫抱着她的手下意识地用力，哭得红肿的眼睛看向了丈夫。多年的夫妻生活让陆母熟知丈夫的神色和情绪，她一眼就察觉到了他的异样。

“我收到了陌生短信，还有一个定位。”

陆母看着手机上面的内容，神色大变：“这是谁发来的？小绝在这里？”

一旁的警官听到动静，赶紧看过来：“是不是有新消息？”

陆父把手机递给警官。

“快，快去救小绝，他一定在这里！”陆母猛地站起来，声音沙哑。

一向举止优雅、外表整洁精致的她，此时因为担心儿子，头发有几分凌乱，眼睛通红，就连衣服的褶皱也没有心思整理了。

“陆太太，这有可能是绑匪发来迷惑我们、转移我们视线的信息，我们需要排查确认，否则，这会浪费警力，浪费时间，耽误我们的营救行动。”警官说道。

陆母的声音带着几分颤抖：“等不及了，你们赶紧派人过去！我不管真假，不管这是不是绑匪骗人的手段，都要派人过去看看，如果这是真的呢？”

因为激动，陆母竟然第一次失控得破了音：“你们赶紧派人过去，绑匪什么都做得出来！我只要小绝安全，多少钱都愿意给！”

陆母激动得不知所措。她不知道信息究竟是怎么回事，不管这个定位是真是假，但现在有了这个定位，至少有希望找到儿子。

另一旁的技术人员极快地操作着电脑，过了好一会儿开口道：“陆先生，陆太太，已经定位成功，我立刻联系那里的同事，他们会第一时间赶过去查看。”

陆父脸上的神色很严肃："我的手下也会赶过去。"

"陆先生，我们——"

"没问题，人多力量大。"另一位警察拦住同事，应下了。

此时，大量的人手同时出动。

陆深远站在一旁，疑惑地开口："爸爸，短信里有没有提及其他信息？弟弟现在怎么样了？他不会受伤吧？"

陆母原本就不敢想象儿子受伤的情景，现在听到陆深远提及，眼泪一下子流了下来。

"对不起妈妈，是我说错话了，弟弟肯定不会受伤的，弟弟一定会平安归来。"陆深远的眸色深沉，语气肯定。

陆母哽咽着点点头，一颗心悬着，担心儿子会出什么意外："我现在什么都不奢望了，只求小绝平安。"

陆父搂住妻子："我保证，一定让儿子平安回来。"

陆深远一脸愁容，像极了担心弟弟的哥哥。他转头看向警官："辛苦你们了，求求你们一定要尽快找到我弟弟。"

"请放心，如果这个定位是真的，陆绝很快就会得救。"

陆深远点点头。

他走去洗手间，从裤袋里掏出了另一部手机，发了短信出去："位置被发现，立刻弄死陆绝，逃。"

接着，陆深远拆下手机卡，将它弄断，丢进马桶里冲掉。

树林里。

宁知和陆绝绕过树木，快速地跑着。

刚才她和陆绝还没走出多远，后面便有人追来了，显然是绑匪的同伴回来了。

宁知处在隐身状态，并没有感觉到累，被陆绝拉着飞奔。

有两个人在他们后面追，都身高体壮，比黑子和平头强壮多了，宁知和陆绝不是这两个人的对手。

眼看着快要被两个人追上了，宁知难以克制地慌乱起来。

"你继续跑，我去对付一个。"

"怪姐姐。"陆绝握紧她的手。

"你要保护好自己，不要被追上，我待会儿去找你。"说着，宁知抽回手，自己往回走，“跑！如果你不跑，我以后都不来见你了！”

陆绝干得起皮的唇几乎没有血色，他紧紧地抿着唇，只能听宁知的话，漆黑的眼睛安静地看了她一眼，闷头一直跑。

宁知看着迎面冲来的两个人，将脚伸出去，就在其中一人经过时，快速地伸脚去踢，一踢不中，却把对方绊倒了。

“自己起身追上来。”高强没有去扶手下，他刚才收到信息，必须要弄死陆绝。

高强加快速度，直接往陆绝的方向追去，宁知神色愕然，想起自己曾经无意中看见陆深远和对方走在一起。

宁知沉下脸色。

而这时，摔倒的男人用手撑着地面站起来，眼看着他也要去追陆绝，宁知捡起地上的石头，直接往对方身上砸去。

看着飞过来的石头，对方傻眼了，不明白这是怎么回事。

宁知趁着对方震惊，走到对方身后不远处，然后借助惯性冲向对方，狠狠一脚踹在对方的后背上。

男人猝不及防，整个人扑倒在地，宁知根本不给他时间反应，一脚一脚对着他的头踢过去。

对方不断地闪躲着。

宁知停下来，趁着对方不注意，一脚绊倒了对方，接着，再次抬脚踢向对方的头。

男人痛得死死地捂住自己被踢的头：“是谁在装神弄鬼？出来！”

宁知没有应声，又狠狠地踢了对方的腹部几下，直到对方捂着肚子站不起来才离开。

宁知很担心陆绝。

再往树林里走就要上山了，宁知茫然地找人，不知道陆绝跑去了哪个方向。

就在宁知心急如焚时，陆绝低沉的声音响起：“怪姐姐……”

宁知水汪汪的眸子亮了，惊喜地看着陆绝：“你怎么回来了？”

她的嘴角上扬，笑容刚刚绽开，下一瞬，表情凝固了。

宁知的瞳孔急速收缩：“陆绝，快跑！”只见高强不知道从哪里冲出来，正扑向陆绝。

宁知快速跑过去。

高强下手又快又狠，陆绝快速地闪躲，他的拳头擦着陆绝的脸而过。

“原本我是打算拿到钱再弄死你，但现在警方已经发现了我的位置，我不得不立刻把你干掉了。”陆绝见过他和他的兄弟，不能让他活着。

宁知冲上前，趁着高强不注意，狠狠一脚踢向高强，对方身体一晃，站立不稳。

他震惊地看向她的位置，空荡荡的，什么都没有，以为自己出现幻觉了。

错愕间，高强没有停下来，再次对着陆绝挥拳，下一秒，陆绝控制住了他的手腕。

宁知第一次发现陆绝凶狠的一面，配合着陆绝在一旁狠狠地踹高强的膝盖。

膝盖上有疼痛感传来，高强惊得低下头。

这一次，高强很确定，有一个看不见的东西在打他。

他再次看向旁边，依然什么人都没有：“怎么回事？”

陆绝学着高强，另一只手一拳揍向高强的脸。他的力气比宁知大得多，高强痛得脸上一阵抽搐。

陆绝发现对方难受，学得很快，又连续对着高强使出了几拳。

高强以往打架多，身手好，快速躲开了陆绝的拳头，但最后一拳的时候，他好像被人拉住了，没有闪躲开，被陆绝一拳砸在胸口处，疼得他脸都扭曲了。

“什么玩意儿？出来！”高强警惕地看着四周，这里肯定不止陆绝一人。

宁知站在高强背后，轻轻地拍了一下他的后背。

高强毛骨悚然，转过头的一瞬间，肚子一痛，被踢了一脚。

高强蒙了。

陆绝在他的前面，现在是谁在打他？

“什么人？别装神弄鬼！老子见惯血了，什么都不怕！”高强的脸色很难看。

宁知又狠命地踢过去。

高强吃痛，确信面前有一个他看不见的东西，不对，应该是看不见的人。

难道是鬼？

他双手握成拳，全身绷紧，戒备起来。

宁知再次打过去，这一次高强像感受到了危险来袭，快速闪开。

宁知一愣，高强比他的那几个手下身手好很多，也难应付很多。

宁知沉思了几秒，对陆绝说道："你要小心，不能跟他硬拼。"陆绝不怕疼，她担心他受伤。

陆绝乖乖地点头：帮怪姐姐打坏人！

陆绝处处是破绽，根本就不懂得打架，按照平常来说，高强能一个人对付五个陆绝这样身手的人。

但陆绝跟正常人不一样。他不懂得害怕，也不怕疼，打起架来毫无顾忌，想的只有保护怪姐姐、打坏人。

面对不怕死的陆绝，高强一时之间竟然难以制服对方，更不要说旁边还有一个看不见的人在袭击他。

眼看着高强一脚踹向陆绝，宁知急得去踹高强。

后背一痛，高强还没有来得及反应，下一秒，肚子受了对面的陆绝一拳。

被前后夹击，高强伸手去旁边抓，空荡荡的，什么都没有。

这个傻子打架还有鬼辅助。

"有本事现身，老子揍不死你！"

高强被气得发了狠，和陆绝扭打在一起。

高强是老大，比黑子和平头身手还要好，陆绝的力气再大毕竟没有打过架，对上高强，还是吃亏。

陆绝的手臂被对方捶了一拳，他丝毫感觉不到痛，一脚踢在高强的肚子上，接着又极快地补了一脚，高强被踢得弯下了腰。

不知道是不是错觉，高强发现这个傻子在学习他打架，而且学习得很快，要是再打上一段时间，这个傻子还真会越打越厉害，甚至制服他。

不能再拖下去了，时间紧迫，高强被逼得急眼了。

宁知看见高强神色变了，心里一紧，准备对高强下死手。

她的手指就要戳上他的眼睛时，被对方敏捷地挡住。

高强烦死了这种不知从何而来的袭击，额上的青筋凸起，神色狠毒，突然冲向陆绝。

他不知道从哪里掏出了一把小刀，刀尖对着陆绝狠狠挥过去，就要一刀致命。

“陆绝……”

宁知几乎忘记了呼吸，眼看着高强的刀子就要落在陆绝身上，她下意识地伸手，只来得及拉扯高强的衣摆。

高强身高体壮，在完全爆发的状态下，宁知根本就拉不住他。

陆绝一点儿也不害怕刀尖发出的寒光，甚至不懂得什么是害怕，对上高强，直接伸手去抢夺对方手上的刀。

刀尖从陆绝的脸上划过，下一秒，他白皙的脸上多了一道浅浅的血痕。

高强双眼凸出，额上、手臂上全是青筋，手上不管不顾地使了狠劲，刀尖扎向了陆绝的胸口。

宁知心脏紧缩，立刻冲上前，直接抱住了陆绝。

陆绝漆黑的眼睛亮亮地看着紧抱着他的怪姐姐，突然，怪姐姐的身体一颤。

陆绝看到刀子插在她的后背上。

他明亮的眸子愣住，阴霾逐渐爬上，眸子彻底暗下来。

“陆绝，快跑！”宁知痛得狠狠抽气，手死死地抱着陆绝。

太疼了，这是她从来没有感受过的疼。

她从小到大都是被娇养的，平常只是一点儿痛都让她想要掉眼泪，而现在，她第一次尝到了巨大的疼痛。

刀就要刺进陆绝的身体时，陆绝的怀里突然出现了一个女孩。

刀狠狠地扎进了女孩的身体。

高强傻眼了：他这是真的见鬼了？刚才袭击他的，就是这个女鬼？

他难以置信地咽了咽口水：女鬼还会流血？

高强看到鲜红的血顺着女孩的后背流下，这是他第一次看见女鬼出血。就在他打算继续干掉陆绝时，不远处传来了杂乱的脚步声还有人说话的声音。

警察找来了。

高强狠狠地大骂一声，不甘心地瞪了陆绝一眼，迅速离开。

宁知靠在陆绝的怀里，几乎站不稳，一张小脸越来越苍白，疼得额上全是冷汗。

她好像做了一件傻事。

原本她是要去抢高强手里的刀子的，但来不及了，身体比脑子反应快，直接抱住了陆绝。

她伸出手，捏捏陆绝的脸："刚才那个男人绑架你是陆深远在背后指使的，你一定要记着，等你的病好起来，如果他们两个人还没有被抓，你要指证他们，不能放过陆深远，知道吗？"

陆绝抱紧宁知，摸着她的后背，只觉得手掌心沾到了热乎乎、湿漉漉的东西。

他举起手，漆黑的眸子沉下来，心脏猛地跳了一下，铺天盖地的慌张和害怕的感觉袭来："红的，红的。"

怪姐姐在流血。

"不要忘记怪姐姐。"宁知抬起头，失去血色的唇落在他微凉的薄唇上，"不对，如果我不在了，你就忘记怪姐姐吧。"

刚说完，宁知懊恼又不甘心地咬了陆绝的唇一下："怎么办？我好自私，就算我真的死了，也不想被你忘记。"

陆绝的胸口像被什么撕扯着，第一次体会到了害怕的感觉，他紧紧地抱着宁知："怪姐姐不死，我不忘记你，去医院，送怪姐姐去医院。"

他快速抱起宁知。

宁知被他抱起，靠在他的胸膛上，痛得说话的力气都快没有了："那就记着，不许忘记，我这么好看，你不能忘记我。"

陆绝抱着她，一边快速跑着，一边胡乱地点头："记得，记得的。"

他的手掌心越来越红，全是血，一双漂亮的桃花眼也被血映红了。

下一秒，怀里突然变轻了，宁知的身体逐渐透明。

陆绝的脚步一顿，他低头，茫然地看着自己空荡荡的怀抱，看着自己的双手上鲜红的血一点儿一点儿地消失不见。

他的手，转眼变得干干净净。

"找到人了，陆绝在这里。"

警方和陆家的人找到了陆绝，看见他带着一身伤，愣愣地站在原地，整个人像被惊吓到了。

宁知醒来的时候头很疼，旁边传来了熟悉又让她讨厌的声音。

"妈，宁知醒了，我就说她没事，你非要送她去医院。"

“她发高烧呢，不送去医院，烧坏了脑子怎么办？”林母看见宁知睁开眼睛，赶紧上前，“小知，你醒了？你突然晕倒，吓坏我了。”

她想要伸手过去探探宁知额上的温度，却被宁知闪躲开了。

宁知不知道自己为什么会突然在林家。她记得自己在离开陆绝前被插了一刀，当时想起霸王说过的话，几乎以为自己要死在那里了。

林母一愣。

林恬恬哼了一声：“妈，你看，她不识好人心，你不要这么疼她。”

林恬恬的语气里全是不耐烦：“她都没事了，我们赶紧去试穿礼服，今晚就是陆家的宴会，我们好不容易拿到请帖，一定要好好准备。”

“陆家宴会？”宁知最近没有听陆母说要举办宴会。

林恬恬看着床上的宁知。因为发烧，宁知一张小脸通红，就连唇色也是嫣红的，一双眸子水汪汪的，她怎么看怎么不顺眼。

她就不明白，自己的妈妈和宁知的妈妈明明是两姐妹，她和宁知也算是有血缘关系，宁知在林家的时候，吃住也跟她一样，为什么只有宁知越长越好看，就连身上的皮肤也越养越雪白娇嫩，而她的相貌只能算是清秀？

尤其是现在，宁知穿着一条白色的睡裙，半躺在床上，小脸通红，带着病弱的美感，让人恨不得捧在手心里疼。

林恬恬看得眼红。

不过，她想到今晚自己能参加陆家的宴会，有机会接触陆家少爷，心里舒服了一些：“对，今晚我和妈妈去参加陆家的宴会，今天是陆先生和陆太太的结婚纪念日，陆太太邀请了不少豪门的千金。”

“我们拿到了两张请帖，我打算带恬恬去参加宴会，你生病了，不适合外出走动，正好可以在家好好休息。”林母说道。

宁知心里隐隐有了不好的预感，掀开被子，准备下床：“我要回陆家。”

“宁知，你不会发烧烧坏脑袋了吧？”

林恬恬听到宁知的话后感到不可思议，冷笑出声：“你在说什么胡话？什么叫回陆家？我们家攀附陆家都不够资格，你竟然做梦想去陆家？”

“小知，你是不是没有休息好？”林母疑惑地看着宁知，“要不你去医院吧？你的烧还没有退，让医生给你开点儿药。”

宁知的心沉了下来，她不好的预感好像被证实了："我一直待在林家？没有跟陆绝在一起？"

林恬恬看向宁知的眼神就像看着一个疯子："看来你真的烧坏了脑子，还幻想自己跟陆绝在一起，你也不看看自己是什么身份，无父无母。现在多少豪门千金想要嫁给陆绝，你还是别做梦了。"

林母纠结地看着宁知，第一次知道外甥女竟然也喜欢陆绝："以前陆家二少爷患有自闭症的时候，小知你也未必有机会嫁过去，更不要说一年前陆绝的病好了。后来他开始学习管理陆氏集团，将来是陆氏集团的继承人。"

她语重心长地说道："我们做人还是要务实一些，不能心高气傲，余嘉那孩子虽然外貌不太好，身体胖了一点儿，但他老实，以后对你也会很好，你还是好好考虑考虑他吧。"

从林恬恬和林母的话里，宁知已经证实了她心里不好的猜测。

陆绝一年前经历绑架后，自闭症好了，现在在管理陆氏集团，也就是说，一年前，她没有嫁给陆绝。

现在的她和陆绝没有任何的交集，陆绝的记忆里没有了她。

宁知烧得通红的脸上，血色一点儿一点儿地退去。

她把霸王喊了出来："现在的陆绝有没有关于我穿回去的记忆？"

霸王小奶音颤抖着，有点儿怂："主人，你的任务已经完成了。"

宁知紧皱着眉头："所以呢？"

霸王说："在你完成任务的那一刻，系统就会自动删除陆绝记忆中关于你的部分，他隐约知道有这样一个人存在，但不会记得你的外貌、你的声音，甚至是你的名字。"

宁知的唇色也一点儿一点儿地退去："我不想陆绝忘记我，能恢复他的记忆吗？"

原本她以为，陆绝忘掉关于怪姐姐的记忆至少还有日常和她相处的记忆。但现在就连她嫁给他这件事都改变了，他根本就不认识她。

她和陆绝完全没有了交集。

霸王支支吾吾地说道："主人，记忆一旦被系统删除，就没有办法恢复了。"

宁知沉默了。

看见宁知低着头，默不作声的样子，林恬恬得意起来。

宁知长得再好看又怎么样？她只是寄居在自己家的可怜虫，还真把自己当作林家大小姐妄想跟陆绝在一起？

“妈妈，我们快点儿走吧，待会儿要挑礼服，还要做头发，时间不够了。”林恬恬提高了音量，眼睛一直盯着宁知，观察宁知的反应。

她故意说道：“今晚陆绝肯定会出席宴会，我听说了，陆太太一直在为陆绝的婚事发愁，她邀请了这么多千金到场，肯定想要趁机挑选儿媳妇。”

果然，林恬恬看见宁知手握成拳，逐渐收紧。

宁知还真喜欢陆绝啊？一点儿自知之明也没有！

宁知抬起头：“我也去。”

林母一脸为难之色，解释道：“小知，我只有两张邀请函，这还是我从好友的手里辛苦求回来的，你也知道陆家那样的家世，有多少人抢着参加宴会。你生病了，在家好好休息，想要吃什么，就让用人做给你吃。”

说着，林母拉着女儿准备离开，不让她留在这里继续刺激宁知。

“宴会在哪里举办？”因为发烧，宁知的喉咙干涩，声音有点儿沙哑。

“当然是在陆家。”林恬恬炫耀道，“陆家可不是谁都能进去的。”

“小知，你好好休息，别想这么多了。”林母拉着林恬恬离开。

房间里安静了下来，宁知看着室内熟悉的布置，记忆中，她在这里生活了好多年。

宁知起身，准备换衣服。她要去找陆绝，哪怕知道他已经不认识她，但她不甘心。

在穿回去前，她还没有好好跟他说话，如果知道最后一次任务会导致陆绝根本就不认识她，她会……

宁知的眉心紧紧地蹙着，她还是会穿回去救陆绝，让陆绝的病痊愈。

宁知唇角抿紧，眸色黯了下来。

林恬恬和林母去挑选礼服。

“如果早点儿拿到请帖就好了，我就能早早准备好，而不是像现在这样，只能临时准备。”林恬恬的语气里带着抱怨的意思。

“能出席宴会就不错了，如果不是李太太的小女儿生病不能出席，她也不会卖这个人情给我。”林母挑选了一件浅粉色的礼服，“你试试这款。”

“这么浅的粉色，要皮肤白的人穿才好看。”林恬恬皮肤不白，穿这样颜色的礼服反倒显黑了。

她想到了宁知那身白皙光滑的雪肤，这样的裙子也只有宁知穿才好看。

这样想着，林恬恬不爽地哼了一声：就算宁知好看又能怎么样？她根本就没有机会穿这么昂贵的礼服，也没有资格出席宴会。

林恬恬挑了一件黑色的长礼服。她知道自己的腿短，小腿略粗，长礼服能遮掩她的缺点。

等林恬恬换了礼服出来，林母直夸好看。

林恬恬的模样一般，化妆后算得上是清秀，换上礼服，外貌又添了两分，她对自己的打扮也很满意。

“今晚你要抓住机会，大家都知道陆太太很着急儿子的婚事，虽然陆太太没有挑明，但意思很明显了，今晚就是想要找一个儿媳妇。”林母提醒道。

“我知道的。”林恬恬之前打过陆深远的主意，毕竟当时陆绝患有自闭症，陆深远虽然是养子，但已经进入陆氏集团工作了，以后管理陆氏集团的机会很大。

然而，一年前陆绝被绑架，传言说他被救回来后大病了一场，然后，自闭症居然好了。

接着，在他的指证下，绑匪全部被逮捕，他还指认陆深远策划了绑架案。

当时这件事震惊了全国。

她听说陆先生和陆太太知道这件事后也大病了一场，与陆深远解除了收养关系，把他逐出了陆家。

陆深远现在已经在牢里。

众人以为陆氏集团后继无人时，陆绝却开始学习经商，还进入了集团，自此出现在了大众的视野里。

之前她无意中见过陆绝一面，那个男人简直就是毒药，她一下子就沦陷了。

那边，宁知发现自己的头一阵一阵地痛着，还在发烧，向用人要了退烧药，吃了药后换上衣服出门，准备去陆家。

她要去找陆绝。

这一次的宴会，陆父很重视，因为这天是他和妻子的结婚纪念日，宴会的场地早已布置完毕，因为有不少宾客出席，门口也安排了两个门卫看守着，以防有人浑水摸鱼，混进陆家。

陆母今天的气色很好，打扮得比平常更加优雅精致，光彩夺目。

“小绝还在公司？”她问旁边的丈夫。

“嗯，今天有会议。”提起儿子，陆父严肃的脸上露出了笑容，“小绝的工作能力越来越强了，最近好几位股东都在我面前夸他。”

陆母既欣慰又纠结。

以前儿子自闭症没有痊愈的时候，她希望他变成正常人，现在儿子的自闭症痊愈了，她又觉得他工作太上进、太努力，心疼他。

不管他变成什么样，她作为母亲，总是对儿子放心不下。

“你平常也别给他安排太多任务，他才工作一年，什么东西都要慢慢上手，不要逼得太紧。你看他现在每天都忙着工作，根本没有时间认识女孩子，也没有机会谈恋爱。”陆母递了一个抱怨的眼神给丈夫。

以前儿子患病的时候并不愿意接触任何人，那时候她做好了儿子孤单一辈子的打算，但现在儿子病好了，变成了正常人，也该有正常人的生活。

她希望他能找到互相陪伴一辈子的人。

陆父并不愿意背锅：“这话你应该跟小绝说。”

陆母呼吸一窒，对着丈夫哼了一声。

以前儿子是不爱说话，不愿意接触人，也不敢看人，喜欢待在角落里；现在他恢复正常后，能正常与人交流，也不怕人了，行为举止一切正常，但依然不爱说话，性情冷淡，甚至有种说不出的冷酷的感觉。

他以前是呆，现在是冷，而且这一年来，她就没有见儿子笑过。

陆母叹了口气。儿子不懂事，她忧愁，他太懂事了，她也发愁。

她现在唯一希望的就是他早点儿恋爱，身上多点儿烟火气息。

宁知来到陆家的时候已经临近傍晚，余晖落在陆家的别墅上，里面隐隐传出音乐声。

宁知以前都是自由进出陆家的，这还是第一次被拦在门外。

“陆绝在吗？我想见他，你能帮我传达一声吗？”宁知的脸烧得红红的，药效还没有发挥，她的头还是晕的。

门卫面无表情地拦住了宁知：“陆绝少爷不在家，如果小姐要进去，请出示邀请函。”

宁知没有邀请函。刚才在来的路上她就尝试着打电话给陆绝了，然而对方没有接听。

她已经猜到了这个结果，毕竟现在的陆绝不认识她，没有她的手机号码，而他不接听陌生来电。

“我有重要的事情找他，麻烦你帮我告知他。”

自从陆绝恢复正常，进入陆氏集团工作后，偶尔也会有喜欢他的女孩子跑来陆家要找陆绝表白，这样的情况门卫已经见了不少，唯一不同的是，这次面前的这个女孩长得更漂亮。

门卫重复着同样的话：“陆绝少爷不在家，要进去的话，请出示邀请函。”

宁知的眸色沉了下来，她仔细打量着门卫的神色，发现对方并不是在说推搪的话，陆绝现在真的不在陆家。

“陆绝在哪里？”

门卫面无表情，不透露任何口风：“对不起，我们也不清楚陆绝少爷的行踪。”

宁知沉默了一会儿，想要在这里等陆绝回来。

她心里还是不愿意相信陆绝真的忘了她，不能接受他对她一点儿记忆都没有。

天色逐渐暗了下来，来参加宴会的宾客陆陆续续地来到陆家。

陆家周围非常热闹，门口停着各种名贵车辆，前来出席宴会的千金和豪门太太很多。她们仪态得体，穿着漂亮华丽。

门口来往的人不少，宁知站在不远处并没有显得突兀，反倒是她太朴素的穿着还有一张白里透红的精致小脸引得不少人侧目。

“小知？”林母看着突然出现在陆家门口的外甥女，神色震惊，走过去问，“你都生病了，怎么还来这里？”

“我来找人。”

林母错愕：“你要找谁？”她没有想到生病的外甥女也跑来了陆家。

林恬恬也看见宁知了，脸色沉了下来：“肯定是找陆绝。”

顾及周围这么多来来往往的宾客，林恬恬压着声音训斥宁知：“你怎么这么不要脸？陆家是你能来的地方吗？你以为你跑来门口守着，陆绝就会理你？”

林恬恬简直要气笑了：“宁知，你确定不去看看医生？你的脑子烧坏了。”

“恬恬，不要这样跟小知说话。”林母开口。

“妈，宁知这是在丢我们林家的脸！”林恬恬的语气很是不满，“你看看她现在在做什么？竟然不要脸到蹲守在别人家的门口。”

“小知，你先回去吧。你生病了，该好好休息，不要到处乱跑。”林母心里对宁知也很不满，责怪她不懂事，不带她来参加宴会她就擅自跑来了。

“我不会离开。”宁知因为发烧，又在这里站了一段时间，喉咙发干，声音也哑了，“我的事情与你们无关，与林家也无关，我明天就会搬离林家。”

她不会留在林家的。

“妈，你看看，这就是我们家养了好几年的人，她根本就不懂得感恩。”林恬恬恨不得宁知赶紧离开，离开了林家，她什么都不是。

林母心里更加不悦了，也觉得宁知太不懂事，林家养了她这么多年，她一句感谢的话都没有，还发脾气随口就说要离开：“有什么事等今晚回家再说，不要在这里闹。”

“对啊，宁知你赶紧离开，不要在这里丢人现眼。”林恬恬化了妆，还穿了精致的礼服，抬起下巴，优越感十足地看着面前只穿着一条简单连衣裙的宁知。

“这里是陆家，你没有资格让我离开。”宁知的神色有点儿冷，“难道，你已经把自己当作陆家的女主人了？”

林恬恬气得瞪眼：“你……”

“恬恬，我们该进去了，有什么话回去再说。”林母不想引起周围人的注意，拉着女儿离开。

宁知移开目光，不看林恬恬气歪了的脸。

陆家的大厅内，灯光明亮，很热闹。

不少宾客已经到场，纷纷跟陆父和陆母打招呼。

有人忍不住问为什么不见陆绝的身影。

以往，陆家的这位少爷出于身体的原因没有露过面，后来他的病情好转，进入陆氏集团后，不少人见到他，惊为天人。

今天，不少宾客对极少露面的陆绝感到很好奇。

听到宾客提及儿子，陆母笑容满面地说道："小绝那孩子一直在公司里忙活，我刚才打电话去催了，他在路上，应该快回来了。"

林恬恬和林母找到陆母的位置，神色喜悦，赶紧走过去。

"陆太太你好。"林母端庄得体，笑着跟陆母打招呼。

"陆阿姨，您好，我叫林恬恬。"林恬恬捏着嗓子，温柔地向陆母问好。

陆母并不认识面前的这两个人，点了点头，看着面前这个叫林恬恬的女孩，莫名地觉得排斥，也不喜欢对方的笑容，下意识地移开了视线。

林母用手碰了碰林恬恬，示意她积极表现。

夜色降临，宴会要开始了，宾客已经陆陆续续到场，大厅内亮堂又热闹，陆家大门外安静了下来。

现在的门口只有两个守着岗位的门卫还有站在不远处的宁知。

她一直盯着车辆，并没有看见陆绝。

宁知不知道自己站了多长时间，只觉得双腿发软，喉咙发干，一向红润的唇也干得起了皮。

她发着烧，身上只穿着一条单薄的连衣裙，不知道是不是入夜气温降低了，觉得越来越冷。

宁知落寞地看着自己投在地面上的影子，等不到陆绝，她打算回去了。

这时，周围亮了起来，一辆黑色的车子开了过来。

车子从宁知的面前开过，看着半降下的车窗里熟悉的脸，宁知神色一喜："陆绝！"

她快步走过去。

"陆绝！"

宁知快步跑起来，浅蓝色的裙摆在空中飘荡着。

车子里，陆绝看向窗外，淡漠的目光从外面追车的女孩脸上扫过。

门卫让黑色的车子进入，随即，车子开进陆家。

"小姐，没有邀请函，不能进去。"门卫拦住了宁知。

"我认识陆绝。"宁知的唇几乎失去血色。

门卫觉得好笑，刚才车子内坐着的就是他们家少爷，如果少爷真的认识面前这个女孩，早就发话了。

门卫只好重复道：“小姐，没有邀请函，不能进去。”

看着黑色的车子消失在大门内，宁知眼里的光逐渐暗了下来。

夜里太冷了，想起刚才车子里陆绝对她的淡淡一瞥，宁知冷得全身发颤。

陆绝是真的忘记她了。

他忘记了怪姐姐，也忘记了知知。

宁知不得不接受现实，冻得唇发白，失落地转过身离开。

陆家附近很难打车，需要走一段路才能到外面的公路上打车。

宁知走出一小段距离后停了下来，逐渐地，她的眼睛越来越酸，鼻子也越来越酸。

她的大宝藏忘记她了。

眼前的景物像被什么模糊掉了，她第一次这样脆弱无力。

“为什么哭？”

宁知眨了眨眼，一双黑色的皮鞋出现在她的眼前，男人低沉的声音在头顶响起。

宁知抬头，只见面前的陆绝身上穿着一件鲜红色的衬衫，他的眼睛很黑，安静地看着她，而他的手紧紧地捂着胸口的位置。

陆绝的目光落在女孩发红的眼眶上，捂着胸口的手渐渐收紧。他盯着她：“你为什么哭？”

宁知触及他看陌生人一般的目光，鼻子又是一酸，泪珠终于不受控制地滚落，发脾气道：“你都忘记我了，我还不能哭？我不应该哭？”

陆绝的心像被女孩的眼泪烫到了，一抽一抽地痛，仿佛有一只不安分的小怪兽狠命地咬着他的心，让他几乎喘不过气来。

眸子里的冷淡之色一下子被击退，陆绝无措地上前，英俊冷酷的脸上全是惊慌之色：“不……不要哭。”

身上没有带纸巾，陆绝慌乱地握着自己过分鲜艳的衣袖，想要帮她擦掉小脸上的泪花：“我错了，你不要哭。”

话刚出口，他神色一愣。

他不知道自己哪里错了，但总觉得让她哭就是自己的错，而且是大错特错。

宁知眼前有点儿模糊。

隔着一层水雾，她看到陆绝的眼里、脸上全是着急和慌乱的神色，他握着自己的衣袖就要帮她擦眼泪。

他动作生涩又笨拙，只是稍稍用力，衣袖就磨得她脸上的肌肤生痛。

宁知一把拍掉他的手："你弄痛我了。"

她瞪着他，像要把心底的委屈和不爽的情绪宣泄出来。

陆绝一点儿也没有生气，看着她红红的眼眶下意识地哄着："对不起，我轻一点儿。"

他不用衣袖了，改用指尖。

树底下，陆绝低着头，柔软的指腹落在了宁知的眼角处，轻轻地擦拭着她溢出的泪。

陆绝低沉的声音在安静的夜里很清晰："对不起，是我错了，你不要哭。"

宁知安静地看着他："那我是谁？"

陆绝的指尖像被女孩的泪珠烫到了，心像被什么狠狠地咬了一下，疼得慌。听到她的问话，他茫然地看着她。

她是谁？

他为什么反应这么大？

刚才他只是往车外看了一眼，心就开始难以控制地疯狂跳动，仿佛他不紧紧捂着，它就要蹦出来了。

宁知看着陆绝眼里的茫然之色，一颗心越发下沉。

"你不认识我，为什么管我哭不哭？"宁知质问。

陆绝眸色更深了："我也想知道。我们以前认识？"

他的指腹顺着她的眼眶滑到了她高挺的鼻尖，再到她光滑的脸上，细嫩的触感熟悉得让他心颤，而且，他感觉到她的脸好烫。

宁知一把拍掉他的手，凶巴巴地瞪着他。他不记得她了，还想胡乱摸她的脸？

陆绝的目光落在女孩的脸上，不愿意移开："你叫什么名字？"

宁知根本没有办法跟陆绝解释之前的一切。他现在连她的名字都忘记了，明知道不能怪他，但她还是忍不住感到委屈和生气："你自己想。"

漆黑的眸子安静地看着她，他现在才发现，她白皙的小脸上透着不正常的红晕。

宁知不想理会他了，转过身离开。

她现在又累又饿又渴，还头晕得很。之前是不愿意相信陆绝彻底忘记她了，才会傻乎乎地跑来求证，现在证实陆绝真的忘了她，宁知失落又失望。

她想离开。

浅蓝色的裙摆蹭着他的手背而过，陆绝的心颤了一下，下意识地握住了宁知的手腕。

掌心里，她的皮肤滚烫，陆绝赶紧上前挡在宁知的身前，伸手去探她额上的温度，下一瞬，他的眉头紧皱："你发烧了。"

宁知转过头。她当然知道自己在发烧。

"看过医生了吗？"陆绝低声问她。

宁知抿紧唇。

下一秒，陆绝弯下腰，直接将人抱起："我带你去看医生。"

宁知被惊到了，身体已经被陆绝抱在了怀里。她挣扎了一下："放我下去，我自己去医院。"

"从这里走出去要十五分钟，再打车到医院要二十多分钟，你现在身体很烫，再烧下去可能会烧坏脑子。"陆绝抱紧她，迈着长腿大步往陆家的方向走去。

宁知一愣。她第一次听到陆绝说这么多话，果然，现在的他恢复正常了。

宁知生气地说道："我不用你抱！"

"要掉下去了，知知别闹。"陆绝的语气中全是纵容。

他的话音刚落，宁知身体一震。

陆绝也随之怔住了，疑惑地开口："你叫知知？"

宁知抬头看着他，借着路边暖黄的灯光对上了他漆黑的眼睛，他的眼神茫然、惊愕。

刚才的话是他在潜意识下喊出来的。

宁知的心颤了一下，现在的他与她没有任何交集，为什么还能喊出她的名字？

她能不能再奢望一下？

陆绝得不到回应，抱紧了怀里的女孩。她的身体很软，带着淡淡的馨香，这香气让他感觉很熟悉，熟悉得仿佛他每天都闻，熟悉得像刻进了他的骨子里。

“知知。”陆绝低头看她，语气肯定，再次喊道，“知知……”

“我是不是该这样喊你？”陆绝这样问着，但心里已经有了答案。

宁知迟疑地看着他：“你想起了什么？”

“没有。”虽然他以前生病了，但他记得自己生病时经历的事情，他的记忆里没有她。

他为什么会知道她的名字？为什么看见她，心会难以控制地狂跳？

宁知眼里的光暗了下来。

“我们之间发生过什么？”陆绝很想知道这是怎么回事。

“你自己想。”宁知不知道怎么向他解释以前的事，那太玄幻了，而且霸王说过，她不能向其他人透露系统的消息，否则，就连她的记忆也会被删除。

陆绝沉默着看了她一眼，继续抱着她往陆家大门的方向走去。

站在门口的两个门卫震惊地发现，他们的陆绝少爷竟然抱着一个女孩回来了。

最让他们咋舌的是，陆绝少爷怀里的女孩竟然是之前一直站在门外等着的那个女孩。

门卫神色错愕。所以，这位小姐是真的认识陆绝少爷？而且，看陆绝少爷紧紧地抱着她的稀罕劲，两个人的关系显然不简单。

两个门卫互看一眼，也不知道陆绝少爷发现他们让这位小姐在门外白白站了好几个小时后，会不会责罚他们。

陆家的一切，宁知已经很熟悉。

因为举办宴会，陆家院子里的灯全开了，即便在夜里，周围也不会显得昏暗。

宁知看着远处的灯光，知道现在里面正在举办宴会，赶紧开口：“我不要参加宴会。”

“不是带你参加宴会。”陆绝说道，“你生病了，金医生今天在陆家，我待会儿让他帮你看一看。”

为了应对宴会上的突发事故或者避免有人生病得不到及时的治疗，管家早早就把金医生请了过来。

宁知伸手推陆绝："你放我下来，我自己走。"

陆绝还没有恢复正常的时候，已经会对宁知耍小心机，现在痊愈后的他更加精明。只见他继续往前走着："你现在生病了，刚才走路都摇摇晃晃的，我抱着你走会更快。"陆绝加快了脚步，提醒她，"参加宴会的有很多人，你不想被他们看到的话就抱紧我。"

宁知还没来得及拒绝，他已经抱着她走进了大厅，宁知气得恨不得咬他，无奈地赶紧把头埋在他的怀里。

才几秒的时间，她已经感到了周围投来的打量目光。

宁知的脸紧紧地贴着陆绝的胸口，她把后脑勺留给众人，直接装死。

陆绝穿着一件鲜红色的真丝衬衫，显眼得很，他的出现引起了所有宾客的注意。

众人纷纷看去。跟传言一样，陆绝长得很出色，个子高，相貌英俊，眉目间带着冷意，却很吸引人。

让众人震惊的是，他怀里抱着一个女孩！

不少豪门太太和千金得到消息，今晚陆太太有意让陆少爷找个女朋友，然而现在，对方竟然抱着一个女孩出场。

陆绝习惯了众人的目光和打量，抱紧了怀里的宁知，继续往前走去，来到楼梯口的时候，对站在一旁的管家交代："让金医生来我的房间一趟。"

"是，少爷。"

陆绝抱着宁知往楼上走去。

众人只看到了陆绝怀里的女孩露出的后脑勺，垂在陆绝手臂上的黑亮长发，还有裙摆下过分白皙纤细的两条小腿。

周围的宾客忍不住一阵议论，纷纷猜测陆绝怀里抱着的是哪家的千金。

一旁，林母和林恬恬震惊得几乎失态。

林恬恬最先反应过来。别人不知道，她一眼就看出陆绝怀里的人是宁知！

陆绝怀中的女孩穿的浅蓝色的裙子跟宁知今天穿的一样，而且，不得不承认，也只有宁知的皮肤才会那样雪白细嫩。

林恬恬几乎咬碎了牙："妈妈，宁知她不要脸，真的勾搭上了陆家少爷！"

想到宁知刚才一直厚着脸皮守在陆家门口，她愤怒极了："宁知肯定用了什么手段，才会勾得陆家少爷不顾众人的目光，抱着她进来。"

原以为自己能进入陆家参加宴会，有机会接近陆家少爷，而宁知只能可怜兮兮地守在大门外，但想到刚才陆绝抱着宁知，不让人窥见宁知相貌的紧张模样，林恬恬气得几乎吐血。

林母到底比林恬恬镇定，拉住女儿示意她不要失态："周围有很多人看着，有什么事，回去再说。"

林恬恬当然顾忌周围的宾客，狠狠地咬了咬唇，不再说话。

不远处，陆母的震惊并不比宾客们少。

她难以置信地挽着丈夫的手："我没有眼花吧？儿子刚才是不是抱着一个女孩上楼了？"

陆父笑着说道："你没有看错。好小子，带人回来了也不提前跟我们打招呼，直接给我们这么大的惊喜。"

陆母忍不住点点头，念叨着："带女朋友回来了，怎么不把人带到我们面前，跟我们打个招呼？"

陆母已经默认陆绝抱的女孩是他的女朋友。

她深知儿子的性格，就算他的自闭症痊愈了，依然不喜欢与人接触，依然冷冰冰的，如果不是喜欢，他绝对不可能抱着对方。

"你不用急，可能待会儿就看到了。"

陆母这才笑了，满脸的期待。

宁知的脸上一片通红，也不知道是因为发烧，还是因为羞耻，她抬起头瞪着陆绝："你还不放我下来？"

陆绝的一只手突然松了。

宁知整个人往下坠了一下，吓得赶紧双手抱住陆绝的脖颈："你做什么？"

"对不起，刚才我手滑了。"陆绝喜欢她这样紧紧地抱着他，有种说不出的亲密感，仿佛他和她抱过无数次。

他的薄唇微微勾起。

宁知看到陆绝头顶的显示框里弹出了一个小太阳。

宁知："……"

现在的陆绝学坏了，刚才是故意吓唬她的。

宁知哼了一声，把他的小太阳收割掉——不要白不要。

金医生听到管家的话，来到了二楼陆绝的房间。他还以为陆绝生病了，却不料陆绝的房间里多了一个女孩。

灰色调的房间中，女孩漂亮又鲜活，陆绝坐在女孩的身旁，时不时地看向她。

“陆绝少爷。”金医生走过去。

“她发烧了，你帮她看一下。”陆绝说道。

“金医生。”宁知跟金医生打过交道，下意识对他点头问好。

金医生笑道：“你好。”

旁边，陆绝的眸色更深了，他觉得宁知认识金医生。

她好像对他身边的一切都很熟悉。

金医生帮宁知诊断完后，开了药，叮嘱了一些注意事项才离开。

陆绝亲自去倒了一杯热水给宁知：“喝几口水，把药吃了。”

宁知丝毫没有客气，心安理得地接过陆绝递来的水杯，小口地喝着，缓解了喉咙的干涩。她把药吃掉后，站起来，准备离开。

现在她和陆绝没有任何关系，她没有理由留在这里。

陆绝看见宁知突然站起来，眼神疑惑：“怎么了？”

“很晚了，我要回去了。”

陆绝下意识地皱眉，突然想开口让她留下。莫名地，他觉得她就该留在陆家跟他住在一起。

收回思绪，陆绝觉得自己疯了：他今天跟她第一次见面，为什么会有这么多想法？

“我去让人送些吃的上来，你还没有吃饭，等你吃完了，我送你回去。”看见她想要拒绝，陆绝又开口，“宴会还没有结束，下面全是宾客，你想让他们看见你从我的房间走出去？”

以前都是宁知欺负陆绝的，而现在，对上陆绝，她反倒成了被欺负的那一方！

陆绝让用人送了一些口味清淡的菜还有熬好的粥，她现在生病，不宜吃得太油腻。

陆绝坐在宁知的身旁，安静地看着她吃东西。

灯光下，宁知的小嘴红润，两腮鼓鼓的，陆绝心口发痒，像被一只小爪子挠了一下，视线落在她的小嘴上就移不开了。

陆绝突然开口："知知，我是不是亲过你？"否则他为什么知道那里的滋味有多好？

听到陆绝的问题，宁知呼吸一窒，觉得自己的脸更烫了。

她稳住心跳，瞪了陆绝一眼，没有回答他的问题："我吃完了。"

陆绝的眼神沉了下来，视线慢悠悠地从她的唇上收回，他开口："我送你回去。"

现在的陆绝依然喜欢穿红色的衣服，甚至颜色比以前更红了，像鲜红的血，衬得他白皙、英俊的脸有几分不真实。

他站起来，颀长的身姿还有高雅的气质让人莫名有压迫感。

宁知没有拒绝他。

楼下的宴会还没有结束，宾客们在闲聊。

陆绝带着宁知搭乘电梯下去，避开了人群，然而两个人的颜值太高了，还是引起了不少人的注意。

宾客们看见了那个走在陆绝身旁的女孩，她穿着一条浅蓝色的裙子，肌肤如雪，匆匆一眼，让不少人惊艳。

陆绝已经让人备好了车子。

走到花园里，他下意识地想去拉旁边宁知的手，仿佛这样的动作他做过上千遍。

陆绝意识到自己的举动，错愕了一下，手握成拳。

车子里很安静，宁知和陆绝一左一右坐在车后座上。

刚吃过药的宁知还没有退烧，头还是晕晕的，现在只想赶紧休息。

旁边，陆绝一直沉默着。

车子停在林家门口，看见宁知下车，陆绝也跟着下车了。

"记得吃药，早点儿休息。"陆绝叮嘱她。

宁知看了他一眼，有点儿不习惯——恢复后的陆绝会关心人了。

宁知随口应着，转身走进林家。

夜色下，女孩瘦弱的身影消失在屋子里，陆绝下意识地捂住了胸口的位置。

心脏疯狂地跳动着，陌生怪异的感觉几乎要将他淹没。

屋子内。

林恬恬和林母还没有回来。

宁知直接回了房间，准备明天拿到小玉章就离开林家。

她躺在床上，把霸王喊了出来："你说陆绝的记忆已经被系统删除，但是为什么他对我还有感觉？他还记得喊我知知。"

霸王说："主人，我也不太清楚你们人类的情感。"

宁知想要暴打霸王一顿，深吸一口气，问："有没有可能让陆绝恢复记忆？"

霸王说："主人，这个问题你已经问过了。"

"我知道。"宁知当然知道自己问过好几遍了，但她就是不死心。她很贪心，既要带着以前记忆的陆绝，也要疾病痊愈后的陆绝。

疾病痊愈、带着以前记忆的陆绝才是完整的。

霸王想要装死。

"能用小太阳换吗？"宁知知道霸王很喜欢小太阳，"我现在还有三千多个小太阳，可以全部给你，只要陆绝恢复记忆。"

霸王支支吾吾地道："不行的。"

"五千个小太阳。"

"八千个小太阳？"

宁知咬了咬牙："一万个小太阳，我要陆绝的记忆。"

霸王吸了吸口水："主人，上一次你完成任务后，还剩下一项额外的任务没有解锁。"

宁知一愣："你不是说上次是最后一次穿回去了？还有任务？"

霸王解释道："我没有欺骗主人，上一次是最后一次穿回去，陆绝的病也痊愈了，那个没有解锁的额外任务对陆绝的病情没有影响，所以，没有必要理会。"

宁知沉默了一下："是什么任务？如果我完成那项任务，可以恢复陆绝的记忆？"

霸王说："任务的时间线是未来，内容是阻止陆绝自杀。如果任务失败，没有任何影响；如果任务成功，主人能得到奖励。"

宁知听到霸王的话，心沉了下去。

她记起书里的内容，陆绝的结局就是自残而死。

"现在的陆绝已经痊愈，不可能自残，那未来是怎么回事？"宁知脑子里全是疑问。

霸王说："这个我也不清楚，不过，要完成额外的任务，需要消耗两万个小太阳。”

宁知：“……”这系统也太狠了。

霸王讨好地说道：“这一次任务的难度很大，而且成功的概率不高，失败的话，两万个小太阳就会打水漂。陆绝的病已经好了，主人可以跟他重新开始，没有必要执着于过去。”

霸王觉得主人没有必要做这项额外的任务，系统也把这项任务丢在了角落，显然是不重要的，所以，之前它直接忽略了这项任务。

宁知咬了咬牙：“你真的没有实体吗？”

霸王的小奶音里突然带了几分害羞的意味：“主人想要见我？”

“我想揍死你。”

霸王立刻说：“主人，我们是没有实体的！”

夜色渐浓。

宴会结束后的陆家已经恢复安静。

陆绝躺在床上，双眼紧闭。

房间里，他身上穿着红色的运动服，抱着枕头，漆黑的眸子看着面前面容模糊的女孩：“一起睡。”

“要一起睡的。”

女孩拿他没有办法，点头答应了。

他欢喜地拉着她一起往床那边走去。

躺好后，闻着旁边淡淡的馨香，他睡不着了，好像有一只软软的小爪子在挠着他的心口。

他将身体挪向女孩，贴上她的背部，低低地说：“怪姐姐，想亲的。”

女孩转过身面对着他，他看见一双水汪汪的黑眸弯了起来，她故意逗他：“亲哪里？”

他还没有来得及开口，女孩过分柔软的唇落在了他的眉间。

他的心颤了一下。

下一个被亲吻的地方是鼻子。

女孩太坏了，故意绕开他的嘴巴去亲他的下巴。

陆绝感觉到自己的心疯狂地跳动着。

“还要吗？”女孩红润的唇勾起。

陆绝咽了咽口水，手忍不住按在了女孩的后脑勺上，喉结克制不住地上下滑动了一下。

他听到自己的声音都哑了："知知，亲我。"

女孩笑弯了眸子。

陆绝在她的眸子里看到了自己，仰着头，神色迷恋又贪婪："知知，知知……"

他尝到了女孩嘴里香甜的味道。

他沉溺着，孜孜不倦地汲取着。

直到背后传来一阵酥麻的感觉，陆绝猛地睁开眼睛，觉得自己要疯了。

第二天，宁知直接问林母要小玉章。

"你……"林恬恬气愤地说道，"我们家供你吃，供你住，现在反倒把你养成了一个不知感恩的白眼儿狼。"

宁知觉得好笑："没有我父母的保险赔偿金，林家的公司早已破产，那笔钱足够养我一辈子。"她的神色很冷，"我不欠林家的。"

她看向林母："你把我父母的遗物还给我，我现在就离开林家。"

"小知，别胡闹。"林母不赞同地看着她。

"我父母的遗物，还给我。"宁知重复了一遍。

看到宁知的脸色很冷，林母不想与宁知闹僵，她说道："你等一下。"

过了好一会儿，林母折返回来，把小盒子交给宁知："原本我是想等你结婚后再交给你的，既然现在你要，我就把它还给你。"

宁知接过小盒子打开，里面只剩下一张照片，小玉章不见了。

她脸色沉了下来，直接看向林恬恬："你把小玉章还给我。"

不用多想，她知道必定是林恬恬拿走了小玉章。

林恬恬没有想到宁知不仅知道遗物中有一枚小玉章，还知道小玉章是她拿走的。她的语气不由得慌了："什么小玉章？我不知道也没有拿，宁知你不要随意污蔑人。"

她在梦里看见这枚小玉章很重要，所以醒来后，第一时间找母亲拿走了，然后藏了起来。

"我再说一遍，把小玉章还给我，你以为你藏起来，它就属于你了？"宁知冷眼看着林恬恬贪心又愚蠢的脸。

林恬恬一口咬定："我不知道什么小玉章。"

宁知转过身看向林母：“我的小玉章，确定不还给我？你知道的，那是我父母留给我的遗物。”

林母到底是偏帮女儿的：“小知，你父母去得突然，只留了照片给你。”

“小偷拿了不属于自己的东西，总有一天要还给主人。”宁知嗤笑一声，林恬恬拿了小玉章也没有用，爷爷根本就不会单凭小玉章认亲。

宁知懒得继续跟她们纠缠，丢下这么一句话，在林母和林恬恬羞耻又难堪的目光中离开了林家。

下午，陆绝到底没有克制住想见宁知的冲动，来到了林家。

林恬恬看见陆绝，激动得一张脸通红。

“我找知知。”

陆绝今天依然穿着一件鲜红色的衬衫，红得像血，衬得他的皮肤越发白皙，他的眸色漆黑，眉目清秀，极其吸引人。

林恬恬脸上的笑容凝固。她稳住了心跳，告诉陆绝：“她跟一个男人离开了林家，不知道去哪里了。”

陆绝审视着林恬恬。

“真的，她今早已经离开了林家。”林恬恬被盯得头皮发麻，“她离开前，还骂了我和妈妈一顿。”

林恬恬偷偷地打量着陆绝的神色：“我们家养了宁知这么久，她还不知好歹，不懂得感恩，我妈妈被她气得都生病了，宁知太不懂事了。”

陆绝抿紧薄唇，如果宁知在，必定能看见他头顶的显示框里弹出了一朵带闪电的小乌云。

第十九章
知知只会嫁给我

宁知回到了宁家。

这一次认亲比上一次还要快，快得让宁知震惊。

宁老爷子见她第一面的时候，就认定了她是他的孙女，即便是这样，宁知还是让他老人家做了血缘鉴定。

宁知在宁家待了几天，病已经好了，气色也养得很好。

下午，她陪着宁老爷子喝茶。

“等过段时间，我就举办一场认亲宴会，告知所有人你是我的孙女。”宁老爷子布满皱纹的脸上是抑制不住的喜色。

宁知已经有过一次认亲的经历了，闻言并没有感到惊讶：“好，爷爷开心就行。”她都无所谓。

跟以前一样，宁老爷子很疼爱宁知，毕竟盼了这么久，总算是找到了亲人。

一旁的管家也替宁老爷子开心。他很久没有见到老爷子精神气色这么好了。

这时，有用人来汇报：“外面来了一位小姐。”她迟疑地说道，“她说是来找老爷子认亲的。”

老爷子最近才找回了小姐，怎么外面又来了一位认亲的？

宁知勾了勾唇，上一次，她知道也是林恬恬跑来宁家认亲，不过当时她并不在现场，没想到现在赶上了现场直播。

宁老爷子看向孙女：“你不用担心，我让管家把无聊的人赶走。”老人家的言下之意就是相信她。

宁老爷子在第一次见到宁知的时候就有一种莫名的亲切感，就像亲人之间的感觉，他不会认错的，鉴定报告也不会出错，就算现在听到用人的汇报，他也一点儿都没有怀疑。

“不用，爷爷，我很好奇是谁来认亲。”宁知很想看看林恬恬看见她时会是什么表情。

宁老爷子一切以孙女为重：“好，听你的。”他让管家把人带进来。

走进宁家，林恬恬抑制不住心里的激动之情。

“这边请。”管家一直在留意这个陌生女人的举止和神情，认为对方完全比不上自家小姐。

林恬恬走在管家身侧，眼里全是兴奋之色。

“老爷，人带到了。”

林恬恬的目光触及坐在红木椅上的漂亮女孩，眼里的兴奋之色退去，整个人完全傻了眼，声音都变了：“宁知，你怎么会在这里？！”

宁知很满意林恬恬震惊得失态的表情，唇角翘起，反问她：“你为什么在这里？”

林恬恬头皮发麻，根本没有想到会在这里碰见宁知，她咬了咬唇，硬着头皮说：“我来是有重要的事。”

宁知点点头：“我知道，你来认亲，你想要得到宁家的家产。”

“你别乱说话。”林恬恬快被气死了。

宁知像逗老鼠的猫，欣赏着林恬恬难堪的神色，慢悠悠地开口：“我说得不对？你不是来认亲的？”

林恬恬顾及这是宁家，深呼吸了几下，并不想继续和宁知争执。

林恬恬心里有种说不出的危机感，不知道宁知为什么会出现在宁家，难道她已经认亲了？

这时，用人端来了几份精致的小点心，这是宁老爷子特意交代厨师做的，宁知也爱吃。

她捏起一块做得很可爱的桂花糕，糕点是花的形状，中间是粉色的花酱，她悠闲地吃着，与对面神色紧张地站着的林恬恬完全相反。

“这位小姐，你不是有话要跟我们老爷说吗？”管家见林恬恬发愣，提醒道。

林恬恬手心被自己掐得发痛发麻：“我……”

她没有蠢到当着宁知的面认亲的地步，而且宁知现在这样的姿态，有种宁家主人的感觉，让她心里有了不好的猜测。

宁知吃完了一小块点心，又喝了一口花茶，这些全是她喜欢的味道。

看见林恬恬站在温度适宜的室内直冒冷汗，一脸纠结又尴尬的神色，宁知很满意。她就是故意让林恬恬心里难受又恐慌。

过了好一会儿，宁知才开口：“爷爷，她把我的小玉章偷了，现在小玉章肯定在她身上。”

闻言，林恬恬惊愕得瞪圆了眼：“宁知，你……”

她刚才听到了什么？

宁知竟然喊宁老爷子“爷爷”？怎么可能？

宁知离开林家就是为了来宁家？她还认回了亲人？

“既然被偷了，那就拿回来。”宁老爷子宠溺地看着孙女，开口的话带着威严的气势。

管家跟随宁老爷子多年，当然听懂了他的意思：“是，老爷。”

他让旁边的两个用人上前：“把小姐的小玉章拿回来。”

两个女用人做惯了家务活儿，动作可不会轻柔，一人压着林恬恬，控制住她的双手，另一个人准备掏林恬恬的口袋。

林恬恬疯狂地挣扎着：“你们做什么？你们没有权利搜我的身，宁知你疯了？”

宁知慢悠悠地说道：“爷爷，小偷偷了我们的东西，我们是不是该报警？”

这头，管家应得很快：“是该报警。”

林恬恬要被宁知逼疯了：“我没有！宁知你不能这么坏心肠！”

宁知自认不是好欺负的人，林恬恬自己送上门来让她整治，她根本不会手下留情，而且这也是林恬恬自己活该，偷了东西，确实该接受法律的惩罚。

管家速度很快，打了报警电话。

林恬恬再也忍不住了，开始骂宁知恶毒。

“好吵。”宁知问宁老爷子，“爷爷，收购一家小公司要几天？”

宁老爷子对孙女笑得祥和，孙女要月亮，就算是水里的，他也会去捞出来：“哪里需要几天？只要我一个电话就可以了。”

林恬恬惊恐地看着宁知，骂人的话止在嘴边，双腿发软：“对不起宁知，我错了，我不该拿你的小玉章，求你不要收购公司，我向你道歉！”

林家没有了公司，就什么都没有了。

“林家的公司是用我父母的保险赔偿金换回来的，早就该没有了。”宁知不会心慈手软。

宁知拿回了小玉章。她说过，属于她的东西，她总会拿回来的。

林恬恬吓得全身发软，没有一点儿力气，脸上失去了血色。完了，全完了。

警方出动的速度很快，带走了狼狈不堪的林恬恬。

一直在酒店等着的林母根本就不知道，自己的女儿不仅计划失败被警察抓走了，林家的公司也将要被收购了。

陆家。

陆母已经叹了好几口气了：“你说儿子这几天怎么了？整个人更冷酷了，还有种说不出的可怜的感觉？而且我总觉得他有心事。”

“他不会是失恋了吧？”她之前还问儿子他和女朋友的事，他根本不愿意开口。

“你以前追我，我不理你的时候，你也像儿子这样。”陆母越想越觉得自己猜对了，儿子以前的性格沉闷，现在的性格冷淡，根本就不像会哄女孩子的样子。

陆母长长地叹了口气：“小绝恐怕是被女孩甩了。”

她的儿媳妇没了，她连儿媳妇的面还没有见过呢。

陆父并不像妻子那样想这么多，拿过宁家的请帖：“宁老爷子发了邀请函过来，他老人家找到了孙女，过两天会举办认亲宴会。”

“他老人家总算不再是孤零零一个人了。”陆母感慨，“宁家在南城，要不让小绝去出席宴会吧？让他散散心。他失恋了还埋头工作，身体哪里承受得住？千万不要憋出病来。”

陆父一向听妻子的话：“你做主就行。”

夜里，陆绝躺在床上，头越发疼痛，像要炸开了。

每晚他的梦里都有怪姐姐，但他总是看不清她的脸。

他越想看越看不到，她的脸像被一团白色的烟雾遮掩住了。

他用力地去看，去回想，然而像有什么禁锢住了他的脑子，让他没有办法深想。

想到消失的宁知，陆绝漆黑的眸子晦暗一片。

这几天，他派出的人根本听不到她半点儿消息，她突然出现，又突然消失了，那天的见面，仿佛只是他的幻觉。

刚洗过澡，陆绝的头发还没有擦干，凌乱又湿漉漉的，露出了他干净的眉目，他的唇抿着，眼光幽暗，像被遗弃了的小怪兽，孤独又落寞，急需安抚。

安静的夜里，陆绝侧过身，无意识地低喃了一声："知知……"

第二天，陆母发现儿子生病了。

"怎么突然就感冒了？"

陆母看着儿子。他脸色苍白，唇也干干的，板着一张脸，看着冷酷得要命，细看却带着病弱感。

陆母有点儿着急：儿子不会是因为失恋生病了吧？

"我原本还想过两天让你去南城参加宁家的认亲宴会，现在你生病了，还是好好休养吧，我让你爸爸去赴宴。"陆母说道。

"宁家？"

"对，宁老爷子最近找回了孙女，老人家要庆祝一下。你生病了，就不要奔波了，还是在家好好休养吧。"

陆绝的俊脸苍白，一双眸子却漆黑，目光落在陆母手里的邀请函上，看着上面金色的"宁"字，他开口道："我去。"

"你要出席？"

陆母没有想到自己的儿子会主动提出去参加宴会："但是你生病了。"

"没事，只是小感冒。"陆绝的鼻音很重，一点儿也不像他说的那样得了小感冒。

陆母疑惑地打量了儿子一眼："那行，我待会儿让金医生来给你看看。"

陆绝接过母亲手里的邀请函："嗯。"

南城这边。

眼前没有了让她讨厌的人，宁知在宁家的日子过得很滋润，一张小脸也被养得气色红润，越来越漂亮了。

“小姐，邀请函已经送去陆家，陆家那边也回复了会准时出席。”管家汇报着。

管家不知道自家小姐为什么要特意向陆家派发邀请函。

“谢谢蒋叔。”宁知原本想问陆家会是谁出席宴会，陆绝会不会来，但那样又显得太刻意了，她还是沉默了。

如果陆家出席的人不是陆绝，到时候，她只能去找他，毕竟她现在还差一万七千个小太阳。

宴会的事情有管家操办，宁知根本不用费心，每天陪在宁老爷子身边聊聊天、喝喝茶，哄得他老人家的精神气色好了不少，每天脸上都挂满了笑容。

可能是孤独寂寞太久了，比起以前的刻板、严肃、寡言，现在的宁老爷子话很多，也时不时地念叨宁知。

漂亮的衣服和昂贵的首饰珍宝不间断地送到宁知的手上，他就这么一个孙女，宁家的小公主自然是要被捧在手掌心上宠的。

宴会这天，出席的宾客很多，众人已经听说宁老爷子对这个孙女很重视，就差没有正式宣布她是宁家的继承人了。

上一次宁知已经参加过这样的认亲宴会，这一次她应付起来更加得心应手。

她跟着宁老爷子熟练地和一些宾客打招呼，两杯红酒下肚后，她的脸已经生了红晕。

“宁小姐。”男人穿着一身蓝色的西装，身材高大，面容斯文英俊。

“霍晓阳？”在宴会上碰见他宁知有点儿惊讶。

自从救了他之后，她和他一直都没有碰过面。

宁知的目光落在他的双腿上，他的腿很长，完好无缺。不需要坐轮椅的霍晓阳个子很高，只比陆绝矮一点儿。

“你认识我？”霍晓阳英俊的脸上有几分惊讶之色，嘴角带着笑意，显得越发斯文。

宁知的目光落在对方的脸上，对方像不认识她，也不知道是因为她救他的事情过去太久，霍晓阳不记得她了，还是因为他的记忆也被系统删除了。

“霍家的名声显露在外，我在报道上见过你的照片。”宁知笑了笑。

霍晓阳沉默了一下：“宁小姐，我们是不是在哪里见过？”他对宁知有种莫名的熟悉感，好像在哪里见过她。

宁知微微一笑：“可能吧。”

灯光下，宁知穿着一件浅粉色的礼服，衬得她肤白如雪，精致漂亮的小脸透着淡淡的红晕，弯弯的黑眸里带着笑意，惹眼得很。

陆绝看向不远处，女孩对着面前的男人笑意盈盈，他眸色沉了下来，胸口涌上一股酸涩感，眼睛也禁不住发酸，有种委屈的感觉。

他有一种被人丢弃了的委屈感。

从陆绝出现的那一刻，宁知就发现他了。

他身材高大，穿着一身鲜红如血的西装，一出现就引起了所有人的注意。

宁知以为恢复后的陆绝会有些改变，不再喜欢穿红色的衣服了，没想到他现在喜欢的红色比以前更鲜艳了，火红似血。

目光落在他的身上，她看见陆绝头顶的显示框里转眼就弹出了三朵闪电小乌云。

想起上一次陆绝参加宴会时，头顶上堆积的闪电小乌云让他就像行走的雷神，宁知忍不住笑弯了眸子。

现在的陆绝跟以前一样，还是喜欢吃醋。

“宁小姐，这是我的联系方式，很高兴认识你。”霍晓阳的行为举止很绅士，英俊的脸上带着礼貌的笑意，他对宁知有种说不出的好感。

宁知接过了对方递来的名片，笑了笑：“我也是。”

霍晓阳还没有说完，旁边出现了一个红色的身影，对方抿着唇，漆黑的眸子发着冷光。

宁知眼里映着陆绝的身影，他来了。

“霍先生，我还有点儿事，先失陪了。”宁知转身离开。

陆绝沉默着，像一只被丢弃的小狗，眼巴巴地大步跟上。

宁知装作没看见他，走回宁老爷子的身旁：“爷爷。”

老爷子看见宁知，一下子笑了。他带着宁知，不断有宾客上前打招呼。

陆绝跟在不远处，就像宁知的尾巴，她走到哪里，他就出现在哪里。

他气质冷淡，偏偏穿着鲜艳至极的红色西装，衬着清秀的眉目，像个活脱脱的妖精。

宁老爷子当然看到了跟在不远处，穿着一身红色西装的男人，他和孙女走到哪里对方就跟到哪里。他很快意识到，对方的目标是他的孙女！

宁老爷子心里很不爽，自己好不容易找回来的珍宝，这么快就被臭小子盯上了。

宁知知道陆绝一直跟在身后，故意全程装作看不见他。

直到宁老爷子的脸上露出倦色，宁知把老爷子送去休息室后，才走出大厅。

刚走到走廊的拐弯处，她就被男人的大手紧紧地握住了手。

宁知的脸上没有半点儿惊讶之色，头撞上了健壮的胸膛，男人熟悉的清冽气息袭来，接着，她对上了陆绝目光幽暗的眼睛。

只见他漂亮的桃花眼里全是委屈之色，湿润明亮，仿佛下一秒就要哭出来，而他头顶上堆满了带闪电的小乌云。

宁知："……"

她还没有反应过来，陆绝低下头，薄唇凑到了她的耳侧。

安静的拐角处，宁知听到他委屈又落寞的声音："怪姐姐，是不要我了吗？"

说着，他的唇还有一下没一下地碰着她的耳朵，温热的气息落在她的耳朵里，烫得宁知的小心肝颤了颤。

她愣住了。

陆绝低沉的声音里带着幽怨的语气，好不可怜："我找了你很久，哪里都找不到你。

"刚才我看到你对其他男人笑得很开心。

"你明明看见我了，却漠视我。

"怪姐姐不要我了？"

宁知的耳朵麻了，她很坏，刚才就是故意的，故意让陆绝尝尝那天她在陆家门口等了那么久的滋味。

然而，现在听着他委屈的抱怨声，她突然觉得理亏，像自己做了天大的坏事。

"你喊我什么？"

陆绝的唇轻轻地触碰着宁知的耳朵："怪姐姐，怪姐姐。"

宁知目光亮了亮，看着他："你想起了什么？"

"我做梦了。"陆绝低喃着，"在梦里，我求着你亲我。"

宁知安静地听着，耳朵被他亲得很痒，引得她想要伸手去挠。

"我看不清你的脸，但我知道那个人是你。"陆绝告诉她，"我找到了以前的日记本，上面全是你亲我的记录。"

宁知瞪圆了眼，根本不知道陆绝还会写日记，还有，谁会像他那样，把亲吻写进日记里？！

小呆子以前这么闷骚吗？

陆绝修长的手指握住了宁知垂在一侧的手，十指交缠，紧紧扣着。

他轻轻地咬着宁知的耳朵，像是控诉，又像是哀求："我不知道为什么自己会忘记怪姐姐，但你不能不要我。"

看见她对着其他的男人笑，看到她刚才装作看不见他，陆绝快要难过死了。

宁知耳边，陆绝在低低地控诉着她不要他，语气中满满的委屈和可怜，像极了被主人丢弃的小狗，在哼哼唧唧地问主人为什么不要它。

宁知的心又颤了一下。

陆绝没有看见，她的唇角高高翘起，一双眼睛也亮亮的。不管他有没有失去记忆，站在她面前的还是那个陆绝。

灯光下，宁知的脸透着红晕，她欢喜地双手攀附在陆绝的肩膀上，问他："你是什么时候开始记日记的？"

"初中。"陆绝告诉她。

原来，那时候他就在小本本上记录与她有关的事情了。

宁知轻笑出声——小绝绝还真是可爱。

宁知刚才喝了酒，眸子水光盈盈的，有了醉意。她蔫儿坏地故意问陆绝："小本本上还记录了什么？有记录我们是怎么亲的吗？让我看看。"

陆绝一张白皙的脸在宁知的目光下突然红了，他不应声。

宁知觉得稀奇，以前她见过陆绝红着耳朵的模样，这还是第一次看见他红着一张脸。

也对，以前的陆绝并不知道什么叫羞耻，呈现出来的都是生理反应，而现在的陆绝已经恢复正常，懂得什么是害羞，什么事情会让他羞耻。

宁知觉得新奇，凑近他，问："是这样吗？"

她柔软的唇故意碰了碰陆绝的唇，下一瞬，他头顶的显示框里一下子弹出了十个小太阳，原来的那堆闪电小乌云早就不见了。

宁知只是轻轻地亲了一下，就让陆绝的心克制不住地狂跳。

现在的他只有梦里零碎的经验，这是他记忆中第一次真的被亲。

“知知……”

酥麻、柔软的感觉让陆绝慌了手脚，在公司，他明明已经成了别人口中的“小陆总”，然而现在，他比以前还要青涩无措，胸口的小怪兽叫嚣着要蹦出来。

宁知看见陆绝不仅是一张俊脸通红，就连脖子也红了。

她忍不住低低地笑出了声，花枝乱颤地一头撞进了他的怀里。他还是她的大宝藏。

陆绝意识到自己被女孩看了笑话，漆黑的眸子里全是羞耻之色，手不受控制地搂在了女孩的腰上，极无力地对宁知放着狠话：“你等我记起来……”

宁知笑弯了眸子：“嗯，快点儿记起来。”

宴会即将结束，宁知回到了宁老爷子的身边。

陆绝穿着一身鲜红色的西装，安静地站在角落里，远远地看着宁知。

他白皙的俊脸红红的，眼睛湿润，不由自主地用指尖摸了摸自己的唇角。

刚才宁知离开前，故意轻咬了一下陆绝的唇角，在他惊愕的目光中跑开了。

宁老爷子的年纪大了，一整晚的宴会应付下来，脸上疲倦的神色浓重。

看见孙女回来，笑意盈盈的，一副心情很好的模样，宁老爷子觉得稀奇：“怎么了？发生了什么事情让你这么开心？”

宁知走到爷爷身边，高兴地说道：“我刚才想通了一些事。”

宁知的心情确实很好，这段时间压在胸口的重担在看见陆绝的时候消失了。

她发现，即便陆绝被删掉记忆，他还是会喜欢上她。

宁知的心像被浸泡在了蜜罐子里，一点儿一点儿地变甜。

宴会结束，回宁家的路上，宁知注意到陆绝搭乘的车子一直跟在她的车子后。

她的车子开进了宁家，陆绝的车子停在了宁家的大门口。

宁知收回目光，神色很平静，送爷爷回房间休息后，回到自己的房间。

可能因为喝了酒，踩在地毯上，有几分轻飘飘的感觉，宁知的脸有点儿发热，走上阳台，夜里的凉风吹过，脸上的温度才降下了一些，宁知掏出手机。

这一次，陆绝很快接听了她的电话。

“知知。”

“你在哪里？”安静的夜里，宁知握着手机，悠闲地用脚尖有一下没一下地戳着地面。

陆绝低沉的声音在她的耳边响起，好听得让人不敢相信：“在酒店。”

闻言，宁知哼了一声：“陆绝，你以前从来不会撒谎骗我。”

电话那头，陆绝的呼吸声停顿了一下，下一秒，宁知听到他说：“我现在在你家的门口。对不起知知，以后不会了。”他以后决不会对她撒谎。

宁知没有应声，直接挂断了陆绝的电话。

另一头，陆绝拿着被挂断通话的手机，一阵惊愕，随即而来的是满满的后悔之情。

知知生气了，他不该对她撒谎的。

陆绝重新拨打电话，然而这一次女孩不愿意接听电话了。

树底下，陆绝的薄唇紧紧地抿着，漆黑的眸子比夜还要昏暗。

他低着头，身影落寞。

陆绝发现宁知对自己的影响力太大了，从见她的第一面开始，他的心就失去了控制，第一次尝到了患得患失的滋味。

情绪深受别人的影响是一件很危险的事。

“陆绝。”

女孩轻柔悦耳的声音在黑夜中响起。

陆绝抬起头，看见穿着浅粉色礼服的宁知快步向他走来。

月光下，宁知好像从城堡里逃出来的小公主，裙摆随意飘荡着。

她踩着月色走到他的面前，仿佛每一步都踩在了他的心头上。

陆绝漆黑的眸子亮起来，心难以自抑地快速跳动着，头顶上的显示框里，小太阳一个接着一个不断地弹出来，在黑夜中特别明亮。

宁知一双闪亮的眸子笑盈盈地看着他："你怎么不回酒店？"

陆绝伸手捂着胸口，仿佛要按住里面疯狂撞击的小怪兽。

他放弃了抵抗，任由心跳加速："我担心下一次又找不到你了。"

"这里是我的家，我能跑到哪里去？"

陆绝抿了抿唇。他有种错觉，觉得自己好像看见过无数次她在他眼前消失。

他漆黑的眸子紧紧地盯着她："我梦见，你曾经找了一条彩色的丝带绑着我的手，不让我离开。"

宁知忍不住笑了，说道："梦中的事情和现实都是相反的，我才不会做这样的傻事。明明是你拿丝带绑着我，不让我离开。"

树底下，陆绝勾了勾唇，单手解着领口处的红色领带。

他修长的手指很灵活，明明很正常的动作，却带出了几分性感。

陆绝勾着唇，低声问她："知知要带我去哪里？"

"去我家。"

她要拿小太阳，帮陆绝恢复记忆。

陆绝一愣，对上女孩带着醉意的黑眸，低低的笑声充满诱惑："好，给你睡。"

知知小公主踩着月色，带着她的臣子回城堡去了。

此时的宁家很安静，宁老爷子早已睡下了，管家也去休息了。

陆绝任由宁知拉着他的手，走在她的身旁，嘴角疯狂上扬。

快要走进屋子时，宁知回过头，将一根手指竖在嘴巴前，压着声音，悄悄地跟陆绝说："不能惊动了爷爷。"

黑夜里，她看见陆绝头顶上一个接一个弹出来的小太阳，笑弯了眸子。她把他带回家，他很高兴吗？

看着女孩透着红晕的脸还有蒙上一层水光的眼睛，陆绝觉得她太可爱了，配合地点点头。

宁知探头往屋子里看去，发现没有人，才偷偷地带陆绝上楼。

两个人像极了逃课回家的小学生，害怕撞见家长。

以前的陆绝在宁知的房间里住过一段时间，但对现在的陆绝来说，他是第一次来这里。

宁知之前让人把粉色的房间重新装修了一遍，现在房间变得素雅、简洁，小茶几上和窗台上都摆放着点缀房间的小雏菊，房间里多了几分少女心思，空气中也带着淡淡的馨香。

陆绝穿着一身鲜红的西装，站在简洁素雅的房间里，显得很突兀。

他觉得自己像是闯进少女闺房，不怀好意的坏蛋，又像是觊觎住在城堡里的小公主的贪婪恶龙。

他的心脏一下一下地跳动着，逐渐加速。

这是知知的房间，真好看，与他冰冷的灰色调房间完全不一样。

宁知有点儿心急，看着陆绝不断弹出的小太阳，想要拿到更多。

她将他拉到了床边，指挥道："你躺下。"

"知知？"陆绝有点儿犹豫。

宁知催促着："快躺下吧，陆绝你变得磨蹭了。"换了以前的他，早已快速上床，躺得直直的，求着她过去了。

陆绝神色不自然地咳了一声："知知，看着你睡下，我待会儿就走了。"

她喝醉酒后说的话，他根本就不会当真。

醉酒的宁知一点儿耐心也没有，直接伸手把陆绝推倒了。她有点儿得意，现在的陆绝是零经验，而她不一样，她已经不是任由他带领的人了。

这样想着，宁知激动得小脸更红了，有种老手带新人的刺激感。

陆绝被推倒在床上，陷入了软绵绵的被窝，女孩的床很软，被子上带着她身上的香气。

陆绝的心像被挠了一下，他控制不住地咽了咽口水，声音有点儿哑："知知？"

漂亮的红唇勾起，蒙眬的眼睛里全是笑意，她哄着他："你不要紧张。"

陆绝："……"

陆绝里面穿着一件白色的衬衫，他的眉目清秀，穿着这样的白衬衫有种出尘的感觉，清新又干净。

感觉到女孩软绵绵的小手在他的胸口作乱，陆绝漆黑的眸子沉下，呼吸也乱了："知知，不行。"

他原以为她只是醉酒说胡话，没想到她当真了。

宁知居高临下地看着陆绝，小脸红红的，小嘴也红润鲜艳，几缕黑色的长发黏在她白嫩的脸上，多了几分明艳，更加动人了。

她压着他的手，眨了眨眼睛，喃喃地说道："男人不能说不行。"

一颗一颗地解着他衬衫上的纽扣，他的喉结、锁骨、胸膛逐渐呈现，宁知勾了勾唇，低下头去："要拆礼物了。"

温热的唇落在了他的眉心上，软软的，带着馨香，接着落在他的鼻尖上。

宁知看见陆绝的俊脸涨得通红，头顶上的小太阳疯狂地弹出来，她的眉目弯弯，语气肯定："你喜欢我这样亲你。"

"知知。"

要疯了，他要疯了。

梦里的、现在的一幕幕交替出现，让陆绝混乱得不知道什么是真实，什么是梦境。

薄薄的眼帘透着红，睫毛也微微颤动着，陆绝生涩地回应着她，一点儿一点儿地尝到了甜甜的、柔软的滋味。

头上的小太阳十个十个地蹦出来，金灿灿的一片，疯狂地飞向宁知，陆绝眸色幽深，眼里涌动的全是欲色，双手紧紧地握着，浑身绷紧。

"知知。"陆绝深深地喘了一大口气，仰着头，凸出的喉结上下滑动着，透着无声的性感。

他头顶上的小太阳更多了。

他眼睛明亮，薄薄的眼帘微微泛红，一张俊脸涨得通红，薄唇被她咬得红红的，双手被迫举在头顶上，身上的白色衬衫皱巴巴的，整个人像被狠狠地欺负了，可怜又无助。

她歪着头，笑意盈盈地哄着陆绝："你不要怕，放松心情。

"我会很快的。

"我会轻轻的。"

陆绝："……"

她果然是醉了，把他的台词全部抢去了。

陆绝看着长发披散、小脸通红、唇红齿白的女孩，低低地笑出了声，大手紧紧地扣住她想要作乱的小手，送到唇边亲了一下："你的小脑袋里在想些什么？嗯？"

宁知的指尖一热，有点儿痒，手指蜷了蜷，想要缩回去。

陆绝被宁知逗笑了，嘴角翘起，脸上露出了浅浅的小梨窝。他低头亲了亲她，轻声哄着："知知乖，现在还不可以。"

宁知眨了眨眼，惊讶地看着陆绝：“你是不是男人？”

以前陆绝是很热衷这件事的，还喜欢缠着她做。

现在她都主动了，陆绝竟然成了拒绝的那一个？

陆绝伸手拉过一旁的被子，盖在了宁知的身上。

“我是男人，但现在还不是时候。”陆绝帮她拉好被子。

宁知：“……”

对宁知来说，她和陆绝早已尝试过很多次，对这种事并不陌生，然而对现在的陆绝来说，他完全没有经验，并不希望这样随便：“知知，等我们结婚后。”

宁知瞪圆了眼，忍不住伸手去捏他的脸：“我第一次知道你这么保守。”她哼了一声，不满地嘟囔着，“而且，你怎么就知道我要嫁给你？”

陆绝脱下她脚上的鞋子，低头亲了一下她的脚背，语气肯定：“知知只会嫁给我。”

宁知脸红了，想要缩回脚：“谁说的？”

陆绝勾唇，没有应声。

他的妻子就是宁知，只会是宁知。

第二天，宁知醒来的时候，陆绝已经不在她的房间里了。

她被他哄了一会儿就入睡了，并不知道他昨晚是什么时候离开的，又是怎么离开的。

宁知下楼的时候，宁老爷子已经早早起来，坐在客厅内喝着茶。

“爷爷，早。”

“醒了？已经准备好了早餐，我们过去吃。”宁老爷子今天的气色很好。

宁知走过去，搀扶着他走到饭厅那边，陪着他用餐。

吃过早餐，宁知听到管家进来汇报：“老爷，陆家的少爷来了，想要拜访你。”

“陆家？”宁老爷子点点头，“你带他进来吧。”

旁边的宁知听到陆绝来了，感到很惊讶。

昨晚，他跟着她避开家里人偷偷摸摸地进她的房间，没想到，今早他光明正大地直接来拜访爷爷。

陆绝很快走了进来，身上的衣服已经换了一身——昨天的西装和衬衫已经被宁知压得皱巴巴的。他从宁家出来后，立刻赶去酒店换了衣服。

“宁爷爷，您好，我叫陆绝。”

宁老爷子一眼就认出陆绝是昨晚宴会上一直跟着孙女的那个年轻人，他用犀利的目光打量着陆绝：“陆东周是你父亲？”

陆绝不卑不亢地回答：“是的，宁爷爷。”

“你称呼宁老先生就行。”宁老爷子不愿意被臭小子占了口头便宜，别以为他刚才没有看到，陆绝进来后的第一眼就瞄向了他的孙女。

臭小子竟然敢觊觎宁家的明珠，胆子太大了。

宁知乖乖地坐在一旁，跟昨晚缠着陆绝拿小太阳的小妖精完全不一样。她懂事地开口：“爷爷，我听你说过宁家和陆家以前的关系很好，他喊你宁爷爷才不会显得生分。”

宁老爷子一向疼孙女，她的话，他不会反对。

“你来找我有什么事？”宁老爷子问陆绝。

陆绝看了宁知一眼，回答道：“代替父亲来看看您。”

宁老爷子的神色缓和了几分。

“还有，我想见知知。”陆绝很诚实。

宁老爷子瞬间被气得吹胡子瞪眼：“我的孙女什么时候轮到你来见了？”臭小子色胆包天，当着他的面都敢觊觎他的孙女。

看见宁老爷子生气了，宁知赶紧解释：“爷爷，陆绝是我的男朋友。”

书房里，气氛严肃。

陆绝乖乖地站在书桌前，听着宁老爷子的问话。

门外，宁知神色平静地等着，毕竟已经有过一次经验，一点儿也不担心、也不着急。

以前的陆绝都能让老爷子满意，现在恢复正常后的陆绝应付老爷子更不是问题了。

也不知道过了多久，书房的门被打开了，宁知看见宁老爷子率先走了出来。

“爷爷。”

她目光落在老爷子身后的陆绝身上，只见他的嘴角勾起，漆黑的眸子发着亮光。

等爷爷走到前面，宁知凑到陆绝身旁，悄悄地问他：“你和爷爷谈了什么？”

宁知小脸白皙，一双水光盈盈的黑眸充满了好奇的神色，可爱得不行。

陆绝偷偷地牵住了她的手："我求爷爷把宁家的小公主交给我。"

听到陆绝的话，宁知唇角勾了起来，悄悄地用指尖挠了挠陆绝的掌心。

接下来的这段时间，宁知并没有闲着，而是成立了一个针对自闭症患者的救助基金会。

对一些贫困的家庭来说，他们根本负担不起昂贵的治疗费用，很多自闭症儿童失去了早期干预的机会，病情越来越严重，成了家庭的负担，甚至压垮了整个家庭。

宁知从来不是悲天悯人的人，如果不是陆绝，她不会过多关心甚至不会在意自闭症这方面的信息。

而现在，她的心境完全不一样了，她觉得每一颗星星都应该被守护，希望尽可能去帮助这些沉默的星星。

宁知觉得仅仅靠捐钱来帮助自闭症患者治标不治本，因此基金会还成立了培训机构，招募义工和聘请专业的老师，教导自闭症患者学习一些技能。她甚至会在宁家旗下的产业中提供一些适合他们的工作岗位。

宁老爷子惊讶于孙女有这样的心思，对孙女的做法都表示支持，派了不少人手协助她。

管家向宁老爷子汇报了一些关于基金会的事，最后忍不住说道："老爷，小姐的性格跟你很像。"他们都坚定、善良、内心强大又柔软。

宁老爷子放下手里的茶杯。他最近的精神越来越好了，听到管家的话，禁不住笑着说道："她是宁家的孩子，性格当然像我。"

他老人家的语气中，满是对孙女的骄傲和宠溺之情。

陆母发现儿子从南城回来后，整个人变得神清气爽，一扫之前的忧郁和阴沉之色，有一次她甚至看见他笑了。

自从儿子恢复正常后，她就没有看见过儿子的笑容，或者说，儿子从小到大都很少笑。

陆母很好奇是什么事让儿子心情变得愉悦起来，还笑了？

陆母猜测儿子有可能是在恋爱，但她问过儿子的助理魏星，对方说陆绝每天按时上下班，有时还会出差，没有时间外出约会。

她这才按下好奇的心。

“你要带我去哪里？”

飞机上，宁知糊里糊涂地就被陆绝从宁家带走了。

“带你去看礼物。”陆绝这段时间一直在忙，就是为了筹备这一份礼物。

宁知好奇得挠心挠肺的，很想知道陆绝给她准备了什么礼物。

也不知道过了多久，陆家的私人飞机降落在一片空地上。

接着，宁知被陆绝带上了游艇。

陆绝不知道从哪里掏出一条彩色的丝带，面向宁知：“你闭上眼睛。”

看着熟悉的丝带，宁知明亮的黑眸瞪圆了：“你又要绑我？”

“不是，给你惊喜。”陆绝低头，薄唇落在了她的额上，轻哄着，“知知，闭眼。”

宁知闭上眼睛。

柔软的丝带蒙上了她的眼睛，陆绝在她的后脑勺处打了一个蝴蝶结。

宁知的眼前一片漆黑。

眼睛看不见，其他的感官就更敏锐了，宁知能清晰地听到旁边陆绝的呼吸声，感觉到陆绝温热的气息落在她的耳朵上，痒得不行。

“陆绝？”宁知有点儿紧张。

她的手被陆绝握住，下一秒，耳朵被轻吻了一下，陆绝低沉的声音钻进了她的耳朵里：“知知不要怕。”

接着，宁知感觉自己的身体腾空而起，落入了陆绝的怀里。

她下意识地伸手去攀他的肩膀。

周围传来了阵阵海浪声，宁知感觉到陆绝走下了游艇。

海浪声越来越远，她闻到了甜甜的花香。

过了好一会儿，宁知被放了下来，脚踩在地面上。

“知知，丝带可以摘下来了。”陆绝轻吻了一下她的脸，往后退开。

宁知伸手去拉绑在后脑勺上的蝴蝶结，丝带轻轻地滑落。

眼前亮了起来，宁知看见了周围大片大片的红色玫瑰花，绚烂夺目，而穿着红色衣服站在花丛中的陆绝比花还耀眼。

宁知看见他手里拿着一顶金色的、上面镶嵌着红宝石的小皇冠向她走来，而前方更远的地方是一座古城堡。

陆绝站在她面前，把小皇冠戴在她的发顶上：“这是送给知知的礼物，你喜欢吗？”

他把城堡送给了小公主，自此开始养着她。

“花是你种的？”

陆绝点点头，有点儿惊讶知知为什么会知道。

宁知低头看着陆绝的手，果然，上面有很多细小的伤口，全是被花刺刺伤的。

宁知的心颤了一下，眼里全是笑意：“我很喜欢。”

陆绝掏出了一个小盒子，里面躺着一枚漂亮的戒指：“知知小公主能戴上吗？”

陆绝的唇微抿着，刘海儿服帖在额前，遮挡不住眉宇间的紧张之色。

阳光下，宁知看见陆绝漆黑的眸子里映着她的身影，那个小小的她点了点头。

下一秒，陆绝头顶上的显示框里瞬间弹出了上百个小太阳，金灿灿的光堪比天上的太阳。

小太阳越来越多，金光越来越盛。

宁知笑弯了眸子。她知道此时的陆绝有多开心。

城堡里住的不一定是小公主和小王子，还可以是小公主和贪心的小狼。

陆绝真的跪下了。也不知道他是不是太过激动了，宁知都能听到他的膝盖重重地磕在地上发出的咚的声音。

仅仅听着声音，她都觉得疼死了，然而陆绝神色不变，像不知道疼一般，漂亮的桃花眼看着她，只看着她。

他举起手里的戒指，想要帮她戴上。

宁知伸出手。她的手保养得很好，白皙纤细，指尖泛着浅浅的粉色，阳光下，精致漂亮得像极好的玉。

陆绝握着她的手，正要把戒指戴上去，女孩的手指一蜷，他错愕地抬眸看她：“知知？”

宁知低头，眼里全是笑意：“我难得恢复单身，还没有享受够单身的快乐。”

陆绝一愣，漆黑的眸子里浮现委屈的神色，仿佛下一秒就要被宁知丢弃："知知不想嫁给我吗？"

他知道自己求婚太快了，不过，他总有种迫切感，想要快点儿娶她，仿佛她就该是他的妻子。

她是他的。

宁知伸手摸了摸陆绝额前有几分凌乱的刘海儿，眼眸弯弯："以后都宠着我？"

陆绝点点头。

"以后由着我欺负？"

陆绝继续点点头。

"你都听我的？"

陆绝薄唇勾起："都听知知的。"

宁知的眼里缀满了亮亮的小星星："那你要给我睡。"

阳光下，陆绝白皙的脸瞬间涨红，就连耳朵也红了，又翘又长的睫毛颤了颤，头顶的小太阳数量暴涨，金光闪闪的，让人无法直视。

他握着宁知的手，为她戴上戒指，漆黑的眸子盯着她，缓慢地说道："给知知睡。"

他低头，深深地亲了亲宁知的手背、手心还有指尖，胸口处，小怪兽疯狂地蹦跶着，显示着它有多快乐。

陆绝背对着宁知俯下身，臣服于她："知知小公主上来。"

陆绝的背健壮有力，稳稳地背着宁知，慢慢地穿过大片大片的玫瑰花，往古城堡里走去。

宁知凑近他的耳边说："现在去睡你？"

陆绝抿了抿唇，低沉的声音无奈又克制："知知……"

他的耳朵红得几乎能滴出血来，阳光下，她还能清晰地看见上面的小绒毛："你刚才答应了，不能反悔。"

她伸手揉了揉他又红又烫的耳朵，觉得他像极了奓毛又硬撑的小奶狗。

"等结婚后，我们再……"

康复后的陆绝竟然保守得像个老顽固！

宁知垂在他腰侧的脚轻踢了他一下："不行。"她气不过，低头咬住了他的耳朵，含混地说道，"现在。"

耳朵落入湿热的小嘴里，陆绝浑身一颤，嘴巴抿紧，忍不住沉沉地闷哼了一声："知知！"

陆绝头顶上疯狂地弹出小太阳，一个一个地飞向宁知。

宁知没有想到现在的陆绝比以前更敏感了，或许是因为他没有之前的记忆，这样亲密的举动让他反应很大。

从刚才答应求婚，到现在轻咬着他的耳朵，她竟然拿到了将近一千个小太阳。

宁知像偷腥成功的坏坏的小狐狸，松开了陆绝被咬得通红的耳朵，肆意地用手捏了捏，看着陆绝的耳朵红得仿佛下一秒就会滴出血来，笑得更坏了。

"知知，知知……"陆绝的眼里全是隐忍之色。

宁知得意极了，哼了一声："走快点儿。"

陆绝步伐加快，背后宁知头上的小皇冠一晃一晃的，可爱得不行。

古堡很大，宁知原以为里面会是冰冷、空荡的，然而，跟她想象的完全不一样，里面的装潢简洁优雅，处处精致却透着温馨之感，真像公主的宫殿。

陆绝背着她，一步一步地走在路上，长长的走廊两侧有很多房间。

过了好一会儿，陆绝停在了一扇门前，推开门。

门里面是宽大漂亮的主人房，门口对着一个很大的阳台，室内一片明亮。

最引人注目的是放置在房间中间的大床，铺着红色床单的床大得足以躺下十个人，红色的床单上还有一个大大的"囍"字。

宁知忍不住笑出了声，凑到陆绝的耳边问他："这是不是你准备的婚房？"

她看不见背对着她的陆绝俊脸红了，低垂的眼帘遮挡住了眸子里羞涩的神色，过了好一会儿，他应了一声："嗯。"

陆绝把宁知放在床边，帮她扶了扶头顶上的小皇冠："知知饿不饿？我让人煮点儿东西给你吃。"

"不饿。"宁知摇摇头，小皇冠也跟着晃了晃。

她抬起头看他，白嫩的指尖缠上了陆绝的衣摆，一双水光盈盈的眸子亮亮的："现在可以了吗？"

陆绝要疯了。

原本他对宁知就没有任何抵抗力，她还三番五次地勾引他。

陆绝低垂的眼帘颤了一下，目光落在了女孩拽着他衣摆的手指上，上面有他刚才戴上去的戒指。

宁知的手指漂亮，戴着戒指更好看了。

他伸出手，开始解身上红色衬衫的纽扣，薄唇逐渐勾起："是你自己要求的，待会儿不要哭。"

宁知敏锐地感到了危险，想到以前陆绝的折腾劲，赶紧补充道："一次就够了。"

她现在有四千多个小太阳，一次的话应该能拿不少小太阳，剩下的可以休息几天再继续，毕竟一次她都很难招架。

陆绝脸上露出了浅浅的小梨窝，没有应声。

红色的衬衫落在地面上，陆绝走向宁知，蹲下来，开始帮她脱脚上的鞋子。

陆绝勾唇，仰起头看她："知知可以吻我了。"

他就这样蹲在宁知的脚边，等待着她的亲吻，仿佛完全臣服于她。

宁知的小心肝被这样的陆绝勾得一颤一颤的，这哪里是她勾引他？明明就是他男色惑人。

唇落在了陆绝清秀的眉目上，然后是他薄薄的眼帘上，女孩馨香的气息让陆绝绷紧了下巴。

他的小公主在亲他。

陆绝的头顶上又开始弹出小太阳了，那极快的弹出速度让宁知知道陆绝此时有多愉悦。

她轻轻咬上他形状极好的薄唇，下一秒，听到了他低低的闷哼声，像从喉咙里挤出来的，难受又欢愉，性感得一塌糊涂。

陆绝仰着头，颈项上的喉结更加明显。

陆绝吞咽着她香甜的气息，喉结不断地上下滑动着。

再也克制不住，也不想再克制了，陆绝起身，高大的身体带着强烈的压迫感，抱着宁知躺在了绣着红色双喜字的红色被子上。

宁知黑发披散，白皙的皮肤在鲜红色的衬托下白得像玉。

她黑眸弯弯，看着上方的陆绝，有点儿害羞，又有点儿紧张。

陆绝好像比她还紧张，英俊的脸严肃地板着，眸色深沉："知知。"

红色的被单覆盖在两个人的身上。

宁知看见陆绝头顶上的小太阳一堆一堆地弹出来，数量多得她根本数不过来。

毫无经验的陆绝生涩极了，宁知已经有了心理准备，但还是被他青涩的举动惊到了。

宁知看见他漂亮的桃花眼里一片明亮，俊脸涨红，耳朵也红红的，鼻尖上全是汗，头顶上的小太阳疯狂地蹦出。

他亲着她的颈项，低声叫着她的名字：“知知，知知……”

小皇冠不知道什么时候从被子里滑了出来，然后掉在了地面上，发出当的一声。

然而，它的声音很快被陆绝低沉的闷哼声遮掩过去了。

小皇冠可怜地躺在地面上。

夕阳落下，天色一点儿一点儿地暗了下来。

被子下露出了女孩雪白的手臂，纤细的手指上戴着漂亮的戒指。

陆绝额前的刘海儿被汗打湿了，眸子漆黑、湿润，眼底的欲色未退，干净清秀的眉目间带着一股满足的神色。

他握住女孩的手，送到唇边亲了亲。

大手收紧，两个人十指紧扣着，他低低地笑出了声。

宁知有气无力地瞪了他一眼，不想理会他。

对比上一次她拆“礼物”，现在是陆绝把她当作礼物拆了。

不管是失忆前还是失忆后，陆绝的学习能力都超强，只要有了一次经验，他就能举一反三。

“知知饿不饿？”

陆绝起身，头上还不断地弹出小太阳，金灿灿的，照亮了整个房间。

宁知哼了一声。

“我去准备一些吃的。”

陆绝转身，脚不经意间踢到了地面上的小皇冠，可怜的小皇冠滚远了。

他低笑出声，俯身捡起它，重新戴在了宁知的头上，女孩的唇比小皇冠上的红宝石还要漂亮。

陆绝忍不住又低头亲了亲她：“小公主受累了，我伺候得你满意吗？”

宁知有气无力地举起手，捏了捏他的脸，娇声训斥着：“陆绝，要点儿脸好吗？”

第二天。

宁知醒来的时候，一眼就对上了陆绝漆黑清明的眸子，他头顶的显示框里有好几个小太阳。

不用想，宁知也知道陆绝趁着她睡觉的时候，偷亲她了。

她伸手摸摸他的脸，小太阳一下子拥向她："早。"

陆绝眼里生了光，浮现出浅浅的笑意，他声音有点儿哑，低声问道："身上还痛吗？"

宁知睨了他一眼，哼了一声："痛。"

值得庆幸的是，她竟然收获了将近两千个小太阳。

加上之前的四千多个，现在她的小仓库里竟然有六千个小太阳了，密密麻麻的小太阳堆在一起，金光闪闪，可爱得不行。

陆绝听见她喊疼，立刻起身想要帮她看看。

被子里，宁知露出一张泛着红晕的小脸。

她懒洋洋地挨着陆绝，被子下的脚轻轻地踢了他一下，轻柔悦耳的尾音微微上扬，让人骨头都酥了："别闹。"

陆绝眼里的神色更深了。他抿了抿唇，克制着自己："我抱你去洗漱。"

宁知点点头，伸出手，任由他将自己抱起。

吃过早餐，宁知慵懒地躺在阳台的吊椅上，身上穿着一条淡紫色的裙子，肌肤越发白皙，身子一晃一晃的，看着远处的玫瑰花海。

宁知无聊地回过头，一眼就看见了坐在桌子前的陆绝，他正在与电脑屏幕另一头的员工开会。

他穿着一件鲜红色的衬衫，第一颗纽扣开着，英俊的脸上全是严谨、刻板的神色，腰身挺得直直的，光落在他的脸上，专注的神色瞬间吸引了宁知。

这是她第一次看见陆绝工作的模样。

宁知从吊椅上下来，淡紫色的裙摆落下，遮挡住了雪白纤细的脚踝。

她光着脚踩在地上，向陆绝走去。

宁知走过来时，陆绝的余光已经注意到她了，他的目光落在她的脚上，下意识地皱了皱眉。

"小陆总，是这个数据有问题吗？"屏幕那头，市场部经理看见陆绝眉头紧皱，吓得赶紧停下来，小心翼翼地询问。

陆绝道：“不是，你继续说。”

市场部经理继续汇报着。下一秒，他看到屏幕里好像有一个淡紫色的身影在陆绝的身旁晃了晃。

转眼，陆绝严肃的眉目放柔和了几分。

市场部经理不敢多看。

宁知走到陆绝的身边，看见陆绝想要开口说话，赶紧竖起一根手指放在嘴巴前，示意他不用说话，继续开会。

她在他身旁蹲了下来，侧坐在深灰色的地毯上，身体靠着他，头枕在他的大腿上，手托着下巴，看见他低头看着她，眨了眨眼，无声地说道：不用管我。

宁知黑亮的头发自然地垂在身后，趴在黑色裤子上的小脸白皙光滑，整个人就这样安静地靠在他腿边，乖巧极了。

“小陆总？”屏幕里，市场部经理请示陆绝的意见。

陆绝敛了敛神色，低声回道：“按照计划推进。”

宁知起了坏心思。

她故意伸手捏了捏陆绝的大腿，指尖下，他的肌肉结实，让她捏了还想捏。

陆绝用余光往下瞥了一眼，眸底一片漆黑。

宁知对上他深沉的目光，无辜地眨了眨眼，勾起唇，坏得让他无可奈何。

她松开手，继续枕着双手在陆绝的大腿上趴着，头对着陆绝腰腹的方向，然后闭着眼睛假寐起来。

陆绝垂下眼帘，手轻轻地抚摩着女孩的长发，耳朵听着屏幕里的汇报。

他修长的指尖缠上了柔软的发梢，慢悠悠地把玩着，说话的声音低了下来：“信昊公司的芯片最近出现问题，赔偿还有解约的事情，由你去谈。”

“是，陆总。”

陆绝的手指摸上了宁知的脸，指尖处一片光滑细嫩的触感。他轻轻地摩挲着，可能是觉得痒，女孩拍开了他的手。

陆绝低低地笑出了声。

屏幕里的高层们忍不住暗暗倒吸一口气——他们刚才好像看到陆绝笑了？

会议继续进行，渐渐地，宁知无聊得睡着了，头无意识地在陆绝的大腿上蹭了蹭，然后向陆绝腰腹的方向靠了过去。

陆绝抚摩着宁知脑袋的手一顿，目光深了，手轻轻地推开她的头。

睡梦中的宁知被打扰，不耐烦地皱了皱眉后又向陆绝靠近，温热的气息落在了陆绝的身上，小嘴贴着他腰腹的位置。

陆绝的下巴绷紧，就连大腿的肌肉也绷得紧紧的，他放缓声音对屏幕里的高层说道：“今天的会议就到这里。”

众人还没有反应过来，只记得屏幕被关掉的前一秒好像听到陆绝低低地喊了一声：“知知。”

他们还没有来得及听清楚，屏幕已经黑了。

陆绝低头看着熟睡中无意识地将小脸贴在他腹部的宁知，眸色变得柔和：“知知，我抱你去床上睡，地上凉。”

宁知眼睛紧闭着，没有应声。

陆绝俯下身将她抱起，用手摸了摸她的脚，发现不凉，才松开手。

宁知被放在床上的时候醒了，睁开眼，一眼就看到了上方顶着一堆小太阳的陆绝。

“醒了？”

陆绝单手解着衣纽，红色的衬衫落地，他眼里全是笑意，凑到宁知的耳边，缓慢地说道：“正好。”

不待宁知反应过来，陆绝已经亲着她的唇，将她的声音吞掉，她只能看到陆绝干净的眉目间沾满了欲色。

雪白的脚背无措地绷紧弓起，宁知难受得一口咬在陆绝的肩膀上，听到他低沉的声音在耳边响起：“知知，知知……”

她的耳朵上，全是他湿热的气息。

在古堡里的时间让宁知有种与世隔绝的错觉。

陆绝会带她在玫瑰花海里散步，会带着她坐游艇出海吹风，还会陪着她到海边晒太阳。

累了的时候，他紧紧地扣着她的腰，陪着她沉睡；无聊的时候，他会挤在她的吊椅里，陪着她摇晃。

被她推开时，他会用漂亮的桃花眼可怜兮兮地看着她，求着她；欢好时，他漆黑的眼里会透着野性，恨不得吞掉她。他会一声一声地喊她“知知”，还会咬她的耳朵，任由温热的气息落在她的耳根上，哑着嗓子喊她

"怪姐姐"。

宁知每天都能收集很多小太阳，几乎不用她碰，陆绝都在自产小太阳。

一个星期下来，宁知拿到两万多个小太阳了。

夜里，周围已经安静下来。

听着旁边轻微的呼吸声，宁知转过头，陆绝已经睡着了。

她靠过去，亲了一下他的唇角，把霸王喊了出来："我要做额外的任务。"

霸王说："主人，额外的任务需要消耗两万个小太阳。"

"嗯，我记得的。"宁知把两万个小太阳交给了霸王，一瞬间，她的小仓库里只剩下三百多个小太阳。

她希望自己醒来的时候，陆绝能恢复所有的记忆。

转眼，宁知发现自己身处陆家的花园。

下午的阳光很强烈，两个用人在花园里一边修剪绿植，一边聊天。

"二少爷昨天病得更厉害了，我听说他把自己的脸都挠伤了。"

"我昨天下午有事请假了，你看见了？"

"太太让人把二少爷绑起来，强制性地把他的指甲剪掉，防止他再挠伤自己。金医生来帮二少爷处理伤口，差点儿被二少爷咬了。"

"这一年来，二少爷的病情好像不断加重，放在平常的家庭，像二少爷这样的情况，家里人早就把他锁起来了，哪里有这么多精力陪着折腾？"

"太太哪里忍心把二少爷锁起来？二少爷又不是牲畜。你没看见，昨天太太眼睛都哭肿了。"

"唉，真是造孽，也难怪二少奶奶逃跑了。"

宁知站在两个人的身后，听到她们的话，神色震惊。

她们刚才说她逃跑了？还有，陆绝的病情更严重了？

用人继续说着："快别提她了，当初她嫁过来的时候就不情愿，一直没有给二少爷好脸色看，她看二少爷的眼神都是厌恶的。"

"你说得对……"

宁知下意识地皱眉，从她们的话里，她突然意识到，这是书里写到的关于陆绝的情节，书里的宁知逃跑了，同时，陆绝病情加重最后自残而死。

这是她没有穿过来时陆绝的未来。

霸王说，这是一个没有她的未来。

宁知没有继续听两个用人的闲话，往屋子里走去。

陆母坐在客厅内揉着太阳穴，发丝有几分凌乱，眼睛也红红的，对比宁知记忆中的陆母，现在的她不仅憔悴了很多，一向保养得当的脸上也出现了鱼尾纹，有了衰老的样子，眼里全是疲惫之色。

陆母旁边坐着沉默的陆父，他的眉目间也有了倦意。

“小绝刚打过镇静剂，已经睡着了，你也休息一下。”昨晚到现在，妻子一直没有好好休息。

陆母摇摇头：“我睡不着。小绝每天自残的行为越来越频繁了，我害怕有一天他会……”

之前他们送陆绝去康复中心治疗、训练，并且让他一直服用药物，结果，他的病情根本没有什么好转，他的自残行为很激烈。他们尝试与儿子沟通，缓解他的情绪，但收效甚微。

陆父抱住妻子，安抚着：“不会的，别乱想。”

宁知沉着眸色，往楼上走去。

宁知穿过陆绝房间的门走进去，一眼就看见了笔直地躺在床上的陆绝，床的旁边，坐着一名穿着白色衣服的男护工。

宁知走到床边。

她发现，陆绝左侧的脸上多了几道红痕，像挠出来的，按照用人说的，这是他昨天自己挠伤的。

陆绝的肤色白皙，几道红痕特别显眼。

宁知伸出手，指尖轻轻地碰了碰他的脸，心像被针一下一下地刺着，疼得厉害。

陆绝的刘海儿很长，遮住了他的眼睛，脸受了伤，脸颊消瘦得几乎凹下去，薄唇干得几乎起皮。

宁知轻轻地握住了陆绝的手。

他的手很冰，指甲被剪得很短，磨得圆润，手背血管凸起，瘦得只剩薄薄的一层皮。

宁知的眼睛发酸。

原来，病情没有痊愈的陆绝，未来是这样的。

第二十章

谢谢知知，为他而来

房间内很安静。

旁边，男护工在闭眼休息。

宁知俯下身，轻轻地用指尖撩开陆绝额前遮眼的刘海儿。

下一秒，他猛地睁开眼睛。

宁知指尖顿了一下，对上了陆绝茫然又漆黑的眸子，有点儿惊喜："陆绝。"

陆绝没有应声，也没有看向她，安静地看着天花板，一动不动。

现在的陆绝比起以前宁知刚穿来的时候的陆绝，病情严重多了。

宁知没有收回手，动作轻柔地帮陆绝把刘海儿向两侧撩开，露出他清秀的眉目，对上了他的眼睛。

下一瞬，啪的一声，宁知的手被陆绝拍开了。

陆绝的力气大，拍出的声音很响，宁知的手背立刻发红，转眼恢复如初。

坐起身后，他不看宁知，也不让宁知碰，额前的刘海儿垂下来，再次遮掩住他的眼睛。他低下头，安静地坐着，仿佛听不到周围的声音，看不到周围的人。

"陆绝。"宁知想要凑近他，然而还没有靠近，他已经转过身，背对着她。

宁知站在陆绝的身后，觉得现在的陆绝或许不认识她。

毕竟，现在这里对她来说算是另外一个时空了，这里没有她，陆绝也没有被治愈，会像书里描写的那样死去。

“陆绝，你认识我吗？”宁知问他。

背对着她的陆绝没有任何反应。

宁知的眸色更沉了，难怪霸王说这次的任务有难度。

她尝试着，小心翼翼地触碰他的手，两个人指尖相碰，他没有甩开她的手。

宁知眼里露出了喜色，指尖钩上了他的指尖，一点儿一点儿地握住了他的手。

她才发现陆绝的手冰凉，而且指腹、掌心都带着伤疤。

“陆绝。”陆绝的手比宁知的手大，她的手指穿插在他的指缝间，十指相扣。

宁知将他的手贴在她的脸上，轻轻地磨蹭着：“对不起，我来晚了。”

这一次，她来得太晚了。

宁知的脸蛋光滑白嫩，软软的，弹性十足，陆绝刚触碰到，吓得猛地抽回手。

宁知站到他的身前，声音温柔到极致，轻哄着他：“不怕的，我不会伤害你。”

陆绝低着头，不应声。

他从床上下来，脚刚落地，旁边的男护工一下子醒了：“陆绝少爷。”

陆绝低着头，没有穿鞋，光脚踩在深灰色的地毯上往墙角走去，高大的身体慢慢地蹲下来。

很显然，男护工已经习惯了陆绝的行为，没有阻止，继续坐在一旁守着，他的主要工作是照看陆绝，不让陆绝伤害自己，还有叮嘱他吃药。

宁知跟着走过去，学着陆绝，在他的面前蹲了下来。

她看了一眼周围，四面的墙上都贴了米白色的厚厚的软包，防止陆绝用头撞墙时受伤，就连角落里也贴得不留丝毫缝隙。

陆绝安静地蹲着。他低着头，刘海儿遮眼，宁知根本看不到他的神色。

宁知安静地陪了他一会儿，手尝试着再次轻轻地搭在了他放在膝盖上的手背上。他似乎毫无所觉。

宁知没有出声，就这样轻轻地搭着，等他适应。

房间内很安静，男护工无聊地打着哈欠，有时候会看看手机。

也不知道过了多久，宁知蹲得有些累了，松开搭在陆绝手背上的手，想要站起来走走。

温热柔软的触感消失，陆绝的手动了动，钩住了宁知的指尖。

“陆绝？”宁知惊喜地看着他。

陆绝没有应声，唇抿得紧紧的。

宁知索性在陆绝身旁坐下，手放回去，继续搭在陆绝的手背上：“你喜欢这样？”

陆绝没有回应，也没有拒绝。

宁知的眼里有了喜色：只要他不拒绝她就行。

宁知看到桌面上的日历，现在是 10 日，霸王给了她提示，陆绝是在 13 日自残而死的。只有三天时间了，她只要保证陆绝在这三天内没事，任务就算成功。

宁知沉思，决定这三天都陪在陆绝身边，死守他。

这时，陆绝突然抽回手，抬起头，后脑勺一下一下地撞向墙面，哪怕墙壁上贴了海绵软包，还是发出咚咚的声音。

宁知吓得立刻伸手去阻拦：“陆绝，不要撞！”

然而，陆绝伸手将她推开。

宁知猝不及防，整个人被推得摔倒在地，趴在地面上，下意识地痛哼一声。

对她现在隐身的状态而言，痛只是一瞬间的事，眨眼之间，痛意就消失了。

陆绝顿住，抬起眼帘，呆愣又茫然地看着摔倒在地上的宁知，意识到自己伤了她。

男护工快步走过来：“陆绝少爷。”

他原本想要阻拦陆绝撞头的行为，但对方突然停止了，男护工有点儿意外，平常他要花费好大功夫才能成功阻拦陆绝自残。

宁知坐起来，身上并不痛，但心里难受，因为现在的陆绝并不认识她。

她故意吸了吸鼻子，伸出白嫩光滑的手，递到陆绝的眼前：“痛，你推痛我了。”

陆绝抿紧了唇，眼帘轻轻地扇动了一下，没有动。

“好痛，不知道我的骨头有没有断。”宁知挪向陆绝，坐回他身旁，可怜巴巴地抽泣几声，手一直举在陆绝的眼前。

“陆绝，我手痛。”她的手故意在他的眼皮底下晃动着，“肯定是摔断了。”

陆绝卷翘的长睫毛颤了颤，眼下，女孩的手白白嫩嫩的，指尖泛着浅浅的粉色，一点儿红印也没有。

他抬眸，飞快地看了宁知一眼，触及她失落的目光，抿了抿唇。

过了好一会儿，他低头对着她的手，轻轻地呼了一口气。

温热的气息落在掌心上，宁知愣了一下，随即笑弯了眸子。

“还痛，你再呼一下。”宁知诱哄着。

陆绝又飞快地看了她一眼，轻轻地对着她手掌心再吹了一下，然后转过头，不愿意吹了。

宁知收回手，眼里生出了光：“谢谢，我不痛了。”

不管什么时候的陆绝，对她都是有反应的。

夜里，宁知发现陆绝洗过澡后，头发湿着就躺在床上，一旁的男护工并没有阻止，仿佛已经见惯了陆绝这样的状态。

湿漉漉的刘海儿贴在额前，露出了陆绝的眉眼。可能是常年不外出的原因，陆绝苍白的皮肤让他有种病弱感，衬得一双眸子越发漆黑。

“陆绝，不能湿着头发睡觉，你要把头发擦干。”宁知看见陆绝的枕头瞬间被打湿。

陆绝闭上眼睛，薄薄的眼帘也透着苍白。

过了好一会儿，宁知趁着男护工上厕所的时间，消耗小太阳，换取接触实物的时间，找了一条干毛巾帮陆绝擦头发。

她把他的刘海儿全部往后撩起，让陆绝露出了光洁的前额。宁知发现他瘦了很多，眉目变得更加清秀。

宁知动作很轻，只能随便帮他擦一下，陆绝讨厌吹风机的声音，所以一直都不会吹头发。

突然，宁知的手被冰凉的大手握住，她对上了陆绝漆黑茫然的眼睛。

“我帮你擦头发，湿着头发睡觉会感冒的，头也会痛。”宁知低声告诉他。

陆绝眨了眨眼，呆呆地看了她好一会儿，拿过宁知手里的毛巾，然后丢掉。

他不喜欢擦头发。

丢掉毛巾后，陆绝闭上眼睛侧过身，背对着宁知继续睡觉。

宁知知道现在的陆绝有多难应付。

夜色渐浓，周围一片安静。

男护工要看着陆绝，所以一直待在房间里。他坐在沙发上，困极了会在沙发上睡。

宁知没有了睡觉的位置，直接上床，躺在陆绝的身后。

她一点儿一点儿地靠近他，几乎要贴上他的背部。陆绝突然转过身，面对着宁知，惊得她瞪圆了眼。

陆绝安静地看着她。

这样近的距离之下，宁知眼中陆绝左侧脸上的红痕更清晰了，可能是洗澡的时候沾了水，伤口有些红肿。

宁知看得心痛，把自己的脸抓出三道红痕，得有多痛？陆绝却毫无所觉。

对上他安静茫然的目光，宁知凑近他，柔软的唇轻轻地落在了陆绝左脸的红痕上。

只是轻轻地亲了一下，宁知就退开了，柔声说道："快点儿好，这么帅气的脸不要再受伤了。"

他额前的头发被她刚才弄得乱糟糟的，苍白的脸上还顶着几道红痕，薄唇发白，像极了小可怜，宁知的心软了。

"睡吧，我不会烦你的。"宁知伸手顺了顺他凌乱的刘海儿，刘海儿太长了，她想要帮他剪掉。

陆绝的唇角抿紧。

他脸上被亲的地方有点儿痒，还有点儿热乎乎的，宁知没看见，他漆黑的眸子有点儿亮。

"你们轻一点儿，别伤到他。"

"小绝，吃了药就会好了。"

"你们按住他的手，别让他伤到自己。"

"把水给他，喂他喝两口。"

早上，宁知是被带着哭腔的声音吵醒的。她起身，一眼就看见陆绝被人一左一右控制着喂药。

陆母和陆父神情忧伤地站在陆绝面前。陆母眼睛红红的，一边哭着，一边叮嘱男护工不要伤到陆绝。

宁知立刻起来，快步走过去："你们弄疼他了！"

陆绝挣扎着，他的力气很大，两个男护工花费了很大的力气才堪堪按住他的手。

他被强行喂了药，还灌了水，脸上、衣服上都是水渍。

陆母赶紧让人松开儿子，抽过一旁的纸巾就要帮他擦："没事了，没事了，吃了药病就好了。"

陆绝直接躲开陆母想要擦他脸的手，背过身，完全漠视她。

看着儿子落寞的背影，陆母的心很痛，如果可以，她也不愿意这样强迫他吃药，但儿子的病情加重，需要配合药物治疗。

医生开了一些神经营养药，还有精神调节的药，可以缓解他的情绪，减少他攻击或者自残的次数。但陆绝并不愿意吃药，陆母每次只能狠心地让人强行喂药。

陆母哭得厉害，宁知毫不怀疑下一秒她就会晕倒。显然陆父也有这样的想法。他安抚着妻子，叮嘱男护工好好照顾陆绝后，带着妻子离开房间。

"你说，小绝现在这样，是不是也很痛苦？"陆母忍不住抽泣着，脸上全是疲倦之色，脸侧的头发凌乱，没有了往日精致和优雅的仪态。

陆父英俊的脸上也有了时间的印迹，眼里带着忧伤之色，脸上神色不显："别担心，我会继续让人寻找世界各地的专家，会让小绝好起来的。"

陆母抹了抹眼角的泪，只能心怀着微小的希望。她已经不奢求儿子可以像正常人一样，只卑微地祈求他不要再伤害自己，平平安安地活下去。

房间内恢复了安静。

陆绝刚才挣扎的时候弄倒了水杯，衣服被打湿了，但他不愿意让任何人触碰他。

男护工在收拾地上的水杯还有刚才被陆绝踹倒的桌子、椅子。

宁知眼里全是心疼之色。她走到陆绝的面前，拽着自己的衣袖，避开他脸上的伤口，小心翼翼地帮他擦着脸上的水。

陆绝看了她一眼，又飞快地移开视线。

宁知的目光落在陆绝的手腕上，刚才他挣扎反抗，男护工花了很大的力气才制住他，他的手腕被弄得通红。

宁知牵起他的手，低头轻轻地吹着他被握得发红的位置，指尖在上面轻轻地摩挲了几下。她知道他不会感到痛，但她心疼。

"下次吃药的时候，你要乖乖地配合，不要挣扎，他们伤到你怎么办？”宁知知道陆母和陆父有多疼陆绝，如果不是必要，他们不会这样强迫陆绝吃药的。

“如果你真的不喜欢吃药，以后就别做伤害自己的事，爸爸妈妈就不会担心你，让你吃药了。”

宁知不确定陆绝能不能把她的话听进去，只能一遍一遍地重复，只剩下两天她就要离开了。

陆绝没有应声。

宁知轻声哄着他：“你不开心或者有什么问题，要告诉妈妈和爸爸，他们会帮助你的。”

她低头，温柔地亲了亲陆绝被握红的手腕，还摸了摸他长得遮挡眼睛的头发：“你要好好的，不要再受伤了。”

陆绝低垂的眼帘颤了颤，透过头发安静地看着自己被亲过的手腕，过了好一会儿才缓慢地应了一声：“嗯。”

宁知惊喜地看向他：“你听到了！你也答应了！”

她的神色有点儿激动。陆绝能把她的话听进去！她双手捧住陆绝的脸，刘海儿遮挡住了他的眼睛，她看不到他的神色。

宁知对着他弯了弯眸子：“你的头发太长了，我帮你剪短一些，好不好？”

陆绝的薄唇抿紧。

宁知伸出指尖撩起他的刘海儿，水光盈盈的眸子与他的眼睛对上，陆绝吓得赶紧垂下眼帘。

“头发遮住了你的眼睛，你都没有办法好好看我。”

宁知凑近他，鼻尖对着他高挺的鼻子。她亲昵地用鼻尖蹭了蹭他的鼻子，怪异的亲密感让陆绝的眼帘不断地颤动，睫毛像受惊一般，也不断地扇动着。

宁知笑着说道：“头发太长了，遮挡住了你的脸，我也没有办法好好看你。”

“我帮你剪头发，好不好？”宁知捧着陆绝的脸，不让他躲闪。

过了好一会儿，陆绝从喉咙里不情愿地挤出了一声：“嗯。”

宁知红唇勾起：“我去找剪刀，你等我一下。”

陆绝的房间里除了床、衣柜，还有书桌、椅子，其他什么都没有，显得很空荡，刀子、剪刀这些利器，早已被陆母收了起来。

宁知走出房间去找剪刀。

一楼客厅内只有两个用人在打扫卫生。

宁知往厨房走去。

现在这个时间，厨师们并不在厨房，她很快就在架子上找到了一把剪刀。

现在她的小仓库里还有三百个小太阳，根本不需要担心不够花。她换取了三十分钟接触实物的时间。

宁知趁着周围没有人，悄悄地拿起剪刀，然后返回房间，如果此时旁边有人，必定会被飘在空中的剪刀惊吓到。

陆绝房间的门没有关上，男护工俯身把散落在地面上的药丸捡起。刚才喂陆绝吃药的时候，他不愿意吃，挣扎间把药瓶子打翻了。

宁知趁着对方看不见，快速将剪刀拿进了洗手间，放好后，走出来，伸手去拉陆绝。

陆绝躲闪开。

“你不喜欢我牵你？”宁知没有勉强他，“我们去洗手间，我帮你剪头发。”

她伸出手改为拉着陆绝的衣摆：“走吧。”

陆绝抿着唇角，目光落在女孩拽着衣摆的指尖上，薄唇抿得更紧了，宁知看不见，他被遮挡住的眸子里浮现了几分委屈之色。

男护工把药捡起，刚抬起头便看见陆绝往洗手间走去。

下一秒，洗手间的门被关上。

男护工把掉在地上的药丢到垃圾桶里，然后走到厕所门口，准备守着陆绝。

宁知拉着陆绝的衣摆，走到洗手台前。

洗手台前面安装着一面长长的大镜子，映照着整个洗手间的环境。

镜子旁安装着暖黄色的灯，让镜子更亮了，能把人脸上的毛孔照得一清二楚。

洗手间内没有椅子，宁知站在洗手台前面对着陆绝：“陆绝，你太高了，头低一点儿。”

陆绝没有动。宁知耐心得很，踮起脚摸摸他的头：“你别怕，我的技术很好。”

她拿过放在一旁的剪刀，对着陆绝遮眼的刘海儿剪去。

两个人挨得很近，陆绝的唇紧紧地抿着，鼻间有股淡淡的香味，很好闻。

“陆绝，头发太长会遮住你的脸，你长得这么好看，脸被遮住太可惜了，我想要看清楚你。”宁知神色专注，嘴上念叨着。

她的声音很好听，语调轻柔，让人听着很舒服。

陆绝透过头发，安静地看着面前女孩白净的小脸。她的鼻子小小的，嘴巴小小的，下巴也小小的，很好看。

胸口像被什么狠狠地撞了一下，陆绝头发下的耳朵悄悄地红了。

长长的刘海儿一点儿一点儿地被剪短，逐渐露出了陆绝清秀干净的眉目。

他的眼帘低垂着，颤得厉害，就连浓密的睫毛也不断地扇动着，引得人想要伸手去摸一摸这两把小扇子。

宁知勾唇，小心地帮陆绝修剪着刘海儿，她的技术一点儿也不好，不光把陆绝的刘海儿剪得很短，而且参差不齐。

得亏陆绝的脸长得帅气，硬生生地把这样丑的刘海儿撑住了。

可能是宁知靠得太近，陆绝紧张得眼帘微动，眼珠子不安地转动着。

“别怕，很快就好了，后面的头发也要修剪一下。”宁知把陆绝两侧的头发也剪短了，露出了他红透了的耳朵。

陆绝飞快地往镜子里看了一眼，从这样的角度看去，女孩像是趴在他的身上。

他吓得赶紧移开目光，耳根也悄悄地变红了。

头发窸窸窣窣地落在地面上，发现宁知正艰难地踮着脚，陆绝抿了抿唇，慢慢地往前低下头，腰也弯下。

看到他的举动，宁知先是一愣，随即感到喜悦，笑着伸手摸了摸他被剪得傻里傻气的刘海儿：“真乖。”

陆绝睫毛颤了颤，没有应声。

过了好一会儿，宁知已经帮陆绝剪完了头发。

她放下剪刀，拍掉他身上的碎发，忍不住对着他的脸打量起来：“我的技术真好。”她双手捧住陆绝的脸，左右比较着两侧头发的长度，“没有问题了，现在的你真帅。”

突然，宁知发现陆绝红透的耳朵，手忍不住挪过去，捏住他的耳垂。

她有点儿坏，故意揉了揉，让他的耳朵变得更红。

陆绝无措地抬眸看了宁知一眼，漆黑的眸子茫然又湿润，耳朵发着烫。

宁知松开手去摸他被剪得短短的刘海儿，告诉他：“陆绝，你该喊我知知。”

这两个字在陆绝的舌尖翻滚了几遍，过了好一会儿才被缓慢地吐出：“知知。”

陆绝太久没有开口，声音有点儿哑，落在宁知的耳朵里却很好听。

宁知欢喜地捧着他的脸，凑近他，奖励性地亲了亲他脸上的红痕。

陆绝下意识地抿紧了唇，呼吸缓慢，紧张又无措。他不知道什么是喜欢，却希望知知再亲亲他的脸。

“陆绝少爷，你需要我帮忙吗？”

突然，洗手间的门被敲响，外面的男护工担心地问。陆绝已经进去二十多分钟了，里面一点儿动静都没有，男护工担心陆绝会出什么状况。

宁知松开了手，往后退开，笑着说道：“我们要出去了。”

陆绝低下了头，眸子里有几分不开心的神色。

洗手间的门被打开，男护工震惊地看着从里面走出来的陆绝：“少爷，你的头发……”

陆绝的头发竟然剪短了？他自己剪的？

男护工快步走进洗手间，看到了洗手台上的剪刀还有满地的头发，陆绝少爷竟然自己剪头发了！

“少爷，你有没有弄伤自己？”

男护工有点儿担心陆绝被剪刀伤到，而且，剪刀之类的利器不会出现在这个房间里，他是从哪里拿来的剪刀？

陆绝飞快地看了男护工一眼，英俊苍白的脸上有几分不悦之色，总觉得知知没有继续亲他的脸，是因为这个人打断了知知。

男护工震惊地向陆父和陆母汇报了这件事。

知道陆绝剪了头发，陆母和陆父既惊喜又难以置信。

之前他们一直想要帮儿子把头发剪短一点儿，但他病情加重后一直不让人靠近，他们也不好强压着他剪。

陆母和陆父二人喜悦地打量着儿子，而陆绝神色安静，耳朵红红的，时不时看一眼面前笑盈盈地看着他的宁知。

夜晚，陆绝洗完澡顶着一头湿发刚走出来，下一秒就被守在门口的宁知拉回了洗手间。

“要擦干头发。”

防止陆绝发生不好的状况，现在房间里有男护工守着，只有洗手间有隐秘性。

陆绝任由宁知重新把他拉回洗手间，很自觉地关上了门。

一双沾了水后发亮的黑眸呆呆地看着面前的宁知，陆绝缓慢地开口喊了一声："知知。"

宁知把一条干毛巾塞到了陆绝的手里："自己擦。"

陆绝飞快地看了她一眼，举起毛巾，随意地擦了几下自己的头发。

"继续啊。"宁知示意他别停下来。

陆绝闷声继续擦着头发。

看了好一会儿，宁知抽走了他手里的毛巾，在他茫然的目光中，轻轻地帮他擦着前面的刘海儿还有两侧的头发："这样擦才对。"

暖黄的灯光下，宁知小脸上的神色专注，陆绝悄悄地用余光看着她。

知知温柔。

"待会儿先别睡觉，我们去看电影，放松一下，好不好？"剩下的时间不多了，她希望在有限的时间里好好陪着陆绝。他整天只待在房间里，待在角落里，太沉闷了。

陆绝眨了眨眼，呆呆地看着她。

"我陪着你，不用担心。"宁知放下毛巾，主动牵上他的手。

她的小手柔软，握住了陆绝布满伤痕的大手，还钻进了他的掌心里，紧扣着他的手指。

陆绝垂下眼帘，看着一大一小的两只手相握在一起，眼睛悄悄亮了起来。

男护工看见陆绝顶着一头凌乱的头发从洗手间走出来，然后转身往房间的门口走去。

"陆绝少爷？你要出去？"男护工错愕地开口。

平时这个时间点，陆绝洗过澡后就会自动上床睡觉了。

陆绝没有应声，打开了门，任由宁知拉着自己往外走。

陆绝现在的状况不适宜外出，但陆家有影音室，宁知准备带他去那里看电影。

男护工回过神来，赶紧追了出去："陆绝少爷……"

影音室里有很大的观影屏幕，还有沙发、茶几，旁边还放置着一台小型冰箱和零食柜，方便得很。

“陆绝少爷，你要看电影？”男护工神色惊愕，从他被雇用来照顾陆绝开始到现在，还是第一次看见陆绝走出房间。

陆绝不悦地看了男护工一眼，总觉得这个人很碍事。他只想和知知在一起，不想有其他人在：“你走。”

“陆绝少爷，我不能离开，你有什么需要，尽管吩咐我。”男护工不会离开，如果他离开期间陆绝发生了什么事，后果不是他一个员工能承担的。

男护工守在门口。

“没关系，就让他守着。”宁知笑了笑，反正待会儿看电影要关灯。

宁知握着陆绝的手，给他挑选了一部喜剧，希望他能开心一些。

关上灯后，影音室暗了下来，只剩下屏幕发出的光。

男护工有点儿不放心，一直盯着室内。

宁知坐在沙发上，支使陆绝去冰箱里拿一瓶喝的给她，再拿一些零食过来。

“给知知。”陆绝把手里的一瓶酸奶递给宁知。

“你拿着喂我，我不能拿。”男护工一直盯着这边，虽然现在室内光线昏暗，但借着屏幕的光，还是能隐隐约约地看到这边的情形的。

她不希望男护工被一瓶飘浮起来的酸奶吓坏。

陆绝听到宁知让他喂，昏暗中，漆黑的眸子带着几分羞涩又无措的神色，顶着半干的乱发紧张地站在一旁。

“你坐下啊，电影开始了。”

宁知拉着陆绝坐下。

陆绝把吸管插在瓶子里，递到一旁：“知知喝。”

宁知换取了接触实物的时间，就着他的手低头过去吸着，是草莓味的酸奶，酸甜可口。

陆绝的目光微亮——他在喂知知。

宁知喝了几口：“谢谢，你也可以喝。”

宁知靠在椅背上开始看播放的电影。

陆绝低头，神色茫然地看着手里被宁知喝过的酸奶，唇角生涩地微微上翘，双手郑重地捧着酸奶，乖乖地含着宁知用过的吸管喝了起来。

味道香香的，甜甜的，他的嘴里全是奶味。

旁边很安静，宁知看过去，只见陆绝顶着一头乱发，眼睛明亮，双手捧着酸奶认真地喝着，乖得不行。

偏偏陆绝苍白的脸上还带着几道红痕，简直可爱又可怜。

她的小心肝颤了一下，忍不住靠向他："好喝吗？"

过了好一会儿，陆绝点点头。

屏幕里播放着搞笑的片段，宁知紧紧地挨着陆绝，一起看着屏幕，她不知道他能不能看进去。

转眼，影片中爆笑的片段过去了，转为温馨的剧情，男主角搂住了女主角，两个人在酒店的门前逐渐地亲上。

宁知本人并不会觉得这样的情节有什么，但旁边多了一个陆绝，她转过头去看他。

只见陆绝的神色呆呆的，并没有任何变化。

昏暗的光线中，宁知握住他的手，他没有闪躲。她用指尖一点儿一点儿地摩挲着他的手指、掌心，摸到了好几处凸起的伤疤，也不知道他手上的伤是怎么造成的。

"陆绝，以后不要再做伤害自己的事了。"

陆绝低头看宁知。他很喜欢黑暗，在黑暗中比在明亮处更自在，他的目光落在了宁知的小脸上。

宁知的指尖轻轻地从他掌心的一道疤痕上滑过："你的头、你的手、你的脚，你的身体都是我的，你哪里受伤，哪里流血，都是在伤害我。"她把他的手按在她的胸口处，"你伤害自己，不会感到痛，但我这里会痛，痛死了。"

"陆绝，你听明白我的话了吗？"宁知害怕她离开后陆绝继续自残。

陆绝的掌心感受到了柔软的触感和炙热的温度，他的耳朵发着烫，很红很红。

宁知看着他呆呆的模样，松开了他的手，改为去揉他的耳朵："听到了吗？以后不许打自己，不许咬自己，不许撞墙，不许撞桌子，也不许拿刀划伤自己，反正就是不能伤害自己，你能答应我吗？"

陆绝眨了眨眼。

"你伤害自己一次，我就哭一次。"宁知威胁着，"在你看不见的地方，我会偷偷地哭，直到哭死我自己。"

陆绝这会儿听懂了。

他慌了手脚，眼里也有几分着急之色："知知不哭，知知不死。"

“那你答应我。”

“答应知知。”陆绝乖乖地点点头。

宁知追问他：“你答应我什么了？”

“不打自己。”陆绝看着她，“知知会哭。”

“对，我会哭，还会哭得很伤心。”宁知看着陆绝神色认真又刻板的脸，小心肝颤了一下，不喜欢他这个样子了。

夜色渐浓，周围安静了下来。

睡觉的时候，陆绝躺在床上，这一次主动让开了一大半的空间，意思很明显：要跟宁知一起睡。

宁知躺下后，他的身体悄悄地向她挪近。

昏黄的灯光下，陆绝的嘴角微微勾起，漆黑的眸子映着光，很亮很亮。

他转过身，面对闭着眼睛睡觉的宁知，伸出手，温热的指尖轻轻地触碰上宁知精致的眉目，慢慢滑下，轻点了她浸了雪色的鼻尖一下。

最后，指尖落在了宁知的小嘴上。

知知的嘴软软的，红红的。

陆绝的指尖发烫。他收回手指，头凑了过去，学着电影中男主角亲女主角的动作，把自己的薄唇压了过去。

知知的唇又香又软，滋味好得不行。

陆绝像发现了什么新奇的事，急吼吼地一遍一遍地舔着宁知的唇角。

梦里，宁知被一只小奶狗用两只胖乎乎的爪子捧着脸，它哼哼唧唧地要舔她的脸，身后的尾巴还一摇一晃的，欢快得不行，宁知的脸上沾满了小狗的口水，湿漉漉的。

她猛地睁开了眼睛，眼前，一双漂亮的桃花眼眨呀眨呀，看见她睁开眼，桃花眼里生起了慌乱和紧张之色。

宁知的唇被亲得湿漉漉的，她意识到，梦里的小狗就是陆绝。

陆绝的耳朵红到极致，不知道自己的心脏为什么会快速跳动，他乖乖地退开：“知知。”

陆绝喜欢做这样的事，但不知道宁知喜不喜欢，觉得自己这样偷偷亲她，她可能会生气。

男护工守在不远处的沙发上，强忍着睡意，眼睛几乎要合上了。

宁知想到明天就是第三天了，拉过一旁的被子盖在她和陆绝的头上，翻身压在陆绝的上方："不是你那样亲的，我教你。"

被子里，陆绝漆黑的眸子越发明亮，逐渐睁大。

他仰着头，目光渴求地看着宁知。

"知知，知知……"

男护工听到声音，立刻打起精神，只见陆绝把被子盖过了头，在被子下乱动，不知道喊着什么。

宁知红着脸："不要出声！"

早上，宁知是被说话声吵醒的。

陆母和陆父来了。

他们每天都会看着陆绝吃药，然后跟他说说话。

今天他们震惊地发现，儿子竟然极度配合地吃了药，而不是让护工压制着强行喂药。他们还听护工汇报了陆绝昨晚去影音室看电影的事情。

陆母努力按捺住激动的神色，看向丈夫："小绝这两天也没有发病。"

陆父英俊的脸上神色不显，但眼里带着喜色："对。"

陆母忍不住伸手去摸儿子被剪得参差不齐的头发，被闪躲开了，但眼里依然带着笑意："会不会是他的病情有了好转？"

陆父点点头："有可能。明天我让人把医生请来看看是怎么回事。"

他转过头，对护工叮嘱道："如果小绝有什么异常举动，记得第一时间向我们汇报。"

等陆父和陆母离开房间后，宁知走到陆绝身旁："早啊。"

陆绝看向她："知知，药。"

他告诉宁知，自己听了她的话，把药吃掉了。

"真乖。"宁知凑近他，奖励性地亲了亲他带着几道红痕的脸。

陆绝的眼睛更亮了。

"等你的病情好转了，再过一段时间就不用吃药了。"宁知希望陆绝的病情有改善，不需要每天吃药，毕竟药吃多了对身体没有什么好处。

陆绝点点头。

宁知看了一眼外面的天空，清晨的阳光灿烂，伴随着微风，让人心情愉悦。

"陆绝，我带你出去散散步，好不好？"她记得那两个用人说过，陆绝已经在房间里待了好久了，之前发病的时候，大家就差没有用锁链把他锁上了。

因为长期待在室内，他的皮肤变得苍白，有种病弱感，加上他脸上结痂的伤口，看着更可怜了。

她想带他出去走走，晒晒太阳。

宁知伸手去牵陆绝，他乖乖地跟着起身了。

“陆绝少爷，你要去哪里？”男护工刚放好杯子，转身就看见陆绝打开门往外走去。

男护工赶紧跟上。

看见突然下楼的陆绝，陆父和陆母还有管家和用人全都陷入了震惊中。

“小绝，你这是……这是去哪里？”陆母赶紧问儿子。

陆绝没有应声，跟着宁知往外走。

今天的天气很好，阳光温和，偶尔吹着微风，很适合外出游玩。

陆母拉着陆父紧紧地跟在儿子身后：“小绝他这是在散步？”

她一脸难以置信的表情。

看着前方慢悠悠地走着的儿子，陆父也很疑惑：“不管是什么原因，他愿意出来晒晒太阳都是好事。”

“对，简直是大好事。”陆母禁不住喜悦起来。

宁知没有在意此时她和陆绝身后跟着多少人，毕竟陆绝现在的情况，陆母不放心也是正常的。

她牵着陆绝的手，慢慢地在花园里走着。

现在是初夏，天气并不炎热，满院子的花也开了，放眼望去，大片大片怒放的鲜花非常漂亮，让人心情愉悦。

“太阳很暖，花也很香，陆绝，你该多出来散步，不能整天待在房间里。”宁知转过头看向他，“你以前每天都坚持运动的，现在也不能偷懒，从明天起要恢复晨练。”

陆绝眨了眨眼，缓慢地开口道：“知知，一起。”

宁知握着陆绝的手一紧：“我不能陪你了。”

陆绝抬眸飞快地看了她一眼，移开目光，接着又看一眼，眼睛里的光暗了，好像是在问宁知为什么不能陪他。

对上陆绝的眸子，宁知有点儿不忍心告诉陆绝自己很快就要离开了。

陆绝唇角抿紧，安静地看着宁知。

“我今晚就要离开了。”

宁知还是说出口了。以前她每一次离开都是突然消失，没有跟他好好道别，因为她知道，她和陆绝会再次见面。

而这一次不一样，这一个时空里没有她，所以这一次她消失后，她和现在的陆绝估计就没有见面的机会了。

陆绝知道离开是什么意思。

他握紧了宁知的手，神色慌张又着急：“知知不走。”

宁知的声音很低，但足以让陆绝听见：“对不起。”

“不走，不走，不走。”陆绝漆黑的眸子里全是失落之色，恳求地看着宁知。

宁知不敢看他的眼睛。

陆绝紧紧地抿着唇，带着伤的脸在阳光下几乎失去血色。他像被激怒的小兽，一把松开宁知的手，撒腿跑了。

“陆绝！”宁知指尖堪堪擦过他的衣摆，来不及抓紧他。

“小绝，你要去哪里？”

看见儿子突然跑起来，跟在后面的陆母神色一变，赶紧喊着：“快，快去拦住他！”

男护工立刻追过去。

宁知心里一下慌了，立刻跑去追陆绝。

陆绝跑到了后院的假山旁，手里握着一块石头，砸向了自己的手臂。

石头上有很多棱角和砂石，只是一下，陆绝的手臂就被石头砸得出血了。

“陆绝少爷！”男护工赶紧跑过去。

宁知不受空气阻力的影响，速度比男护工要快，跑上前，直接消耗了十个小太阳，换取接触实物的时间。

她伸手握住了陆绝手上的石头，阻止他再次伤害自己的动作。

“陆绝，你答应过我不伤害自己的！”

看着陆绝几乎失去意识的黑眸，宁知一下子红了眼。

她的力气比陆绝小，手死死地握着石头，尖尖的棱角刺破了她细嫩的皮肤。

其他人看不见，石头上沾着宁知的鲜血。

“知知！”陆绝在看见宁知红着的眼睛时就清醒过来了。

他丢下石头，慌张地看着宁知红红的眼眶还有流血的手，急急地开口：“知知不哭，不哭的。”

陆绝笨拙地伸出手，发现指尖沾了灰尘，赶紧用自己的衣摆擦了擦手上的灰，才颤抖着捧住宁知流血的手：“红了，知知痛。”

“陆绝少爷，你的手臂受伤了！”

“小绝！”陆母狼狈地赶来，一眼就看到了儿子手臂上的擦伤。

陆绝谁也不理，抿紧了唇角，着急地看着宁知手上鲜红刺眼的血。

他低沉着声音慌乱地说道：“擦药，给知知擦药。”

就在陆绝急着要拉宁知去擦药的时候，宁知被划破的手掌心痊愈了，就连掌心鲜红的血迹也消失了。

陆绝呆呆地盯着宁知的手，看见上面的伤口和血迹都不见了。他好奇地又打量了几遍宁知的手，过了好一会儿，缓慢地开口：“好了，知知好了。”

宁知猛地抽回手，瞪着陆绝：“你答应我的事没有做到，你刚才又在伤害自己。”

旁边，陆母让男护工带着儿子回去上药：“小绝，我们先回房，你的手受伤了。”

她听不懂儿子在喊什么，但并不觉得奇怪，有时候儿子也会自言自语。

陆绝谁的话都不听，只可怜巴巴地看着宁知，看见她红红的眼睛，指尖发颤，胸口的位置很难受：“知知不哭。”

宁知没有说话，转身离开。

陆绝急急地跟上去，吓得陆母赶紧吩咐男护工去追。

她实在不想将儿子关起来或者捆起来。

宁知回到了房间，坐在沙发旁，不去看直愣愣地站在她面前的陆绝。

“知知，我错。”陆绝高大的身躯在宁知的身边蹲了下来，可怜巴巴地向宁知道歉，“对不起，对不起，我错。”

他知道自己惹知知生气了，还让知知受伤了，惹哭了知知，他错了，犯了很大很大的错。

宁知没有应声。

陆绝的词汇匮乏，他漆黑的眸子执拗地看着宁知，只能重复着：“知知不哭，知知不走。”

得不到回应，陆绝像一只被主人遗弃的小奶狗，失落到了极点。

他低下头，修长的、带着伤疤的手指悄悄地拉着宁知的衣摆："对不起，知知不生气。"

"小绝，快，我帮你擦药。"陆母让人把药箱拿来了。

宁知这才开口："你的手受伤了，先擦药。"

听到她的话，陆绝迅速地抬起头："知知擦。"知知帮他擦。

陆绝从陆母手里夺过药箱，在陆母惊讶的目光中拉着宁知往洗手间走去，还啪的一声关上了门。

"小绝？"陆母拍了几下门，神色担忧，"这孩子是怎么回事？"

"可能是要自己擦药？"陆父安抚妻子，让她别担心，"他刚才是不是在说自己擦？"

"好像是。"陆母松开紧皱着的眉，"他会擦药吗？"

"没事，我们先在外面等着。"

洗手间里，陆绝殷勤地将药箱交给宁知，眼巴巴地看着她："知知擦。"

陆绝很聪明，两次下来就意识到在洗手间里知知才会和他有亲密的互动。

宁知没有应声，打开药箱，拿出药水还有棉签，开始帮陆绝清理伤口。

陆绝对自己真的下了狠手，手臂不仅被刮破了皮，还被砸得一片青紫，估计明天就会变成瘀青，而他好像一点儿也不知道疼。

这不是他的错，是她的错，是她说要离开，刺激了他。

宁知放轻了力度，帮陆绝涂抹药水，这种情况下正常人早就喊疼了，而陆绝一点儿感觉也没有。

"知知。"

陆绝漆黑的眸子安静地看着她，目光触及她依然红红的眼眶，胸口很不舒服，好像被什么用力地挠着。

他伸出双手捧住了宁知的脸："知知不哭，我错。"

他坏，气哭了知知。

陆绝低下头，俊脸在宁知惊讶的目光中凑近她，微凉的薄唇落在了宁知的眼帘上。

宁知下意识地闭上了眼睛。

下一秒，眼角处传来温热、湿润的触感，宁知极快地意识到，陆绝在舔她的眼睛！

陆绝的动作生涩又笨拙，宁知的眼帘上湿漉漉的。

温热的气息落在她的鼻尖上，她一张脸都红了。

"陆绝。"她稍稍往后撤，睁开眼睛，对上了陆绝的双眼。

"亲知知，不哭。"陆绝声音低沉，学着哄她，"知知不哭，会丑。"

宁知哭笑不得："你这不是亲，是舔，哪里有你这样亲人的？你是小狗吗？"

陆绝精明极了，眼帘颤了颤，开口道："学不会，知知教我。"

上次亲亲他还没有学会，知知要多多教他。

宁知看到他期待的目光，忍不住伸手捏捏他的脸："你倒是一点儿也不笨，还知道给我设套。"

陆绝的唇角微微勾起，黑色的短发下耳朵通红："不套路。"

"想亲？"宁知知道，陆绝很喜欢与她有亲密的互动，现在的陆绝也不例外。

毕竟只要是同一个人，他的爱好和习惯就不会轻易改变。

陆绝诚实又直白："想。"

宁知的目光落在陆绝受伤的手臂上："答应我的事，你没有做到，所以别想了。"

陆绝像没有得到奖励的小奶狗，明亮的眸子转眼沉了下来。

"今天的起因是我，我确实要离开了。"

"知知不走。"陆绝立刻着急了。

"你听我说。"宁知握住他的手，"我今天就要离开了，就算我离开了，你答应我的事也不能因为我不在就不算数了。"

"听知知的话。"陆绝抿着唇角，板着脸。他一定会听话的。

宁知的手轻抚着他的脸："我说过，你伤害自己，我会哭，下次你再伤害自己，我就哭死自己。"

陆绝带着伤疤的脸轻轻地磨蹭着宁知的掌心，像被安抚的小狗："不会伤害，知知不哭。"

今天宁知红着眼睛、手上流血的样子足以让陆绝害怕并记忆深刻。

宁知的手主动攀上了陆绝的肩膀："这是你说的，答应了就要做到。"

陆绝乖乖地用力点头。

宁知踮起脚，亲了过去，轻轻地咬住了陆绝泛白的薄唇，下一秒，陆绝愉悦又无措地闷哼了一声，求着宁知再亲亲他。

宽大的镜子映照着二个人贴在一起的身影。

只见女孩瘦瘦柔软的身子被抵在洗手台前，多亏有力的手臂控制着她的细腰，她才没有摔下去。

也不知道过了多久，当等在外面的陆父和陆母着急得想要敲门的时候，洗手间的门打开了，陆绝手里提着药箱走出来。

他漆黑的眸子发出晶亮的光，薄唇殷红，染着水光，就连脖子到耳根的位置也通红一片。

“小绝出来了。”

陆母赶紧看他的手臂，看见他被刮伤的位置确实擦了药水，不由得神色一喜：“小绝真厉害，自己擦了药。”

旁边，陆父眼里也露出了喜悦之色，叮嘱着儿子：“洗澡的时候伤口不能沾水。”

宁知用指尖挠了挠陆绝的手：“说知道。”

陆绝眨了眨眼。

“你说知道了。”宁知教他。

陆绝缓慢地开口：“知道。”

突然得到儿子的回应，陆父和陆母惊喜地互相看了一眼，看到了彼此眼里的震惊和喜悦之色。

天色渐渐黑了下来。

宁知拉着陆绝走到阳台上。

阳台上摆放着很多绿色的植物，还有好些开了花，中间放置着一张半圆形的吊椅，可能是放得久了，吊椅被太阳晒得有些褪色。

宁知坐在了吊椅上。

陆绝高大的身体坐在她的身旁，原本就窄小的空间瞬间被他占去了大半。

两个人的身体紧紧地依靠着。

男护工守在阳台的推拉门处，防止陆绝突然出现什么状况。

看见陆绝坐在摇晃的吊椅上看星星，男护工很意外，看护陆绝这么久，他发现最近的陆绝变化太大了。

夜里吹过一阵凉风。

宁知两条腿垂下，在半空中摇晃，抬头看着天，漆黑的夜幕上带着繁星，周围一片安静。

陆绝低垂着眼帘，时不时悄悄地偷看一眼旁边的女孩。

宁知转过头，一下就捕捉到了他的余光，微微笑了，伸手捧住陆绝的脸转向她："给你看，光明正大地看。"

陆绝薄薄的眼帘微颤着，目光怯怯地落在宁知的脸上，注视她的时间一次比一次久。

不管是什么时候的陆绝，他的眼里只有她，也只能看到她。

宁知凑近陆绝，眼睛里映着他英俊的模样。

这样近的距离，陆绝以为宁知要亲他，红着耳朵，嘴角微勾，脸上露出了浅浅的小梨窝，眼里全是期待之色。

宁知笑了，伸手捏捏他的脸："怎么整天惦记着亲？"

又翘又长的睫毛微颤着，遮掩住陆绝眼里害羞的神色。

宁知看看天色，眼里的笑意逐渐退去："陆绝。"

他抬起眼帘看她。

"我不在的时候，你也要经常笑，不开心了就找爸爸妈妈，他们什么事都会帮你解决的，你不要再做伤害自己的事。"

陆绝敏感地意识到了什么，立刻握住了宁知的手，十指紧扣："知知不走。"

"对不起。"陆绝是在夜里自残死掉的，现在已经过了他死亡的时间点，她的任务完成了。

陆绝的薄唇紧紧地抿着，苍白的脸几乎失去血色。

知知要走了，他不知所措。

陆绝低头，着急地拉扯着宁知的衣摆和自己的衣摆，开始打结。

他的手颤抖着，用力地打了一个死结。

看见自己和宁知绑在了一起，他眼里的慌乱之色才退去一点儿："知知不走了。"他伸出手抱住了宁知，紧紧地将她搂在怀里，头埋在宁知的肩窝处，可怜巴巴地蹭了蹭，"不走的。"

宁知的喉咙发紧，眼睛酸涩，逐渐红了："对不起，你答应我的，不能再伤害自己，不然我会在你看不见的地方一直哭，一直哭。"

"知知，知知……"陆绝双手用力，笨拙地抱紧她。

知知是他的，谁也不能带走。

宁知眼前蒙上了一层雾，也抱紧了陆绝，转过头轻轻地亲了一下他的耳朵："陆绝，再见。"

转眼，宁知的身体逐渐变得透明。

陆绝怀里了，怀中的温度消退，香气消散，空荡荡的。

绑紧的衣摆松开，他的衣角变得皱巴巴的。

“知知！”

正在走神的男护工听到自家少爷的叫声，赶紧上前来：“陆绝少爷，发生什么事了？”

下一秒，男护工震惊地发现，陆绝双眼通红——他在哭。

同一时间，一楼的房间里，陆母手里拿着一封信，惊讶地问陆父：“这里怎么会有一封信？是谁的信？”

陆母拆开了信封……

早上，阳光透过白窗纱照进房间，满室都是柔光。

宁知睁开眼睛，眼尾还红红的。

看着周围的摆设，宁知发现自己身在古堡内，第一时间把霸王叫了出来。

“霸王，我回来了。”

“未来的陆绝会怎么样？”她有点儿不放心。

霸王答道：“恭喜主人，你的任务已经完成了，会获得一份奖励。至于未来的陆绝，他现在的情况我没有办法知道。”

宁知的眸色黯了，心里有种说不出的难受。

霸王安慰她：“主人不用担心，至少他不会再自残而死。”

宁知不想回应它。

霸王又开口：“主人，你想要什么奖励，都可以提出。”

宁知这才打起一点儿精神：“我要陆绝恢复全部记忆。”

霸王应道：“好的，主人。”

没过多久，睡在宁知身旁的陆绝睁开了眼睛。

“陆绝，你醒了。”宁知期待地看着他。

“知知。”话音刚落，陆绝的脑子里闪过很多片段。

他记起了怪姐姐被刺伤的一幕。

他记得和知知一起生活的情景。

他们第一次睡在一起，第一次牵手，第一次亲吻，还有拆生日礼物，一幕幕的画面接连闪现。

陆绝的眼睛逐渐红了，他靠近宁知，在她惊愕的目光中抱紧她，胸口，一颗心不安分地跳动着，汹涌而至的情感几乎将他淹没。

他低沉的声音几近沙哑，眸子湿润又晦暗："知知，对不起，怪姐姐，对不起，我不该忘记的。"

陆绝的头在宁知肩窝处蹭了蹭，眼睛通红："知知，知知……"

宁知眼里泛起了泪光，他终于记起了所有。

陆绝在宁知错愕的目光中翻身起来，低沉的声音响在她的耳边："知知，拆我。"

陆绝去求宁老爷子同意宁知嫁给自己的时候，被老爷子赶出来了。

宁老爷子一向疼孙女，事事以孙女的感受为重，因此心中又是生气，又是心疼，又是不舍。

老人家只能放狠话，不能轻易便宜了陆绝这个臭小子，要看看他的决心。

之后，陆绝天天跑去宁家门口守着，恳求宁老爷子同意。

直到三个月后的一天，宁老爷子终于松了口，跟陆绝在书房里谈了很久，出来的时候，宁知看到爷爷偷偷抹了一下眼角，同意了陆绝娶她的事。

结婚前的一段时间，陆绝一直忙着筹备婚礼，而宁知在宁家悠闲地陪着爷爷。

可能是心情好，这段时间，宁知被养得更漂亮了，一双黑眸水光盈盈的，目光明亮，小脸白里透红，越发让人移不开视线。

夜里，宁知洗过澡后，接到了陆绝的电话。

他低沉的声音在夜里特别清晰："我在你家门口。"

宁知惊喜得眼睛发亮："你来了？"

"嗯。"陆绝问她，"要出来见我吗？"

"要！"宁知挂了电话，头发还湿着，也来不及吹干了，赶紧打开房门出去。

"小姐，这么晚了，你要去哪里？"管家看见宁知急急忙忙地下楼，连忙问。

宁知的语速很快："陆绝来了，我跟他说说话。"

说着，宁知的身影已经跑到外面了。

门口，身姿颀长的陆绝笔直地站在不远处，投在地面上的影子拉得很长。

他的薄唇抿着，表情刻板，而下一秒，看着从屋子里面跑出来的身影，陆绝的唇角微微勾起，眼里也生起了光。

宁知笑盈盈地来到陆绝面前："怎么突然来了？"

这段时间陆绝都在忙着筹备婚礼，她和他好长一段时间没有见面了。

"忍不住想见知知。"陆绝动作自然地接住了撞进他怀里的女孩，"洗头了？"

他的手摸到了宁知的湿发。

"嗯，刚才洗的。"

陆绝将贴在女孩白嫩脸蛋上的几缕发丝撩开，低头亲了亲她的脸："待会儿要吹干头发再睡。"

"我知道的。"宁知觉得现在变成了陆绝照顾她。

"我有礼物要给你。"陆绝松开抱着宁知的手，转身走到车子里，拿出了一个深蓝色的礼盒。

宁知看着他手里的盒子："这是什么？"

陆绝将盒子打开，只见里面放着一顶镶满钻石的公主冠冕，美得不可思议。

"后天结婚的时候，你可以戴上它。"

宁知不知道，这顶王冠是陆绝从很久前就开始制作的，花费了几个月的时间，上面的每一颗钻石都是他亲自镶嵌上去的。

"好漂亮，我好喜欢。"没有女孩子不喜欢王冠，尤其是这样闪着亮光，精致漂亮的王冠。

"我帮你戴上。"

陆绝把王冠戴在宁知的发顶，月光下，她就像从城堡里跑出来的公主。

婚礼的地址选在了古堡。

化妆间里，宁知换上了婚纱，头上也戴了陆绝送的王冠，化妆师还有一旁的方瑜粥看得满眼艳羡之色。

"小知，你太漂亮了！"今天方瑜粥已经不知道第几次说这样的话了。

方瑜粥身上穿着精致的礼服。她今天是宁知的伴娘。当初她被邀请做男朋友上司的未婚妻的伴娘时，感到很惊讶。

直到跟宁知碰了面，她才认出对方是曾经帮助过她，甚至救过她一命的人。

方瑜粥又是激动又是喜悦，立刻应下了做伴娘的事。

“谢谢，你也很漂亮。”宁知笑着说道。

“小知，你快别笑了，我的魂都要被你勾走了。”方瑜粥摸了摸胸口，宁知太美了，她被迷得小心肝直颤，忍不住打趣，“我要是男的，我今天就抢婚。”

宁知被她逗笑了：“那魏星要哭了。”

这时，一个高大的身影走了进来，化妆师和方瑜粥都很有眼力见儿地退了出去，方瑜粥还自觉地关上了门。

“你怎么进来了？”宁知从镜子里看到了站在身后的陆绝。

陆绝今天穿着一身笔挺的黑色西装，有几分禁欲的气息，帅气出众得让人移不开视线。

这是宁知第一次看到他穿黑色的西装。

陆绝同样看着镜子里的宁知，眼里全是惊喜之色。

他俯身凑到宁知的耳边，原本想说他有些紧张，想要看看她，但脱口而出的话变成了：“知知很好看。”

宁知笑了笑。

“知知，我想亲你。”陆绝真诚又直白，唇轻轻地触碰着宁知精致小巧的耳朵。

耳朵上传来了酥麻的感觉，宁知的身体颤了一下：“不行，我已经化好妆了。”

陆绝的手指托起了宁知的下巴：“待会儿我帮你补妆。”

话音刚落，陆绝低头，亲吻着被迫仰起头的宁知，她头上的王冠摇摇欲坠，被陆绝另一只手扶着。

他一点儿一点儿地吞掉了宁知唇上的口红。

直到宁知的眼里全是水光，陆绝才将人松开，他的气息炽热，落在宁知的耳朵上，烫得很：“怪姐姐，等着。”

等着什么？宁知已经没有力气去想。

陆绝帮她扶正头上的王冠，又帮她重新涂抹好口红才离开。

方瑜粥进来，打量着宁知的脸色，眼里全是了然之色，打趣道：“我懂的，我懂。”

现在宁知一副绝美的模样，如果不是陆绝的定力好，恐怕他早就把宁知吞掉了。

婚礼开始。

古堡外坐满了宾客，热闹非凡。

众人看着站在前方英俊出色的陆绝，纷纷忍不住感叹陆家的基因好。

看着穿着一身白色的曳地婚纱、戴着公主冠冕，缓步走来的宁知，宾客们忍不住暗暗倒吸几口气。

谁也没有想到新娘长了一张倾国倾城的脸。

阳光下，宁知美得就像天上的仙女。

前排的位置上，陆母一边笑一边抹着眼泪："这一刻总算是被我盼到了。"

陆父搂住了妻子的腰："以后他们会很幸福。"

陆母抹了抹眼角的泪花，喜悦地点点头。

前方，陆绝腰身挺拔，俊脸上的神色庄严又神圣，漆黑的眸子里全是紧张之色，心里只有那个向他走来的身影。

陆绝伸出了手。

宁知来到陆绝的面前，把手放在了他的掌心里。

两手交握，十指紧扣。

宁知看见陆绝头顶的显示框里弹出了上百个金灿灿的小太阳。

她的眼里缀满了亮光。

陆绝低头，在众人的目光中凑近了宁知，低沉的声音只能让她听见："我爱你，知知。"

她可以陪他待在封闭的小硬壳里，也能带他看见光。

谢谢知知，为他而来。

番外一

婚　前

宁知和陆绝结婚的前几天。

宁晓萌约了宁知出来："知知姐，祝你快要英年早婚。"

单身多好啊，她想不明白宁知为什么这么快就要迈进婚姻的火坑。

宁知不仅长相漂亮，她还有钱，身为宁家的唯一继承人，追求她的人多得能绕南城几圈。

包间里灯光昏暗，宁知靠在沙发上，眼里带着浅浅的醉意："谢了。"

这时，门被推开，宁凯大步走了进来，看着桌面上的酒，再看看自家妹妹的状态："你们已经喝上了？"

"你来得太慢了，还想让我和知知姐等你？"宁晓萌嫌弃地说道。

"路上碰到宋岩这家伙，耽误了一会儿。"宁凯解释。

宁晓萌看见他身后跟着一个清瘦的男人，赶紧打招呼："宋大哥好。"

宋岩长得瘦高白净，身上穿着一件红色的衬衫，映衬得皮肤白皙，有种说不出的俊气。他眼里含着笑意，点点头："好久不见。"

宁凯抢过宁晓萌手里的酒杯："你长能耐了是不是？带着知知姐喝酒，让堂爷爷知道，看他怎么惩罚你？"

他转过头对宁知说道："知知姐，我让服务员拿其他喝的来，你们女孩子适合喝酸奶。"

宁知刚才已经喝了大半瓶红酒，知道以自己的酒量不适合多喝，点点头。

这时，她身侧的沙发微微下陷，圆润的男声在旁边响起：“你好，我叫宋岩。”

宁知转头看去，入眼是男人红色的上衣。她错开目光：“宁知。”

“你是宁老爷子的孙女？”宁家的事，宋岩早已听闻。

宁知点点头：“是我。”

包间里放着音乐，她的声音很轻，语气有点儿慵懒，好似能穿透灵魂，让人心头微颤，宋岩看着宁知的目光有点儿深，有点儿专注。

“知知姐，你的酸奶。”旁边，宁凯把酸奶放在宁知面前，打断了宋岩想要说的话，“知知姐，你饿不饿？我让人送些吃的来。”

宁知摇摇头。

宁晓萌开口：“哥，我想吃水果。”

“你就会吃。”宁凯怼了她一句，还是让人送水果拼盘来。

这时，宁知的手机响起。

宋岩听着女孩轻声细语地对电话那头的人说着什么，她精致的小脸在昏黄的灯光下带着浅浅的笑意。

“你来了？”宁知语气里是掩饰不了的喜悦之意。

宁知挂了电话，宁晓萌凑过去，一脸好奇：“谁来了？”

“他来接我。”

“啊，你这么快就要走？我们才坐下没多久。”

宁知点点头。她也没有想到陆绝突然来找她。

没过多久，包间的门被推开，进来的是服务员：“先生，里面请。”

宁晓萌向门口看去，只见一个高大的身影出现在服务员身后，他迎面走进来，带着说不出的迫人气质，配着一张英俊出众的脸，简直帅得一塌糊涂。

这就是陆绝。

宁晓萌突然觉得，宁知早婚是对的，结婚对象是陆绝的话，就算是火坑也值得跳。

陆绝走向喝着酸奶的宁知，目光扫过宁知身旁穿着红色衬衫的男子，神色不变：“知知，我接你回家。”

宁知乖乖地放下手里的酸奶，跟着陆绝离开。

“别看了。”包间的门关上，将宁知和陆绝般配的身影遮挡在外，宁凯拍了拍宋岩的肩膀，“名花有主。”

宋岩唇角勾起：“可以易主。”

宁凯这才认真地看向兄弟。宋岩是什么性格宁凯是知道的，长得帅、有钱，按照他的条件，想怎么玩，要多少女朋友都行，但他偏偏像木头一样，怎么都不开窍，没想到一眼就看上了宁知。

啧，原来宋岩不是不知情事，而是眼光太高。

宁凯叹了口气：“你别妄想，知知姐下个月就要结婚了，而且刚才来的男人是陆家的陆绝。”陆宁两家结合，只能让人仰望。

“联姻？”

“你看他们两个像联姻吗？”宋凯嗤笑。

宋岩眸子沉下来，沉默了。

上车后，宁知任由陆绝帮她调整安全带：“你怎么突然来南城了？”

两个人之间的距离近，陆绝轻易地闻到了女孩嘴里的香甜酒气，伸手捏住宁知的下巴，微凉的手指摩挲着温热的皮肤：“知知喝酒了？”

刚才进去的时候看到她捧着酸奶喝，他还以为她乖乖的，没想到是为了遮掩酒气。

宁知睁着眼睛说瞎话：“没有。”

陆绝的目光落在她的眼睛上，里面浸着淡淡的醉意，她的小脸上也染着浅浅的红晕，他的手指微微用力，低沉的声音在车子内响起：“知知是小骗子。”

宁知被拆穿了，丝毫不窘迫：“只喝了几口。”

陆绝的指腹轻轻地摩挲了她下巴几下，才收回手。

车子启动，陆绝掌控着方向盘，开车去宁家。

宁知在副驾驶座上安静地看着陆绝开车的样子，他穿着白衬衫，越发清新出尘。

她看得入迷，眼里带着醉意：“陆绝，你是一个男人了。”

现在的陆绝都学会开车了，她想起以前的小绝绝，莫名有种“吾家有儿初长成”的错觉。

陆绝转动着方向盘，听到她的话，眸色很深：“我是不是男人，知知不是最清楚吗？”

宁知眼里带着醉意，完全听不出他语气里的危险之意：“总觉得以前的你是少年，还小。”她应该守护他。

她也确实守护了他很久。

陆绝勾了勾唇：“小？”

前面红灯，车子停了下来，陆绝伸手捏了捏她白嫩的小脸：“下次别哭。”

车子开进宁家。

陆绝下车把在副驾驶座上熟睡的宁知抱起。

管家出来了：“陆绝少爷。”

陆绝放低声音：“不要惊醒她，我送她回房。”

管家安静地退开。宁知和陆绝下个月就要结婚了，宁老爷子早就默许陆绝自由出入宁家。

陆绝抱着宁知上楼。

女孩的房间温馨淡雅，空气中全是她的香味，陆绝踏进去，像极了闯进小公主闺房的贪心恶龙。

他把宁知轻轻地放在床上，正准备帮她盖上被子，一下对上了女孩明亮的眸子：“知知醒了？”

宁知的黑眸蒙眬，充满醉意。她坐起来，不舒服地皱着眉：“我要洗澡。”

陆绝按住她的肩膀：“我去准备水。”

宁知点点头。

陆绝担心宁知还没有完全清醒，守在门外等她出来。

洗手间的门打开，宁知头发湿漉漉的，白嫩的皮肤被热水熏成淡粉色，身上包裹着白色的浴巾直接走出来。

陆绝眼帘颤了一下，看见她光着脚直接踩在冰凉的地面上，忍不住开口：“知知穿上鞋子。”

宁知哪里会乖乖地听他的话？撒娇道：“不穿，你抱我。”

陆绝根本就不会拒绝她的任何要求。他将女孩抱起，放在床上，白色的衣袖被女孩的湿发打湿：“知知要擦干头发再睡。”

宁知的脸被热水蒸得白里透红，就像新鲜水灵的水蜜桃，让人恨不得咬上一口，尝尝她的甜蜜滋味。她拿过放在床头柜上的指甲油，塞到陆绝的手里，然后伸出两只小手，递到陆绝的眼前，借醉使性子：“帮我涂。”

她不光脸长得漂亮，就连手也长得好看，手指白皙纤细，指甲泛着淡淡的粉色。

陆绝握着她的手，笨拙地帮她涂指甲油。指甲油是透明的，薄薄的一层，衬得指甲越发晶莹好看。

陆绝轻轻地吹着涂好的指甲，没忍住，唇落在女孩的指尖上。

他的气息烫得宁知的指尖颤了一下。她小腿一伸，直接搭在陆绝的腿上，骄纵得很：“脚也要涂。”

陆绝耐心十足地纵容着她，大手捏着她纤细的脚踝，低头专注地给圆润可爱的小脚趾涂指甲油。

他眉目英俊，神色认真，手里像捧着珍宝。

微凉的指腹从她的脚背上摩挲而过，宁知心一颤，脚背酥酥麻麻的，让她忍不住缩回脚。

“知知不要乱动，还没有涂好。”陆绝捏着她的脚。

“不涂了。”宁知看见自己的脚被他握在掌心里揉搓着，脚心发痒，想要挣开。

陆绝低垂着眼眸看着她浴巾下露出的笔直的小腿，还有挣扎间露出的大片风景，眸子暗了：“好。”

宁知收回脚，将它们悄悄地藏在了被单下，开口：“陆绝，我渴了。”

“我去倒水。”陆绝耐心十足。

待宁知喝了水，按下了欺负陆绝的坏心思，她眉目弯弯，对着陆绝说道：“我想睡了。”

陆绝点点头，单手开始解自己领口的纽扣。

陆绝的手指修长，骨节分明，他一边缓慢地解着衣纽，一边盯着宁知。

宁知小心肝猛地一颤：“你在做什么？”

“知知在车上不是问我为什么突然来南城？”领口处的两颗纽扣被解开，露出他凸出的锁骨。

陆绝薄唇勾着，清雅出尘的脸染着欲色，有种说不出的斯文禁欲感。

被子下，宁知脚趾下意识地蜷缩着，明明刚喝过水，喉咙却开始发干。

宁知声音有点儿轻，回答道："你想我了。"

陆绝低声笑了起来，声音像极了男妖精："是，我想你。"

热气一下子涌上宁知的脸，陆绝病还没有好的时候不懂性，单纯又毫无顾忌，现在的陆绝依然直白得很。

衣纽一颗一颗地被解开，陆绝凑近宁知，唇碰着她的耳朵："想亲你，天天想。"

宁知羞得脸颊涨红，想到以前都是她欺负他的，现在他痊愈了，她却成了被欺负的一方，心有不甘。

陆绝的大手扣着宁知的细腰，白色的浴巾掉落在地，宁知觉得她的耳朵被亲得一片湿润。

酥麻感密密麻麻地袭来，宁知黑亮的眸子里全是水光，眼角点着艳丽的桃色。

她伸手推了推陆绝，恼得想要咬他。

陆绝低头亲了亲她白嫩的指尖，握着她的手按在他的胸口处。

宁知指尖都软了。

陆绝眼睛微眯着，眼里全是欲色，渴望地看着她，按着她的手收紧，咬着她的耳朵："在包间里，坐在你身旁的那个红衣服男人是谁？"

宁知的脑袋蒙蒙的，一时没有反应过来。

陆绝的牙齿轻轻地咬着她的耳朵，语气中带着危险："嗯？"

宁知眼角被逼出了泪花："不认识。"她忍不住又伸手推他，"我困了。"

陆绝漆黑的眸子盯着她："怪姐姐只能看我。"他的唇贴在她的耳朵上，声音一声比一声低沉，"怪姐姐，怪姐姐……"

番外二

病情治愈前

圣诞节这天，到处洋溢着欢乐的气氛，雪花慢慢飘落，丝毫挡不住路上行人的热情。

宁知牵着陆绝的手，这是她和他一起过的第一个圣诞节。

她穿回去几次治愈陆绝，现在他的病情逐渐好转，虽然还没有完全痊愈，但现在他到了人多的地方不会有很大反应，过分恐惧。

今天过节，宁知带着他出来玩，想让他多适应人群。

她一向怕冷，小脸埋进了鹅黄色的围巾里，只露出一双漂亮的黑眸，她的手往他手里钻，贪婪地汲取着陆绝掌心的温度："握紧我的手。"

陆绝里面穿着一件宽松柔软的红色毛衣，外面是一件黑色的长款风衣，整个人修长又挺拔出众。他额前的刘海儿上落了白色的雪花，漆黑的眼睛呆呆地看着宁知，听话地握紧她的手："暖知知的手。"

"对，你帮我暖手。"他的手又大又暖，还真适合帮她取暖。

宁知和陆绝的长相出众，两个人走在街上，惹得行人不断侧目。

商场的大门外摆放着高高的挂满装饰的圣诞树，树下，一位穿着红色衣服的圣诞老人正在派发礼物、和行人拍照。

两个人路过圣诞树的时候，圣诞老人从礼物袋里掏出了一朵玫瑰花送给宁知。

宁知有点儿惊喜："谢谢，圣诞节快乐。"

陆绝站在一侧，看了圣诞老人一眼，又看向宁知手上的花，最后他的目光落在宁知笑弯了的眼睛上，唇角抿紧。

宁知发现电影院都爆场，已经没有影票出售了："外面看不了电影，我们回家看吧。"

原本她也只想带他出来感受一下节日的气氛，现在感受完了，可以回家了。

陆绝乖乖地点头。

影视厅里，宁知选了一部喜剧，坐在陆绝身旁，悠闲地喝着酸奶。

影片播放不久，陆绝突然起身，缓慢地开口："知知等我。"

宁知盯着大屏幕，随意地点点头。

然而，直到电影结束，宁知都没有等到陆绝回来。

她关掉大屏幕，起身出去找陆绝。

"少夫人。"管家正好经过。

"你看见陆绝了吗？"宁知问。

"少爷下楼了，他让少夫人在房间里等他。"管家说道。

宁知满脸疑惑之色。

夜色渐深，宁知洗完澡出来，看了一眼时间，现在已经是晚上十一点了，陆绝还没有回来。

宁知披上外套，准备下楼找陆绝。

而这时，房间的门被推开，陆绝走进来，他的头上顶着雪花，脸色越发苍白，就连薄唇也泛着白，显然刚才一直在室外。

"你去哪里了？"宁知赶紧走过去，帮他拂去头上、肩膀上的雪花。

不经意间，她触碰到他的手，他的指尖冰冷，冻得通红："你的手怎么这么冷？"

陆绝不知冷、不知痛，根本就不在意这些，他的眼睛黑亮，有点儿着急："知知闭眼睛。"

宁知疑惑地问："怎么了？"

陆绝从衣柜里掏出他的那条彩色丝带，走到宁知的身后："绑知知眼睛，不偷看。"

他用彩色丝带遮盖在宁知的眼睛上，然后笨拙地打上蝴蝶结。

身后陆绝冰冷的气息传来，宁知勾着唇配合他：“你是不是想给我惊喜啊？”

眼前一片漆黑，宁知的其他感官变得敏锐起来。他温热的气息落在她的耳朵上：“不告诉知知。”

宁知笑了，小呆子竟然玩神秘。

陆绝走到衣柜那边。

宁知站在原地，眼睛看不见任何东西，只能听到细细的布料摩擦的声音。

过了好一会儿，陆绝回到宁知身旁，伸手去牵她。

他的手太凉了，在触碰到宁知的手时，她下意识地抖了一下。

陆绝停下来，低头看着自己的手，手指通红，他不怕冷，但知知怕。

他不能让知知受凉。

陆绝笨拙地揉搓了几下自己的手，才隔着宁知的衣袖握住她的手腕，将她带出房门。

宁知任由他牵着。

眼前一片漆黑，宁知感觉到陆绝拉着她下楼。

冰凉的雪花落在她的脸上，宁知意识到陆绝带着她走到了院子里。

走了好一会儿，陆绝带着她停下来。

“到了？”宁知忍不住问出声。

陆绝缓慢地应了一声：“嗯。”他松开握着宁知的手，说道，“知知，可以看。”

宁知伸手去解绑在眼睛上的丝带。

拉下丝带的那一刻，宁知有点儿不适应眼前的光亮，眯了眯眼。

再次睁开眼睛，宁知一眼就看到了站在她面前的陆绝。

他身上穿着一套红色的圣诞老人服装，松松垮垮的，头上戴着一顶红色的圣诞帽，帽子戴得不正，歪歪的，要掉不掉。

他漆黑的眼睛直直地看着她，简直太可爱了。

“送知知的。”他指向身旁。

宁知看过去，旁边堆着两个半人高的、圆滚滚的雪人。

“我、知知。”陆绝又萌又可爱，歪歪的圣诞帽下，一张英俊白皙的脸上布满了渴望的神色，期待地看着她。

左边的雪人围着一条红色的围巾，右边的雪人围着淡黄色的围巾，头上还插着一朵粉色的小花，显然是一男一女。

这是陆绝和她。

宁知这才知道，原来他刚才跑出来堆雪人了，难怪他的手冻得通红。

她漂亮的黑眸笑成了弯弯的月牙儿：“好可爱，我好喜欢。”

宁知走近他，发现他手里还提着一个红色的大袋子，是圣诞老人的礼物袋。她问他：“里面装着什么？”

陆绝眼里藏着害羞的神色：“送知知的礼物。”

他比圣诞老人要好，知知只能收他的礼物。

他从红色的大袋子里掏出一个红色绒面的盒子：“给知知。”

“这是送给我的礼物？”

陆绝点点头，打开盒子。

宁知看见里面竟然是满满一盒子的宝石，在两侧路灯的映照下，闪闪发亮。

陆绝从小就喜欢亮闪闪的东西，陆母疼爱他，每年都会送给他这些玩意儿，没想到积攒下来，已经填满了盒子。这些全是陆绝多年的宝贝，现在，他把喜欢的东西送给宁知。

“送知知。”

两个可爱的雪人旁，穿着一身红色的圣诞老人装，帽子歪歪的男人捧着一大盒宝石，真诚又期待地看着她。

宁知心头轻颤，胸口像被塞进了一团蜜糖，甜得不可思议。

陆绝不懂浪漫，他的一举一动全是出自真心，更显得真诚可贵。

陆绝期待地看着她：“知知，喜欢？”

宁知上前，双手搂住他的颈项，吻轻轻地落在他的薄唇上，他的唇有点儿凉，软软的，带着冷气，勾得人心痒：“我很喜欢你的礼物，但我更喜欢你。”

陆绝嘴角微微勾起，漆黑的眼睛亮了：“知知亲我。”

雪花缓缓飘落，在暖黄的路灯下飞舞。

宁知踮起脚，再次亲过去，他这样可爱，亲亲他怎么了？

唇齿间全是宁知香甜的气息，陆绝尝到了甜甜的味道。

陆绝头顶上的显示框里不断弹出金闪闪的小太阳。

他的手扣住宁知的腰，手上的盒子掉落在地面上，宝石撒落一地，眼前瞬间金光闪闪。

满心喜欢的闪亮宝石都比不上知知的亲吻。

宁知听到动静，想要低头去看，而陆绝另一只手直接按在她的后脑勺处——他还要亲。

陆绝薄薄的眼帘微颤着，亲得认真，现在他已经不是新手了，有经验而且学习能力超强，不会再生涩懵懂地撞上宁知的牙齿。

呼吸加重，陆绝欢喜极了，忍不住低低地闷哼了一声。

夜空中下着雪，空气中带着一股子寒意，陆绝的身体却热得像火炉。

他贪心地亲着宁知，还想要更多，怎么亲都亲不够。

雪花落在陆绝清秀的眉目间，他丝毫不管，只专注地亲着他最喜欢的知知。

戴在他头上的红色圣诞帽歪得快要掉落了。陆绝的头微动，寻着宁知的小嘴追去，帽子随着他的动作终于掉落在地，他依然贪婪地亲着宁知。

陆绝头顶上的小太阳不断弹出，闪闪发亮。

也不知道过了多久，宁知往后退开，一颗心跳得厉害，手脚发软，眼里含着水光，小脸染着浅浅的红晕。

见陆绝低头还想继续，她赶紧伸手捂住他的唇："好了，不能太贪心。"

陆绝的唇沾了水光，明明是清淡出尘的眉目，却沾染了人间情欲，勾人得很。

他握住宁知垂在一侧的小手，按在了他的胸口处，声音又低又哑，眼睛湿润明亮，渴望地看着她："不贪心，只要知知。"

他不贪心，什么都不要，只要知知一个。

感受到掌心下的猛烈跳动，她手指都软了。

怎么办？她好喜欢面前的陆绝啊！

宁知轻轻地拂去他头上的雪花，捡起地上的红色圣诞帽重新戴在他的头上，让帽子还是歪歪的。看着他茫然的眼睛，她笑弯了眸子。

圣诞老人装扮的陆绝简直太可爱了！

宁知蹲下把散落在地上的宝石捡起放回盒子里，陆绝乖乖地帮忙。

收拾好后，宁知一手拿着礼物盒子，一手牵着她的专属"圣诞老人"慢慢往回走。

雪花逐渐飘下，落在两个可爱的牵着手的雪人身上。

不远处，一身红色衣服的陆绝紧紧地握着宁知的手，头上的帽子快要掉下来了。

他低沉的声音不断传来，带着渴求和执拗的情绪。

"知知，喜欢我。"

"嗯，最喜欢你。"